KB248286

원전으로 읽는 우리 고전 5

명주와 보월의 인연

명주 보월빙 ③

원전으로 읽는 우리 고전 5

명주와 보월의 인연

명주보월빙 ❸

장시광 옮김

이담북스

역자 서문

이제 <쌍천기봉>(전 9권, 2017-2020, 이담북스), <이씨세대록>(전 13권, 2021-2024, 이담북스)에 이어 세 번째로 대하소설 역주본을 낸다. <명주보월빙> 장서각본은 총 100권 분량이다. 이를 세 권씩 묶어 전체 33권으로 펴낸다. 앞의 작업과 마찬가지로, 각 권당 2부로 나누어 2부에서는 원문 탈초, 한자 병기, 주석 작업의 결과물을 싣고, 1부에서는 2부의 작업을 바탕으로 현대어역본을 싣는다. 현대어역본이 1부에 나오지만, 2부의 작업이 오히려 작업의 강도가 훨씬 세고 시간도 오래 걸린다.

이러한 작업을 하는 이유는 앞의 두 작품을 할 때도 밝혔듯이 아직까지도 대하소설의 기초 작업이 충분히 되어 있지 않기 때문이다. 1969년에 정병욱 선생님에 의해 낙선재에 소장된 대하소설의 존재가 밝혀진 이후, 많은 연구가 진행되었지만 아직도 한자 병기나 주석 등의 작업이 이루어지지 않은 작품이 적지 않다. 다행히도 삼대록계 소설의 역주물이 일찍이 완간되었고, <완월회맹연>의 역주본과 현대어역본이 간행되고 있으며 다른 대하소설의 역주 작업물도 속속 나오고 있지만 아직도 갈 길이 멀다.

누군가는 해야 하지만 학계의 현실이 녹록지 않아 선뜻 그러한 작업을 맡을 연구자가 별로 없다. 강사 시절에는 전임교원이 되기 위해 논문을 쓰는 데에 집중해야 한다. 많은 대학에서 번역서는 업적으로 인정하지 않고 있기 때문이다. 운 좋게 전임교원이 되어도 조교수와 부교수 시절에는 역시 논문에 집중할 수밖에 없다. 필자가 재직 중인 대학은 다행히 번역서를 업적으로 인정하고 있지만, 아직도 몇몇 학교에서는 그렇지 않기 때문이다. 정교수가 된 이후에는 번역서를 논문과 대등하게 인정하지 않는 학계의 풍토 때문에 번역 작업에 소홀할 수밖에 없다.

사실 번역 작업은 지루하기 짝이 없다. 특히 주석과 번역을 탈고하여 출판사에 보낸 이후의 작업이 그러하다. 두 번, 세 번 반복되는 교정 작업을 하다 보면 연구자로서의 존재 의의에 회의감이 들 때가 적지 않다. 오로지 기계적인 작업에 몰두하게 되기 때문이다.

그러나 대하소설의 기초 작업은 반드시 이루어져야 한다. 분량이 방대하다 하여 손을 놓을 수 없다. 분량이 방대할수록 기초 작업이 선행되어야 한다. 연구자는 어차피 원문 해독 능력이 있으니 기초 작업이 필요 없다고 할 수 있다. 그러나 해 놓은 기초 작업은 연구자뿐 아니라 중고등학생부터 대학원생, 우리의 이야기에 관심을 가진 각종 분야의 종사자들까지 두루 이용할 수 있다. 작업을 하다 보면 오류는 반드시 생기고 자신의 밑천도 드러날 수밖에 없다. 그래도 그러한 점을 감수하고 일단 진행시켜야 한다.

필자가 타고난 자질이 비루하고 학식이 천박함에도 불구하고 기초 작업을 진행하는 것은 이러한 이유 때문이다. 필자가 해 놓은 작업에 오류가 있다면 후속 작업자가 수정을 하면 될 일이다. 그렇게 해서 탄탄하게 마련된 한 편의 고전소설은 현대의 연구자와 일반 독자에게 훌륭한 독서물이 될 수 있을 것으로 기대한다.

필자가 작업한 이 <명주보월빙>은 최길용 선생님에 의해 역주 작업이 한 차례 이루어진 바 있다. 특히 장서각본과 박순호본의 원문을 비교해 실어 놓은 것은 이본 연구의 초석을 다졌다는 점에서 큰 의미가 있다. 선생님에 의해 작업이 이처럼 꼼꼼하게 진행되었음에도 불구하고 필자가 굳이 다시 한 이유는, 필자에 의해 작품의 구체적인 면모가 좀 더 밝혀지지 않을까 하는 기대 때문이다. 기존 작업에 더해서 필자는 모든 한자어에 한자 병기를 하였고 주석 역시 더 보완을 하였다. 교감 작업을 기존 연구에 비해 더욱 정밀하게 수행하였다. 현대어역의 경우, 중고등학생들도 쉽게 읽을 수 있을 정도로 하였다. 현대어역은 필자가 1차 작업을 한 이후, 필요한 부분은 AI의 윤문을 거쳤다.

이 작업을 수행하며 감사를 드려야 할 분들이 많다. 작고하신 일평(一平) 조남권(趙南權) 선생님으로부터는 대학원에 다니면서 온지서당(溫知書堂)에서 한문을 배웠고, 권우(卷宇) 홍찬유(洪贊裕) 선생님에게서는 유도회(儒道會) 한문연수원에서 사서삼경 등을 배웠다. 뒤늦게 배운 터라 실력이 어쭙잖지만 그나마 한자를 더듬더듬 읽기라도 하고, <명주보월빙>의 한자 병기를 하게 된 것은 선생님들 덕분이다. 선생님들이 그립다. 학부 때부터 지금까지 학문적으로, 인간적으로 가르침을 주고 계신 정원표 선생님과 박일용 선생님께는 감사하다는 말씀 외에는 드릴 말씀이 없다. 대학원에서 고전소설 원문을 읽고 연구하는 데 길을 터 주신 이상택 선생님께 감사드린다. 필자의 지도교수이신 선생님께서 박사논문의 대상으로 삼으셨고 그 이후에도 꾸준히 애정과 관심을 갖고 계시는 이 작품을 필자가 번역하고 주석을 가하게 되어 기쁘다. 원문 탈초본 및 주석 파일을 아무 조건 없이 내주신 최길용 선생님께 이 자리를 빌려 감사의 말씀을 드린다. 선생님 덕분에 원문 탈초의 고통을 한결 덜 수 있었다. 끝으로 동지인 아내 서경희에게 감사의 마음을 전한다.

차례

제1부

현대어역

명주보월빙 제7권

정천홍은 아내를 모함한 구몽숙에 속지 않고
윤광천 형제는 윤수가 나간 사이에 박대받다

화설. 정 공도 태부인 못지않게 진심으로 기뻐하고 빼어난 이마에 온화한 기운이 가득했다. 진 부인이 도적의 흉한 말을 듣고 매우 놀랐으나 신부를 보고 나서는 의심이 풀리고 괘씸해 하던 마음이 사라져 비로소 즐거움을 감추지 못했다. 이에 온 집안에 온화한 기운이 무르녹았다.

태부인이 신부의 옥 같은 손을 잡고 머릿결을 어루만지며 말했다.

"신부는 천흥이가 어렸을 때 정혼한 아이다. 기이한 명성을 익히 들었으나 이처럼 빼어날 줄은 생각지 못했구나. 오늘날 노모의 슬하 사람이 되었는데 얼굴과 기질은 노모가 본 사람 중에 처음이로구나. 천흥이가 무슨 복으로 이런 숙녀를 얻은 것이냐?"

금평후가 자리를 옮겨 고했다.

"천흥이는 한낱 탕자지만 신부는 천하에 없는 성녀입니다. 천흥이에게는 외람한 아내이고, 소자에게는 과분한 며느리입니다. 문호의 흥망이 종부(宗婦)[1]에게 달렸으니 조상님 덕택과 어머님 음덕으로

---

1) 종부(宗婦): 종자(宗子)나 종손(宗孫)의 아내. 곧 종가(宗家)의 맏며느리를 이름.

이와 같은 총부(冢婦)2)를 얻은 것입니다. 탕자를 진압하고 문호가 흥성하며 제사를 받들고 어버이를 받드는 일을 근심하지 않을 것이니 이 어찌 큰 행운이 아니겠습니까?"

태부인이 기쁨을 이기지 못해 웃고 즐기며 말했다.

"노모처럼 박덕한 사람이 이런 성녀를 슬하에 두게 된 것은 기약하지 못했던 일이다. 이는 반드시 하늘에 계신 선군(先君)의 혼령이 도우시고, 선조께서 착한 일을 많이 하셔서 경사가 생긴 것이다. 천흥이의 비상함이 세대에 비상해 어울리는 쌍을 얻지 못할까 근심하고 있었다. 그런데 옛날 약속을 지키고 보니 이 아이가 참으로 천흥이의 쌍이라 어찌 기쁘고 기이하지 않으냐?"

금평후가 신부를 나오게 해 사랑하는 빛을 거두지 못했다. 그러다가 홀연히 옥루항 백화헌에서 그 네 살 어린 여자아이를 보고 명천공을 보채 혼인을 정하던 일을 생각하고는 죽은 벗을 추모해 슬픈 빛을 하고 말했다.

"신부가 오늘 나의 집안에 이르러 우리 슬하가 되었으나 영선대인(令先大人)3)께서는 이 광경을 보지 못하시는구나. 옛날에 내가 신부를 친히 보고 정혼하던 때를 생각하면 사람 일이 많이 바뀌어 슬픔을 이기지 못하겠구나. 그러니 신부의 마음은 묻지 않아도 알 것이다. 내가 신부와는 시아버지와 며느리 사이지만 그 정은 아버지와 딸 못지않을 것이다. 처음에 너를 잃어버렸다는 말을 들었을 때 경악하던 마음이 어찌 이미 얻은 며느리와 다르겠느냐? 다행히 산문(山門)에서 편히 머물다가 이제 혼례를 이루었으니 기쁨을 이기지 못하겠구나."

---

2) 총부(冢婦): 종자(宗子)나 종손(宗孫)의 아내. 곧 종가(宗家)의 맏며느리를 이름. 종부.
3) 영선대인(令先大人): 상대의 죽은 아버지를 높여 이르는 말.

윤 소저가 엎드려서 시아버지의 말을 다 듣고는 일어나서 두 번 절하며 감사의 뜻을 표했다. 효성스럽고 유순한 낯빛과 엄숙히 예법을 갖춘 모습이 빛나 볼수록 놀라웠다. 시아버지가 옛날 일을 이르자 눈썹에 슬픈 빛이 일어났으나 공손하고 삼가는 행동과 공경하는 모습이 외모에 나타나니 금평후의 한없는 사랑이 비할 데가 없어 귀중하게 여기는 것이 오히려 아들보다 더했다. 자리의 사람들이 비로소 정신을 차리고 축하하는 말을 쏟아내니 이루 응대하기 어려웠다. 태부인은 이쪽저쪽으로 상대하고 응하는 데 사양하지 않았고, 공의 부부는 기쁜 빛으로 감사함을 표했다.

태부인이 한림을 불러 부부를 쌍으로 앉히고 한쪽이 치우치지 않은 것을 매우 기뻐하며 자리의 사람들에게 자랑했다.

"나의 손자와 손부의 기질이 이처럼 잘 어울리니 이는 참으로 하늘이 뜻을 두신 것이라 어찌 기특하지 않습니까?"

손님들이 다투어 칭찬하며 금평후 부부의 복록과 한림의 처복(妻福)이 많음을 축하하니 태부인이 한림에게 말했다.

"부부는 오륜 가운데 중요한 사람이고, 요조숙녀(窈窕淑女)[4]는 문왕(文王)[5] 같은 성인도 자나깨나 생각하셨다. 오늘 네 아내의 외모와 풍채를 보면 예로부터 지금까지 독보적인 숙녀다. 네가 복이 높아 이런 어진 아내를 얻었으니 모름지기 공경하고 소중히 대우해 부부의 즐거움이 가득하게 하거라."

한림이 두 번 절해 명령을 들을 뿐 구태여 말이 없었다. 아버지가

---

4) 요조숙녀(窈窕淑女): 얌전하고 정숙한 여자.
5) 문왕(文王): 중국 주(周)나라 무왕(武王)의 아버지. 이름은 창(昌). 기원전 12세기경에 활동한 사람으로 은나라 말기에 태공망 등 어진 선비들을 모아 국정을 바로잡고 융적(戎狄)을 토벌하여 아들 무왕이 주나라를 세울 수 있도록 기반을 닦아 줌. 고대의 이상적인 성인 군주의 전형으로 꼽힘.

곁에 계셔서 관(冠)을 숙이고 단정히 무릎을 꿇고 앉아 조심하고 삼가니 그 모습이 편안하고 행동거지가 단정해 도학을 닦은 군자 같았다. 그러나 그 마음은 상쾌해 하늘을 떠받치고 태산을 넘어 뛸 듯하여 미녀를 백 명이라도 사양하지 않을 마음이 있어 한 아내로 만족할 사람이 아니었다. 진 부인은 아들의 너른 역량과 통달한 지식을 크게 기뻐해 신부를 보기 전에 자기가 내색한 것이 도리어 우스웠다.

모두 한마음으로 즐기다가 해가 지자 손님들이 각자 자기 집으로 돌아갔다. 금평후가 등불을 이어 모친을 모시고 말했다. 신부 숙소를 선월정에 정해 신부를 보내고 한림에게 명령해 신방으로 가라 했다. 한림이 할머니에게 취침하시기를 청하고 아버지를 모시고 외헌에 나와 공이 취침하자 비로소 신방에 들어갔다.

한림의 신소리를 듣고 선월정 뒤에서 흉악한 남자가 내달려 한림을 해치려 하다가 빠르게 몸을 날려 공중으로 솟았다. 한림은 전날에 왔던 도적인 줄 알았으나 놀라지 않고 천천히 걸어 방 안으로 들어갔다.

신부가 일어나 맞아 동서로 자리를 잡았다. 소저의 좋은 향기와 아름다운 얼굴이 등불 아래에서 더욱 기이했다. 여덟 빛깔의 눈썹과 오색의 눈동자가 빛나고 찬란해 가슴 가운데 흰 해가 비친 듯했다. 한림이 그 남복 가운데 급히 보고 흠모하던 마음이 무궁했던 터라 뜬구름 같은 더러운 말과 흉악한 도적의 작란을 세상 바깥에 던지고 흔쾌히 말을 하려 했다. 그런데 또 문득 누군가 긴 창으로 문을 쑤시며 소리를 지르는 것이었다.

"나의 천금과 같은 미인을 천흥이 도적놈이 감히 한 방에서 상대를 잘하랴? 이 창으로 정연부터 찔러 죽이고 천흥의 머리를 두 조각 낼 것이다."

한림이 이런 욕설이 아버지에게 미친 것에 크게 분노해 도적을 잡아 만 갈래로 찢으려 해 문을 열고 나가니 도적은 벌써 사라지고 없었다. 한림이 분노와 괘씸함을 이기지 못해 생각했다.

'저 윤 씨 십여 세 여자를 누가 이토록 미워해 심하게 해치려 하는 것인가? 윤 씨의 외모로 보아서는 애매하다 하겠으나 한 여자 때문에 아버님께 흉악한 말이 미쳤으니 이는 자식으로서 놀라운 일이다.'

분하여 신부와 상대하려는 뜻이 없어 이윽히 머물다가, 신방을 비우는 것이 옳지 않다 생각하고 다시 들어와 소저를 대했다. 소저는 천만뜻밖에 흉악하고 참혹한 말을 듣자 비록 하해와 같은 도량을 지니고 천지와 같은 너른 마음이 있었으나 매우 놀랐다. 자기 한 몸의 앞길이 볼 것이 없음을 생각하니 얼음과 옥 같은 행동거지가 그림의 떡이 된 것 같았다. 스스로 죽어 이 일을 모르고 싶었으나 그렇게 하지 못해 오직 붉은 치마에 바르게 손을 꽂고 단정히 앉아, 보고 들은 것이 없는 것처럼 하고 구태여 경황없고 놀라운 마음도 외모에 드러내지 않았다. 생각도 없고 염려도 없는 것처럼 하여 세상의 화식(火食)[6]하는 무리와 차이가 컸고 아리따운 태도와 어여쁜 모습은 철석과 같은 간장을 지닌 남자라도 흐물흐물하게 만들 지경이었다. 정생이 아버지에게 욕설이 미친 것에 분하여, 흉악한 변란에 놀라워하던 마음이 사라지고 즐거운 일이 없으니 빼어난 화기(和氣)에 기쁜 마음이 줄어들어 묵묵히 말이 없다가 또다시 생각했다.

'내가 이미 이 사람이 애매한 줄을 익히 아는데 도적의 흉악한 말을 가지고서 괘씸한 뜻을 두어 이 사람을 매몰차게 대접한다면 이는 군자의 덕이 아니고, 어린 여자의 평생을 저버리는 일이다. 대인께

---

6) 화식(火食): 불에 익힌 음식을 먹음. 또는 그 음식.

모욕하는 말이 미친 것은 한심하나 이 사람을 해치려 하는 무리가 끝없는 계책을 내어 내 마음을 흔들려고 해 이렇게 하는 것이다. 흉악한 도적을 잡는 날 이 분함을 씻을 것이고 이런 일을 입 밖에 내지 말아 이 사람을 편하게 하는 것이 마땅하다.'

이에 말을 꺼냈다.

"우리 두 사람이 젖먹이 어린아이를 면하지 않았을 때 혼인하기로 약속해 쇠와 돌처럼 굳은 것이 있었소. 그런데 불행히도 장인어른께서 세상을 떠나셨소. 그래도 그대의 남매가 무사히 자라 작년 말에 혼인을 할까 했더니 그대를 잃어버리는 재앙을 만나 그대가 화를 피하는 바람에 혼인날을 허송했소. 그런데 하늘의 인연이 기특해 생이 취월암에 가 그대를 만나 벗으로 사귀려 한 것이 도리어 백년해로할 짝을 찾게 되었소. 오늘 그대가 우리 집안에 들어오셨으니 어찌 기쁘지 않겠소? 다만 흉악한 도적의 말은 내 마음을 요동치게 해 우리 부부의 금슬을 방해하려 한 것이오. 생이 비록 현명하지 않아도 그대의 고고한 절개와 맑은 행실을 모르지 않으니 소저는 뜬구름 같은 더러운 말을 마음에 두지 마시오. 생이 조금이라도 곧이들을까 염려하지 마시오. 생이 비록 무식해도 어찌 백년해로할 좋은 짝을 알지 못하겠소?"

말을 마치자 기운이 온화하여 소저의 마음을 편하게 하려 하였다. 열넷 어린아이의 귀신 같은 총명과 원대한 지식이 천고를 거슬러 살펴도 비슷한 사람을 얻기 쉽지 않았다.

소저가 예전에 이 사람과 말을 주고받았고 이 사람이 도적의 흉악한 말을 믿지 않아 자기를 위로하는 말이 이와 같으니 어찌 감사한 뜻이 없겠는가. 다만 자기를 깊이 해치는 자가 남이 아니라 이 불과 할머니와 손녀, 아주머니와 조카 사이에서 큰 변란이 일어났음을 짐작하면 부끄러움이 끝이 없어 곧바로 죽어 할머니의 악함을 감추고 싶은 마음이 있었다. 그러나 모친이 자기 남매를 위로 삼아 남달리 괴롭고 서러운 지경을 참고 견디시는 것을 생각하면 자기는 물이나 불 속에서라도 살기를 도모하는 것이 옳았다. 온갖 염려가 간장을 녹였으므로 말이 나오지 않아 고개를 숙이고 대답하지 않았다. 한림이 밤이 깊었다 이르고는 등불을 물리고 소저를 붙들어 침상에 나아가려 했다. 그러자 소저가 문득 입을 열어 말했다.

"첩이 운명이 험하고 행실이 볼 것이 없어 잃어버리는 화를 만나 떠돌아다니다 산사에 머무르다가 혼례 전에 군자를 만나 서로 보고 대화를 했으니 이는 예를 잃은 일이고 바른 도리가 아닙니다. 첩이 스스로 더러운 욕을 몸에 실은 듯했는데 신명께서 첩을 그릇되게 여기셔서 흉악한 도적이 더러운 말을 했으니 이는 차마 사람이 들을 수 없을 지경입니다. 맑은 하늘의 흰 해와 같은 현명함을 갖춘 군자께서 이를 믿지 않으시나 첩은 뼈가 서늘하고 넋이 찬 것을 이기지 못하겠습니다. 흉악한 도적을 잡기 전에는 망극한 누명을 씻기 어려울 것입니다. 원컨대 군자는 여자의 미세한 사정을 살피셔서 첩이 인륜의 세상사에 급히 참여하지 않게 해 주신다면 첩의 누명을 씻을 기회가 있을 것입니다."

옥과 봉황 같은 소리가 낭랑해 금쟁반에 명주(明珠)가 구르고 꽃가지에서 앵무새가 우는 듯했다. 온갖 아름다운 모습이 볼수록 경이로워 생이 공경하고 흠모해 사랑하는 마음이 더욱 흘러나왔다. 그러나 소저가 진정으로 부부 관계를 원하지 않아 팔뚝 위의 붉은 점7)을

---

7) 팔뚝 위의 붉은 점: 앵혈(鶯血)을 이름. 앵혈은 순결의 표식으로, 장화(張華)의 『박물지』에서 그 출처를 찾을 수 있음. 근세 이전에 나이 어린 처녀의 팔뚝에 찍던 처녀성의 표시를 말하는 것으로 도마뱀에게 주사(朱沙)를 먹여 죽이고 말린 다음 그것을 찧어 어린 처녀의 팔뚝에 찍으면 첫날밤에 남자와 잠자리를 할 때에 없어진다고 함.

그대로 두어 참혹한 누명을 씻으려 하는 것을 불쌍히 여겨 소저를
편히 눕히고 위로했다.

"하늘이 황폐해지고 땅이 다하여도 나 정 창백은 그대의 맑은 마
음과 훌륭한 행실을 의심하지 않을 것이오. 할머님이 어질고 덕이
있으시니 천만 명이 헐뜯어도 증자 어머니가 베틀의 북을 던지는
일8)은 없을 것이오. 시부모와 남편이 여자에게는 으뜸이니 그대는
안심하고 부질없는 일에 마음 쓰지 마시오."

드디어 부부 관계의 즐거움은 늦추었으나 손을 잡고 베개를 나란
히 하니 천지처럼 무궁한 정은 산이 낮고 바다가 얕을 정도였다. 이
와 같은 깊은 정을 위 씨 시어머니와 며느리, 어머니와 딸이 어찌 방
해를 하겠는가. 침상 위 비단 이불에 한 쌍의 옥처럼 완전하여 천정
배필이고, 백세의 좋은 짝이었다.

태부인이 한림의 유모 설파를 보내 신방을 엿보라고 했다. 유랑은
한림이 도적의 흉한 말을 듣고도 소저를 은근한 말로 위로하고 침상
위에 나아가는 모습을 보고 놀라고 의아해 하며 돌아가 일일이 고했
다. 진 부인이 이날은 태부인을 모시고 자다가 유랑이 전하는 말을
듣자 경악하여 태부인에게 고했다.

"첩이 오늘 아침에 세홍이가 이르기에 듣고는 놀라움을 이기지
못하다가 신부를 보고 나서는 조금도 의심이 들지 않았습니다. 그리

---

8) 증자 어머니가 베틀의 북을 던지는 일: 같은 말을 반복해 들으면 그 말을 믿는다는 말. 증자는
증삼(曾參, B.C.505~B.C.436?)을 높여 부른 이름으로, 중국 춘추시대 노(魯)나라의 유학자이고
자는 자여(子輿)임. 공자의 덕행과 사상을 조술(祖述)하여 공자의 손자인 자사(子思)에게 전함.
효성이 깊은 인물로 유명함. 이 일화는 『전국책(戰國策)』, 「진책(秦策) 이(二)」에 나오는 이야
기임. 어느 날 증자의 어머니가 베를 짜고 있는데 어떤 사람이 와서 "증자가 사람을 죽였다"고
하자 증자의 어머니는 "내 아들이 사람을 죽였을 리 없다"고 말하고 태연히 베를 짬. 잠시 후 또
다른 사람이 달려와서 같은 말을 했으나 증자의 어머니는 여전히 태연하게 베를 짬. 그러나 한
사람이 또 와서 같은 말을 하자 증자의 어머니는 두려워 베를 짜던 북을 내던지고 담을 넘어 달
려가 보았다고 함. 이는 증삼과 동명이인인 사람의 일을 사람들이 잘못 알고 전한 것인데 증자와
같은 현인의 어머니도 계속해서 같은 말을 들으면 이에 현혹될 수밖에 없었다는 고사.

고 신부를 불쌍히 여겨 누가 윤 씨를 그처럼 미워하는지 도적을 잡아 찢어 죽이면 시원할까 싶었습니다. 그런데 신방에 또 변이 있다 하니 이는 사람이 참지 못할 일인데 천흥이가 조금도 곧이들은 것이 없으니 어찌 기특하지 않습니까?"

태부인이 놀라서 말했다.

"신부는 천하에 없는 성녀다. 외모가 곱고 빛날 뿐만 아니라 만면에 어린 것이 다 훌륭한 덕이니 어찌 그런 음란하고 더러운 일을 하겠느냐? 원래 윤 씨를 미워하는 자가 있어 윤 씨를 잃어버렸던 일도 흉악한 사람이 해쳐서인가 싶구나. 윤 씨 아이가 끝내 무사하지 못할 것이니 어찌 불쌍하고 안타깝지 않으냐?"

진 부인이 고했다.

"천흥이가 이 일을 입 밖에 내지 않을 것이니 어머님은 알은체하지 마소서,"

태부인이 고개를 끄덕이고 유랑에게 당부해 선월정에 도적이 든 변고를 누구에게도 이르지 말라고 했다.

다음 날 아침에 윤 소저가 아침문안을 하니, 태부인과 시부모는 무한한 사랑을 줄 뿐이고 흉악한 도적의 더러운 말은 조금도 의심하는 빛이 없고 대우하는 것이 혜주와 다름이 없었다. 이웃 친척과 천한 종들이 다 소저를 칭찬하고 우러러보며 당대에 제일가는 사람이라 했다.

소저가 이로부터 시집에 머무르며 시부모를 효도로 봉양할 때 정성이 갸륵했고, 남편의 뜻을 잘 받들어 숙녀의 덕이 가득했다. 자연스러운 빛을 띠고 단엄하여 사군자의 모습이 있었으며, 시누이와도 화목하게 지냈다. 겸손히 자신을 낮추고 묵묵히 말이 적어 사람의 물음에 겨우 대답했다. 종일토록 붉은 치마에 손을 꽂고 봉관(鳳

冠)9)을 숙여 붉은 입술을 열지 않았다. 만면에 가득한 온화한 기운은 봄날의 따뜻한 볕이 가득해 만물을 회생시키는 듯했고, 그 어여쁜 모습은 볼수록 기이했다. 태부인은 손바닥 안의 보배와 옥처럼 사랑해 소저가 자기 곁에서 떠나는 것을 아쉬워했다. 금평후는 시아버지의 서먹함을 버리고 친아버지의 자애를 겸하여 큰 도량을 지닌 성품이 윤 소저에게 이르러는 자상했고, 엄숙한 낯빛으로 있다가도 소저를 보면 눈썹 사이에 봄바람 같은 따뜻한 기운이 일어나 웃는 입을 다물지 못했다. 일가 사람들이 도리어 며느리 사랑에 주접댄 것을 웃었다.

진 부인은 성품이 남달리 말이 없고 냉엄했으나 속으로는 윤 씨를 깊이 사랑해 자기 딸과 다름 없이 여겼다. 윤 씨를 볼 때마다 황홀한 모습으로 사랑하는 것은 태부인이나 금평후만 못한 듯했으나 범사에 윤 씨를 생각하는 것이 각별해 그 몸이 편하게 지내도록 했다. 윤 소저가 태부인과 시부모의 큰 자애와 은혜를 뼈에 새겨 타고난 효성이 갈수록 더했다. 또 시누이 혜주 소저와 뜻이 서로 맞아 피차에 같은 배에서 나온 형제가 아님을 깨닫지 못하고, 정 한림은 윤 소저 향한 정이 천지처럼 무궁했으니 구몽숙이 방해한다 해도 무슨 해로움이 있겠는가.

소저는 몸이 반석처럼 평안해 열셋 나이에 봉관화리(鳳冠花履)10)로 명부(命婦)의 존귀함을 누리며 태부인과 시부모에게서 자애를 지극히 받고 일가 사람들이 떠받들었다. 부부 두 사람이 서로 공경하고 소중하게 대해 관저(關雎)의 노래11)를 부르며 화합하니, 즐겁고

편안한 것이 어찌 친정에서 위, 유 씨 두 사람에게서 괴롭힘을 당할 때와 같겠는가. 다만 흉악한 도적의 음란하고 더러운 말이 마음에 꺼림직하고, 친정을 돌아보아 생각하면 모친의 괴로움이 어느 지경에 미쳤으며 광천 등은 무사한가 염려했다. 날마다 문안하는 시녀가 왕래했으나 할머니와 숙모의 허물을 편지에 이르지 않고, 남모르는 근심에 밤을 맞으면 슬피 눈물을 흘리지 않은 적이 없으니 이에 설란 등이 위로했다.

이때 은주 땅이 몇 년 동안 기아에 시달리고 내려가는 자사마다 어질지 않아 고을의 백성들이 괴롭힘을 당하며 편안히 있지 못해 아주 쓸모없는 고을이 되어 버렸다. 임금께서 각별히 안렴사(按廉使)[12]를 택해 은주를 순무(巡撫)[13]하라 하셨다. 조정이 의논하여 윤수를 추천하니 임금께서 윤 태우를 불러서 보시고 은주를 순무하라 하셨다. 태우가 사양하지 못해 명령을 받드니 임금께서 삼 일 뒤에 길을 떠나라 하셨다.

태우가 본부에 돌아가 모친에게 고하고 집을 떠나게 되자 근심이 두루 생겨 모친에게 진정으로 애걸했다.

"소자가 은주로 향하게 되었습니다. 길이 멀어 돌아오는 것이 쉽지 않습니다. 광천이 등은 나이가 어리나 조숙하니 바깥일은 염려할 것이 없습니다. 그러나 어머님의 자애가 부족하시니 어머님께서 소자를 사랑하신다면 조 형수님의 모자를 편히 거느리십시오. 그렇게 하신다면 소자가 참으로 다행으로 여길 것입니다. 정말로 바라니, 어머님께서는 소자가 지극히 믿고 바라는 바를 저버리지 마소서."

---

12) 안렴사(按廉使): 중국 송나라·명나라 때에, 지방 군현을 다스리며 풍속과 교육을 감독하고 범법을 단속하던 벼슬. 안찰사(按察使).
13) 순무(巡撫): 여러 곳을 두루 돌아다니면서 백성들의 마음을 위로하고 달램.

태부인이 거짓으로 눈물을 흘리며 말했다.

"네가 어찌 어미에게 괴이한 말을 하는 것이냐? 내 평생에 안팎을 달리하는 마음이 없으나 화증(火症)14)이 많아 내 말을 거스르고 뜻을 어긴다면 화가 생겨 혹 꾸짖는 때가 있으나 어찌 광천이 등에게 자애가 부족하겠느냐? 너는 괴이한 염려를 하지 말고 은주를 순무하여 나랏일을 잘 다스리고 속히 돌아오라."

태우가 길이 탄식하고 광천 등 형제를 불러 집안일을 부탁하니 앞일이 어찌 될지 알 수 없구나.

이때 윤 태우가 임금의 은혜에 감사하고 조정에서 물러나, 본부에 이르러 어머니에게 한나절 안부를 묻고 조정에서 주고받은 말을 고했다. 소소한 사정으로 마음 쓸 것이 아니었으나 돌이켜 집안의 형세를 살피면, 모친이 화가 과도하고 유 씨가 불량해 형수와 두 공자를 보호하지 못할 것이었다. 생각이 이에 이르러는 태우가 장부의 마음을 지니고 있으나 자질구레한 마음을 이기지 못해 두 공자의 손을 잡고 슬피 길이 탄식하고 말했다.

"네 아비가 나랏일 때문에 집안을 떠나게 되었다. 냉정한 어머님 아래 아이들을 두고 떠나는 마음이 베이는 듯한 것은 이를 것도 없고 집안이 위아래로 어지러울 것을 생각하면 참으로 마음을 놓기가 어렵구나. 어머님의 심화가 남다르시고 유 씨의 마음이 착하지 않으니 네 숙부가 집을 떠나면 반드시 너희 형제를 난타하는 지경이 있을 것이다. 너희는 모름지기 스스로 몸을 보호해 몸을 상하지 않게 하는 것이 효도다. 천금처럼 중요한 몸을 가볍게 여기지 말고 오늘 네 아비의 경계를 헛되이 여기지 마라."

---

14) 화증(火症): 걸핏하면 화를 왈칵 내는 증세.

두 공자가 절하고 명령을 들으며 대답하지 못했다. 태우가 슬픈 마음이 절로 나 두 공자의 손을 잡고 현아 소저를 나오게 해 어루만지며 경계했다.

"우리 아이는 하씨 집안의 며느리다. 빙물(聘物)과 혼서는 이를 것도 없고 이 필적은 곧 하 공의 필적이다. 세상일은 헤아릴 수 없어, 혹 내가 집에 돌아오기 전에 어느 권문세가(權門勢家)에서 너의 빛나는 명성을 듣고 위세로 구혼하는 일이 있다면 너의 어미는 세력을 좇고 이익을 탐내는 데 물든 사람이라 반드시 너의 절개를 방해할 것이다. 절개를 훼손하려 하는 일이 있어도 네가 반드시 정절을 크게 여겨 현명하게 몸을 보호한다면 어찌 아름답지 않겠느냐?"

소저가 아름다운 눈썹을 나직이 내리깔고 별 같은 눈이 미미한 채 대답하지 못했다. 공이 불쌍한 마음을 이기지 못해 구파를 향해 말했다.

"서모는 광천이 형제를 각별히 보호하고 어머님이 덕을 잃는 일이 있으시면 마땅히 간언하여 주십시오. 제가 나간 사이에 집안이 무사하다면 어찌 감사하지 않겠습니까?"

구파가 눈물을 흘리며 말했다.

"첩이 어찌 상공의 부탁을 기다려 조 부인과 두 공자를 보호하겠습니까? 다만 첩의 힘으로는 미치지 못할까 하니 노첩에게 당부하지 마시고 태부인과 유 부인께 부탁하시는 것이 마땅한 도리인가 합니다."

말이 끝나기도 전에 태부인이 정색하고 말했다.

"조 씨는 나의 며느리고 광천이 등은 내가 소중히 여기는 손자인데 네가 어찌 남에게 당부하느냐? 그리고 구파의 대답이 괴이하니 어찌 한심하지 않은가? 구파의 말끝이 참으로 수상하니 시어머니와 며느리, 할머니와 손자의 정이 완전해지기 어렵겠구나."

구 씨가 좋은 낯빛으로 사과했다.

"천첩이 감히 부인과 며느리, 부인과 손자 사이를 단정해 말하겠습니까? 다만 공정하게 말한다면 태부인의 심화 때문에 때리는 일이 잦으니 이는 태부인께서 심화를 억제하지 못해 생긴 일입니다. 그런데 그윽이 생각해 보면 태부인께서 조 부인 모자의 사정을 헤아려 살피지 못하시는 것을 민망해 하다가, 오늘 상공께서 먼 이별을 하게 되어 노신(老身)에게 부탁하시기에 자연히 대답이 이와 같았던 것입니다. 부인의 질책하는 말을 들으니 저처럼 중요치 않은 몸이 구차하게 삶을 의탁하다가 어지러운 말로 높으신 위엄을 침범했으니 황송하고 부끄럽습니다."

태부인이 괘씸한 마음을 이기지 못했으나 태우를 이별하는 때에 좋지 않은 낯빛을 보이는 것이 옳지 않았으므로 묵묵히 있으면서 구 씨를 한스러워했다.

태우가 명아 소저를 귀녕(歸寧)15)하게 해 이별하려 했으나 주저했다. 정 한림이 혼례 후 처음으로 이르러 장모를 찾아뵈자 태부인이 함께 보았다. 정생이 조회를 파한 후 바로 나왔으므로 곧바로 내실에 들어가 인사를 마치고 좌정했다. 자줏빛 도포는 뛰어난 외모와 풍채에 어울리고 오사모(烏紗帽)16)는 달처럼 둥근 이마에 한가하며 시원스러운 풍채와 엄연한 기운이 호탕하여 가을하늘을 업신여기고 서리를 압도했으니, 훗날 반드시 한 사람의 아래에 있고 만 사람의 위에 있을 사람으로 왕후(王侯)처럼 존귀하게 될 것임은 묻지 않아도 알 수 있었다.

조 부인이 일찍이 옛날 일을 떠올려 슬퍼 눈물을 흘리며 말을 하

---

15) 귀녕(歸寧): 시집간 딸이 친정에 가서 부모(父母)를 뵘.
16) 오사모(烏紗帽): 벼슬아치들이 관복을 입을 때에 쓰던 모자. 검은 사(紗)로 만듦.

니 사리가 온당했다. 정 한림이 힐끗 보니 광채는 소저와 많이 닮았
으나 복되고 존귀할 상은 소저에게 미치지 못했다. 그러나 천고에
희한한, 빛나는 외모와 풍채를 지니고 있었으니 한림이 크게 탄복했
다. 다시 위 태부인과 유 부인을 잠깐 살피니 태부인은 윗자리에 앉
아 말을 가다듬고 안색을 화려하게 해 눈물을 뿌리고 고개를 흔들며
손녀를 귀중히 길러낸 일을 말하고 한림의 풍채를 지나치게 칭찬하
며 기쁜 마음을 이르고, 옛날 일을 슬퍼하는 척하며 흐르는 듯한 말
이 능란했다. 유 부인은 악한 마음을 감추고 겉으로는 착한 체하여
민첩한 말과 겸손한 행동을 하니 어찌 조금이나 사나움이 있다고 여
기겠는가. 그러나 정 한림은 한번 눈을 들면 눈빛으로 사람의 마음
속을 꿰뚫었으니 어찌 저 부인의, 악을 감추고 착한 체하는 공교로
운 행동을 모르겠는가. 이에 속으로 놀라 헤아렸다.

'내 평생, 간교하여 안팎이 다른 자를 한심해 했는데 오늘 이 사람
들을 보니 하나는 흉악하며 음험하고, 태우 부인 유 씨는 결코 어진
사람이 아니니 이 사람들이 일으키는 재앙을 헤아리기가 어렵구나.
원래 윤 씨를 잃어버린 것을 괴이하게 여기고 있었는데 이 무리가
일으킨 변란이었구나. 누이의 천금과 같은 귀한 몸으로서 저런 흉악
하고 음험한 부인의 손부가 된다면 평생을 평안하게 보내기 어렵겠
구나.'

고개를 숙이고 이처럼 생각하니 매우 불쾌했다. 안찰공이 웃으며
말했다.

"전안(奠雁)[17] 때 장인을 뵙는 예는 옛사람이 이른 것이다. 그런
데 그대는 비록 장인이 계시지는 않으나 형수님을 뵌 것이 매우 늦

---

17) 전안(奠雁): 혼인 때 신랑이 신붓집에 기러기를 가져가서 상위에 놓고 절하는 예.

었으니 어찌 박정한 사람이 아닌가? 내 이제 천 리 먼 이별을 맞아 서운한 정을 펴려 하니 그대가 사오 일 귀녕을 허락해 주겠는가?”

한림이 몸을 굽혀 사례해 말했다.

“어버이를 모친 처지에 관청의 일이 많아 나아와 뵙지 못했습니다. 대인의 말씀을 들으니 민첩하지 못한 것이 절로 부끄럽습니다. 그러나 형포(荊布)[18]의 귀녕은 집안 어르신과 아버님이 위에 계시니 소생이 감히 마음대로 하지 못합니다. 아버님께 아뢰어 허락하신다면 소생이 막지 않을 것입니다.”

안찰이 미소 짓고 말했다.

“사위가 허락하지 않는다면 우리 조카는 예법이 엄숙하고 바르니 오지 못할 것이네. 사위가 시원하게 허락해 준다면 이제 수레를 차려 조카를 데려오려 하니 그대는 허락하게.”

한림이 대답했다.

“여자가 신행(新行)을 하면 부모와 형제에게서 멀어진다[19]고 하였습니다. 조카가 제 집에 들어온 지 한 달이 안 돼 귀근(歸覲)[20]하는 것은 너무 이르고, 소생이 아버님의 뜻을 알지 못한 채 먼저 허락하는 것은 방자하므로 높은 뜻을 받들지 못하겠습니다. 합하께서 만일 이별의 정을 펴려 하신다면 소생의 집에 오셔서 이별하셔도 무방하니 구태여 귀녕하는 것은 기쁘지 않은가 합니다.”

안찰이 크게 웃고 말했다.

---

18) 형포(荊布): 가시나무 비녀와 베치마라는 뜻으로 아내를 이름. 형차포군(荊釵布裙). 중국 한(漢)나라 때 은사인 양홍(梁鴻)의 아내 맹광(孟光)이 남편의 뜻을 받들어 이처럼 검소하게 착용한 데서 유래함.

19) 여자가~멀어진다: 여자가 혼인을 하면 친정 부모와 형제에게서 멀어질 수밖에 없음을 이름. 여자유행(女子有行) 원부모형제(遠父母兄弟). 『시경』, “패풍(邶風)”의 <천수(泉水)>에 나오는 표현임.

20) 귀근(歸覲): 부모를 뵙기 위하여 객지에서 고향으로 돌아가거나 돌아옴.

"그대가 우리 조카의 귀근을 사리로 막으니 또한 다시 청하지는 않겠네. 그런데 그대가 아주 작은 일이라도 영엄(令嚴)께 다 아뢰는 가 볼 것이네. 어린 나이에 호방한 마음을 품고 영엄을 혹 속이는 일이 있다면 전후의 말이 다르다 하겠네."

한림이 웃음을 머금고 대답했다.

"일에는 권도(權道)21)와 정도(正道)가 각각 있으니 어찌 소소한 집안일까지 모두 아버님의 뜻을 받들겠습니까? 소생이 여자를 좋아하고 술을 좋아하므로 실로 외람된 일이 있어도 괴이하지 않을 것입니다. 합하께서 이렇게 이르셔도 참으로 놀랍지는 않습니다."

말을 마치고 한가히 웃으니 봄이 온 성에 꽃이 만발하여 온갖 꽃이 다투어 핀 것 같았다. 떨쳐 일으킨 기운은 태산을 넘어 뛸 듯하고 빼어난 기상은 높은 하늘을 찌를 듯해 조금도 거리끼는 바가 없었다. 이에 태우가 박장대소하며 말했다.

"그대가 나를 처숙(妻叔)22)이라 하여 이처럼 방자해 술을 좋아하고 여자를 좋아한다며 자랑하나 영엄의 면전에서도 이런 기운을 부리느냐? 내가 영엄과는 죽마고우로서 관포(管鮑)의 지기(知己)23)를 비웃는데 창백이 이렇게 하는 것이 옳으냐?"

한림이 사죄해 말했다.

"소생이 어찌 방자하여 합하께서 부집(父執)24)의 존귀함이 있으신

---

21) 권도(權道): 목적 달성을 위하여 그때그때의 형편에 따라 임기응변으로 일을 처리하는 방도.
22) 처숙(妻叔): 아내의 친정 삼촌.
23) 관포(管鮑)의 지기(知己): 관중(管仲, ?~B.C.645)과 포숙아(鮑叔牙, ?~?)처럼 서로를 알아주는 친한 사귐. 관중은 중국 춘추시대 제(齊)나라의 재상으로 이름은 이오(夷吾). 환공(桓公)이 즉위할 무렵 환공의 형인 규(糾)의 편에 섰다가 패전하여 노(魯)나라로 망명하였는데, 당시 환공을 모시고 있던 친구 포숙아의 진언(進言)으로 환공에게 기용되어 환공을 중원(中原)의 패자(霸者)로 만드는 데 일조함. 관중과 포숙아는 잇속을 차리지 않은 사귐으로 유명하여 이로부터 관포지교(管鮑之交)라는 말이 나옴.
24) 부집(父執): 아버지의 친구로 아버지와 나이가 비슷한 어른의 지위에 있음.

데 공경하지 않을 수 있겠습니까? 다만 소생 등이 우러러보는 정성이 숙부와 조카 사이라 하여 깎아내리는 일이 없으므로 제 마음속을 잠깐 아뢰었던 것입니다. 그런데 방자하다 꾸짖으시니 두려움과 부끄러움을 이기지 못하겠습니다.”

안찰이 흔쾌히 웃으며 말했다.

“그대가 나에게 이렇게 대해도 조카딸을 편하게 해 준다면 어찌 감사하지 않겠는가?”

한림이 사례하고 조용히 담화했다.

조 부인이 좋은 술과 풍성한 안주를 갖추어 정성껏 대접했다. 한림이 흔쾌히 술잔을 받아들어 연이어 기울이고 옥 같은 손으로 금젓가락을 들어 그릇에 가득한 맛있는 음식을 풍성하게 맛보며 그릇이 비도록 먹었다. 그러고서 상을 물리고 천천히 하직하고 돌아갔다.

조 부인이 딸을 데려와 재미를 보지 못하고, 집안의 형세를 돌아보면 딸의 귀녕이 또한 탐탁하지 않아 다만 애만 태울 따름이었다.

안찰이 천 리 길에 어버이와 헤어지는 마음은 이를 것도 없고 집안일을 염려하여 마음이 좋지 않았다.

다음 날 정씨 집안에 이르러 금후와 말하며 소저 볼 것을 청했다. 금후가 이에 한림에게 안찰을 인도하게 해 선월정으로 들어가도록 했다.

한림이 공과 함께 내실에 이르렀다. 소저는 계부(季父)가 오셨다는 말을 듣고는, 기쁨을 이기지 못해 마루에서 내려가 맞이해 마루에 올라 절을 했다. 아름다운 모습이 봉관화리(鳳冠花履)25) 가운데 빼어났으므로 태우가 기쁜 빛으로 급히 소저의 옥 같은 손을 잡고

---

25) 봉관화리(鳳冠花履): 봉황을 장식한 예관(禮冠)과 아름다운 신발. 고관부녀의 복식.

말했다.

"내가 임금님의 명령을 받들어 천 리에 일을 받들어 가므로 이별
의 정이 서운하다 하여 여기에 올 것은 아니었다. 다만 여자가 시집
을 가면 부모, 형제와 멀어지는 법이라 내가 온 것이다. 이별이 슬프
나 여덟아홉 달은 넘기지 않을 것이다. 너는 날이 갈수록 여자의 덕
을 닦아 시부모를 효도로 봉양하고 군자의 뜻을 잘 받들어 여자의
도를 닦도록 하거라."

소저는 계부가 멀리 떠나 헤어지게 된 것이 서운할 뿐만 아니라
모친과 두 아우의 외롭고 위태함이 쌓아 놓은 계란 같을 것에 놀라,
팔자 눈썹에 근심이 가득하고 별 같은 두 눈에 가을 물결이 요동치
는 것을 깨닫지 못했다. 한참을 있다가 천천히 할머니의 안부를 묻
고 조용히 모시고 말했다. 안찰은 성품이 너그럽고 작은 일에 얽매
이지 않아 자잘한 말을 못 했다. 그래서 연연해 하는 마음을 겨우 참
고 소저와 이별했다.

소저는 계부를 떠나보내는 마음이 베이는 듯해 슬픈 눈물을 머금
어 절하고 이별했다. 슬퍼하는 모습과 근심하는 얼굴이 더욱 기이해
연꽃이 향기로운 연못 물결에 솟아나 있고 보름달이 구름 속에 싸이
려 해 온갖 자태가 아리따웠다. 안찰이 걸음을 돌려 다시 소저의 손
을 잡고 연연해 하며 건강할 것을 일렀다. 한림이 저 삼촌과 조카의
연연해 하는 정과 소저의 슬퍼하는 모습을 속으로 괴이하게 여겨 그
것이 나이가 어려서 그런 것인가 여겼으니, 이는 한림이 평생에 남
모르는 근심을 겪지 못했기 때문이다.

소저가 슬픔을 억지로 참아 눈물을 거두고 수천 리 길에 평안히
돌아오시기를 축원했다. 안대의 연연해 하는 마음이며 소저의 절절
히 서운해 하는 마음이 서로 더하고 덜한 것이 없을 정도였다.

안대가 겨우 손을 나누어 외당에 이르자 금후가 물었다.

"형이 처음으로 집을 떠나는데 우리 며느리가 귀녕을 원하지 않던가?"

안찰이 말했다.

"이름은 시집이라 하나 형의 인자하고 두터운 덕과 존문(尊門)의 큰 덕에 힘입어 한 몸이 반석과 같은데 어찌 구구히 친정을 그리워하겠는가? 다만 형수님이 처음으로 딸과 헤어지고 슬픔을 참지 못하시기에 지난날 창백에게 귀녕을 청했네. 그런데 창백이 이리이리 말하고 막기에 내가 형을 보아 다시 청하지 않은 것이네. 형은 모름지기 우리 형수님의 사정을 생각해 내가 없어도 한번 귀근을 허락해 주게."

금평후가 그 형에 대한 우애가 이와 같음을 보고는 명천공을 생각하고 슬픈 빛으로 탄식하며 말했다.

"형은 조카를 염려 말게. 내가 어리석더라도 문강 형을 생각하면 내 며느리는 친딸과 다름이 없이 대할 것이네. 하물며 며느리의 용모와 온갖 행실이며 사덕(四德)26)은 내가 처음 보는 것이니 무엇을 흠잡겠는가?"

안찰이 사례하고 종일토록 대화하다가 돌아갈 적에, 한림이 부친을 모시고 성문 밖에서 송별하겠다고 일렀다.

안찰이 돌아가 백화헌에서 두 공자를 데리고 몸을 보전하라고 천만번 당부했다. 희천 공자는 안찰과 부자(父子)의 큰 인륜이 정해졌고, 광천은 삼촌과 조카 사이지만 부자지간이나 다름이 없었다. 두 사람이 집안의 형세를 생각해 머리를 숙이고 눈물이 흘러내려 매우

---

26) 사덕(四德): 부녀가 지녀야 할 네 가지 덕. 마음씨[婦德], 말씨[婦言], 맵시[婦容], 솜씨[婦功]를 이름.

슬퍼하자 공이 어루만져 사랑하고 연연해 하며 떠나는 정을 이기지 못했다.

이날 밤에 안찰이 희춘각에 들어가 유 부인을 대해 이전의 엄숙한 기운과 냉엄한 안색을 고쳐 부드럽고 따뜻하게 말했다.

"복(僕)이 이제 임금님의 명령을 받들게 되어 사사로운 정과 소소한 집안일을 돌아보지 못하고 내일 길을 떠나게 되었소. 어머님을 곁에서 모실 한 명의 동기가 없어 어머님의 외로우심과 고적하심이 이를 데 없어 마음이 베이는 것 같소. 그런데 조 형수님과 두 아이 또한 의지할 데가 없는데 어머님의 심화가 괴이하셔서 조 형수님과 두 아이에게 인정에 가깝지 않은 일을 하실 것이오. 부인이 모름지기 어머님의 실덕(失德)을 간언하여 두 아이와 조 형수님을 각별히 보호해 복의 부탁을 저버리지 않는다면 내 어찌 기쁘고 감사하지 않겠소? 광천이는 우리 가문의 큰아이니 중요하고 귀한 것이 어찌 평범하겠소? 매사를 조 형수님과 의논하여 형수님의 명령을 어기지 말고 바깥일은 광천이가 어린아이지만 거의 다스릴 것이니 염려 마시오. 희천이는 나의 아들이니 모름지기 사랑하고 어여삐 여겨 두 딸과 다름이 없게 하시오. 조 형수님 섬기기를 어머님 버금가게 하여 복의 오늘 부탁을 저버리지 않는다면 돌아와 서로 볼 낯이 있을까 하오."

유 씨가 안찰이 자기를 믿지 않고 부탁하며 당부하는 것이 간절한 것에 속으로 분노하고 냉소했으나 내색하지 않고 공손히 사례했다.

"첩이 비록 어질지 못하나 군자의 지극한 효성과 너그럽고 두터운 덕을 저버리지 않을 것이니 명공께서는 염려하지 마십시오. 조 형님의 훌륭한 덕과 어진 마음을 어찌 업신여길 것이며 더욱이 광천이는 조상이 의지하여 맡긴 아이로 가문의 큰아이니 어찌 친자식과 다름이 있겠습니까? 첩이 목강(穆姜)[27]의 인자함이 없으나 어찌 감히 군자의 뜻을 받들지 않아 집안에 변을 일으키겠습니까? 군자께서는 시어머님께 간청하시고 첩에게 당부하지 마소서."

말을 마치자 기색이 편안했다. 공이 다시 할 말이 없어 외헌으로 나가 두 아이를 어루만지는데 그 헤어지는 정을 형용하기 어려웠다. 이미 밤이 깊어, 공이 두 아이를 좌우로 눕힌 채 얼굴을 어루만지고 귀중하게 여겨 눈을 붙이지 못했다.

다음 날 아침에 경희전에 가 태부인에게 하직을 고할 때 다녀오는 사이에 몸을 평안히 하시며 조 형수 삼 모자의 사정을 가련하게 여겨 위로하실 것을 간절히 청했다. 말이 시원스럽고 내용이 처절했는데 이처럼 재삼 애걸했다. 대흉(大凶)[28]이 기뻐하지 않았으나 물이 흐르는 듯이 대답하고 오히려 인심이 있어 헤어지는 마음에 서운하여 눈물을 뿌렸다. 안찰이 위로해 여덟아홉 달 사이에 평안하고 건강하게 계시기를 청하고 몸을 돌려 조 부인에게 재삼 몸을 잘 보호할 것을 당부하며 이별했다. 그리고 다시 유 씨를 향해 말했다.

"어젯밤에 이미 말했지만 부인이 모름지기 복(僕)의 말을 저버리지 않는다면 참으로 다행일까 하오."

유 씨가 옷깃을 여미고 사례하며 무사히 돌아오기를 일컬었다. 공이 다시 경아를 경계하며 말했다.

"석랑이 너를 박대하고 있으나 너는 오직 부도(婦道)를 닦아 남편을 원망하지 말고 석랑이 청하면 자주 왕래해 네 아비의 말을 가볍게 여기지 마라."

---

27) 목강(穆姜): 중국 진(晉)나라 정문거(程文矩)의 아내 이 씨의 자(字). 친아들 둘을 두고 전처의 아들 넷이 있었는데, 정문거가 죽자 전처의 아들 넷은 이 씨가 자기들을 낳은 어머니가 아니라고 하여 박대하였으나 이 씨는 그들을 사랑으로 대하였다 함.
28) 대흉(大凶): 큰 흉인.

경아가 이에 절하고 명령을 들었다.

안찰이 두 공자를 어루만져 잘 있으라 신신당부하고 성문을 나섰다. 두 공자가 강 밖에서 이별하려 하자 공이 멀리 나오지 말라고 했다. 두 공자가 명령을 거역하지 못해 성문 밖에서 절하고 이별했다. 수레 아래 절하며 오고 가는 길이 평안하시기를 청하니 가을 물결 같은 봉황의 눈에서 맑은 물결이 자주 떨어져 흰 연꽃 같은 화려한 얼굴을 적셨다. 안찰이 더욱 사랑하고 소중히 여기는 마음에 이별의 우울한 정을 억제하지 못하고, 재삼 손을 잡고 몸을 잘 보호하고 있으라 이르며 차마 손을 놓지 못했다.

해자 늦어지자 수레를 돌려 대궐에 이르러 임금의 은혜에 감사하니 임금께서 불러서 보시고 어온(御醞)[29]을 내려 주셨다. 그리고 유음(兪音)[30]을 내리셔서 은주를 예전처럼 회복시키고 백성을 어루만진 후에 속히 돌아올 것을 이르셨다. 임금께서 각별한 은혜를 보이시니 안찰이 머리를 두드리며 은혜에 감사를 표했다.

조정에서 물러나 행렬을 돌려 성문 밖으로 나가니 뭇 벗들이 술과 술병을 이끌고 이별의 시를 지어 성문 밖에서 송별했다. 어사가 얼굴을 일일이 보며 사례하다가 정 한림의 손을 잡고 평후를 돌아보며 말했다.

"내가 이제 임금님의 명령으로 천 리 밖에 임무를 받들러 가니 북당(北堂)[31]의 홀어머님을 곁에서 모실 한 명의 동기가 없네. 외롭게 의려지망(倚閭之望)[32]을 끼치니 우울한 마음을 억제하기 어려운데

---

29) 어온(御醞): 궁중 사온서(司醞署)에서 빚은 어용(御用)의 술.
30) 유음(兪音): 신하의 말에 대하여 임금이 내리는 대답.
31) 북당(北堂): 집안의 북쪽에 있는 당(堂)이란 뜻으로, 집안의 주부가 이곳에 거처하였기 때문에 어머니를 지칭하는 말로 쓰임.
32) 의려지망(倚閭之望): 문에 의지해 바라본다는 뜻으로, 자녀나 배우자가 돌아오기를 초조하게 기다리는 마음을 이르는 말.

광천이 등의 외로운 마음을 위로할 이가 없으니 돌아서는 회포를 걷잡기 어렵네. 형은 영윤(令胤)[33])에게 조회 길에 우리 집에 자주 왕래하게 하여 두 아이의 외로운 마음을 위로하도록 해 주게."

금후가 흔쾌히 말했다.

"형이 이르지 않아도 내가 어찌 광천이 등을 위하는 마음이 형과 다르겠는가? 형은 염려 말고 나랏일을 잘 다스리고 속히 돌아오게."

어사가 감사해 하며 말했다.

"나에게 만일 형님이 계셨다면 집안을 이처럼 염려했겠는가? 다만 나는 남과 다르므로 두 아이를 위하여 영윤을 자주 왕래하게 하려 한 것이네."

금후가 탄식하며 말했다.

"누가 동기를 사랑하지 않겠는가마는 명강[34])처럼 세월이 오랠수록 슬픔과 한이 더한 이는 없을 것이네. 내가 들을 때마다 느껴 슬퍼하는 마음을 이기기 어렵네. 내 자식에게 존부에 왕래하게 하는 것이 무엇이 어렵겠는가?"

윤 공이 길이 근심하는 마음을 누르기 어려웠으나 마지못해 벗들에게 사례하고 금후 부자와 이별했다. 안찰이 말에 올라 허다한 행렬을 거느려 은주로 향했다.

이에 앞서 주영이 위방에게 납치를 당해 위방의 집으로 끌려갔다. 주영이 소저의 눈앞에 닥친 큰 재앙을 막고 위방에게 밤낮으로 찬바람이 이는 호령과 온갖 모욕을 했는데 이루 말로 형용하지 못할 지경이었다. 위방 도적이 윤부 태부인의 말을 일일이 전하며 재삼 애

33) 영윤(令胤): 상대의 아들을 높여 이르는 말.
34) 명강: 윤수의 자(字).

걸했으나 주영은 위방이 가까이 오면 문득 칼과 노를 가져 막았으므로 위방이 감히 가까이 가지도 못한 채로 서너 달이 지났다.

하루는 위방이 나갔다가 들어와 낯빛을 엄정히 하고 성난 눈을 하고 말했다.

"나는 소저를 윤 상서의 딸인가 여겼다. 그런데 오늘 마침 군문에서 군사를 훈련시킬 때 한림학사 호위장군 정천흥이 곧 명천공의 사위라 들었다. 내 마땅히 태부인의 명령으로 너를 데려왔더니 그사이에 반드시 곡절이 있는 것 같다. 너는 틀림없이 윤 씨가 아닌가 하니어서 자세히 이르라."

주영이 밤낮으로 소저의 생사를 몰라 마음이 타들어가는 지경에 미쳤다가 이 말을 듣고 크게 기뻐하며 버럭 위방을 꾸짖었다.

"위가 작은 짐승은 들으라. 네가 한밤중에 재상집의 규수를 납치해 와서 이처럼 핍박하니 그 죄는 만 번 죽어도 아깝지 않고 천 번 죽어도 오히려 가볍다. 머리를 동문에 달고 시신을 기름이 끓는 가마에 넣지 못한 것을 아직도 한스럽게 여기고 있는데 이제는 또 나에게 윤 씨가 아니라 하는 것이냐?"

위방은 주영이 자신을 욕하는 것은 작은 일이고, 그녀가 윤 씨라 하는 말에 기뻐 급히 감사를 표했다.

"내가 원래 윤 태우를 보기가 괴로워 윤부에 가지 않아 혼사 지낸 것을 알지 못했소. 그런데 아까 대장군이 순시할 때 정천흥의 재주와 풍채가 천만 사람을 압도하니 모두 금평후가 비상한 아들을 낳은 것을 칭찬하고 윤 명천이 살아 있을 때 사위를 잘 택한 것을 일컫기에 하도 괴이해 물었던 것이니 노하지 마시오."

이에 주영이 생각했다.

'내가 주인 대신 오래 있으면 우리 주인의 얼음과 옥 같은 몸에

욕되고 내가 욕을 방비하는 것이 괴로우니 시원하게 도적을 욕하고 가야겠다.'

그러고서 이날 밤에 위방이 크게 취해 인사를 차리지 못하자, 영이 갑자기 냅다 일어나 소리를 엄정히 해 크게 꾸짖었다.

"짐승놈아, 내 말을 자세히 들으라. 네가 눈이 있으나 눈망울이 없어 귀천과 존비를 알지 못하니 내가 어찌 윤 소저이겠느냐? 윤 소저는 재상 집안의 천금과 같이 귀한 몸이니 어찌 너 천한 집에 와 몇 달을 머물 리가 있겠느냐? 나는 곧 윤 소저의 시녀 주영이다. 주인이 위급한 상황에 분한 마음을 이기지 못해 내가 대신했더니 네가 과연 눈망울이 없어 몰라보니 어찌 가소롭지 않으냐? 내가 대궐에 등문고를 울려 너의 죄상을 고하고 머리를 동문에 달아 분노와 한을 시원하게 풀고 싶으나 차마 못 하는 것은 우리 태부인의 허물을 만인 중에 누설하지 못해서다. 그러니 너는 이후에나 방자하거나 음란하지 마라."

말을 마치고는 크게 웃고 문으로 내달려갔다. 위방이 매우 취한 상태에서 이 말을 들었으나 분하여 나온 욕인 줄 몰라 다만 윤 소저의 시비라도 자색이 있으니 두려고 했으나 주영이 빨리 달려가는 것이었다. 사람마다 첫잠을 깊이 들었는데 위방이 겨우 기어 따라 나오다가 층층한 섬돌 아래로 굴러떨어졌다. 취한 소리로 겨우 사람을 불러 윤 씨를 찾았으나 주영은 간 곳이 없었다.

위방이 크게 놀라 급히 윤부에 이르러 대강의 사정을 고하고 뵙기를 청하자, 유 씨가 바삐 위 씨를 말려 말했다.

"이 아이는 틀림없이 정씨 집안과의 혼사 이야기를 듣고 왔을 것입니다. 황금 팔백 냥을 이에 이르러 내주기가 어려우니 어머님은 이리이리 답하십시오."

위 씨가 옳게 여겨 말을 전했다.

"손녀를 너에게 보내려 한 것은 본디 좋은 뜻에서 나온 것이었다. 그런데 불초한 손녀가 노모의 말을 듣지 않고 천한 시비를 대신 보내고 자기는 산사(山寺)에 숨어 있다가 돌아와 옛날의 약속을 이미 이루어 정씨 집에 있다. 노모가 참으로 한스러움을 이기지 못하나 네가 일을 그릇하고 손녀는 몸을 감췄던 것이니 할 수 없다. 네가 대신 간 시비를 반드시 죽여 흔적을 없애고 훗날을 기다린다면 다시 도모해 주겠다. 그러나 전날 강정에 들었던 도적을 엄히 찾고 있으니 너는 기미를 드러내지 말거라. 오늘은 번거로워 너를 보지 못하니 훗날 널 청하겠다."

시녀가 방에게 이렇게 전하자 방이 다시 주영이 도주한 일을 고했다. 위 씨가 대경실색했으나 유 씨가 다시 말을 전하도록 했다.

"주영을 잃었으니 이미 할 수 없다. 너는 염려 말고 안심해 돌아가거라."

위 씨가 유 씨와 함께, 주영이 도주한 일과 명아 소저의 몸이 반석 같은 것에 이를 갈며 한스러워했다. 부디 안대가 돌아오기 전에 조 부인 삼 모자를 한 칼에 찢어 죽이려 했다. 알지 못하겠구나, 이 세 사람이 뜻대로 할 수 있을까.

이들은 태우가 은주로 나간 후에 조 부인 삼 모자를 없애려 도모하고, 구파를 미워해 조 부인을 해치려 하는 마음과 다르지 않았다.

어사가 나간 후 사오일이 지나지 않아 구파가 그 모친상을 만나 절강으로 내려가 상을 치르려 했다. 위 부인과 그 며느리는 마음 가득히 기뻐했으나 조 부인 삼 모자는 서운한 마음을 둘 곳이 없었다. 이별을 할 때 눈물을 줄줄 흘리니 구파가 망극한 가운데나 조 부인 모자를 염려해 더욱 슬픔을 이기지 못했다. 그래도 마지못해 그 조카를 데리고 내려가니 조 부인의 서운한 마음은 끝이 없었다.

주영이 위방의 집을 떠나 그 아주머니 집에 가서 오륙일을 머물렀다. 취운산 정부를 찾아가 소저가 시가에 있는 줄을 알고 정부의 행랑에 들어가 현앵을 만나니 반기는 마음을 이기지 못했다. 현앵이 주영을 바삐 데리고 선월정으로 들어갔다. 소저는 어르신을 곁에서 모시고 있어 나오지 못했으므로 감히 뵙지 못하고 오직 모녀, 형제가 마주해 태부인의 심술을 이르고 위방이 하던 행동을 이르며 네다섯 달 헤어졌던 정을 일렀다.

소저가 어르신에게 저녁문안을 마치고 등불을 들려 침소로 돌아오니 주영이 절하고 뵙는 것이었다. 반가움이 넘치고 기쁨이 지극해 도적 소굴에서 무사히 벗어난 연고를 물었다. 주영이 위방이 전혀 의심하지 않고 자신을 소저로 알다가, 떠나오는 날 한림이 윤부의 사위라 하며 자신에게 묻던 말을 전했다. 또한 네다섯 달을 밤낮으로 위방을 욕하던 말이며, 올 때 자기가 소저의 시녀인 것을 이르고 온 일을 고했다. 소저가 할머니의 흉한 마음을 모르지 않았으나 들을수록 몹시 놀라 길이 탄식하고 말했다.

“너는 도적의 집을 잘 떠났으나 우리 집 소문이 다른 사람에게 들리게 할 만하지 않으니 너는 이런 말을 입 밖에 내지 마라. 혹 묻는 이가 있거든 병이 들었다가 나아서 돌아왔다고 하라.”

주영이 이에 명령을 들었다.

유랑이 말했다.

“구 씨 아주머니가 어제 절강으로 내려가셨다 하니 부인과 두 공자의 위태로움이 더욱 쌓아 놓은 계란 같을 것입니다.”

소저가 슬피 눈물을 흘리며 말했다.

“내 몸이 이곳에 편히 있으나 본부를 생각하면 애가 바짝 타네.

계부께서 은주로 가신 후에 더욱 급한 염려로 밤낮 경황이 없었네. 그런데 구 조모께서 모친상을 만나 고향으로 가셨으니 일마다 공교롭게 되었네. 이는 모친과 두 아우의 액운이 심해서 그런 것이니 차라리 괴롭고 서러움을 함께 겪는 것만 같지 못하겠네. 놀라운 기별을 들을까 그 절박한 마음을 어디에 비하겠는가?”

설란이 말했다.

“들리지 않고 보이지 않는다고 모르겠습니까? 어르신께서 나가시자 유 부인이 의기양양해 태부인을 모시고 밤낮으로 우리 소저와 부인, 두 공자를 해치려 도모하고 있습니다.”

소저가 다시 말을 안 하고 눈물을 금치 못하니 유랑 등이 좌우에서 위로했다.

이날 한림이 어르신에게 저녁문안을 마치고 아버지가 취침한 후 선월정으로 들어갔다. 사창(紗窓)35)에 등불 그림자가 밝게 비치고 주인과 종의 말소리가 끊이지 않은 가운데 소저가 슬피 우는 소리가 들렸다. 한림이 매우 의아하고 괴이하게 여겨 발걸음을 멈추고 들으니 이는 문득 도적에게 잡혀갔던 시녀가 돌아와 주인과 종이 대화하는 소리였다. 그런 가운데 위 씨와 유 씨 두 흉악한 사람의 악함이 드러나고 소저는 모친과 두 아우를 위해 슬퍼하는 것이었다. 한림이 모든 이야기를 듣고서 소저에게 남모르는 근심이 매우 많은 것을 참으로 불쌍히 여겼다. 그러나 원래 성품이 자잘한 일을 알려고 하지 않는 사람이므로 창밖에서 기침하고 방으로 들어갔다.

소저가 일어나 그를 맞이하고 자리를 정하니 한림이 소저에게 슬퍼하던 흔적이 있는지 봉황의 눈을 흘려떠 한참을 보았다. 그러나

---

35) 사창(紗窓): 사붙이나 깁으로 바른 창.

소저는 눈썹 사이에 어린 온화한 기운이 봄볕처럼 무르녹고 안색은 복숭아꽃 같은데 고개를 숙이고 단정히 앉아 있었다. 소저의 위엄 있는 모습은 가을하늘처럼 높고 상월(霜月)36)처럼 엄숙했으며, 바다와 같은 도량을 가져 그 깊이를 헤아리지 못할 정도였다. 한림이 속으로 더욱 탄복해 일부러 물었다.

"생이 아까 들어오다가 보니 휘장 밖에 전에 보지 못하던 여종이 있던데 어디에서 온 사람이오?"

소저가 나직이 대답했다.

"그 아이는 첩 유모의 소생입니다. 그래서 옥루항에서 오늘에야 온 것입니다."

한림이 고개를 끄덕이며 자신이 아는 사실을 숨기는 것이 웃겼으나 내색하지 않았다.

밤이 깊어지자 한림이 소저와 함께 침상에 나아가려 했다. 소저는 할머니의 흉한 마음을 모르지 않았다. 그래서 자기 팔뚝 위의 붉은 점37)을 완전히 한다면 훗날 할머니가 보아도 오히려 분노가 덜하겠지만 그렇지 않는다면 급한 화를 부를 것이었다. 이에 문득 말했다.

"첩이 사문(斯文)38)의 규수로서 산사에서 떠돌았고, 한밤중에 흉악한 도적이 어지러운 말을 한 것은 황하를 기울여도 씻지 못할 것입니다. 만일 훗날 제 몸이 더러운 일에서 벗어난다면 제 평소의 말과 같기를 원하니 군자께서는 여자의 미세한 사정을 살펴 주십시오."

한림이 전날에는 위 태부인이 저지른 흉악한 일을 알지 못한 채

---

36) 상월(霜月): 서리가 내리는 밤의 차가워 보이는 달.
37) 팔뚝 위의 붉은 점: 앵혈(鶯血)을 이름. 앵혈은 장화(張華)의 『박물지』에서 그 출처를 찾을 수 있음. 근세 이전에 나이 어린 처녀의 팔뚝에 찍던 처녀성의 표시를 말하는 것으로 도마뱀에게 주사(朱沙)를 먹여 죽이고 말린 다음 그것을 찧어 어린 처녀의 팔뚝에 찍으면 첫날밤에 남자와 잠자리를 할 때에 없어진다고 함.
38) 사문(斯文): 이 학문, 이 도(道)라는 뜻으로, 유학의 도의나 문화를 이르는 말.

소저가 청하는 것이 시집을 위한 것인가 여겼다. 그런데 오늘 그 주인과 종의 문답을 들은 후에는 위 태부인을 괘씸하게 여겼다. 그리고 소저가 그 할머니를 두려워해 이처럼 말하는 것이 불쾌해 정색하고 말했다.

"남자가 성정이 괴이해 혹 아내를 멀리 두는 것은 들었으나 여자가 남편의 두터운 정을 자르고 말이 많기로는 그대 같은 사람이 없을 것이오. 도적의 흉악한 말은 내가 이미 곧이듣지 않았고 어르신과 부모님이 그대를 의심하시지 않아 이미 시부모와 남편이 이 일을 잘 알고 있는데 그대는 어찌 이처럼 사리를 모르는 것이오? 만일 매양 이처럼 한다면 생과 그대의 푸른 머리가 쇠해져 흰 실을 드리울 시절에도 각각 거처해 팔뚝 위의 붉은 점을 그대로 두겠소? 생이 비록 용렬하나 당당한 팔척대장부요. 한 여자의 제어를 받아 구구하지 않을 것이니 그대는 모름지기 부녀의 도리를 훼손시키지 마시오."

말을 마치자 눈썹 사이가 엄숙해 가을 서리가 번뜩이고 기운이 엄했다. 굳센 행동과 위엄 있는 모습은 보는 사람이 식은땀이 나 등을 적시게 할 정도였다. 소저는 만사가 자기의 뜻과 같지 않아 군자가 이렇게 하는 것에 크게 부끄러워해 옥 같은 얼굴이 붉게 상기되고 별 같은 눈이 미미히 가늘어져 다시 말을 못 했다. 빼어난 얼굴과 아리따운 모습은 생불(生佛)이라도 돌아서고 철석같은 굳센 마음이라도 흐물흐물하게 할 정도였다. 한림이 속으로 황홀하고 기이함을 이기지 못해 함께 이불 속으로 나아가니 황하가 얕고 태산이 낮은 듯했다. 한림이 소저를 공경하고 소중히 대하니 열넷 소년 남자의 총명하고 사리에 밝은 것이 이와 같았다.

한림이 이후에 선월정에서 잠을 자는 일이 빈번했다.

한림이 평소에 색을 좋아하는 마음을 스스로 억제하지 못해 혼인

하기 전에 다섯 창녀와 정을 통했는데 이름은 형아, 녹빙, 채란, 영월, 향매였다. 임금께서 금평후의 충효와 훌륭한 재주를 총애하셔서 아름다운 창녀 사십 명을 내려 주셨는데, 정 공이 미녀를 긴요하지 않게 여겼으나 성은을 사양하지 못해 후원 애월루를 고쳐 창녀들을 두었던 것이다.

차설. 동평장사 양필광은 명문 권세가 출신으로 사람됨이 세상을 뒤덮을 만한 군자요, 충성스럽고 어진 장부라 임금의 총애가 온 조정을 기울이고 조정 안팎의 선비들이 우러러보았다. 집안의 부인 화씨는 얌전하고 정숙한 여자였다. 부녀자로서의 덕이 가득했으므로 평장이 공경하고 소중히 여겨 여러 자식을 두었다.

딸 난염이 비녀 꽂는 나이가 되자, 옥 같은 외모와 아리따운 자태가 화려하여 하늘의 홍람화(紅藍花)39)와 가을 하늘의 보름달 같았다. 공이 매우 사랑해 널리 아름다운 사위를 택하다가 정 한림 천흥의 걸출하고 대범한 모습을 흠모하고 귀중히 여겨 자기 딸이 재실로 가는 것을 꺼리지 않고 구혼을 간절히 했다. 금후가 이에 흔쾌히 허락했다. 평장이 정 한림의 풍채와 재주를 매우 사랑하고 금후는 아들의 호방한 마음을 돋우는 것이 옳지 않고 천금과 같은 며느리의 적인(敵人)40)을 모으는 것이 기쁘지 않았으나, 소저의 기특함이 적인을 무사히 거느릴 것이고 양 공처럼 충효의 집안 사람으로서 그 딸이 비범할 줄 생각해 혼인을 허락하고 예물을 받았던 것이다. 혼인날은 몇십 일이 남아 있었다.

---

39) 홍람화(紅藍花): 국화과의 두해살이풀로 높이는 1미터 정도이며, 잎은 어긋나고 넓은 피침 모양임. 7~9월에 붉은빛을 띤 누런색의 꽃이 줄기 끝과 가지 끝에 핌. 씨로는 기름을 짜고 꽃은 약용하고, 꽃물로 붉은빛 물감을 만듦.
40) 적인(敵人): 적대자라는 뜻으로, 남편이 같은 다른 아내를 이름.

길일이 임박하자, 양 공은 비록 천금처럼 사랑하는 딸이 남의 밑에 굴복하는 것이 적이 부끄러웠으나 정생 같은 영웅의 재실은 용렬한 사람의 원비(元妃)에 비기지 못할 것이었다. 그래서 마음 가득히 기뻐하며 혼인에 쓰일 도구를 성대히 갖춰 길일을 기다렸다.

혼인날이 되자 금후가 잔치를 크게 열고 한림을 데리고서 내당에 들어가 길복을 입혔다. 이에 부인이 말했다.

"윤 씨 며느리를 얻을 때 입던 길복을 입으라."

그러자 좌우의 빈객이 웃으며 말했다.

"혼인 길복을 한 번 입었으면 다시 쓰지 않는데 어찌 낡은 길복을 쓰겠습니까?"

부인이 웃으며 대답했다.

"그 관과 허리띠의 색이 변하지 않았으니 그것을 입고 가는 것이 무방하다."

한림이 대답했다.

"저의 관복을 매양 어머님께서 염려하실 일이 아닙니다."

진 부인이 웃으며 말했다.

"너의 길복을 염려하는 것이 아니다. 길복이 상하지 않았으므로 또 새것을 만들지 않은 것이다."

이처럼 이야기할 때 소저가 유랑에게 명령해 길복을 받들어 좌중에 놓게 했다. 태부인이 친히 내어 좌중에 자랑하며 말했다.

"나의 손자며느리는 여자 중에 성인입니다. 여자의 투기는 칠거(七去)[41]의 죄인데 이 아이는 어찌 만사에 이처럼 능력이 있어 사람이 미처 생각지 못한 훌륭한 덕을 갖췄을 줄 알았겠습니까? 천흥이

---

41) 칠거(七去): 예전에, 아내를 내쫓을 수 있는 이유가 되었던 일곱 가지 허물. 시부모에게 불손함, 자식이 없음, 행실이 음탕함, 투기함, 몹쓸 병을 지님, 말이 지나치게 많음, 도둑질을 함 따위.

가 무슨 복으로 천고에 드문 성녀를 얻은 것입니까?"

좌중의 빈객이 일제히 입을 모아 칭찬하며 축하하는 말이 분분했다. 금후가 한가히 긴 수염을 어루만지면서 웃고 말했다.

"우리 며느리는 여자 중에 공자(孔子)와 맹자(孟子) 같으니 부녀자의 일에 극진한 것을 두말할 것이 있겠습니까?"

태부인이 기쁨을 이기지 못하고 금후가 소저에게 명령해 한림의 길복을 갖추어 보내라 했다. 소저가 명령을 듣고 길복을 받들어 봉관(鳳冠)42)을 숙인 채 좌우의 사람을 감히 살피지 못했다. 한림이 몸을 움직여 길복을 받을 적에 부부가 가까이 상대하니 신장과 몸체는 차이가 컸으나 한림의 가을 하늘 같은 기상과 소저의 봉황과 같은 자태가 더욱 빼어나 사람들이 바라보고 칭찬했다.

소저가 어른들 앞에서 한림에게 관복을 입히자 부끄러워서 얼굴이 매우 붉어졌다. 그녀의 별 같은 눈이 나직하고 아름다운 눈썹이 가지런한데 부끄러운 낯빛이 흘러넘쳤다. 아름다운 팔자 눈썹이 가지런하게 나직하고 얼굴에 붉은빛을 띠었으니 아리따운 모습이 더욱 빼어나고 아름다웠다. 손님들이 흠모하고 복종함은 이를 것도 없고 한림이 마음속에 소저를 기대하고 허여하는 것이 있었다.

소저가 이미 길복을 다 입히자, 한림이 어른과 부모에게 하직하고 금안장을 얹은 백마를 타고 허다한 요객(繞客)43)을 거느려 가는데 음악 소리는 하늘에 가득한 채 양부로 갔다.

이날 양 평장 집안에서 잔치를 크게 열고 빈객을 모으니 화려함이 정부와 다름이 없었다.

한림이 옥으로 만든 상 위에 기러기를 올려놓고 신부가 가마에 오

---

42) 봉관(鳳冠): 봉황 문양이 있는 관.
43) 요객(繞客): 혼인 때에 가족 중에서 신랑이나 신부를 데리고 가는 사람.

르기를 기다렸다. 빼어난 풍채와 시원스러운 얼굴이 볼수록 기이하니 집안에 가득한 손님들이 입을 모아 칭찬해 훌륭한 사위 얻은 것을 축하했다. 공이 이에 순순히 응답했다.

신부가 금가마에 오르자 한림이 금자물쇠를 들어 가마를 닫았다. 본부에 돌아가 대청 가운데에서 합환주를 마시고 맞절을 했다. 신부가 대추와 밤을 받들어 시부모와 어른에게 바칠 때 이 또한 세속의 분 바른 평범한 미색이 아니었다. 버들잎 같은 눈썹과 보름달 같은 이마에 별 같은 눈과 꽃 같은 뺨을 지녔고 붉은 입술에 흰 이가 깔끔하니 태부인과 시부모가 매우 기뻐했다. 예를 마치자 금평후가 기쁜 빛으로 어루만지며 말했다.

"신부는 명문 집안에서 태어나 부녀자의 덕이 가득할 것이다. 우리 아들의 원비 윤 씨는 훌륭한 행실과 착한 덕이 옛날 성녀에 부끄럽지 않으니 서로 화목하게 지내고 오늘 처음으로 보는 예를 잃지 마라."

신부가 두 번 절해 명령을 듣고 윤 소저를 향해 두 번 절했다. 윤 소저가 답례하고 태부인이 기쁨을 이기지 못해 신부를 나아오라 해 어루만지며 칭찬했다.

"너희가 사문(斯文)44)의 여자로서 천흥이의 배우자가 되어 외모와 기질이 노모가 바란 것 이상이다. 윤 씨 며느리는 위에 위치하여 아황(娥皇)45)의 높은 덕을 본받고 양 씨 며느리는 여영(女英)의 온순함을 본받아 서로 화목하게 지내거라."

두 사람이 머리를 숙이고서 가르침을 듣고는 절하고서 명령대로

---

44) 사문(斯文): 이 학문, 이 도(道)라는 뜻으로, 유학의 도의나 문화를 이르는 말.
45) 아황(娥皇): 중국 요(堯)임금의 딸로 동생 여영(女英)과 함께 순(舜)임금에게 시집감. 순임금이 순수(巡狩)하다가 창오에서 죽자 여영과 함께 소상강에 빠져 죽음.

하겠다 했다. 신부는 더욱 아리땁고 화려해 봄 정원에 복숭아꽃과 오얏꽃이 살짝 핀 것 같아 세상 일을 아는 듯 모르는 듯했고, 윤 소저는 가을 하늘이 높이 떠 있고, 비 갠 후의 밝은 달이 시원한 것 같아 가을 하늘을 낮게 여기고 봄 하늘의 구름이 곱지 못한 것을 나무랐으니 그 아름답고 빼어난 모습이 사군자와 열장부(烈丈夫)와 흡사했다. 신부의 아름다운 모습을 보았으나 행여 자기가 투기하지 않음을 내색해 칭찬하는 소리를 구하지 않아 기운이 태연하고 안색이 한결같아 봄바람처럼 온화했다. 신부의 곱고 아리따운 모습이 세상에 비할 자가 없었으나 어찌 윤 소저처럼 온갖 아름다움이 빛나는 모습을 바라겠는가. 빈객들이 입을 모아 갈채해 가문의 큰 복을 일컬으며 어지럽게 칭찬했다. 태부인과 금후 부부가 이리저리 손님들에게 응수하며 기쁜 빛으로 화답했다.

날이 저물어 손님들이 각각 집으로 돌아갔다. 신부의 숙소를 선월정에서 가까운 설매정으로 정했다.

이날 밤에 한림이 설매정에 이르러 양 소저의 절세한 용모를 보고 즐거운 빛을 띠고 말했다.

"생은 재주가 부족하고 덕이 별로 없는데 장인어른께서 생을 잘 보셔서 그대가 재취(再娶)의 낮은 자리로 오는 것을 꺼리지 않으셨으니 장인어른께서 날 알아주신 은혜에 감사하오. 생의 조강지처가 매우 어질고 착하니 나의 내조를 빛낼 것이라 어찌 다행하지 않겠소?"

양 소저가 얼굴을 가다듬고 옷깃을 정돈해 묵묵히 대답하지 않았다. 태연한 모습으로 냉담하게 있는 모습은 마치 옥매화에 납설(臘雪)46)이 쌓여 있으며 흰 달이 서리와 얼음에 비추는 듯했다. 생이

---

46) 납설(臘雪): 납일(臘日)에 내리는 눈. 납일은 민간이나 조정에서 조상이나 종묘 또는 사직에 제사 지내던 날로 동지 뒤 셋째 미일(未日)에 지냄.

길이 웃음을 머금고, 밤이 깊자 함께 비단 장막으로 나아가니 사랑이 매우 깊었다.

양 소저가 시가에 머무르면서 일찍 일어나고 늦게 자며 시누이들과도 화목하게 지냈다. 윤 소저는 양 소저를 지위가 높은 손님처럼 대하고 양 소저는 윤 소저를 엄한 스승처럼 대하여 서로 공경하고 사랑했다.

한림이 두 명의 숙녀를 공경하며 소중히 대하고 양 씨를 깊이 사랑했다. 그러나 기질이 진중하고 묵묵했으므로 얼굴빛으로 드러내지 않고 양 소저를 사실(私室)에서 대할 때도 엄한 임금과 신하처럼 행동했다. 이에 태부인과 부모가 기뻐했다. 다만 윤 소저는 간절한 근심과 절박한 염려로 옥 같은 눈물이 주르르 흘러 꽃 같은 뺨을 적실 뿐이었다.

이때 위 씨는 아들과 구 씨가 없자 집안 안팎으로 가혹한 호령 소리와 승냥이처럼 쉰 목소리로 내외를 다 마음대로 했다. 유 씨는 교묘한 꾀와 기특한 재주로 작은 힘을 도우니 요망한 계교가 미치지 않은 곳이 없었다. 음식에 독약을 넣어 두 공자에게 먹으라 하니 두 공자는 신명하여 이를 모르지 않았으나 어찌 감히 거역하겠는가. 마지못해 먹고 즉시 나와 해독약을 먹어 구토했다. 그러고서 사오일을 신음하다가 자연히 나아 아침문안에 참여했다. 그러면 위흉과 유 씨의 한스러움과 분노가 한층 더해지는 것이었다. 그래서 차라리 두 공자를 조르고 두렵게 해 자결하기를 바랐다.

위 씨는 평소에 조 부인을 구태여 난타하는 일은 없었으나 유 씨가 시어머니를 온갖 말로 참소해 일마다 악행을 도왔다.

위 씨가 점점 흉포해져 태우와 구파가 나가고 한 달이 겨우 지나

자 친히 매를 들고 조 부인에게 달려들어 차마 못 할 말로 욕하며 낭자하게 쳤다. 처음에는 광천 형제가 이 일을 알지 못하다가 여러 번 반복되니 어찌 모르겠는가. 태부인이 조 부인의 머리칼을 틀어잡고 금척(金尺)47)을 들어 머리뼈로부터 내리치며 죄를 따지는데, 간음한 남자를 들여와 즐겁게 지내고 상서가 죽은 것을 슬퍼하지 않는다 하고, 광천과 희천은 윤 씨의 골육이 아니고 간음한 남자의 자식이라 하며 차마 듣지 못할 말을 무수히 하는 것이었다.

공자들이 마침 들어오다가 이 광경을 보고 모친을 붙들어 목이 쉬도록 눈물을 흘렸다. 희천은 조모의 손을 잡아 모친의 머리칼을 풀려고 하고 광천은 금척을 빼앗아 던지고 어지러운 낯빛을 거두지 않고 말했다.

"할머님이 포악하고 사나우시나 어머님은 하층의 천한 사람이 아닙니다. 계부께서 길을 떠나실 때 이런 일을 마시라고 천 번이나 간절히 애걸하셨습니다. 할머님께서 물이 흐르는 듯이 대답하시더니 계부께서 나가신 지 한 달이 안 되어 집안에 변란을 일으키려 하십니다. 알지 못하겠습니다. 우리 모자가 살아서 할머님께 무슨 해로운 일을 했습니까? 할머님께서 목강(穆姜)48)의 인자함을 본받지 않으시고 패도(悖道)49)를 숭상하시니 소손 등이 즉각 죽어 할머님의 마음에 차게 하려 했으나 차마 하지 못했습니다. 이는 어머님의 외로운 처지를 생각하고 계부의 자애를 저버리지 못하며, 조상의 제사를 끊지 못해 구구히 살기를 바랐기 때문입니다. 할머님께서 조금도

---

47) 금척(金尺): 쇠로 만든 자.
48) 목강(穆姜): 중국 진(晉)나라 정문거(程文矩)의 아내 이 씨의 자(字). 친아들 둘을 두고 전처의 아들 넷이 있었는데, 정문거가 죽자, 전처의 아들 넷은 이 씨가 자기들을 낳은 어머니가 아니라고 하여 박대하였으나 이 씨는 그들을 사랑으로 대하였다 함.
49) 패도(悖道): 바른 도리에서 어긋남.

덕을 닦지 않으시고 점점 이 지경에 미치시니 우리 집 변고는 다른 사람에게 들리게 함 직하지 않습니다. 인가(人家)에 며느리에게 죄가 있으면 길이 쫓아내는 법은 있으나 친히 쇠와 나무를 가리지 않고 혈육이 상하도록 난타한 일은 할머님에게서 처음으로 나온 법입니다. 어머님의 팔자가 괴이하셔서 남에게 없는 지극한 고통을 품으셨으나 효성과 덕행에 흠이 없으신데 죄 없는 며느리를 이렇게 하시니 할머님의 악행이 놀랍지 않습니까?"

말을 마치고는 머리를 두드리며 목이 쉬도록 통곡했다. 흰 연꽃 같은 얼굴에 눈물이 줄줄 흘러 옷을 적시고 처절한 곡성은 돌과 나무라도 감동시킬 지경이었다. 태부인이 희천은 자기 손을 잡아 그 모친의 머리칼을 풀어내고 눈물을 흘리며 애걸해 어머니 대신에 자신이 벌을 받겠다 청하는데, 광천은 분노에 찬 말을 하며 자기의 마음을 일러 두려움이 적은 것을 보고 대로했다. 그래서 부인을 놓고 광천에게 달려들어 곁의 책상을 들어 광천을 무수히 난타했다. 공자가 집안의 형세에 망극해 통곡하다가 책상이 먼저 두 어깨를 울리니 뼈가 부서지는 듯하고 아픔이 지극했다. 그래도 자기 몸에 이런 일은 변고가 아니라 여겨 천천히 말했다.

"소손 등에게 죄가 있으면 시노(侍奴)를 시켜 꾸짖고 때리시는 것이 마땅하신데 친히 매를 들어 할머님의 몸을 번거롭게 하시는 것입니까?"

태부인이 이에 시노를 불러 공자를 매우 치게 하려 했다.

현아 소저가 침소에서 곡성을 듣고 매우 놀라 급히 태부인 침실에 들어가 할머니의 행동과 광천 등이 불쌍히 맞는 모습을 보고 몹시 놀라 책상을 앗아 멀리 놓고 눈물을 연이어 흘리며 말했다.

"아버님께서 나가신 지 몇 달이 안 되어 집안에 이런 일이 있으니 아우 등이 몸을 보전하지 못할 것입니다. 알지 못하겠습니다만, 할머님께서는 무슨 까닭에 아우 등을 미워하셔서 그 몸이 상하게 한 것입니까?”

그러고서 목이 쉬도록 눈물을 흘려 스스로 죽어서 보지 않으려 하는 것이었다. 그러자 태부인이 꾸짖었다.

“너는 어찌 광천이 등은 그토록 귀하게 여기고 할미의 외롭고 슬픈 마음은 모르는 것이냐? 저놈의 모자가 나를 죽이려 도모했으니 어린아이가 무엇을 아는 체하는 것이냐?”

소저가 울면서 말했다.

“광천이 등이 어찌 할머님을 해칠 뜻을 두었겠습니까? 할머님께서 아버님이 나가신 때를 타 저 아이들을 못 견디도록 하신 것입니다.”

이에 태부인이 분노해 말했다.

“네가 이런 못 할 말을 하니 반드시 나를 죽여 없애려 하는 것이 광천이 등과 똑같구나.”

말이 잠시 멈춘 사이에 경아가 비로소 침소에서 나와 앞의 일을 모르는 체하고 거짓으로 태부인의 노기를 풀어 주며, 조 부인의 머리가 상한 것에 놀라는 체하고 광천 등과 조 부인을 그만하여 물러가 쉬게 하라 했다. 태부인이 비록 죽이고 싶은 마음이 급했으나 한꺼번에 저 세 모자를 다 죽이지는 못할 것이므로 잠깐 노기를 진정했다. 그러나 현아 소저를 재삼 꾸짖어 광천 등의 무리라 하니 소저가 한심하여 다시 말을 하지 않고 천천히 침소로 돌아갔다.

공자 등이 놀란 마음을 진정해 모친을 모시고 해월루로 돌아갔다. 그러자 부인이 베개에 머리를 기댄 채 공자를 꾸짖었다.

“시어머님께서 잠시 지나친 행동을 하셨으나 네가 하는 말은 자손이 효도로 순종하는 도리가 아니니 무슨 유익함이 있겠느냐? 네 몸은 만금보다 귀한데 네가 하는 말은 전에 바라던 바와는 크게 다르구나. 이후에는 할머님의 명령이면 순종하고 비록 덕을 잃으시더라도 조용히 간해 어리석은 죄인이 되지 마라.”

공자가 울면서 말했다.

“소자 등은 혈육이 상하는 중벌을 입어도 놀랍지 않으나 어머님께 그런 일이 일어났으니 어찌 망극한 변고가 아니겠습니까? 계부께서 나가신 지 몇 달이 안 되어 집안이 이처럼 어지러우니 끝을 누르지 못할까 합니다.”

부인이 흐느끼며 입을 다물고 말을 하지 말라고 당부했다.

이후에 위, 유 두 부인이 조 부인 삼 모자를 보면 이를 갈고 흉악한 행동을 하여 바로 보기 어려울 지경이었다. 유 씨는 가만한 중에 희천을 조르고 보채 희천의 온갖 괴로움이 헤아리기 어려웠다. 태우와 구파가 나간 후에 조 부인 삼 모자의 입고 먹는 것이 더욱 괴로워 안 좋은 음식 한 그릇 아니면 보리죽과 재강50)이었다.

예전에는 조 부인이 집안을 다스려 어버이를 받들고 제사를 받드는 일과 손님을 맞이하는 일들을 받들고 다스렸다. 그런데 상서가 별세한 후로는 태부인이 가권(家權)을 앗아 유 부인이 맡게 하고, 태우에게는 조 씨가 슬픈 마음에 번거로운 집안일을 다스릴 길이 없으니 마지못해 큰 절차만 조 부인에게 묻고 범사는 자신이 유 씨에게 처치하게 했다고 말했다. 그러니 태우가 어찌 감히 유 부인이 조 부인이 맡은 중요한 일을 마음대로 한다고 생각하겠는가마는 또한 조 부인의 마음이 그렇다 하므로 유 씨에게 신신당부해 매사를 형수 명령대로 하라고 했다.

---

50) 재강: 술을 거르고 남은 찌꺼기.

명주보월빙 제8권

윤회천은 여장하여, 여장한 김중광을 속이고
윤현아는 김중광과의 강제 혼인을 피해 숨다

화설. 이에 앞서 윤 태우가 유 씨에게 신신당부해 범사를 형수의 명령대로 하라고 했다. 유 씨가 물 흐르듯 대답해 태우 앞에서는 매사를 조 부인에게 아뢰었다. 태우가 비록 유 씨를 어진 부인으로 알지는 않았으나 어찌 마음이 그런 줄이야 꿈에나 생각했겠는가. 길을 떠날 적에 행여나 태부인이 그 심화(心火) 때문에 조 부인에게 불편한 일을 할까 하여 태부인에게 재삼 간절히 애걸했으나 어찌 이토록 악한 것이 천고에 무쌍할 줄 알았겠는가.

이런 까닭에 흉악한 노파가 조 부인 모자 세 명을 한 칼에 죽여 아들과 구파가 돌아와도 의심을 자기에게 돌리지 않으려 포악한 행동과 사나운 모습이 더욱 심했다. 조 부인은 자기 몸은 대수롭지 않았으나 행여 두 아들이 병이 날까 근심했다. 한 자의 베와 한 되의 쌀도 실로 마련할 길이 없어 비록 조부에서 오는 금은과 쌀, 비단이 썩는 지경이어도 위 씨가 다 빼앗아 창고를 채웠다. 그래서 조 부인 삼 모자의 고초가 끝이 없었으나 누가 있어 이를 근심하겠는가.

광천 공자는 보리죽과 재강을 싫지 않게 여겨 좋은 것처럼 먹었으나 둘째공자는 억지로라도 연명하려 곡식을 끊지는 않았으나 때때로 비위가 거슬려 몇 달 내에 화려한 풍채가 야위고 맑고 고상한 기상이 곧 죽을 것 같았다. 조 부인이 볼 때마다 심장이 바짝 타는 것을 면치 못해 태우가 집에 돌아오기 전에 큰 변고가 날까 두려웠다. 유 부인은 밤이면 이를 갈아 공자가 죽기를 바라니 그 마음은 큰 가뭄 칠 년에 구름과 무지개를 바라는 것보다 더했다.

희천 공자의 사람됨이 외모가 빼어나 맑은 것이 수정과 같고 견고한 것이 금옥과 같아 사람이 참지 못할 지경을 당하고서도 타고난 효자로서 그 양모(養母)의 허물을 마음에 두어 어찌 친함과 소원함을 달리하겠는가. 유 씨를 우러러보는 지성과 효도가 오히려 생모보다 더한 듯하고 석 학사 부인 경아를 우애 있게 공경하는 정성이 정한림 부인 명아보다 덜하지 않았다. 그러나 그럴수록 유 씨 모녀가 이를 갈고 한스러워하는 것은 한층 심해졌다. 둘째공자가 이에 더욱 조심하며 효도하고 우애로웠으나 천성이 침묵하고 진중했으므로 그 온갖 슬픔을 그 모친 조 부인이라도 알지 못하게 했다. 조 부인이 어찌 그것을 모르겠는가마는 그 허물을 마음대로 전하지 않았다. 그러다가 희천이 혹 양모의 허물을 들으면 눈물을 드리워 아뢰었다.

"소자가 어리석고 도리를 알지 못해 양모께 효성이 얕아 어머님께서 문득 양어머님의 허물을 소자에게 이르십니다. 소자가 만일 어머님의 소생이 아니고 양어머님이 낳으신 자식이라면 어머님께서 소자에게 이런 말씀을 하셨겠습니까? 이로부터 소자가 머리를 드는 것이 어렵겠습니다."

이렇게 말하며 진실로 허물을 들으려 하지 않으니 조 부인이 또한 진중했으므로 구태여 이르는 일이 없었다.

이때 구몽숙이 옥루항에 자주 왕래해 명아 소저의 음란한 일을 한림이 곧이듣도록 하고 두 번이나 도적이라 해 칼을 들고 행동했으나 부부의 금슬이 어떠한 줄을 바깥 사람이 어찌 알겠는가.

유 씨가 소저의 시녀가 오면 한림이 정을 맺었는지 알려고 했으나 시녀가 모른다고 대답하므로 초조해 했다. 그러다가 한림이 양 씨를 얻은 것을 알고 반드시 소저를 싫어하여 재취한 것이라 생각해 고소하기가 가려운 데를 긁는 듯했다. 몽숙에게 만일 소저가 길이 쫓겨나면 그 기물로 삼게 해 주겠다고 하니 몽숙이 그 말을 듣고 기뻐하며 응낙했다.

이때 석 학사가 그윽이 윤 씨가 어질지 않은 것을 싫어해 윤 씨를 윤부에 팽개쳐 두고 처사 오윤의 딸을 얻어 오 씨를 소중히 대우하고 경아는 길 가는 사람처럼 대했다. 유 씨 모녀가 비 오는 밤 푸른 등불 앞에서 흘리는 피눈물이 귀밑을 가득 채우니 태부인 역시 석생을 이를 갈며 한스러워했으나 또한 어찌하겠는가.

태부인과 유 씨는 태우가 집을 떠난 때를 틈타 어떻게 하든지 명문 벌열의 아름다운 사위를 택해 현아의 일생을 시원하게 하려 했으나 함께 의논할 사람이 없는 것을 한탄했다.

하루는 집금오 유 공이 이르렀다. 유 씨는 유 공에게 장녀 경아가 석 학사에서 박대받는 것이 놀랍고, 현아는 어릴 때 한때 희롱한 말을 지켜 서촉의 수졸(戍卒)[1]과 결혼하려 한다 하고 자기가 다만 두 명의 딸을 두어 사정이 슬프고 마음이 놀랍다고 일렀다. 그리고 부디 각별한 권세가의 아름다운 사위를 택해 딸의 평생을 시원하게 하려 한다 말했다. 그리고 사혼은지(賜婚恩旨)[2]를 얻어 태우가 부득이한 줄을 알게 하려 한다고 했다. 유 공의 성정이 용렬하고 무식해 사

---

1) 수졸(戍卒): 변방에서 수자리 서는 군사.
2) 사혼은지(賜婚恩旨): 임금이 명령해 내려주는 혼인.

납지는 않았으나 예의를 다 알지 못했으므로 그 누이의 말을 듣고도 그른 줄을 알지 못하고 기쁜 빛으로 위로하며 말했다.

"누이는 염려하지 마라. 명강이 성품이 고집스러워 그 자식의 앞길을 염려하지 않아 작은 믿음을 지키고 있으니 누이가 슬퍼하는 것이 괴이하지 않다. 내가 마땅히 사혼은지를 받아 아름다운 사위를 얻어 누이를 위로하고 명강이 그릇 여기는 것을 막을 것이다."

그러고서 돌아가 널리 구혼했다.

당시 이부총재 김후의 장자 김중광은 나이가 열넷이었는데 그 마음 먹은 것이 괴이하여 부디 신붓감을 직접 보고 얻으려 했다. 그러니 어느 사람이 규수를 내어 보여 줄 자가 있겠는가. 이런 까닭에 열네 살이 되도록 아내를 얻지 못했다.

김 이부가 윤 태우의 차녀로써 구혼한다는 말을 듣고 유 공을 청해 규수의 어짊 여부를 물었다. 금오가 자세히 전하자 김 이부가 매우 기뻐하며 허락하려 했다. 그런데 중광이 자신이 한번 보고 혼인을 허락하겠다는 뜻을 고했다. 김후가 웃고는 금오에게 그 아들의 말을 전하며 또 말했다.

"영질(令姪)이 만일 기특하다면 한번 보는 것이 무엇이 어렵겠는가?"

금오가 말했다.

"누이를 보아 의논하고 다시 알려 드리겠습니다."

그러고서 바로 윤부에 이르러 김후의 말을 자세히 전하고 신랑의 고집을 이르니 유 씨가 김후의 부귀를 흠모하며 말했다.

"혼처는 참으로 마땅합니다. 다만 신랑의 고집을 들으니 딸이 비록 특출나나 딸을 보여 신랑이 나무라면 참으로 큰 모욕이고, 둘째는 딸아이가 결단코 볼 리가 없으니 마땅하지 않습니다."

경아가 잠시 웃고 말했다.

“어찌 작은 일로 큰 일을 그만두겠습니까? 김 씨가 만일 부디 보려 한다면 이리이리 해 잠시 보이는 것이 무방할 것이고, 저 김가가 비록 눈이 태산처럼 높아도 결단코 현아를 나무라지 않을 것이니 모친은 염려하지 마소서.”

유 씨가 그런가 여겨 김씨 집에 가 이리이리 하라고 하니 금오가 즉시 김부로 가 말했다.

“규방에 외간 남자가 왕래하기 어려우나 영윤의 고집이 괴이하니 마지못해 허락합니다. 명공께서는 영랑에게 음양을 잠깐 바꾸게 하는 것이 어떠합니까?”

이부가 생을 불러 물으니 생이 기뻐하며 허락했다. 유 금오가 기뻐해 윤부에 회보하니 아, 유 씨가 또한 유학자 집안의 사람으로서 이익을 탐하고 세력을 좇아 인륜의 큰 절개를 편안히 스스로 없애려 하니 죄를 강상(綱常)에 얻고 인륜을 어지럽히는 행동임을 알 수 있다.

이때 현아 소저가 태부인과 부모에게 하루 세 때 문안 외에는 자취가 문지방을 넘지 않고 오직 침소에서 지냈다. 시녀 벽란은 영리하고 총명해 재상 집안의 규수를 압도하는 기질이 있어 만사에 능통하고 현명해 문자를 관통했다. 그래서 소저가 주인과 종의 의리에 규방의 막역(莫逆)을 겸하여 일찍이 서로 떠나지 않으며 집안일을 꿈속에 부쳤다.

유 금오가 빈번히 왕래하니 둘째공자가 괴이하게 여겨 하루는 그 뒤를 따라가 시좌(侍坐)했다. 금오는 둘째공자가 누이의 양자이므로 심복이라 여겨 문득 김중광이 음양을 바꾸고 오니 현아를 보일 것을 낭자하게 의논했다. 유 씨가 민망하여 어렴풋이 대답하며 공자에게 나가서 독서하라 했다. 공자가 감히 명령을 거역하지 못해 나오면서 근심하며 마음이 좋지 않아 그 방해를 하는 것이 누이의 추상과 같은 절개를 완전하게 하지 못할 줄 헤아렸다. 이에 매우 놀라 어찌할 줄을 몰랐다.

금오가 돌아가려 하자 문 안에서 보낼 적에 넌지시 물었다.

"김가가 언제 옵니까?"

금오가 대답했다.

"오늘 밤에 온다."

공자가 놀라고 누이가 이 사실을 모르는 것을 더욱 근심하며 미화당으로 갔다. 소저가 책상에 『열녀전』을 펴 놓고 깊이 생각하고 있다가 공자를 보고는 앉으라 하고 조용히 말했다. 공자가 이에 소저에게 말했다.

"누님은 금오 대인이 왕래하시는 것을 알고 계십니까?"

소저가 대답했다.

"신정 때 뵌 후에는 근래 왕래하신 것은 알지 못한다."

공자가 소리를 낮추어 어머니와 금오가 하던 말을 일일이 고했다. 소저가 다 듣기도 전에 매우 놀라 한참을 묵묵히 있다가 슬픈 빛으로 탄식하고 말했다.

"어머님께서 어리석은 딸을 염려해 덕을 잃으신 것이 이 지경에 미쳤으니 슬프구나. 모친께서 비록 나를 살리려 하시는 것이 도리어 한 목숨을 재촉하는 일이 되었구나. 내가 들어가서 죽기살기로 다툴 것이다."

공자가 말리며 말했다.

"안 됩니다. 어머님께서는 일을 시작하시면 끝을 보실 것입니다. 아버님이 하씨 집안과 결혼하신 데 분노하셔서 끝없이 구혼하신 것이니 누님이 비록 다투셔도 일만 더 드러낼 뿐입니다. 제가 이리이리 할 것이니 원컨대 누님은 잠시 피하십시오."

소저가 분개한 눈물이 옥 같은 얼굴에 가득한 채 길이 탄식하며 말했다.

"어머님께서 아버님의 중대한 부탁을 저버려 천고에 없는 일을 스스로 하고 계시니 우리 가문의 맑은 덕이 이로부터 추락하겠구나."

공자가 위로해 말했다.

"비록 그러하나 일이 급하게 되었으니 빨리 피하십시오. 제가 누님의 옷을 입고 그 흉악한 도적놈에게 보일 것입니다."

말을 마치고는 즉시 나왔다.

황혼에 세월 등이 문에 나와 김가가 오기를 기다려 바로 미화당으로 데리고 가려 했다. 공자가 분노를 이기지 못해 나는 듯이 미각으로 가 소저의 한 벌 의복을 입고, 소저는 협실로 들어가고 벽란이 등불을 밝히고 있었다.

이윽고 비영 등이 지게 밖으로 와 부인의 말이라 하며 전했다.

"금오가 한 여종을 보내 '너에게 두고 부리라.'라 하시고 '두고 싶으면 두고 마음에 안 들면 즉시 보내라.'라고 하셨습니다."

그러고서 김가 짐승을 벽란에게 인도하게 해 들여보냈다.

김생이 기쁨에 넘쳐 들어가 눈을 들어서 보았다. 소저가 서안(書案)에 기대 있는데 붉은 해가 산마루에 걸린 듯하고, 광채가 빛나고 빛이 찬란해 곱고 기이한 것이 남전(藍田)[3]의 백옥(白玉)을 가다듬어 채색을 메운 듯했다. 김생이 한번 바라보고는 황홀함을 이기지 못했다. 김가 짐승이 황홀해 눈을 들어 다시금 바라보니 아름답고 고운 것이 흠이 없었다. 다만 긴 눈썹이 이마 위에 떨쳐져 있고 봉황의 눈과 누에눈썹이 너무 길어 미인의 아리따운 태도가 잠깐 적었으

---

3) 남전(藍田): 중국 섬서성의 옥이 많이 나는 지역.

나 그 미색으로 이른다면 자기가 본 여자 중에 처음이었다. 김 씨가 황홀하여 바라보는 눈이 뚫어질 듯하니 공자가 속으로 분노해 벽란을 시켜 말을 전했다.

"소녀에게는 여종들이 많아 부질없으므로 돌려보냅니다."

그러고서 벽란을 재촉해 중광을 데리고 가라 했다.

김가가 공자를 소저로 알아 떠나는 것이 섭섭했으나 소저가 재촉하므로 마지못해 비영과 함께 나갔다. 세월 등이 인도해 바깥문으로 나갔다.

원래 김생이 오는 것을 유 씨는 불편하게 여겼으나 경아가 힘써 들여온 것이었다. 김생이 소저를 본 것으로 여길지언정 공자의 계략은 전혀 깨닫지 못했다. 나갈 때 잠깐 엿보니 풍채가 전아하고 눈과 눈썹이 맑고 빼어났으므로 결혼할 것을 진심으로 원했으니 무식하고 무지한 것이 이와 같았다.

공자가 김가 짐승을 내보내고 즉시 여복을 벗어 팽개치고 누이에게 말했다.

"평생 공교로운 일을 안 하다가 오늘 밤에 마지못해 음양을 바꿔 김가 짐승을 속였습니다. 그러나 패륜의 자식이 우리 집을 업신여기는 것이 이와 같아 규방 엿보기를 태연히 하니 한결같이 괘씸합니다. 급히 가서 저놈을 난타해 훗날을 경계할 것이니 누이는 놀라지 마소서."

말을 마치고서 밖으로 나가니, 소저가 모친의 일을 한심하게 여기며 뼈가 서늘하고 분함을 이기지 못해 대답하지 않았다.

이때, 윤 소저가 모친의 행동을 생각하고 김가 짐승의 무례함을 괘씸하게 여겨 아우의 말에 미처 대답하지 못했다. 공자가 빨리 나가자 오히려 염려가 없지 않아 공자가 김가 짐승에게 다칠까 염려가 가득했다.

공자가 천성이 진중했으나 김생을 몹시 한스러워해 분연히 밖에 나와 긴 옷을 벗어 팽개치고 급히 문에서 내달려 중광을 따라갔다. 용과 호랑이의 걸음으로 신속한 것이 구름이 가고 별이 흐르는 것 같았으니 어찌 중광의 뒤를 따르지 못하겠는가.

이때는 바로 저물녘이었다. 희미한 초승달이 어렴풋하고 네거리 큰길에 왕래하는 사람이 가득한 가운데 중광이 뭇 사람 가운데 섞여서 가고 있으니 어찌 알아보겠는가마는 공자의 밝은 눈빛으로 어찌 김가 도적놈을 알아보지 못하겠는가. 김가를 만나자, 갑자기 달려들어 중광의 머리채를 휘어잡고 자기 신을 벗어 그 뺨을 치며 죄를 하나하나 따졌다.

"네가 반드시 성현의 글을 읽었을 터인데 음양을 바꾸어 구차히 규방에 들어가 규수를 엿보아 업신여겼으니 네가 눈으로 보고 구혼하겠다 한 것이 무슨 말이냐? 윤 소저에게 구혼하려 하나 소저는 하씨 집안 사람이다. 네 집은 이를 것도 없고 천자의 조서가 내려도 다른 집안을 생각하지 못할 것이니 너는 어설픈 뜻을 두지 마라."

이렇게 이르며 대로에서 김생의 몸을 굴리며 힘을 다해 무수히 치자 사람들이 쥐 숨듯이 달아나고 없었다. 중광이 부귀한 집의 자제로서 의복을 치레하고 음식을 살필 뿐이었고 약한 것이 가는 버들 같아 윤 공자의 굳센 힘을 당할 길이 없었다. 게다가 제 한 짓이 그릇되었으므로 한마디를 못 하고 참혹히 맞을 뿐이었다. 순시하는 군사가 곳곳에 다니고 있어, 윤 공자가 한때의 분노가 풀렸고 순라꾼을 만나면 말하기 괴로워 두 발로 김생을 차 버리고는 나는 듯이 돌아갔다.

이때 큰공자는 마침 침소에서 갓 물러와 아우가 없는 것을 괴이하게 여기고 있었다. 아우가 짧은 옷을 입고 분기가 가득해 방 안으로 들어오는 것을 보고 갔던 곳을 물었다. 공자가 비로소 이야기를 하니 큰공자가 분노해 괘씸하게 여겨 말했다.

"네가 어찌 나에게 이르지 않은 것이냐? 그놈을 죽여야 숙모께서 사위 바라시는 일을 끊게 할 것을 네가 약해서 잠깐 치고 온 것이 무슨 유익함이 있겠느냐? 숙모께서 계부가 오시기 전에 누이를 다른 가문에 보내시고는 한갓 계부께 고할 말씀이 없으실 것이다. 그뿐 아니라 하씨 집안의 빙채(聘采)4)와 누이의 팔뚝 위 글자가 하 공의 필적이니 숙모께서 어떻게 하실 것이며 누이도 결단코 듣지 않으실 것이다. 반드시 한바탕 요란할 것이고 누이는 집에 머무르기 어려우실 것이다."

둘째공자가 탄식하고 말했다.

"김가 짐승의 방자함을 생각하면 어찌 살리려는 생각이 있었겠습니까? 다만 사람 목숨이 지극히 중요하니 우리가 열 살 어린아이로서 살인하는 것을 좋은 일처럼 하고 그 쌓인 재앙을 어찌하겠습니까? 그래서 죽이지 않은 것입니다. 중광이 죽는다 해도 어머님께서는 다시 권문세가에서 신랑을 구하실 것입니다. 제 소견으로는 누님이 잠깐 집을 떠나시는 것이 옳을까 합니다."

큰공자가 분하고 괘씸했으나 할 수 없어 자리에 나아가 집안의 형세를 생각하고는 놀라서 어찌할 줄을 몰랐다.

유 부인이 광천 형제를 다 내보내고 현아의 혼사를 지내려고 하여 태부인을 사주해 '이리이리 하소서.'라고 했다.

태부인이 다음 날 두 공자를 불러서 일렀다.

---

4) 빙채(聘采): 빙물(聘物)과 채단(采緞). 빙물은 결혼할 때 신랑이 신부의 친정에 주던 재물이고, 채단은 신랑집에서 신붓집으로 미리 보내는 푸른색과 붉은색의 비단임.

“집안에 씀씀이가 커지고 형세가 점점 탕진해 수습을 잘 못해서는 끝내 거지꼴이 되기 쉬울 것이다. 광천이는 항주에 가 보리를 거두어 뱃길로 가져오고, 희천이는 남양에 가면 그곳에 약간의 밭이 있으니 그 밭을 팔아서 값을 가져오면 아침저녁 씀씀이로 몇 달은 급한 것을 면할까 한다.”

희천 공자가 머리를 숙여 미처 대답하지 않아서 광천이 말했다.

“가사가 탕진해 비록 전날과 같지 않으나 금은이 아직 급하게 될 지경은 아닙니다. 불시에 어찌 밭을 팔 것이며 소손 등이 세상일을 알지 못하오니 보리를 잘 거둘 길이 없습니다. 차라리 충성스럽고 부지런한 노복을 두 곳에 보내 착실히 보리를 거두고 밭을 팔아 오라 하십시오.”

태부인이 정색하고 말했다.

“창고에 약간의 금은과 곡식이 있으나 누대 제사에 간략히 쓰더라도 모자란 것이 많은데 어찌 너희는 이리 생각 없이 말하는 것이냐? 너희가 가는 것을 꺼린다면 날이 매우 덥지만 노모가 친히 갈 것이다. 너희가 날 모시고 가는 것은 거부하지 못할 것이다.”

이렇게 이르며 유 씨를 돌아보아 행장을 차리라 하고 가려 했다. 희천 공자가 입을 놀리는 것이 무익함을 깨달아 한마디를 안 하고 광천 공자가 다시 고하려 하자, 조 부인이 정색하고 말했다.

“너희가 두 곳에 다녀오는 것이 불과 한 달이 안 될 것인데 무엇이 어렵다고 어머님께서 친히 가시게 하는 것이냐? 오늘이라도 길을 떠나거라.”

두 공자가 대답했다.

“저희가 가는 것을 어려워하는 것이 아닙니다. 할머님의 처치가 괴이하시니 진실로 걱정스러워 그런 것입니다.”

태부인이 대로해 말했다.

"노모의 처치가 어찌하여 괴이하다고 하는 것이냐? 네 숙부가 나가고 노복이 내 명령을 두려워하지 않으니 차라리 너희가 내려가 착실히 하여 잃지 않는 것이 옳다. 범사에 순종하지 않고 사나워 노모의 근력을 쓰게 하니 네가 가기 싫어도 내가 간다면 너희가 배행(陪行)을 어찌 안 할 수 있겠느냐?"

희천 공자가 온화하게 대답했다.

"할머님께서 이런 일에 어찌 다 수고를 하시겠습니까? 소손 등이 오늘이라도 내려갈 것이니 할머님께서 뜨거운 열을 무릅쓰고 먼 길에 어찌 친히 가실 수 있겠습니까?"

태부인이 분노를 잠깐 삭이고 일렀다.

"오늘로 길을 떠나라."

이에 광천 공자가 눈썹 사이를 찡그리고 물러나 외헌으로 나갔다. 둘째공자가 따라가니 큰공자가 말했다.

"할머님이 거짓으로 우리를 위협하느라 친히 가겠노라 하셔도 그 말씀은 진심이 아니다. 우리가 안 가면 불과 매를 더하실 뿐이고 죽이지는 않으실 것인데 네가 어찌 다녀오겠다고 한 것이냐?"

둘째공자가 탄식하며 말했다.

"할머님께서는 우리를 결코 집에 머무르게 두지 않으실 것입니다. 형님과 제가 사양해도 도망할 길이 없어 부디 가도록 하실 것이니 여러 말로 다투어 무엇하겠습니까?"

큰공자가 도리어 잠시 웃고 말했다.

"혼사를 지내려 하시므로 우리를 다 내보내려 하시지만 나는 항주에 가지 않을 것이니 아우도 남양에 가지 마라."

둘째공자가 대답했다.

“저도 그럴 마음이 없지 않습니다. 마땅히 보낼 만한 노자를 생각해 보소서.”

두 공자가 서동 혜준과 상서의 유제(乳弟) 계충을 불러 두 곳으로 보내려 하고 범사를 다 분부하며 말했다.

“만일 일이 어긋나면 큰일이 날 것이다.”

그러고서 비로소 태부인에게 들어가 하직을 고했다.

부인이 기쁨이 가득한 얼굴로 잘 다녀오라 하고 남양의 밭을 팔라 하며 문서를 내주었다. 두 공자가 말을 안 하고 오직 절만 했다. 그리고 두 공자가 해월루에 들어가 어머니에게 고했다.

“소자 등이 항주와 남양으로 가는 일이 없이 강정으로 가려 하니 어머님께서는 염려하지 마십시오. 할머님께서 못 견디도록 구신다면 피하여 나오십시오.”

부인이 놀라서 말했다.

“너희가 시어머님을 이렇게 속이고 어찌하려 하느냐?”

공자가 바로 고했다.

“혜준과 계충을 두 곳으로 보냈으니 두 노자(奴子)가 바로 강정으로 올 것입니다. 두 노자가 오는 날 소자 등도 들어올 것입니다.”

부인이 묵묵히 슬퍼했다.

둘째공자가 현아 소저를 대해 어머니가 혼인을 억지로 시키려 하시면 사람이 없는 심야에 집을 떠나 강정으로 나올 것을 당부하고 해월루에 가 총총히 하직하고 강정으로 나갔는데 태부인과 유 씨는 이 일을 알지 못했다.

이때, 김중광이 윤 공자에게 참혹히 맞고 반쯤 죽은 채로 길가에 늘어져 있다가 그 집의 시녀들이 비로소 모여 중광을 붙들어 집안으로 데리고 들어갔다.

김 이부가 아들이 오기를 기다려 문 앞에 서 있다가 이 모습을 보고 매우 놀랐다. 머리부터 내리 안 맞은 곳이 없어 면상에 혈흔이 가득하지 않은 곳이 없었다. 급히 아들을 붙들어 침소에 눕히고는 불쌍하고 슬픈 마음을 이기지 못하고 곡절을 물었다. 중광이 정신을 차리고, 길에 오다가 모르는 사람이 이리이리 이르고 치더라 하며, 시녀들도 자신을 들이밀어 보지 않고 하마터면 죽을 뻔함을 일렀다. 그리고 윤 소저가 만고에 비교할 자가 없을 정도의 미모를 지니고 있다며 죽어 가는 가운데도 황홀함을 이기지 못했다. 김후 부부가 이 말을 듣고 매우 놀라 말했다.

"누가 너를 그토록 미워한 것이냐? 옷을 바꿔 입고 윤부에 간 것을 다른 사람 중에 아는 사람이 없을 것이다. 윤 씨가 하씨 집안과 정혼해 맹약이 있음을 유 금오가 며칠 전에 일러주어 알고 있다. 너에게 죄를 묻고 치던 자는 윤씨 집안 사람이 아니면 하씨 집안 사람일 것이다. 윤씨 집은 네가 여자 옷을 입고 간 것을 알겠지만, 하씨 집은 촉에 있어 알 길이 없을 텐데 이것이 어찌 된 일이란 말이냐?"

중광이 울며 말했다.

"소자가 액운이 있어 한때 몸을 상한 것이야 어찌하겠습니까? 이런 말씀을 유 금오에게도 이르지 마시고 어쨌거나 사혼은지를 얻어 윤 씨를 얻을 수 있게 해 주십시오."

김후가 아들의 음란한 행실과 무도한 일을 알지 못하고 아들이 윤 씨를 보고 황홀해 아내로 얻으려 하는 것을 매우 기뻐해 아들을 어루만져 위로하고 기운을 보충할 죽을 먹이며 어서 일어나 다니기를 바랐다.

며칠 뒤에 유 금오가 왔다. 중광이 제 아비를 보채 혼인을 허락해 택일할 것을 재촉하고 한편으로는 귀비에게 알려 사혼은지를 얻어 달라 했다. 김후가 중광의 말이면 거역하지 못하고 윤 씨가 기특함을 다행으로 여겨, 유 금오에게는 아들이 다친 일을 이르지 않고 택일을 속히 하라고 당부했다.

금오가 기뻐하고 돌아가 유 부인에게 이르고 좋은 날을 가렸다.

성상의 전지가 내려와 '태중태우 은주 안찰사 윤수의 딸을 이부총재 김후의 아들과 혼인시키라.'라고 하셨다. 원래 황상께서는 그사이의 곡절을 모르시고 귀비가 간절히 고해 '조카와 윤수의 딸을 사혼해 주소서.'라고 하는데다 하물며 하씨 집안과 정약이 있는 줄을 모르셨으므로 오직 두 집안에 은혜를 베푸신 것이었다.

태부인과 유 씨가 사혼은지를 얻자 매우 기뻐해 즉시 길일을 택하니 몇 십 일이 남아 있었다.

집 안팎이 들썩이며 혼수를 차리면서 소저에게도 이르지 않고 김씨 집안에 길일을 알렸다. 김 상서 부인이 날마다 유 부인에게 말을 전해 혼인을 맺은 집이 되었음을 기뻐하며 혼수를 물어 보물 중에 기이한 보배를 미리 보냈으니 기구의 화려함과 부귀의 혁혁함이 당대에 으뜸이었다.

유 씨와 태부인이 매우 기뻐해 역시 김부에 여종을 보내 연이어 연락하며 정이 각별했으니 참으로 사돈집인 석부와 비교하지 못할 정도였다.

소저가 벽란을 시켜 모친과 조모가 하는 일을 낱낱이 살펴 듣고는 몹시 놀라 애달프고 분한 마음을 이기지 못했다.

하루는 경희전에 가 조모와 모친이 한곳에 앉아 있는 것을 보고 문득 소리를 나직이 해 말했다.

"요사이 집안이 떠들썩해 금옥을 다스리는 장인과 촉나라 비단 파는 장수가 무수히 모이니 이것이 어찌 된 일입니까?"

태부인이 기쁜 빛으로 웃으며 말했다.

"네 나이가 이륙이라 세상일을 어찌 알겠느냐? 근래에 집안이 떠들썩한 것은 다른 까닭이 아니라 너의 혼수를 차리느라 그런 것이다. 아이 마음에 부녀자의 도리에 전념하여 앞길을 염려할 줄 모르거니와 네 어미와 노모가 밤낮으로 너를 위해 네 일생이 영화롭게 되기를 도모해 이부총재 김후의 아들과 정혼했단다. 이는 곧 김 국구의 종손이요, 황상께서 총애하시는 김 귀비의 조카니 부귀한 것이 당대에 제일이다. 너를 그 집의 며느리로 삼는다면 유복함을 보지 않아도 알 수 있을 것이다. 하물며 성지(聖旨)가 계셨으니 이는 사람이 얻기 어려운 영화라 어찌 기쁘고 즐겁지 않으냐?"

유 씨는 딸의 절개를 알았으므로 아주 하릴없이 만들려 해 말했다.

"네 부친이 신의를 지키려 하시는 것이 그르지 않으므로 우리는 다른 곳을 생각지 않았다. 그런데 천만뜻밖에도 사혼은지가 엄하셔서 김씨 집안과 혼인하지 않으면 네 부친을 귀양보내 수자리 살게 한다 하시기에 싫어도 마지못해 한 일이다. 어머님께서는 그 집의 부귀를 기뻐하시나 나는 진실로 하씨 집안만 못하게 여긴다. 옛날의 약속을 저버리게 되었으니 마음이 참으로 좋지 않구나."

소저가 분개한 마음을 이기지 못해 안색이 냉엄하고 목소리가 분노에 차 말했다.

"조모와 모친께서 소녀를 달래시려고 김씨 집안의 더러운 부귀를 이르시고 소저의 밝은 절개를 방해하려 하시니 제가 살기를 원치 않고 죽음을 돌아가는 것 같이 여기니 이륙청춘이 느꺼우나 설마 어찌하겠습니까? 한 번 죽을 따름입니다. 성지가 엄하시다고 위협하시나 임금께서 신하 된 자의 인륜을 어지럽게 해 성지를 받들지 않으면 그 아비를 귀양 보내 수자리 살게 하는 것을 대역에 연좌 쓰시듯 하겠습니까? 소녀가 등문고를 울려 아버님을 무사하시게 할 것입니다. 조모와 모친께서는 놀라운 말씀을 마시고 김씨 집에서 비록 구혼하더라도 하씨 집의 정약이 굳어 빙물과 혼서가 있음을 이르시고 이 혼인을 아주 거절하소서.”

말을 마치자 노기가 가득해 탄식을 참지 못했다. 태부인은 좋은 말로 달래고 유 씨는 꾸짖어 말했다.

“네 불과 열 몇 살 규방의 여자로서 무엇을 안다고 이처럼 어지럽게 구는 것이냐? 어미가 자식을 위한 정이 등한하겠느냐? 너를 다른 곳에 구혼하려 하지 않았더니 임금님의 명령으로 마지못해 혼인을 시키는 것이다. 하씨 집이나 김씨 집이나 너는 규방의 여자니 어버이가 하는 대로 따르면서 혼인에 아는 체하지 않는 것이 옳은데 스스로 죽겠다 이르며 하씨 집안 위한 마음이 어미 위한 정보다 더하니 이것이 무슨 일이냐?”

소저가 한심해 옥 같은 눈물을 꽃 같은 뺨에 흘리며 말했다.

“어머님께서 어린 자식을 차마 절개를 잃은 더러운 계집으로 삼으려 하십니다. 그러나 소녀의 팔뚝 위 글자가 뚜렷한데 하씨 집을 바꾸어 김씨 집에 보내려 하시니 소녀가 하수가 멀어 귀를 씻지 못함을5) 한스러워합니다. 규방 여자의 도리상 혼인에 관여하는 것이 불가한 줄을 모르지 않으나 스스로 입을 봉해 소회를 모르시게 하고 죽는 것은 불효가 심한 것입니다. 분함을 이기지 못해 오늘 마음속에 품은 바를 아룁니다. 하씨 집이 비록 참혹한 재앙을 입었으나 아버님의 언약이 쇠와 돌의 굳음을 본받으려 하셔서 납폐문명을 받으

---

5) 하수가~못함을: 더러운 말을 들었을 때 귀를 씻음을 이름. 중국 요임금 때의 은사 허유(許由)의 고사로, 요임금이 천하를 그에게 물려 주려 했으나 거절하고 기산(箕山)에 들어가 은거함. 요임금이 또 그에게 관직을 주려 하자 그 말이 자기의 귀를 더럽혔다며 곧 영수(潁水) 가에서 귀를 씻음.

셨습니다. 여자가 이미 빙물과 혼서를 받은 후에는 입신(立身)[6]을 못 한 선비 같아 비록 화촉의 예를 이루지 못했으나 끝까지 그 집 사람입니다. 신하가 임금의 은혜를 입은 일이 없으나 종신토록 그 나라 신하로서 임금의 은혜를 입은 일이 없다 하고 어찌 두 임금을 섬길 것입니까?, 여자가 두 번 빙물을 받는 것은 두 성을 섬기는 것이나 다르지 않습니다. 우리 집안은 대대로 어떠한 예의의 집안입니까? 소녀 한 사람이 부귀를 흠모해 선조 때부터 이룬 가문의 명망을 추락시키고 하씨 집안을 배반해 인륜을 어지럽히는 음란한 여자는 결단코 되지 못할 것입니다. 이륙청춘에 죽는 것이 느꺼우나 이 또한 운명이니 설마 어찌하겠습니까?”

유 씨가 딸의 의지가 굳세고 매서워 온갖 방법으로 달래도 듣지 않을 것이고, 또한 위엄으로 제어되지 않을 줄 모르지 않았으나 혹 뜻을 돌릴까 하여 갑자기 낯빛을 바꿔 독한 눈을 높이 뜨고 꾸짖었다.

“규방의 여자가 혼사에 관여하는 것이 어찌 남에게 들리게 할 만하냐?”

말을 마치자 낯빛이 끓어오를 듯하니 소저가 갈수록 목소리를 맹렬하고 엄숙하게 해 말했다.

“소녀가 당한 일이 기괴하여 절의를 보전하지 못하게 되었으니 한갓 남에게 들리는 것을 이르지 말고 등문고를 쳐서라도 아버님께서 수자리를 사시지 않게 하고 소녀도 규방 안에서 일생을 편히 하여 제 마음을 밝히려 합니다. 천자의 명령이 머리를 베겠다고 하셔도 절개를 무너뜨린 음부는 되지 않을 것이니 모친은 아무렇게나 하십시오.”

---

6) 입신(立身): 세상에서 떳떳한 자리를 차지하고 지위를 확고하게 세움.

말이 열렬해 얼음과 서리의 절개를 낮게 여겼다. 태부인과 유 씨는 소저가 순종하지 않는 것이 괘씸해 한나절을 매우 꾸짖었다. 그러나 소저가 입을 닫아 움직이지 않자 경아가 눈물을 머금어 일렀다.

"네가 어찌 어머님의 지극하신 자애를 모르고 한갓 고집을 내어 되지 못할 절개를 일컬으며 이처럼 하는 것이냐? 만일 하원광과 화촉의 예를 이뤘으면 하 씨의 사람이라 하는 것이 마땅하나 빈 빙물과 혼서에 의지해 절을 지키는 것은 가소로운 일이다. 어머님께서 두 명의 골육을 두셔서 나는 석씨 집안에서 버려진 사람으로 삼았기에 밤낮으로 원통해 하고 계시다. 그런 가운데 아우나 아름답게 혼인시키려 하신 것이다. 하씨 집안은 재앙을 당한 집안이라 나무라서 버리는 것이 아니고, 김씨 집안을 구하는 것이 아니나 김씨 집안에 인연이 있는 탓으로 성지가 엄하시니 감히 사양하지 못한 것이다. 임금의 명령으로 김씨 집안으로 들어가는 것을 하씨 집안에서 어찌하겠느냐? 모름지기 괴이한 행동을 말고 규방 여자의 도리를 상하게 하지 마라."

소저가 분노에 차서 말했다.

"언니는 사리로 타일러 위로는 아버님의 가르침을 삼가고 아래로는 저를 더러운 계집이 되지 않도록 해야 할 것인데, 모친의 도리에 어긋난 덕에 더해 불의한 일로써 가르치니 제가 놀라움을 이기지 못하겠습니다. 마음을 한번 정한 후에는 죽거나 살거나 간에 요동할 일이 없고 모친과 조모께서 저를 죽이실 법은 있겠으나 절개는 빼앗지 못하실 것이니 부질없는 말씀 마세요."

말을 마치고 일어나 침소로 돌아가 베개에 한번 눕자 비단 이불로 낯을 덮어 식음을 전폐하고 반드시 스스로 죽으려 했다.

위 씨와 유 씨가 희희낙락하면서 혼수를 차리며 서로 기뻐하다가 뜻밖에 현아 소저의 열렬한 간쟁(諫爭)[7]과 끝내는 스스로 죽으려 하는 모습을 보았으나 유 씨와 경아는 오히려 놀라지 않아 길일이 머지않았으므로 위력으로 보채려고 했다.

소저가 벽란을 시켜 기미를 살피게 하니 자기가 피하지 않으면 마침내 화를 면치 못할 줄 알고 때가 닥치면 몸을 빼내려 했다. 다시 생각해 보니 김씨 집안의 빙물을 집에 들이는 것이 더러웠으므로 차라리 납빙 전에 집을 떠나려 했다.

길일이 사오일 정도 남아 있었다. 다음 날에는 빙물이 문에 올 것이었다. 위 씨와 유 씨 두 부인이 경아와 함께 소저 침소에 이르러 음식을 권하며 온갖 방법으로 달랬으나 소저가 한 모금의 물도 먹지 않으며 죽겠다고 했다. 유 씨가 이에 한탄하고 손에 들었던 밥그릇을 소저에게 던지며 꾸짖었다.

"불초녀가 죽는 것은 마음대로 하더라도, 네 부친이 귀양 가 수자리 사는 것을 어찌하려 하고 하씨 역적놈의 집을 위해 거짓으로 절개라 일컫는 것이냐?"

소저가 모친이 무심결에 던진 그릇에 무심결에 가슴을 맞아 참으로 아프고, 밥알이 흩어져 이불에 가득했으나 아픈 것을 참고 냉소하며 말했다.

"소녀가 죽는 것이 느껍고 슬프나 아버님께서 귀양 가 수자리를 사실 리는 없으니 괴이한 말씀을 마십시오. 아버님께서 나가지 않으셨다면 이런 일이 없었을 것입니다. 김가 놈의 부귀를 귀하게 여겨 하씨 집안을 새로이 욕하시니 요사스러운 귀비와 막돼먹은 국구 놈이 무엇이 기특하다 하며, 김후의 사나움은 바깥에 유명하니 저의

높은 지위는 헌신이나 다를 것이 있으며 구슬과 보배가 흙이나 다를 것이 있겠습니까? 어머님께서 부귀를 그토록 탐하시는데 우리 집의 돌아가신 조부께서는 공후의 벼슬을 하셨고 돌아가신 백부께서는 이부천관 벼슬을 하셨으며 아버님께서는 지금 조정 일을 맡고 계십니다. 그런데 어찌 훗날 설마 저 김씨 집안만 못할 것이라고 작록을 높이 여기시고 부귀를 좋게 여기시는 것입니까? 우리 집 창고에 있는 금은, 곡식과 재물이 일생을 편히 지낼 만은 합니다. 어머님이 재물을 좋아하시는 것이 큰 병입니다.”

유 씨가 비록 딸의 말이나 이에 미쳐서는 어이가 없어 묵묵히 앉아 있다가 천천히 일어나 들어가며 일렀다.

“어미를 업신여겨 말을 이처럼 하지만 길일에 신랑이 백량(百兩)[8]으로 호송하여 김부로 갈 것이니 훗날 어미 정을 알 것이다.”

소저가 마음속으로 더럽게 여겨 대답하지 않았다.

소저가 빙물이 오기 전에 떠나려 해 주인과 종이 가만히 한 벌 남복을 만들어 남자의 옷으로 바꿔 입고 이날 밤에 서간 한 장을 써서 경대 위에 두었다. 한밤중에 벽란이 손을 이끌어 뒤의 담에 사다리를 비스듬히 세우고 급히 넘어갔다.

소저는 세상에 난 후로 큰길을 처음으로 밟았으므로 강정도 찾아갈 길이 없었다. 그래서 벽란이 소저를 이끌고 순라꾼을 피해 길을 가 남문에 이르렀다. 새벽 북이 울려 성문을 열었으므로 벽란이 크게 기뻐해 소저를 모시고 강정에 이르러 노복을 깨우지 않고 동산의 담을 간신히 넘어 들어갔다.

두 공자가 집을 떠나 이곳에 들어온 지 보름 정도였으나 집안의

---

8) 백량(百兩): 신부를 맞아 오는 일. 백 대의 수레로 신부를 맞이한다 하여 이와 같이 씀.

소식을 알지 못해 밤낮으로 근심하고 있었다. 그러다가 누이를 보고 바삐 조모와 모친의 안부를 묻고 김씨 집안의 정혼 날이 사오일 정도 남아 있다는 말을 듣고 놀라서 말했다.

"누님이 남복을 입는 것이 불가하나 혹 아는 이가 있을 수 있으니 여복을 입지 마십시오. 강정의 남종과 여종의 무리가 전날에 누님과 벽란을 본 사람이 드물고 천한 사람의 눈이 음양을 바꾸었음을 의심할 것이 아니나, 세월과 비영 등이 강정에 나오는 일이 있으면 반드시 알기 쉬울 것이니 깊이 계시면서 누구라도 보지 않게 하십시오."

소저가 길이 탄식하고 말했다.

"모친께는 은주로 간다 했으니 방방곡곡 내 자취를 찾으실 것이다. 이곳에서는 몸을 쉽게 감추지 못할 것이니 깊은 집을 가려 머무는 것이 어떠하냐?"

두 공자가 즉시 벽서당이라는 곳에 소저를 머물게 했다. 그리고 남종과 여종 들에게는 이르기를, '두 공자의 벗인데 강정이 고요하다 해 머물러 공부한다'고 했다. 벽란이 약간의 보배와 은량을 가져왔으므로 밥과 반찬 값을 넉넉히 주었다. 강정의 종들이 영문을 모른 채 밥과 반찬 값이 풍족하고 칠팔일 머무르는 값이 다른 사람의 몇 년 밥값임을 더욱 기뻐해 대접하기를 공자와 같이 했다. 두 공자가 엄히 분부해 벽서당에 손님이 있는 것을 옥루항에 전하지 말라 하고, 하루 두 때 문을 열어 음식상을 들이는 것 외에는 주렴을 한 번 걷는 일이 없었다. 문을 자주 여는 일이 없으니 완연히 빈 집의 모양이었다. 원래 벽서정이 깊고 그윽하여 강정의 다른 집 같아 사람의 자취가 없었다. 소저가 밤낮으로 벽란을 데리고 조용히 있으면서 김가의 욕을 벗어난 것을 기뻐했으나 모친과 조모의 행동이 무슨 일을 낼 듯하던 일을 생각하면 근심이 가득했다. 그리고 아버지가 속히 집으로 돌아오시기를 바랐다. 두 공자가 아직 강정에 머무르고 있었으므로 서로 위로하며 지냈다.

열흘이 안 되어 혜준이 항주의 보리를 싣고 돌아왔다. 큰공자가 먼저 돌아가게 되어 남매가 이별하는 정이 서로 서운해 한갓 우울한 마음이 있을 뿐만 아니라 집안의 형세에 놀라 눈물을 몹시 흘렸다.

이때 유 부인이 딸의 고집을 한탄하고 매사에 자기 뜻과 다른 것을 애달파 해 위력으로 핍박해 김씨 집안과 혼사를 정하려 결단하고 봉채(封采)9)를 받을 기구를 차렸다.

태부인이 친히 밥상을 들려 미화당에 이르렀다. 그러나 소저와 벽란의 그림자도 없으므로 매우 놀라 유 부인과 경아를 부르고 현아를 두루 찾았으나 간 곳을 알지 못했다. 동산 담 곁에 사다리가 세워져 있으므로 태부인이 유 씨를 돌아보아 놀란 가슴이 벌떡여 천 마리의 원숭이가 넘노는 듯했다. 경대 위에 놓인 서간을 보지 못하고 어찌할 줄을 알지 못했다. 경아가 봉한 서간을 뜯어 보니 말이 매우 슬펐다.

'분명한 큰 절개를 잡아 모친이 염려하시는 정을 돌아보지 못하고 이별하게 되어 하직을 고하지 못합니다. 규방의 약한 몸이 벽란 한 여종을 데리고 은주 수천 리로 길을 떠납니다. 하늘이 도와 한 목숨을 보전한다면 다행히 생전에 뵙겠지만 그렇지 않는다면 길에서 죽어도 절개를 잃은 더러운 계집이 되지 않을 것입니다. 편지글을 쓰려니 앞이 어둡고 목이 메여 두루 쓰지 못합니다. 할머님의 부아를 돋우지 마시고 집안을 평안히 하며 백모를 편히 받들고 변고를 지어 내지 마소서.'

법도에 맞는 말과 어진 품성이 종이 위에 펼쳐져 있었다. 글이 매

---

9) 봉채(封采): 혼인(婚姻) 전에 신랑집에서 신붓집으로 채단(采緞)과 예장(禮狀)을 보내는 일. 또는 그 채단과 예장. 봉치.

끄러우며 구슬이 연이어 떨어지는 듯한 필적은 봉황이 뛰어노는 듯했다. 먹빛이 눈동자에 아롱지니 유 부인이 그 편지를 달라고 해 한 번 보고는 가슴을 치고 발을 구르며 말했다.

"천 리 먼 길에 이 아이가 어찌 잘 갈 수가 있겠느냐? 길에서 쓸 돈과 양식을 못 가져갔을 것이니 굶어 죽는 것은 순식간이라 어찌 놀랍지 않으냐?"

경아가 말했다.

"어설픈 생각을 품고 은주에 갔으나 길에 나서면 두렵고 불편해 도로 들어오기 쉬울 것입니다. 노복을 풀어 어서 뒤를 따라 데려오라 하소서."

두 부인이 한꺼번에 노복들에게 명령해 은주 가는 길에 여러 곳을 살펴 현아를 만나거든 데려오라 하고 눈물이 비 오듯 하고 간장이 곧 다 탈 듯했다.

조 부인이 태부인의 호령으로 혼수와 침선에 골몰해 눈코 뜰 사이가 없었다. 그런데 밤 사이에 소저가 없어졌다는 말을 듣고 낯빛이 변했으나 절개를 잃지 않았음을 매우 기뻐했다. 혹 강정에 갔는가 의심했으나 발설하지 않고 소저 침소에 모여 놀란 마음을 일컬었다.

유 씨는 딸이 간 곳을 모르는데 김씨 집안의 빙물을 받지 못할 것이었다. 그래서 급히 유 금오에게 알려 딸을 잃어버렸으니 이 말을 김부에 전하라 했다. 매우 간악하고 독한 여자였으나 갑자기 흥이 없어지고 심장이 떨어지는 듯했다. 현아가 비록 죽겠다고 위협했으나 어찌 한밤중에 나갈 줄 생각이나 했겠는가. 길일이 닥치면 현아가 자연히 죽지도 못하고 김부에 나아가 부부의 도를 맺어 자연히 즐겁게 살까 생각했다가, 바라는 마음은 끊기고 계교는 그릇되었다. 딸을 위해 금은보배와 촉땅의 비단을 특별히 선택해 옷을 만들고 보화를 가득 쌓아 두었던 터였다. 하씨 집안이 고초 겪는 것을 생각해 그 집안을 버리고 혼인 자리를 적극적으로 알아보아 김중광이 이부 상서의 장자며 국구(國舅)의 종손임을 좋게 여겨 딸을 먼저 보였다. 딸이 중광의 눈에 든 줄 기뻐하고 태우가 길을 떠날 때 당부하던 말도 다 저버리고 태부인을 부추겨 조 부인 삼 모자를 없애려고 급히 서둘렀다. 현아의 일생을 영화롭게 하려 하고 기특한 지혜로 석 학사 재실 오 씨까지 깨끗이 없앤 후에 경아가 석생에게 대접을 잘 받도록 마음먹었었다. 그런데 현아를 하룻밤 사이에 잃어버린 것이다. 날은 점점 뜨거워지고 장맛비는 지루하게 내리는데 얼음과 옥 같은 몸이 일생을 호화로운 곳에서 나서 자라 괴로움과 슬픔을 알지 못하다가 벽란 한 여종을 데리고 은주로 길을 떠난 것을 생각하니, 양식과 노자는 어떻게 마련해 갔으며 지금은 어디에 가 있는지 온갖 염려와 고통으로 오장이 찢어지는 듯했다. 돌이켜 태우의 성품을 헤아리면, 자기가 뜻을 우겨 딸을 위력으로 김씨 집안과 혼인시키려다가 잃어버린 일을 태우가 듣는다면 더욱 이를 갈고 분노해 자기를 미워할 것이었다. 이를 생각하면 애달프고 분해 심장이 바짝 탔다. 침실로 돌아가 머리를 싸고 누워 눈물이 강물을 보탤 듯하고 살고 싶은 마음마저 사라졌다.

태부인 역시 눈물을 금치 못해 말했다.

"이렇게 될 줄 알았더라면 제 뜻대로 김씨 집안을 물리치고 집에 편안히 있게 할 것이었다. 아이가 나이 어리므로 일생을 생각하지 못한 것이라 우겨 지내려 하다가 일이 이처럼 마음대로 되지 못할 줄 어찌 알았겠느냐? 제 아비가 있는 곳으로 간다고 했어도 수천 리를 가지 못하고 길에서 온갖 고초를 겪고 낭패한 일이 많을 것이다. 우리 아들이 돌아오는 날에 현아가 어디에 가고 없다 하겠느냐?"

경아가 몸과 마음이 놀란 채 위로해 말했다.

"할머님마저 이렇듯 하시니 어머님이 더욱 슬픈 마음을 진정하지 못하십니다. 엎드려 바라건대 할머님은 염려하지 마십시오. 이 아이는 반드시 도로 돌아올 것입니다."

태부인이 하루아침에 흥이 사라져 역시 음식의 맛을 모르고 잠이 없이 오륙일을 우울히 보냈다.

길일을 속절없이 허송하고 여러 노복이 무료히 돌아와 소저와 벽란의 그림자도 보지 못했음을 고했다. 유 씨가 밤낮으로 슬퍼해 눈물이 마를 때가 없으니 경아가 울며 말했다.

"어머님께서 현아를 위해 이처럼 하시나 무슨 유익함이 있겠습니까? 마음을 널리 하셔서 이 아이의 자취를 두루 찾아 다시 김씨 집안에 인연을 의논하는 것이 옳지 않겠습니까?"

유 씨가 길이 느꺼워하며 말했다.

"내 팔자가 괴이해 한 명의 아들을 두지 못하고 너희 형제를 두어 만금의 중함과 천륜의 자애가 다른 모녀지간과 다른 것이 많았다. 너를 석준과 혼인시켰는데, 석생이 신의가 없고 정이 부족해 네가 죄도 없는데 박대하고 재취하여 즐기고 있으니 생각할수록 심신이 타는 듯했다. 그런데 네 부친이 자애로운 정이 부족해 너를 불쌍히 여기는 마음이 없고 현아를 서촉의 수자리 서는 사람과 결혼시켰다. 그 일생이 애달파 김씨 집안이 부귀하고 신랑이 아름다우므로 마음에 들어 지극히 도모해 성지를 얻어 혼인을 이루었던 것이다. 네 부친이 돌아와 내 탓을 삼지 못하고 하씨 집안과의 약속을 어긴 것을 한탄해도, 딸아이가 벌써 김씨 집안의 사람이 된 후에는 할 수 없이 말을 못 하고 불쾌히 여기다가도 세월이 오래되면 자연히 딸과 사위가 잘 지내는 것을 기뻐하고 나의 깊은 생각에 항복할까 여겼다. 그</p>

런데 아이가 어미 정을 모르고 제 목숨이 다하더라도 언약을 지키겠다고 했다. 이 아이가 은주로 간다고 했으니 다행히 무사히 도달해 네 부친을 만나면 나의 허물을 말할 것이다. 내가 하씨 집안을 배척하는 것을 네 부친이 항상 괘씸해 했는데, 하물며 내가 딸의 절개를 앗아 김씨 집안에 혼인시키려 한 것을 알면 크게 화를 낼 것이다. 딸이 은주로 가지 못하고 길에서 떠돌아다녀 거처를 모르는 일이 있어도 네 부친이 나를 원수로 알 것이니 이 일을 어찌하자는 말이냐?”

경아가 다만 위로하며 말했다.

“어머님께서 이토록 지나치게 염려하시고 전날에 도모하던 일은 다 잊으셨으니 희천이 등이 돌아와도 무사히 두면 반석처럼 평안하게 될 것인데 어떻게 하려 하십니까?”

유 씨가 경아의 말을 옳게 여겨 조 부인 삼 모자를 없애고 명아 소저의 앞길을 망친 후 눈썹을 치켜뜨고 기운을 떨치려 결단하니, 만고에 희한한 악인이었다.

이때, 김부로부터 이미 받았던 보배 등을 도로 돌려보내고 김 총재 부인에게 말을 전해 딸을 잃어버려 혼인을 시키지 못함을 슬퍼했다.

김부에서 유 금오의 말을 듣고 대경실색했다. 그뿐 아니라 중광이 윤 공자에게 두드려 맞은 후 상처가 아직도 낫지 않았는데 길일을 손꼽아 기다리다가 윤 소저를 잃어버렸다는 말을 듣고 마음이 미칠 듯해 진정하지 못했다. 또한 노복을 풀어 은주로 가는 길을 막았으나 소저가 간 곳을 모르고 길일만 허송하니 실성할 듯했다.

윤 태우 부인이 보배와 패물 등을 돌려보내고 훗날 딸을 찾으면 혼인을 이루자고 했다. 그러자 김중광은 어리석은 마음에 조금이나마 바라는 마음이 있어 밤낮으로 윤 소저의 선녀 같은 모습과 보름달 같은 자태를 못 잊어 병이 났다. 부모와 조부모가 중광을 위로하고 다른 곳에 혼처를 알아보았다.

광천 공자가 집에 돌아가 조모와 모친을 뵙고 그사이 안부를 물었다. 태부인이 현아 소저를 잃어버렸음을 이르고 김씨 집안에서 위력으로 혼사를 이루려 하기에 소저가 은주로 갔다고 말했다 하며 항주의 보리를 배에 실어 왔는지 물었다. 공자는 마치 갔다 온 듯이 일일이 대답하고 소저를 잃어버린 사실을 조모가 구차하게 꾸미는 것에 한심하여 고했다.

"천자도 보통 사람의 뜻을 빼앗지 못하는 법입니다. 김씨 집안의 세력이 대단하나 재상 집안의 규수를 핍박해 위력으로 혼사를 이루지는 못할 것입니다. 그 집에서 비록 구혼한다 해도 하씨 집안의 혼서와 빙물이 있음을 일러 물리치셨다면 누이를 잃어버리는 일은 없었을 것입니다."

태부인이 말했다.

"우리도 진작에 혼인을 물리쳤더니 김씨 집안에서 사혼은지를 얻어 우김질로 혼사를 지내자 한 것이다. 임금의 명령을 거역했다가는 네 숙부에게 죄가 돌아갈까 두려워 마지못해 길일을 택하고 혼사를 지내려 했다. 그런데 현아가 하룻밤 사이에 간 곳이 없으니 길일을 허송했구나."

공자가 여러 말을 하는 것이 부질없어 조모와 숙모를 위로했다.

이날 밤에 모친에게 소저가 강정에 있음을 고하니 조 부인이 눈썹을 찡그리며 말했다.

"현아의 절개는 아름답지만 우리 집안일은 남들에게 크게 부끄럽구나. 이런 불행이 어디 있겠느냐?"

공자가 탄식하고 묵묵히 있었다.

사오일 후에 계충이 남양의 밭을 팔아 은자를 받아 먼저 강정으로 왔다. 둘째공자가 맞이해 집으로 들어갈 때 소저가 눈물을 흘리며 말했다.

"아우가 마저 떠나가니 내가 외롭고 위태롭게 있게 되었구나. 이 마음을 어찌 견디겠느냐?"

공자가 위로했다.

"정 씨 누이는 서너 달을 산사(山寺)에서도 머물러 계셨습니다. 이 곳은 내 집이니 무슨 위태로움이 있겠습니까? 저희가 틈을 타서 자주 오겠습니다."

그러고서 밭을 판 은자 오백 냥에서 삼십 냥을 떼어 소저에게 맡기며 말했다.

"누님이 혹 일고여덟 달 안에 돌아오지 못하셔도 은자를 머물러 두니 양식의 비용으로 삼으소서."

소저가 사양하지 않고 받아 두었다. 서운한 회포가 무궁했으나 마지못해 남매가 이별하니 강정 비복의 무리는 이들이 벗인 줄로만 알았다.

공자가 집에 돌아가 태부인과 두 모친을 뵙고 밭을 팔았음을 고하니 태부인이 은자를 셈해 받았다. 유 씨는 딸의 거처를 몰라 슬픈 중에도 공자의 시원스러운 모습이 날로 새로운 것이 밉고 분해 태부인을 부추겨 공자를 못 견디도록 하니 태부인이 보채기를 시작했다.

두 공자를 꾸짖고 욕하는 것은 이를 것도 없고 기괴하고 천한 일을 시키는 것이 말째 서동보다 더했다. 측간과 마구간을 치우게 하고 꼴을 베도록 시키며 강정에 가 쌀을 지고 오라 하고, 소와 말, 돼지, 양을 보살피도록 해 쉴 틈을 얻지 못하게 했다. 아침저녁 음식으로는 보리밥을 주어 한나절에 한 그릇씩 주며 먹으라 했다. 밤이면 새끼를 꼬게 하고 짚신을 짜게 했는데, 이런 천한 일을 조금이라도 싫어하는 기색이 있으면 매를 시작해서 기진해 죽기를 바랐다.

조 부인은 심장이 타서 재가 되는 듯한 것을 면하겠는가마는 태부인이 온갖 방법으로 보챘으니, 해월루 문을 잠그고서 조 부인을 협실에 두고 밤낮으로 졸랐다. 공자 형제가 사람됨이 비상하고 재주가 만사에 신기했으므로 괴이하고 천한 일이라도 원래부터 익숙한 사람처럼 포악한 호령이 나지 않아서 못 미칠 듯이 했다. 그러나 모친의 온갖 고초를 슬퍼해 형제가 밤을 맞이하면 눈물을 흘리지 않는 적이 없었으나 행여 조모와 숙모를 원망하는 일은 없었다.

둘째공자는 더욱이 두 곳에서 보채여 몸을 보전하기 어려웠으나 천신(天神)이 보호해 두 공자가 죽는 우환은 없었다. 유 씨가 조급해 시어머니를 부추겨 광천 등을 죄가 없어도 꾸짖고 벌을 주니 광천 등의 살갗이 문드러졌다.

하루는 두 공자에게 명령해 강 밖 십 리에 나가 쌀을 지고 오라 했다. 이에 두 공자가 고했다.

"소손 등이 연일 곡식을 날랐으니 내일 지고 오겠습니다."

그러자 위 씨가 호령해 어서 지고 오라 했다. 두 공자가 할 수 없이 곡식을 지고 왔다. 날이 어두워지자 배고픔을 견디지 못해 식은 땀이 구슬이 구르듯 하고 잘 걷지 못했다. 여름날 큰 비가 때도 없이 급하게 와 곡식이 다 젖었다. 두 공자가 조모의 호령을 생각하고는 사력을 다해 달음박질을 해 왔다. 이때 골짜기에 늘어진 벽제(辟除)10) 소리가 길의 사람들을 치웠다. 큰공자는 아직도 기운이 산악을 넘어 뛸 듯했으므로 급히 오다가 길을 건너지 말라는 소리를 듣고 심증(心症)11)이 나 불이 이는 듯했다. 그래서 곡식을 등에 진 채

---

10) 벽제(辟除): 지위가 높은 사람이 행차할 때, 구종(驅從) 별배(別陪)가 잡인의 통행을 금하던 일.
11) 심증(心症): 마음에 마땅하지 않아 화를 내는 일.

로 아전을 한쪽 팔로 밀치니 아전이 진흙 길에 헛것처럼 넘어졌다. 둘째공자를 앞세워 길을 건너 달려가니 용과 호랑이 같은 걸음걸이가 신기했다.

이때 금평후 정 공이 벗을 보고 날이 저물어 운산으로 가지 못하고 외사촌 형 순 참정 집에서 하룻밤을 지내려 가고 있었다. 그런데 시종을 짐 진 아이가 밀치고 집으로 들어가는 것을 보았다. 아전들이 대로해 그 아이를 잡아다가 엄히 벌 주기를 청했다. 한림은 아버지 뒤를 따라오고 있었으나 눈빛이 남달랐으므로 날이 어두웠어도 그 아이가 윤 공자 등임을 알아보았다. 금후는 윤 공자인 줄 모르고 아전들의 말을 듣고는 아이를 잡아 순부로 대령하라 했다. 한림이 시종을 마저 보려고 묵묵히 다만 아버지를 모시고 순부로 들어갔다.

이윽고 짐 진 아이를 잡으러 갔던 아전 네다섯 명이 옷은 갈갈이 다 찢기고 뺨은 붓도록 맞은 채 그저 돌아와 고했다.

"짐 진 아이를 잡으려 하니 하나는 윤부로 먼저 들어가고 처음에 아전을 밀치던 아이는 소인 등을 짓두드렸습니다. 그래서 하마터면 죽을 뻔했는데 겨우 돌아왔습니다."

정 공이 매우 놀라고 의아해 말했다.

"한 아이를 너희 네다섯 명이 못 이겨서 이토록 맞은 것이냐?"

아전들이 엎드려 대답했다.

"감히 거짓말을 하는 것이 아닙니다. 윤부로 짐 진 아전 하나가 들어갔으니 이제 그 아전을 불러 하문(下問)12)해 보십시오."

순 참정은 윤부의 이웃에 있어 광천 등 형제가 강에 곡식을 나르고 꼴을 지고 다니는 것을 알고 있었다. 그래서 평후를 돌아보아 웃

---

12) 하문(下問): 윗사람이 아랫사람에게 물음.

으며 말했다.

"이는 반드시 윤씨 집의 두 아들일 것이네. 내가 이곳으로 옮겨 온 지 얼마 되지 않았으나 근래에 그 아이들이 조모의 명령으로 천한 일을 다하고 있었네. 그래서 잠깐 보니 문강의 아들이었네. 그 아이들이 구태여 부끄러워하지 않고 내가 이따금 청하면 재상의 집에 어린아이들이 왕래할 일이 없다고 거절했네. 괴이하고 천한 일을 할지언정 맏아이는 영웅준걸의 기상을 지니고 그 아우는 성현군자의 풍모를 지니고 있네. 윤보[13]는 혼인으로 맺어진 집안이고 동기 같은 벗으로서 윤 씨 아이들의 불쌍한 처지를 모르고 있었단 말인가?"

정 공이 크게 놀라 말했다.

"문강[14]이 일찍 죽고 명강[15]이 맑고 검소해 집이 부유하지 않으나 본디 재상의 집안이니 재산이 없지 않을 것인데 천만금을 주고도 사지 못할 두 아이에게 천한 일을 시키고 박대하는 것은 의외입니다. 형님 말씀이 도리어 거짓인가 합니다."

순 공이 말했다.

"윤보는 의심하지 말게. 남의 집 일이라서 자세히 알지는 못하나 한 달 전에 규수를 잃어버리고 열심히 찾으러 다니더니 끝내 찾지 못했네. 윤 명강의 모친과 그 부인이 밤낮으로 슬퍼한다는 말이 이웃에 자주 들리고 윤 문강의 부인은 그 시어머니에게 자주 구타를 당한다 하니 윤보와 혼인 맺은 집안이 어찌 그리 괴이한고?"

금평후가 듣는 말마다 놀라웠으므로 도리어 웃고 말했다.

"저는 윤씨 집안이 이처럼 어지러운 줄을 알지 못하고 있었는데,

---

13) 윤보: 금평후 정연의 자(字).
14) 문강: 윤현의 자(字).
15) 명강: 윤수의 자(字).

형님은 참으로 자세히 알고 계십니다.”

한림이 천천히 말했다.

“아까 얼핏 짐 진 아이를 보니 광천의 형제 같았으나 재상가의 공자가 그럴 리가 없어 참으로 의아했습니다. 그런데 숙부님의 말씀을 들으니 놀라움을 이기지 못하겠습니다.”

그러고서 아버지에게 고했다.

“소자가 여기에 왔으니 잠깐 가서 윤 씨 아이들을 보고 오겠습니다.”

평후가 고개를 끄덕였다. 이에 한림이 즉시 아전 두 명을 데리고 윤부로 갔다.

바로 서헌으로 가니 공자 형제는 없고 내헌에서 지저귀는 소리가 진동하고 있었다. 한림이 절로 몸이 요동치는 것을 깨닫지 못한 채 서헌 협문을 끼고 쪽담 뒤에 가 잠깐 보았다.

이때 윤 공자 형제가 쌀을 지고 급히 오다가 길에서 사람 치우는 아전을 밀치고 문에 들어왔다. 그런데 자신들을 잡으러 온 아전들이 욕하는 것을 보고 광천이 둘째공자를 먼저 들여보내고 아전들을 난타해 한때의 분을 풀고 들어갔다.

경아와 유 씨가 태부인을 부추겨, 공자들이 곡식을 더디게 지고 오다가 비를 맞았다 하고 부인에게 눈치를 주어 공자들을 중타하도록 했다. 태부인이 이에 두 공자를 매우 치려 하자 큰공자가 말했다.

“길에서 비를 만나 달음박질해 왔으니 어찌 더디게 온 일이 있겠습니까? 오늘 큰 매를 더하시면 기진해 죽을 듯싶으니 내일 다스려 주십시오.”

말을 마치고 내서헌으로 가 누워 응하지 않았다. 태부인이 대로해 친히 내서헌으로 가 두 공자를 결박해 시노(侍奴)를 시켜 매우 치라 했다. 시노가 차마 매우 치지 못하고 불쌍한 마음을 이기지 못했다.

태부인이 시노 등을 물리치고 자기는 철편을 들고 난타하며 유 씨는 철여의를 들어 희천을 두드렸다. 두 부인의 힘이 약하지 않은데 경아는 곁에서 금척을 들어 광천을 사사로이 쳤으니 치는 곳에 피가 흘러 옷을 적셨다. 희천 공자는 한마디 말을 안 하고 큰공자는 하늘을 우러러 길이 탄식하고 말했다.

"우리 혈육이 매우 상하는 것은 오히려 놀랍지 않으나 조모와 숙모는 실덕(失德)을 어느 곳에 쌓는단 말입니까? 차라리 죽는 것만 같지 못합니다. 제가 무슨 죄가 있습니까?"

태부인이 대로해 달려들어 돌로 그 입을 치며 일렀다.

"나와 유 씨가 무슨 일로 실덕했다고 하는 것이냐? 너희는 윤 씨 골육이 아니고 조 씨가 간음한 남자를 얻어 낳은 것이니 시노 등과 어찌 다르겠느냐?"

이때 정 한림이 이 광경을 직접 보고 한갓 매우 놀라웠을 뿐 아니라 자기 집이 어진 덕을 숭상해 하층의 천한 종이라도 저와 같이 한 일이 없었으니 이는 생전에 보지 못하던 모습이었다. 두 공자가 곧 목숨이 다할 듯해 만일 약질이면 죽을 것이었다.

온몸이 떨리고 절로 성난 머리카락이 관을 가리키고 눈초리가 다 찢어져 곧바로 달려들어 유 부인과 경아, 태부인을 짓밟고 두 공자를 구하려는 생각이 있었다. 그러나 자기는 외인이니 남의 집 부녀를 손으로 상하게 하지 못할 것이고, 그렇다고 저 부인 등을 가만히 두는 것은 억울한 일이었다. 한림은 문무의 지략을 다 갖추어 당대의 사람들이 추앙하는 사람이었으나 나이는 이칠이었으므로 한번 저 부인 등을 매우 상하게 하려는 뜻이 급했다. 그래서 즉시 도로 나왔다. 내서헌 담장 밖에 큰 소나무가 있는데 잎이 컸으므로 사람이 올라가도 안 보였다. 담장의 돌을 빼 소매에 넣고 급히 소나무로 올라가니 그것을 누가 알겠는가.

급히 나무 위에 올라앉아 유 부인 모녀와 태부인을 역력히 굽어보니 그 흉포한 모습이 결단코 사람을 죽이고 말 듯했다. 한림이 두 손에 돌을 가로 들고 먼저 태부인을 치고 이어서 유 부인 모녀를 향해 돌을 던졌다. 신기한 재주를 가졌으니 맞히는 것이 어찌 벗어나겠는가. 돌이 가는 대로 위 태부인과 경아는 이마를 맞아 찢어지고 유 씨는 가슴을 맞고 에구 하는 소리가 진동했다.

광천 공자가 결박한 것을 풀지 않고서 몸을 한번 움직이자 맨 것을 벗어 버렸다. 급히 조모와 숙모를 붙들어 놀라움을 이기지 못했다. 이때 둘째공자는 정신이 가물가물해 주검처럼 늘어져 있었다. 큰공자는 온몸에 피가 흘러 옷을 적시고 살이 성한 데가 없었어도 시녀를 시켜 조모와 숙모를 붙들어 침전으로 모시라 했다. 이에 모든 유모가 붙들어 침소로 가고 둘째공자는 그 유모 경 유랑이 맨 것을 풀고 주물러 내서헌에 눕히고 약물로 구호했다.

정 한림이 그 모습을 다 보고 공자를 불러도 나와 보는 것이 쉽지 않고 자기의 일을 혹 의심하는 이가 있을까 하여 즉시 내려가 밖으로 나와 아전들을 데리고 도로 순부로 갔다. 행동이 능란하고 윤부 비복의 무리가 다 경황이 없어 내당에 있었으므로 한림이 온 것을 아는 이가 없었다.

평후가 한림을 보고 물었다.

"윤 씨 아이들을 보고 왔느냐?"

한림이 고개를 숙이고 대답했다.

"윤 태부인이 두 아이를 때리려 하기에 밖에서 기다리지 못하고 그저 왔습니다."

평후가 매우 놀라고 두 아이를 불쌍히 여겨 순 참정에게 말했다.

"형님은 윤부 소식을 어찌 그리 잘 아시는 것입니까? 슬픈 바는 윤 문강의 천금처럼 귀한 자식들에게 쌀을 지는 일을 시키고, 하늘을 우러러 울부짖는 일16)을 겸하도록 한 것입니다. 열 살도 안 된 아이들이 고초를 저리 겪으니 단명할 징조입니다. 하물며 광천이는 제 딸과 정혼해 금석과 같은 맹약이 있는데 저 집 변고에 제 자식의 일생이 평안하지 못할 것이니 어찌 놀랍지 않습니까?"

순 참정이 고개를 흔들며 말했다.

"생사와 화복은 하늘에 달려 있으나 윤보가 저 집에 딸을 결혼시키는 것은 용이 사는 못과 호랑이 소굴에 딸을 넣는 것이네. 차라리 일생을 빈 규방에서 늙힌다 해도 부질없이 혼인 맺을 생각을 말게."

평후가 눈썹 사이를 찡그려 말을 하지 않고 다음 날 아침에 돌아갔다.

위 태부인과 유 씨가 모질며 독한 기운을 다해 두 공자를 짓두드려 어서 죽기를 죄다가 전혀 기약하지 않은 돌에 머리가 맞아 깨지고 가슴이 터질 듯 아프고 부어올랐다가 반쯤 죽은 채로 각각 침소로 돌아갔다.

조 부인이 크게 놀라 태부인을 붙들어 약을 바르고 지성으로 구호했다. 큰공자가 유 부인 구호를 태부인과 다르게 하지 않아 조카로서의 효도를 다했다. 그러자 유 씨가 도리어 괴이하게 여겼다. 시어머니와 자기 모녀를 친 것이 혹 귀신의 조화인가 하여 두려운 뜻이 없지 않았다. 그래도 분하고 노한 마음을 이기지 못했으나 누구를 지목해서 그런 일을 했다 말을 못 하고 괘씸함과 한탄을 이기지 못

---

16) 하늘을-일: 부모에게서 박대를 받으나 오히려 효도를 다하는 자식의 울음. 중국 고대 순(舜)임금이 제위에 오르기 전에 부모에게 효도를 다하지만 오히려 박대를 받아 하늘을 보고 울부짖었다는 데서 유래함.

했다. 태부인은 분명 귀신이 자기들이 어질지 않아 벌을 내린 것인가 하여 머리털이 곤두서니 흉악한 인간이었으나 공교롭고 요괴롭기는 유 씨만 못했다.

둘째공자가 정신을 차려 일어나 모친과 조모가 크게 다친 것에 매우 놀라 세 곳으로 다니며 구호했다. 정성의 지극함이 어찌 조금이나 자기 소생과 다르겠는가마는 유 씨는 조 부인 삼 모자의 남달리 기특한 것을 꺼리고 기뻐하지 않아 칼 같은 마음이 갈수록 더했다. 이 또한 공자의 운명이 기구해서이니 귀신이 시키는 것을 벗어나지 못해 두 공자의 초년 액운이 무궁한 것이라 어찌 슬프지 않은가.

보름 정도가 지난 후에 위, 유 두 부인이 차도가 있어 밤낮으로 유 씨가 태부인을 부추겨 조 부인 삼 모자를 보채게 했다. 명아 소저가 혼인한 지 네다섯 달에 정부에서 출거(黜去)[17]하는 일이 없자 부부의 금슬이 어떠한지 모르고 시집에 온전히 머무는 것에 이를 갈며 분노했다. 그래서 집에 데려와 음란한 일을 정 한림이 의심이 없게끔 보이려 했다. 정부 진 부인에게 소저의 귀녕(歸寧)[18]을 간절히 청했으나 끝내 허락하지 않자 애달프고 분한 마음을 이기지 못했다.

구몽숙을 자주 불러 정 한림이 의심을 품게 하고 윤 씨의 앞길을 끊어 윤 씨가 길이 쫓겨나는 지경이 되면 자신의 소유로 삼게 해 주겠다며 부추겼다. 이에 몽숙이 말했다.

"정씨 집안이 지금까지 윤 씨를 내치지 않고 천흥이 음란하고 더러운 일을 들으면 더러움을 일컬어 발설하지 못하게 하니 참으로 어찌할 줄을 모르겠습니다."

유 부인이 말했다.

---

17) 출거(黜去): 집에서 내쫓음.
18) 귀녕(歸寧): 시집간 딸이 친정에 가서 부모를 뵘.

“네 몸을 변화시켜 간부(姦夫)인 체하고 정천흥을 죽이거나 정연을 매우 심하게 치거나 각별한 계교를 내어 조카딸의 앞길을 끊거라.”

몽숙이 대답했다.

“제가 용맹함과 변화하는 재주가 있으나 정천흥을 가볍게 해치지 못하는 것은 어려서부터 그 위인을 익히 알아서입니다. 그 신기함은 위로 천문(天文)의 재주와 성수(星數)[19]에 꿰뚫지 않는 곳이 없으니 스스로 길흉과 화복을 점쳐 상법(相法)[20]이 밝으며 용맹이 빼어납니다. 제가 혹 일을 그릇해 잡히는 화가 있으면 살지 못할 것입니다. 이러므로 마음대로 못 하고 있는 것입니다.”

유 씨가 탄식하며,

“저 정가 놈이 그토록 갖추어 생겨났는가? 참으로 한탄스럽구나.”

라고 말했다.

---

19) 성수(星數): 이미 정하여져 있어 인간(人間)의 힘으로는 어쩔 수 없는 천운(天運)과 기수(氣數).
20) 상법(相法): 관상을 보는 방법.

명주보월빙 제9권

정천흥은 윤광천 형제의 고통에 탄식하고
윤희천은 유 부인을 위해서 미친 척하다

이때 유 부인이 구몽숙의 말을 듣고 길이 탄식하며 말했다.

"저 정가 놈이 그토록 갖추어 생겨났는고? 참으로 한탄스럽구나. 명아를 길이 내쫓는 일이 없는 것을 보면 반드시 명아를 의심하지 않는가 한다."

몽숙이 말했다.

"정씨 집안은 어진 재상의 가문입니다. 윤 씨를 비록 의심한다 해도 앉은 자리가 더워지기도 전에 내쫓지는 않을 듯하니 훗날을 보소서."

유 씨가 신신당부해 말했다.

"명아의 음란한 일을 지어내어 정 한림과 원수가 되도록 하라."

몽숙이 응낙하고 돌아갔다.

금평후는 윤 공자 등이 마음속 한 켠에 맺혀 혜주 소저의 앞길을 염려하고 죽은 벗을 생각해 슬픈 마음이 가득했다. 한림에게 명령해 조회 길에 옥루항에 왕래해 광천 등을 보라 했다.

한림이 유 씨와 위 태부인을 많이 상하게 한 후 마음에 있던 조금의 분노를 풀었으나 공자 형제를 길이 구할 길이 없어 밤낮으로 슬픔이 맺혀 있었다. 그러다가 아버지의 명령을 받들어 이따금 옥루항에 나아가 두 공자를 보면 그 옷이 남루하고 용모가 많이 변해 있었다.

하루는 두 공자가 백화헌에서 보리죽을 가져와 바야흐로 먹을 때 한림이 들어가자 그릇을 물리지 못해 한림이 보게 되었다. 두 공자가 부끄러워할 만했으나 인사를 마치고는 큰공자가 그릇을 들어 매우 맛있게 마셨다. 그런데 둘째공자는 마지못해 먹었으나 비위가 상한 모습이었다. 한림이 그릇을 앗아 한번 마셔 보니 온갖 괴이한 냄새가 코를 거스르고 심하게 거칠어 목이 아파 넘기지 못하고 그 맛도 참혹했다. 이에 문득 낯빛을 고치고 말했다.

"그대의 집안이 비록 부유하지는 못하나 가난하지 않은데 이것을 어찌 달게 먹어 비위를 상하게 하는 것이냐?"

큰공자가 한가히 웃고 대답했다.

"한신(韓信)1)은 빨래하는 나이 든 여자에게서 밥을 얻어먹고 건달의 가랑이 아래로 기어가며 모욕을 받았으며,2) 제갈량(諸葛亮)3)은 남양 땅에서 몸소 밭을 갈며 살았습니다.4) 자고로 영웅호걸도 곤궁한 때가 없지 않았습니다. 그런데 우리가 무슨 사람이기에 부귀와 호화를 꾀하겠습니까? 안 좋은 옷과 음식이 비단옷과 맛있는 음식을

---

1) 한신(韓信): 중국 전한의 무장(武將, ?-B.C.196). 회음(淮陰)의 평민 집안에서 태어나 진(秦)나라 말에, 초나라를 세운 항우(項羽) 밑에 들어갔으나 항우가 자신을 미관말직으로 두자, 유방의 휘하에 들어감. 한신은 자신의 재능을 눈여겨본 유방의 부하 소하(蕭何)에게 발탁되어 유방을 도와 조(趙)·위(魏)·연(燕)·제(齊) 나라를 차례로 멸망시키고 항우를 공격하여 큰 공을 세움. 한신은 통일이 된 후 초왕(楚王)에 봉해졌으나 한 고조는 그를 경계하여 회음후(淮陰侯)로 강등시키고, 한신은 결국 후에 여태후에게 살해됨.
2) 빨래하는~받았으며: 모두 한신(韓信)이 출세하기 전에 겪은 고사임. 『한서(漢書)』, <한신전(韓信傳)>.
3) 제갈량(諸葛亮): 중국 삼국시대 촉한 유비의 책사(181-234). 별호는 와룡(臥龍)이고 자(字)는 공명(孔明)임. 유비를 도와 오(吳)나라와 연합하여 조조(曹操)의 위(魏)나라 군사를 대파하고 파촉(巴蜀)을 얻어 촉한을 세웠음. 유비가 죽은 후에 무향후(武鄕侯)로서 남방의 만족(蠻族)을 정벌하고, 위나라 사마의와 대전 중에 오장원(五丈原)에서 병사함.
4) 남양~살았습니다: 제갈량(諸葛亮)의 <출사표(出師表)>에 나오는 말.

족히 당할 것이니 나는 원래 이런 음식이 입에 맞지 않는 줄 모르고 잘 먹습니다. 집안에 양식이 끊어진 때면 자연히 하는 일이나 어찌 매양 이런 것을 먹겠습니까?"

한림이 큰공자의 통쾌한 말을 듣자 도리어 웃고 다시 물었다.

"내가 들으니 너희 형제가 강 밖에서 쌀을 지고 꼴을 간간이 마련한다 하니 너희 몸이 얼마나 귀중하냐? 스스로 천한 일을 달게 여겨 몸이 상하는 것을 생각하지 않는 것이냐?"

큰공자가 태연히 웃고 대답했다.

"우리가 열 살 어린아이로서 아이 놀음에 무슨 놀이를 못 하겠습니까? 과연 강 밖에서 쌀도 지고 꼴도 베어 보니 옛사람이 백 리 밖까지 쌀을 지고 가며[5] 조어대(釣魚臺)에서 낚시하며 임금을 기다렸으니[6] 우리가 힘과 정성을 다하려 한 것입니다. 아무 일이라도 몸에 병이 없으면 기운이 하늘에도 오를 듯합니다."

한림이 그 대답하는 말이 이와 같음을 보고 짐짓 어려운 질문을 하여 그 대답을 보려 해 웃으며 말했다.

"소문이 참담해 어사 합하께서 멀리 나가시자 너희 고초가 대단하고, 하늘을 부르짖으며 우는 울음과 자로(子路)가 쌀을 지는 것[7]을 겸하여 혈육이 상하는 중상을 그칠 사이 없이 당한다 해 아름답지 않은 소문을 모르는 이가 없다. 너희 효성은 빛나나 집안의 변고를 다른 사람에게 들리게 함 직하지 않으니 그 어찌 된 일이냐?"

---

5) 백 리~지고 가며: 공자의 제자 자로가 어버이를 위해서 백 리 바깥에서 쌀을 등에 지고 왔다는 고사를 이름.

6) 조어대(釣魚臺)에서~기다렸으니: 여상(呂尙)의 고사. 여상은 위수에서 낚시하다가, 서백(西伯) 창(昌, 후의 문왕)에게 등용되고 이후 무왕을 도와 은나라를 제압하고 주나라를 세우는 데 큰 공을 세움.

7) 자로(子路)가~지는 것: 공자의 제자 자로가 어버이를 위해서 백 리 바깥에서 쌀을 등에 지고 왔다는 고사를 이름.

큰공자가 미소 짓고 말했다.

"세상이 위험해 원래 괴이한 말이 나는 법입니다. 형은 지극한 효도를 하는 군자로서 어찌 이런 말을 곧이들어 우리에게 묻는 것입니까? 열 살 어린아이가 대나무말을 이끌고 기이한 형상의 모습을 해도 따질 일이 아닌데 도리어 하늘을 부르짖으며 우는 울음으로써 비기는군요. 전에 형을 이처럼 알지 않았더니 참으로 한심합니다."

둘째공자가 말했다.

"우리는 다만 외로운 두 몸과 누이 한 사람뿐입니다. 귀중한 정이 다른 사람들의 남매와 다르고, 형이 어질어 우리를 사랑으로 대우해 친형제 같으므로 형을 의지하고 우러러보는 정이 평범하지 않습니다. 또 우리가 어리고 사리에 어두운 줄을 거의 아실 것입니다. 하물며 허물이 있으면 벗 사이에 서로 꾸짖는 법이니 우리에게 엄히 이르는 것이 옳습니다. 그런데 대순(大舜)8)은 어떤 성인이신데 우리를 비기면서 하늘을 부르짖는 울음이 있다 하시고, 고수(瞽瞍)9)와 상(象)의 어머니10)는 그 어떤 포악한 사람인데 우리 집에 변고가 있다 하시는 것입니까? 이는 우리가 크게 바라던 바가 아닙니다."

한림이 큰공자의 언변과 둘째공자의 정색하고 단정히 앉아 있는 모습을 보고, 그 어린 나이에 이처럼 효성이 지극한 것을 보고 탄복해 웃음을 머금고 말했다.

"내가 잘못 들었는가 하나 소문이 한심해 너희에게 말한 것이다. 그런 일이 없으면 어찌 다행한 일이 아니겠느냐?"

두 공자와 한담하고 있는데 태부인이 명령해 강에 가 쌀을 지고

---

8) 대순(大舜): 중국 고대 순임금을 이름.
9) 고수(瞽瞍): 순임금의 아버지 이름. 순임금이 어렸을 적에 계실(繼室) 임 씨와 그 아들 상(象)의 참소를 듣고 순을 죽이려 했음.
10) 상(象)의 어머니: 중국 순임금의 계모로, 상(象)의 생모 임 씨를 이름.

오라 하는 것이었다. 한림이 자기 종을 시켜 쌀을 가져오라 하자 두 공자가 사양하며 친히 가려 했다. 이는 태부인이 한림이 종을 시켜 쌀을 가져왔다는 말을 들으면 반드시 큰 변란을 일으킬 것이기 때문이었다. 한림이 두 공자의 참담한 신세를 매우 불쌍히 여겨 물었다.

"원래 강 밖의 쌀을 져 올 것이 얼마나 되는고?"

두 공자가 흐릿하게 대답했다.

"불과 오십여 석이라 구태여 우리가 다 옮길 것이 아니라 노복이 틈이 있으면 가져올 것입니다."

그러고서 가려 했다. 한림이 달래어 곁에 앉히고 종들에게 명령해 두어 수레를 얻어 쌀을 가져오라 하고 조용히 두 공자와 담화했다.

태부인은 정생이 와 있는 줄 모르고 광천 형제에게 쌀을 가져오라고 했다가 정 한림이 와 있다는 말을 듣고 매우 불쾌하게 여겼다. 유씨는 더욱 놀라 태부인을 부추겨 정 한림을 청해 명아의 귀근(歸覲)[11]을 청하라 했다. 태부인은 한결같이 유 부인의 말대로 하는 인물이었으므로 한림을 들어오라 해 서로 보았다.

한림은 흉악한 사람을 보는 것이 괴로웠으나 마지못해 들어가 태부인과 그 며느리, 손녀를 차례로 보고 억지로 참아 입을 열어 안부를 물었다. 태부인이 안색을 온화하게 하고 소리를 순하게 해, 늦더위가 지루해 열병에 혼나던 일과 전날 넘어져서 머리가 상했던 일을 자세히 베풀었다. 한림이 속으로 기괴하게 여기고 웃으며 미운 마음을 이기지 못했으나 거짓으로 놀라움을 일컬으며 '어서 조리하소서.' 하니 부인이 큰공자를 돌아보아 웃으며 말했다.

"오늘은 매부가 와서 정돈하고 앉아 천한 일을 안 하는 것이냐?

____

11) 귀근(歸覲): 부모를 뵙기 위하여 객지에서 고향으로 돌아가거나 돌아옴.

너희 형제가 조용히 서당에서 독서나 착실히 하는 것이 아니라, 자고 일어나면 강 밖에 쌀을 지러 다니고 온갖 기괴하고 천한 일을 다 하니 어느 시절에 입신양명하기를 바라겠느냐?”

두 공자가 말이 없고 큰공자는 도리어 흰 이가 드러나게 웃을 뿐이었다. 정생은 태부인이 이처럼 능란하게 속이는 것을 보고 더욱 미운 마음을 이기지 못해 잠깐 허리를 굽혀 말했다.

“소생은 외인이라 존부 두 손자의 행동거지를 시비할 일이 아닙니다. 어사 합하께서 은주로 향하신 후에, 저 두 사람이 인가의 말째 서동과 노복의 일을 다 한다 하오니 저들이 비록 즐겨하더라도 어르신과 장모님께서 엄히 금하시는 것이 옳습니다. 오늘도 강 밖으로 쌀을 지러 가려 하는 것을 소생이 한심함을 이기지 못해 수레를 얻어 보냈으니 곧바로 옮겨 올 것입니다. 장인어른께서 안 계시고 어사 합하께서 나가신 사이에 그토록 몸을 가다듬지 못하니 소생이 두 손자를 위해 안타까워합니다. 합하께서 돌아오시면 소생이 본 일을 다 전해 엄히 꾸짖으시게 하려 합니다.”

태부인은 정생이 곧이듣는 것에 매우 기뻐했으나 어사가 돌아오면 이르겠다고 한 말에 매우 불쾌해 공자에게 일렀다.

“한림이 비록 너의 매부지만 윤, 정 두 가문은 대대로 정을 맺어 왔고, 사위가 어질고 후덕해 너희를 지성으로 아름답게 하려 하니 어찌 감사하지 않으냐? 이후에나 몸을 닦고 행동을 가다듬거라.”

둘째공자는 절해 명령을 듣고 큰공자는 옥 같은 얼굴과 별 같은 눈동자에 웃음을 띠며 들을 뿐이고, 조 부인은 머리를 숙여 슬퍼할 뿐이었다.

생이 어질지 않은 사람을 오래 마주 보는 것이 아니꼬아 일어나 하직하고 가려 했다. 부인이 재삼 만류해 술과 안주로 대접하고 눈물을 흘리며 슬픈 말투로 손녀의 귀녕을 청했다. 슬하에 두고 한때를 떠나보내지 않으며 만금과 같은 보옥으로 알다가 잃어버리는 재앙을 만나 서너 달을 떨어져 있다가, 집에 돌아온 후에 즉시 혼인시켜 보내고서 못 잊는 정과 그리운 마음이 지극하고 목소리와 얼굴이 눈앞에 삼삼함을 일렀다. 슬픈 말이 사람을 감동시킬 정도였으나, 정 한림은 남의 마음을 비춰 보는 눈을 가진 사람이었다. 저 부인의 악한 일을 보지 않았을 때도 기미를 알았는데, 하물며 공자 등을 참혹히 두드리는 모습을 눈으로 보았으니 태부인이 온갖 방법으로 어진 체한다 한들 곧이듣겠는가. 이에 다만 대답했다.

"정은 이와 같으시나 슬하의 사람이 어른 곁을 떠나지 못할 것입니다. 훗날 저희 집 어르신의 명령대로 하겠습니다."

말을 마치고는 절하고 가볍게 걸어 나갔다.

태부인이 밉고 분했으나 하릴없었다.

이날 밤에 태부인이 해춘루에 가 유 씨와 상의하며 말했다.

"정천흥이 광천 등의 천한 일을 노모가 시킨 줄 알지 못하고 자기들이 즐겨 하는 줄로 알아 말이 그러하고 쌀을 수레로 옮겨 왔다 하니 우리 허물이 없을까 한다."

유 씨는 간악함이 시어머니보다 위에 있고 영리함이 더 나았으므로 정생의 말뜻을 알아듣고 참으로 괘씸해 하던 차에 시어머니의 말을 듣자 바로 웃으며 말했다.

"어머님은 어찌 사람의 말귀를 못 알아듣는 것입니까? 정생이 비록 우리를 사납다고 면전에 바로 이르지는 않았으나 상공이 돌아온 후에 이르겠다고 한 것은 우리의 흠을 드러내려 한 것입니다. 능란하게 속이고 총명한 것이 만사에 신기해 광천이와 비슷한 놈입니다. 상공이 집에 돌아오면 정가 놈의 입으로부터 곱지 않은 말이 나올 것이니 첩이 바야흐로 애달프고 분해 어쨌거나 정생까지 없애려 한들 할 수가 있겠습니까?"

태부인이 봄꿈 속에서 깨어난 듯 대답했다.

"그대의 말이 사람의 마음속을 꿰뚫어 본 것이다. 노모는 그런 줄 알지 못하고 정가가 내게 속은 줄 여겼더니 우리 부덕(不德)을 이 자가 먼저 알았으니 어찌 괘씸하지 않은가?"

경아가 말했다.

"정생이 조모를 어질지 않다고 여겨도 감히 해치지 못할 것이니 그는 무섭지 않습니다. 다만 세월만 보내고 광천이 등을 죽이지 못하니 이것이 절박한 일입니다."

유 씨가 탄식하며 말했다.

"그렇게 이르지 말거라. 허물을 사람에게 보일 것이 아니었다. 처음에 부질없이 강 밖으로 쌀을 나르게 하고 꼴을 베게 하니 이 아이들의 효성은 빛나고 우리는 자애롭지 않다고 이름을 얻게 되었다. 이후에는 고요히 집안에서 천한 일과 험악한 벌을 더해 자결토록 하는 것이 옳다."

흉악한 시어머니는 유 씨 여자의 말이라면 진평(陳平)[12]과 제갈량으로 여겼으므로 그렇게 하자고 했다. 그리고 공자 등을 미워하는 것이 날로 더하고 시(時)로 심했다. 두 아이가 돌이나 나무가 아니라 몸을 보전하기 어려웠으나 각각 복록을 길게 타고났으므로 큰 병이 생기지는 않았다.

정생이 아전들을 시켜 윤씨 집안의 쌀을 수레로 옮기게 해 윤부에 쌀을 주고 돌아가 광천 등을 못 잊는 것이 한 마음에 맺혔다.

---

12) 진평(陳平): 중국 한(漢)나라 유방(劉邦)을 도와 그가 천하를 통일할 수 있도록 도운 인물 (?~B.C.168).

위 씨가 순 태부인에게 간청해 손녀의 십여 일 귀녕을 청했다. 진 부인이 시어머니에게 고하고 평후와 의논해 소저를 보내려 하자 한림이 고했다.

"여자가 신행을 하면 부모와 형제에게서 멀어지는 법입니다.[13] 윤 태부인이 진정으로 손녀를 보려 하는 것이 아니니 어머님께서는 핑계를 대고 보내지 마소서."

윤 소저가 곁에서 모시고 있었는데 태부인이 소저가 부끄럽고 열없음을 위로하려 웃으며 말했다.

"너도 할미를 두었으니 남인들 할미와 손녀 간에 어찌 평범하겠느냐? 여자가 남자와 같지 않다고 한들 사사로운 정조차 아주 베어 버릴 수 있겠느냐?"

한림이 웃음을 머금고 대답했다.

"할머님처럼 자애와 덕성을 가지신 분을 저 흉악한 위 부인에게 비길 일이 아닙니다. 저 위 부인은 승냥이와 독사 같은 모짊을 겸해 인두겁을 썼으나 그 속마음은 괴이하니 소자가 이따금 옥루항에 왕래해서 보면 놀라움이 심했습니다."

평후가 정색하고 말했다.

"너희 행실이 이처럼 경박해 남의 부인네 허물 이르는 것을 능사로 알아 조금도 조심하는 도리가 없으니 어찌 한심하지 않으냐? 우리 며느리는 아직 귀녕이 급하지 않으니 보내지 말라고 할 따름이다. 남의 흠을 일러 무엇하겠느냐?"

한림이 황공해 말을 그쳤다. 소저는 비록 바다와 같은 도량을 지니고 있으나 생의 말을 듣고는 벌써 생이 조모의 악행을 알았음을

---

13) 여자가~법입니다: 여자가 혼인을 하면 친정 부모와 형제에게서 멀어질 수밖에 없음을 이름. 『시경』, "패풍(邶風)"의 <천수(泉水)>에 나오는 표현.

크게 부끄러워해 봉관(鳳冠)[14]을 숙이고 옥 같은 얼굴이 붉어진 채 감히 좌우를 살피지 못했다.

태부인과 시부모가 그 모습을 새로이 사랑하고 그 마음을 생각해 슬퍼했으니 진 부인의 사랑은 딸에 대한 것을 넘어설 정도였다.

태부인이 한림의 말대로 연고가 있어 못 보낸다고 회답했다. 평후가 처음에는 귀녕을 허락하려 하다가 아들의 말이 옳음을 깨달아 소저를 보내지 않았다.

이날 밤에 한림이 선월정으로 들어갔다. 이때 윤 소저는 친정의 놀라운 광경을 생각하며 눈물이 꽃 같은 뺨에 조용히 줄줄 흘러내렸다. 그러다가 한림의 발소리를 듣고 즉시 눈물을 거두고 일어나 맞이했다. 생이 좌정하고 묵묵히 있다가 천천히 물었다.

"그대의 모습이 근심이 배에 가득해 우울해 하니 무슨 연고라도 있는 것이오? 내가 비록 미미하나 그대에게는 소천(所天)[15]인데 내 말을 듣고도 멸시해 응답하지 않는 것은 무슨 까닭이며, 내 집에 부모님이 모두 살아 계시고 별다른 우환이 없어 근심할 일이 없는데 여자가 어찌 온화한 기운을 잃어 복 없는 행동을 남에게 보이는 것이오?"

소저가 옷깃을 가다듬고 대답했다.

"첩은 운명이 기구해 어려서 아버님을 여의고서, 부모님이 길러주신 은혜를 생각해 고통이 마음속에 맺혀 있습니다. 그래서 자연히 즐거운 사람과 같지 않아 온화한 기운이 적었는데, 오늘 새로이 근심이 배에 가득하다고 곡절을 물으시니 구태여 근심이 없어 대답할 말씀이 없습니다."

---

14) 봉관(鳳冠): 봉황의 문양이 새겨진 관.
15) 소천(所天): 아내가 남편을 이르는 말.

생이 한가히 웃으며 말했다.

"영존당 태부인은 매우 포악한 사람이니 신혼 초야에 도적이 한 흉악한 말을 분명히 깨닫겠소. 그대를 해치는 자는 위 태부인과 윤 어사 부인 외에는 없을 것이오."

소저가 이에 이르러서는 부끄러움이 더해 대답했다.

"조모와 숙모께서 남다른 큰 덕은 없으시나 첩을 해칠 리는 없습니다. 첩이 행실이 미미하고 조물주의 미움을 받아 누명을 무릅썼으나 조모와 손녀, 숙모와 조카 사이에 의심할 것이 아니니 군자의 말씀이 너무 이러하신 것을 첩이 진실로 동의하지 않습니다."

한림이 웃으며 말했다.

"혼인을 방해하고 도적을 불러들인 심술로써 곧 변란을 일으키는 것이 괴이하지 않고 광천이 등을 죽이려 하는 것을 보아서는 아무 흉악한 일이라도 어렵지 않게 할 것이오. 한갓 그대의 집을 위해 놀랄 뿐 아니라 우리 누이의 앞길이 염려되니 어찌 마음을 놓을 수 있겠소? 차라리 태부인이나 속히 별세하면 낫겠지만 그 관상이 백 살을 살 것이니 희천이 등의 액운이 풀릴 곳이 없을까 하오."

소저가 한림의 말이 조모의 악행을 반드시 친히 보고 이렇게 이르는 줄을 깨달아 머리를 숙이고 말을 하지 않았다. 팔자 눈썹에 근심이 넘치고 온갖 슬픔과 한이 가슴에 가득해 어찌할 줄 모르는 모습이었다. 이에 한림이 웃고 물었다.

"그대의 사촌동생으로서 하 공 집과 정혼한 규수는 어디로 갔으며 어찌 잃어버렸다고 하는 것이오?"

소저가 어머니의 편지를 받아 현아가 강정에 있는 줄을 알았으므로 다만 대답했다.

"접때 잃어버렸다고 한 후에 기별을 듣지 못했으니 지금까지 거처를 모르는가 합니다."

생이 말했다.

"그대의 집 버릇은 규수마다 혼인 전에 한 번씩 잃어버리는가 싶소. 그런데 소문이 아름답지 않아 유 부인이 하씨 집안을 배반하고 그 딸을 김씨 집안과 혼인시키려 하자 규수가 절개를 지켜 도주했다 하오. 유 부인은 세력을 좇는 녹록한 여자지만, 김가 놈의 집은 어느 때라도 내 손에 패망할 것이오. 내가 아직 벼슬이 낮고 세력이 없어 겨루지 않고 참고 있으니 김씨 집안이 멸망하는 날 하씨 집안의 원통함이 풀어질 것이오. 내가 밤낮으로 이를 갈고 김후의 손가락을 내 주머니 속에 넣어 다니고 있소. 유 부인이 욕심이 많아 김씨 집안과 사돈이 되려 한 일은 크게 속은 것이오."

말을 마치자 웃음이 그치지 않으니 소저가 구태여 묻지 않았다.

밤이 깊어 소저를 청해 등불을 물리고 비단 휘장에 나아가니 소저를 공경하고 소중히 대해 흡족한 정이 교칠과 같았다.

다음 날 아침에 한림은 조정에 가고 소저는 정당에서 태부인과 시부모를 모시고서 시누이들을 온화한 빛으로 대했다. 어여쁘고 아름다운 기질이 비할 데 없이 찬란하여 온갖 아리따움이 무리 가운데 특출해 방 안에 빛났다. 태부인과 시부모가 새로이 기이하게 여기고 귀중하게 대하니 좌중의 사람들이 소저를 흠모하고 공경했다.

한림이 임금을 섬기고 직무를 살핀 지 예닐곱 달 만에 기상과 하는 말이 준엄하고 넓고 커서 한갓 경연 자리에서 임금을 곁에서 모시고 사기(史記)를 쓰는 문필 학사가 아니었다. 이윤(伊尹),[16] 여망(呂望)[17]의 충성과 제갈량의 신기한 지략을 겸하여 만사가 두루 비

---

16) 이윤(伊尹): 중국 은(殷)나라의 이름난 재상으로, 탕왕(湯王)을 도와 하(夏)나라의 걸왕(桀王)을 멸망시키고 선정을 베풀었음.

상하니 하늘을 찌를 만한 기세가 뛰어나 임금 앞에서도 소견을 숨기지 않고 임금이 진노하신 때라도 조금도 두려워하거나 겁을 내지 않고 당당한 대의와 늠름한 덕으로 임금을 섬겨 위엄과 강직한 절개가 서리와 눈발을 업신여길 정도였다. 그래서 임금의 총애가 가득하고 만조백관이 공경하고 어렵게 여겨 그를 단지 벼슬아치 중 이름난 선비로만 여기지 않고 조정의 큰 그릇이며 나라를 떠받치는 재목으로 알아 나이가 어린 것을 잊고 호를 죽청 선생이라 하였다. 덕망이 태산, 북두와 서로 어울렸으니 선비들이 우러러보고 사방에 명성이 진동해 벼슬이 점점 높아 간의태우 문연각 태학사 표기장군이 되었다. 평후가 아들의 재주와 덕망을 기뻐했으나 나이 어린데 명성이 두터운 것을 두려워하고 벼슬이 너무 높은 것을 두려워해 매양 공손히 몸을 갈고 닦으라 경계하였다.

이러구러 여름과 가을을 다 지내고 초겨울 시월이 되었다. 진 부인이 잉태한 지 열한 달 만에 꽃으로 새기고 옥으로 엮은 듯한 한 명의 딸을 낳았다. 정 공이 오자일녀를 부족하게 여기다가 이를 기뻐해 이름을 아주라 했다. 사랑하는 마음은 천지만물과 비교하지 못하고, 귀중하게 여기는 마음은 헤아리지 못할 정도였다. 태부인이 매우 사랑했으니 손주를 처음 본 듯했다.

재설. 윤 어사가 황제의 명령을 받들어 은주 관아에 가 은주를 다스렸다. 윤 어사는 어진 덕과 맑고 검소한 행실을 지녔고 송사를 다

---

17) 여망(呂望): 중국 주(周)나라의 제후국인 제(齊)나라의 시조 여상(呂尙)을 이름. 성(姓)은 강(姜), 씨(氏)는 여(呂), 이름은 상(尙), 자는 자아(子牙)이며, 호는 비웅(飛熊)임. 주 문왕의 선조 태공(太公) 고공단보(古公亶父)가 꿈에서 바라던 인물이 나타났다 하여 태공망(太公望)이라고도 불림. 본래 은나라 주왕(紂王) 밑에 있던 관리였으나 주(周)나라에 투신해 무왕(武王)을 도와 은나라를 멸하는 데 공을 세움.

스리는 데 명쾌한 정사가 지극히 공정하고 사사로움이 없어 공평한 저울과 밝은 거울 같았다. 간사하고 교활한 관리와 어질지 않은 고을이 감히 그를 속이지 못해 어사가 순무(巡撫)[18]한 지 대여섯 달 만에 인심이 크게 진정되어 도적이 변해 양민이 되고 불효자가 효도하며 간악한 여자가 온순하게 되고 화목하지 않던 형제가 형은 우애 있고 동생은 공손하게 되었다. 인물됨이 바뀌며 시절이 풍성하여, 오곡이 잘되고 비가 때에 맞게 오고 바람이 고르게 불었으니 일 년 남짓 버려 두었던 논밭을 경작하여 비로소 남녀가 소임을 차리고 고을의 유학자는 학교에 모여 유학에 힘쓰며 용맹한 역사는 군대의 일을 숭상했다. 도로의 장사꾼은 이익이 늘어나 서로 관청에서 시비를 다투는 일이 없고 밤에도 문을 닫지 않았으니 완전히 다른 지방이 되었다.

어사가 여름 사월에 집을 떠나 겨울 시월이 되자, 북쪽으로 가는 기러기를 슬피 바라보며 임금과 어버이를 길이 사모했다. 또한 집안을 간절히 염려해 자식과 조카를 생각하고 회포가 만 갈래나 되었다. 그런데 역편(驛便)[19]으로 본부(本府) 소식을 들으니 모친은 평안하시고 온 집안이 무사하다 하되 구파가 모친상을 당해 절강으로 갔다 하는 것이었다. 조 부인 모자를 보호할 사람이 없음을 더욱 염려하여 이미 나랏일을 잘 다스렸으므로 십일월 기망(旣望)[20]에 아전과 종 들을 거느려 상경하려 했다. 은주의 아전과 백성들이 다 눈물을 흘리며 이별을 슬퍼하니 마치 갓난아이가 부모와 이별하는 듯했다. 곳곳에서 탁주와 말고기를 가져와 전별하므로 안대가 백성들을 지극히 위로하

고 술과 고기를 흔쾌히 맛보아 그 정성을 물리치지 않았다.

속히 상경하여 대궐에 나아가 복명(復命)[21]하니 임금께서 불러 보아 술을 내려주시고, 은주를 예전처럼 회복해 인심을 진정시키고 정사가 분명하고 바른 것을 칭찬하시며 벼슬을 올려 추밀사에 임명하셨다. 어사가 재삼 굳이 사양했으나 뜻을 이루지 못하고 임금의 은혜에 감사하며 조정에서 물러나 바삐 집으로 돌아갔다.

차설. 이에 앞서 윤부 태부인이 유 씨 모녀와 함께 밤낮으로 조 부인 삼 모자를 없애려 도모했다. 그러나 공자 형제는 사람이 먹고 견디지 못할 것이라도 잘 견뎠다. 하루 한때 편한 적이 없고 겨울을 맞아 헌 베옷을 백 군데 기워 살을 가리지 못했으며, 언 재강과 찬 조밥에 쓴 소금이 입에 들면 얼음을 먹은 듯하고 냉방에 불김을 못했다. 밤낮으로 기괴하고 천한 일로 눈과 코를 뜰 수 없을 정도였으니 천금과 같은 귀한 몸이 온몸에 한 조각 온기가 없어 깁 같은 살가죽이 얼어 터지는 것을 면치 못했다. 북풍이 거세고 큰 눈이 쌓이는데 매운 서리가 더해져 지극히 천한 사람 중에 모질고 사나운 사람이라도 추위를 견디지 못할 것이었다. 그런데 흉악한 노파가 두 공자를 눈 위에 꿇리고 죄를 따져 하루 밤낮을 움직이지 못하게 했다. 둘째공자는 상한 것이 쌓여 피를 토하고 거꾸러져 정신이 혼미해 인사를 모르고 큰공자는 옥 같은 얼굴이 청옥과 같아 거의 죽을 듯했다. 조 부인이 참지 못해 두 공자를 붙들고 목이 쉬도록 오열하며 위 부인에게 애걸해 말했다.

"이 아이들의 죄상이 있건 없건 간에 눈 위에서 아주 죽게 되었으

니 원컨대 어머님께서는 소첩을 죽이시고 이 아이들 목숨은 살리소서.”

이에 태부인이 팔을 걷어붙이고 달려들어 조 부인 삼 모자를 짓두드리려 했다. 그런데 이때 문득 어사가 들어온다는 선성(先聲)22)이 이르러 어사가 내일 경사에 들어온다는 것이었다. 태부인이 눈을 뒤룩거려 이리 보고 저리 보아 넋이 어린 듯 긴 턱을 들며 반백발 머리를 끄덕이고, 반가운 듯 황홀한 듯 내일 아들 볼 일은 매우 기뻤으나 자기와 며느리의 악한 행동이 가득했으므로 어찌할 바를 몰랐다. 유 씨가 노복에게 호령해 백화헌에 불을 밝히라 하고 깔끔하고 두꺼운 새옷을 내어 두 공자에게 바꿔 입게 해 어사를 맞으라 했다. 그리고 태부인에게 ‘당에 오르소서.’ 하고 가만히 해월루 문을 열어 조 부인에게 들어가도록 하라고 했다.

태부인이 즉시 조 씨를 물러가라 하고 해월루에 나와 두 공자에게 새 옷을 입게 했다. 둘째공자는 인사를 버려 거꾸러져 있으니 유 씨가 급히 시녀를 시켜 공자를 붙들어 자기 방으로 들이라 했다. 큰공자는 정신을 차려 물러나 새 옷으로 고쳐 입고 안에 들어가 아우를 구호했다. 둘째공자가 한나절이 지나서야 눈을 떠 좌우를 살피고 자신이 해춘루에 들어와 누워 있는 것을 괴이하게 여겼다.

유 씨가 나아와 앉아서 어사가 돌아온다는 소식을 이르고 어서 일어나라 하며 한 그릇 미음을 가져와 두 공자에게 나눠 먹였다. 경아는 머리를 긁적이고 눈썹을 찡그리며,

“현아의 거처가 없음을 전하지 않았으니 아버님께는 무엇이라고 할 것입니까?”

라고 말했다.

---

22) 선성(先聲): 미리 보내는 기별.

첫째공자는 옷을 갈아입고 자기 등의 사정을 계부에게 고하지 않으려 했으나 경아가 근심하는 모습에 속으로 실소하며 기괴하게 여겼다. 둘째공자는 대인이 돌아오시는 것이 황홀하여 반가운 것은 이를 것도 없었으나 양모의 실덕(失德)이 무궁했으므로 아버지가 돌아오시면 좋지 않은 사달이 있을까 근심이 가득했다. 그래서 갑자기 일어나 아픈 것을 억지로 참고 아득한 정신을 진정해 미음을 내오게 하고 밖에 나와 옷을 바꿔 입었다. 이에 첫째공자가 말했다.

"계부께서 돌아오신 후에 강정의 누이를 데려올 것이나 아직 계부께는 고하지 마라."

둘째공자가 정색하고 말했다.

"대인께서 여덟아홉 달 만에 집을 떠났다가 돌아오시면 할머님께 절하시고 우리 형제 남매를 반기려 하실 것인데, 누이를 강정에 감추어 집안에 좋지 않은 사달을 만드는 것이 좋겠습니까? 형님은 제가 무사하게 하고 싶으시다면 우리가 천한 일을 하며 고초를 겪은 것을 대인께 내색하지 마십시오."

첫째공자가 문득 탄식하고 말했다.

"난들 어찌 그사이 고초를 계부께 고하겠느냐? 다만 누이를 아직 강정에 두려 한 것은 조모와 숙모께서 매양 절박하게 말씀하셨는데 누이를 홀로 두었다고 하면 실로 의심을 살까 해서였다. 네 말이 옳으니 어찌 막겠느냐? 다만 누이가 강정에 머문 것을 무엇 때문이라 고하려 하느냐?"

공자가 말했다.

"조모와 어머님께서 바야흐로 누이를 잃어버린 일을 대인께 전할 말씀이 없어 절박하게 여기고 계십니다. 만일 이리이리 한다면 구태여 우리의 죄가 되지 않고 할머님과 어머님도 기뻐하실 것입니다."

첫째공자가 옳게 여겨 형제가 함께 위 부인이 있는 존당에 들어가 고했다.

"어제 벽란이가 왔나이까?"

태부인과 유 씨가 황홀한 모습으로 대답했다.

"벽란이는 현아를 좇아 갔으니 어찌 온 것을 묻느냐?"

두 공자가 함께 대답했다.

"소손 등이 어제 문밖에서 벽란이를 만났는데 벽란이가 남복을 했으므로 얼굴은 익었으나 순간적으로 깨닫지 못했습니다. 먼저 이르기를, '이제는 어르신이 돌아오시니 소저를 모시고 오겠습니다.'라 하기에 누이가 계신 곳을 물었습니다. 은주를 반이나 내려가다가 길에서 누이가 병을 얻어 임시 숙소를 잡아 대여섯 달이나 머물다가 대인께서 돌아오신다는 선성을 듣고 누이는 바로 상경해 강정에 와 계시다 합니다. 반드시 할머님과 어머님께 고한 것으로 알았으나 어제 성을 많이 내시기에 감히 고하지 못했던 것입니다."

태부인과 그 며느리가 채 듣기도 전에 기뻐하는 마음이 하늘에 오를 듯해 편히 앉아 있지 못했다. 평생 처음으로 두 공자를 대해 웃는 얼굴로 급히 손을 잡고 말했다.

"우리는 어제 벽란이를 보지 못했으니 모름지기 너희가 이제 가서 딸을 데려오라."

둘째공자가 말했다.

"누이를 잃어버렸던 일은 대인께서 알지 못하십니다. 대인께서 돌아오시면 김씨 집안에서 혼인을 핍박해 사혼(賜婚)하신 조지(詔旨)를 믿어 재촉이 성화같으므로 부득이하게 택일하여 보내고 빙채(聘采)23) 전에 누이를 잃어버렸다는 소문을 내고 감추었다 고하십시오. 소자 등도 남양과 항주에 보냈다는 말씀을 마시고 항주의 보리는 혜준이가 거두어 오고 남양의 밭은 계충이가 팔아 왔다고 하십시오.”

두 부인이 가슴 가득히 기뻐하며 말했다.

“너희 말이 옳지만 현아가 실상을 스스로 고할까 염려된다.”

둘째공자가 말했다.

“이제 가서 누이에게 연유를 고하고 누이를 집에서 감추어 두었던 줄로 말하도록 할 것입니다.”

두 부인이 기쁨이 지극해 어사가 돌아와도 근심이 없었다. 공자 등의 효도를 기특하게 여겼으나 원래 그 남다른 효성과 만사에 남보다 뛰어난 것을 미워해 두 공자를 없애려 하니 그 마음이 날카로운 칼과 같았다. 두 공자를 재촉해 소저를 데려오라 했다.

희천은 사지의 뼈가 다 녹는 듯했으나 억지로 참고 형제가 함께 강정으로 가 누이를 보았다. 그리고 아버지가 다음 날 들어오실 것인데 자기들이 조모와 모친에게 이리이리 고했으니 누이는 말을 같게 하고 아버지에게는 집에 있었던 줄로 고해 집안이 화평하도록 청했다. 소저가 두 아우의 어짊과 효성에 감동하여 길이 탄식하고 말했다.

“할머님과 어머님이 김씨 집안의 부귀를 흠모하셔서 나를 핍박하시던 일을 생각하면 하나의 일이라도 대인께 은닉하겠느냐? 다만 아우 등의 말이 옳고 지극한 효성에 감격하니 내가 어찌 효도를 이루지 못하고 부모님이 온화한 기운을 잃으시도록 하겠느냐? 다만 강정의 비복이 내가 여자인 줄을 알고 여름, 가을, 겨울 세 계절을 이곳에서 지낸 사실을 옥루항에 아뢴다면 어찌하겠느냐?”

공자가 웃으며 말했다.

---

23) 빙채(聘采): 빙물(聘物)과 채단(采緞). 빙물은 결혼할 때 신랑이 신부의 친정에 주던 재물이고, 채단은 신랑집에서 신붓집으로 미리 보내는 푸른색과 붉은색의 비단임.

"엄히 당부한다면 무슨 일로 고하겠습니까?"

소저가 둘째공자가 주었던 은자 삼십 냥이 그저 있었으므로 강정의 비복에게 나누어 주고 자기가 이곳에 있었던 일을 고하지 말라고 했다. 비복들이 비로소 그가 소저인 줄을 알고 놀라며 금을 받아 감격한 마음을 이기지 못해 이 일을 입 밖에 내지 않으려 했다.

소저가 즉시 벽란과 함께 돌아갈 때 두 공자가 소저의 채색 가마를 곁에서 모시고 집으로 갔다. 날이 거의 어두워지려 하고 태부인과 조, 유 두 부인이 마중 나와 소저를 이끌어 마루 위로 올라갔는데 소저는 아직 남자 옷을 바꿔 입지 못한 상태였다. 두 부인이 소저의 절을 기다리지 못해 각각 좌우에서 소저를 붙들고 울었다. 두 공자가 이에 위로하고, 소저는 구슬 같은 눈물을 머금고 말했다.

"은주 칠천 리 중에 삼천 리를 갔다가 독한 병을 얻어 거의 죽게 되어 아버님께도 가지 못하고 경사도 아득했습니다. 이륙의 청춘에, 원혼이 구천에 돌아간다면 첩첩한 서러움이 구름에 빗겨 부모님께 불효하는 것은 이를 것도 없고, 긴 명을 지레 끊어 김가 때문에 혼백이라도 원귀가 될 것이었습니다. 요행히 사람이 있어 제 목숨을 살려내고 생불(生佛)처럼 큰 은혜로 지성으로 구호해 차도를 얻었습니다. 대인께서 돌아오신다는 말을 듣고 어제 강정으로 왔으나 집으로 못 온 것은 아버님께서 미처 돌아오지 못하셨는데 어머님께서 또 무슨 변란을 지어 소녀의 절개를 어지럽히실까 두려워서였습니다. 두 아우가 벽란이의 말을 듣고 찾아왔는데 대인께서 내일 집으로 돌아오신다 하기에 마음을 놓고 들어온 것입니다. 모친께서는 이제라도 불의한 일을 하지 마시고 잘못을 뉘우치고 덕을 닦으시기를 바랍니다."

벽란이 곁에 서 있다가 주인과 종이 겪은 무궁한 고초를 그럴듯하게 말했다. 소저가 병이 들어 매우 위중하던 일과 한 되의 곡식도 없어 초라하게 밥을 빌어먹으며 왕래하던 일을 눈에 보이는 듯이 고해 조금도 거짓말을 꾸민 것 같지 않았다. 두 부인이 불쌍해 하고 슬퍼 하는 마음에 뼈마디가 녹는 듯해 소저를 붙들고 울며 말했다.

"딸아이가 어찌 그토록 어미를 속이고 갈 줄 알았겠느냐? 우리는 집에 무사히 있어도 너를 생각하면 병이 날 듯했는데 너는 길에서 극한 더위와 심한 추위를 다 겪었으니 오죽하겠느냐? 그래도 얼굴은 상하지 않았으니 천우신조로구나. 구태여 너의 절개를 앗으려 한 것이 아니라 폐하의 명령을 어기지 못해 그런 것이었다. 네가 죽기로 써 절개를 지키고 네 부친이 돌아오시니 네 소원대로 할 것이다. 그러니 너는 쓸데없는 염려를 하지 말거라."

소저가 조모와 모친의 악행을 뼈에 사무치게 애달파 하고, 오래 사모하다가 어버이의 얼굴을 보니 반가운 중에 좋지 않은 말을 못 했다. 조 부인은 얼굴빛이 아주 변해 중병을 겪은 사람처럼 되어 있으니 이를 보고 놀라서 물었다.

"백모께서는 어찌 이토록 얼굴이 상하신 것입니까?"

부인이 탄식하고 말했다.

"한 목숨이 모질어 돌과 나무 같으니 어찌 병인들 있겠느냐? 절로 상한 것이다."

소저는 조모의 악행으로 저와 같이 쇠했음을 깨달아 경악했다.

이날 밤에 유 씨가 현아를 데리고 침소에 가 오래 잃고 못 찾아 슬퍼하던 마음을 일렀다. 어사가 돌아와도 딸아이의 거처를 이를 말 이 없어 애쓰던 바를 이르며 계속 집에 있었다고 고하라 했다. 그러 자 소저가 길이 울며 탄식하고 말했다.

"어머님의 실덕(失德)은 터럭을 빼어도 헤아리지 못할 것입니다. 한갓 소녀의 절개를 빼앗으려 한 것은 이를 것도 없고, 조모께 어그러진 행동을 부추겨 백모를 못 견디도록 하시고 광천 아우 등을 참혹히 보채셨으니 강정 비복들이 전하는 말을 듣고 놀라웠습니다. 소녀가 어제 잠깐 와 들어도 조모와 모친의 악행을 형언하기 어려우니 두 아우는 그 얼마나 귀중한 몸입니까? 죄가 없는데 혈육이 상하도록 하는 중벌을 더하시고 망측하고 천한 일을 시키시며 몸을 보전하지 못하도록 해치셨으니 이런 망극한 큰 변고가 있습니까? 소녀가 어머님 앞에서 한번 죽어 어머님이 훗날 망극한 죄에 빠지시는 것을 보지 않으려 합니다. 세상에 모녀 사이처럼 친하고 동복 자매처럼 허물 없는 이가 있겠습니까마는 모친과 언니는 매사에 다 소녀에게 숨기셨습니다. 말이 나온 김에 이제야 고하니, 어머님은 김중광에게 옷을 바꿔 입게 해 소녀의 방에 들여보내시며 차마 못 할 일을 태연히 하셨습니다. 제가 비록 하씨 집안과 정혼한 일이 없더라도 외간 남자를 청해 규수를 보이고 혼인시키는 예가 어디에 있습니까? 마침 벽란이 같은 영리한 여종이 있어 일의 기미를 알아차려 소녀가 김가를 보지 않고 벽란이를 대신 보냈지만 마디마디 생각하면 뼈가 저리고 넋이 놀랍니다. 모친의 행동이 어찌 이와 같으십니까?”

소저가 희천에게 여복 입혀 김가를 보도록 한 것을 고하지 않은 것은 모친이 공자를 더욱 미워할까 생각해 벽란을 보였다 한 것이다.

유 씨가 비록 딸의 말이었으나 자신의 악행을 말하는 데 이르러서는 부끄러워 모녀의 뜻이 다른 것을 애달파 했다. 그러나 딸을 잃어버리고 슬퍼하던 마음으로 지냈던 터라 꾸짖지 못하고 차라리 뉘우치는 듯이 해 그 마음을 누그러뜨리려 딸의 등을 어루만지며 울고 말했다.

“너 같은 어진 딸이 아니면 어미 악행을 누가 이르겠느냐? 강정 비복들이 전한 말은 거짓말이지만 어머님의 화증이 괴이하여 혹 광천이 등을 때린 적이 있었으나 내가 도운 것은 아니었다. 어머님이 범사에 나의 의견을 중요하게 여기셔서 남이 내가 사나워 그런가 여긴 것이다. 너도 오히려 알지 못하는데 누가 알겠느냐? 다만 김중광을 들인 것은 네 언니와 네 어미의 허물이니 이후에는 마음을 고치고 덕을 닦아 너에게 염려를 끼치지 않을 것이다.”

소저가 근심하는 빛으로 탄식하고 말을 하지 않았다.

다음 날 유 씨가 술과 안주를 갖추고 집안을 새로이 청소하여 어사를 기다리며 독한 말투와 간악한 표정을 고쳤다. 두 공자에게 맛있는 반찬으로 아침밥을 먹이고, 희천이 참혹히 수척해진 것이 민망해 속으로는 뜯어 먹고 싶었으나 밖으로는 어진 어머니로서의 도리를 다했다. 조 부인은 일마다 안팎이 다른 것에 한심해 훗날을 염려해 근심이 많았으나 모르는 듯이 하고 오직 태부인이 하라는 대로 순순히 받들고 유 씨의 간악함에는 귀먹고 눈 어두운 듯 태연히 모르는 척했다. 도량이 바다와 같아 조 부인의 마음속을 쉽게 엿볼 바가 아니었다. 유 씨는 조 부인이 만사에 자신이 바라지 못할 사람인 줄을 알아 더욱 밉게 여겼다.

어사가 이미 벼슬이 올라 돌아오자 두 공자가 바깥문에서 맞이해 절하고 뵈었다. 어사는 여덟아홉 달 사이에 집에 대단한 일이 없었다는 말을 들었다. 공자들의 키가 몰라보게 자라 있었으나 둘째공자의 모습이 수척해 옥 같은 살갗과 얼음 같은 뼈대만 남아 있으니 추밀이 크게 놀라 급히 그 손을 잡고 물었다.

“광천이는 얼굴이 초췌해 있으나 희천이는 더욱 몰라보게 뼈만 남아 있으니 이 어찌 된 일이냐?”

두 공자가 반가운 모양이 비할 데가 없고, 시원하고 상쾌한 모습이 일만 길 구렁에 빠졌다가 구름을 뿌리치고 맑은 하늘에 날아오른 듯했다. 백옥 같은 얼굴에 웃는 빛을 하고서, 찬바람을 맞아 십여 일 신음해 수척하게 되었으나 상관이 없음을 고했다.

추밀이 더욱 놀라 바삐 안으로 들어가며 모친의 기운을 먼저 묻고 걸음이 급해 경희전에 가 절하고 형수와 시동생, 부부가 서로 예를 마친 후에 경아 형제가 추밀에게 절했다. 공이 보는 사람마다 반가운 표정을 띠어 어머니의 몇 달 안부를 묻고 곁눈질로 조 부인을 잠깐 보고는 놀라움과 의아함을 감추지 못해 물었다.

"여덟아홉 달 사이에 집안이 무사하다는 말을 듣고 왔더니 어찌 형수님과 희천이가 더욱 몰라보게 모습이 변한 것입니까?"

그리고서 정부 조카딸의 안부를 바삐 묻고 '그사이에 귀녕이나 했습니까?' 하고 물었다. 태부인이 조 씨 모자가 자주 병이 나 뼈만 남아 있음을 이르고 근래 잠깐 나았음을 그럴듯하게 전했다. 명아는 귀근해 줄 것을 천 번이나 청했으나 정부에서 보내지 않은 것을 한스러워했다. 김씨 집안에서 임금의 명령을 받아 현아의 혼인을 핍박하므로 부득이하게 현아를 잃었다며 소문내고 감추었던 일이며 광천, 희천 두 아이가 어사가 나간 후에 한 자 글을 보지 않고 막된 놀음을 하고 노복을 따라다니며 괴이한 천한 일에 재미 들여 돌아다니던 일을 못 미칠 듯이 말하고, 사이사이에 선웃음을 짓고 긴 턱을 끄덕거리며 악물었던 이를 펴고 가장 어진 체하는 모습이 차마 바로 볼 수 없을 정도였다.

공이 다 듣고 갑자기 기쁜 빛을 거두며 말했다.

"광천이 등이 나이가 어리니 막된 짓을 한 것이야 괴이하겠습니까? 다만 천한 일을 했다는 말이 참으로 괴이합니다. 김후가 당대의 권력 있는 가문 사람이나 혼인은 두 집안의 좋은 일이라 어찌 가장이 나간 사이에 겁박할 리가 있겠습니까? 소자가 김후를 만나면 한

차례 명백히 물어 공연히 내 집이 원하지 않는 혼인을 핍박했다면, 아무리 권세가 높다 해도 통쾌히 분을 풀어 한바탕 크게 욕할 것입니다. 이는 그사이에 반드시 연고가 있어 일어난 일입니다.”

위 씨는 만사에 다 유 씨에게 의심이 가는 것을 벗겨 주려 했으므로 즐겁게 웃으며 말했다.

“노모가 그릇해 처음에 매파가 부탁할 때 몽롱하게 혼인을 허락했단다. 그리고 며느리에게 물었는데 하씨 집안의 빙물을 이미 받았으니 다른 곳에 뜻을 두지 못할 것이라며 떼쳤다. 김씨 집안에서는 우리가 핑계 대는 것으로 알아 사혼은지로 핍박하기에 우리가 절박함을 이기지 못해 현아를 잃어버렸다고 한 것이다.”

공이 놀라서 대답했다.

“소자가 여덟아홉 달을 집을 떠났다가 돌아왔습니다. 서로 그리워하던 정을 펼 것이니 이런 어지러운 말씀은 천천히 하십시오.”

말을 마치고서 두 눈을 기울여 유 씨를 보았는데 그 눈이 매우 좋지 않았다. 둘째공자가 매우 민망해 하고, 양모의 악행을 대인이 아실까 우려하는 것이 마치 자기가 큰 죄를 지은 것 같아 불안함을 이기지 못했다. 공자는 이처럼 큰 효성을 타고나 매우 공경하고 조심스러워했다.

유 씨는 공자의 효성에 더욱 분노해 추밀이 오기 전에 없애지 못한 것을 한스러워했다. 이제는 갑자기 손을 쓰기 어려워 마디마디 자기 소원과 같지 못한 것에 이를 갈고 크게 분노해 심장이 타는 듯했으니 간사한 사람의 악한 마음이 이와 같았다.

이때 정 태우, 석 학사가 왔음을 고하니 공이 크게 반겨 바로 내실로 청했다. 경아 형제는 피하고 조, 유 두 부인이 함께 보았다.

두 사람이 들어와 모든 사람에게 인사하고 추밀을 향해 나랏일을 잘 다스리고 무사히 길을 떠나와 벼슬이 높아진 것을 축하했다. 정생의 빼어난 기상과 석생의 준수한 풍채가 새로이 아름다우니 공이 기쁜 빛으로 손을 잡아 이별한 후의 안부를 이르고 대화했다. 석생은 공이 어사로 나간 후에 한 번 왔다가 두 공자가 참혹한 몰골에 살을 가리지 못하고 꼴을 잔뜩 지고 오는 모습을 보고 위, 유 두 부인의 악한 마음을 밝게 알고 애잔함을 이기지 못해 그 장인을 보면 부디 일러 주려고 별렀던 차였다. 그래서 두 공자를 보고 미미히 웃으며 말했다.

"오늘은 무슨 날이기에 광천이 형제가 화려한 옷으로 세초(細綃)24)를 돋우고 높은 집에 한가히 앉아 있는 것이냐? 장인어른께서 벌써 오셨더라면 너희가 존중받았겠구나."

정 태우가 옥 같은 얼굴, 꽃 같은 뺨에 아름다운 웃음을 띠어 말했다.

"자안25)은 어찌 남이 절박하게 여기는 말을 하는 것인가? 내 이따금 이곳에 왕래해 내당에 뵈면, 어르신께서 광천이 등을 제어하지 못해 이들이 괴이하고 천한 일을 다하되 금하지 못하셔서 민망해 한다고 하셨네. 내 소견에도 하도 괴이해 여러 번 이르니, '한신은 빨래하는 여자에게서 음식을 빌어먹고 제갈량은 남양에서 밭을 갈았으니 자고로 영웅호걸은 한때 곤궁함은 면하지 못했다.'고 하며 고사를 이끌어 쓰고, 지독한 더위에 거친 보리죽을 달게 먹고 참혹한 추위에도 언 재강26)을 즐겨 먹으니 타고난 성품이 그런 뒤에는 내가 어찌할 수 없었네."

---

24) 세초(細綃): 가는 생사로 만든 허리띠. 세초대(細綃帶).
25) 자안: 석준의 자(字).
26) 재강: 술을 거르고 남은 찌끼.

석 학사가 웃으며 말했다.

"창백27)은 광천이 등이 꼴을 지고 다니는 모습을 보지 않았더냐? 비록 영웅호걸이 되려고 일부러 그렇게 한 것이더라도 과연 참으로 어려워 보이더라."

정 태우가 미소 짓고 말했다.

"꼴을 지고 다닐 때는 보지 못했네. 다만 심한 더위에 소나기가 내리는 가운데 강 밖에서 쌀을 지고 오다가 길을 치운다 하자 아전을 밀치고 달아나기에 우리는 광천인 줄 알지 못하고 아버님께서 잡으라 보내셨으니 광천이가 아전 네다섯 명을 난타하고 옷을 갈기갈기 찢은 것은 보았네."

이때, 유 씨가 정, 석 두 사람의 입을 쥐어박지 못하고 추밀의 노한 기운을 헤아리자 대담한 악인이었으나 놀라운 숨이 벌떡이는 것을 면하지 못했다. 광천은 오히려 놀라지 않았으나 희천은 양모의 악행이 드러날 것을 생각하니 경황이 없고 놀라 어찌할 줄을 몰랐다.

공이 두 사위의 말을 듣자 분노한 머리카락이 위로 솟구치고 눈동자가 찢어질 듯했다. 반드시 자기가 나간 사이에 기괴한 일이 많았던 것을 생각하니 두 아이에 대한 불쌍한 마음에 자기 몸이 아팠다. 그래서 두 사람에게 물었다.

"자안과 창백은 두 아이가 그렇게 하고 다니는 모습을 몇 번이나 보았는가?"

석생이 대답했다.

"소생은 장인어른께서 가신 후에 한 번 왔다가 그 의복이 살을 가리지 못하고 꼴을 매우 많이 진 것을 보았습니다."

---

27) 창백: 정천흥의 자(字).

정 태우가 웃으며 대답했다.

"소생은 조회 길에 존부를 지나며 자주 왕래했으니 그런 모습을 본 것이 어찌 수를 헤아릴 수 있겠습니까?"

추밀이 낯빛이 자연히 붉으락푸르락해 분노를 이기지 못하는 모습이었다. 둘째공자가 이에 헤아렸다.

'내 몸을 마쳐도 차마 부모님이 불화하시는 모습은 보지 못할 것이다. 우리가 고생을 두루 겪은 것이 한갓 양모의 과실뿐 아니라 할머님의 과실도 없지 않은데 대인께서 노하시는 것은 한결같이 양모께 있으니 내 어찌 어머님 마음이 좋지 않게 하겠는가.'

생각이 이에 미치자 마음이 급해 정, 석 두 사람 보는 데서 광기를 내어 자신이 천한 일을 한 것을 사실로 알게 하려 했다. 처음에는 고요히 앉아 있다가 그 형에게 재삼 눈치를 주고 갑자기 벌떡 일어나 입은 옷을 갈기갈기 찢어 버리고 기괴한 잡설을 지껄이며 맨발로 눈 위로 달음박질을 해 밖으로 나갔다. 첫째공자가 그 뜻을 알았으나 자기조차 거짓으로 미친 척하는 것이 우스웠으므로 자리를 움직이지 않고 늠름히 정좌해 앞을 볼 뿐이고 희천의 행동을 마저 보려고 했다.

둘째공자가 옷을 다 벗어 팽개치고 노복 등의 헌 옷을 얻어 몸에 걸치고 돌을 지고 들어왔다. 추밀이 이 광경을 목도하자 두 눈이 커지고 놀라 한심함을 이기지 못해 오래 말을 못 했다. 정, 석 두 사람은 거짓으로 미친 척하는 것을 알아 자기들이 부질없이 가볍게 말을 한 것을 뉘우쳐 역시 말을 안 했다. 공이 태부인에게 물었다.

"이 아이의 행동이 놀라우니 이것이 어찌 된 일입니까?"

태부인이 희천의 행동에 몹시 놀랐으나 말할 핑계가 생겨 좋았으므로 문득 눈물을 흘리고 길이 탄식하며 말했다.

"광천이 등이 정신을 놓은 말을 이르려 하면 가슴이 답답하구나. 네가 간 후에 몇 달이 안 되어 광천이, 희천이 두 아이가 까닭 없이 미친 증세를 보여 온몸에 똥물을 묻히고 뜰에서 구르며 온갖 더러운 말을 무궁히 했단다. 노모와 제 어미가 붙들고 온갖 방법으로 달래고 꾸짖어도 듣지 않고, 그러다가 실성하고 발광해 망측한 지경에까지 미쳤다. 정, 석 두 사위를 청해 의술로 치료하려 했는데, 아직 아내를 얻지 못한 아이들이 비록 여자와는 다르나 발광했다는 말이 나가는 것이 가당치 않아 차도가 생기기를 바랐다. 광천이는 십여 일 전부터 많이 나아 전과 같이 되었으나 희천이는 지금까지 낫지 않았다. 희천이가 그사이를 참지 못하고 저러니 저 병을 어찌한단 말이냐?"

유 씨가 눈물을 금치 못해 염려하고 슬퍼하는 것이 외모에 드러났다. 그러나 조 부인은 단정히 앉아 말을 하지 않으니 공이 조 부인에게 물었다.

"두 아이가 어디를 앓다가 이렇게 된 것입니까?"

부인이 머리를 숙여 즉시 대답하지 못하다가 천천히 대답했다.

"첩이 정신이 어두워 아침 일을 저녁에 깨닫지 못하니 더욱이 몇 달 전의 일을 어찌 기억하겠습니까?"

말이 애매해 곡절을 분명히 밝히지 않으니 공이 의아하게 여겨 말했다.

"형수님처럼 총명하신 분이 미세한 일이라도 잊지 않으시더니 어찌 광천이 등이 실성한 일을 잊으셨습니까?"

조 부인이 대답하지 않아서 태부인이 말했다.

"조 씨 며느리가 병이 괴이해 정신이 어릿하고 음식이 거슬려 여름, 가을, 겨울 세 계절을 신음하다가 온갖 방법으로 구호해 잠깐 나은 것이다."

공은 매우 경악하고, 조 부인은 어이없어 입이 있으나 없음만 못한 것을 도리어 우습게 여기고 말을 안 했다.

공이 친히 내려가 희천을 앞세워 당에 오르려 했다. 공자가 손을 뿌리치고 나는 듯이 밖으로 나가더니 또 나무를 많이 지고 들어오는 것이었다. 공은 본디 자잘한 생각과 의심을 두지 않아 사람이 교활하다고 생각하지 않았다. 그래서 태부인이 거짓말을 꾸미며 희천이 양모를 위해 거짓으로 미친 척한 것을 꿈에도 생각지 못했다. 정, 석 두 사람은 그런 모습을 보고 놀라 희천이 거짓으로 미친 척하는 줄을 알았다. 공처럼 총명한 사람이 홀로 이 일을 깨닫지 못한 것은 두 공자의 액운이 무거워서였다.

정, 석 두 사람이 하직하고 돌아갈 때 공이 말했다.

"갓 돌아와 희천이의 병 때문에 심신이 놀라 담소를 못 하니 내일 조회 길에 다시 오기를 바란다."

두 사람이 응대하고 밖에 나와 서로 웃으며 말했다.

"우리의 말이 유익하지는 않고 희천이에게 병을 얻어 주었으니 그처럼 뉘우치는 일이 없네."

석생이 말했다.

"추밀공이 그 곡절을 잘 알지 못하는 것은 현명하지 못해서이네. 내 한바탕 자세히 말하려 했으나 그러면 희천이가 죽으려고 서두를 것이므로 못한 것이네."

정 태우가 말했다.

"광천이 등처럼 지극한 효성을 가진 사람들이 어지러운 집을 바르게 하고 사나운 부인을 뉘우치게 할 것이니 우리는 함구하고 말을 하지 말아 모자와 조손(祖孫) 사이를 시비하지 않아야 할 것이네."

석 학사가 분에 가득해 말했다.

"형의 말이 옳으나 사람 마음에 한심함을 참지 못하겠네. 내 각별히 간사란 사람의 정황을 살펴 불쌍한 희천이 등이 사지(死地)에 들지 않게 하려 하네."

정 태우가 과도함을 이르고 각각 자기 집으로 돌아갔다.

추밀이 희천을 따라 그 허리를 붙잡아 태부인 방에 와 앞에 앉히고 눈물을 흘리며 말했다.

"실성하고 발광하는 것은 항상 허랑한 성품을 가진 사람이 간간이 도깨비에 들려 미친 말을 지껄이고 다니는 것인데, 내 아이는 나이가 어리나 금과 옥처럼 견고하고 태산처럼 무거워 노숙한 군자를 압도할 것이니 이 어찌 된 모습이냐?"

공자가 들은 체하지 않고 잡다한 말을 수없이 하며 벌떡 일어나 달아나려 했다. 그러나 추밀이 그 허리를 붙잡았으므로 일어서지 못하고 공자가 마음을 진정하지 못해 부딪혀 웃다가 우니 그 모습이 놀라웠다. 공이 광천에게 물었다.

"너도 또한 이러했다 하니 어떻게 진정되었으며 발광할 때는 어떻게 이처럼 되었더냐?"

공자가 속으로 가소로움을 이기지 못했으나 다만 대답했다.

"형제가 함께 발광해 다니다가 이 조카는 십여 일 전부터 진정했으니, 미쳐서 다니던 일을 생각하면 우습습니다. 아우는 지금까지 낫지 않았으니 어찌 근심이 되지 않겠습니까? 저런 때는 마음에 중심되는 것이 없어 소와 말이 먹는 것이라도 싫은 줄을 모르고 어떤 천한 일이라도 참으로 즐거워하고, 들어앉아 있으려 하면 열불이 일어나 그 옷을 찢지 않으면 심증(心症)을 이기지 못해 옷을 다 찢어 살이 드러나야 시원했습니다."

공이 근심스러운 빛으로 슬퍼해 길이 탄식하고 말했다.

"선형이 안 계시나 너희 형제가 특출나 우리 가문을 일으킬까 바 랐더니 어찌 이런 괴이한 병을 얻을 줄 알았겠느냐?"

말이 잠시 멈춘 사이에 벗이 모여 있음을 아뢰니 공이 광천에게 아우를 붙들고 있으라 하고 외헌으로 나갔다. 그러자 조 부인이 정 색하고 공자를 꾸짖었다.

"사람의 자식이 되어 온화한 기운과 편안한 목소리로 어버이를 기쁘게 하는 것이 마땅하다. 서방님이 몇 달 떨어져 있다가 집에 돌 아오셨는데 네가 그 정을 펴지 않고 마음에도 없이 거짓으로 미친 척해 서방님을 놀라게 했으니 그 어찌 된 일이냐? 나는 사람이 한결 같음을 구하고 이렇듯 괴이한 것을 실로 한심해 일마다 자식 둔 것 이 남다른 것을 안타까워한다. 맹자의 어머니는 어떠한 사람이기에 세 번 이사하며 자식을 가르치시고[28] 네 어미는 자식이 정대하지 못 해 네가 거짓으로 미친 척하는 데까지 이른 것이냐?"

첫째공자가 이어서 말했다.

"네가 평소에 나의 정대하지 못함을 이르더니 오늘 네 모습은 그 림을 그려 웃을 만하니 어찌 마음 잡는 것을 이처럼 그릇되게 한 것 이냐? 효성이란 것은 힘을 다하고 정성을 극진히 할 뿐이니 실성한 것이 기특하다 하겠느냐? 다만 내가 의심하는 것은 내가 전후에 너 처럼 미친 일이 없는데 할머님께서 우리 형제가 함께 실성했다고 하 시니 알지 못하겠지만, 내가 발광을 언제 했더냐? 참으로 괴이하나 계부께서 곡절을 물으시기에 할머님 말씀과 같이 하려 일부러 미친 척했으나 어찌 우습지 않으냐?"

---

28) 세 번~가르치시고: 맹자의 어머니가 맹자를 가르치기 위해 세 번 이사한 것을 이름. 맹자 어머 니가 처음에 공동묘지 근방에 살았는데 맹자가 장사 지내는 흉내를 내자, 시장 근처로 이사를 갔더니 맹자가 물건 파는 흉내를 내므로, 서당 근처로 이사를 가자 맹자가 예절을 배우니 맹자 어머니가 비로소 이곳이 자식을 거주하게 할 만한 곳이라고 했다는 고사.

태부인은 호령이 매사에 사나운 범 같았으나 조 부인 모자의 말을 듣자 부끄러운 마음이 없지 않았다. 유 씨는 희천이 거짓 미친 척해 추밀이 노기를 드러내지 않은 것을 다행으로 여겼으나 그사이에 조 씨 삼 모자를 없애지 못해 애달픈 눈물이 가득한 채 말했다.

"광천이 등에게 쌀을 나르게 하며 천한 일을 시킨 것은 전혀 내 탓이 아닌데 상공은 원래 나를 미워해 모든 일마다 내 죄로 삼을 것이라, 차라리 죽어 서러움을 잊어야겠다."

말을 마치고 옥장도(玉粧刀)29)를 어루만지며 모습이 괴이하니 희천이 백옥과 같은 얼굴에 눈물을 줄줄 흘리며 유 씨 무릎 아래 엎드려 머리를 두드리고 슬피 울며 말했다.

"제가 어리석어 사리에 어두우나 결단코 저 때문에 대인이 불쾌하시게 하지 않을 것이니 원컨대 어머님은 이런 놀라운 말씀을 마십시오."

현아 소저가 울며 어머니를 붙들어 말했다.

"도리에 어긋난 행동을 하고 바르지 않은 방법을 쓰실 때 아버님이 돌아오실 줄은 잊고 하신 것이었습니까? 희천이 아우가 미친 척한 것을 아버님은 진짜 실성한 줄로 알고 계십니다. 어머님의 허물을 가릴 수 있을 것이니 이후에나 마음을 고치고 덕을 닦아 희천이의 대효(大孝)에 감동하셔서 인륜의 큰 변란을 일으키지 마십시오."

유 씨가 매우 악독했으나 그 말에 대답하지 못하고 그저 눈물만 하수(河水)처럼 흘릴 뿐이었다. 태부인이 유 씨를 위로해 말했다.

"희천이가 거짓으로 미친 척하지 않는다 한들 노모가 우연히 저 아이들에게 천한 일을 시킨 것이 무슨 놀라운 일이겠느냐? 우리 아

---

29) 옥장도(玉粧刀): 자루와 칼집을 옥으로 만들거나 꾸민 작은 칼.

들이 며느리의 죄로 삼을 것이 아니니 며느리는 안심하라.”

유 씨가 한을 머금고 슬퍼하며 침소로 돌아갔다. 희천이 따라가 유 씨 앞에서 시좌(侍坐)하고 온화한 낯빛과 효성스러운 모습을 하니 돌이나 나무 같은 마음을 가진 사람이라도 어여쁨을 이기지 못할 것이었다. 그러나 유 씨는 희천을 못 죽인 것을 매우 한스러워했다. 현아는 조모에게 있고 좌우에 경아만 있으므로 독한 눈을 부릅뜨고 공자의 가슴에 자기 머리를 부딪치며 말했다.

“간악한 것이 미친 척은 왜 한 것이냐? 어리석고 멋쩍은 윤 공은 네 말이라면 다 착하게 여기니 너는 요사스러운 말로 나를 모함해 죽이라. 석준과 정천흥이 네 청을 들어 흉한 말을 무수히 꾸몄으니 너 보는 데서 내가 차라리 죽어 네 모자의 마음을 시원하게 할 것이니 너는 빨리 이르라. 내가 네게 무슨 원한이 있던 것이냐?”

유 씨가 공자의 가슴이 울리도록 부딪치며 공자를 다그쳤다. 공자가 매우 경황이 없어 울며 애걸하면서 ‘이런 행동을 마십시오.’라고 했다. 그러나 그 흉악하고 독한 마음을 제어하지 못했다. 유 씨가 공자의 구름 같은 머리칼을 쥐어뜯으며 몸을 물어뜯어 곳곳에서 피가 솟아났다. 이런 일은 고금에 드물었으나 공자는 조금도 원망하는 마음이 없이 자신이 효성이 부족해 감동시키지 못해서인가 여기며 슬퍼할 뿐이었다.

추밀이 외당의 손님들을 대접해 돌려보내고 들어와 공자를 불렀다. 이때는 공자가 진정된 척하며 새 옷을 입고 아버지를 뵈었다. 공이 공자를 자기 곁에 앉히고 여러 가지로 경계하자, 공자가 그런 때는 자신도 어찌 되었는지 몰라 이러저리 내달린다고 고했다.

공이 크게 염려해 즉시 의원을 부르고 약물을 의논해 아들의 병을 고치려 하니 집안이 매우 어수선했다. 의원들이 수풀처럼 모여 공자를 진맥하니 맥이 평온하여 미친 증세가 없었다. 그러나 추밀이 광병(狂病)이라 하며 치료를 착실히 하라 하니 의술이 고명한 무리는 분명히 광증이 없는 줄을 알았으나 감히 미친 척한 것이라 못 하고 오직 기운을 도와줄 약을 쓰고 마음을 진정시킬 재료는 넣지 않았다.

공이 집에 돌아온 지 여러 날이 되었으나 아들의 병을 근심해 조회에 참석하는 일 외에는 아들을 붙들고 앉아 있었다. 공자가 간간이 나아지는 때가 있어 예사로울 때는 공경하고 삼가는 예를 차려 예전과 다름이 없다가도 광증을 거짓으로 드러내 기괴하고 천한 일을 시작하면 우스움을 이길 수가 없었다.

정, 석 두 사람이 자주 왕래해 공을 뵙고 공자의 병을 물었다.

하루는 정 태우가 추밀에게 고했다.

"소생이 광증에 특효가 있는 약을 얻어 왔으니 시험하여 희천에게 써 보십시오."

추밀이 말했다.

"요사이에 여러 의원이 약을 써서 잠깐 나아진 듯한데 창백이 무슨 약을 가져온 것인가?"

태우가 웃으며 말했다.

"진광환(鎭狂丸)30)이라는 약이 불과 세 개의 환약이지만 소생이 힘들게 구해 어제 겨우 얻어 왔습니다."

그러고서 소매에서 약을 내어 공의 앞에 놓고 희천을 보고 싶다 했다. 공자가 안에 있으면서 나오지 않자 정 태우가 고했다.

"합하께서 들어가셔서 희천이를 내보내시면 이 약을 인삼차에 섞어 함께 먹이겠습니다."

---

30) 진광환(鎭狂丸): 미친 증세를 제어하는 환약.

공이 응낙하고 들어가 공자를 내보내니 태우가 공자의 옷을 잡아 앉히고 말했다.

"너의 광증은 우리가 말을 경솔하게 한 탓이라 우리가 정말 뉘우치고 있다. 네 행동이 비록 영존당을 위해 한 일이나 영엄이 갓 돌아오셔서 너 때문에 근심하고 계신다. 효성이라는 것이 부모 사이에 차이를 둘 것이 아니다. 그러니 너는 영존당을 위한 마음으로써 영대인이 널 염려하시는 것을 생각하라. 모름지기 그만하고 진정하는 것이 옳다."

공자가 고개를 숙이고 말이 없으니 첫째공자가 말했다.

"형이 미친 척하는 것으로 의심하는 것은 어째서요?"

태우가 웃으며 말했다.

"비록 미친 척하는 것이라도 이 약은 기운을 붙들려고 하는 것이니 이것은 진광환(鎭狂丸)31)이 아니고 보신탕이다."

둘째공자가 약을 마시고 말을 하지 않았다.

공이 즉시 나와 이런 때는 진정되어 있음을 기뻐하니 정 태우가 속으로 실소했다.

"진광환을 먹었으니, 오랜 광증이 아니고 한때 미친 것이라 속히 진정될 것입니다."

공이 매우 기뻐하며 태우와 함께 담화했다. 날이 저물자 태우가 돌아갔다.

이러구러 해가 바뀌어 다음 해 신정이 되어 둘째공자가 시원하게 병의 근원을 없애니 공의 기쁨은 비길 데가 없었다.

공이 집에 돌아온 지 한 달이 지났으나 공은 아들의 병 때문에 모

---

31) 진광환(鎭狂丸): 미친 증세를 제어하는 환약.

든 일을 세상 밖 일로 던져두었다.

촉 땅에서 하씨 집안의 종이 이르러 서간을 올리니 공이 반갑게 뜯어서 보았다. 하 공이 작년 가을 구월에 두 명의 남자아이를 얻어 적막한 심사를 위로하고 있으나 눈길 닿는 곳마다 슬픔이 무궁함을 적었다. 그리고 아들이 장성해 미진함이 없으니 이미 정혼하고 빙물을 들인 혼사라 속히 택일해 소저를 데리고 내려와 혼례를 이루기를 간절히 청했다.

공이 다 보고서 슬픈 빛을 하고 조 부인이 남자아이를 순산한 것을 기특하게 여겼다. 하 공의 서간을 들고 들어가 태부인에게 보이고 혼사를 속히 이루려고 했다. 태부인과 그 며느리가 소저의 절의를 다시 방해할 생각이 없어 한갓 원망하며 공을 한스러워할 뿐이었다.

공이 즉시 좋은 때를 택하니 혼인날은 중춘(仲春) 그믐께여서 일정이 매우 촉박했다. 천금 같은 약질을 데리고 험한 길을 급히 가기 어려웠으나 공이 그 어머니의 심지를 염려해 어머니가 딸의 혼사를 다른 집과 하려고 할까 한스러움을 이기지 못해 딸을 급히 혼인시켜 어머니가 잡스러운 생각을 못 하게 하려 했다. 하 공의 서간을 본 후 오륙일을 행장을 차려 정월 대보름 후에 임금께 서너 달 말미를 얻어 딸을 데리고 촉 땅으로 향했다.

현아 소저가 강정에서 돌아온 지 겨우 한 달 지났는데 몇 천 리나 되는 먼 길을 떠나게 되자 마음이 베이는 듯해 쇠와 옥으로 된 간장이라도 참지 못할 지경이었다. 그래서 옥 같은 눈물이 꽃 같은 뺨에 구슬이 구르듯 떨어졌다.

유 씨는 간악함이 남달랐으나 두 딸 사랑은 병이 되어 더욱이 희천을 없애고 저 재산과 보화를 두 딸에게 주려 했다. 장녀는 석생의 박대가 매우 심하고 차녀는 촉 땅에서 수자리 사는 남자의 아내로 가게 되었으니, 얕은 생각에 하생의 비상함은 알지 못하고 일마다 소원대로 안 되는 것이 뼈에 사무치게 분해 음식을 물리치고 병이 나기에 이르렀다.

희천이 밤낮으로 위로하고, 소저는 자기의 슬픈 마음을 억지로 참아 모친을 위로하며 이후에나 잘못을 뉘우치고 덕을 닦기를 간절히 애걸했다. 이에 유 씨가 눈물을 하수처럼 흘리며 말했다.

"딸아이는 어미 마음을 알지 못해도 나는 너희 두 골육을 얻어 너희를 천금과 같은 보배로 알아 귀중하게 여겼다. 그런데 네 형은 석씨 집안에서 버려진 사람이 되었고 너는 재앙을 지낸 집안의 수졸(戍卒)과 결혼하게 되었구나. 네가 일생이 빛이 없고 고초를 겪게 될 것임은 이를 것도 없고 몇 천 리 관산(關山)[32]에 애각(涯角)[33]이 가로막히고 바다가 아득하니 한 번 내려가면 생이별이다. 서로 생존을 알릴 길이 없으니 이 슬픔과 이 정을 어찌 참으라 하는 것이냐?"

현아 소저가 슬피 오열하며 대답하지 못했다.

이때 시녀가 구생이 왔음을 고했다. 유 씨가 들어오라 해 볼 때 소저가 피하려 하자 유 씨가 비단 치마를 붙들어 곁에 앉히며 말했다.

"몽숙이는 나와는 모자와 같은 숙질간이니 네가 어찌 내외하겠느냐? 조카가 매양 서로 보려 했으나 네가 굳이 사양해 부르지 않았더니 오늘은 네가 여기 있으니 구태여 피하지 말거라."

소저가 나직이 고했다.

"구 씨 오라버니를 전날 본 적이 없으니, 이제 보아 일가의 의리를 새로이 친하게 할 것은 아닙니다."

　말을 마치고 몸을 일으켜 피하려 하니 몽숙이 이미 지게를 열고 있었다. 소저가 매우 불쾌해 부득이하게 멀리서 예를 했다. 구생이 눈을 들어 소저를 한번 보자, 오색의 아리따운 빛이 한 방에 빛나 붉은 해가 오색구름을 멍에 삼아 천궁에 오르는 것 같았다. 황홀한 것이 마치 취한 듯해 급히 답례하고 웃음을 띠어 부인에게 고했다.

　"제가 자주 숙모께 뵈어 석 씨 누이는 종종 서로 보았으나 이 누이는 오늘 초면입니다. 이렇듯 조숙하고 기이한 줄을 알았겠습니까?"

　유 씨가 탄식하고 말했다.

　"이 아이는 남의 아래가 아니다. 내 마음으로는 부디 걸맞은 짝을 쌍으로 삼으려 했다. 그런데 가군의 고집이 괴이해 하원광이 아니면 사람이 없는 줄로 알아 촉 땅에 내려가 혼인을 시키려 한단다. 내일 길을 떠나니 모녀의 연연해 하는 정을 어찌 다 이를 수 있겠느냐?"

　구생이 눈을 뚜렷이 뜨고 말했다.

　"숙부의 처사가 어련하시겠습니까? 다만 사촌누이가 이처럼 특이한데 촉 땅의 수졸 하원광을 사위로 삼으시는 것은 망령된 생각입니다. 하씨 집안이 끝내 폐하의 덕으로 죽을 목숨이 보전되었으나 재앙을 당하고 남은 집안입니다. 하원경은 대역(大逆)으로서 매를 맞고 죽었는데 오히려 율(律)이 낮고 법이 서지 못했다며 지금도 조정 의논이 분분합니다. 그래서 하진을 죽이자고 하는 이가 많은데 차마 어찌 혼인을 시키려 하시는 것입니까?"

　유 씨가 추밀을 원망하며 매우 슬퍼했다.

제2부

———

주석 및 교감

────────────────── • 일러두기 • ──────────────────

A. 원문

1. 저본은 한국학중앙연구원 장서각 소장본(100권 100책)으로 하였다.
2. 면을 구분해 표시하였다.
3. 한자어가 들어간 모든 어휘는 한자 병기를 원칙으로 하였다.
4. 음이 변이된 한자어 및 한자와 한글의 복합어는 원문대로 쓰고 한자를 병기하였다.
   예) 고이(怪異). 겁칙(劫-)
6. 현대 맞춤법 규정에 의거해 띄어쓰기를 하되, 소왈(笑曰)처럼 '왈(曰)'과 결합하는 1음
   절 어휘는 붙여 썼다.

B. 주석

1. 다음과 같은 경우에 각주를 통해 풀이를 해 주었다.
   가. 인명, 국명, 지명, 관명 등의 고유명사
   나. 전고(典故)
   다. 뜻을 풀이할 필요가 있는 어휘
2. 현대어와 다른 표기의 표제어일 경우, 먼저 현대어로 옮겼다.
   예) 츄쳔(秋天): 추천.
3. 주격조사 'ㅣ'가 결합된 명사를 표제어로 할 경우, 현대어로 옮길 때 'ㅣ'는 옮기지 않
   았다. 예) 긔위(氣宇ㅣ): 기우.

C. 교감

1. 교감을 했을 경우 다른 주석과 구분해 주기 위해 [교]로 표기하였다.
2. 원문의 분명한 오류는 수정하고 그 사실을 주석을 통해 밝혔다.
3. 원문의 의미가 분명하지 않은 경우, 박순호본(36권 36책)과 한국학중앙연구원 장서각
   소장본2(2권1책)를 참고해 수정하고 주석을 통해 그 사실을 밝혔다.
4. 알 수 없는 어휘의 경우 '미상'이라 명기하였다.

D. 참고한 문헌

1. 국립국어원 표준국어대사전(https://stdict.korean.go.kr)
2. 한국고전종합DB(https://db.itkc.or.kr/)
3. 한어대사전(전 13권), 중국 상해사서출판사, 1994.
4. 고려언어연구원, 『조선말 고어사전』, 흑룡강 조선민족출판사, 2006.
5. 박재연 편, 『고어사전』, 이회문화사, 2001.
6. 서대석 외 엮음, 『고전소설독해사전』, 태학사, 1999.
7. 삼대록계 소설 사전(미간행)

명듀보월빙(明珠寶月聘) 권디칠(卷之七)

1면

화셜(話說). 뎡(鄭) 공(公)의 만심환열(滿心歡悅)ᄒ미 태부인(太夫人)긔 나리미 업셔 슈려(秀麗)ᄒᆫ 미우(眉宇)의 화긔(和氣) 가득ᄒ니, 딘 부인(夫人)이 도적(盜賊)의 흉언(凶言)을 듯고 추악경심(嗟愕驚心)[1]ᄒ던 비로되 신부(新婦)를 보미ᄂᆫ 의심(疑心)이 플니고 통완(痛惋)[2]ᄒ던 쯧이 ᄉ라져 비로소 즐거오믈 니긔지 못ᄒ니 일가(一家)의 화긔(和氣) 무로녹앗ᄂᆫ디라.

태부인(太夫人)이 신부(新婦)의 옥슈(玉手)를 잡고 운환(雲鬟)[3]을 어로만져 왈(曰),

"신부(新婦)ᄂᆫ 텬ᄋ(-兒)의 아시(兒時) 뎡약(定約)이라. 긔특(奇特)ᄒᆫ 셩화(聲華)[4]를 닉이 드러시나 이딕도록 출범(出凡)[5]ᄒᆷ믄 싱각디 못ᄒ엿더니, 오날놀 노모(老母)의 슬히(膝下ㅣ) 되여 용광긔질(容光器質)[6]이 노모(老母)의 본 바 쳐음이라 텬흥이 므슴 복(福)으로 이런 슉녀(淑女)를 어덧ᄂ뇨?"

---

1) 추악경심(嗟愕驚心): 차악경심. 몹시 놀람.
2) 통완(痛惋): 괘씸해 하고 한탄함.
3) 운환(雲鬟): 여자의 탐스러운 쪽 찐 머리.
4) 셩화(聲華): 성화. 빛나는 명성.
5) 츌범(出凡): 출범. 보통 사람보다 뛰어남.
6) 용광긔질(容光器質): 용광기질. 빛나는 얼굴과 타고난 기질.

금평후(--侯丨) 좌(座)

2면

를 써나 고왈(告曰),

"뎐흥은 흔낫 탕긱(蕩客)[7]이어늘 신부(新婦)는 만고셩녜(萬古聖女
丨)라, 져의게 외람(猥濫)흔 안히오, 쇼즈(小子)의게 과(過)흔 며나리
라. 문호(門戶)의 흥망(興亡)이 죵부(宗婦)[8]의게 달녓습누니 조션(祖
先)의 여[9]경(餘慶)[10]과 즈졍(慈庭) 젹덕여음(積德餘蔭)[11]으로 이 ᄀᆞᆺ
튼 통부(冢婦)[12]를 엇ᄉ오니 탕즈(蕩子)를 진압(鎭壓)ᄒᆞ고 문회(門戶
丨) 챵셩(昌盛)ᄒᆞ여 봉ᄉᆞ봉친(奉祀奉親)[13]을 근심치 아니ᄒᆞ오리니
엇지 만힝(萬幸)이 아니리잇고?"

태부인(太夫人)이 희블즈승(喜不自勝)[14]ᄒᆞ여 희〃(嬉嬉)[15]히 즐겨
왈(曰),

"노모(老母)의 박덕(薄德)[16]으로 이런 셩녀(聖女)를 슬하(膝下)의
닐위믄 긔약(期約)지 아닌 일이니 반ᄃᆞ시 션군(先君)의 ᄌᆡ텬지령(在
天之靈)[17]이 도으시미오, 문호(門戶)의 여경(餘慶)이라. 텬ᄋᆞ(-兒)의
비상(非常)ᄒᆞ미 셰딕(世代)의 비상(非常)ᄒᆞ니 ᄀᆞᆺ튼 썅(雙)을 엇지 못
홀가 근심ᄒᆞ더니 구약(舊約)을 셩젼(成全)ᄒᆞ미 진짓 텬ᄋᆞ(-兒)의 썅

---

7) 탕긱(蕩客): 탕객. 방탕한 사람.
8) 죵부(宗婦): 종부. 종자(宗子)나 종손(宗孫)의 아내. 곧 종가(宗家)의 맏며느리를 이름.
9) 여: [교] 원문에는 '유'로 되어 있으나 문맥을 고려해 이와 같이 수정함.
10) 여경(餘慶): 남에게 좋은 일을 많이 한 보답으로 뒷날 그 자손이 받는 경사.
11) 젹덕여음(積德餘蔭): 적덕여음. 덕을 쌓은 공덕.
12) 통부(冢婦): 총부. 종자(宗子)나 종손(宗孫)의 아내. 곧 종가(宗家)의 맏며느리를 이름.
13) 봉ᄉᆞ봉친(奉祀奉親): 봉사봉친. 제사를 받들고 어버이를 봉양함.
14) 희블즈승(喜不自勝): 희불자승. 절로 기쁨을 이기지 못함.
15) 희〃(嬉嬉): 기뻐 웃는 모양.
16) 박덕(薄德): 부족한 덕.
17) ᄌᆡ텬지령(在天之靈): 재천지령. 하늘에 계신 혼령.

(雙)이라 엇지 깃브고 긔특(奇特)지 아니리

3면

오?"

금평휘(--侯ㅣ) 신부(新婦)를 나호여 익듕(愛重)[18]ᄒᆞ미 무궁(無窮)ᄒᆞ니, 홀연(忽然) 옥누항 빅화헌의셔 그 ᄉᆞ(四) 셰(歲) 유녀(幼女)를 보고 명쳔공(--公)을 보치여 혼인(婚姻) 뎡(定)ᄒᆞ던 일을 싱각고 시로이 망우(亡友)를 츄모(追慕)ᄒᆞ여 츄연상감(惆然傷感)[19] 왈(曰),

"신뷔(新婦ㅣ) 금일(今日) 오문(吾門)의 니르러 우리 슬히(膝下ㅣ) 되디 녕션대인(令先大人)[20]이 보지 못ᄒᆞ시니 셕년(昔年)의 내 신부(新婦)를 친(親)히 보고 뎡혼(定婚)ᄒᆞ던 ᄢᅥ와 인ᄉᆞ(人事ㅣ) 변역(變易)[21]ᄒᆞ니 상감(傷感)ᄒᆞᆷᆯ 니긔지 못ᄒᆞᄂᆞ니, 신부(新婦)의 심ᄉᆞ(心思)ᄂᆞ 뭇지 아녀 알녀니와 내 신부(新婦)를 구식지간(舅息之間)[22]이나 졍의(情誼) 부녀(父女)의 감(減)치 아니〃, 초(初)의 너의 실산(失散)ᄒᆞᆷᆯ 드르믹 놀납고 ᄎ악(嗟愕)ᄒᆞ미 엇지 어든 며나리와 다르리오? 다ᄒᆡᆼ(多幸)이 산문(山門)의 편(便)히 머므다가 이제 셩녜(成禮)[23]ᄒᆞ니 깃브믈 니긔지 못ᄒᆞ리로다."

윤(尹) 쇼졔(小姐ㅣ) 부복문파(俯伏聞罷)[24]의 니러 직빅ᄉᆞ샤(再拜謝辭)ᄒᆞ니 효슌(孝順)[25]ᄒᆞᆫ 안식(顔色)과

---

18) 익듕(愛重): 애중. 사랑하고 소중히 여김.
19) 츄연상감(惆然傷感): 추연상감. 서글픈 빛으로 몹시 슬퍼함.
20) 녕션대인(令先大人): 영선대인. 상대의 죽은 아버지를 높여 이르는 말.
21) 변역(變易): 바뀌어 변함.
22) 구식지간(舅息之間): 시아버지와 며느리 사이.
23) 셩녜(成禮): 성례. 혼례를 이룸.
24) 부복문파(俯伏聞罷): 엎드려 다 들음.
25) 효슌(孝順): 효순. 효성이 있고 유순함.

슉연(肅然)26)흔 녜모(禮貌ㅣ) 빈〃(彬彬)27)ᄒ여 볼스록 긔이(奇異)ᄒ니, 엄구(嚴舅)28)의 셕ᄉ(昔事)를 니르시미 당(當)ᄒ여ᄂ 팔ᄌ아황(八字蛾黃)29)의 쳐식(悽色)30)이 니러나되 경근(敬謹)31)ᄒᄂ 거동(擧動)과 공경(恭敬)ᄒᄂ 녜모(禮貌ㅣ) 외모(外貌)의 낫타나니, 금평후(--侯)의 한(限)업ᄉ ᄉ랑은 비(比)홀 곳이 업셔 귀듕(貴重)ᄒ미 오히려 ᄋᄌ(兒子)의 지나고 좌듕(座中)이 비로소 정신(精神)을 가다듬아 하언(賀言)32)이 분〃(紛紛)33)ᄒ니 이로 응졉(應接)기 어려오되 태부인(太夫人)이 좌슈우응(左酬右應)34)의 샤양(辭讓)치 아니코 공(公)의 부뷔(夫婦ㅣ) 화열(和悅)이 ᄉ샤(謝辭)ᄒ더라.

태부인(太夫人)이 한님(翰林)을 블러 쌍(雙)으로 안쳐 샹하(上下)치 아니믈 크게 두긋겨 좌샹(座上)의 ᄌ랑ᄒ여 왈(曰),

"나의 손ᄋ(孫兒)와 손부(孫婦)의 긔질(器質)35)이 샹젹(相適)36)ᄒ미 이 ᄀᄐ니 진짓 하날이 유의(有意)ᄒ신 빈라 엇디 긔특(奇特)지 아니리오?"

졔긱(諸客)이 닷토아 칭찬(稱讚)ᄒ여 금평후(--侯) 부〃(夫婦)

---

26) 슉연(肅然): 숙연. 엄숙한 모양.
27) 빈〃(彬彬): 빛나는 모양.
28) 엄구(嚴舅): 시아버지.
29) 팔ᄌ아황(八字蛾黃): 팔자아황. 아름다운 분을 바른 여인의 눈썹. '팔자'는 눈썹을, '아황'은 여자들이 발랐던 누런빛이 나는 분임.
30) 쳐식(悽色): 처색. 슬픈 빛.
31) 경근(敬謹): 공경하고 삼감.
32) 하언(賀言): 축하하는 말.
33) 분〃(紛紛): 어지러운 모양.
34) 좌슈우응(左酬右應): 좌수우응. 이쪽저쪽으로 상대하고 응함.
35) 긔질(器質): 기질. 타고난 자질.
36) 샹젹(相適): 상적. 서로 어울림.

의 복경(福慶)[37]과 한님(翰林)의 쳐궁(妻宮)[38]이 유복(有福)ᄒ믈 하례(賀禮)ᄒ니 태부인(太夫人)이 한님(翰林)다려 왈(曰),

"부〃(夫婦)ᄂᆞᆫ 오륜(五倫)의 듕ᄉᆡ(重事ㅣ)오, 뇨됴슉녀(窈窕淑女)[39]ᄂᆞᆫ 문왕(文王)[40] ᄀᆞ튼 셩인(聖人)도 오미ᄉᆞ복(寤寐思服)[41]ᄒ시니 금일(今日) 너의 안해 외모긔질(外貌器氣)[42]이 고왕금ᄂᆡ(古往今來)[43]의 독보(獨步)ᄒᆞᆫ 슉녜(淑女ㅣ)라. 너희 복(福)이 놉하 이런 현쳐(賢妻)를 어드니 모로미 공경듕ᄃᆡ(恭敬重待)[44]ᄒ여 관져지락(關雎之樂)[45]이 가죽게 ᄒᆞ라."

한님(翰林)이 ᄌᆡ비슈명(再拜受命)[46]ᄒᆞᆯ ᄹᆞᆫ이오 굿ᄐᆞ여 말솜이 업ᄉᆞ니 부공(父公)이 ᄌᆡ좌(在座)ᄒ시ᄆᆡ 관(冠)을 숙이고 궤슬뎡좌(跪膝正坐)[47]ᄒ여 조심경근(操心敬謹)[48]ᄒ니 동용(動容)[49]이 안셔(安舒)[50]ᄒ고 거디(擧止) 단뎡(端正)ᄒ여 도흑군ᄌᆞ(道學君子) ᄀᆞ튼나 기심(其心)이 상쾌(爽快)ᄒ여 하ᄂᆞᆯ을 밧들며 태산(泰山)을 넘쒤 듯ᄒ니 미녀

---

37) 복경(福慶): 복록과 경사.

38) 쳐궁(妻宮): 처궁. 점술에서 쓰는 십이궁의 하나. 처첩에 관한 운수를 점치는 별자리.

39) 뇨됴슉녀(窈窕淑女): 요조숙녀. 얌전하고 정숙한 여자.

40) 문왕(文王): 중국 주(周)나라 무왕(武王)의 아버지. 이름은 창(昌). 기원전 12세기경에 활동한 사람으로 은나라 말기에 태공망 등 어진 선비들을 모아 국정을 바로잡고 융적(戎狄)을 토벌하여 아들 무왕이 주나라를 세울 수 있도록 기반을 닦아 줌. 고대의 이상적인 성인 군주의 전형으로 꼽힘.

41) 오미ᄉᆞ복(寤寐思服): 오매사복. 자나깨나 생각함. 『시경』, <관저(關雎)>에 나오는 구절로 주희(朱熹)는 이 어구가 그 배필을 얻지 못해 근심하는 내용이라고 해석함.

42) 외모긔질(外貌器質): 외모기질. 외모와 타고난 자질.

43) 고왕금ᄂᆡ(古往今來): 고왕금래. 예로부터 지금까지.

44) 공경듕ᄃᆡ(恭敬重待): 공경중대. 공경하고 소중히 대우함.

45) 관져지락(關雎之樂): 관저지락. '관저'의 즐거움이라는 뜻으로 부부가 화락함을 이름. '관저(關雎)'는 『시경(詩經)』의 작품명에서 유래함.

46) ᄌᆡ비슈명(再拜受命): 재배수명. 두 번 절하고 명령을 들음.

47) 궤슬뎡좌(跪膝正坐): 궤슬정좌. 무릎을 꿇고 단정히 앉음.

48) 조심경근(操心敬謹): 조심하고 공경하며 삼감.

49) 동용(動容): 행동과 차림새를 통틀어 이르는 말.

50) 안셔(安舒): 안서. 편안하고 고요함.

성식(美女聲色)을 빅(百)이라도 샤양(辭讓)치 아닐 쯧이 ″시니 맛춤니 일(一) 쳐(妻)로 직흴 위인(爲人)이 아니라. 딘 부인(夫人)은 ㅇ

6면

들의 굉원(宏遠)51)흔 녁냥(力量)과 명달(明達)52)흔 디식(知識)을 크게 두굿겨 신부(新婦)를 보기 젼(前) 즈긔(自己) 亽식(辭色)53)흐던 줄이 도로혀 우은디라.

타의(他意) 업시 즐기다가 일모(日暮)흐믜 제긱(諸客)이 각귀기가(各歸其家)54)흐고, 금평휘(--侯ㅣ) 쵹(燭)을 니어 모친(母親)을 뫼셔 말솜흘식, 신부(新婦) 슉소(宿所)를 션월졍의 뎡(定)흐여 보닉고 한님(翰林)을 명(命)흐여 신방(新房)으로 가라 흐니, 한님(翰林)이 왕모(王母)의 취팀(就寢)흐시믈 쳥(請)흐고 부공(父公)을 뫼셔 외헌(外軒)의 나와 공(公)이 취팀(就寢)흐믜 비로소 신방(新房)으로 드러오더니,

한님(翰林)의 신소릭를 듯고 션월졍 합장(閤牆)55) 뒤흐로셔 흉악(凶惡)흔 남지(男子ㅣ) 닉드라 한님(翰林)을 히(害)코져 흐다가 셜니 몸을 쮜여 공듕(空中)의 소스니, 한님(翰林)이 작일(昨日)의 왓던 도젹(盜賊)인 줄 디긔(知機)56)흐딕 놀나지 아냐 완″(緩緩)이57) 거러 방듕(房中)의 드러가니,

---

51) 굉원(宏遠): 생각이나 논리 따위가 심오함.
52) 명달(明達): 지혜롭고 사리에 밝음.
53) 亽식(辭色): 사색. 내색함.
54) 각귀기가(各歸其家): 각자 자기 집으로 돌아감.
55) 합장(閤牆): 건물 출입문과 연결되어 있는 담장.
56) 디긔(知機): 지기. 기미를 앎.
57) 완″(緩緩)이: 천천히.

　신뷔(新婦 |) 니러 마즈 동셔좌뎡(東西坐定)58)ᄒᆞ미 쇼져(小姐)의 텬향월광(天香月光)59)이 쵹영지하(燭影之下)60)의 더옥 긔이(奇異)ᄒᆞ니 미우팔치(眉宇八彩)61)와 안모오ᄉᆞᆨ(眼眸五色)62)이 녕〃찬난(玲玲燦爛)63)ᄒᆞ여 가슴 가온ᄃᆡ 빅일(白日)이 빗최여시니, 한님(翰林)이 그 남복(男服) 가온ᄃᆡ 춍〃(恩恩)이 보고 흠복(欽服)64)ᄒᆞ던 ᄆᆞ음이 무궁(無窮)ᄒᆞ던 비라, 부운(浮雲) ᄀᆞᆺ튼 누언(陋言)65)과 흉젹(凶賊)의 작난(作亂)을 믈외(物外)의 더지고 흔연(欣然)66)이 말ᄉᆞᆷ을 펴고져 ᄒᆞ더니, 쏘 믄득 긴 창(槍)으로 문(門)을 뿌시며 소ᄅᆡ 질너 왈(曰),

　“나의 쳔금미인(千金美人)을 텬흥 젹ᄌᆡ(賊子 |)67) 감(敢)히 일방(一房)의 상ᄃᆡ(相對)ᄒᆞ기를 잘ᄒᆞ랴? 이 창(槍)으로 뎡연브터 질너 죽이고 텬흥의 머리를 두 조각의 ᄂᆡ리라.”

　한님(翰林)이 〃런 욕셜(辱說)이 야〃(爺爺)긔 밋츨믈 대로(大怒)ᄒᆞ여 젹(賊)을 잡아 만단(萬端)68)의 ᄶᅵᆺ고져 ᄒᆞ여 문(門)을 열고 나가니 발셔 간 ᄃᆡ

---

58) 동셔좌뎡(東西坐定): 동서좌정. 남자는 동쪽, 여자는 서쪽으로 자리를 잡고 앉음.
59) 텬향월광(天香月光): 천향월광. 뛰어나게 좋은 향기와 보름달처럼 아름다운 얼굴.
60) 쵹영지하(燭影之下): 촉영지하. 등불 아래.
61) 미우팔치(眉宇八彩): 미우팔채. 눈썹의 여덟 빛깔. 팔채는 여덟 빛깔의 눈썹이라는 뜻으로, 제왕의 얼굴을 찬미하는 말임. 중국 고대 요(堯) 임금의 눈썹에 여덟 가지 색채가 있었다는 데서 유래함. 여기에서는 윤명아 눈썹의 아름다움을 형용한 말로 쓰임.
62) 안모오ᄉᆞᆨ(眼眸五色): 안모오색. 오색 눈동자.
63) 녕〃찬난(玲玲燦爛): 영령찬란. 곱고 투명하며 찬란함.
64) 흠복(欽服): 흠모하고 마음으로 복종함.
65) 누언(陋言): 더러운 말.
66) 흔연(欣然): 기뻐하는 모양.
67) 젹ᄌᆡ(賊子 |): 적자. 도적놈.
68) 만단(萬端): 만 조각.

업눈디라, 분완통히(憤惋痛駭)69)후믈 니긔지 못후여 헤오딕,

 '져 윤(尹) 시(氏) 십여(十餘) 세(歲) 녀즈(女子)를 뉘 이딕도록 믜워후여 이심(已甚)70)히 히(害)코져 후미 이에 밋첫눈고? 윤(尹) 시(氏) 외모(外貌)로 보아눈 익미타 후려니와 일(一) 녀즈(女子)의 연고(緣故)로 대인(大人)긔 흉언(凶言)이 밋츠니 인즈(人子)의 놀나온 비라.'

 분히(憤駭)후미 졀노 더브러 상딕(相對)코져 뜻이 업셔 이윽이 머므다가 신방(新房)을 븨오미 가(可)치 아니타 후고 다시 드러와 쇼져(小姐)를 딕(對)후니, 쇼제(小姐ㅣ) 쳔만싱각(千萬--) 밧긔 흉참(凶慘)71)혼 말을 드르니, 비록 하히지량(河海之量)72)이오 텬디(天地)의 너르미나 놀납고 츠악(嗟愕)후여 즈긔(自己) 일신(一身) 젼졍(前程)73)이 볼 거시 업스믈 싱각후니 빙옥(氷玉) 굿튼 힝신(行身)74)이 그린 쎡이 되엿눈디라, 스스로 죽어 모로고져 후딕 능(能)히 엇지 못후여 오직 홍슈(紅袖)를 졍(正)히 곳고 단연

위좌(端然危坐)75)후여 문견(聞見)이 업슨 돗후여 구틱여 황〃경구(遑遑驚懼)76)홈도 외모(外貌)의 나타나지 아니〃, 무슨무려(無思無慮)77)후여 세샹(世上) 화식(火食)78)후눈 뉴(類)와 닉도(乃倒)79)후고

---

69) 분완통히(憤惋痛駭): 분완통해. 괘씸해 하고 몹시 놀람.
70) 이심(已甚): 너무 심함.
71) 흉참(凶慘): 흉악하고 참혹함.
72) 하히지량(河海之量): 하해지량. 하수(河水), 바다와 같은 도량.
73) 젼졍(前程): 전정. 앞길.
74) 힝신(行身): 행신. 몸가짐.
75) 단연위좌(端然危坐): 몸을 단정한 모습으로 하고 앉음.
76) 황〃경구(遑遑驚懼): 경황이 없고 놀라며 두려워함.

어리온 틱도(態度)와 어엿븐 거동(擧動)이 텰셕간장(鐵石肝腸)을 농
쥰(聾蠢)80)홀디라. 뎡싱(鄭生)이 야야(爺爺)긔 욕셜(辱說)이 밋츠믈
분(憤)ᄒ여 흉변(凶變)81)을 ᄎ악(嗟愕)ᄒ던 ᄯᅳᆺ이 스라지고 즐거온 일
이 업스니 츌뉴(出類)ᄒᆫ 화긔(和氣)와 환흡(歡洽)82)ᄒᆫ ᄆ음이 감(減)
ᄒ여 믁연(默然)이 말이 업다가 ᄯ다시 싱각ᄒᄃᆡ,

'내 임의 져의 익미ᄒ믈 붉히 알거늘 도젹(盜賊)의 흉언(凶言)으로
ᄡᅥ 통완(痛惋)ᄒᆫ ᄯᆺ을 두어 져를 믜몰이 ᄃᆡ졉(待接)ᄒ면 군ᄌ(君子)
의 덕(德)이 아니오, 어딘 녀ᄌ(女子)의 평싱(平生)을 져바리미라. 대
인(大人)긔 욕언(辱言)83)이 밋츠미 한심(寒心)ᄒ나 져를 ᄒᆡ(害)코져
ᄒᄂᆞᆫ 뉴(類ㅣ) 궁극(窮極)ᄒᆫ 의ᄉ(意思)를 ᄂᆡ여 아심(我心)을 요동(搖
動)코져 ᄒ미 그러ᄐᆺ ᄒ미니

10면

흉젹(凶賊)을 잡ᄂᆞᆫ 날 셜분(雪憤)84)홀 거시오, 이런 일을 블츌구외
(不出口外)85)ᄒ여 져를 편(便)케 ᄒ미 맛당타.'

ᄒ여 이에 말숨을 펴 굴오ᄃᆡ,

"우리 냥인(兩人)이 유하(乳下)를 면(免)치 못ᄒ여셔 뎡혼밍약(定
婚盟約)86)ᄒ여 금셕(金石)의 구드미 잇더니 블ᄒᆡᆼ(不幸)ᄒ여 악당(岳

---

77) 무ᄉ무려(無思無慮): 무사무려. 생각도 없고 염려도 없음.
78) 화식(火食): 불에 익힌 음식을 먹음. 또는 그 음식.
79) ᄂᆡ도(乃倒): 내도. 차이가 큼.
80) 농쥰(聾蠢): 농준. 어리석음.
81) 흉변(凶變): 흉악한 변란.
82) 환흡(歡洽): 즐겁고 흡족함.
83) 욕언(辱言): 모욕하는 말.
84) 셜분(雪憤): 설분. 분한 마음을 갚음.
85) 블츌구외(不出口外): 불출구외. 입 밖에 내지 않음.
86) 뎡혼밍약(定婚盟約): 정혼맹약. 혼인할 것을 굳게 약속함.

丈)이 기세(棄世)[87]ㅎ시나 ㅈ(子)[88]의 남미(男妹) 무ᄉ(無事)히 ㅈ라
믈 어더 거년(去年) 세말(歲末)의 친ᄉ(親事)를 일울가 ᄒ엿더니, 진
(子ㅣ) 실산지화(失散之禍)[89]를 만나 피화(避禍)ᄒ시므로 길긔(吉期)
를 허숑(虛送)[90]ᄒ엿더니, 텬연(天緣)[91]이 긔특(奇特)ᄒ여 싱(生)이
취월암의 가 ㅈ(子)를 만나니 붕우(朋友)로 ᄉ괴고져 ᄒ 거시 도로혀
빅년가우(百年佳偶)[92]를 ᄎᄌᆫ디라, 금일(今日) 오문(吾門)의 드러오
시니 엇디 깃브지 아니리오? 다만 흉적(凶賊)의 말이 아심(我心)을
요동(搖動)코져 ᄒ여 우리 부〃(夫婦)의 금슬(琴瑟)을 희짓고져[93] ᄒ
미어니와 싱(生)이 비록 블명(不明)ᄒ나

11면

ㅈ(子)의 고절청힝(高節淸行)[94]을 모로지 아니ᄒᄂ니 쇼져(小姐)ᄂᆫ
부운(浮雲) ᄀᆺᄐᆫ 누언(陋言)을 ᄆᆞᆷ의 머므르디 마르쇼셔. 싱(生)이
일분(一分)이나 고지듯ᄂᆫ가 념녀(念慮)치 마르쇼셔. 싱(生)이 슈무식
(雖無識)[95]이나 엇지 빅세냥필(百歲良匹)[96]을 지긔(知機)[97]치 못ᄒ
리오?”

설파(說罷)의 ᄉ긔(辭氣)[98] 화열(和悅)ᄒ여 기심(己心)을 편(便)토

---

87) 기세(棄世): 기세. 세상을 떠남.
88) ㅈ(子): 자. 그대.
89) 실산지화(失散之禍): 잃어버리는 재앙.
90) 허숑(虛送): 허송. 헛되이 보냄.
91) 텬연(天緣): 천연. 하늘의 인연.
92) 빅년가우(百年佳偶): 백년가우. 백년해로할 좋은 짝.
93) 희짓고져: 방해하려.
94) 고절청힝(高節淸行): 고절청행. 높은 절개와 맑은 행실.
95) 슈무식(雖無識): 수무식. 비록 무식하나.
96) 빅세냥필(百歲良匹): 백세양필. 백년해로할 좋은 짝.
97) 지긔(知機): 지기. 기미를 앎.
98) ᄉ긔(辭氣): 사기. 말과 얼굴빛을 아울러 이르는 말.

록 ᄒᆞ여 십ᄉᆞ(十四) 쇼ᄋᆞ(小兒)의 여신(如神)ᄒᆞᆫ 춍명(聰明)과 원대(遠大)ᄒᆞᆫ 디식(知識)이 쳔고(千古)를 녁상(逆上)[99]ᄒᆞ나 쉽지 아닌디라.

쇼졔(小姐ㅣ) 젼일(前日) 졀노 더브러 언어(言語)를 문답(問答)ᄒᆞ엿고, 도젹(盜賊)의 흉언(凶言)을 밋디 아냐 ᄌᆞ긔(自己)를 위로(慰勞)ᄒᆞᄂᆞᆫ 말이 〃 ᄀᆞᆺᄐᆞ니 엇지 감샤(感謝)ᄒᆞᆫ 쁫인들 업ᄉᆞ리오마ᄂᆞᆫ ᄌᆞ긔(自己)를 이심(已甚)히 희(害)ᄒᆞᄂᆞᆫ 지(者ㅣ) 남이 아니라 이 블과(不過) 조손슉딜(祖孫叔姪) ᄉᆞ이로조ᄎᆞᆯ 대변(大變)을 지어시믈 짐작(斟酌)ᄒᆞ믹 망극희참(罔極駭慙)[100]ᄒᆞ믹 경긱(頃刻)의 죽어 조모(祖母)의 과악(過惡)을 금초고져 쁫이 〃시나 모

12면

친(母親)이 ᄌᆞ긔(自己) 남믹(男妹)로 위회(慰懷)[101]ᄒᆞ여 남달니 괴롭고 셜운 경계(境界)[102]를 춤고 견듸시ᄂᆞᆫ 바를 싱각ᄒᆞ면, ᄌᆞ긔(自己) 슈화(水火)라도 살기를 도모(圖謀)ᄒᆞᄂᆞᆫ 거시[103] 올흔지라. 쳔ᄉᆞ만녀(千思萬慮ㅣ) 옥장(玉臟)[104]을 녹이니 말이 나지 아냐 져두브딕(低頭不對)[105]러니, 한님(翰林)이 야심(夜深)ᄒᆞ믈 일ᄏᆞ라 쵹(燭)을 믈니고 쇼져(小姐)를 붓드러 상요(床-)의 나아가고져 흔딕, 쇼졔(小姐ㅣ) 믄득 입을 여러 왈(曰),

"쳡(妾)이 명되(命途ㅣ)[106] 험흔(險釁)[107]ᄒᆞ고 힝실(行實)이 비박

---

99) 녁상(逆上): 역상. 거슬러 올라감.

100) 망극희참(罔極駭慙): 망극해참. 놀라움과 부끄러움이 끝없음.

101) 위회(慰懷): 마음을 위로함.

102) 경계(境界): 지경.

103) 시: [교] 원문에는 없으나 문맥을 고려해 삽입함.

104) 옥장(玉臟): 옥과 같은 심장.

105) 져두브딕(低頭不對): 저두부대. 고개를 숙이고 대답하지 않음.

106) 명되(命途ㅣ): 운명과 재수.

107) 험흔(險釁): 운명이 불행함.

(菲薄)108)ᄒᆞ여 실산지화(失散之禍)를 만나 산ᄉᆞ(山寺)의 뉴락(流落)109)ᄒᆞ고 셩녜(成禮) 젼(前)의 군ᄌᆞ(君子)를 만나 상견슈작(相見酬酌)110)ᄒᆞ미 녜(禮)를 일코 일이 뎡되(正道ㅣ) 아니라, 쳡(妾)이 스스로 누얼(陋-)111)을 실은 듯ᄒᆞ더니 신명(神明)이 외오112) 넉이샤 흉젹(凶賊)의 더러온 말이 ᄎᆞ마 사ᄅᆞᆷ의 드를 비 아니라, 군ᄌᆞ(君子)의 쳥뎐빅일지명(靑天白日之明)113)으로ᄡᅥ 밋지 아니ᄒᆞ시나 쳡(妾)은 골경

13면

심한(骨驚心寒)114)ᄒᆞ기를 니긔지 못ᄒᆞ고, 흉젹(凶賊)을 잡지 못ᄒᆞᆫ 젼(前)은 망극(罔極)ᄒᆞᆫ 누명(陋名)을 신셜(伸雪)115)키 어려온지라. 원(願)컨ᄃᆡ 군ᄌᆞ(君子)ᄂᆞᆫ 녀ᄌᆞ(女子)의 미셰116)(微細)ᄒᆞᆫ ᄉᆞ졍(事情)을 술피샤 쳡(妾)으로ᄡᅥ 인뉸셰ᄉᆞ(人倫世事)117)의 급(急)히 참예(叅預)케 마르시면 쳡(妾)의 누명(陋名)을 신셜(伸雪)ᄒᆞᆯ 곳이 〃실가 바라ᄂᆞ이다."

옥셩봉음(玉聲鳳音)118)이 낭〃(朗朗)ᄒᆞ여 금반(金盤)의 명듀(明珠)를 구을니고 꼿가지의 잉뮈(鸚鵡ㅣ) 우ᄂᆞᆫ 듯, 빅틱쳔광(百態千光)119)이 볼ᄉᆞ록 긔이(奇異)ᄒᆞ니 ᄉᆡᆼ(生)이 경복흠ᄋᆡ(敬服欽愛)120)ᄒᆞ여 은ᄋᆡ

---

108) 비박(菲薄): 변변치 못함.
109) 뉴락(流落): 유락. 자기 고향이 아닌 고장에서 삶.
110) 상견슈작(相見酬酌): 상견수작. 서로 보고 대화를 함.
111) 누얼(陋-): 더러운 욕이나 흉, 허물.
112) 외오: 그릇.
113) 쳥뎐빅일지명(靑天白日之明): 청천백일지명. 푸른 하늘에 흰 태양과 같은 밝음.
114) 골경심한(骨驚心寒): 뼈가 서늘하고 넋이 참.
115) 신셜(伸雪): 신설. 가슴에 맺힌 원한을 풀어 버리고 창피스러운 일을 씻어 버림.
116) 미셰: [교] 원문에는 '미폐'로 되어 있으나 문맥을 고려해 박순호본(3:66)을 따름.
117) 인뉸셰ᄉᆞ(人倫世事): 인륜세사. 인륜과 같은 세상일.
118) 옥셩봉음(玉聲鳳音): 옥성봉음. 옥처럼 낭랑한 소리와 봉황의 우는 소리.
119) 빅틱쳔광(百態千光): 백태천광. 온갖 아름다운 자태.
120) 경복흠ᄋᆡ(敬服欽愛): 경복흠애. 공경해 복종하고 흠모하며 사랑함.

(恩愛)121) 더옥 뉴츌(流出)ㅎ티, 져의 디셩(至誠)이 부〃(夫婦)의 이셩지합(二姓之合)122)을 원(願)치 아냐 비샹쥬졈(臂上朱點)123)을 머므러 참혹(慘酷)흔 누언(陋言)을 신셜(伸雪)코져 ㅎ믈 익련(哀憐)124)ㅎ여 븟드러 편(便)히 누이고 위로(慰勞) 왈(曰),

"텬황디로(天荒地老)125)ㅎ여도 나 뎡(鄭) 챵빅이 ᄌ(子)의 쳥심셩힝(淸心盛行)126)을 의심(疑心)치 아닐 거시오, 존당(尊堂) 인명후덕(仁明厚德)127)ㅎ시니 쳔만(千萬) 인(人)이

14면

참소(讒訴)128)ㅎ나 증모(曾母)의 투져(投杼)129)ㅎ미 업스리니 구고(舅姑)와 가뷔(家夫ㅣ) 녀ᄌ(女子)의게 웃듬이니 안심(安心)ㅎ여 브졀업슨 일을 거리끼지 마르쇼셔."

---

121) 은익(恩愛): 은애. 부부 사이의 애정.
122) 이셩지합(二姓之合): 이성지합. 두 성씨의 합함이라는 뜻으로 성관계를 이름.
123) 비샹쥬졈(臂上朱點): 비상주점. 팔뚝 위의 붉은 점이라는 뜻으로 앵혈(鶯血)을 이름. 앵혈은 순결의 표식으로, 장화(張華)의 『박물지』에서 그 출처를 찾을 수 있음. 근세 이전에 나이 어린 처녀의 팔뚝에 찍던 처녀성의 표시를 말하는 것으로 도마뱀에게 주사(朱沙)를 먹여 죽이고 말린 다음 그것을 찧어 어린 처녀의 팔뚝에 찍으면 첫날밤에 남자와 잠자리를 할 때에 없어진다고 함.
124) 익련(哀憐): 애련. 애처롭고 가엾게 여김.
125) 텬황디로(天荒地老): 천황지로. 하늘이 황폐해지고 땅이 다함.
126) 쳥심셩힝(淸心盛行): 청심성행. 맑은 심성과 훌륭한 행실.
127) 인명후덕(仁明厚德): 어질고 현명하며 덕이 두터움.
128) 참소(讒訴): 남을 헐뜯어서 죄가 있는 것처럼 꾸며 윗사람에게 고하여 바침.
129) 증모(曾母)의 투져(投杼): 증모의 투저. 증자(曾子)의 어머니가 베틀의 북을 던짐. 같은 말을 계속 들으면 그 말을 믿는다는 말임. 증자는 증삼(曾叄, B.C.505-B.C.436?)을 높여 부른 이름으로, 중국 춘추시대 노(魯)나라의 유학자이고 자는 자여(子輿)임. 공자의 덕행과 사상을 조술(祖述)하여 공자의 손자인 자사(子思)에게 전함. 효성이 깊은 인물로 유명함. 이 일화는 『전국책(戰國策)』, 「진책(秦策) 이(二)」에 나오는 이야기임. 어느 날 증자의 어머니가 베를 짜고 있는데 어떤 사람이 와서 "증자가 사람을 죽였다"고 하자 증자의 어머니는 "내 아들이 사람을 죽였을 리 없다"고 말하고 태연히 베를 짬. 잠시 후 또 다른 사람이 달려와서 같은 말을 했으나 증자의 어머니는 여전히 태연하게 베를 짬. 그러나 한 사람이 또 와서 같은 말을 하자 증자의 어머니는 두려워 베를 짜던 북을 내던지고 담을 넘어 달려가 보았다고 함. 이는 증삼과 동명이인인 사람의 일을 사람들이 잘못 알고 전한 것인데 증자와 같은 현인의 어머니도 계속해서 같은 말을 들으면 이에 현혹될 수밖에 없다는 고사임.

드딕여 이셩지낙(二姓之樂)은 날회나 집슈년침(執手連枕)130)ᄒ여
〃텬디무궁(如天地無窮)131)ᄒ 졍(情)이 산비ᄒᆡ박(山卑海薄)132)ᄒ니,
이 ᄀᆞ튼 듕졍(重情)을 위 시(氏) 고식모녜(姑息母女 l) 엇지 작희(作
戲)ᄒ리오. 상샹슈리(牀上繡裏)133)의 ᄡᅡᆼ옥(雙玉)이 완젼(完全)ᄒ여
텬뎡일딕(天定一對)134)오, 빅셰냥필(百歲良匹)135)이라.

태부인(太夫人)이 한님(翰林)의 유모(乳母) 셜파를 보ᄂᆡ여 신방(新
房)을 규시(窺視)136)ᄒ라 ᄒ엿더니, 유랑(乳娘)이 한님(翰林)이 도젹
(盜賊)의 흉언(凶言)을 드르딕 은근(慇懃)137) 위유(慰諭)138)ᄒ여 상
샹(床上)의 나아가믈 보고 경아(驚訝)139)ᄒ여 도라와 일〃(一一)히
고(告)ᄒ니, 딘 부인(夫人)이 〃날은 태부인(太夫人)을 시침(侍寢)140)
ᄒ엿더니 유랑(乳娘)의 젼어(傳語)를 듯고 경악(驚愕)ᄒ여 태부인(太
夫人)긔 고(告)ᄒ딕,

"쳡(妾)이 금됴(今朝)의 셰익(-兒 l) 여츠여츠(如此如此) 니

15면

르옵거늘 듯ᄉᆞ오ᄆᆡ 경희(驚駭)141)ᄒᄆᆞᆯ 니긔지 못ᄒ옵더니, 밋 신부
(新婦)를 보오ᄆᆡ 일분(一分) 의심(疑心)이 나디 아니ᄒ옵고 잔잉히

---

130) 집슈년침(執手連枕): 집수연침, 손을 잡고 베개를 나란히 함.
131) 여텬디무궁(如天地無窮): 여천지무궁. 하늘과 땅처럼 끝이 없음.
132) 산비ᄒᆡ박(山卑海薄): 산비해박. 산이 낮고 바다가 얕음.
133) 상샹슈리(牀上繡裏): 상상수리. 침상 위 비단 이불.
134) 텬뎡일딕(天定一對): 천정일대. 하늘이 정하여 준 한 쌍.
135) 빅셰냥필(百歲良匹): 백세양필. 백년해로할 좋은 배필.
136) 규시(窺視): 엿봄.
137) 은근(慇懃): 친절한 모양.
138) 위유(慰諭): 위로하고 타일러 달램.
139) 경아(驚訝): 놀라고 의아해 함.
140) 시침(侍寢): 곁에서 모시고 잠.
141) 경희(驚駭): 경해. 뜻밖의 일로 몹시 놀라 괴이하게 여김.

넉이는 바 뉘 윤(尹) 시(氏)를 그딕도록 믜워ᄒᆞᆫ고 도젹(盜賊)을 잡
아 쥬륙(誅戮)ᄒᆞ면 싀훤홀가 시부옵더니, 신방(新房)의 ᄯᅩ 변(變)이
잇다 ᄒᆞ오니 사름의 춤디 못홀 일이오딕 뎐익(-兒ㅣ) 조곰도 곳이드
르미 업ᄉ니 엇지 긔특(奇特)지 아니리잇고?"

태부인(太夫人)이 경희(驚駭) 왈(曰),

"신부(新婦)ᄂᆞᆫ 만고셩녜(萬古聖女ㅣ)라, 흔갓 외뫼(外貌ㅣ) 곱고
빗날 ᄲᆞᆫ 아니라 만면(滿面)의 어린 거시 다 셩덕(盛德)이라, 엇지 그
런 음비지ᄉᆞ(淫鄙之事ㅣ)[142] 이시리오? 원간(元間) 윤(尹) 시(氏)를
믜워ᄒᆞᄂᆞᆫ 지(者ㅣ) 잇셔 실산(失散)ᄒᆞ기도 흉인(凶人)의 히(害)ᄒᆞ민
가 시브니 윤익(尹兒ㅣ) 죵닉(終乃)[143] 무ᄉᆞ(無事)ᄒᆞ기를 밋지 못ᄒᆞ
리니 엇지 잔잉코 블힝(不幸)치 아니리오?"

딘 부인(夫人)이

16면

고왈(告曰),

"뎐흥이 〃 일을 발구(發口)치 아니ᄒᆞ오리니 존고(尊姑)ᄂᆞᆫ 아른 체
마르쇼셔."

태부인(太夫人)이 졈두(點頭)[144]ᄒᆞ고 유랑(乳娘)을 당부(當付)ᄒᆞ여
션월졍 젹변(賊變)[145]을 아모다려도 니르지 말나 ᄒᆞ더라.

명됴(明朝)의 윤(尹) 쇼졔(小姐ㅣ) 신셩(晨省)ᄒᆞ니 존당(尊堂) 구괴
(舅姑ㅣ) 무한(無限)흔 ᄉᆞ랑ᄲᅮᆫ이오, 흉젹(凶賊)의 패셜(悖說)[146]은 조

곰도 의심(疑心)ᄒ미 업셔 혜쥬와 다르미 업고 닌니친쳑(隣里親戚)
과 하류쳔비(下類賤婢)147) 등(等)이 다 칭찬흠앙(稱讚欽仰)148)ᄒ되
셰디(世代)의 일인(一人)이라 ᄒ더라.

쇼제(小姐ㅣ) 인뉴구가(因留舅家)149)ᄒ여 효봉구고(孝奉舅家)150)ᄒ
미 졍셩(精誠)이 동쵹(洞屬)151)ᄒ며 승슌군ᄌ(承順君子)152)의 슉녀지
덕(淑女之德)이 가쥭ᄒ고 쳔연단엄(天然端嚴)153)ᄒ여 ᄉ군ᄌ(士君子)
의 풍치(風采) 잇고, 슉미(叔妹)154)로 화목(和睦)ᄒ미 겸손비약(謙遜
卑弱)155)ᄒ며156) 침묵언희(沈默言稀)157)ᄒ여 사름이 뭇는 바를 계오
디답(對答)ᄒ고 죵일(終日) 홍슈(紅袖)를 솟고 봉관(鳳冠)158)을 슉여

17면

단슌(丹脣)을 여지 아니〃 만면(滿面)의 가득ᄒ 화긔(和氣)ᄂ 삼츈양
일(三春陽日)159)이 다ᄉ160)ᄒ여 만믈(萬物)을 회싱(回生)ᄒᄂ 듯 어
엿븐 거동(擧動)이 볼ᄉ록 긔이(奇異)ᄒ지라. 태부인(太夫人)이 장듕
보옥(掌中寶玉)161) ᄀ치 ᄉ랑ᄒ여 면젼(面前)의 쩌나믈 앗기고, 금평
휘(--侯ㅣ) 엄구(嚴舅)의 셔의(齟齬)162)ᄒ믈 바리고 친부(親父)의 ᄌ

---

147) 하류쳔비(下類賤婢): 하류천비. 하층 무리와 천한 종.
148) 칭찬흠앙(稱讚欽仰): 칭찬하며 흠모해 우러러봄.
149) 인뉴구가(因留舅家): 인류구가. 계속 시가에 머묾.
150) 효봉구고(孝奉舅家): 효도로 시부모를 섬김.
151) 동쵹(洞屬): 동촉. 공경하고 삼가며 매우 조심스러움.
152) 승슌군ᄌ(承順君子): 승순군자. 남편의 뜻을 이어 순종함.
153) 쳔연단엄(天然端嚴): 천연단엄. 자연스러운 빛으로 단정하고 엄격함.
154) 슉미(叔妹): 숙매. 시누이.
155) 겸손비약(謙遜卑弱): 겸손히 자신을 낮춤.
156) 며: [교] 원문에는 '여'로 되어 있으나 문맥을 고려해 이와 같이 수정함.
157) 침묵언희(沈默言稀): 침묵언희. 묵묵히 말이 드묾.
158) 봉관(鳳冠): 봉황 문양을 장식한 예관(禮冠).
159) 삼츈양일(三春陽日): 삼춘양일. 봄의 따뜻한 볕.
160) 다ᄉ: 조금 따뜻함.
161) 장듕보옥(掌中寶玉): 장중보옥. 손바닥 안의 보배와 옥.

이(慈愛)를 겸(兼)ᄒ여 대체(大體)163)ᄒ 셩졍(性情)이 윤(尹) 쇼져(小姐)긔 다ᄃ라ᄂ 즈셔(仔細)ᄒ고 엄슉(嚴肅)ᄒ 낫빗치 쇼져(小姐)를 보면 미우(眉宇)의 츈풍화긔(春風和氣)164) 니러나 웃ᄂ 입을 주리지 못ᄒ니 일개(一家ㅣ) 도로혀 식부(息婦) ᄉ랑이 쥬졉들믈165) 웃더라.

던 부인(夫人)은 셩졍(性情)이 남달니 단믁닝엄(端默冷嚴)166)ᄒ 고(故)로 심ᄂ(心內)의 윤(尹) 시(氏)를 ᄋ듕(愛重)ᄒ여 녀ᄋ(女兒)와 다르미 업ᄉᄃ 본 젹마다 황홀탐ᄋ(恍惚耽愛)167)ᄒᄆ 태부인(太夫人)과 금

18면

평후(--侯)만 못ᄒ 듯ᄒ나 범ᄉ(凡事)의 긔렴(記念)168)ᄒ여 각별(恪別)ᄒ ᄆ음이 그 몸이 편(便)ᄒ기를 요구(要求)ᄒᄂ다라. 윤(尹) 쇼졔(小姐ㅣ) 존당(尊堂) 구고(舅姑)의 셩즈혜틱(盛慈惠澤)169)을 ᄀ골감은(刻骨感恩)170)ᄒ여 츌텬(出天)ᄒ 효셩(孝誠)이 갈스록 더ᄒ며, 쇼고(小姑)171) 혜듀 쇼져(小姐)로 지긔상합(志氣相合)172)ᄒ여 피ᄎ(彼此) 동포골육(同胞骨肉)이 아니믈 ᄯ둣지 못ᄒ고, 뎡(鄭) 한님(翰林)이 윤(尹) 쇼져(小姐) 향(向)ᄒ 졍(情)이 여텬디무궁(如天地無窮)ᄒ니 구몽슉의 작희(作戱)ᄒ미 므ᄉ 히(害)로오미 이시리오.

---

162) 셔의(齟齬): 서어. 조금 서먹함.
163) 대체(大體): 대체. 큰 도량을 지님.
164) 츈풍화긔(春風和氣): 춘풍화기. 봄바람처럼 온화한 기운.
165) 쥬졉들믈: 추하고 염치없는 짓을 자꾸 함을.
166) 단믁닝엄(端默冷嚴): 단묵냉엄. 단엄하고 묵묵하며 냉랭하고 엄격함.
167) 황홀탐ᄋ(恍惚耽愛): 황홀탐애. 황홀한 모습으로 몹시 사랑함.
168) 긔렴(記念): 기념. 잊지 않고 생각함.
169) 셩즈혜틱(盛慈惠澤): 성자혜택. 큰 자애와 은혜.
170) ᄀ골감은(刻骨感恩): 각골감은. 뼈에 사무치도록 은혜에 감격함.
171) 쇼고(小姑): 소고 시누이.
172) 지긔상합(志氣相合): 지기상합. 뜻과 기운이 서로 합함.

쇼져(小姐)의 몸이 안여반셕(安如磐石)[173]ᄒᆞ여 십삼츈광(十三春光)의 봉관화리(鳳冠花履)[174]로 명부(命婦)의 존귀(尊貴)를 누리며 존당(尊堂) 구고(舅姑)의 디극(至極)ᄒᆞᆫ ᄌᆞ익(慈愛)를 밧ᄌᆞ와 일개(一家ㅣ) 츄존(推尊)[175]ᄒᆞ며, 냥인(兩人)의 공경듕ᄃᆡ(恭敬重待)ᄒᆞ미 관져(關雎)의 노ᄅᆡ[176]를 화(和)ᄒᆞ니 즐겁고 편(便)ᄒᆞ미 엇지 본부(本府)의셔 위·뉴 냥인(兩人)의 보치이믈 닙을 제

19면

와 ᄀᆞᆺ트리오마ᄂᆞᆫ 흉젹(凶賊)의 음황패셜(淫荒悖說)[177]이 일심(一心)의 거림ᄒᆞ고[178] 도라 본부(本府)를 싱각ᄒᆞ면 모친(母親)의 고경(苦境)[179]이 어딋 밋쳐시며 광텬 등(等)은 무ᄉᆞ(無事)ᄒᆞᆫ가 날마다 문후(問候)ᄒᆞᄂᆞᆫ 시익(侍兒ㅣ) 왕ᄂᆡ(往來)ᄒᆞ나 조모(祖母)와 슉모(叔母)의 허믈을 셔ᄉᆞ(書辭)[180]의 니르지 아니코 남모로ᄂᆞᆫ 근심이 밤을 당(當)ᄒᆞ면 상연타루(傷然墮淚)[181]ᄒᆞ믈 마지아니〃 셜난 등(等)이 위로(慰勞)ᄒᆞ더라.

이젹의 은듀(殷州)[182] ᄯᅩ히 누년(累年) 긔황(饑荒)[183]ᄒᆞ고 ᄌᆞᄉᆡ(刺史ㅣ) 년(連)ᄒᆞ여 블인쟈(不仁者ㅣ) 나려가니 니민(里民)[184]이 보치

---

173) 안여반셕(安如磐石): 안여반석. 평안함이 반석과 같음.
174) 봉관화리(鳳冠花履): 봉황 문양을 장식한 예관(禮冠)과 아름다운 신발.
175) 츄존(推尊): 추존. 우러러 존경함.
176) 관져(關雎)의 노ᄅᆡ: 관저의 노래. '관저'는 물수리가 우는 소리를 말하는바, 관저의 노래는 부부가 함께 누리는 즐거움을 이름. '관저'는 『시경(詩經)』, <관저(關雎)>에 나오는 말임.
177) 음황패셜(淫荒悖說): 음황패설. 음란하고 거칠며 더러운 말.
178) 거림ᄒᆞ고: 꺼림칙하고.
179) 고경(苦境): 괴로운 지경.
180) 셔ᄉᆞ(書辭): 서사. 편지에 쓰인 말.
181) 상연타루(傷然墮淚): 슬픈 빛으로 눈물을 흘림.
182) 은듀(殷州): 은주. 중국 하남성(河南省)에 있는 주(州).
183) 긔황(饑荒): 기황. 먹을 것이 없어 배를 곯음.
184) 니민(里民): 이민. 고을의 백성들.

이여 안돈(安頓)185)치 못ᄒ니 아조 폐읍(弊邑)이 되엿ᄂ디라. 샹(上)
이 각별(恪別)이 안념ᄉ(按廉使)186)를 틱(擇)ᄒ여 은듀(殷州)를 슌무
(巡撫)187)ᄒ라 ᄒ시니, 됴졍(朝廷) 의논(議論)이 태듕태우(太中大夫)
윤슈의게 밀위니 샹(上)이 윤(尹) 태우(大夫)를 인견(引見)188)ᄒ샤 은
듀(殷州)를 슌무(巡撫)ᄒ라 ᄒ시니 태위(大夫ㅣ) 샤양(辭讓)치 못ᄒ

20면

여 승명(承命)ᄒ민 삼일치힝(三日治行)189)ᄒ여 가라 ᄒ시니,

본부(本府)의 도라와 모친(母親)긔 고(告)ᄒ고 집을 떠나민 근심이
만단(萬端)190)ᄒ여 모친(母親)긔 진졍(眞情)으로 익걸(哀乞) 왈(曰),

"쇼ᄌ(小子ㅣ) 은쥐(殷州)로 향(向)ᄒ오민 도뢰(道路ㅣ) 요원(遙
遠)191)ᄒ여 도라오미 쉽지 아니ᄒ오니, 광텬 등(等)이 년유(年幼)ᄒ오
나 슉셩(夙成)192)ᄒ오니 외ᄉ(外事)ᄂ 념녀(念慮)ᄒᆯ 거시 업ᄉ오딕 ᄌ
졍(慈庭)이 ᄌ익(慈愛) 브죡(不足)ᄒ시니 ᄌ위(慈闈) 쇼ᄌ(小子)를 ᄉ
랑ᄒ시거든 조슈(曹嫂)의 모ᄌ(母子)를 편(便)히 거나리시면 쇼직(小
子ㅣ) 영힝(榮幸)193)ᄒ오리니 쳔만(千萬) 바라옵ᄂ니 ᄌ위(慈闈)ᄂ 쇼
ᄌ(小子)의 지극(至極)히 밋고 바라ᄂ 바를 져바리지 마르쇼셔."

태부인(太夫人)이 거즛 함누(含淚) 왈(曰),

---

185) 안돈(安頓): 사물이나 주변 따위가 잘 정돈됨.
186) 안념ᄉ(按廉使): 안렴사. 중국 송나라·명나라 때에, 지방 군현을 다스리며 풍속과 교육을 감
　　　독하고 범법을 단속하던 벼슬. 안찰사(按察使).
187) 슌무(巡撫): 순무. 여러 곳을 두루 돌아다니면서 백성들의 마음을 위로하고 달램.
188) 인견(引見): 임금이 의식을 갖추고 관리를 만나 봄.
189) 삼일치힝(三日治行): 삼일치행. 삼 일 뒤에 길을 떠남.
190) 만단(萬端): 두루 생김.
191) 요원(遙遠): 매우 멂.
192) 슉셩(夙成): 숙성. 나이에 비하여 지각이나 발육이 빠름.
193) 영힝(榮幸): 영행. 운이 좋고 영광스러움.

"네 엇지 어미다려 괴이(怪異)흔 말을 흐느뇨? 내 평싱(平生) 닉외지심(內外之心)[194]이 업스나 화증(火症)[195]이 만하 내 말을 거스리고 뜻을 어긘즉 심홰(心火ㅣ)[196] 발(發)흐여 혹(或) 꾸

21면

지즐 젹이 〃시나 엇지 광텬 등(等)의게 즈이(慈愛) 브죡(不足)흐리오? 너는 괴이(怪異)흔 념녀(念慮)를 말고 은쥐(殷州)를 슌무(巡撫)흐여 국스(國事)를 션치(善治)[197]흐고 슈히 도라오라."

태위(大夫ㅣ) 기리 탄식(歎息)고 광텬 등(等) 형뎨(兄弟)를 블너 가스(家事)를 쵹탁(囑託)[198]흐니 미지하여(未知何如)[199]오.

어시(於時)의 윤(尹) 태위(大夫ㅣ) 샤은퇴됴(謝恩退朝)[200]흐여 본부(本府)의 니르러 모젼(母前)의 반일(半日) 존후(尊候)를 뭇줍고 연듕셜화(筵中說話)[201]를 고(告)흐믹, 쇼〃(小小) 스졍(私情)으로뼈 거릴 빅 아니로딕 도라 가듕형셰(家中形勢)를 슬피건딕, 모친(母親)의 과도(過度)흔 심화(心火)와 뉴 시(氏)의 블냥(不良)흐미 슈〃(嫂嫂)와 냥(兩) 공즈(公子)를 보호(保護)치 아닐디라. 싱각이 〃에 다드라는 댱부(丈夫)의 뜻이나 셜셜(屑屑)[202]흐믈 니긔지 못흐여 냥(兩) 공즈(公子)의 손을 잡고 츄연댱탄(惆然長歎)[203] 왈(曰),

---

194) 닉외지심(內外之心): 내외지심. 안과 밖이 다른 마음.
195) 화증(火症): 걸핏하면 화를 왈칵 내는 증세.
196) 심홰(心火ㅣ): 마음속에서 북받쳐 나는 화.
197) 션치(善治): 선치. 잘 다스림.
198) 쵹탁(囑託): 촉탁. 일을 부탁하여 맡김.
199) 미지하여(未知何如): 어찌 될지 알지 못하겠구나.
200) 샤은퇴됴(謝恩退朝): 사은퇴조. 임금의 은혜에 감사하고 조정에서 물러남.
201) 연듕셜화(筵中說話): 연중설화. 조정에서 주고받은 말.
202) 셜셜(屑屑): 설설. 자질구레하게 부스러지거나 보잘것없이 됨.
203) 츄연댱탄(惆然長歎): 추연장탄. 슬픈 빛으로 길이 탄식함.

“여뷔(汝父 l) 국ᄉ(國事)로 말미암아 가듕(家中)을 써나미 ᄌ졍
(慈庭)의 졀박(切迫)ᄒ심

22면

과 ᄋ히(兒孩) 등(等)을 써나 심ᄉ(心思 l) 버히ᄂ 둣ᄒ믄 니르도 말
고, 가듕상하(家中上下)의 난(亂)ᄒᆯ 바를 념(念)컨딘 능(能)히 심ᄉ
(心思)를 버히기 어렵도다. ᄌ위(慈闈) 심홰(心火 l) 남다르시고 뉴
시(氏) 심ᄉ(心思 l) 션(善)치 아니〃 우슉(愚叔)이 집을 써나미 반다
시 여등(汝等) 형뎨(兄弟)를 난타(亂打)ᄒ시ᄂ 지경(地境)이 〃시리
니 여등(汝等)은 모로미 ᄌ보(自保)204)ᄒ여 몸을 상(傷)치 아니미 회
(孝 l)라, 쳔금듕신(千金重身)205)을 경(輕)히 넉여 금일(今日) 여부
(汝父)의 경계(警戒)를 헛되이 넉이지 말나.”

냥(兩) 공직(公子 l) 빈이슈명(拜而受命)ᄒ여 능(能)히 딘(對)치 못
ᄒ더라. 태위(大夫 l) 츄연ᄌ상(惆然自傷)206)ᄒ여 냥(兩) 공ᄌ(公子)
의 손을 잡고 현ᄋ 쇼져(小姐)를 나호여 어로만져 경계(警戒) 왈(曰),

“오ᄋ(吾兒)ᄂ 하가(河家) 며나리라. 빙치문명(聘采問名)207)은 니
르지 말고 이 필젹(筆跡)은 곳 하(河) 공(公)의 필젹(筆跡)이오, 셰ᄉ
(世事 l) 난측(難測)이니 혹(或) 내 환가(還家) 젼(前) 아모 권문셰가
(權門勢家)208)의셔 너의

---

204) ᄌ보(自保): 자보. 스스로 몸을 보존함.
205) 쳔금듕신(千金重身): 천금중신. 매우 소중한 몸.
206) 츄연ᄌ상(惆然自傷): 추연자상. 서글픈 빛으로 절로 슬퍼함.
207) 빙치문명(聘采問名): 빙채문명. 모두 혼인할 때의 절차. 원래, 빙채는 신랑집에서 청혼을 하고
    신붓집에서 허혼(許婚)하는 의례이고 문명은 빙채가 끝난 뒤에 남자 집의 주인(主人)이 서신
    을 갖추어 사자를 여자 집에 보내어 여자 생모(生母)의 성(姓)을 묻는 의례임. 여기에서는 빙
    물과 혼서를 뜻함.
208) 권문셰가(權門勢家): 권문세가. 권력 있는 집안과 세력 있는 가문.

셩화(聲華)를 듯고 위셰(威勢)로 구혼(求婚)ᄒ미 이실진ᄃᆡ 여모(汝母)ᄂᆞᆫ 츄셰니욕(趨勢利慾)[209]의 무든 쟤(者ㅣ)라 반ᄃᆞ시 너의 졀개(節槪)를 작희(作戲)ᄒ여 훼졀(毁節)케 ᄒ미 이실지라도 너ᄂᆞᆫ 모로미 졀(節)을 크게 넉여 명텰보신(明哲保身)[210]ᄒᆞᆯ진ᄃᆡ 엇지 아름답지 아니리오?”

쇼졔(小姐ㅣ) 취미(翠眉)[211] 나죽ᄒ고 셩안(星眼)이 미〃(微微)ᄒ여 능(能)히 ᄃᆡ(對)치 못ᄒ니, 공(公)이 년ᄋᆡ(憐愛)ᄒᆞᆷ믈 니긔지 못ᄒ여 구파(寇婆)를 향(向)ᄒ여 왈(曰),

“셔모(庶母)ᄂᆞᆫ 광텬 형뎨(兄弟)를 각별(恪別) 보호(保護)ᄒ여 ᄌᆞ위(慈闈) 실덕(失德)ᄒ시미 계실진ᄃᆡ 맛당이 간(諫)ᄒ여 쟤(子ㅣ) 나간 ᄉᆞ이 가듕(家中)이 무고(無故)[212]ᄒᆞᆯ진ᄃᆡ 엇디 감샤(感謝)치 아니리잇고?”

구패(寇婆ㅣ) 하루(下淚) 왈(曰),

“첩(妾)이 엇지 샹공(相公)의 부탁(付託)을 기다려 조(曹) 부인(夫人)과 냥(兩) 공ᄌᆞ(公子)를 보호(保護)치 아니리잇고마ᄂᆞᆫ 첩(妾)의 힘으로ᄂᆞᆫ 능(能)히 밋지 못ᄒᆞᆯ가 ᄒᆞᄂᆞ니 노첩(老妾)을 당부(當付)치 마르시고

태부인(太夫人)과 뉴 부인(夫人)긔 부탁(付託)ᄒ시미 공된(公道ㅣ)가 ᄒᆞᄂᆞ이다.”

---

209) 츄셰니욕(趨勢利慾): 추세이욕. 세력을 좇으며 사사로운 이익을 탐냄.
210) 명텰보신(明哲保身): 명철보신. 총명하고 사리에 밝아 일을 잘 처리하여 자기 몸을 보존함.
211) 취미(翠眉): 취미. 푸른 눈썹이라는 뜻으로, 화장한 눈썹을 이르는 말.
212) 무고(無故): 사고가 없음.

언미파213)(言未罷)214)의 태부인(太夫人)이 졍식(正色) 왈(曰),

"조(曹) 시(氏)는 나의 며나리오 광ᄋ(-兒) 등(等)은 취듕(取重)215)ᄒᆞ는 손ᄋᆡ(孫兒ㅣ)어늘 네 엇디 남을 당부(當付)ᄒᆞ여 구파(寇婆)의 답언(答言)이 괴이(怪異)ᄒᆞ니 엇지 한심(寒心)치 아니리오? 구파(寇婆)의 언근(言根)216)이 심(甚)히 슈상(殊常)ᄒᆞ니 고식(姑息)과 조손(祖孫)의 졍의(情誼) 완젼(完全)키 어려오리로다."

구(寇) 시(氏) 흔연ᄉᆞ샤(欣然謝辭)217) 왈(曰),

"쳔쳡(賤妾)이 감(敢)히 부인(夫人)의 고식조손(姑媳祖孫)218) ᄉᆞ이를 논단(論斷)219)ᄒᆞ리잇고마는, 공언(公言)으로 의논(議論)ᄒᆞ올진딕 태220)부인(太夫人)의 심화(心火)로 말믜암아 틱타(笞打)ᄒᆞ미 즈즈니 ᄎᆞ(此)는 태221)부인(太夫人) 심홰(心火ㅣ) 억제(抑制)치 못ᄒᆞ미어니와, 그윽이 싱각건딕 조(曹) 부인(夫人) 모즈(母子)의 졍ᄉᆞ(情事)를 통쵹(洞燭)222)지 못ᄒᆞ시믈 민면(憫面)223)ᄒᆞ옵더니 금일(今日) 상공(相公)의 원별(遠別)을 님(臨)ᄒᆞ샤 노신(老身)의게 부탁(付託)ᄒᆞ시는 고(故)로 ᄌᆞ연(自然) 딕답(對答)

25면

이 여ᄎᆞ(如此)ᄒᆞ미러니, 부인(夫人)의 칙언(責言)224)을 밧ᄌᆞ오믹 블

---

213) 파: [교] 원문에는 없으나 문맥을 고려해 삽입함.
214) 언미파(言未罷): 말이 아직 끝나지 않음.
215) 취듕(取重): 취중. 중요하게 여김.
216) 언근(言根): 말끝.
217) 흔연ᄉᆞ샤(欣然謝辭): 흔연사사. 흔쾌한 낯빛으로 사죄하는 말을 함.
218) 고식조손(姑媳祖孫): 시어머니와 며느리, 할머니와 손자·손녀.
219) 논단(論斷): 논하여 판단이나 결론을 내림.
220) 태: [교] 원문에는 '조'로 되어 있으나 문맥을 고려해 이와 같이 수정함.
221) 태: [교] 원문에는 '조'로 되어 있으나 문맥을 고려해 이와 같이 수정함.
222) 통쵹(洞燭): 윗사람이 아랫사람의 사정이나 형편 따위를 깊이 헤아려 살핌.
223) 민면(憫面): 민망하고 면구스러움.

관(不關)225)흔 몸이 투싱(偸生)226)호와 어즈러온 구셜(口舌)노 존위
(尊威)를 팀범(侵犯)호오니 황괴(惶愧)227)호이다.”

태부인(太夫人)이 불승통한(不勝痛恨)228)호나 태우(大夫)의 님별
(臨別)의 블호지싴(不好之色)229)이 가(可)치 아니므로 믁연(默然)호
여 구(寇) 시(氏)를 치한(齒恨)230)호더라.

태위(大夫ㅣ) 명으 쇼져(小姐)를 귀령(歸寧)231)호여 니별(離別)코져
호나 즈져(趑趄)232)호더니, 뎡(鄭) 한님(翰林)이 셩녜(成禮) 후(後) 처
음으로 니르러 악모(岳母)긔 청알(請謁)233)호미 태부인(太夫人)이 흔
가지로 볼싴, 뎡싱(鄭生)이 파됴(罷朝) 후(後) 바로 나온디라 딕입닉
샤(直入內舍)234)호여 녜필좌뎡(禮畢坐定)235)호미 즈포(紫袍)236)는 옥
산(玉山)237)의 엄연(儼然)238)호고 오스(烏紗)239)는 월잌(月額)240)의
한가(閑暇)호여 쳑탕(滌蕩)241)흔 풍광(風光)과 엄연(嚴然)흔 긔위(氣
威)242) 호〃탕〃(浩浩蕩蕩)243)호여 츄텬(秋天)을 능만(凌慢)244)호고

---

224) 칙언(責言): 책언. 꾸짖는 말.
225) 블관(不關): 불관. 중요하지 않음.
226) 투싱(偸生): 투생. 구차하게 산다는 뜻으로, 죽어야 마땅할 때에 죽지 아니하고 욕되게 살기를
     꾀함을 이르는 말.
227) 황괴(惶愧): 황송하고 부끄러움.
228) 블승통한(不勝痛恨): 불승통한. 몹시 한스러움을 이기지 못함.
229) 블호지싴(不好之色): 불호지색. 좋지 않은 기색.
230) 치한(齒恨): 이를 갈며 한스러워함.
231) 귀령(歸寧): 귀녕. 시집간 딸이 친정에 가서 부모(父母)를 뵘.
232) 즈져(趑趄): 자저. 주저함.
233) 쳥알(請謁): 청알. 뵙기를 청함.
234) 딕입닉샤(直入內舍): 직입내사. 곧바로 집의 안채로 들어감.
235) 녜필좌뎡(禮畢坐定): 예필좌정. 인사를 마치고 자리 잡아 앉음.
236) 즈포(紫袍): 자포. 자줏빛 도포.
237) 옥산(玉山): 외모와 풍채가 뛰어난 사람을 비유적으로 이르는 말.
238) 엄연(儼然): 점잖고 의젓함.
239) 오스(烏紗): 오사. 벼슬아치들이 관복을 입을 때에 쓰던 모자. 검은 사(紗)로 만듦.
240) 월잌(月額): 월액. 달처럼 둥근 이마.
241) 쳑탕(滌蕩): 척탕. 더러운 것이나 나쁜 것을 말끔히 없앰.
242) 긔위(氣威): 기위. 기개와 위엄.
243) 호〃탕〃(浩浩蕩蕩): 기세 있고 힘참.
244) 능만(凌慢): 깔보고 교만하게 굶.

셔리를 압두(壓頭)ᄒ니, 타일(他日) 반ᄃ시 일인지하(一人之下)오 만

26면

인지샹(萬人之上)으로 다시 왕후(王侯)의 귀(貴)ᄒ믈 뭇지 아냐 알디라.

조(曹) 부인(夫人)이 일즉 셕ᄉ(昔事)를 츄회(追懷)ᄒ여 쳐연슈루(悽然垂淚)[245]ᄒ여 말ᄉᆞᆷ을 열민 ᄉ리(事理) 온당(穩當)ᄒ니, 뎡(鄭) 한님(翰林)이 투목숑아(偸目送蛾)[246]ᄒᄆᆡ 광치(光彩) 쇼져(小姐)로 만히 ᄀᆞᆺᄐ나 영복존귀지상(榮福尊貴之相)[247]이 블급(不及)ᄒᄃᆡ 쳔고(千古)의 희한(稀罕)ᄒᆫ 쉭광긔질(色光器質)이니 한님(翰林)이 크게 탄복(歎服)ᄒ고, 다시 위 태부인(太夫人)과 뉴 부인(夫人)을 잠간(暫間) 살피미 태부인(太夫人)이 상두(上頭)의 거(居)ᄒ여 말ᄉᆞᆷ을 가다듬고 안식(顔色)을 화려(華麗)히 ᄒ여 눈믈을 ᄲᅳ리고 〃개를 흔드러 손녀(孫女)를 귀듕(貴重)ᄒ여 길너닌 바와 한님(翰林)의 풍위(風威)[248]를 과찬(過讚)ᄒ고 깃거ᄒ믈 닐너 셕ᄉ(昔事)를 슬허ᄒᄂᆞᆫ 체ᄒ여 흐르ᄂᆞᆫ 말ᄉᆞᆷ이 능휼(能譎)[249]ᄒ거늘, 다시 뉴 부인(夫人)의 은악양션(隱惡佯善)[250]ᄒ여 민쳡(敏捷)ᄒᆫ 말ᄉᆞᆷ과 겸손(謙遜)ᄒᄂᆞᆫ 거동(擧動)이 엇지 일분(一分)이나

---

245) 쳐연슈루(悽然垂淚): 처연수루. 슬픈 빛으로 눈물을 흘림.
246) 투목숑아(偸目送蛾): 투목송아. 흘깃 봄. 송아(送蛾)는 '눈길을 보내다'는 뜻으로 보이나 미상임.
247) 영복존귀지상(榮福尊貴之相): 영화와 복록이 있고 존귀하게 될 관상.
248) 풍위(風威): 풍채와 위엄.
249) 능휼(能譎): 능란하게 속임.
250) 은악양션(隱惡佯善): 은악양선. 악함을 감추고 착한 체함.

ᄉ오나오미 이시리오마ᄂ 뎡(鄭) 한님(翰林)의 ᄒ번(-番) 눈을 들미 사ᄅᆷ의 심쳔(心泉)251)을 ᄶᅦ보ᄂ252) 안광(眼光)으로 엇지 져 부인(夫人)의 은악양션(隱惡佯善)ᄒᄂ 공교(工巧)로온 거동(擧動)을 엇지 모로리오. 심니(心裏)의 경희(驚駭)ᄒ여 혜오ᄃᆡ,

'내 평싱(平生) 간교(奸巧)ᄒ여 ᄂᆡ외(內外) 다른 쟈(者)를 통희(痛駭)ᄒ더니, 금일(今日) ᄎ인(此人) 등(等)을 보니 ᄒ나흔 흉험극악(凶險極惡)253)ᄒ 뉘(類ㅣ)오, 태우(大夫) 부인(夫人) 뉴 시(氏)ᄂ 결비현인(決非賢人)254)이라 ᄎ인(此人)의 작홰(作禍ㅣ)255) 측냥(測量)키 어려오리로다. 원간(元間) 윤(尹) 시(氏)의 실산(失散)을 괴이(怪異)히 넉엇더니 ᄎ뉴(此類)의 작변(作變)이어니와 아미(阿妹)256)의 쳔금귀골(千金貴骨)노뼈 져런 흉험(凶險)ᄒ 부인(夫人)의 손부(孫婦)를 삼을진ᄃᆡ 평싱(平生)이 안과(安過)257)키 어렵도다.'

져두상냥(低頭商量)258)의 가장 블열(不悅)ᄒ더니, 안찰공(按察公)이 쇼왈(笑曰),

"뎐안삼일(奠雁三日)259)의 견빙악(見聘岳)260)ᄒᄂ 녜(禮)ᄂ 고인(古人)의 니른 빅어ᄂᆞᆯ 군(君)은 비록 빙악(聘岳)이 계시지

---

251) 심쳔(心泉): 심천. 마음속.

252) ᄶᅦ보ᄂ: 꿰뚫어 보는.

253) 흉험극악(凶險極惡): 마음이 흉악하고 음험하며 매우 악함.

254) 결비현인(決非賢人): 결코 어진 사람이 아님.

255) 작홰(作禍ㅣ): 재앙을 만듦.

256) 아미(阿妹): 아매. 우리 누이.

257) 안과(安過): 평안히 지냄.

258) 져두상냥(低頭商量): 저두상량. 고개를 숙이고 깊이 생각함.

259) 뎐안삼일(奠雁三日): 전안삼일. 전안한 지 사흘. 전안은 혼인 때 신랑이 신붓집에 기러기를 가져가서 상위에 놓고 절하는 예.

260) 견빙악(見聘岳): 장인을 뵘.

아니나 슈″(嫂嫂)긔 뵈오미 심(甚)히 느즈니 엇지 박정(薄情)치 아니리오? 연(然)이나 내 이제 쳔니원별(千里遠別)을 당(當)ᄒ여 결홀261)ᄒ 니졍(離情)262)을 펴고져 ᄒᄂ니 군(君)이 능(能)히 ᄉ오(四五) 일(日) 귀령(歸寧)을 허(許)ᄒ랴?”

한님(翰林)이 흠신샤ᄉ(欠身謝辭)263) 왈(曰),

“봉친시하(奉親侍下)264)의 관ᄉ(官事ㅣ) 다쳡(多疊)265)ᄒ므로 능(能)히 등알(登謁)266)ᄒᄆ믈 말ᄆ암지 못ᄒ엿더니, 대인(大人)의 말슴을 듯ᄌ오니 블민(不敏)267)ᄒᄆ믈 ᄌ괴(自愧)268)ᄒ거니와 형포(荊布)269)의 귀령(歸寧)은 존당(尊堂)과 가엄(家嚴)이 우히 계시니 쇼싱(小生)이 감(敢)히 ᄌ젼(自專)270)치 못ᄒ미니 가엄(家嚴)의 픔(稟)ᄒ와 허(許)ᄒ실진ᄃ 쇼싱(小生)이 다만 막지 아니ᄒ리이다.”

안찰(按察)이 미쇼(微笑) 왈(曰),

“현셰(賢壻ㅣ) 블허(不許) 즉(則) 아딜(阿姪)은 녜힝(禮行)이 슉뎡(肅正)271)ᄒ지라, 현셔(賢壻)의 쾌허(快許)를 어더 이제 거마(車馬)를 출혀 다려오고져 ᄒᄂ니 군(君)은 허(許)ᄒ라.”

한님(翰林)이 ᄃ왈(對曰),

---

261) 결홀: 마음에 아쉽거나 답답한 데가 있어 후련하지 못함.
262) 니졍(離情): 이정. 이별의 회포.
263) 흠신샤ᄉ(欠身謝辭): 흠신사사. 몸을 굽혀 사양하는 말을 함.
264) 봉친시하(奉親侍下): 어버이를 봉양하고 있는 처지.
265) 다쳡(多疊): 다첩. 다사다난함.
266) 등알(登謁): 나아가 뵘.
267) 블민(不敏): 불민. 행동이 민첩하지 못함.
268) ᄌ괴(自愧): 자괴. 스스로 부끄러워함.
269) 형포(荊布): 가시나무 비녀와 베치마라는 뜻으로 아내를 이름. 형차포군(荊釵布裙). 중국 한(漢)나라 때 은사인 양홍(梁鴻)의 아내 맹광(孟光)이 남편의 뜻을 받들어 이처럼 검소하게 착용한 데서 유래함. 『후한서(後漢書)』, <양홍열전(梁鴻列傳)>.
270) ᄌ젼(自專): 자전. 자기 마음대로 결정하여 처리함.
271) 슉뎡(肅正): 숙정. 엄숙하고 단정함.

"녀즈유힝(女子有行)은 원부모형뎨(遠父母兄弟)[272]라

29면

녕딜(令姪)이 쇼셔(小壻)의 집의 드러완 디 일삭(一朔)이 못 ᄒ여 귀근(歸覲)[273]이 너모 밧브고 쇼싱(小生)이 친의(親意)를 아디 못ᄒ고 몬져 허(許)ᄒ미 방즈(放恣)ᄒ므로 능(能)히 존의(尊意)를 밧드지 못ᄒ옵ᄂ니, 합히(閤下ㅣ) 만일(萬一) 니졍(離情)을 펴고져 ᄒ실진디 나아가샤 니별(離別)ᄒ시미 무방(無妨)[274]ᄒ니 구ᄐ여 귀령(歸寧)이 깃브지 아닌가 ᄒᄂ이다."

안찰(按察)이 대쇼(大笑) 왈(曰),

"군(君)의 ᄯᅳᆺ이 아딜(阿姪)의 귀근(歸覲)을 ᄉ리(事理)로 밀막으니 ᄯᅩᄒᆫ 직쳥(再請)치 아니커니와 군(君)이 미셰지ᄉᆞ(微細之事ㅣ)라도 녕엄(令嚴)긔 다 취픔(就稟)[275]ᄒᄂ가 보리니 년쇼호방지심(年少豪放之心)[276]의 녕엄(令嚴)을 혹(或) 긔망(欺罔)[277]ᄒ미 이실진디 젼후(前後) 언ᄉᆞ(言辭ㅣ) 다를가 ᄒ노라."

한님(翰林)이 함쇼(含笑) 디왈(對曰),

"일이 권도(權道)[278]와 졍되(正道ㅣ) 각〃(各各)이니 엇디 쇼〃(小小)ᄒᆫ 가ᄉ(家事)로뼈 다 친의(親意)를 블슈(不受)[279]ᄒ리잇고? 쇼싱

---

272) 녀즈유힝(女子有行)은 원부모형뎨(遠父母兄弟): 여자유행은 원부모형제. 여자가 신행을 하면 부모와 형제에게서 멀어짐. 여자가 혼인을 하면 친정 부모와 형제에게서 멀어질 수밖에 없음을 이름. 『시경』, "패풍(邶風)"의 <천수(泉水)>에 나오는 표현.
273) 귀근(歸覲): 부모를 뵙기 위하여 객지에서 고향으로 돌아가거나 돌아옴.
274) 무방(無妨): 거리낄 것이 없이 괜찮음.
275) 취픔(就稟): 취품. 웃어른께 나아가 여쭘.
276) 년쇼호방지심(年少豪放之心): 연소호방지심. 나이가 어리고 의기가 장하여 작은 일에 거리낌이 없는 마음.
277) 긔망(欺罔): 기망. 남을 속여 넘김.
278) 권도(權道): 목적 달성을 위하여 그때그때의 형편에 따라 임기응변으로 일을 처리하는 방도.
279) 블슈(不受): 불수. 받아들이지 않음.

(小生)의 호쉭기쥬(好色嗜酒)[280]ᄒᆞ므로 실(實)노 남시(濫事ㅣ) 괴이
(怪異)

30면

치 아니리니, 합해(閤下ㅣ) 이리 니르시나 죡(足)히 놀납지 아니토소
이다."

언파(言罷)의 한가(閑暇)히 우으니 화란츈셩(花爛春城)[281]의 만홰
(萬花ㅣ) 징발(爭發)[282]홈 ᄀᆞᆺᄐᆞ니 발양(發揚)[283]ᄒᆞᆫ 긔운이 태산(泰山)
을 넘뾜 ᄃᆞᆺ, 츌뉴(出類)ᄒᆞᆫ 긔상(氣像)이 구텬(九天)[284]을 박출 ᄃᆞᆺᄒᆞ여
일호(一毫) 거리낄 비 업스니 태위(大夫ㅣ) 박쇼(拍笑) 왈(曰),

"군(君)이 날노뼈 쳐슉(妻叔)[285]이라 ᄒᆞ여 이러툿 방ᄌᆞ(放恣)ᄒᆞ여
호쥬셩식(好酒聲色)[286]으로 ᄌᆞ랑ᄒᆞ거니와 녕엄(令嚴) 면젼(面前)의
도 이런 긔운을 부리ᄂᆞ냐? 내 녕엄(令嚴)으로 더브러 듁마고우(竹馬
故友)[287]로 관포(管鮑)의 디긔(知己)[288]를 웃더니 챵빅이 〃러툿 ᄒᆞ
미 가(可)ᄒᆞ냐?"

---

280) 호쉭기쥬(好色嗜酒): 호색기주. 여색을 좋아하고 술을 즐김.
281) 화란츈셩(花爛春城): 화란춘성. 꽃이 만발한 봄날의 성
282) 징발(爭發): 쟁발. 다투어 핌.
283) 발양(發揚): 마음, 기운, 재주 따위를 떨쳐 일으킴.
284) 구텬(九天): 구천. 가장 높은 하늘.
285) 쳐슉(妻叔): 처숙. 아내의 친정 삼촌.
286) 호쥬셩식(好酒聲色): 호주성색. 술을 좋아하고 여색을 좋아함.
287) 듁마고우(竹馬故友): 죽마고우. 대말을 타고 놀던 벗이라는 뜻으로, 어릴 때부터 같이 놀며 자
    란 벗.
288) 관포(管鮑)의 디긔(知己): 관포의 지기. 관중(管仲, ?-B.C.645)과 포숙아(鮑叔牙, ?-?)처럼 서로
    를 알아주는 친한 사귐. 관중은 중국 춘추시대 제(齊)나라의 재상으로 이름은 이오(夷吾). 환
    공(桓公)이 즉위할 무렵 환공의 형인 규(糾)의 편에 섰다가 패전하여 노(魯)나라로 망명하였
    는데, 당시 환공을 모시고 있던 친구 포숙아의 진언(進言)으로 환공에게 기용되어 환공을 중
    원(中原)의 패자(霸者)로 만드는 데 일조함. 관중과 포숙아는 잇속을 차리지 않은 사귐으로
    유명하여 이로부터 관포지교(管鮑之交)라는 말이 나옴. 사마천, 『사기(史記)』, <관안열전(管晏
    列傳)>.

한님(翰林)이 스사(謝辭) 왈(曰),

"쇼싱(小生)이 엇지 방즈(放恣)ᄒ여 합하(閤下ㅣ) 부집(父執)[289]의 존(尊)ᄒ시믈 공경(恭敬)치 아니리잇고마는 쇼싱(小生) 등(等)의 〃앙(依仰)[290]ᄒ는 정성(精誠)이 슉딜(叔姪)의 나리미 업스므로써 심곡(心曲)을 잠간(暫間) 진달(進達)[291]ᄒ오미더니 방즈(放恣)ᄒ믈 칙(責)ᄒ시니 블

31면

승황괴(不勝惶愧)[292]ᄒ도소이다."

안찰(按察)이 흔연(欣然) 쇼왈(笑曰),

"군(君)이 날을 그리ᄒ나 딜녀(姪女)를 편(便)히 홀진ᄃᆡ 엇지 감샤(感謝)치 아니리오?"

한님(翰林)이 스사(謝辭)ᄒ고 죵용(從容)이 담화(談話)홀ᄉᆡ, 조(曹) 부인(夫人)이 호쥬셩찬(好酒盛饌)[293]을 ᄀᆞ초아 관ᄃᆡ(款待)[294]ᄒ니 한님(翰林)이 흔연(欣然)이 쥬ᄇᆡ(酒杯)를 나와 년(連)ᄒ여 거후로고 옥슈(玉手)의 금져(金箸)를 드러 만반진찬(滿盤珍饌)[295]을 풍화(豊華)[296]히 맛보아 그르시 뷔도록 먹으니 상(床)을 믈니고 날호여 하직(下直)고 도라가니,

조(曹) 부인(夫人)이 녀ᄋᆞ(女兒)를 다려와 ᄌᆞ미(滋味)를 보지 못ᄒ

---

289) 부집(父執): 아버지의 친구로 아버지와 나이가 비슷한 어른의 지위에 있음.

290) 〃앙(依仰): 의지해 우러러봄.

291) 진달(進達): 말씀을 올림.

292) 블승황괴(不勝惶愧): 불승황괴. 두려움과 부끄러움을 이기지 못함.

293) 호쥬셩찬(好酒盛饌): 호주성찬. 좋은 술과 맛있는 안주.

294) 관ᄃᆡ(款待): 관대. 친절히 대하거나 정성껏 대접함.

295) 만반진찬(滿盤珍饌): 쟁반에 가득한 맛있는 안주.

296) 풍화(豊華): 풍성하고 화려함.

고 가듕형세(家中形勢)를 도라볼진되 녀ᄋ(女兒)의 귀령(歸寧)이 쏘 흔 깃브디 아니〃 다만 심스(心思)를 술올 ᄯᆞ름이러라.

안찰(按察)이 쳔니힝도(千里行道)의 니친(離親)[297]ᄒᆞᄂᆞᆫ 심스(心思) ᄂᆞᆫ 니르지 말고 가스(家事)를 념녀(念慮)ᄒᆞ여 심식(心思ㅣ) 블호(不 好)ᄒᆞ더라.

명일(明日) 뎡아(鄭衙)의 니르러 금후(-侯)로 말솜ᄒᆞᆯ식, 쇼져(小姐) 보기를 쳥(請)ᄒᆞ

32면

니 금휘(-侯ㅣ) 이에 한님(翰林)으로 인도(引導)ᄒᆞ여 션월졍의 드러 가라 ᄒᆞ니,

한님(翰林)이 공(公)으로 더브러 닉각(內閣)의 니르믹, 쇼졔(小姐 ㅣ) 계부(季父)의 닉림(來臨)[298]ᄒᆞ시믈 듯고 깃브믈 니긔지 못ᄒᆞ여 하당영지(下堂迎之)[299]ᄒᆞ여 승당빅알(昇堂拜謁)[300]ᄒᆞ믹 아름다온 광 염(光艶)[301]이 봉관화리(鳳冠花履) 가온듸 졀승(絶勝)ᄒᆞᆫ지라, 태위 (大夫ㅣ) 흔연익지(欣然愛之)ᄒᆞ여 밧비 옥슈(玉手)를 잡고 왈(曰),

"우슉(愚叔)이 군명(君命)을 밧ᄌᆞ와 쳔(千) 니(里)의 봉ᄉᆞ(奉仕)ᄒᆞ 믹 니졍(離情)의 홀연ᄒᆞᆷ믈 좃ᄎᆞ 도ᄎᆞ(到此)[302]의 니를 빈 아니어니와 녀ᄌᆞ유힝(女子有行)은 원부모형뎨(遠父母兄弟)라 니별(離別)이 ᄎᆞ아 (嗟訝)[303]ᄒᆞ나 블과(不過) 팔구(八九) 삭(朔) 지나지 아니리니 너는

---

297) 니친(離親): 이친. 어버이와 헤어짐.
298) 닉림(來臨): 내림. 남이 자기 있는 곳으로 옴의 경칭. 왕림(枉臨).
299) 하당영지(下堂迎之): 당에서 내려와 맞이함.
300) 승당빅알(昇堂拜謁): 승당배알. 당에 올라 절하고 뵘.
301) 광염(光艶): 매우 아름다운 모습.
302) 도ᄎᆞ(到此): 도차. 이에 이름.
303) ᄎᆞ아(嗟訝): 차아. 슬프고 놀라움.

가지록 부덕(婦德)을 닥가 구고(舅姑)를 효봉(孝奉)ᄒ고 군ᄌ(君子)
를 승슌(承順)ᄒ여 부도(婦道)를 닥그라.”

쇼졔(小姐ㅣ) 계부(季父)의 원별(遠別)을 결훌 섚 아니라 모친
(母親)과 냥뎨(兩弟)의 외롭고 위틱(危殆)ᄒ미 누란(累卵)304) ᄀᆺ틀 바
를 츠악(嗟愕)ᄒ여

33면

팔ᄌ츈산(八字春山)305)의 슈운(愁雲)306)이 녕〃(盈盈)307)ᄒ고 효셩
냥안(曉星兩眼)의 츄패(秋波ㅣ) 요동(搖動)ᄒᄆᆯ 씌둣지 못ᄒ여 유〃
냥구(儒儒良久)308)의 날호여 조모(祖母) 존후(尊候)를 뭇줍고 죵용
(從容)이 뫼셔 말ᄉᆷ 훌ᄉᆡ, 안찰(按察)이 셩졍(性情)이 걸호뇌락(傑豪磊
落)309)ᄒ여 셰쇄지언(細瑣之言)310)을 못 ᄒᄂᆫ 고(故)로 년〃(戀
戀)311)ᄒ 심ᄉ(心思)를 계오 참아 나아올ᄉᆡ,

쇼졔(小姐ㅣ) 써나ᄂᆫ 졍(情)이 버히ᄂᆫ 듯 이루(哀淚)312)를 먹음어
비별(拜別)ᄒ니, 슬허ᄒᄂᆫ 거동(擧動)과 슈우(愁憂)313)ᄒᄂᆫ 용뫼314)
(容貌ㅣ) 더옥 긔이(奇異)ᄒ여 부용(芙蓉)이 향년(香漣)315)의 소슷고
명월(明月)이 운니(雲裏)316)의 ᄲᅡ히고져 ᄒ니 쳔틱만광(千態萬光)317)

---

304) 누란(累卵): 쌓아 놓은 달걀.
305) 팔ᄌ츈산(八字春山): 팔자춘산. 화장한 눈썹을 비유적으로 나타낸 말. 팔자는 눈썹의 모양을
　　나타낸 말임.
306) 슈운(愁雲): 수운. 근심스러운 기색.
307) 녕〃(盈盈): 영영. 가득함.
308) 유〃냥구(儒儒良久): 유유양구. 어물어물하며 오랫동안 있음.
309) 걸호뇌락(傑豪磊落): 호방하며 마음이 너그럽고 작은 일에 얽매이지 않음.
310) 셰쇄지언(細瑣之言): 세쇄지언. 시시하고 자질구레한 말.
311) 년〃(戀戀): 연연. 집착하여 미련을 가짐.
312) 이루(哀淚): 애루. 슬픈 눈물.
313) 슈우(愁憂): 수우. 근심함.
314) 용뫼: [교] 원문에는 없으나 문맥을 고려해 삽입함.
315) 향년(香漣): 향련. 향기로운 연못의 물결.

이 요〃(姚姚)318)혼지라. 안찰(按察)이 거름을 도로혀 다시 집슈년〃(執手戀戀)319)ᄒ여 천만무양(千萬無恙)320)ᄒ믈 니르니, 한님(翰林)이 져 슉딜(叔姪)의 년〃(戀戀)ᄒ는 정니(情理)와 쇼져(小姐)의 슬허ᄒ믈 심듕(心中)의 괴이(怪異)히 넉여 그 반드시 나히 어린 연귄(緣故ㅣ)가 ᄒ니, 츳(此)ᄂ 즈긔(自己) 평싱(平生) 심우(深憂)321)를 겪지 못혼 연괴(緣故ㅣ)라.

쇼

34면

제(小姐ㅣ) 천만강인(千萬强忍)322)ᄒ여 누슈(淚水)를 거두어 슈천(數千) 니(里) 힝도(行途)의 왕환(往還)이 안강(安康)323)ᄒ시믈 청튝(請祝)324)ᄒ니 안딕(按臺)325)의 년〃(戀戀)혼 ᄆᆞ음이며 쇼져(小姐)의 간절(懇切)이 결훌ᄒ미 샹하(上下)키 어렵더라.

겨오 분슈(分手)326)ᄒ여 외당(外堂)의 니르니, 금휘(-侯ㅣ) 문왈(問曰),

"형(兄)이 쳐음으로 니가(離家)ᄒ미 아뷔(阿婦ㅣ) 귀령(歸寧)을 원(願)치 아니터냐?"

안찰(按察)이 글오딕,

---

316) 운니(雲裏): 운리. 구름 속.
317) 천틱만광(千態萬光): 천태만광. 온갖 아름다운 자태.
318) 요〃(姚姚): 아주 어여쁘고 아리따움.
319) 집슈년〃(執手戀戀): 집수연연. 손을 잡고 집착하여 미련을 가짐.
320) 천만무양(千萬無恙): 천만무양. 결코 몸에 탈이 없음.
321) 심우(深憂): 깊은 근심.
322) 천만강인(千萬强忍): 천만강인. 몹시 억지로 참음.
323) 안강(安康): 평안하고 건강함.
324) 청튝(請祝): 청축. 청하여 축원함.
325) 안딕(按臺): 안대. 안찰사(按察使)의 다른 이름.
326) 분슈(分手): 분수. 손을 나눈다는 뜻으로 이별을 이르는 말.

"일홈이 구개(舅家 l)나 형(兄)의 심인후덕(深仁厚德)327)과 존문(尊門) 셩덕(盛德)을 힘닙어 일신(一身)이 반셕(盤石) ヌ트니 엇지 구〃(區區)히 친당(親堂)을 샤렴(思念)ㅎ리오마는 가쉬(家嫂 l) 쳐음으로 쩌나샤 참연(慘然)328)ㅎ믈 춤지 못ㅎ시므로 거일(去日)329) 챵빅다려 귀령(歸寧)을 쳥(請)ㅎ민 제 여ᄎ여ᄎ(如此如此) 밀막으니 쇼데(小弟) 형(兄)을 보아 진쳥(再請)치 아닛ᄂ니 현형(賢兄)은 모로미 가슈(家嫂)의 졍ᄉ(情事)를 고렴(顧念)330)ㅎ여 쇼데(小弟) 업ᄉ나 ᄒ 번(-番) 귀근(歸覲)을 허(許)ㅎ

라.”

금평휘(--侯 l) 그 우이(友愛) 이러틋 ㅎ믈 당(當)ㅎ여 명천공(--公)을 싱각고 츄연(惆然) 탄왈(嘆曰),

“형(兄)은 녕딜(令姪)을 념녀(念慮) 말나. 비록 블명용우(不明庸愚)331)ᄒ지라도 문강 형(兄)을 싱각ㅎ면 친녀(親女)와 다르미 업ᄉ리니 ᄒ믈며 용모긔질(容貌器質)과 빅힝ᄉ덕(百行四德)332)이 쇼데(小弟) 처음 보는 빈라 므어슬 하ᄌ(瑕疵)ㅎ리오?”

안찰(按察)이 ᄉ샤(謝辭)ㅎ고 죵일(終日) 담화(談話)ㅎ다가 도라갈 시 한님(翰林)은 부친(父親)을 뫼셔 문외(門外)로 숑별(送別)ㅎ믈 일ᄏ더라.

---

327) 심인후덕(深仁厚德): 깊은 어짊과 두터운 덕.
328) 참연(慘然): 슬퍼하는 모양.
329) 거일(去日): 지난날.
330) 고렴(顧念): 고념. 남의 사정이나 일을 돌보아 줌.
331) 블명용우(不明庸愚): 불명용우. 현명하지 못하고 용렬하며 어리석음.
332) 빅힝ᄉ덕(百行四德): 백행사덕. 온갖 행실과 네 가지 덕. 네 가지 덕은 마음씨[婦德], 말씨[婦言], 맵시[婦容], 솜씨[婦功]를 이름.

안찰(按察)이 도라와 빅화헌의셔 이(二) 공즈(公子)를 다리고 쳔만
번(千萬番) 당부(當付)ᄒ여 몸을 보젼(保全)ᄒ라 ᄒ니, 희텬 공즈(公
子)ᄂ 부즈대륜(父子大倫)이 뎡(定)ᄒ엿거니와 광텬은 슉딜(叔姪)이
부즈(父子)로 다르지 아닌지라, 가듕형셰(家中形勢)를 싱각ᄒᄆᆡ 머리
를 슉이고 누쉬(淚水ㅣ) 삼〃(滲滲)[333]ᄒ여 진

36면

진(津津)[334]이 늣기니, 공(公)이 어로만져 ᄋᆡ지년지(愛之憐之)[335]ᄒ
여 ᄶᅥ나ᄂ 졍(情)을 니긔지 못ᄒ더라.

시야(時夜)의 안찰(按察)이 희츈각의 드러가 뉴 부인(夫人)을 ᄃᆡ
(對)ᄒᆞᆯᄉᆡ 젼즈(前者)의 엄슉(嚴肅)ᄒ 긔운과 싁〃ᄒ 안식(顏色)을 곳
쳐 유화(柔和)[336]히 말ᄒ여 왈(曰),

"복(僕)이 〃제 군명(君命)을 밧즈오ᄆᆡ 능(能)히 ᄉ졍(私情)과 쇼〃
가ᄉ(小小家事)를 권렴(眷念)[337]치 못ᄒ여 명일(明日) 발힝(發行)하
니, 즈젼(慈殿)[338]의 ᄒ 낫 시측(侍側)ᄒᆞᆯ 동긔(同氣) 업셔 외로오심과
고젹(孤寂)[339]ᄒ시ᄆᆡ 니를 것 업ᄉ신지라, 심ᄉᆡ(心思ㅣ) 버히ᄂ 듯ᄒ
거ᄂᆞᆯ 다시 조슈(曹嫂)와 냥(兩) ᄋᆞ(兒)의 외로오미 능(能)히 의지(依
支)ᄒᆞᆯ ᄃᆡ 업거ᄂᆞᆯ 즈위(慈闈) 심홰(心火ㅣ) 괴이(怪異)ᄒ샤 조슈(曹嫂)
와 냥(兩) ᄋᆞ(兒)의게 블근인졍(不近人情)[340]ᄒᆞᄆᆡ 계시리니, 부인(夫

---

333) 삼〃(滲滲): 눈물이 흘러내리는 모양.
334) 진진(津津): 많은 모양.
335) ᄋᆡ지년지(愛之憐之): 애지연지. 사랑하고 불쌍히 여김.
336) 유화(柔和): 부드럽고 온화함.
337) 권렴(眷念): 권념. 돌보며 생각함.
338) 즈젼(慈殿): 자전. 어머니.
339) 고젹(孤寂): 고적. 외롭고 쓸쓸함.
340) 블근인졍(不近人情): 불근인정. 인정에 가깝지 않음.

人)은 모로미 ᄌᆞ정(慈庭)의 실덕(失德)을 간(諫)ᄒᆞ여 냥(兩) ᄋᆞ(兒)와 조슈(曹嫂)를 각별(恪別)이 보호(保護)ᄒᆞ여 복(僕)의 부탁(付託)

37면

을 져바리지 아니ᄒᆞᆯ진ᄃᆡ 엇지 깃브고 감샤(感謝)치 아니리오? 광ᄋᆞ(-兒)ᄂᆞᆫ 오문(吾門)의 큰ᄋᆞ히(-兒孩)라 듕(重)ᄒᆞ고 귀(貴)ᄒᆞ미 엇지 범연(凡然)ᄒᆞ리오? 믹ᄉᆞ(每事)를 조슈(曹嫂)와 의논(議論)ᄒᆞ여 명(命)을 어그릇지 말고, 외ᄉᆞ(外事)ᄂᆞᆫ 광이(-兒ㅣ) 비록 년쇼치이(年少稚兒ㅣ)[341]나 거의 다ᄉᆞ리〃니 념녀(念慮)치 말고, 희텬은 나의 ᄋᆞ들이라 모로미 ᄉᆞ랑ᄒᆞ고 년이(憐愛)ᄒᆞ여 냥(兩) 녀(女)와 다르미 업게 ᄒᆞ고 조슈(曹嫂) 셤기믈 ᄌᆞ위(慈闈) 버금으로 ᄒᆞ여 복(僕)의 금일(今日) 부탁(付託)을 져바리지 아닐진ᄃᆡ 도라와 셔로 보미 낫치 이실가 ᄒᆞ노라.”
뉴 시(氏) 안찰(按察)의 ᄌᆞ가(自家)를 밋지 아냐 부탁(付託)ᄒᆞ며 당부(當付)ᄒᆞ미 간절(懇切)ᄒᆞ믈 심니(心裏)의 분한닝쇼(憤恨冷笑)[342]ᄒᆞ나 ᄉᆞ쇡(辭色)지 아니코 공슌ᄉᆞ샤(恭順謝辭) 왈(曰),
“첩슈블혜(妾雖不慧)[343]나 군ᄌᆞ(君子)의 지셩대효(至誠大孝)와 관인후덕(寬仁厚德)을 져바리지 아니리니

38면

명공(明公)은 소려(消慮)[344]ᄒᆞ쇼셔. 조져(曹姐)의 셩덕현심(盛德賢心)[345]을 엇지 괄시(恝視)[346]ᄒᆞ오며 더옥 광ᄋᆞ(-兒)ᄂᆞᆫ 조션의탁(祖先

依託)[347]이오 문호(門戶)의 큰 ㅇ히(-兒孩)라, 엇지 친주(親子)의 다르미 이시며 첩(妾)이 목강(穆姜)[348]의 인주(仁慈)ᄒ미 업스나 엇디 감(敢)히 존의(尊意)를 블봉(不奉)[349]ᄒ여 가변(家變)을 닐위리잇고? 군주(君子)ᄂᆞᆫ 존고(尊姑)긔 간청(懇請)ᄒ시고 첩(妾)을 당부(當付)치 마르쇼셔."

언파(言罷)[350]의 ᄉᆞ긔(辭氣)[351] 타연(妥然)[352]ᄒ니, 공(公)이 다시 홀 말이 업서 외헌(外軒)의 나와 냥(兩) 주(子)를 어로만져 니졍(離情)이 형상(形狀)키 어렵더라. 임의 야심(夜深)ᄒ민 공(公)이 냥(兩) ㅇ(兒)를 좌우(左右)로 누여 어로만져 귀듕(貴重)ᄒ민 능(能)히 졉목(接目)[353]지 못ᄒ고,

명됴(明朝)의 경희뎐의 니르러 태부인(太夫人)긔 하직(下直)을 고(告)ᄒᆞᆯ시, 그ᄉᆞ이 셩톄안강(盛體安康)[354]ᄒ시며 조슈(曹嫂) 삼(三) 모주(母子)의 졍ᄉᆞ(情事)를 년측(憐惻)[355]ᄒ여 위로(慰勞)ᄒ시믈 간졀(懇切)이 쳥(請)ᄒ

---

345) 셩덕현심(盛德賢心): 성덕현심. 큰 덕과 어진 마음.

346) 괄시(恝視): 업신여겨 하찮게 대함.

347) 조션의탁(祖先依託): 조선의탁. 조상이 의지하여 맡김.

348) 목강(穆姜): 중국 진(晉)나라 정문거(程文矩)의 아내 이 씨의 자(字). 친아들 둘을 두고 전처의 아들 넷이 있었는데, 정문거가 죽자 전처의 아들 넷은 이 씨가 자기들을 낳은 어머니가 아니라고 하여 박대하였으나 이 씨는 그들을 사랑으로 대하였다 함. 『후한서』, 「열녀전」.

349) 블봉(不奉): 불봉. 받들지 않음.

350) 언파(言罷): 말이 끝남.

351) ᄉᆞ긔(辭氣): 사기. 말과 얼굴빛을 아울러 이르는 말.

352) 타연(妥然): 편안한 모양.

353) 졉목(接目): 접목. 눈을 붙임.

354) 셩톄안강(盛體安康): 성체안강. 어른의 몸이 평안하고 건강함. '성체'는 어른의 몸을 높여 이르는 말.

355) 년측(憐惻): 연측. 가엾고 측은함.

니, 말숨이 상활(爽闊)356)ᄒ고 ᄉ에(辭語ㅣ) 비졀(悲絶)ᄒ여 지삼(再三) 이걸(哀乞)ᄒ니 대흉(大凶)357)이 깃거 아니나 흐르ᄂᆞ 듯시 딕답(對答)ᄒ고 오히려 인심(人心)이라 니졍(離情)을 결연(缺然)358)ᄒ여 눈믈을 쓰리니 안찰(按察)이 위로(慰勞)ᄒ여 팔구(八九) 삭(朔) 닉(內) 안강(安康)ᄒ시믈 쳥(請)ᄒ고, 도라 조(曹) 부인(夫人)긔 지삼(再三) 보듕(保重)ᄒ시믈 고(告)ᄒ여 비별(拜別)ᄒ미 다시 뉴 시(氏)를 향(向)ᄒ여 왈(曰),

"작야(昨夜)의 임의 ᄒᆞᆫ 말이어니와 부인(夫人)은 모로미 복(僕)의 말을 져바리지 아닐진딕 힝심(幸甚)359)일가 ᄒ노라."

뉴 시(氏) 념임ᄉ샤(斂衽謝辭)360)ᄒ여 무ᄉ왕반(無事往返)361)ᄒ시믈 일코더라. 공(公)이 다시 경ᄋᆞ를 경계(警戒) 왈(曰),

"셕낭(石郎)이 너를 박딕(薄待)ᄒ나 너ᄂᆞ 오딕 부도(婦道)를 닷가 가부(家夫)를 원(怨)치 말고 져의 쳥(請)ᄒ미 잇거든 즈로 왕닉(往來)ᄒ여 여부(汝夫)의 말을 경(輕)히 넉이지 말나."

경

이 비샤슈명(拜謝受命)이러라.

안찰(按察)이 냥(兩) 공ᄌ(公子)를 어로만져 됴히 이시믈 쳔만당부

---

356) 상활(爽闊): 느낌이 시원하고 산뜻함.
357) 대흉(大凶): 큰 흉인.
358) 결연(缺然): 모자라서 서운하거나 불만족스러움.
359) 힝심(幸甚): 행심. 매우 다행함.
360) 념임ᄉ샤(斂衽謝辭): 염임사사. 옷깃을 여미고 감사의 말을 함.
361) 무ᄉ왕반(無事往返): 무사왕반. 무사히 갔다가 돌아옴.

(千萬當付)학고 문(門)의 날시, 냥(兩) 공지(公子ㅣ) 강외(江外)의 숑
별(送別)코져 학니 공(公)이 먼니 오지 말나 학미 냥(兩) 공지(公子
ㅣ) 역명(逆命)치 못학여 문외(門外)의 비별(拜別)학니, 거하(車下)의
졀학여 도로(道路)의 왕환(往還)이 안강(安康)학시믈 쳥(請)학미 츄
슈봉목(秋水鳳目)362)의 징패(澄波ㅣ)363) 즈로 쎠러져 빅년용화(白蓮
容華)364)를 잠으니 안찰(按察)이 더옥 년이취듕(憐愛取重)365)학고
울〃(鬱鬱)혼 니졍(離情)을 능(能)히 억제(抑制)치 못학여 손을 잡아
지삼(再三) 보듕(保重)학믈 닐너 츠마 손을 노치 못학다가,

　일식(日色)이 느즈미 가(駕)를 두로혀 예궐샤은(詣闕謝恩)366)학온
디 샹(上)이 인견(引見)학샤 어온(御醞)367)을 반샤(頒賜)학시고, 유음
(兪音)368)을 나리오샤 은쥐(殷州)를 복고(復古)369)학고 싱민(生民)을
안무(按撫)학여 슈히 도라오믈 니르샤 각별(恪別) 은영370)(恩榮)을 뵈

41면

시니 안찰(按察)이 고두샤은(叩頭謝恩)371)학미,

　퇴됴(退朝)학여 위의(威儀)를 두로혀 문외(門外)로 나오니, 졔붕친
위(諸朋親友ㅣ) 쥬호(酒壺)를 닛글고 별중372)(別章)373)을 지어 문외

---

362) 츄슈봉목(秋水鳳目): 추수봉목. 가을 물처럼 맑은 봉황의 눈. 봉황의 눈은 가늘고 길며 눈초리
　　가 위로 째지고 붉은 기운이 있는 눈을 말함.
363) 징패(澄波ㅣ): 맑은 물결이라는 뜻으로 눈물을 이름.
364) 빅년용화(白蓮容華): 백련용화. 흰 연꽃 같은 화려한 얼굴.
365) 년이취듕(憐愛取重): 연애취중. 불쌍히 여기고 사랑하며 소중히 대우함.
366) 예궐샤은(詣闕謝恩): 예궐사은. 대궐에 이르러 임금의 은혜에 감사함.
367) 어온(御醞): 궁중 사온서(司醞署)에서 빚은 어용(御用)의 술.
368) 유음(兪音): 신하의 말에 대하여 임금이 내리는 대답.
369) 복고(復古): 예전처럼 회복함.
370) 은영: [교] 원문에는 없으나 문맥을 고려해 박순호본(3:84)을 따라 삽입함.
371) 고두샤은(叩頭謝恩): 고두사은. 머리를 조아리고 은혜에 감사함.
372) 즁: [교] 원문에는 '댱'으로 되어 있으나 문맥을 고려해 박순호본(3:84)을 따름.
373) 별즁(別章): 별장. 이별을 맞이해 지은 문장.

(門外)예 숑별(送別)ᄒ니 어ᄉᆡ(御使ㅣ) 면〃(面面)이 사례(謝禮)ᄒ여 뎡(鄭) 한님(翰林)의 손을 잡고 평후(-侯)를 고시(顧視)374) 왈(曰),

"쇼뎨(小弟) 이제 군명(君命)으로 쳔(千) 니(里)의 봉ᄉᆞ(奉使)ᄒᄆᆡ 븍당편위(北堂偏位)375)예 ᄒᆞᆫ 낫 시측(侍側)ᄒᆞᆯ 동긔(同氣) 업셔 외로이 의려지망(倚閭之望)376)을 깃치니 울〃(鬱鬱)ᄒᆞᆫ 심ᄉᆞ(心思)를 억졔(抑制)키 어려온 듕(中) 광텬 등(等)의 외로온 심ᄉᆞ(心思)를 위로(慰勞)ᄒᆞ리 업ᄉᆞ니 도라셔ᄂᆞᆫ 심회(心懷)를 것줍기 어렵도다. 형(兄)은 녕윤(令胤)377)으로뼈 됴회(朝會) 길히 오가(吾家)의 ᄌᆞ로 왕ᄂᆡ(往來)ᄒ여 냥(兩) ᄋᆞ(兒)의 외로온 심ᄉᆞ(心思)를 위로(慰勞)케 ᄒᆞ라."

금휘(-侯ㅣ) 흔연(欣然) 왈(曰),

"형(兄)이 니르지 아니나 쇼뎨(小弟) 엇디 광텬 등(等) 위(爲)ᄒᄆᆡ 형(兄)으로 다르리오? 형(兄)은 소려(消慮)ᄒ고 국

42면

ᄉᆞ(國事)를 션티(善治)ᄒ고 슈히 도라오라."

어ᄉᆡ(御使ㅣ) ᄉᆞ샤(謝辭) 왈(曰),

"쇼뎨(小弟) 만일(萬一) 샤빅(舍伯)378)이 계실진ᄃᆡ 가ᄉᆞ(家事)로뼈 넘녀(念慮)ᄒᄆᆡ 이ᄃᆡ도록 ᄒᆞ리오마ᄂᆞᆫ 쇼뎨(小弟)ᄂᆞᆫ 남과 다른 고(故)로 냥(兩) ᄋᆞ(兒)를 위(爲)ᄒ여 녕윤(令胤)을 ᄌᆞ로 왕ᄂᆡ(往來)코져 ᄒᆞᄆᆡ로다."

---

374) 고시(顧視): 돌아봄.
375) 븍당편위(北堂偏位): 북당편위. 홀어머니. 북당은 집안의 북쪽에 있는 당(堂)이란 뜻으로, 집안의 주부가 이곳에 거처하였기 때문에 어머니를 지칭하는 말로 쓰임.
376) 의려지망(倚閭之望): 문에 의지해 바라본다는 뜻으로, 자녀나 배우자가 돌아오기를 초조하게 기다리는 마음을 이르는 말.
377) 녕윤(令胤): 영윤. 상대의 아들을 높여 이르는 말.
378) 샤빅(舍伯): 사백. 남에게 자기의 맏형을 겸손하게 이르는 말.

금휘(-侯ㅣ) 탄왈(嘆曰),

"뉘 동긔지정(同氣之情)을 스랑치 아니리오마는 명강379) ㄱ치 셰월(歲月)이 오랄스록 비한(悲恨)이 층가(層加)380)ᄒᆞᄂᆞ니는 업술지라, 쇼뎨(小弟) 드를 젹마다 감챵(感愴)381)ᄒᆞ믈 니긔기 어렵도다. 돈ᄋᆞ(豚兒)로 존부(尊府)의 왕ᄂᆡ(往來)ᄒᆞ미 므어시 어려오리오?"

윤(尹) 공(公)이 기리 초창(悄愴)382)ᄒᆞᆫ 심ᄉᆞ(心思)를 금억(禁抑)383) 기 어려오딕 마지못ᄒᆞ여 제붕(諸朋)을 샤례(謝禮)ᄒᆞ고 금후(-侯) 부ᄌᆞ(父子)로 니별(離別)ᄒᆞᆯᄉᆡ, 안찰(按察)이 샹마(上馬)ᄒᆞ여 허다(許多) 위의(威儀)를 휘동(麾動)384)ᄒᆞ여 은쥐(殷州)로 향(向)ᄒᆞ니라.

션시(先時)의 쥬영이 위방의

43면

게 겁칙(劫勅)385)ᄒᆞᆷ믈 닙어 위가(-家)의 도라와 쇼져(小姐)의 목젼대화(目前大禍)386)를 제방(制防)387)ᄒᆞ미 쥬야(晝夜)로 싱풍(生風)388)ᄒᆞᆫ 호령(號令)과 만단즐욕(萬端叱辱)389)이 블가형언(不可形言)390)이로딕, 위젹(-賊)이 윤부(尹府) 태부인(太夫人) 말을 일〃(――)히 젼(傳)ᄒᆞ여 지삼(再三) 익걸(哀乞)ᄒᆞ딕 쥬영이 위방이 갓가이 온즉 믄득 칼

---

379) 명강: 윤수의 자(字).
380) 층가(層加): 한층 더함.
381) 감챵(感愴): 감창. 느껴 슬퍼함.
382) 초창(悄愴): 마음이 근심스럽고 슬픔.
383) 금억(禁抑): 억지로 누름.
384) 휘동(麾動): 지휘해 움직임.
385) 겁칙(劫勅): 겁박해 탈취함.
386) 목젼대화(目前大禍): 목전대화. 눈앞에 닥친 큰 재앙.
387) 제방(制防): 제방. 제어하여 막음.
388) 싱풍(生風): 생풍. 찬바람이 인다는 뜻으로, 성격이나 행동 따위가 정이나 붙임성이 없이 차갑거나 쌀쌀맞음을 이르는 말.
389) 만단즐욕(萬端叱辱): 만단질욕. 온갖 모욕과 욕.
390) 블가형언(不可形言): 불가형언. 말로 형용할 수 없음.

과 노흘 가져 계방(制防)ㅎ니 위방이 감(敢)히 갓가이 오도 못 ㅎ여 이러툿 삼수(三四) 삭(朔)이 되니,

일〃(一日)은 나갓다가 드러와 뎡쇠즐목(正色叱目)391) 왈(曰),

"나는 쇼져(小姐)를 윤(尹) 상셔(尙書) 녀392)진(女子ㄴ)가 ㅎ엿더니, 오날 맛춤 군문(軍門)의 군수(軍士)를 훈련(訓鍊)ㅎ실시 한님혹수(翰林學士) 호위댱군(護衛將軍) 뎡텬흥은 곳 뎡텬공(--公)의 동상(東床)393)이라 ㅎ니 내 당〃(堂堂)이 태부인(太夫人) 명(命)으로 너를 다려왓더니 기간(其間) 반듯시 곡졀(曲折)이 〃실 거시오, 네 반듯시 윤(尹) 시(氏) 아닌가 ㅎᄂ니 쟐니

44면

ᄌ셰(仔細) 니르라."

쥬영이 듀야(晝夜) 쇼져(小姐)의 존몰(存沒)394)을 몰나 심원(心源)395)이 초갈(焦渴)396)ㅎ기의 밋쳣더니 ᄎ언(此言)을 듯고 크게 깃거 발연대즐(勃然大叱)397) 왈(曰),

"위가(-哥) 쇼튝(小畜)398)은 드르라. 네 반야(半夜)의 상문(相門) 규슈(閨秀)를 겁칙(劫勅)ㅎ여 와 이러툿 핍박(逼迫)ㅎ니, 그 뢰(罪) 만수무셕(萬死無惜)399)이요 쳔수유경(千死猶輕)400)이라, 머리를 동문(東

---

391) 뎡쇠즐목(正色叱目): 정색질목. 얼굴에 엄정한 빛을 띠고 성난 눈으로 바라봄.
392) 녀: [교] 원문에는 '년'으로 되어 있으나 문맥을 고려해 박순호본(3:86)을 따름.
393) 동상(東床): 동쪽의 평상이라는 뜻으로 사위를 이름. 중국 진(晉)나라의 태위 극감이 사윗감을 고르는데 왕도(王導)의 집 동쪽 평상 위에 엎드려 음식을 먹고 있는 왕희지(王羲之)를 골랐다는 고사에서 온 말.
394) 존몰(存沒): 있음과 없음이라는 뜻으로, 생사를 이르는 말.
395) 심원(心源): 불교에서, 모든 법(法)의 근원이라는 뜻에서 '마음'을 이르는 말.
396) 초갈(焦渴): 애태우고 목이 탄다는 뜻으로 절박한 심정을 이르는 말.
397) 발연대즐(勃然大叱): 발연대질. 벌컥 크게 꾸짖음.
398) 쇼튝(小畜): 소축. 작은 짐승이라는 뜻으로 남을 욕하는 말.
399) 만수무셕(萬死無惜): 만사무석. 만 번 죽어도 아깝지 않음.

門)의 달고 시신(屍身)을 유확(油鑊)401)의 너치 못ᄒᆞ미 오히려 통한
(痛恨)ᄒᆞᄂᆞ 빈어늘 이제 ᄯᅩ 날노뼈 윤(尹) 시(氏) 아니라 ᄒᆞᄂᆞᆫ다?”

위방이 욕(辱)ᄒᆞᆷ믄 쇼ᄉᆞᆯ(小事ㅣ)오 그 윤(尹) 시(氏)라 ᄒᆞ믈 깃거
년망(連忙)이 ᄉᆞ샤(謝辭) 왈(曰),

“내 원간(元間) 윤(尹) 태위(大夫ㅣ) 괴로와 윤부(尹府)의 가지 아
냐 혼ᄉᆞ(婚事ㅣ) 지닌믈 아지 못ᄒᆞ엿더니, 앗가 대댱군(大將軍) 슌
시402)(巡視)의 뎡ᄌᆞ(鄭子)의 직조(才操)와 풍치(風采) 쳔만(千萬) 인
(人)을 압두(壓頭)403)ᄒᆞ니 모다 금평후(--侯)의 싱ᄌᆞ(生子)의 비상(非
常)ᄒᆞ믈 일ᄏᆞᆺ고 윤(尹) 명쳔의 싱시(生時) 틱셔(擇壻)404) 잘ᄒᆞᆷ믈

45면

일ᄏᆞᆺᄂᆞᆫ 고(故)로 하 괴이(怪異)ᄒᆞ여 므르미니 노(怒)치 마르쇼셔.”

쥬영이 싱각ᄒᆞ디,

‘내 듀인(主人)의 ᄃᆡ신(代身)으로 오릭 이시면 아듀(我主)의 빙옥
신상(氷玉身上)405)이 욕(辱)되고 내 욕(辱)을 방비(防備)ᄒᆞ미 괴로오
니 쾌(快)히 도젹(盜賊)을 욕(辱)ᄒᆞ고 가리라.’

ᄒᆞ여, 시야(時夜)의 위방이 대취(大醉)ᄒᆞ여 인ᄉᆞ(人事)를 출히지 못
ᄒᆞ거늘 영이 졸연(猝然)406)이 닓더나 뎡셩대즐(正聲大叱)407) 왈(曰),

“쇼튝(小畜)아, 내 말을 ᄌᆞ시 드르라. 네 눈이 〃시나 망울이 업셔

---

400) 쳔ᄉᆞ유경(千死猶輕): 천사유경. 천 번 죽어도 오히려 가벼움.
401) 유확(油鑊): 기름이 끓는 가마.
402) 시: [교] 원문에는 ‘ᄉᆞ’로 되어 있으나 문맥을 고려해 이와 같이 수정함.
403) 압두(壓頭): 상대편을 누르고 첫째 자리를 차지함.
404) 틱셔(擇壻): 택서. 사위를 고름.
405) 빙옥신상(氷玉身上): 얼음과 옥 같은 몸.
406) 졸연(猝然): 갑작스러운 모양.
407) 뎡셩대즐(正聲大叱): 정성대질. 소리를 엄정히 해 크게 꾸짖음.

귀쳔존비(貴賤尊卑)를 아디 못ᄒᆞ나 내 엇지 윤(尹) 쇼졔(小姐 l)리
오? 윤(尹) 쇼져(小姐)는 샹문(相門) 쳔금귀쇼졔(千金貴小姐 l)라 엇
지 너 쳔가(賤家)의 와 누삭(累朔)[408] 머믈미 이시리오? 나는 곳 윤
(尹) 쇼져(小姐)의 시비(侍婢) 쥬영이라. 듀인(主人)의 위급지시(危急
之時)를 당(當)ᄒᆞ매 분개(憤慨)ᄒᆞ믈 니긔지 못ᄒᆞ여 딕신(代身)ᄒᆞ엿더
니 네 과연(果然) 망직[409] 업셔 몰나보니 엇디 가쇼(可笑)롭디

46면

아니리오? 내 텬졍(天廷)[410]의 등문고(登聞鼓)를 울녀 너 죄상(罪狀)
을 고(告)ᄒᆞ여 머리를 동문(東門)의 다라 분한(憤恨)을 쾌(快)히 플
거시로딕 ᄎᆞ마 못 ᄒᆞ는 바는 우리 태부인(太夫人)의 허믈을 만인(萬
人) 듕(中) 챵셜(彰洩)[411]치 못ᄒᆞ미니 ᄎᆞ후(此後)나 방ᄌᆞ음욕(放恣淫
慾)[412]지 말나."

셜파(說罷)의 크게 웃고 원문(垣門)[413]으로 닉다르니 위방이 극취
(極醉)ᄒᆞ여 말을 드르나 분(憤)ᄒᆞ여 욕(辱)인 줄 몰나 다만 윤(尹) 쇼
져(小姐) 시비(侍婢)라도 ᄌᆞ식(姿色)이 〃시므로 두고져 ᄒᆞ나 닷기를
셜니 ᄒᆞ니 사름마다 쳣줌을 깁히 드럿ᄂᆞᆫ디라, 위방이 계오 긔여 ᄯ
라나오다가 층〃(層層)ᄒᆞᆫ 셤 아릭 나려지니 계오 취몽셩(醉夢聲)[414]
으로 사름을 블너 윤(尹) 시(氏)를 ᄎᆞᄌᆞ나 간 곳이 업스니,

---

408) 누삭(累朔): 몇 달.
409) 망직: 망자. 검은자위.
410) 텬졍(天廷): 천정. 조정.
411) 챵셜(彰洩): 창설. 드러내어 밝힘.
412) 방ᄌᆞ음욕(放恣淫慾): 방자음욕. 어려워하거나 조심스러워하는 태도가 없이 무례하고 건방지며
　　음란하고 탐욕스러움.
413) 원문(垣門): 담의 문.
414) 취몽셩(醉夢聲): 취몽성. 술에 취해 꿈을 꾸는 듯한 소리.

위방이[415) 크게 놀나 섈니 윤부(尹府)의 니르러 딕강(大綱)을 고
(告)ᄒ고 빅알(拜謁)ᄒ믈 쳥(請)ᄒ니, 뉴 시(氏) 밧비 말녀 왈(曰),

47면

"졔 반ᄃ시 뎡가(鄭家) 혼ᄉ(婚事)를 듯고 왓실 거시니 황금(黃金)
팔빅(八百) 냥(兩)이 도ᄎ(到此)의 어려오니 존고(尊姑)ᄂ 여ᄎ여ᄎ
(如此如此) 답(答)ᄒ쇼셔."

위 시(氏) 올히 넉여 젼어(傳語) 왈(曰),

"손녀(孫女)로뼈 너의게 도라보ᄂ고져 ᄒ미 본(本)딕 됴흔 ᄯᆺ이로
딕 블초손녜(不肖孫女ㅣ) 노모(老母)의 말을 듯지 아니코 쳔비(賤婢)
로 딕신(代身)ᄒ고 져ᄂ 산ᄉ(山寺)의 숨엇다가 도라오니 구약(舊約)
을 임의 일워 뎡가(鄭家)의 잇ᄂ디라, 노뫼(老母ㅣ) 통한(痛恨)ᄒ믈
니긔지 못ᄒ나 네 일을 그릇ᄒ고 졔 능(能)히 몸을 곰초앗던 거시니
홀일업ᄂ지라. 너ᄂ 모로미 딕신(代身)으로 간 쳔비(賤婢)를 죽여 흔
젹(痕迹)을 업시 ᄒ고 후일(後日)을 기다릴진딕 다시 도모(圖謀)ᄒ여
주리라. 연(然)이나 젼일(前日) 강졍(江亭)의 드럿던 도젹(盜賊)을 엄
획(嚴覈)[416)ᄒᄂ니 너ᄂ ᄉ긔(事機)[417)를 패루(敗漏)[418)치 말

48면

나. 금일(今日) 번거ᄒ여 보지 못ᄒᄂ니 후일(後日) 쳥(請)ᄒ리라."

시녜(侍女ㅣ) 방의게 젼(傳)ᄒ니 방이 다시 쥬영의 도쥬(逃走)ᄒ믈

고(告)ᄒ니, 위 시(氏) 대경실식(大驚失色)ᄒᄃᆡ 뉴 시(氏) 다시 젼어
(傳語) 왈(曰),

"쥬영을 일허시니 임의 훌일업순지라, 안심믈녀(安心勿慮)[419]ᄒ여
도라가라."

위 시(氏), 뉴 시(氏)로 더브러 쥬영의 도쥬(逃走)홈과 명ᄋᆞ 쇼져
(小姐)의 신상(身上)이 반셕(盤石) ᄀᆞᆺᄐᆞᆷ 분한졀치(憤恨切齒)[420]ᄒ
여 브ᄃᆡ 안ᄃᆡ(按臺)의 도라오기 젼(前) 조(曹) 부인(夫人) 삼(三) 모ᄌᆞ
(母子)를 ᄒᆞᆫ 칼히 뿟고져 ᄒ니, 아디 못게라 ᄎᆞ(此) 삼(三) 인(人)이
능(能)히 득의(得意)ᄒᆞᆫ가.

태위(大夫ㅣ) 은쥐(殷州)로 나간 후(後) 다만 조(曹) 부인(夫人) 삼
(三) 모ᄌᆞ(母子)를 업시키를 도모(圖謀)ᄒ며 구파(寇婆)를 믜워 조
(曹) 부인(夫人) 희(害)코져 ᄒᄂᆞᆫ ᄆᆞ음과 다르지 아니ᄒ더니,

어ᄉᆞ(御使ㅣ) 나간 후(後) ᄉᆞ오일(四五日)이 넘지 못ᄒ여셔 구패
(寇婆ㅣ) 그

49면

모상(母喪)을 만나 졀강(浙江)으로 나려가 상장(喪葬)[421]을 보려 ᄒ
니, 위 부인(夫人) 고식(姑媳)이 만심환열(滿心歡悅)[422]ᄒ나 조(曹)
부인(夫人) 삼(三) 모ᄌᆞ(母子)의 결훌ᄒᆞᆫ 심ᄉᆞ(心思ㅣ) 디향(指向)치
못ᄒᆞᆯ지라.

님별(臨別)[423]의 뉴쳬(流涕)ᄒ기를 마지아니〃, 구패(寇婆ㅣ) 망극

---

419) 안심믈녀(安心勿慮): 안심물려. 안심하고 염려하지 맒.
420) 분한졀치(憤恨切齒): 분한절치. 몹시 한스럽고 분하여 이를 갊.
421) 상장(喪葬): 장사 지내는 일과 삼년상을 치르는 일.
422) 만심환열(滿心歡悅): 마음 가득히 매우 기뻐함.
423) 님별(臨別): 임별. 이별에 임함.

(罔極) 듕(中)이나 조(曹) 부인(夫人) 모ᄌ(母子)를 념녀(念慮)ᄒ여 더
옥 슬프믈 니긔지 못ᄒ딕 마지못ᄒ여 그 딜ᄌ(姪子)를 다리고 나려
가니, 조(曹) 부인(夫人)이 홀연[424]ᄒ 심식(心思ㅣ) 가히 업더라.

쥬영이 위방의 집을 ᄊ여나 그 아ᄌ미 집의 가 오뉵일(五六日)을 머
므러, 취운산 뎡부(鄭府)를 ᄎᄌ 쇼졔(小姐ㅣ) 구가(舅家)의 잇ᄂ 줄
알고 뎡부(鄭府) 힝각(行閣)[425]의 드러가 현잉을 만나믹 반기믈 니긔
지 못ᄒ여 밧비 닛글고 션월졍의 드러오니, 쇼졔(小姐ㅣ) 존당(尊堂)
의 시측(侍側)ᄒ여 나오지 아냐시므로 감(敢)히

50면

현알(見謁)치 못ᄒ고 오딕 모녀형뎨(母女兄弟) 딕(對)ᄒ여 태부인(太
夫人) 용심(用心)을 니르고 위방의 ᄒ던 거동(擧動)을 니르며 ᄉ오
(四五) 삭(朔) 니졍(離情)을 니르더니,

쇼졔(小姐ㅣ) 존당(尊堂)의 혼뎡(昏定)[426]을 파(罷)ᄒ고 쵹(燭)을
잡혀 팀소(寢所)의 도라오믹 쥬영이 빅알(拜謁)ᄒᄂ디라, 반가오미
넘ᄢ고 깃브미 극(極)ᄒ여 무ᄉ(無事)히 젹혈(賊穴)[427]의 버셔난 연
고(緣故)를 므르니, 쥬영이 위방의 젼(全)혀 의심(疑心)치 아니ᄒ고
져를 쇼져(小姐)로 아다가 ᄊ여나오던 날 한님(翰林)이 윤부(尹府) 동
상(東床)이라 ᄒ여 져다려 뭇던 말과 ᄉ오(四五) 삭(朔)을 듀야(晝夜)
로 위방을 쳠욕(添辱)[428]ᄒ던 말이며 올 졔 쇼져(小姐)의 시녠(侍女

---

424) 홀연: 마음속이 무엇을 잃은 것이 있는 것 같아 허전함.
425) 힝각(行閣): 행각. 궁궐, 절 따위의 정당(正堂) 앞이나 좌우에 지은 줄행랑.
426) 혼뎡(昏定): 혼정. 잠자리에 들 때에 부모의 침소에 가서 잠자리를 살피고 밤 동안 안녕하기
     를 여쭘.
427) 젹혈(賊穴): 적혈. 도적의 소굴.
428) 쳠욕(添辱): 첨욕. 모욕을 더함.

ᅵ) 줄 니르고 와시믈 고(告)ᄒ니, 쇼제(小姐ㅣ) 조모(祖母)의 흉심(凶心)을 모로지 아니딕 드를스록 츳악(嗟愕)ᄒ여 기리 탄식(歎息)왈(曰),

"너ᄂᆞᆫ 됴히 도적(盜賊)의 집을

51면

ᄲᅥ낫거니와 우리 집 쇼문(所聞)이 사룸을 들넘 즉지 아니〃 네 이런 말을 블츌구외(不出口外)ᄒ라. 혹(或) 뭇ᄂᆞ니 잇거든 병(病)드럿다가 나으믹 왓노라 ᄒ라."

쥬영이 슈명(受命)ᄒ더라.

유랑(乳娘) 왈(曰),

"구(寇) 파랑(婆娘)이 작일(昨日)의 졀강(浙江)으로 나려가시다 ᄒ니 부인(夫人)과 냥(兩) 공진(公子ㅣ) 위틱(危殆)로오시믹 더옥 누란(累卵) ᄀᆞᆺᄐᆞ리로다."

쇼제(小姐ㅣ) 상연타루(傷然墮淚)[429] 왈(曰),

"내 몸이 〃곳의 편(便)히 이시나 본부(本府)를 싱각ᄒ면 심담(心膽)[430]이 마르ᄂᆞᆫ디라. 계뷔(季父ㅣ) 은쥐(殷州)로 가신 후(後) 더옥 착급(着急)[431]ᄒ 넘녀(念慮) 쥬야(晝夜) 황〃(遑遑)[432]ᄒ더니, 구(寇) 조뫼(祖母ㅣ) 모상(母喪)을 만나 향니(鄉里)로 가시믹 일마다 공교(工巧)로와 모친(母親)과 냥뎨(兩弟)의 익회(厄會)[433] 심(甚)ᄒ미라, 출하리 괴롭고 셜우믈 ᄒᆞᆫ가지로 격ᄂᆞ니만 ᄀᆞᆺ지 못ᄒᆞᆫ디라 놀나온 긔

---

429) 상연타루(傷然墮淚): 슬픈 빛으로 눈물을 흘림.
430) 심담(心膽): 심지와 담력을 아울러 이르는 말.
431) 착급(着急): 매우 급함.
432) 황〃(遑遑): 갈팡질팡 어쩔 줄 모르게 급함.
433) 익회(厄會): 액회. 재앙이 닥치는 불행한 고비.

별(奇別)을 드

52면

를가 절박(切迫)흔 졍(情)이 어딘 비(比)흐리오?"

셜난 왈(曰),

"듯지 아니며 보디 아니타 모로리잇가? 노애(老爺ㅣ) 나가시민 흔〃즈득(欣欣自得)434)흐여 뉴 부인(夫人)이 태부인(太夫人)을 뫼셔 듀야(晝夜) 우리 쇼져(小姐)와 부인(夫人) 냥(兩) 공즈(公子) 히(害)흐기를 도모(圖謀)흐느이다."

쇼제(小姐ㅣ) 다시 말 아니흐고 눈물을 금(禁)치 못흐니 유랑(乳娘) 등(等)이 좌우(左右)의셔 위로(慰勞)흐는디라.

이날 한님(翰林)이 존당(尊堂)의 혼뎡(昏定)을 파(罷)흐고 부공(父公)이 취팀(就寢)흐신 후(後) 션월졍의 드러가니, 스창(紗窓)435)의 쵹영(燭影)이 명낭(明朗)흐고 노듀(奴主)의 어셩(語聲)이 긋지 아니흐는디 쇼져(小姐)의 비읍(悲泣)436)흐는 소릭 잇거늘, 又장 의괴(疑怪)흐여 죡용(足容)437)을 듕지(中止)흐여 드르미 이 믄득 도적(盜賊)의게 잡혀갓던 시녜(侍女ㅣ) 도라와 노쥐(奴主ㅣ) 문답(問答)흐는 듕(中), 위·뉴 냥흉(兩凶)의 과악(過惡)이 드

53면

러나고 쇼져(小姐)는 모친(母親)과 냥(兩) 데(弟)를 위(爲)흐여 슬허

---

434) 흔〃즈득(欣欣自得): 흔흔자득. 매우 기뻐하며 꺼드럭거림.
435) 스창(紗窓): 사창. 사붙이나 깁으로 바른 창.
436) 비읍(悲泣): 슬피 욺.
437) 죡용(足容): 족용. 발걸음.

ᄒᆞᄂᆞ다라. 듯기를 맛츠미 쇼져(小姐)의 남모로ᄂᆞᆫ 근심이 다쳡(多疊)[438]ᄒᆞᆷ믈 그윽이 년셕(憐惜)[439]ᄒᆞ나 원간(元間) 셩졍(性情)이 셰쇄지ᄉᆞ(細瑣之事)를 알녀 아니ᄒᆞᄂᆞ다라, 창밧(窓-)긔셔 기춤ᄒᆞ고 입실(入室)ᄒᆞ니,

쇼졔(小姐ㅣ) 니러 마ᄌᆞ 좌뎡(坐定)ᄒᆞ미 한님(翰林)이 슬허ᄒᆞ던 형젹(形跡)이 잇ᄂᆞᆫ가 봉안(鳳眼)을 흘녀 보기를 이시(移時)히[440] ᄒᆞ되, 미우화긔(眉宇和氣)[441]ᄂᆞᆫ 츈양(春陽)이 무로녹고 안ᄉᆡᆨ(顏色)은 도화(桃花) ᄀᆞᆺᄐᆞ여 져슈단좌(低首端坐)[442]ᄒᆞ여시니 위의(威儀) 츄텬(秋天)이 놉ᄒᆞ며 상월(霜月)[443]이 늠″(凜凜)ᄒᆞᆫ 둧, 하ᄒᆡ지량(河海之量)[444]을 가져시니 그 심쳔(心泉)[445]을 가(可)히 탁냥(度量)[446]치 못ᄒᆞᆯ지라. 한님(翰林)이 심니(心裏)의 더옥 탄복(歎服)ᄒᆞ여 짐즛 문왈(問曰),

“ᄉᆡᆼ(生)이 앗가 드러오미 댱외(帳外)의 보지 못ᄒᆞ던 비ᄌᆞ(婢子ㅣ)이시니 어되셔 왓ᄂᆞ니잇고?”

쇼졔(小姐ㅣ) 나죽이

54면

되왈(對曰),

“이ᄂᆞᆫ 쳡(妾)의 유모(乳母)의 쇼ᄉᆡᆼ(小生)인 고(故)로 옥누항의셔 금

---

438) 다쳡(多疊): 다첩. 다사다난함.
439) 년셕(憐惜): 연석. 불쌍히 여기고 안타까워함.
440) 이시(移時)히: 한참.
441) 미우화긔(眉宇和氣): 미우화기. 눈썹 근처의 온화한 기운.
442) 져슈단좌(低首端坐): 저수단좌. 고개를 숙이고 단정히 앉음.
443) 상월(霜月): 서리가 내리는 밤의 차가워 보이는 달.
444) 하ᄒᆡ지량(河海之量): 하해지량. 하수, 바다처럼 넓은 도량.
445) 심쳔(心泉): 심천. 마음속.
446) 탁냥(度量): 탁량. 앞이나 뒤의 형편을 헤아림.

일(今日)이야 오미로소이다.”

한님(翰林)이 졈두(點頭)447)ᄒ여 그 아ᄂᆞᆫ 바를 은닉(隱匿)ᄒᆞᆷ믈 우이 넉이나 ᄉᆞᄉᆡᆨ(辭色)지 아니코,

야심(夜深)ᄒᆞ믹 쇼져(小姐)로 더브러 상요(床-)의 나아가고져 ᄒᆞ니, 쇼제(小姐ㅣ) 조모(祖母)의 흉심(凶心)을 모로지 아니ᄒᆞᄂᆞᆫ 고(故)로 ᄌᆞ긔(自己) 비홍(臂紅)448)을 완젼(完全)ᄒᆞ여 타일(他日) 조모(祖母)의 본 빅 된죽 오히려 분긔(憤氣) 덜ᄒᆞ려니와 블연(不然)죽 급화(急禍)를 브르미라. 이에 믄득 골오딕,

“쳡(妾)이 ᄉᆞ문(斯文)449) 규슈(閨秀)로 산ᄉᆞ(山寺)의 뉴락(流落)ᄒᆞᆷ과 반야(半夜)의 흉젹(凶賊)의 난셜(亂說)450)이 하슈(河水)를 기우리나 ᄲᅦᆺ지 못ᄒᆞᆯ지라. 만일(萬一) 타일(他日) 몸의 흉누(凶陋)451)를 버셔나미 이실진딕 녜ᄉᆞ(例事) 말과 ᄀᆞᆺ기를 원(願)ᄒᆞᄂᆞ니 군ᄌᆞ(君子)ᄂᆞᆫ 녀ᄌᆞ(女子)의 미셰(微細)ᄒᆞᆫ ᄉᆞ졍(事情)을 술피쇼셔.”

한님(翰林)이 젼일(前日)

55면

은 위 태부인(太夫人)의 흉ᄉᆞ(凶事)를 아지 못ᄒᆞ고 쇼져(小姐)의 쳥(請)ᄒᆞ믹 구가(舅家)를 위(爲)ᄒᆞ민가 ᄒᆞ엿더니, 금일(今日) 그 노듀(奴主)의 문답(問答)을 드른 후(後) 위 태부인(太夫人)을 통한(痛

---

447) 졈두(點頭): 점두. 고개를 끄덕임.
448) 비홍(臂紅): 팔뚝 위의 붉은 점. 앵혈(鶯血)을 이름. 앵혈은 장화(張華)의 『박물지』에서 그 출처를 찾을 수 있음. 근세 이전에 나이 어린 처녀의 팔뚝에 찍던 처녀성의 표시를 말하는 것으로 도마뱀에게 주사(朱沙)를 먹여 죽이고 말린 다음 그것을 찧어 어린 처녀의 팔뚝에 찍으면 첫날밤에 남자와 잠자리를 할 때에 없어진다고 함.
449) ᄉᆞ문(斯文): 사문. 이 학문, 이 도(道)라는 뜻으로, 유학의 도의나 문화를 이르는 말.
450) 난셜(亂說): 난설. 어지러운 말.
451) 흉누(凶陋): 흉루. 흉하고 더러운 일.

恨)452)ᄒᆞ되 쇼졔(小姐ㅣ) 그 조모(祖母)를 두려 이러틋 ᄒᆞ믈 미온(未穩)ᄒᆞ여 뎡ᄉᆡᆨ(正色) 왈(曰),

"남ᄌᆡ(男子ㅣ) 셩졍(性情)이 괴이(怪異)ᄒᆞ여 혹(或) 쳐실(妻室)을 원거(遠居)453)ᄒᆞᄆᆞᆫ 드르미 이시나 녀ᄌᆡ(女子ㅣ) 가부(家夫)의 후졍(厚情)454)을 막ᄌᆞᆯ나 말 만ᄒᆞᄆᆞᆫ ᄌᆞ(子) ᄀᆞᆺᄐᆞ니 업ᄉᆞᆯ디라. 도젹(盜賊)의 흉언패셜(凶言悖說)455)은 내 임의 고지드르미 업고, 존당(尊堂) 부뫼(父母ㅣ) ᄌᆞ(子)를 의심(疑心)ᄒᆞ시미 업셔 임의 구고(舅姑)와 가뷔(家夫ㅣ) ᄇᆞᆰ히 아ᄂᆞᆫ 빈어늘 엇디 이러틋 괴려(乖戾)456)ᄒᆞ뇨? 만일(萬一) 미양 이러틋 홀딘뒤 ᄉᆡᆼ(生)과 다못 ᄌᆞ(子ㅣ) 녹발(綠髮)이 쇠(衰)ᄒᆞ여 ᄇᆡᆨᄉᆞ(白絲)를 드리올 시졀(時節)의도 각거(各居)ᄒᆞ여 비홍(臂紅)을 머므러 두랴? ᄉᆡᆼ(生)이 비록 용우(庸愚)457)ᄒᆞ

56면

나 당〃(堂堂)ᄒᆞᆫ 팔쳑대댱뷔(八尺大丈夫ㅣ)라, 일(一) 녀ᄌᆞ(女子)의 졀졔(節制)458)를 바다 구〃(區區)치 아니리니 모로미 부녀(婦女)의 도(道)를 휴손(虧損)459)치 말디어다."

언파(言罷)의 미위(眉宇ㅣ) ᄉᆡᆨ〃ᄒᆞ여 츄상(秋霜)460)이 번득이고 ᄉᆞ긔(辭氣)461) 슉엄(肅嚴)462)ᄒᆞ여 댱녈(壯烈)463)ᄒᆞᆫ 거동(擧動)과 쥰위

---

452) 통한(痛恨): 몹시 한스러워함.
453) 원거(遠居): 멀리 떨어져 거처함.
454) 후정(厚情): 후정. 두터운 정.
455) 흉언패설(凶言悖說): 흉언패설. 흉하고 도리에 어긋난 말.
456) 괴려(乖戾): 사리에 어그러져 온당하지 않음.
457) 용우(庸愚): 용렬하고 어리석음.
458) 절제(節制): 절제. 조절하여 제한함.
459) 휴손(虧損): 이지러지고 잃어버림.
460) 츄상(秋霜): 추상. 가을의 찬 서리.
461) ᄉᆞ긔(辭氣): 사기. 말과 얼굴빛을 아울러 이르는 말.
462) 슉엄(肅嚴): 숙엄. 말이나 태도 따위가 위엄이 있고 정중함.

(峻威)464)훈 형상(形狀)이 견즈(見者)로써 한츌텸비(汗出沾背)465)홀
비라. 쇼제(小姐ㅣ) 만싀(萬事ㅣ) 뜻 굿지 못흠과 군즈(君子)의 이러
틋 훈믈 크게 붓그려 옥면(玉面)이 취홍(聚紅)466)호고 셩안(星眼)이
미〃(微微)히 가나라 다시 말을 못 호니, 승졀(勝絶)467)훈 용안(容顔)
과 어리온 틱되(態度ㅣ) 싱블(生佛)이라도 도라셔고 텰셕댱심(鐵石
壯心)468)이 농쥰(聾蠢)469)호믈 면(免)치 못홀지라. 한님(翰林)이 심닉
(心內)의 황홀긔이470)(恍惚奇異)471)호믈 니긔지 못호여 혼가지로 금
니(衾裏)의 나아가미 하히(河海) 엿고 태산(泰山)이 나즌 듯호여 공
경듕대(恭敬重待)호니 십스(十四) 쇼년남ᄋ(少年男兒)의

57면

춍명특달(聰明特達)472)호미 이 굿더라.

　한님(翰林)이 츠후(此後) 션월졍 슉침(宿寢)이 빈〃(頻頻)473)호더라.

　한님(翰林)이 평싱(平生) 호싴지심(好色之心)474)을 즈억(自抑)475)
지 못호여 미취(未娶) 젼(前) 오챵(五娼)을 유졍(有情)호니 굴온 형아
·녹빙·치란·영월·향미라. 샹(上)이 금평후(--侯)의 튱효대직(忠
孝大才)를 통익(寵愛)호샤 미창(美娼) 스십(四十)을 샤급(賜給)476)호

---

463) 댱녈(壯烈): 장렬. 굳세고 매서움.
464) 쥰위(峻威): 준위. 엄하고 위엄 있음.
465) 한츌텸비(汗出沾背): 한출첨배. 식은땀이 나와 등에 젖음.
466) 취홍(聚紅): 취홍. 붉은빛이 모임.
467) 승졀(勝絶): 승절. 매우 빼어남.
468) 텰셕댱심(鐵石壯心): 철석장심. 쇠와 돌같이 굳센 마음.
469) 농쥰(聾蠢): 농준. 어리석음.
470) 이: [교] 원문에는 '익'로 되어 있으나 문맥을 고려해 이와 같이 수정함.
471) 황홀긔이(恍惚奇異): 황홀기이. 눈이 부시도록 찬란해 기이하게 여김.
472) 춍명특달(聰明特達): 총명특달. 총명하고 남달리 사리에 밝으며 특별히 재주가 뛰어남.
473) 빈〃(頻頻): 자주 있음.
474) 호싴지심(好色之心): 호색지심. 여자를 좋아하는 마음.
475) 즈억(自抑): 자억. 스스로 억제함.

시나 뎡(鄭) 공(公)이 미녀셩싴(美女聲色)을 블관(不關)477)이 아딕 셩
은(聖恩)이라 샤양(辭讓)치 못ᄒᆞ여 후원(後園) 이월누를 곳쳐 제창
(諸娼)을 두엇더라.

　츠셜(且說). 동평댱ᄉᆞ(同平章事) 양필광은 고문셰족(高門勢族)으로
사름 되오미 개세군직(蓋世君子ㅣ)478)오 듕현댱뷔(忠賢丈夫ㅣ)479)라,
텬툥(天寵)480)이 만됴(滿朝)를 기우리고 됴애(朝野ㅣ) 츄앙(推仰)481)
ᄒᆞ더라. 샤듕(舍中)의 부인(夫人) 화 시(氏)ᄂᆞᆫ 뇨됴유한(窈窕幽閑)482)
ᄒᆞᆫ 슉녜(淑女ㅣ)라, 부덕(婦德)이 흡〃(洽洽)483)ᄒᆞ니 평댱(平章)이 공
경듕딕(恭敬重待)ᄒᆞ여 댱옥(璋玉)484)이 션〃(詵詵)485)ᄒᆞ여 〃러 ᄌᆞ녀
(子女)를 두어시니,

　녀ᄋᆞ(女兒)

58면

난염이 빈혀 곳기의 밋ᄎᆞ니, 옥모염틱(玉貌艶態)486) 뇨〃작〃(夭夭
灼灼)487)ᄒᆞ여　텬궁(天宮)　다람홰(--花ㅣ)488)오　츄공망월(秋空望

---

476) 샤급(賜給): 사급. 나라나 관청에서 금품을 내려줌.
477) 블관(不關): 불관. 중요하게 여기지 않음.
478) 개세군직(蓋世君子ㅣ): 개세군자. 기상이나 위력, 재능 따위가 세상을 뒤덮을 만한 군자.
479) 듕현댱뷔(忠賢丈夫ㅣ): 충현장부. 충성스럽고 현명한 대장부.
480) 텬툥(天寵): 천총. 임금의 총애.
481) 츄앙(推仰): 추앙. 높이 받들어 우러러봄.
482) 뇨됴유한(窈窕幽閑): 요조유한. 얌전하고 정숙하며 조용하고 그윽함.
483) 흡〃(洽洽): 넘치는 모양.
484) 댱옥(璋玉): 장옥. 구슬이라는 뜻으로 아들을 이르는 말. 예전에, 중국에서 아들을 낳으면 규
　　옥(圭玉)으로 된 구슬의 덕을 본받으라는 뜻으로 구슬을 장난감으로 주었다는 데서 유래함.
485) 션〃(詵詵): 선선. 많은 모양.
486) 옥모염틱(玉貌艶態): 옥모염태. 옥처럼 고운 모습과 아리따운 자태.
487) 뇨〃작〃(夭夭灼灼): 요요작작. 나이가 젊고 아름다우며 용모가 화려함. 『시경』, <桃夭(도요)>
　　에 나오는 구절.
488) 다람홰(--花ㅣ): 홍람화(紅藍花)로 보임. 국화과의 두해살이풀로 높이는 1미터 정도이며, 잎은
　　어긋나고 넓은 피침 모양임. 7-9월에 붉은빛을 띤 누런색의 꽃이 줄기 끝과 가지 끝에 핌. 씨
　　로는 기름을 짜고 꽃은 약용하고, 꽃물로 붉은빛 물감을 만듦.

月)489)이라. 공(公)이 과익(過愛)490)ᄒ여 너비 가셔(佳婿)를 틱(擇)ᄒ다가 뎡(鄭) 한님(翰林) 텬흥의 걸츌뇌락(傑出磊落)491)ᄒ믈 흠션과듕(欽羨過重)492)ᄒ여 ᄌᆡ실(再室)을 혐의(嫌疑)치 아니ᄒ고 구혼(求婚)ᄒ기를 간졀(懇切)이 ᄒ니 금휘(-侯ㅣ) 쾌허(快許)ᄒ지라. 뎡(鄭) 한님(翰林)의 풍신지화(風神才華)493)를 과익(過愛)ᄒ고 금후(-侯)ᄂᆞᆫ ᄋᆞᄌᆞ(兒子)의 호신(豪身)을 도〃미 블가(不可)ᄒ고 쳔금ᄌᆞ부(千金子婦)494)의 뎍인(敵人)495)을 모호미 깃브지 아니나 쇼져(小姐)의 긔특(奇特)ᄒ미 뎍인(敵人)을 무ᄉᆞ(無事)히 거나릴 거시오, 양 공(公)의 튱효여믹(忠孝餘脈)496)이 비범(非凡)ᄒᆯ 줄 혜아리고 허혼납빙(許婚納聘)497)ᄒ니, 길긔(吉期)498) 지격슈슌(至隔數旬)499)이라.

임의 길일(吉日)이 다ᄃᆞ르믹, 양 공(公)이 비록 쳔금이녀(千金愛女)로 남의 하위(下位)예 굴(屈)ᄒ미 져기 괴연(愧然)500)ᄒ나 뎡ᄌᆞ(鄭子) ᄀᆞ튼 영쥰(英俊)의 지

59면

실(再室)이 용〃속ᄌᆞ(庸庸俗子)501)의 원비(元妃)의 비기지 못ᄒᆯ디라,

489) 츄공망월(秋空望月): 추공망월. 높고 맑게 갠 가을 하늘의 보름달.
490) 과익(過愛): 과애. 지나치게 사랑함.
491) 걸츌뇌락(傑出磊落): 걸출뇌락. 남보다 훨씬 뛰어나며 마음이 너그럽고 작은 일에 얽매이지 않음.
492) 흠션과듕(欽羨過重): 흠선과중. 흠모하고 부러워하며 매우 소중히 여김.
493) 풍신지화(風神才華): 풍신재화. 좋은 풍채와 훌륭한 재주.
494) 쳔금ᄌᆞ부(千金子婦): 천금자부. 천금과 같이 귀한 며느리.
495) 뎍인(敵人): 적인. 적대자라는 뜻으로, 남편이 같은 다른 아내를 이름.
496) 튱효여믹(忠孝餘脈): 충효여맥. 충성스럽고 효성스러운 사람의 자손.
497) 허혼납빙(許婚納聘): 혼인을 허락하고 납빙함. 납빙은 혼인할 때에, 사주단자의 교환이 끝난 후 정혼이 이루어진 증거로 신랑집에서 신붓집으로 보내는 예물. 보통 밤에 푸른 비단과 붉은 비단을 혼서와 함께 함에 넣어 신붓집으로 보냄.
498) 길긔(吉期): 길기. 혼인날.
499) 지격슈슌(至隔數旬): 지격수순. 몇 십 일이 남아 있음.
500) 괴연(愧然): 부끄러운 모양.

만심쾌열(滿心快悅)502)ᄒ여 혼구(婚具)를 셩비(盛備)503)ᄒ여 길일(吉日)을 디후(待候)504)ᄒ더라.

임의 길일(吉日)이 님(臨)ᄒ니, 금휘(-侯ㅣ) 대연(大宴)을 개장(開張)505)ᄒ고 한님(翰林)을 다리고 닉당(內堂)의 드러와 길복(吉服)을 닙힐ᄉᆡ, 부인(夫人) 왈(曰),

"윤(尹) 현부(賢婦) 취(娶)ᄒ올 ᄯᅥ 닙던 길복(吉服)을 닙으라."

ᄒ니, 좌우(左右) 빈긱(賓客)이 쇼왈(笑曰),

"혼인(婚姻)의 길복(吉服)을 ᄒᆞᆫ 번(番) 닙으면 다시 쓰디 아니커늘 엇디 낡은 길복(吉服)을 쓰리오?"

부인(夫人)이 쇼이답왈(笑而答曰),

"그 관ᄃᆡ(冠帶)506) 식(色)시 변(變)치 아녀시니 이를 닙고 가미 무방(無妨)토다."

한님(翰林)이 ᄃᆡ왈(對曰),

"ᄒᆡᄋᆞ(孩兒)의 관복(冠服)을 ᄆᆡ양 ᄌᆞ졍(慈庭)의 념녀(念慮)ᄒ실 비 아니니이다."

딘 부인(夫人)이 쇼왈(笑曰),

"너의 길의(吉衣)를 념녀(念慮)ᄒ미 아니라, 길복(吉服)이 샹(傷)치 아녀시니 ᄯᅩ 식거슬 아니ᄒ엿노라."

ᄒᆞᆯ ᄎᆞ(次), 쇼졔(小姐ㅣ) 유랑(乳娘)을 명(命)

ᄒᆞ여 길복(吉服)을 밧드러 좌듕(座中)의 노ᄒᆞ니, 태부인(太夫人)이 친(親)히 ᄂᆡ여 좌듕(座中)의 ᄌᆞ랑 왈(曰),

"나의 손부(孫婦)ᄂᆞᆫ 녀듕셩녜(女中聖女ㅣ)라. 녀ᄌᆞ(女子)의 투긔(妬忌)ᄂᆞᆫ 칠거(七去)[507]의 뵈(罪)어니와 엇지 빅ᄉᆞ(百事)의 이러틋 신능(神能)[508]ᄒᆞ여 사름이 밋쳐 싱각지 못ᄒᆞᆯ 셩덕(盛德)이 〃실 줄 아라시리오? 텬흥이 므슴 복(福)으로 고왕금ᄂᆡ(古往今來)[509]의 희한(稀罕)ᄒᆞᆫ 셩녀슉완(聖女淑婉)[510]을 취(娶)ᄒᆞ엿ᄂᆞ뇨?"

좌듕빈긱(座中賓客)이 제셩갈치(齊聲喝采)[511]ᄒᆞ여 하언(賀言)이 분〃(紛紛)[512]ᄒᆞ니, 금휘(-侯ㅣ) 한가(閑暇)히 댱염(長髥)[513]을 어로 만져 쇼왈(笑曰),

"ᄋᆞ부(阿婦)ᄂᆞᆫ 녀듕공ᄆᆡᆼ(女中孔孟)[514]이라, 녀공지ᄉᆞ(女工之事)의 극진(極盡)ᄒᆞᄆᆞᆯ 죡(足)히 의논(議論)ᄒᆞ리오?"

태부인(太夫人)이 흔〃(欣欣)[515]이 두굿기믈 마지아니코 금휘(-侯ㅣ) 쇼져(小姐)를 명(命)ᄒᆞ여 한님(翰林)의 길복(吉服)을 ᄀᆞᆺ초아 보ᄂᆡ라 ᄒᆞᆫᄃᆡ, 쇼제(小姐ㅣ) 슈명(受命)ᄒᆞ고 길복(吉服)을 밧드러 봉관(鳳冠)[516]을 슉여 좌우(左右)를 감(敢)히 술피지

---

507) 칠거(七去): 예전에, 아내를 내쫓을 수 있는 이유가 되었던 일곱 가지 허물. 시부모에게 불손함, 자식이 없음, 행실이 음탕함, 투기함, 몹쓸 병을 지님, 말이 지나치게 많음, 도둑질을 함 따위.
508) 신능(神能): 신이하고 능력 있음.
509) 고왕금ᄂᆡ(古往今來): 고왕금래. 예로부터 지금까지.
510) 셩녀슉완(聖女淑婉): 성녀숙완. 거룩하고 착한 여자.
511) 졔셩갈치(齊聲喝采): 제성갈채. 소리를 나란히 해 찬양함.
512) 분〃(紛紛): 어지러운 모양.
513) 댱염(長髥): 장염. 긴 수염.
514) 녀듕공ᄆᆡᆼ(女中孔孟): 여중공맹. 여자 가운데 공자(孔子), 맹자(孟子)와 같은 성인.
515) 흔〃(欣欣): 기뻐함.
516) 봉관(鳳冠): 봉황 문양이 있는 관.

못ᄒ니 한님(翰林)이 몸을 움죽여 길복(吉服)을 바들ᄉᆡ, 부뷔(夫婦ㅣ) 갓가이 ᄃᆡ(對)ᄒᄆᆡ 신댱톄디(身長體肢) 닉도(乃倒)[517]ᄒ나 한님(翰林)의 츄텬(秋天) ᄀᆞ튼 긔상(氣像)과 쇼져(小姐)의 난ᄌᆞ봉질(鸞姿鳳質)[518]이 더옥 초츌특이(超出特異)[519]ᄒ니 듕목(衆目)이 관광(觀光)ᄒ여 칭찬(稱讚)ᄒ더라.

쇼제(小姐ㅣ) 존전(尊前)의셔 한님(翰林)의 관복(官服)을 닙히ᄆᆡ 난안슈괴(赧顏羞愧)[520]ᄒᄆᆞᆯ 니긔지 못ᄒ여 셩안(星眼)이 나죽ᄒ고 취미졔″(翠眉齊齊)[521]ᄒ여 슈ᄉᆡᆨ(羞色)이 뉴츌(流出)ᄒ니, 팔ᄌᆞ츈산(八字春山)[522]이 졔″(齊齊)히 나죽ᄒ고 취홍(聚紅)[523]ᄒᄆᆞᆯ 씌여시니 어리온 거동(擧動)이 더옥 ᄲᅢ혀나고 아름다오니 졔빈(諸賓)이 흠복(欽服)[524]ᄒᄆᆞᆫ 니르지 말고 한님(翰林)의 긔ᄃᆡ허심(期待許心)[525]ᄒᄆᆞᆫ 직기듕(在其中)이라.

쇼제(小姐ㅣ) 임의 길복(吉服) 셥기″를 맛ᄎᄆᆡ 한님(翰林)이 존당(尊堂) 부모(父母)긔 하딕(下直)ᄒ고 금안빅ᄆᆞ(金鞍白馬)[526]의 허다(許多) 요긱(繞客)[527]을 거ᄂᆞ려 고악(鼓樂)이 훤텬(喧天)[528]ᄒ여 양

---

517) 닉도(乃倒): 내도. 차이가 큼.
518) 난ᄌᆞ봉질(鸞姿鳳質): 난자봉질. 난새의 자태와 봉황의 기질.
519) 초츌특이(超出特異): 초출특이. 다른 사람에 비하여 두드러지게 뛰어나고 기이함.
520) 난안슈괴(赧顏羞愧): 난안수괴. 부끄럽거나 창피하여 얼굴색이 붉어짐.
521) 취미졔″(翠眉齊齊): 취미제제. 푸른 눈썹이 가지런함.
522) 팔ᄌᆞ츈산(八字春山): 팔자춘산. 화장한 눈썹을 비유적으로 나타낸 말. 팔자는 눈썹의 모양을 나타낸 말임.
523) 취홍(聚紅): 취홍. 붉은빛이 모임.
524) 흠복(欽服): 흠모하여 복종함.
525) 긔ᄃᆡ허심(期待許心): 기대허심. 어떤 일이 원하는 대로 이루어지기를 바라면서 마음을 허여함.
526) 금안빅ᄆᆞ(金鞍白馬): 금안백마. 금으로 꾸민 안장을 두른 백마.
527) 요긱(繞客): 요객. 혼인 때에 가족 중에서 신랑이나 신부를 데리고 가는 사람.
528) 훤텬(喧天): 훤천. 소리가 하늘에까지 떠들썩함.

부(-府)의 니르니,

이날 양 평댱(平章) 부듕(府中)의셔 대연(大宴)을 진셜(陳設)[529]ᄒ고 빈킥(賓客)을 취회(聚會)[530]ᄒ니 화려(華麗)ᄒ미 뎡부(鄭府)와 다르미 업더라.

한님(翰林)이 옥상(玉床)의 홍안(鴻雁)을 젼(奠)ᄒ고 신부(新婦)의 샹교(上轎)[531]를 기다릴식, 슈랑(秀朗)[532]ᄒ 풍치(風采)와 쇄락(灑落)[533]ᄒ 용홰(容華ㅣ) 볼ᄉ록 긔이(奇異)ᄒ니, 만당졔빈(滿堂諸賓)[534]이 졔셩갈치(齊聲喝采)ᄒ여 쾌셔(快壻) 어드믈 하례(賀禮)ᄒ니 공(公)이 슌〃응답(順順應答)ᄒ더라.

신뷔(新婦ㅣ) 금뉸(金輪)[535]의 오르니 한님(翰林)이 금쇄(金鎖)를 드려 봉교(封轎)[536]ᄒ기를 맛고, 본부(本府)의 도라와 쳥듕(廳中)의셔 합환교비(合歡交拜)[537]ᄒ고 신뷔(新婦ㅣ) 조뉼(棗栗)[538]을 밧드러 구고(舅姑) 존당(尊堂)의 딘헌(進獻)[539]ᄒᆯ식, 이 ᄯᅩᄒ 세쇽홍분(世俗紅粉)[540]의 범〃(凡凡)ᄒ 미식(美色)이 아니라, 뉴미월익(柳眉月額)[541]의 셩안화협[542](星眼花頰)[543]이오 단슌호치(丹脣皓齒)[544] 교

---

529) 진셜(陳設): 진설. 제사나 잔치 때, 음식을 법식에 따라 상 위에 차려 놓음.
530) 취회(聚會): 취회. 모여 만남.
531) 샹교(上轎): 상교. 가마에 오름.
532) 슈랑(秀朗): 수랑. 빼어나고 준수함.
533) 쇄락(灑落): 시원스러움.
534) 만당졔빈(滿堂諸賓): 만당제빈. 집에 가득한 손님들.
535) 금뉸(金輪): 금륜. 금으로 장식한 수레.
536) 봉교(封轎): 가마를 봉함.
537) 합환교비(合歡交拜): 합환교배. 혼례에서 신랑과 신부가 합환주(合歡酒)를 마시는 의례와 교배(交拜)를 하는 의례를 이름.
538) 조뉼(棗栗): 조율. 대추와 밤.
539) 딘헌(進獻): 진헌. 예물을 바침.
540) 셰쇽홍분(世俗紅粉): 세속홍분. 세속의 붉은색 분을 바른 여자.
541) 뉴미월익(柳眉月額): 유미월액. 버들잎 같은 눈썹과 보름달 같은 이마.
542) 협: [교] 원문에는 '혐'으로 되어 있으나 문맥을 고려해 이와 같이 수정함.

결(皎潔)545)ᄒ니 존당(尊堂) 구괴(舅姑ㅣ) 대열(大悅)ᄒ여 녜파(禮罷)
의 금평휘(--侯ㅣ) 흔연무의(欣然撫愛)546) 왈(曰),

"신부(新婦)는 고문대

63면

가(高門大家)의 ᄉ츌(生出)노 부덕(婦德)이 가족ᄒᆞᆯ다라. 돈ᄋ(豚兒)의
원비(元妃) 윤(尹) 시(氏) 셩ᄒᆡᆼ슉덕(盛行淑德)547)이 고ᄌ(古者) 셩녀
(聖女)의 붓그럽지 아니〃 셔로 화우(和友)548)ᄒ고 금일(今日) 쳐음
으로 보ᄂᆞᆫ 녜(禮)를 일치 말나."

신뷔(新婦ㅣ) 지비슈명(再拜受命)ᄒ고 윤(尹) 쇼져(小姐)를 향(向)
ᄒ여 지비(再拜)ᄒ니 윤(尹) 쇼제(小姐ㅣ) 답녜(答禮)ᄒ고 태부인(太
夫人)이 깃브믈 니긔지 못ᄒ여 신부(新婦)를 나아오라 ᄒ여 어로만
져 칭찬(稱讚) 왈(曰),

"여등(汝等)이 ᄉ문녀ᄌ(斯文女子)549)로 텬ᄋ(-兒)의 비위(配偶ㅣ)
되여 외모긔질(外貌器質)이 노모(老母)의 바란 밧기라. 윤(尹) 현부
(賢婦)는 상두(上頭)의 거(居)ᄒ여 아황(娥皇)550)의 놉흔 셩덕(盛德)
을 본밧고 양 쇼부(少婦)는 녀영(女英)551)의 온슌(溫順)ᄒ믈 효측(效
則)552)ᄒ여 셔로 화목(和睦)ᄒ라."

---

543) 셩안화협(星眼花頰): 성안화협. 별 같은 눈과 꽃 같은 뺨.
544) 단슌호치(丹脣皓齒): 단순호치. 붉은 입술과 흰 이.
545) 교결(皎潔): 희고 깨끗함.
546) 흔연무의(欣然撫愛): 흔연무애. 기쁜 빛으로 어루만지고 사랑함.
547) 셩ᄒᆡᆼ슉덕(盛行淑德): 성행숙덕. 훌륭한 행실과 착한 덕.
548) 화우(和友): 화목하고 우애 있음.
549) ᄉ문녀ᄌ(斯文女子): 사문여자. 유학자 집안의 여자.
550) 아황(娥皇): 중국 요(堯)임금의 딸로 동생 여영(女英)과 함께 순(舜)임금에게 시집감. 순임금이
    순수(巡狩)하다가 창오에서 죽자 여영과 함께 소상강에 빠져 죽음.
551) 녀영(女英): 여영. 중국 요임금의 딸로 언니 아황과 함께 순임금에게 시집감. 순임금이 순수
    (巡狩)하다가 창오에서 죽자 아황과 함께 소상강에 빠져 죽음.

이(二) 인(人)이 복슈쳥교(伏首聽敎)553)의 비샤슈명(拜謝受命)ᄒ니 신부(新婦)ᄂ 더옥 연〃작〃(娟娟灼灼)554)ᄒ여 츈원(春園)의 도리홰(桃李花ㅣ) 미개(微開)555)홈 ᄀᆺᄐ여 셰샹ᄉ(世上事)를 아ᄂ 듯

64면

모로ᄂ 듯, 윤(尹) 쇼져(小姐)의 츄텬(秋天)이 의〃(嶷嶷)556)ᄒ고 졔월(霽月)557)이 쇄〃(灑灑)558)ᄒ여 츄상텬(秋上天)559)을 낫게 넉이고 츈공운(春空雲)560)의 곱지 못ᄒ믈 나모라니 아름답고 ᄱᅧ혀나미 ᄉ군ᄌ(士君子) 녈댱부(烈丈夫)로 흡ᄉ(恰似)ᄒ니, 신부(新婦)의 미려(美麗)ᄒ믈 보딕 힝(幸)혀 ᄌ긔(自己) 투긔561)(妬忌) 아니믈 ᄉ쇅(辭色)ᄒ여 예셩(譽聲)562)을 ᄌ구(自求)563)치 아냐 ᄉ긔(辭氣) 타연(妥然)564)ᄒ고 안쇅(顔色)이 여일(如一)ᄒ여 〃화츈풍(如和春風)565)이라. 신부(新婦)의 션연노라(嬋姸姚娜)566)ᄒ미 셰고무비(世古無比)567)ᄒ나 엇지 윤(尹) 쇼져(小姐)의 빅미쳔염(百美千艶)568)의 셩ᄌ광휘(盛姿光輝)569)를 바라570)리오. 빈긱(賓客)이 제셩갈ᄎᆡ(齊聲喝采)ᄒ여

---

552) 효측(效則): 효칙. 본받음.
553) 복슈쳥교(伏首聽敎): 복수청교. 머리를 숙이고 명령을 들음.
554) 연〃작〃(娟娟灼灼): 아리땁고 화려함.
555) 미개(微開): 살짝 핌.
556) 의〃(嶷嶷): 높이 떠 있음.
557) 졔월(霽月): 제월. 비가 갠 하늘의 밝은 달.
558) 쇄〃(灑灑): 시원스러움.
559) 츄상텬(秋上天): 추상천. 가을 하늘.
560) 츈공운(春空雲): 춘공운. 봄 하늘의 구름.
561) 투긔: [교] 원문에는 없으나 문맥을 고려해 박순호본(3:98)을 따라 삽입함.
562) 예셩(譽聲): 예성. 칭찬하는 소리.
563) ᄌ구(自求): 자구. 스스로 구함.
564) 타연(妥然): 편안한 모양.
565) 〃화츈풍(如和春風): 여화춘풍. 마치 온화한 봄바람 같음.
566) 션연노라(嬋姸姚娜): 선연요라. 곱고 아리따움.
567) 셰고무비(世古無比): 세고무비. 세상에 비할 자가 없음.
568) 빅미쳔염(百美千艶): 백미천염. 매우 아름답고 고움.

존문(尊門) 늉복(隆福)571)을 일ㅋ라 복〃칭찬(僕僕稱讚)572)ᄒ니, 태부인(太夫人)과 금후(-侯) 부뷔(夫婦ㅣ) 좌슈우웅(左酬右應)573)의 흔연화답(欣然和答)ᄒ여,

일모(日暮)의 제긱(諸客)이 각귀(各歸)ᄒᄆᆡ, 신부(新婦) 슉소(宿所)를 션월정 갓가574)온 디 셜ᄆᆡ정의 뎡(定)ᄒ다.

시야(時夜)의

65면

한님(翰林)이 셜ᄆᆡ정의 니르러 양 쇼져(小姐)의 졀셰무비(絶世無比)575)ᄒ믈 보고 흔연(欣然)이 말슴을 펴 왈(曰),

"싱(生)은 브ᄌᆡ박덕(不才薄德)576)이어늘 악댱(岳丈)의 지우(知遇)577)를 닙ᄉ와 ᄌ(子)로뼈 ᄌᆡ취(再娶)의 나ᄌ믈 혐의(嫌疑)치 아니시니, 지우지은(知遇之恩)578)을 감샤(感謝)ᄒ고 싱(生)의 조강(糟糠)579)이 ᄀ장 현슉(賢淑)ᄒ니 나의 ᄂᆡ조(內助)를 빗닐디라, 엇지 다힝(多幸)치 아니리잇고?"

양 쇼졔(小姐ㅣ) 슈용뎡금(修容整襟)580)ᄒ여 ᄆᆞᆨ연브답(默然不答)ᄒ니 쳔연닝담(天然冷淡)581)ᄒᆫ 거동(擧動)이 옥ᄆᆡ(玉梅) 납셜(臘

---

569) 셩ᄌ광휘(盛姿光輝): 성자광휘. 멋진 자태와 빛나는 모습.
570) 라: [교] 원문에는 이 글자가 없으나 문맥을 고려해 삽입함.
571) 늉복(隆福): 융복. 큰 복.
572) 복〃칭찬(僕僕稱讚): 어지럽게 칭찬함.
573) 좌슈우웅(左酬右應): 좌수우응. 이쪽저쪽으로 부산하게 상대하고 응함.
574) 가: [교] 원문에는 이 글자가 없으나 문맥을 고려해 삽입함.
575) 졀셰무비(絶世無比): 절세무비. 세상에서 빼어나 비할 자가 없음.
576) 브ᄌᆡ박덕(不才薄德): 부재박덕. 재주가 없고 덕이 부족함.
577) 지우(知遇): 남이 자신의 인격이나 재능을 알고 잘 대우함.
578) 지우지은(知遇之恩): 자기를 알아보아 대우한 은혜.
579) 조강(糟糠): 지게미와 쌀겨로 끼니를 이을 때의 아내라는 뜻으로, 몹시 가난하고 천할 때에 고생을 함께 겪어 온 아내를 이르는 말. 『후한서(後漢書)』, <송홍전(宋弘傳)>.
580) 슈용뎡금(修容整襟): 수용정금. 얼굴을 가다듬고 옷깃을 정돈함.

雪)582)을 씌여시며 호월(晧月)583)이 상빙(霜氷)584)의 빗쵬 굿트니 싱
(生)이 기리 함쇼(含笑)ᄒ여 야심(夜深)ᄒ미 ᄒ가지로 나위(羅幃)585)
예 나아가니 은익(恩愛) 취듕(取重)586)ᄒ더라.

양 쇼졔(小姐 l) 머믈미 슉흥야미(夙興夜寐)587)ᄒ고 화우슉미(和友
叔妹)588)ᄒ여 윤(尹) 쇼져(小姐)ᄂ 샹빈(上賓)589) 굿치 ᄒ고 양 시(氏)

66면

ᄂ 엄(嚴)ᄒ 스싱굿치 ᄒ여 공경(恭敬)ᄒ고 친익(親愛)ᄒ더라.

한님(翰林)이 냥(兩) 개(個) 슉녀(淑女)를 공경듕딘(恭敬重待)ᄒ고
양 시(氏)를 익듕(愛重)ᄒ나 긔위(氣威) 심침(深沈)590)ᄒ 고(故)로 ᄉ
식(辭色)의 낫타나미 업스니, 양 쇼졔(小姐 l) ᄉ실(私室)의 딘(對)ᄒ
나 엄(嚴)ᄒ 군신(君臣)굿치 ᄒ니, 존당(尊堂)과 부뫼(父母 l) 깃거ᄒ
나 다만 윤(尹) 쇼져(小姐)의 간졀(懇切)ᄒ 심우(心憂)591)와 절박(切
迫)ᄒ 념녜(念慮 l) 옥뉘(玉淚 l) 방〃(滂滂)592)이 화싀(花顋)593)를
적실 쓴이러라.

어시(於時)의 위 시(氏), ᄋᄌ(兒子)와 구(寇) 시(氏) 업스니 가듕

---

581) 천연닝담(天然冷淡): 천연냉담. 태연한 모습으로 냉담하게 있음.
582) 납셜(臘雪): 납설. 납일(臘日)에 내리는 눈. 납일은 민간이나 조정에서 조상이나 종묘 또는 사
　　직에 제사 지내던 날로 동지 뒤 셋째 미일(未日)에 지냄.
583) 호월(晧月): 흰 달.
584) 상빙(霜氷): 서리와 얼음.
585) 나위(羅幃): 얇은 비단으로 만든 장막.
586) 취듕(取重): 취중. 매우 깊음.
587) 슉흥야미(夙興夜寐): 숙흥야매. 아침 일찍 일어나고 밤늦게 잠.
588) 화우슉미(和友叔妹): 화우숙매. 시누이들과 화목하게 지냄.
589) 샹빈(上賓): 상빈. 자기보다 지위가 높은 손님. 또는 상좌에 모실 만큼 중요하고 지위가 높은
　　손님.
590) 심침(深沈): 깊숙하고 조용함.
591) 심우(心憂): 마음으로 근심함. 또는 그런 근심.
592) 방〃(滂滂): 눈물이 비 오듯 함.
593) 화싀(花顋): 화시. 꽃과 같이 어여쁜 뺨.

(家中) 닉외(內外)의 가찰(苛察)594) 혼 호령(號令)과 싀호스셩(豺虎嘎
聲)595)으로 닉외(內外)를 춍단(總斷)596) ᄒ며 뉴 시(氏)의 묘(妙) 혼 쇠
와 긔특(奇特) 혼 지조(才操)로 일비지력(一臂之力)597)을 도으미 요음
(妖淫)598) 혼 계괴(計巧ㅣ) 아니 밋춘 곳이 업셔 음식(飮食)의 독약
(毒藥)을 너허 냥(兩) 공즈(公子)를 먹으라 흔딕 냥(兩) 공즈(公子)의
신명예텰(神明睿哲)599)ᄒ므로 모로지 아니

67면

ᄒ딕 엇디 감(敢)히 거역(拒逆)ᄒ리오. 마지못ᄒ여 먹고 즉시(卽時)
나와 희독약(解毒藥)을 먹어 구토(嘔吐)ᄒ고 인(因)ᄒ여 스오일(四五
日) 신음(呻吟)ᄒ다가 즈연(自然) 나아 신셩(晨省)600)의 참예(叅預) ᄒ
니, 위흉(-凶)과 뉴녀(-女)의 통한분노(痛恨憤怒)601)ᄒ미 깅가일층(更
可一層)602)이라, 출하리 조르고 두려 즈딘(自盡)603)키를 ᄇ라ᄂ디라.

  평일(平日) 조(曹) 부인(夫人)을 굿ᄐ여 난타(亂打)ᄒᄂ 일은 업더
니, 뉴녜(-女ㅣ) 존고(尊姑)를 도〃아 온가지로 참소(讒訴)ᄒ여 일마
다 악힝(惡行)을 도으니,

  위 시(氏) 졈〃(漸漸) 흉포(凶暴)604)ᄒ여 태우(大夫)와 구패(寇婆

---

594) 가찰(苛察): 까다롭게 따져 가며 잘 살핌.
595) 싀호스셩(豺虎嘎聲): 시호사셩. 승냥이와 호랑이처럼 션 목소리.
596) 춍단(總斷): 총단. 도몰아 결정함.
597) 일비지력(一臂之力): 한 팔 또는 한쪽 팔꿈치의 힘이라는 뜻으로, 남을 도와주는 작은 힘을
    이르는 말.
598) 요음(妖淫): 요망하고 음란함.
599) 신명예텰(神明睿哲): 신명예철. 귀신처럼 현명하고 슬기로움.
600) 신셩(晨省): 신성. 아침 일찍 부모의 침소에 가서 밤사이의 안부를 살피는 일.
601) 통한분노(痛恨憤怒): 몹시 한스러워하고 분노함.
602) 깅가일층(更可一層): 갱가일층. 더욱 한층 더함.
603) 즈딘(自盡): 자진. 스스로 목숨을 마침.
604) 흉포(凶暴): 흉악하고 포악함.

ㅣ) 나간 후(後) 일삭(一朔)이 계오 디나미 친(親)히 미를 들고 조(曹) 부인(夫人)긔 다라드러 츠마 못홀 말노 욕(辱)ᄒ며 치기를 낭즉(狼藉)히 ᄒ니, 처음은 광텬 형뎨(兄弟) 아지 못ᄒ더니 여러 번(番)이 되미 엇지 모로리오. 태부인(太夫人)이 조(曹) 부인(夫人)의 운발(雲髮)을 싀드러잡고 금

68면

쳑(金尺)[605]을 드러 두골(頭骨)노브터 나리치며 슈죄(數罪)[606]ᄒ딕 간부(姦夫)[607]를 드려와 화락(和樂)ᄒ고 상셔(尚書)의 죽으믈 슬허 아닛는다 ᄒ며, 광텬과 희텬은 윤(尹) 시(氏) 골육(骨肉)이 아니오 간부(姦夫)의 ᄌ식(子息)이라 ᄒ여 츠마 듯지 못홀 말을 무슈(無數)히 ᄒᄂ디라.

공ᄌ(公子ㅣ) 맛춤 드러와 츠경(此景)을 보고 모친(母親)을 븟드러 실셩톄읍(失聲涕泣)[608]ᄒ며 희텬은 조모(祖母)의 손을 잡아 모친(母親)의 두발(頭髮)을 플녀 ᄒ미, 광텬은 금쳑(金尺)을 아ᄉ 더지고 분〃(紛紛)[609]ᄒ ᄉ쉭(辭色)이 업지 아냐 왈(曰),

"대뫼(大母ㅣ) 비록 포려(暴戾)[610]ᄒ시나 ᄌ위(慈闈) 하류쳔인(下流賤人)이 아니어늘 계부(季父) 님힝(臨行)의 이런 일을 마르쇼셔 쳔(千) 번(番)이나 간걸(懇乞)[611]ᄒ시니 대뫼(大母ㅣ) 흐르는 딕시 딕답(對答)ᄒ시더니, 계뷔(季父ㅣ) 나가션 지 일삭(一朔)이 못 ᄒ여 가듕

---

605) 금쳑(金尺): 금척. 쇠로 만든 자.
606) 슈죄(數罪): 수죄. 죄를 하나하나 따짐.
607) 간부(姦夫): 간음한 남자.
608) 실셩톄읍(失聲涕泣): 실성체읍. 목이 쉬도록 눈물을 흘림.
609) 분〃(紛紛): 어지러운 모양.
610) 포려(暴戾): 포악하고 사나움.
611) 간걸(懇乞): 간절히 애걸함.

(家中)의 지변(災變)612)을 니르혀고져 ᄒᆞ시

69면

니, 아지 못거이다, 우리 모지(母子ㅣ) ᄉᆞ라셔 대모(大母)긔 므슨 ᄒᆡ(害)로온 일이 잇ᄂᆞ니잇고? 대뫼(大母ㅣ) 목강(穆姜)613)의 인ᄌᆞ(仁慈)ᄒᆞ믈 본밧지 아니시고 패도(悖道)614)를 슝상(崇尙)ᄒᆞ시니, 쇼손(小孫) 등(等)이 즉긱(卽刻)의 죽어 대모(大母)의 ᄆᆞ음을 맛치고져 ᄒᆞ오나 ᄎᆞ마 못 ᄒᆞᄂᆞᆫ 바ᄂᆞᆫ ᄌᆞ모(慈母)의 외로온 정니(情理)와 계부(季父)의 ᄌᆞ의(慈愛)를 져바리지 못ᄒᆞ고 조션혈식(祖先血食)615)을 긋지 못ᄒᆞ여 구〃(區區)히 슬기를 바라ᄂᆞᆫ 비라. 대뫼(大母ㅣ) 일분(一分)도 덕(德)을 닥지 아니시고 점점(漸漸) 이 디경(地境)의 밋ᄎᆞ시니 우리 집 변고(變故)ᄂᆞᆫ 블가ᄉᆞ문어타인(不可使聞於他人)616)이라. 인가(人家)의 며나리 유죄(有罪)ᄒᆞ믹 영츌(永黜)617)ᄒᆞᄂᆞᆫ 법(法)은 잇거니와 친(親)히 쇠와 남글 혜지 아냐 혈육(血肉)이 상(傷)ᄒᆞ도록 난타(亂打)ᄒᆞ믄 대모(大母)긔 쳐음으로 난 법(法)이라. ᄌᆞ뫼(慈母ㅣ) 팔지(八字ㅣ) 괴이(怪異)ᄒᆞ샤 남의 업슨

70면

지통(至痛)을 품으시나 셩효덕ᄒᆡᆼ(誠孝德行)이 무흠(無欠)ᄒᆞ시거늘 무

---

612) 지변(災變): 재변. 재앙과 변란.
613) 목강(穆姜): 중국 진(晉)나라 정문거(程文矩)의 아내 이 씨의 자(字). 친아들 둘을 두고 전처의 아들 넷이 있었는데, 정문거가 죽자, 전처의 아들 넷은 이 씨가 자기들을 낳은 어머니가 아니라고 하여 박대하였으나 이 씨는 그들을 사랑으로 대하였다 함. 『후한서』, 「열녀전」.
614) 패도(悖道): 바른 도리에서 어긋남.
615) 조선혈식(祖先血食): 조선혈식. 조상의 제사를 받듦.
616) 블가ᄉᆞ문어타인(不可使聞於他人): 불가사문어타인. 다른 사람에게 들리게 할 만하지 않음.
617) 영츌(永黜): 영출. 길이 내쫓음.

죄(無罪)흔 며나리를 이리흐시미 대모(大母)의 패악(悖惡)618)이 추악
(嗟愕)지 아니리잇가?"

언파(言罷)의 머리를 두다려 실성통곡(失聲慟哭)흐니 빅년용화(白
蓮容華)619)의 누쉬(淚水ㅣ) 삼〃(滲滲)620)흐여 옷슬 젹시고 쳐졀(凄
切)흔 곡성(哭聲)은 셕목(石木)이 감동(感動)홀디라. 태부인(太夫人)
이 희텬은 즈긔(自己) 손을 잡아 그 모친(母親) 두발(頭髮)을 프러닉
고 쳬읍익걸(涕泣哀乞)흐여 즈모(慈母) 디신(代身)의 죄(罪) 닙어지
라 청(請)흐거놀, 광텬의 분격(憤激)621)흔 말숨이 즈긔622)(自己) 심
폐(心肺)를 닐너 두리미 젹으믈 보니 대로대분(大怒大憤)623)흐여 부
인(夫人)을 노코 광텬의게 다라드러 겻틱 칙상(冊床)을 드러 광텬을
무슈난타(無數亂打)흐니 공직(公子ㅣ) 가듕형세(家中形勢)를 망극(罔
極)흐여 통곡(慟哭)흐더니, 칙상(冊床)이 몬져 두 엇게를 울히니 쎄

71면

바아624)지는 둣흐고 알프미 극(極)흐디 즈긔(自己) 몸의 이런 일은
변괴(變故ㅣ) 아니라 날호여 굴오디,

"쇼손(小孫) 등(等)이 유죄(有罪)홀딘디 시노(侍奴)로 장칙(杖
責)625)흐시미 맛당흐거놀 친(親)히 미를 드러 셩후(盛候)626)를 닛브
게 흐시ᄂ니잇고?"

---

618) 패악(悖惡): 사람으로서 마땅히 하여야 할 도리에 어그러지고 흉악함.
619) 빅년용화(白蓮容華): 백련용화. 흰 연꽃처럼 아름다운 얼굴.
620) 삼〃(滲滲): 눈물이 흘러내리는 모양.
621) 분격(憤激): 몹시 분하고 노여운 감정이 북받쳐 오름.
622) 즈긔: [교] 원문에는 없으나 문맥을 고려해 박순호본(3:102)을 따라 삽입함.
623) 대로대분(大怒大憤): 크게 분노함.
624) 아: [교] 원문에는 '이'로 되어 있으나 문맥을 고려해 박순호본(3:102)을 따름.
625) 장칙(杖責): 장책. 태형으로 벌함.
626) 셩후(盛候): 성후. 어른의 건강 상태.

태부인(太夫人)이 시노(侍奴)를 블너 공즈(公子)를 듕타(重打)코져
ㅎ더니,

현ᄋ 쇼졔(小姐ㅣ) 침소(寢所)의셔 곡셩(哭聲)을 듯고 ᄀ장 놀나
급(急)히 존당(尊堂)의 드러가 조모(祖母)의 거동(擧動)과 광텬 등
(等)의 잔잉히 마즈믈 보고 ᄎ악경히(嗟愕驚駭)ᄒ여 칙상(冊床)을 아
ᄉ 먼니 노코 누슈(淚水)를 연낙(連落)ᄒ여 갈오ᄃᆡ627),

"야얘(爺爺ㅣ) 나가션 지 슈삭(數朔)이 못 ᄒ여 가듕(家中)의 이런
일이 〃시니 현뎨(賢弟) 등(等)이 보젼(保全)치 못ᄒ리로다. 아지 못
게라, 조뫼(祖母ㅣ) 므슨 연고(緣故)로 현뎨(賢弟) 등(等)을 믜워ᄒ시
미 그 몸이 샹(傷)ᄒ기의 니르시ᄂᆞᆫ고?"

인(因)ᄒ여 실셩톄읍(失聲涕泣)628)ᄒ여 스스로 죽어

72면

보지 말고져 ᄒᄂᆞ디라, 태부인(太夫人)이 ᄯᅮ지져 왈(曰),

"너ᄂᆞᆫ 엇지 광텬 등(等)을 그ᄃᆡ도록 귀(貴)히 넉여 한믜 외롭고 슬
픈 심ᄉ(心思)를 모로ᄂᆞ뇨? 져놈의 모ᄌᆡ(母子ㅣ) 날을 죽이려 도모
(圖謀)ᄒᄂᆞ니 어린 ᄋ희(兒孩) 므어슬 아ᄂᆞᆫ 체ᄒᄂᆞ뇨?"

쇼졔(小姐ㅣ) 톄읍(涕泣) 왈(曰),

"광텬 등(等)이 엇지 조모(祖母)를 히(害)홀 ᄯᅳᆺ을 두리잇고? 대뫼
(大母ㅣ) 야얘(爺爺ㅣ) 나가신 ᄯᅢ를 타 져희를 못 견ᄃᆡ도록 ᄒ시미로
소이다."

태부인(太夫人)이 노왈(怒曰),

---

627) 연낙ᄒ여 갈오ᄃᆡ: [교] 원문에는 없으나 문맥을 고려해 박순호본(3:103)을 따라 삽입함.
628) 실셩톄읍(失聲涕泣): 실성체읍. 목이 쉬도록 욺.

“네 이런 못 홀 말을 ᄒᆞ니 반ᄃᆞ시 날을 죽여 업시코져 ᄒᆞ미 광텬 등(等)과 일반(一般)이라.”

뎡언간(停言間)[629]의 경이 비로소 침소(寢所)의셔 나와 모로던 쳬ᄒᆞ고 거즛 태부인(太夫人) 노긔(怒氣)를 플며 조(曹) 부인(夫人)의 머리 상(傷)ᄒᆞ여시믈 놀나ᄂᆞᆫ 쳬ᄒᆞ여 광텬 등(等)과 조(曹) 부인(夫人)을 그만ᄒᆞ여 믈너가 쉬게 ᄒᆞ쇼셔 ᄒᆞ니,

73면

태부인(太夫人)이 비록 욕살지심(欲殺之心)[630]이 급(急)ᄒᆞ나 일시(一時)의 져 삼(三) 모ᄌᆞ(母子)를 다 죽이지 못홀 거시므로 잠간(暫間) 노긔(怒氣)를 진뎡(鎭靜)ᄒᆞ나 현ᄋᆞ 쇼져(小姐)를 ᄌᆡ삼(再三) ᄭᅮ지져 광텬 등(等)의 당(黨)이라 ᄒᆞ니, 쇼제(小姐ㅣ) 한심(寒心)ᄒᆞ여 다시 말을 아니코 날호여 침소(寢所)의 드러가니,

공ᄌᆞ(公子) 등(等)이 놀나온 ᄆᆞ음을 진뎡(鎭靜)ᄒᆞ여 모친(母親)을 뫼셔 희월누로 도라오니, 부인(夫人)이 침금(枕衾)의 머리를 지혀 공ᄌᆞ(公子)를 ᄎᆡᆨ왈(責曰),

“존괴(尊姑ㅣ) 일시(一時) 과거(過擧)[631]를 ᄒᆡᆼ(行)ᄒᆞ시나 너의 ᄒᆞᄂᆞᆫ 말이 자손(子孫)의 효슌(孝順)[632]ᄒᆞᆫ 도리(道理) 아니라, 므슴 유익(有益)ᄒᆞ미 이시며 네 몸이 만금(萬金)의 지나미 잇거늘 언ᄉᆞ(言辭ㅣ) 크게 젼ᄌᆞ(前者)의 바라던 비 아니라. ᄎᆞ후(此後)ᄂᆞᆫ 조모(祖母) 명(命)이어든 슌슈(順受)[633]ᄒᆞ고 비록 실덕(失德)ᄒᆞ시미[634] 계실지라

---

629) 뎡언간(停言間): 정언간. 말이 잠시 멈춘 사이.
630) 욕살지심(欲殺之心): 죽이고 싶은 마음.
631) 과거(過擧): 지나친 행동.
632) 효슌(孝順): 효순. 효성스럽고 순함.
633) 슌슈(順受): 순수. 순순히 명령을 받듦.

도 종용(從容)이 간(諫)ᄒ여 블초죄인(不肖罪人)이 되지 말나.”

공지(公子ㅣ) 비

74면

읍(悲泣) 왈(曰),

“쇼ᄌ(小子) 등(等)이 혈육(血肉)이 상(傷)ᄒᄂᆫ 듕장(重杖)을 더으셔도 놀납지 아니ᄃᆡ 자위(慈闈)긔 그런 거죄(擧措ㅣ) 밋ᄎ시니 엇지 망극(罔極)ᄒᆫ 변괴(變故ㅣ) 아니리잇고? 계뷔(季父ㅣ) 나가션 지 슈삭(數朔)이 못 ᄒ여 가듕(家中)이 〃러틋 어ᄌ러오니 장ᄎ(將次) 깆치 누르지 못ᄒ올가 ᄒᄂᆞ이다.”

부인(夫人)이 늣기며 함구무언(緘口無言)635)ᄒ라 당부(當付)하더라.

ᄎ후(此後) 위·뉴 냥(兩) 부인(夫人)이 조(曹) 부인(夫人) 삼(三) 모ᄌ(母子)를 보면 니를 갈고 흉험(凶險)636)ᄒᆫ 거동(擧動)이 바로 보기 어렵거늘, 뉴 시(氏)ᄂᆫ 가만ᄒᆫ 듕(中) 희텬을 조르고 보치여 만단(萬端) 괴로오미 측냥(測量)키 어려워 태우(大夫)와 구패(寇婆ㅣ) 나간 후(後) 조(曹) 부인(夫人) 삼(三) 모ᄌ(母子)의 〃식지졀(衣食之節)637)이 더옥 괴로와 악초구(惡草具)638) 일(一) 긔(器) 곳 아니면 믹듁(麥粥)639)과 지강640)이라.

젼일(前日) 조(曹) 부인(夫人)이 가ᄉ(家事)를 다ᄉ려 봉친봉ᄉ(奉親奉祀)641)와 ᄃᆡ긱졀목(對客節目)642)을 밧들고 다ᄉ리더니,

---

75면

샹셰(尚書ㅣ) 별셰(別世) 후(後) 태부인(太夫人)이 가권(家權)을 아수 뉴 부인(夫人)으로 가음알게 ᄒ니, 태우(大夫)다려는 니르되, '조(曹) 시(氏) 슬픈 심ᄉ(心思)의 번극(煩劇)[643]ᄒ 가ᄉ(家事)를 다ᄉ릴 길 업ᄉ니 마지못ᄒ여 대지졀목(大之節目)[644]만 조(曹) 부인(夫人)다려 뭇고 범ᄉ(凡事)를 태부인(太夫人)이 뉴 시(氏)로 쳐치(處置)케 ᄒ엿노라.' ᄒ니, 태위(大夫ㅣ) 엇지 감(敢)히 조(曹) 부인(夫人) 듕임(重任)을 쳔ᄌ(擅恣)[645]코져 ᄒ리오마는 ᄯᅩᄒ 조(曹) 부인(夫人) 심ᄉ(心思ㅣ) 그러타 ᄒ여 뉴 시(氏)를 쳔만당부(千萬當付)ᄒ여 범ᄉ(凡事)를 슈시(嫂氏) 명(命)되로 ᄒ라 ᄒ미러라.

---

641) 봉친봉ᄉ(奉親奉祀): 봉친봉사. 어버이를 받들고 제사를 받듦.
642) 딕ᄀ졀목(對客節目): 대객절목. 손님을 응대하는 절차.
643) 번극(煩劇): 몹시 번거롭고 바쁨.
644) 대지졀목(大之節目): 대지절목. 절차 중에 큰 것.
645) 쳔ᄌ(擅恣): 천자. 제 마음대로 하여 조금도 꺼림이 없음.

명듀보월빙(明珠寶月聘) 권디팔(卷之八)

1면

화셜(話說). 선시(先時)의 윤(尹) 태위(大夫ㅣ) 뉴 시(氏)를 쳔만당부(千萬當付)ᄒ여 범ᄉ(凡事)를 슈시(嫂氏) 명(命)딕로 ᄒ라 ᄒᆫ딕, 뉴 시(氏) 흐르는 ᄃ시 딕답(對答)ᄒ여 태우(大夫)의 압히셔는 ᄆᆡᄉ(每事)를 조(曹) 부인(夫人)긔 픔(稟)ᄒ니 태위(大夫ㅣ) 비록 어진 부인(夫人)으로 아지1) 아니나 엇지 이런 줄이야 몽ᄆᆡ(夢寐)의나 싱각ᄒ리오. 님ᄒᆡᆼ(臨行)의 ᄒᆡᆼ(幸)혀 태부인(太夫人)의 심화(心火)로 말미암아 블평(不平)ᄒ미 이실가 ᄌᆡ삼(再三) 간걸(懇乞)ᄒ여시나 엇지 이러툿 과악(過惡)이 쳔고(千古)의 무ᄡᅡᆼ(無雙)ᄒᆯ 줄이야 알니오.

ᄎ고(此故)로 흉괴(凶姑ㅣ) 조(曹) 부인(夫人) 모ᄌᆞ(母子) 삼(三) 인(人)을 ᄒᆞᆫ칼의 죽여 ᄋᆞᄌᆞ(兒子)와 구패(寇婆ㅣ) 도라오나 의심(疑心)을 ᄌᆞ가(自家)의게 도라보닉디 아니려 극악포려(極惡暴戾)2)ᄒᆞᆫ 거동(擧動)과 싀험(猜險)3)ᄒ기 더옥 심(甚)ᄒ니, 조 부

---

1) 아지: [교] 원문에는 이 글자들이 더 있으나 부연으로 보아 삭제함.
2) 극악포려(極惡暴戾): 매우 포악하고 사나움.
3) 싀험(猜險): 시험. 시기심이 많고 엉큼함.

인이 즈긔(自己) 몸은 대시(大事ㅣ) 아니어니와 힝(幸)혀 냥(兩) 지(子ㅣ) 병(病)날가 근심ᄒ나 일쳑포(一尺布)[4]와 일승미(一升米)[5]도 실(實)노 쥬변[6]이 업ᄂ지라, 비록 조부(曹府)의셔 오ᄂ 금은(金銀)과 미곡(米穀), 필빅(疋帛)이 뼈ᄂ 디경(地境)이라도 다 아ᄉ 고듕(庫中)을 치오니 조(曹) 부인(夫人) 삼(三) 모즈(母子)의 간괴(艱苦ㅣ)[7] 만단(萬端)이나 뉘 잇셔 근심ᄒ리오.

광텬 공즈(公子)ᄂ 믹듁(麥粥), 지강을 념(厭)치 아녀 됴흔 것ᄀᆺ치 염어(饜飫)[8]ᄒ딕, ᄎ공즈(次公子)ᄂ 강인(强忍)ᄒ여 년명(延命)ᄒ려 절곡(絶穀)[9]든 아니나 쩌〃 비위(脾胃) 거스려 슈월디닉(數月之內)의 화풍(華風)[10]이 소삭(蕭索)[11]ᄒ고 표연쳥고(飄然淸高)[12]ᄒᆫ 긔상(氣像)이 우화(羽化)[13]ᄒᆯ 둣ᄒ니, 조(曹) 부인(夫人)이 볼 젹마다 심간(心肝)이 마르기를 면(免)치 못ᄒ니 태위(大夫ㅣ) 미급환가(未及還家)[14]의 대변(大變)이 날가 두리거늘, 뉴 부인(夫人)은 밤인즉 니를 가라 공

---

4) 일쳑포(一尺布): 일척포. 한 자의 베.
5) 일승미(一升米): 한 되의 쌀.
6) 쥬변: 일을 주선하거나 변통함. 또는 그런 재주.
7) 간괴(艱苦ㅣ): 처지나 상태가 어렵고 힘듦.
8) 염어(饜飫): 실컷 먹음.
9) 절곡(絶穀): 절곡. 곡식을 끊음.
10) 화풍(華風): 빛나는 풍채.
11) 소삭(蕭索): 생기가 사라짐.
12) 표연쳥고(飄然淸高): 표연청고. 날아갈 듯 맑고 고상함.
13) 우화(羽化): 사람의 몸에 날개가 돋아 하늘로 올라가 신선이 됨. 우화등선(羽化登仙). 여기에서는 죽음을 이름.
14) 미급환가(未及還家): 미처 집에 돌아오기 전.

ᄌ(公子) 죽기를 죄오니 대한(大旱) 칠(七) 년(年)의 운예(雲霓)[15]도 곤 더ᄒ더라.

희텬 공ᄌ(公子)의 사ᄅᆷ되오미 밧기 슈려[16](秀麗)ᄒ여 ᄆᆰ기 슈정(水晶) ᄀᆺ고 견고(堅固)ᄒ미 금옥(金玉) ᄀᆺᄐ니 사ᄅᆷ의 ᄎᆷ지 못ᄒᆯ 경계(境界)를 당(當)ᄒ여 츌텬대효(出天大孝)로뼈 그 양모(養母)의 허믈을 티의(致意)[17]ᄒ여 엇디 친소(親疎)[18]를 달니ᄒ리오. 뉴 시(氏)를 우러는 디셩대회(至誠大孝])[19] 오히려 싱모(生母)의 더ᄒᆫ 듯, 셕(石) 혹ᄉ(學士) 부인(夫人) 우공(友恭)[20]ᄒᄂᆫ 정성(精誠)이 뎡(鄭) 한님(翰林) 부인(夫人)긔 나리미 업ᄉ되, 뉴 시(氏) 모녀(母女)의 절치통한(切齒痛恨)[21]ᄒᆷ믄 이럴ᄉ록 깅가일층(更加一層)[22]ᄒ니, ᄎ공ᄌ(次公子]) 더옥 조심(操心)ᄒ며 효우(孝友)ᄒ되 텬셩(天性)이 팀믁단듕(沈黙端重)[23]ᄒᆫ 고(故)로 그 천만비원(千萬悲怨)[24]을 비록 그 모친(母親) 조(曹) 부인(夫人)이라도 아디 못ᄒ게 ᄒ나 엇지 모로리오마ᄂᆫ 그 허믈을 간되로[25] 젼(傳)치 못ᄒᆷ믄

---

15) 운예(雲霓): 구름과 무지개.
16) 슈려: [교] 원문에는 '슌녀'로 되어 있으나 문맥을 고려해 이와 같이 수정함.
17) 티의(致意): 치의. 마음에 둠.
18) 친소(親疎): 가깝고 멂.
19) 디셩대회(至誠大孝]): 지성대효. 지극한 정성과 큰 효성.
20) 우공(友恭): 우애 있고 공손함.
21) 절치통한(切齒痛恨): 절치통한. 이를 갈며 몹시 한스러워함.
22) 깅가일층(更加一層): 갱가일층. 더욱 한층 더함.
23) 팀믁단듕(沈黙端重): 침묵단중. 묵묵하고 단엄하며 진중함.
24) 천만비원(千萬悲怨): 천만비원. 대단한 슬픔과 원망.
25) 간되로: 마음대로.

혹(或) 양모(養母)의 허믈을 희뎐이 드른즉 눈믈을 드리워 체읍(涕泣) 듀왈(奏曰),

"쇼직(小子ㅣ) 블초무상(不肖無狀)26)ᄒᆞ와 양모(養母)긔 셩회(誠孝ㅣ) 쳔단(淺短)27)ᄒᆞ온 고(故)로, 태〃(太太) 문득 양즈위(養慈闈) 허믈을 쇼즈(小子)다려 니르시니 히익(孩兒ㅣ) 만일(萬一) 태〃(太太)의 쇼싱(小生)이 아니오, 양즈위(養慈闈)예 싱(生)ᄒᆞ신 빈즉 엇디 즈위(慈闈) 이런 말슴을 ᄒᆞ시리잇고? 일노조ᄎᆞ 쇼즈(小子)의 거두(擧頭)28)ᄒᆞ미 어렵도소이다."

ᄒᆞ여 진실(眞實)노 허믈을 듯고져 아니〃 조(曹) 부인(夫人)이 ᄯᅩ흔 팀믁(沈黙)흔 고(故)로 굿투여 니르미 업더라.

ᄎᆞ시(此時), 구몽슉이 옥누항의 즈로 왕니(往來)ᄒᆞ여 명ᄋᆞ 쇼져(小姐)의 음비지ᄉᆞ(淫鄙之事)29)를 한님(翰林)이 곳이듯도록 흄과 두 번(番) 도젹(盜賊)이라 ᄒᆞ여 칼 들고 여ᄎᆞ여ᄎᆞ(如此如此) ᄒᆞ되 금슬은졍(琴瑟恩情)30)이 아모란 줄 외인(外人)이 엇지 알니오.

뉴 시(氏) 쇼져(小姐)의 시ᄋᆞ(侍兒) 곳 오면 한님(翰林)의 유졍(有情)을 알고

져 ᄒᆞ되 시녜(侍女ㅣ) 모로므로뼈 디(對)ᄒᆞ니 초조ᄒᆞ더니, 한님(翰林)

---

26) 블초무상(不肖無狀): 불초무상. 어리석고 도리를 알지 못함.
27) 쳔단(淺短): 천단. 얕고 짧음.
28) 거두(擧頭); 머리를 듦.
29) 음비지ᄉᆞ(淫鄙之事): 음비지사. 음란하고 더러운 일.
30) 금슬은졍(琴瑟恩情): 금슬은정. 부부지간의 사랑.

이 양 시(氏) 취(娶)ᄒ믈 알고 반ᄃ시 쇼져(小姐)를 념박(厭薄)31)ᄒ여 ᄌ취(再娶)ᄒ니라 ᄒ여 징그럽기32) 가려온 ᄃᆡ를 긁는 듯ᄒ여 '만일(萬一) 영출(永黜)33)ᄒ면 너의 긔믈(器物)을 삼으리라.' ᄒᆞᄃᆡ, 몽슉이 환열응낙(歡悅應諾)34)ᄒ더라.

시〃(是時)의 셕(石) 흑ᄉᆡ(學士ㅣ) 그윽이 윤(尹) 시(氏)의 브ᄌ(不慈)35)ᄒ믈 념고(厭苦)ᄒ여 윤부(尹府)의 후리쳐 두고36), 쳐ᄉ(處士) 오윤의 녀37)(女)를 취(娶)ᄒ여 듕ᄃᆡ(重待)ᄒ고 경ᄋᆞ는 힝노(行路)38) ᄀᆞ치 ᄒ니, 뉴 시(氏) 모녜(母女ㅣ) 쳥등야우(靑燈夜雨)39)의 홍뉘(紅淚ㅣ)40) 귀밋ᄎᆞᆯ 잠으니 태부인(太夫人)이 역시(亦是) 셕ᄉᆡᆼ(石生)을 분한졀치(憤恨切齒)ᄒ나 쏘ᄒᆫ 엇지ᄒ리오.

태위(大夫ㅣ) 니가(離家)41)ᄒᆫ ᄶᆡ를 타 아모커나 현ᄋᆞ로써 고문세벌(高門世閥)42)의 가셔(佳壻)를 퇵(擇)ᄒ여 일ᄉᆡᆼ(一生)을 쾌(快)히 ᄒ고져 ᄒᆞᄃᆡ 더브러 의논(議論)ᄒ리 업ᄉ믈 탄(歎)ᄒ더니,

일

6면

일(一日)은 집금오(執金吾) 뉴 공(公)이 니르니, 뉴 시(氏), 댱녀(長

---

31) 념박(厭薄): 염박. 싫어하고 박대함.
32) 징그럽기: 고소하기.
33) 영출(永黜): 영출. 영영 내쫓음.
34) 환열응낙(歡悅應諾): 기뻐하며 응낙함.
35) 브ᄌ(不慈): 부자. 자애롭지 않음.
36) 후리쳐 두고: 팽개쳐 두고.
37) 녀: [교] 원문에는 '쳐'로 되어 있으나 문맥을 고려해 박순호본(4:1)을 따름.
38) 힝노(行路): 행로. 길을 가는 사람.
39) 쳥등야우(靑燈夜雨): 청등야우. 푸른빛의 등불에 비가 오는 밤.
40) 홍뉘(紅淚ㅣ): 홍루. 피눈물.
41) 니가(離家): 이가. 집을 떠남.
42) 고문세벌(高門世閥): 고문세벌. 지체 높은 집안과 대대로 내려온 벌열 집안.

女) 셕(石) 혹亽(學士)의 박딕(薄待) 츳악(嗟愕)흠과 현우는 유시(幼
時)의 일시(一時) 희언(戲言)으로 셔촉(西蜀) 슈졸(戍卒)[43]과 결혼(結
婚)코져 ᄒ니 즈긔(自己) 다만 냥(兩) 개(個) 녀우(女兒)를 두어 졍亽
(情事)의 비고(悲苦)[44]흠과 졍니(情理)의 츳아(嗟訝)[45]ᄒ믈 닐너 브
딕 각별(恪別)흔 고문셰가(高門勢家)의 아름다온 부셔(夫壻)를 틱(擇)
ᄒ여 녀우(女兒)의 평싱(平生)을 쾌(快)히 ᄒ고져 ᄒ딕, 쏘 샤혼은지
(賜婚恩旨)를 어디 태우(大夫)로뼈 브득이(不得已)ᄒ믈 알게 ᄒ여지
라 ᄒ니, 뉴 공(公)의 셩졍(性情)이 용우무식(庸愚無識)[46]ᄒ여 亽오
납든 아니나 녜의(禮義)를 亽못지 못ᄒ므로 그 미즈(妹子)의 말을 드
르딕 그른 줄 아지 못ᄒ여 흔연(欣然) 위로(慰勞) 왈(曰),

"미즈(妹子)는 념녀(念慮)치 말나. 명강이 셩졍(性情)이 고집(固執)
ᄒ여 그 즈식(子息)의 젼졍(前程)[47]을 념녀(念慮)치 아냐 젹은 신(信)
을 직희니 현미(賢妹)의 슬픈 심亽(心思ㅣ) 괴이(怪異)

7면

치 아니토다. 우형(愚兄)이 맛당이 아름다온 가셔(佳壻)와 샤혼됴디
(賜婚詔旨)를 어디 현미(賢妹)를 위로(慰勞)ᄒ고 명강으로 그릇 넉이
믈 막으리라."

ᄒ고 도라가 넙이 구혼(求婚)ᄒ미,

시임(時任)[48] 니부통지(吏部冢宰) 김후의 댱즈(長子) 김등광이 시

년(時年)이 십ᄉᆞ(十四)로되 그 소집(所執)이 괴(怪)ᄒᆞ여 브되 신부(新婦)를 보고 취(娶)ᄒᆞ려 ᄒᆞ니 어나 사름이 규슈(閨秀)를 ᄂᆡ여 뵐 지(者ㅣ) 이시리오. ᄎᆞ고(此故)로 십ᄉᆞ(十四ㅣ) 되도록 취실(娶室)49)치 못ᄒᆞ엿더라.

윤(尹) 태우(大夫)의 ᄎᆞ녀(次女)로 구혼(求婚)ᄒᆞ믈 듯고 김 니뷔(吏部ㅣ) 뉴 공(公)을 쳥(請)ᄒᆞ여 규슈(閨秀)의 현부(賢否)를 므르니, 금외(金吾ㅣ) ᄌᆞ시 젼(傳)ᄒᆞ되 김 니뷔(吏部ㅣ) 대희(大喜)ᄒᆞ여 허(許)코져 ᄒᆞ거늘 등광이 ᄒᆞᆫ번(-番) 보아 허혼(許婚)ᄒᆞᆯ 뜻을 고(告)ᄒᆞ되, 김휘 웃고 금오(金吾)를 ᄃᆡ(對)ᄒᆞ여 기ᄌᆞ(其子)의 말을 젼(傳)ᄒᆞ고 우왈(又曰),

"녕딜(令姪)이 만일(萬一) 긔특(奇特)ᄒᆞᆯ진되 ᄒᆞᆫ번(-番)

8면

보미 므어시 어려오리오?"

ᄒᆞᆫ되 금외(金吾ㅣ)

"믹뎨(妹弟)를 보아 의논(議論)ᄒᆞ여 회보(回報)ᄒᆞ리라."

ᄒᆞ고, 바로 윤부(尹府)의 니르러 김후의 말을 ᄌᆞ시 젼(傳)ᄒᆞ고 신낭(新郞)의 소집(所執)을 니르니, 뉴 시(氏) 김후의 부귀(富貴)를 흠모(欽慕)ᄒᆞ여 왈(曰),

"혼쳐(婚處)는 극(極)히 맛당ᄒᆞ되 다만 신낭(新郞)의 쇼집(所執)을 드르니 녀익(女兒ㅣ) 비록 특이(特異)ᄒᆞ나 결단(決斷)코 신낭(新郞)을 뵈여 나모라 ᄒᆞ면 대욕(大辱)이오, 이ᄌᆞ(二者)는 녀익(女兒ㅣ) 결단(決斷)코 볼 니(理) 업ᄉᆞ리니 맛당치 아니토다."

---

49) 취실(娶室): 취실. 아내를 얻음.

경이 잠쇼(暫笑) 왈(曰),

"엇디 젹은 일노 큰 일을 폐(廢)ᄒ리잇고? 김직(-者ㅣ) 만일(萬一) 브딕 보고져 홀진딕 여ᄎ여ᄎ(如此如此)ᄒ여 그 잠간(暫間) 뵈미 무방(無妨)ᄒ 거시오, 져 김개(-家ㅣ) 비록 안고태산(眼高泰山)[50]이나 현ᄋ는 결단(決斷)코 나모라디 아니리니 모친(母親)은 념녀(念慮)치 마르쇼셔."

뉴 시(氏) 그러히 넉여 김가(-家)의 가 이리이리 ᄒ

9면

라 ᄒ딕, 금외(金吾ㅣ) 즉시(卽時) 김부(-府)의 나아가,

"규각(閨閣)의 외간남직(外間男子ㅣ) 왕ᄂᆡ(往來)키 어려오딕 녕윤(令胤)의 쇼집(所執)이 괴(怪)ᄒ믹 마디못ᄒ여 허(許)ᄒᄂ니 명공(明公)은 녕낭(令郎)으로 음양(陰陽)을 잠간(暫間) 밧고믹 엇더ᄒ뇨?"

니뷔(吏部ㅣ) 싱(生)을 블너 므른딕 싱(生)이 환희허락(歡喜許諾)ᄒ니, 뉴 금외(金吾ㅣ) 깃거 윤부(尹府)의 회보(回報)ᄒ니, 희(噫)라, 뉴 시(氏) 쏘흔 ᄉ문여믹(斯文餘脈)이어늘 탐니츄셰(貪利趨勢)[51]ᄒ여 인륜대졀(人倫大節)을 안연(晏然)[52]이 ᄌ멸(自滅)코져 ᄒ니 죄(罪)를 강상(綱常)[53]의 엇고 눈긔(倫紀)[54]에 난(亂)ᄒ 힝ᄉ(行使ㅣ)믈 가(可)히 알니러라.

ᄎ시(此時)의 현ᄋ 쇼졔(小姐ㅣ) 존당(尊堂) 부모(父母)긔 삼시(三

---

50) 안고태산(眼高泰山): 눈이 태산처럼 높음.
51) 탐니츄셰(貪利趨勢): 탐리추세. 이익을 탐하고 세력 있는 사람을 좇음.
52) 안연(晏然): 평안한 모습.
53) 강상(綱常): 삼강(三綱)과 오상(五常)을 아울러 이르는 말. 삼강은 군위신강(君爲臣綱), 부위자강(父爲子綱), 부위부강(夫爲婦綱)을 이르고 오상은 부자유친(父子有親), 군신유의(君臣有義), 부부유별(夫婦有別), 장유유서(長幼有序), 붕우유신(朋友有信)을 이름.
54) 눈긔(倫紀): 윤기. 윤리와 기강(紀綱)을 아울러 이르는 말.

時) 문안(問安) 밧 즈최 디방(地枋)55)을 넘지 아냐 오딕 팀소(寢所)의셔 비즈(婢子) 벽난의 영오혜힐56)(穎悟惠黠)57)ᄒ미 족(足)히 샹문(相門) 규슈(閨秀)를 압두(壓頭)홀 긔딜(器質)이 잇셔 만식(萬事ㅣ) 혜힐58)능통(惠黠能通)59)ᄒ여 문즈(文字)를 관통(貫通)ᄒ니, 쇼제(小姐ㅣ) 노듀(奴主)의 〃(義)와 향규(香閨)의 마역(莫逆)60)

10면

을 겸(兼)ᄒ여 일즉 써나지 아냐 가듕스(家中事)를 몽니(夢裏)의 븟첫더니,

뉴 금외(金吾ㅣ) 빈〃왕ᄂᆡ(頻頻往來)61)ᄒ니 츠공직(次公子ㅣ) 괴이(怪異)히 넉여 일〃(一日)은 그 뒤흘 좃ᄎ 시좌(侍坐)ᄒ니, 금오(金吾)ᄂᆞᆫ 미져(妹姐)의 양직(養子ㅣ)니 심복(心腹)이라 ᄒ여 믄득 김듕광의 음양(陰陽)을 변톄(變體)ᄒ고 와 현ᄋᆞ 뵈기를 낭즈(狼藉)히 의논(議論)ᄒ니, 뉴 시(氏) 민망(憫惘)ᄒ여 어렴프시 디답(對答)ᄒ여 공즈(公子)를 나가 독셔(讀書)ᄒ라 ᄒ니, 공직(公子ㅣ) 블감역명(不敢逆命)62)ᄒ여 나오며 민〃블호(憫憫不好)63)ᄒ여 그 작희(作戲)ᄒ미 미져(妹姐)의 츄상졀의(秋霜節義)64)를 완젼(完全)치 못홀 줄 혜아리믹 뎡(正)히 ᄎ악(嗟愕)ᄒ여 아모리 홀 줄 모로더니,

___

55) 디방(地枋): 지방. 출입문 밑의, 두 문설주 사이에 마루보다 조금 높게 가로로 댄 나무. 문지방(門地枋).
56) 힐: [교] 원문에는 '일'로 되어 있으나 문맥을 고려해 이와 같이 수정함.
57) 영오혜힐(穎悟惠黠): 영리하고 총명함.
58) 힐: [교] 원문에는 '일'로 되어 있으나 문맥을 고려해 이와 같이 수정함.
59) 혜힐능통(惠黠能通): 총명하고 일에 능통함.
60) 마역(莫逆): 막역. 허물없는 사이.
61) 빈〃왕ᄂᆡ(頻頻往來): 빈빈왕래. 자주 왕래함.
62) 블감역명(不敢逆命): 불감역명. 명령을 감히 거역하지 못함.
63) 민〃블호(憫憫不好): 민민불호. 근심하며 마음이 좋지 않음.
64) 츄상졀의(秋霜節義): 추상절의. 가을의 서릿발 같은 절개와 의리.

금외(金吾ㅣ) 도라가니 문닉(門內)의 빅송(拜送)홀식 넌즈시 뭇즈오딕,

"김개(-哥ㅣ) 언졔 오느니잇고?"

답왈(答曰),

"금야(今夜)의 오느니라."

공지(公子ㅣ) 츳악(嗟愕)ㅎ고 져〃(姐姐)의 모로믈 더옥 우민(憂悶)[65]ㅎ여 미화당의 니르

11면

니 쇼제(小姐ㅣ) 셔안(書案)의 『녈녀젼(列女傳)』을 잠심(潛心)[66]ㅎ다가 공즈(公子)룰 보고 안즈믈 닐너 종용(從容)이 말숨홀식, 쇼져(小姐)다려 왈(曰),

"져졔(姐姐ㅣ) 금오(金吾) 대인(大人)의 왕닉(往來)ㅎ시믈 아르시느니잇가?"

쇼제(小姐ㅣ) 답왈(答曰),

"신졍(新正) 시(時)의 뵈온 밧 근간(近間) 왕닉(往來)는 아디 못ㅎ노라."

공지(公子ㅣ) 소릭를 낫초아 즈위(慈闈)와 금오(金吾)의 ㅎ시던 말숨을 일〃(一一)히 고(告)ㅎ니, 쇼제(小姐ㅣ) 청미필[67](聽未畢)[68]의 만심경희(滿心驚駭)[69]ㅎ여 믁연냥구(默然良久)의 츄연(惆然) 탄왈(嘆曰),

"즈위(慈闈) 블쵸녀(不肖女)를 넘녀(念慮)ㅎ샤 실덕(失德)이 〃에

밋츠시니, 츠회(嗟乎ㅣ)라, 모친(母親)이 비록 날노뼈 살과져 ㅎ시미 도로혀 일명(一命)을 지쵹ㅎ시ᄂ도다. 내 드러가 죽기로뼈 닷토리라.”

공지(公子ㅣ) 말녀 왈(曰),

“블가(不可)ㅎ이다. 즈위(慈闈) 일을 시작(始作)ㅎ시미 맞치 잇ᄂ니 야〃(爺爺)의 하가(河家) 결혼(結婚)을 분노(忿怒)ㅎ샤 궁극(窮極)히 구혼(求婚)ㅎ시미니 져제(姐姐ㅣ) 비록

12면

닷토시나 일을 챵누(彰漏)[70]ᄒᆞᆯ ᄲᅢᆫ이니 쇼뎨(小弟) 여츠여츠(如此如此) ᄒᆞ리니 원(願)컨딕 져〃(姐姐)ᄂ 잠간(暫間) 피(避)ᄒᆞ쇼셔.”

쇼졔(小姐ㅣ) 분개(憤慨)ᄒᆞᆫ 눈믈이 옥면(玉面)의 가득ᄒᆞ여 댱탄(長歎)[71] 왈(曰),

“즈위(慈闈) 야〃(爺爺)의 듕탁(重託)[72]을 져바려 천고(千古)의 업슨 힝ᄉ(行使)를 즈임(自任)ᄒᆞ시니 오문(吾門) 청덕(淸德)을 일노좃ᄎ 츄락(墜落)ᄒᆞ리로다.”

공지(公子ㅣ) 위로(慰勞) 왈(曰),

“비록 그러나 일이 급(急)ᄒᆞ여시니 ᄲᆞᆯ니 피(避)ᄒᆞ쇼셔. 쇼뎨(小弟) 져〃(姐姐)의 옷슬 닙어 흉음젹ᄌ(凶淫賊子)[73]를 뵈리이다.”

언파(言罷)의 즉시(卽時) 나와,

황혼(黃昏)의 세월[74] 등(等)이 문(門)의 나와 김가(-哥)의 오기를 기다려 바로 미화당으로 다려가ᄌ ᄒᆞᄂ디라. 공지(公子ㅣ) 블승분히

---

70) 챵누(彰漏): 창루. 드러나 퍼짐.
71) 댱탄(長歎): 장탄. 길이 탄식함.
72) 듕탁(重託): 중탁. 중대한 부탁.
73) 흉음젹ᄌ(凶淫賊子): 흉음적자. 흉악하고 음란한 도적놈.
74) 월: [교] 원문에는 ‘원’으로 되어 있으나 앞의 예를 따라 이와 같이 수정함.

(不勝憤駭)[75]하여 나는 닥시 미각의 와 쇼져(小姐)의 일습의복(一襲
衣服)[76]을 닙고 쇼져(小姐)는 협실(夾室)노 드러가고 벽난은 쵹(燭)
을 붉혀 잇더니,

　이윽고 비영 등(等)이 지게 밧긔

13면

와 부인(夫人) 말숨으로 전어(傳語) 왈(曰),

　"금외(金吾ㅣ) 일(一) 비즈(婢子)를 보늬여, '너의게 샤환(使喚)[77]
하라.' 하시니 '두고 시브거든 두고 블합(不合)하거든 즉시(卽時) 보
늬라.' 하시더이다."

　김튝(-畜)을 벽난으로 인도(引導)하여 드려보늬니,

　김싱(-生)이 흔ﾉﾉ즈득(欣欣自得)하여 드러가 눈을 드러 보니, 쇼제
(小姐ㅣ) 셔안(書案)을 비겨시니 홍일(紅日)이 산두(山頭)의 걸닌 닷,
광휘(光輝) 요일(曜日)하고 보광(寶光)[78]이 황ﾉﾉ(晃晃)[79]하여 곱고
긔이(奇異)하믄 남젼빅옥(藍田白玉)[80]을 가다듬아 치식(彩色)을 메
엿는 닷, 일견쳠시(一見瞻視)[81]의 긔이황홀(奇異恍惚)하미 결을치
못할디라. 김튝(-畜)이 황홀(恍惚)하여 눈을 드러 다시곰 바라보믹
아룸답고 고으미 흠(欠) 업사딕, 다만 긴 눈셥이 텬창(天倉)[82]을 쩔

---

75) 블승분히(不勝憤駭): 불승분해. 분함과 놀라움을 이기지 못함.
76) 일습의복(一襲衣服): 한 벌 의복.
77) 샤환(使喚): 사환. 심부름을 함.
78) 보광(寶光): 보배에서 반사되는 찬란한 빛.
79) 황ﾉﾉ(晃晃): 빛나는 모양.
80) 남젼빅옥(藍田白玉): 남전백옥. 남전에서 나는 백옥. 남전은 중국 섬서성의 옥이 많이 나는 지
　　역.
81) 일견쳠시(一見瞻視): 일견첨시. 한번 바라봄.
82) 텬창(天倉): 천창. 천정(天庭)을 이름. 천정은 관상에서 두 눈썹의 사이나 이마의 복판을 이르
　　는 말.

첫고 단봉안(丹鳳眼)83)과 와즘미(臥蠶眉)84) 너모 기러 미인(美人)의 염틱(艶態)85) 잠간(暫間) 젹으나 그 식광(色光)으로 니를진딕 져의 본 바 쳐음이라,

14면

김직(-者ㅣ) 황홀(恍惚)ᄒ여 바라보는 눈이 쑤러질 듯ᄒ니, 공직(公子ㅣ) 심니(心裏)의 분히(憤駭)ᄒ여 벽난으로 젼어(傳語) 왈(曰),

"쇼녜(小女ㅣ) 비직(婢子ㅣ) 만ᄒ니 브졀업슨 고(故)로 보닉ᄂ이다."

벽난을 직쵹ᄒ여 등광을 다려 닉여가라 ᄒ니,

김개(-哥ㅣ) 쇼져(小姐)로 아라 쎠나미 셥〃ᄒ나 쇼제(小姐ㅣ) 직쵹ᄒ니 마디못ᄒ여 비영으로 더브러 나오니, 셰월 등(等)이 인도(引導)ᄒ여 밧문(-門)으로 나가니,

원간(元間) 김싱(-生)의 오믈 뉴 시(氏) 어려이 넉이딕 경의 힘뼈 드러왓ᄂ는디라, 쇼져(小姐)를 본가 넉일지언졍 공즈(公子)의 됴화(造化)는 젼(全)혀 블각(不覺)ᄒ고 나갈 쩍 잠간(暫間) 여어보니 풍칙(風采) 쥰아(俊雅)86)ᄒ고 미목(眉目)이 쳥슈(淸秀)87)ᄒ니 ᄀ장 결혼(結婚)ᄒ믈 원(願)ᄒ니 무식무디(無識無知)ᄒ미 여츠(如此)ᄒ더라.

공직(公子ㅣ) 김튝(-畜)을 닉여보닉고 즉시(卽時) 녀복(女服)을 버셔 후리치고 져〃(姐姐)다려 왈(曰),

"평싱(平生) 공교(工巧)ᄒ 일을

---

83) 단봉안(丹鳳眼): 단혈에 사는 봉황의 눈. 봉안(鳳眼)은 봉황의 눈같이 가늘고 길며 눈초리가 위로 째지고 붉은 기운이 있는 눈으로 잘생긴 남성의 눈을 이름.
84) 와즘미(臥蠶眉): 와잠미. 잠자는 누에 같다는 뜻으로, 길고 굽은 눈썹을 이르는 말.
85) 염틱(艶態): 염태. 어여쁜 자태.
86) 쥰아(俊雅): 준아. 준수하고 전아함.
87) 쳥슈(淸秀): 청수. 맑고 빼어남.

아니ᄒ더니 금야(今夜)의 마지못ᄒ여 음양(陰陽)을 밧고아 김튝(-畜)을 속엿거니와, 패ᄌ(悖子ㅣ)[88] 오가(吾家)를 업슈히 넉이미 여ᄎ(如此)ᄒ여 규닉(閨內) 여어보기를 안연(晏然)이 ᄒ니 일관(一貫)[89]이 통히(痛駭)ᄒ지라 급(急)히 가 져놈을 난타(亂打)ᄒ여 후일(後日)을 경계(警戒)ᄒ리니 져〃(姐姐)는 놀나지 마르쇼셔.”

언파(言罷)의 밧그로 나가니, 쇼졔(小姐ㅣ) 모친(母親)의 힝ᄉ(行使)를 한심골경(寒心骨驚)[90]ᄒ고 분완(憤惋)[91]ᄒ믈 니긔지 못ᄒ여 답(答)지 못ᄒ더라.

ᄎ시(此時), 윤(尹) 쇼졔(小姐ㅣ) 모친(母親)의 힝ᄉ(行使)를 싱각고 김가튝싱(-哥畜生)[92]의 무례(無禮)ᄒ믈 분완통히(憤惋痛駭)ᄒ여 아의 말을 밋쳐 답(答)지 못ᄒ여셔, 공ᄌ(公子ㅣ) 쎨니 나가니 오히려 념녜(念慮ㅣ) 업지 아니ᄒ여 김튝(-畜)의게 상(傷)홀가 념녀(念慮) 만복(滿腹)ᄒ더라.

공ᄌ(公子ㅣ) 텬셩(天性)이 단듕(端重)[93]ᄒ딕 김싱(-生) 통한(痛恨)ᄒ믈 니긔지 못ᄒ여 개연(慨然)이 밧긔 나와

긴 옷슬 버셔 후리치고, 급(急)히 문(門)을 닉다라 듕광을 쏠올식 농힝호보(龍行虎步)[94]의 신속(迅速)ᄒ미 구름이 힝(行)ᄒ고 별이 흐르

---

88) 패ᄌ(悖子ㅣ): 패자. 패륜을 저지르는 놈.
89) 일관(一貫): 한 가지 일.
90) 한심골경(寒心骨驚): 몹시 놀라 마음이 서늘하고 뼈가 놀라는 듯함.
91) 분완(憤惋): 몹시 분하게 여김.
92) 김가튝싱(-哥畜生): 김가축생. 김가 짐승.
93) 단듕(端重): 단중. 단엄하고 진중함.

는 듯호니 엇지 듕광의 뒤흘 뜬오지 못호리오.

츳시(此時) 뎡(正)히 황혼(黃昏)이라, 초싱미월(初生微月)95)이 몽 농(朦朧)호고 네거리 큰길의 왕니(往來)호는 사름이 가득혼 듕(中) 듕광이 듕인(衆人) 가온딕 셧겨 가니 엇지 아라보리오마는 붉은 안 광(眼光)이 엇지 김가젹주(-哥賊子)96)를 분간(分揀)치 못호리오. 임 의 만나믹 발연(勃然)이 다라드러 듕광의 머리를 쓰드러잡고 주긔 (自己) 신을 버셔 그 쌤을 치며 슈죄(數罪)97) 왈(曰),

"네 반둑시 셩현셔(聖賢書)를 닑어실 거시어놀 음양(陰陽)을 변톄 (變體)호여 구추(苟且)히 규방(閨房)의 드러와 규슈(閨秀)를 여어보 아 업슈히 넉이니 네 눈으로 보고 구혼(求婚)호렷노라

17면

호미 긔 므슴 말고? 윤(尹) 쇼져(小姐)를 구혼(求婚)코져 호나 하(河) 시(氏)의 사름이라, 네 집은 니르지 말고 텬주(天子)의 됴셰(詔書ㅣ) 나려도 타문(他門)을 싱각지 못홀 거시니 셔어(齟齬)98)혼 뜻을 두지 말나."

이리 니르며 대로(大路)의 구을니며 힘을 다ᄒ여 무슈(無數)히 치 니 졔인(諸人)이 쥐 숨둣 다라나고 업ᄂ디라. 듕광이 부귀(富貴) 주 뎨(子弟)로 의복(衣服)을 치레99)호고 음식(飲食)을 고찰(考察)홀 씬 이오, 약(弱)호미 셰류(細柳) ᄀᆞᆺ튀여 윤(尹) 공주(公子)의 강밍(强

---

94) 뇽힝호보(龍行虎步): 용행호보. 용의 걸음과 호랑이의 걸음이라는 뜻으로 걸음걸이가 매우 빠 름을 이름.
95) 초싱미월(初生微月): 초생미월. 희미한 빛의 초승달.
96) 김가젹주(-哥賊子): 김가적자. 김가 도적놈.
97) 슈죄(數罪): 수죄. 죄를 하나하나 따짐.
98) 셔어(齟齬): 서어. 익숙하지 아니하여 서름서름함.
99) 치례: 치레. 잘 손질하여 모양을 냄.

猛)100)홈믈 당(當)홀 길 업고 제 압히 굽으므로 일언(一言)을 못 ᄒ고 참혹(慘酷)히 마줄 쎈이니, 슌시군시(巡視軍士ㅣ) 곳〃이 단니는디라, 윤(尹) 공지(公子ㅣ) 일시(一時) 분(憤)이나 플녀시므로 슌나군(巡邏軍)을 만나면 말ᄒ기 괴로와 두 블노 촛 바리고 표연(飄然)이 도라오니라.

이쩌 댱공지(長公子ㅣ) 모친101) 침젼(寢殿)의셔

18면

갓 믈너와 아이 업스믈 괴이(怪異)히 넉이더니, 져른102) 옷슬 닙고 분긔(憤氣) 가득ᄒ여 방듕(房中)으로 드러오믈 보고 갓던 곳을 므르니 공지(公子ㅣ) 비로소 셜화(說話)를 니르미 댱공지(長公子ㅣ) 분연통히(憤然痛駭)ᄒ여 왈(曰),

"네 엇지 날다려 니르지 아니ᄒ뇨? 그놈을 죽여야 숙모(叔母)의 셔랑(壻郞) 바라시는 바롤 씻츨 거슬 네 약(弱)ᄒ여 잠간(暫間) 치고 온 거시야 무슴 유익(有益)ᄒ미 이시리오? 숙뫼(叔母ㅣ) 계뷔(季父ㅣ) 오시기 젼(前) 믜져(妹姐)를 타문(他門)의 보닉고 흔갓 계부(季父)긔 고(告)홀 말솜이 업슬 쎈 아니라 하가(河家)의 빙칙(聘采)103)와 져〃(姐姐)의 비상(臂上) 글지 하(河) 공(公)의 필젹(筆跡)이니 엇지려 ᄒ시며 믜졔(妹弟) 결단(決斷)코 듯지 아니시리니 반ᄃ시 일장(一場)을 요란(搖亂)홀 거시오, 져졔(姐姐ㅣ) 집의 머므르시기 어려오리라."

---

100) 강밍(强猛): 강맹. 굳세고 사나움.
101) 친: [교] 원문에는 '침'으로 되어 있으나 문맥을 고려해 이와 같이 수정함.
102) 져른: 짧은.
103) 빙칙(聘采): 빙채. 빙물(聘物)과 채단(采緞). 빙물은 결혼할 때 신랑이 신부의 친정에 주던 재물이고, 채단은 신랑집에서 신붓집으로 미리 보내는 푸른색과 붉은색의 비단임.

ᄎ공ᄌ(次公子ㅣ) 탄식(歎息) 왈(曰),

"김

19면

가튝싱(-哥畜生)의 방ᄌ(放恣)ᄒᆞ미 엇디 술오고져 의ᄉᆞ(意思ㅣ) 이시리잇고마ᄂᆞᆫ 인명(人命)이 디듕(至重)[104]ᄒᆞ니 우리 십(十) 셰(歲) 쇼ᄋᆞ(小兒)로 살인(殺人)ᄒᆞ기를 됴흔 일ᄀᆞᆺ치 ᄒᆞ고 젹앙(積殃)[105]을 엇디 ᄒᆞ리오? 그러므로 죽이지 못ᄒᆞ미오, 듕광이 죽다 ᄒᆞ여도 다시 권문셰가(權門勢家)의 신낭(新郎)을 구(求)ᄒᆞ실 거시오, 쇼뎨(小弟) 소견(所見)은 져제(姐姐ㅣ) 잠간(暫間) 집을 ᄶᅧ나시미 올흘가 ᄒᆞᄂᆞ이다."

ᄃᆞᆼ공ᄌ(長公子ㅣ) 분연통ᄒᆡ(憤然痛駭)ᄒᆞ되 홀일업셔 ᄌᆞ리의 나아가 가듕형셰(家中形勢)를 ᄉᆡᆼ각고 ᄎᆞ악(嗟愕)ᄒᆞ여 아모리 ᄒᆞᆯ 줄 모로더라.

뉴 부인(夫人)이 광텬 형뎨(兄弟)를 다 ᄂᆡ여보ᄂᆡ고 현ᄋᆞ의 혼ᄉᆞ(婚事)를 지ᄂᆡ고져 ᄒᆞ미 태부인(太夫人)을 쵹(囑)ᄒᆞ여 '여ᄎᆞ여ᄎᆞ(如此如此) ᄒᆞ쇼셔.' ᄒᆞ되,

태부인(太夫人)이 명일(明日)의 냥(兩) 공ᄌ(公子)를 블너 닐

20면

오되,

"가듕(家中)의 용되(用度ㅣ)[106] 번다(煩多)ᄒᆞ고 형셰(形勢) 졈〃

---

104) 디듕(至重): 지중. 지극히 중요함.
105) 젹앙(積殃): 적앙. 쌓인 재앙.
106) 용되(用度ㅣ): 돈이나 물건 혹은 마음 따위를 쓰는 형편. 또는 그런 정도나 수량. 씀씀이.

(漸漸) 탕진(蕩盡)ᄒ여 슈습(收拾)기를 잘 못ᄒ여ᄂ 필경(畢竟) 개걸
(丐乞)[107]ᄒ기 쉬오리니, 광텬은 항쥐(杭州) 가 믹곡(麥穀)[108]을 거
두어 션노(船路)로 가져오고 희텬은 남양(南陽) 가 그곳의 약간 전퇴
(田土ㅣ) 이시니 아조 화믹(貨賣)[109]ᄒ여 갑술 가져오면 됴석(朝夕)
용되(用度ㅣ) 슈월(數月)이나 졀급(切給)[110]기를 면(免)홀가 ᄒ노라."

희텬 공ᄌ(公子)ᄂ 머리를 숙여 밋쳐 답(答)디 못ᄒ여셔 광텬 왈
(曰),

"가ᄉ(家事ㅣ) 탕딘(蕩盡)ᄒ여 비록 젼일(前日)과 ᄀᆺ지 못ᄒ오나
금은(金銀)이 아직 군급(窘急)[111]ᄒ 일은 젹으니 블시(不時)의 엇디
전토(田土)를 화믹(貨賣)ᄒ오며 쇼손(小孫) 등(等)이 셰ᄉ(世事)를 아
지 못ᄒ오니 모믹(麰麥)[112]을 잘 거둘 길히 업ᄉ오니 출하리 튱근
(忠勤)[113]ᄒ 노복(奴僕)을 냥(兩) 쳐(處)의 보닉여 착실(着實)이 모믹
(麰麥)을

21면

거두고 전토(田土)를 화믹(貨賣)ᄒ여 오라 ᄒ쇼셔."

태부인(太夫人)이 뎡ᄉᆨ(正色) 왈(曰),

"고듕(庫中)[114]의 냐간(若干) 금은(金銀)과 미곡(米穀)이 〃시나
누딕봉ᄉ(累代奉祀)[115]의 간략(簡略)히 ᄡ혀도 핍졀(乏絶)[116]ᄒ미 만ᄒ

---

107) 개걸(丐乞): 빌어서 먹음.
108) 믹곡(麥穀): 맥곡. 보리.
109) 화믹(貨賣): 화매. 내다 팖.
110) 졀급(切給): 절급. 매우 급함.
111) 군급(窘急): 사세(事勢)가 꽉 막혀서 몹시 급함.
112) 모믹(麰麥): 모맥. 보리.
113) 튱근(忠勤): 충근. 충성스럽고 부지런함.
114) 고듕(庫中): 고중. 창고 안.
115) 누딕봉ᄉ(累代奉祀): 누대봉사. 여러 대의 조상의 제사를 받듦.

니 너희 혬 업시 이러틋 ᄒᆞᄂᆈ? 여등(汝等)이 가기를 괴로와ᄒᆞᆯ딘딕 일긔(日氣) 극열(極熱)이나 노뫼(老母ㅣ) 친(親)히 갈 거시니 너희 빅힝(陪行)[117]은 마디못ᄒᆞ리라.”

이리 니르며 뉴 시(氏)를 도라보아 힝니(行李)[118]를 츌ᄒᆞ라 ᄒᆞ고 가려 ᄒᆞ니, 희텬 공ᄌᆡ(公子ㅣ) 슌셜(脣舌)[119]이 무익(無益)ᄒᆞᆯ믈 씌ᄃᆞ라 일언(一言)을 아니코 광텬 공ᄌᆡ(公子ㅣ) 다시 고(告)코져 ᄒᆞ더니, 조(曹) 부인(夫人)이 뎡ᄉᆡᆨ(正色) 왈(曰),

“너희 두 곳의 단녀오미 블과(不過) 일삭(一朔)이어늘 므어시 어려워 존괴(尊姑ㅣ) 친(親)히 가시게 ᄒᆞ리오? 금일(今日)이라도 발힝(發行)ᄒᆞ라.”

댱공ᄌᆡ(長公子ㅣ) 딕왈(對曰),

“ᄒᆡᄋᆞ(孩兒) 등(等)이 가

22면

기를 어려워ᄒᆞ미 아니라 대모(大母)의 쳐치(處置) 괴이(怪異)ᄒᆞ시니 실(實)노 민박(憫迫)[120]ᄒᆞ여 ᄒᆞᄂᆞ이다.”

태부인(太夫人)이 대로(大怒) 왈(曰),

“노모(老母)의 쳐치(處置) 엇디ᄒᆞ여 괴이(怪異)타 ᄒᆞᄂᆈ? 네 아ᄌᆞ뷔 나가고 노복(奴僕)이 내 녕(令)을 두리지 아니〃 츌하리 너희 나려가 착실(着實)히 ᄒᆞ여 일치 아니미 올ᄒᆞ니 범ᄉᆞ(凡事)의 블슌(不順)ᄒᆞ고 ᄉᆞ오나와 노모(老母)의 근력(筋力)을 쓰게 ᄒᆞᄂᆞᆫ디라, 네 가

---

116) 핍졀(乏絶): 핍절. 공급이 끊어져 아주 없어짐.
117) 빅힝(陪行): 배행. 윗사람을 모시고 따라감.
118) 힝니(行李): 행리. 여행할 때 쓰는 물건과 차림.
119) 슌셜(脣舌): 순설. 입술과 혀라는 뜻으로 말하는 것을 이름.
120) 민박(憫迫): 애가 탈 정도로 걱정스러움.

기 슬희여도 내 갈 제 비힝(陪行)을 엇지 말니오?"

희텬 공지(公子ㅣ) 온화(溫和)히 딕왈(對曰),

"왕뫼(王母ㅣ) 이런 일의 엇지 다 근노(勤勞)ㅎ시리잇가? 쇼숀(小孫) 등(等)이 금일(今日)이라도 나려가올 거시니 셩열(盛熱)[121]을 당(當)ㅎ여 원노(遠路)의 엇지 친힝(親行)ㅎ시리잇고?"

태부인(太夫人)이 노(怒)를 잠간(暫間) 도로혀 닐오딕,

"금일(今日)노 발힝(發行)ㅎ라."

ㅎ니,

광텬 공지(公子ㅣ)

23면

화우(華宇)[122]를 뗭긔고 퇴(退)ㅎ여 외헌(外軒)의 나오니 츳공지(次公子ㅣ) 쓰라오거늘, 댱공지(長公子ㅣ) 왈(曰),

"조뫼(祖母ㅣ) 거줏 아등(我等)을 져히노라[123] 친(親)히 가럇노라 ㅎ셔도 그 말솜이 진졍(眞情)이 아니오, 우리 아니 가면 블과(不過) 쟝칙(杖責)을 더으실 쑌이오 죽이든 아니시리니 네 엇디 단녀오기를 결(決)ㅎ다?"

츳공지(次公子ㅣ) 탄왈(嘆曰),

"조뫼(祖母ㅣ) 결단(決斷)코 집의 머므르지 아닐 스단(事端)이 계시니, 형댱(兄丈)과 쇼뎨(小弟) 샤양(辭讓)ㅎ여 도망(逃亡)홀 길히 업셔 브딕 가도록 ㅎ시니 여러 말 닷토아 므엇ㅎ리잇고?"

댱공지(長公子ㅣ) 도로혀 잠쇼(暫笑) 왈(曰),

---

121) 셩열(盛熱): 성열. 지극한 더위.
122) 화우(華宇): 빛나는 이마. '우(宇)'는 이마를 뜻함.
123) 져히노라: 위협하느라.

"친亽(親事)를 지닉려 ᄒᆞ시므로 아등(我等)을 다 닉여보닉려 ᄒᆞ시 거니와 나는 항쥬(杭州) 가지 아니려 ᄒᆞᄂᆞ니 현뎨(賢弟)도 남양(南陽)을 가지 말나."

ᄎᆞ공ᄌᆡ(次公子ㅣ) 디왈(對曰),

"쇼뎨(小弟)도 이 ᄯᅳᆺ이 업디 아니커니

24면

와 맛당이 보닉염 죽흔 노ᄌᆞ(奴子)를 싱각ᄒᆞ쇼셔."

냥(兩) 공ᄌᆡ(公子ㅣ) 셔동(書童) 혜쥰과 샹셔(尙書)의 유뎨(乳弟) 계룡을 블너 두 곳으로 보닉려 ᄒᆞᆯᄉᆡ, 범ᄉᆞ(凡事)를 다 분부(分付)ᄒᆞ 여 왈(曰),

"만일(萬一) 어긋나면 큰일이 나리라."

ᄒᆞ고 비로소 태부인(太夫人)긔 드러가 하딕(下直)을 고(告)ᄒᆞ니,

부인(夫人)이 흔〃열〃(欣欣悅悅)ᄒᆞ여 됴히 가 단녀오라 ᄒᆞ고 남 양(南陽) 젼토(田土)를 팔나 ᄒᆞ여 문셔(文書)를 닉여 주니, 냥(兩) 공 ᄌᆡ(公子ㅣ) 말을 아니코 오딕 빅샤(拜辭)ᄒᆞ고 냥(兩) 공ᄌᆡ(公子ㅣ) 히 월누의 드러가 모부인(母夫人)긔 고왈(告曰),

"쇼ᄌᆞ(小子) 등(等)이 항쥬(杭州)와 남양(南陽)으로 가는 일이 업셔 강졍(江亭)으로 가려 ᄒᆞ오니 ᄌᆞ졍(慈庭)은 믈녀(勿慮)ᄒᆞ쇼셔. 왕뫼(王 母ㅣ) 못 견딕도록 구르시거든 피(避)ᄒᆞ여 강졍(江亭)으로 나오쇼셔."

부인(夫人)이 놀나 왈(曰),

"너희 존고(尊姑)를 이러툿 속이고 엇지려

ᄒᆞᄂᆞ뇨?”

공ᄌᆞ(公子ㅣ) 바로 고왈(告曰),

“혜쥰과 계튱을 냥(兩) 쳐(處)로 보닉옵ᄂᆞ니 두 노ᄌᆞ(奴子ㅣ) 바로 강졍(江亭)으로 올 거시니, 져희 오ᄂᆞ 날 쇼ᄌᆞ(小子) 등(等)도 드러오리이다.”

부인(夫人)이 믁〃(默默)히 슬허ᄒᆞ고 ᄎᆞ공ᄌᆞ(次公子)ᄂᆞ 현ᄋᆞ 쇼져(小姐)를 딕(對)ᄒᆞ여 ᄌᆞ위(慈闈) 혼인(婚姻)을 강박(强迫)124)ᄒᆞ시거든 무인심야(無人深夜)125)의 집을 ᄶᅥ나 강졍(江亭)으로 나오기를 당부(當付)ᄒᆞ고 희월누의 가 총〃(恩恩)126)이 하딕(下直)ᄒᆞ고 강졍(江亭)으로 나가딕, 태부인(太夫人)과 뉴 시(氏) 능(能)히 아지 못ᄒᆞ더라.

ᄎᆞ시(此時), 김등광이 윤(尹) 공ᄌᆞ(公子)의게 참혹(慘酷)히 맛고 반싱반ᄉᆞ(半生半死)127)ᄒᆞ여 노변(路邊)128)의 느러져시니, 져희 시녀(侍女) 등(等)이 비로소 모다 붓드러 부듕(府中)의 드러오니,

김 니뷔(吏部ㅣ) ᄋᆞ들의 오기를 기다려 문(門) 알패 셧다가 이 경상(景狀)을 보고 대경ᄎᆞ악(大驚嗟愕)ᄒᆞ여 머리브터 나리 아니 마즌

곳이 업셔 면상(面相)이 혈흔(血痕)이 가득지 아닌 곳이 업ᄂᆞ디라, 밧비 붓드러 팀소(寢所)의 누이고 잔인129)ᄒᆞ고 슬프믈 니긔지 못ᄒᆞ

---

124) 강박(强迫): 남의 뜻을 무리하게 내리누르거나 자기 뜻에 억지로 따르게 함.
125) 무인심야(無人深夜): 아무도 없는 깊은 밤.
126) 총〃(恩恩): 총총. 매우 바쁜 모양.
127) 반싱반ᄉᆞ(半生半死): 반생반사. 거의 죽게 되어 죽을지 살지 모를 지경에 이름.
128) 노변(路邊): 길가.
129) 잔인: 불쌍함.

여 곡절(曲折)을 므르니, 듕광이 정신(精神)을 출혀 길히 오다가 모로는 사름이 여추여추(如此如此) 니르고 치더라 ᄒᆞ며, 시녀비(侍女輩)도 드미러130) 보도 아니코 ᄒᆞ마 죽을 번ᄒᆞ믈 니르며 윤(尹) 쇼져(小姐)의 만고무비(萬古無比)131)ᄒᆞᆫ 용ᄉᆡᆨ(容色)132)을 젼(傳)ᄒᆞ여 죽어가는 가온ᄃᆡ도 황홀(恍惚)ᄒᆞ믈 니긔지 못ᄒᆞ니, 김후 부븨(夫婦ㅣ) 경심ᄎᆞ악(驚心嗟愕)133)ᄒᆞ여 왈(曰),

"뉘 너를 그ᄃᆡ도록 믜워ᄒᆞ여 변복(變服)ᄒᆞ고 윤부(尹府)의 가시믈 타인(他人)이 알 니 업거늘 윤(尹) 시(氏) 하가(河家)의 뎡혼(定婚)ᄒᆞ여 밍약(盟約)이 〃시믈 뉴 금외(金吾ㅣ) 슈일(數日) 젼(前) 니르거늘 드럿더니, 너다려 슈죄(數罪)ᄒᆞ고 치던 지(者ㅣ) 윤가(尹家) 사름이 아니

27면

면 하가(河家) 사름이라. 윤가(尹家)ᄂᆞᆫ 너의 장속(裝束)134)ᄒᆞ고 간 줄 아랏거니와 하가(河家)ᄂᆞᆫ 쵹(蜀)의셔 알 길히 업스리니 긔 엇진 일이뇨?"

듕광이 울며 왈(曰),

"쇼지(小子ㅣ) 유익(有厄)135)ᄒᆞ여 일시(一時) 몸을 상(傷)ᄒᆡ온 거시야 엇지ᄒᆞ리잇고? 이런 말ᄉᆞᆷ을 뉴 금오(金吾)다려도 니르지 마르시고 아모려나 샤혼셩디(賜婚聖旨)136)를 어더 윤(尹) 시(氏)를 취(娶)

---

130) 드미러: 들이밀어.

131) 만고무비(萬古無比): 만고에 비할 자가 없음.

132) 용ᄉᆡᆨ(容色): 용색. 얼굴의 미색.

133) 경심ᄎᆞ악(驚心嗟愕): 경심차악. 몹시 놀람.

134) 장속(裝束): 장속. 입고 매고 하여 몸차림을 든든히 갖추어 꾸밈.

135) 유익(有厄): 유액. 액운이 있음.

136) 샤혼셩디(賜婚聖旨): 사혼성지. 혼인을 하사한다는 임금의 뜻.

케 ᄒᆞ쇼셔."

김휘 ᄋᆞ들의 음ᅙᆡᆼ무도(淫行無道)[137]ᄒᆞ믈 아지 못ᄒᆞ고 윤(尹) 시(氏)를 보고 황홀(恍惚)ᄒᆞ여 ᄎᆔ(娶)ᄒᆞ려 ᄒᆞ믈 가장 깃거 어로만져 위로(慰勞)ᄒᆞ고 보긔(補氣)[138]ᄒᆞᆯ 듁음(粥飮)을 먹이며 슈히 니러 ᄃᆞᆫ니기를 ᄇᆞ라더니,

슈일(數日) 후(後) 뉴 금외(金吾ㅣ) 왓난디라, 듕광이 제 아비를 보ᄎᆡ여 허혼(許婚)ᄒᆞ여 ᄐᆡᆨ일(擇日)을 지쵹ᄒᆞ고 일변(一邊)[139] 귀비(貴妃)긔 통(通)ᄒᆞ여 ᄉᆞ혼은

28면

지(賜婚恩旨)를 엇게 ᄒᆞ라 ᄒᆞ니, 김휘 듕광의 말이면 거역(拒逆)지 못ᄒᆞ고 윤(尹) 시(氏)의 긔특(奇特)ᄒᆞ믈 다ᄒᆡᆼ(多幸)ᄒᆞ여 뉴 금오(金吾)를 ᄃᆡ(對)ᄒᆞ여 ᄋᆞ들의 상(傷)ᄒᆞ믈 니르지 아니ᄒᆞ고 ᄐᆡᆨ일(擇日)을 슈히 ᄒᆞ라 당부(當付)ᄒᆞ니,

금외(金吾ㅣ) 깃거 도라와 뉴 부인(夫人)ᄃᆞ려 니르고 길월냥신(吉月良辰)[140]을 ᄀᆞᆯ희더니,

셩샹(聖上) 젼디(傳旨) 나려,

'태듕태우(太中大夫) 은쥐(殷州) 안찰ᄉᆞ(按察使) 윤슈의 녀(女)로 니부튱ᄌᆡ(吏部冢宰) 김후의 ᄌᆞ(子)와 셩친(成親)ᄒᆞ라.'

ᄒᆞ여 계시니,

원ᄂᆡ(元來) 황샹(皇上)은 기간곡졀(其間曲折)을 모로시고 귀비(貴

妃) 간졀(懇切)이 고(告)ᄒ여 '그 딜즈(姪子)와 윤슈의 녀(女)로 샤혼(賜婚)케 ᄒ쇼셔.' ᄒ고, ᄒ믈며 하가(河家)의 뎡약(定約)이 〃시믈 모로시ᄂ지라 오직 냥가(兩家)의 은영(恩榮)을 뵈시미러라.

태부인(太夫人)과 뉴 시(氏) 샤혼젼디(賜婚傳旨)를 어드미 흔〃즈득(欣欣自得)ᄒ여 즉시(卽時) 길일(吉日)을 튁(擇)ᄒ니 지격슈슌(至隔數旬)[141]이

29면

라.

ᄂ외(內外) 진동(震動)ᄒ여 혼슈(婚需)를 출히며 쇼져(小姐)다려도 니르지 아니코 김가(-家)의 길일(吉日)을 보(報)ᄒ며, 김 샹셔(尚書) 부인(夫人)이 날마다 뉴 부인(夫人)긔 젼어(傳語)ᄒ여 인친지개(姻親之家ㅣ)[142] 되여시믈 깃거ᄒ며 혼슈(婚需)를 므러 패산지뉴(貝珊之類)[143]의 긔특(奇特)ᄒ 보빅를 미리 보ᄂ여 긔구(器具)의 풍화(豊華)[144]홈과 부귀(富貴)의 혁〃(赫赫)ᄒ미 일셰(一世)의 읏듬이라.

뉴 시(氏)와 태부인(太夫人)이 깃브미 극(極)ᄒ여 역시(亦是) 김부(-府)의 비즈(婢子)를 보ᄂ여 년신(連信)[145]ᄒ며 졍의(情誼)[146] 각별(恪別)ᄒ미 진짓 친옹(親翁) 셕부(石府)의 비(比)치 못홀지라.

쇼졔(小姐ㅣ) 벽난으로 ᄒ여곰 모친(母親)과 조모(祖母)의 ᄒᄂ 일을 낫〃치 탐쳥(探聽)[147]ᄒ고 힝연ᄎ악(駭然嗟愕)ᄒ여 이둛고 분(憤

---

141) 지격슈슌(至隔數旬): 지격수순. 몇 십 일이 남아 있음.
142) 인친지개(姻親之家ㅣ): 혼인해 친척이 된 집안.
143) 패산지뉴(貝珊之類): 패산지류. 보배와 산호의 따위.
144) 풍화(豊華): 풍성하고 화려함.
145) 년신(連信): 연신. 연락을 연이어 함.
146) 졍의(情誼): 정의. 서로 사귀어 친하여진 정.
147) 탐쳥(探聽): 탐청. 살펴 들음.

호믈 니긔디 못호니,

　일〃(一日)은 경희뎐의 가 조모(祖母)와 모친(母親)이 혼곳의 안즈시믈 보고 믄득 소릐를 나죽이 호여 굴오딕,

　"요스이

30면

가듕(家中)이 소요(騷擾)[148]호여 금옥장인(金玉匠人)[149]과 쵹단금슈(蜀緞錦繡)[150] 파는 장싀 무슈(無數)히 모드니 긔 엇진 일이니잇고?"

　태부인(太夫人)이 흔〃(欣欣) 쇼왈(笑曰),

　"네 나히 이뉵(二六)이라 셰스(世事)를 엇지 알니오? 근간(近間)의 가닉(家內) 소요(騷擾)호믄 다른 연괴(緣故ㅣ) 아니라 너희 혼슈(婚需)를 출히느니, 오히(兒孩) 무음의 녀공(女工)의 젼일(專一)[151]호여 젼졍(前程)을 넘녀(念慮)홀 줄 모로거니와 여모(汝母)와 노뫼(老母ㅣ) 듀야(晝夜)의 너를 위(爲)호여 일싱(一生)이 영화(榮華)롭기를 도모(圖謀)호여 니부툥지(吏部冢宰) 김후의 오들과 뎡혼(定婚)호엿느니, 이 곳 김 국구(國舅)의 종손(宗孫)이오 황샹(皇上)의 툥익(寵愛)호시는 바 김 귀비(貴妃) 딜지(姪子ㅣ)라, 부귀호치(富貴豪侈)[152] 당딕(當代)의 뎨일(第一)이라. 너를 그 집 며나리를 삼을진딕 유복(有福)호믈 보지 아냐 알디라. 호믈며 셩디(聖旨) 계샤 사름의 엇기 어려온 영홰(榮華ㅣ)라, 엇지 깃브고

---

148) 소요(騷擾): 여럿이 떠들썩함.
149) 금옥장인(金玉匠人): 금과 옥으로 물건을 만드는 장인.
150) 쵹단금슈(蜀緞錦繡): 쵹단금수. 옛 촉나라 지방에서 난 비단으로 수놓음.
151) 젼일(專一): 전일. 마음과 힘을 모아 오직 한 곳에만 씀.
152) 부귀호치(富貴豪侈): 부유하고 귀하며 사치함.

즐겁지 아니리오?”

뉴 시(氏)는 녀♀(女兒)의 졀개(節槪)를 아는 고(故)로 아조 훌일업셔 니르려 ㅎ여 굴오딕,

“네 부친(父親)이 신의(信義)를 직희려 ㅎ시미 그르지 아니〃 우리는 타쳐(他處)를 싱각지 아니ㅎ더니, 쳔만싱각(千萬--) 밧 샤혼셩디(賜婚聖旨) 엄(嚴)ㅎ샤 김가(-家)의 셩혼(成婚)치 아니면 네 부친(父親)을 뎍거튱군(謫居充軍)153)ㅎ라 ㅎ시니 슬희여도 마지못홀 일이라. 존고(尊姑)는 그 집 부귀(富貴)를 깃거ㅎ시나 나는 실(實)노 하가(河家)만 못ㅎ여 구약(舊約)을 져바리니 심(甚)히 블평(不平)ㅎ도다.”

쇼제(小姐 |) 분개(憤慨)ㅎ믈 니긔지 못ㅎ여 안쉭(顔色)이 닝녈(冷烈)154)ㅎ고 셩음(聲音)이 강개(慷慨)ㅎ여 굴오딕,

“조모(祖母)와 모친(母親)이 쇼녀(小女)를 유셰(誘說)155)ㅎ샤 김가(-家) 더러온 부귀(富貴)를 니르시고 쇼져(小姐)의 명〃대졀(明明大節)156)

을 희지으려 ㅎ시니 인싱(人生)이 살기를 원(願)치 아니ㅎ고 죽으미 도라감 굿틱니 이뉵쳥츈(二六靑春)이 늣거오나 현마 엇지ㅎ리잇고? 흔 번(番) 죽을 싸름이라, 셩디(聖旨) 엄(嚴)ㅎ시믈 져히시나 님군이 신주(臣子)의 인뉸(人倫)을 산난(散亂)157)ㅎ여 셩디(聖旨)를 블봉(不

---

153) 뎍거튱군(謫居充軍): 적거충군. 귀양살이를 하며 군대에 편입됨.
154) 닝녈(冷烈): 냉렬. 냉랭하고 매서움.
155) 유셰(誘說): 유세. 달콤한 말로 꾐.
156) 명〃대졀(明明大節): 명명대절. 목숨을 바쳐 지키는 밝은 절개.

奉)158)ᄒ면 기부(其父)를 뎍거튱군(謫居充軍)ᄒ미 대역(大逆)의 년좌(連坐) 쓰듯 ᄒ리오? 쇼녜(小女ㅣ) 격고등문(擊鼓登聞)159)ᄒ여 대인(大人)을 무ᄉ(無事)ᄒ시게 ᄒ리니, 조모(祖母)와 모친(母親)은 놀나온 말ᄉᆷ 마르시고 김개(-家ㅣ) 비록 구혼(求婚)ᄒᆯ지라도 하가(河家)의 뎡약(定約)이 구더 납폐문명(納幣問名)160)이 〃시믈 니르시고 ᄎ혼(此婚)을 아조 거졀(拒絶)ᄒ쇼셔."

언파(言罷)의 노긔(怒氣) ᄀ득ᄒ여 통완(痛惋)161)ᄒᆷᆯ 춤지 못ᄒ니, 태부인(太夫人)은 됴흔 말노 다리고 뉴 시(氏)ᄂ 즐왈(叱曰),

"네 블과(不過) 십슈(十數) 셰(歲) 규녀(閨女)로 므어슬

33면

아노라 ᄒ고 이러듯 어즈러이 구ᄂ뇨? 어미 ᄌ식(子息)을 위(爲)ᄒᆫ 졍(情)이 등한(等閒)ᄒ며 너를 타쳐(他處)의 구혼(求婚)코져 ᄒ미 업더니 샹명(上命)으로 마지못ᄒ여 친ᄉ(親事)를 지닐지라. 하가(河家)나 김가(-家)나 너는 규녜(閨女ㅣ)니 어버 ᄒᄂ 듸로 잇셔 혼인(婚姻)의 아른 체 아니미 가(可)ᄒ거늘 스ᄉ로 죽기를 니르며 하가(河家) 위(爲)ᄒᆫ ᄆᆞ음이 어미 위(爲)ᄒᆫ 졍(情)의셔 더ᄒ니 긔 므ᄉᆷ 일이뇨?"

쇼졔(小姐ㅣ) 한심(寒心)ᄒ여 옥뉘(玉淚ㅣ) 화석(花顋)162)에 구으

---

157) 산난(散亂): 산란. 흩어져 어지러움.
158) 블봉(不奉): 불봉. 받들지 않음.
159) 격고등문(擊鼓登聞): 등문고를 침. 등문고는 중국에서 제왕이 신하들의 충간(忠諫)이나 원통함을 듣기 위하여 매달아 놓았던 북. 진(晉)나라에서 시작하여 당나라, 송나라, 명나라 때도 두었음.
160) 납폐문명(納幣問名): 혼인의 절차. 납폐는 혼인할 때에, 사주단자의 교환이 끝난 후 정혼이 이루어진 증거로 신랑집에서 신붓집으로 예물을 보냄. 또는 그 예물. 원래 문명은 남자 집의 주인(主人)이 서신을 갖추어 사자를 여자 집에 보내어 여자 생모(生母)의 성(姓)을 묻는 의례이나 여기에서는 혼서를 이름.
161) 통완(痛惋): 괘씸해 하고 한탄함.
162) 화석(花顋): 화시. 꽃처럼 아름다운 뺨.

러 굴오디,

"ᄌ위(慈闈) 어린 ᄌ식(子息)으로뼈 ᄎ마 실졀(失節)163)ᄒᆫ 더러온 계집을 삼으려 ᄒ시나 쇼녀(小女)의 비샹(臂上) 글ᄌᆡ 완연(宛然)164) ᄒ거눌 하가(河家)를 밧고아 김가(-家)로 도라보닉려 ᄒ시니, 쇼녜(小女ㅣ) 하쉬(河水ㅣ) 머러 귀를 벗지 못ᄒᆞᆯ165) 한(恨)ᄒᆞ느니 규녀(閨女)의 도리(道理) 혼(婚)을 간예(干預)166)ᄒᆞ미 블가(不可)ᄒᆞᆯ 모로지 아니ᄒ오나 스스

34면

로 입을 함봉(緘封)167)ᄒ여 소회(所懷)를 모로시게 ᄒ고 죽으미 블회(不孝ㅣ) 심(甚)ᄒ고 분연(憤然)ᄒᆞᆯ 니긔지 못ᄒ여 금일(今日) 심곡소회(心曲所懷)168)를 여느이다. 하개(河家ㅣ) 비록 참화(慘禍)를 닙어시나 야애(爺爺ㅣ) 언약(言約)이 금셕(金石)의 구드믈 효측(效則)169)고져 ᄒ샤 납폐문명(納幣問名)을 바드시니, 녀ᄌᆡ(女子ㅣ) 임의 빙치(聘采)170)를 바든 후(後)는 닙신(立身)171) 못 ᄒ 션비 ᄀᆞᆺ튀여 비록 화쵹(華燭)의 녜(禮)를 일우미 업스나 맛춤닉 그 집 사름이오, 신

---

163) 실졀(失節): 실절. 정절을 잃음.
164) 완연(宛然): 눈에 보이는 것처럼 아주 뚜렷함.
165) 하쉬(河水ㅣ)-못ᄒᆞᆯ: 하수가 멀어 귀를 씻지 못함을. 더러운 말을 들었을 때 귀를 씻음을 이름. 중국 요임금 때의 은사 허유(許由)의 고사로, 요임금이 천하를 그에게 물려 주려 했으나 거절하고 기산(箕山)에 들어가 은거함. 요임금이 또 그에게 관직을 주려 하자 그 말이 자기의 귀를 더럽혔다며 곧 영수(潁水) 가에서 귀를 씻음.
166) 간예(干預): 어떤 일에 간섭하여 참여함.
167) 함봉(緘封): 원래 편지, 문서 따위의 겉봉을 봉한다는 뜻으로, 입을 꼭 다물고 열지 아니함을 비유적으로 이르는 말.
168) 심곡소회(心曲所懷): 마음속에 품은 것.
169) 효측(效則): 효칙. 본받음.
170) 빙치(聘采): 빙채. 빙물(聘物)과 채단(采緞). 빙물은 결혼할 때 신랑이 신부의 친정에 주던 재물이고, 채단은 신랑집에서 신붓집으로 미리 보내는 푸른색과 붉은색의 비단임.
171) 닙신(立身): 입신. 세상에서 떳떳한 자리를 차지하고 지위를 확고하게 세움.

희(臣下ㅣ) 님군의 은혜(恩惠)를 닙으미 업스나 죵신(終身)토록 그 나라 신희(臣下ㅣ) 님군의 은혜(恩惠) 닙으미 업다 ᄒ고 엇지 두 님군을 셤기오며 녀ᄌ(女子) 두 번(番) 빙치(聘采)를 밧는 거시 이셩(二姓)을 셤기나 다르지 아니ᄒ오니, 오개(吾家ㅣ) 셰ᄃᆡ(世代)로 엇더ᄒᆫ 녜의지문(禮儀之門)이니잇고? 쇼녀(小女) ᄒᆫ 사름이 부귀(富貴)를 흠모(欽慕)ᄒ여 션셰문풍(先世門風)[172]을

35면

츄락(墜落)ᄒ고 하가(河家)를 빅반(背叛)ᄒ여 난눈패도(亂倫悖道)[173]의 음녀(淫女)는 결단(決斷)ᄒ여 되지 못ᄒᆯ지니, 이뉵쳥츈(二六靑春)의 죽으미 늣거오나 이 ᄯᅩᄒᆫ 명애(命也ㅣ)라 현마 엇지ᄒ리잇고?”

뉴 시(氏) 녀ᄋ(女兒)의 강녈(剛烈)[174]ᄒ미 빅(百) 가지로 달닉여도 듯지 아닐 거시오, ᄯᅩᄒᆫ 위엄(威嚴)으로 구속(拘束)지 아니ᄒᆯ 줄 모로지 아니ᄒᄃᆡ 혹ᄌ(或者) ᄯᅳᆺ을 두로혈가 ᄒ여 발연작싴(勃然作色)[175]ᄒ고 독(毒)ᄒᆫ 눈을 놉히 ᄯᅳ고 즐왈(叱曰),

“규녜(閨女ㅣ) 혼ᄉ(婚事)의 간예(干預)ᄒ미 엇지 남을 들니리오?”

언파(言罷)의 ᄉ쇡(辭色)이 발〃(勃勃)[176]ᄒ니 쇼졔(小姐ㅣ) 가지록 셩음(聲音)이 밍녈(猛烈)ᄒ고 싴〃ᄒ여 굴오ᄃᆡ,

“쇼녀(小女)의 당(當)ᄒᆫ 빅 긔괴(奇怪)ᄒ여 졀의(節義)를 보젼(保全)치 못ᄒ게 되여시니 흔갓 남 들니기를 니르지 말고 격고등문(擊鼓登聞)ᄒ여도 대인(大人) 튱군(充軍)을 아니시게 ᄒ고 쇼녀(小女)도

---

172) 션셰문풍(先世門風): 선세문풍. 선조 때부터 이룬 가문의 명망.
173) 난눈패도(亂倫悖道): 난륜패도. 윤리를 어지럽히고 도리를 어그러뜨림.
174) 강녈(剛烈): 강렬. 굳세고 매서움.
175) 발연작싴(勃然作色): 발연작색. 발끈 얼굴빛을 바꿈.
176) 발〃(勃勃): 기운이나 기세가 끓어오를 듯이 성함.

〃장177) 쇽의셔 일

36면

싱(一生)을 편(便)히 ᄒ여 ᄆ음을 붉히고져 ᄒᄂ니 텬즈(天子) 명녕
(命令)이 머리를 버히렷노라 ᄒ셔도 훼절음부(毁節淫婦)178)ᄂ 되지
아니리니 모친(母親)은 아모리나 ᄒ쇼셔.”

  언시(言辭ㅣ) 녈〃(烈烈)ᄒ여 빙상졀개(氷霜節槪)179)를 낫게 넉이
ᄂ지라, 태부인(太夫人)과 뉴 시(氏) 쇼져(小姐)의 슌죵(順從)치 아니
믈 분완(憤惋)ᄒ여 반일(半日)을 ᄭᅮ짓기를 마지아니ᄒ되, 쇼졔(小姐
ㅣ) 입을 다〃 움죽이지 아니ᄒ니 경이 눈믈을 먹음어 니르되,

  “네 엇지 태〃(太太) 지극(至極)ᄒ신 즈의(慈愛)를 모로고 혼갓 고
집(固執)을 ᄂ여 되지 못ᄒᆯ 졀(節)을 일ᄏ라 이리ᄒᄂ뇨? 만일(萬一)
하원광으로 화쵹(華燭)의 녜(禮)를 일워시면 하(河) 시(氏)의 사름이
로라 ᄒ미 맛당ᄒ거니와 븬 치례(采禮)180)를 의빙(依憑)181)ᄒ여 졀
(節)을 직희미 가쇼(可笑ㅣ)라. 즈위(慈闈) 두 낫 골육(骨肉)을 두샤
우져(愚姐)ᄂ 셕가(昔家)의 기인(棄人)182)을 삼으시고 쥬야(晝夜) 통
원(痛冤)183)ᄒ시ᄂ

---

177) 〃장: 부녀자가 거처하는 방.
178) 훼졀음부(毁節淫婦): 훼절음부. 정절을 훼손한 음란한 여자.
179) 빙상졀개(氷霜節槪): 빙상절개. 얼음과 서리 같은 차가운 절개.
180) 치례(采禮): 채례. 빙채의 예의. 빙채는 빙물(聘物)과 채단(采緞)으로, 빙물은 결혼할 때 신랑
    이 신부의 친정에 주던 재물이고, 채단은 신랑집에서 신붓집으로 미리 보내는 푸른색과 붉은
    색의 비단임.
181) 의빙(依憑): 어떤 힘을 빌려 의지함.
182) 기인(棄人): 버려진 사람.
183) 통원(痛冤): 분하고 원통함.

가온딕 현뎨(賢弟)나 아롬다이 셩혼(成婚)코져 ᄒ시ᄂᆞ니 하가(河家)
ᄂᆞ 화가여죵(禍家餘宗)[184]이라 나모라 바리미 아니오, 김가(-家)를
구(求)ᄒ미 아니로딕 김가(-家)의 인연(因緣)이 잇ᄂᆞ 탓ᄉ로 셩디(聖
旨) 엄(嚴)ᄒ시니 감(敢)히 샤양(辭讓)치 못ᄒᆞᆯ지라, 황명(皇命)으로
김가(-家)의 입문(入門)ᄒ믈 하개(河家ㅣ) 엇지ᄒ리오? 모로미 괴이
(怪異)ᄒᆞ 거동(擧動)을 말고 규녀(閨女)의 도리(道理)를 샹(傷)히오지
말나."

　쇼졔(小姐ㅣ) 분연(憤然) 왈(曰),

　"져제(姐姐ㅣ) ᄉ리(事理)로 개유(開諭)ᄒ여 우흐로 부훈(父訓)을
삼가고 아릭로 쇼믹(小妹)를 더러온 계집을 삼지 말 거시어늘 모친
(母親)의 패덕(悖德)[185]을 더으샤 블의지ᄉ(不義之事)로 가ᄅ치니 쇼
믹(小妹) 블승ᄎ악(不勝嗟愕)ᄒ이다. ᄆᆞ음을 ᄒᆞᆫ번(-番) 뎡(定)ᄒᆞᆫ 후
(後)ᄂᆞ ᄉ싱지졔(死生之際)의 요동(搖動)ᄒᆞᆯ 빅 업고 모친(母親)과 조
뫼(祖母ㅣ) 쇼믹(小妹)를 죽이실 법(法)은 잇거니와 졀(節)은 앗지 못
ᄒ실 거시니 브졀업ᄉᆞᆫ 말ᄉᆞᆷ 마르쇼셔."

　언파(言罷)의 니러 침소(寢所)의

도라와 벼개의 ᄒᆞᆫ번(-番) 누으믹 금〃(錦衾)으로 낫츨 덥허 식음(食
飮)을 젼폐(全廢)ᄒ고 ᄌ분필ᄉ(自分必死)[186]코져 ᄒ더라.

---

184) 화가여죵(禍家餘宗): 화가여종. 재앙을 당해 망한 집안.
185) 패덕(悖德): 도덕이나 의리 또는 올바른 도리에 어긋남. 또는 그런 행동.
186) ᄌ분필ᄉ(自分必死): 자분필사. 스스로 반드시 죽으리라 생각함.

위 시(氏)와 뉴 시(氏) 흔〃낙〃(欣欣樂樂)히 혼슈(婚需)를 츌히며 셔로 깃거ᄒᆞ더니, 의외(意外)의 현ᄋᆞ 쇼져(小姐)의 녈〃(烈烈)흔 간쟁(諫爭)[187]과 필경(畢竟) 즈분필ᄉᆞ(自分必死)코져 ᄒᆞᄂᆞᆫ 거동(擧動)을 보딕, 뉴 시(氏)와 경이 오히려 놀나디 아냐 길일(吉日)이 블원(不遠)ᄒᆞ니 위력(威力)으로 보치려 ᄒᆞᄂᆞᆫ지라.

쇼제(小姐ㅣ) 벽난으로 ᄒᆞ여곰 ᄉᆞ긔(事機)[188]를 규찰(窺察)[189]ᄒᆞ믹 즈긔(自己) 피(避)치 아니ᄒᆞ면 맛춤닉 면(免)치 못홀 줄 알고 님시(臨時)ᄒᆞ여 탈신(脫身)[190]코져 ᄒᆞ더니, 다시 싱각ᄒᆞ니 김가(-家) 납빙(納聘)을 집의 드리믹 더러온지라 츌하리 납폐(納幣) 젼(前) 집을 써나려 ᄒᆞ여,

길일(吉日)이 ᄉᆞ오일(四五日)은 격(隔)ᄒᆞ여 명일(明日)은 치례(采禮) 문(門)의 님(臨)홀지라. 위·뉴 냥(兩) 부인(夫人)이 경ᄋᆞ로 더브러 쇼져(小姐) 침소(寢所)의 니르러 식음(食飮)을 권(勸)ᄒᆞ며 만단

39면

유셰((萬端誘說)[191]ᄒᆞ딕 쇼제(小姐ㅣ) 작슈(勺水)[192]를 먹지 아냐 죽으렷노라 ᄒᆞ니, 뉴 시(氏) 통완(痛惋)ᄒᆞ여 손의 드럿던 반긔(飯器)[193]를 쇼져(小姐)긔 던지고 즐왈(叱曰),

"블초녜(不肖女ㅣ) 죽기ᄂᆞᆫ 임의(任意)로 ᄒᆞ려니와 네 부친(父親)의 뎍거튱군(謫居充軍)을 엇지려 ᄒᆞ고 하가(河家) 역적(逆賊) 놈의 집을

---

187) 간쟁(諫爭): 간쟁. 어른이나 임금에게 옳지 못하거나 잘못된 일을 고치도록 간절히 말함.
188) ᄉᆞ긔(事機): 사기. 일의 기미.
189) 규찰(窺察): 엿보아 살핌.
190) 탈신(脫身): 몸을 빼냄.
191) 만단유셰((萬端誘說): 만단유세. 온갖 말로 달래어 꾐.
192) 작슈(勺水): 작수. 한 종지의 물.
193) 반긔(飯器): 반기. 밥그릇.

위(爲)ᄒ여 거즛 졀(節)이라 일ᄏᄂ뇨?"

쇼졔(小姐ㅣ) 모친(母親)의 더지는 그릇시 무심결(無心-)의 가슴을 마즈 알프기 극(極)ᄒ고 밥이 허여져 금〃(錦衾)의 가득ᄒ되 알픈 거슬 ᄎ고 닝쇼(冷笑) 왈(曰),

"쇼녜(小女ㅣ) 죽으미 늣겁고 슬프거니와 야애(爺爺ㅣ) 뎍거튱군(謫居充軍)ᄒ실 니(理) 업ᄉ니 괴이(怪異)ᄒ 말ᄉᆷ 마르쇼셔. 야애(爺爺ㅣ) 아니 나가 계시면 이런 일이 업고 김가(-哥) 놈의 부귀(富貴)를 귀(貴)히 넉여 하가(河家)를 ᄉ로이 욕(辱)ᄒ시니 요괴(妖怪)로온 귀비(貴妃)와 블인무상(不仁無狀)194)ᄒ 국구(國舅) 놈이 므어시 긔특(奇特)ᄒ여 김후의 ᄉ오납기 외간(外間)의 유명(有名)ᄒ니 져의

40면

슝고(崇高)ᄒ 작위(爵位) 헌신이나 다르며 쥬옥보패(珠玉寶貝) 흙이나 다르리잇가? 즈위(慈闈) 부귀(富貴)를 그딕도록 탐(貪)ᄒ시니 우리 집이 션조븨(先祖父ㅣ) 공휘(公侯ㅣ)시고 션빅븨(先伯父ㅣ) 니부텬관(吏部天官)이시며 대인(大人)이 즉금(卽今) 됴졍(朝廷)의 샤환(仕宦)195)ᄒ시니 타일(他日)의 현마 져 김가(-家)만 못ᄒ 거시라 작녹(爵祿)을 놉히 넉이시며 호부(豪富)196)ᄒ믈 됴히 넉이시ᄂ니잇고? 우리 집 고듕(庫中)의 금은미곡(金銀米穀)과 직뵈(財寶ㅣ) 일싱안과(一生安過)197)ᄒ 만은 ᄒ니 모친(母親)의 닌직(吝財)198)ᄒ시미 큰 병(病)이니이다."

194) 블인무상(不仁無狀): 불인무상. 어질지 못하고 도리를 알지 못함.
195) 샤환(仕宦): 사환. 벼슬살이를 함.
196) 호부(豪富): 세력 있고 부유함.
197) 일싱안과(一生安過): 일생안과. 일생 동안 편안히 지냄.
198) 닌직(吝財): 인재. 재물을 아낌.

뉴 시(氏) 비록 쭐의 말이나 이의 밋쳐는 어히업셔 믁연(默然)이 안줏더니 날호여 니러 드러가며 니르딕,

"어미를 업슈히 넉여 말을 이러틋 ᄒ거니와 길일(吉日)의 신낭(新郞)이 빅냥(百兩)199)으로 호숑(護送)ᄒ여 김부(-府)로 갈 거시니 타일(他日)의 어믜 졍(情)을 알니라."

쇼졔(小姐ㅣ) 심니(心裏)의 더러이 넉여 딕답(對答)도 아니

41면

ᄒ고,

빙폐(聘幣) 오기 젼(前)의 쎠나려 ᄒ여 가마니 노듀(奴主)의 일습 남의(一襲男衣)를 일워 건복(巾服)200)을 개착(改着)ᄒ고, 시야(是夜)의 흔 댱(張) 셔간(書簡)을 일워 경딕(鏡臺) 가온딕 너흐미 반야삼경(半夜三更)201)의 벽난의 손을 닛그러 뒤쟝원(-牆垣)202)을 인(因)ᄒ여 운제(雲梯)203)를 빗기 셰오고 급〃(急急)히 넘어가니,

쇼져(小姐)는 싱셰지후(生世之後)의 대로상(大路上)을 쳐음으로 넓으니 강졍(江亭)도 추주갈 길히 업스딕, 벽난이 쇼져(小姐)를 닛글고 순나군(巡邏軍)을 츼여204) 힝(行)ᄒ여 남문(南門)의 다드라 효괴(曉鼓ㅣ)205) 동(動)ᄒ고 셩문(城門)을 여ᄂ디라, 벽난이 크게 깃거 쇼

---

199) 빅냥(百兩): 백량. 신부를 맞아 오는 일. 백 대의 수레로 신부를 맞이한다 하여 이와 같이 씀. 『시경(詩經)』, <작소(鵲巢)>에 "새아씨가 시집옴에 백량으로 맞이하도다. 之子于歸, 百兩御之."라는 구절이 있음.
200) 건복(巾服): 웃옷과 갓을 아울러 이르는 말. 흔히 예전에 남자가 정식으로 갖추던 옷차림을 이름.
201) 반야삼경(半夜三更): 삼경의 한밤중. 삼경은 저녁 11시부터 1시 사이를 이름.
202) 뒤쟝원(-牆垣): 뒤장원. 뒷담.
203) 운제(雲梯): 운제. 높은 사다리.
204) 츼여: 피해.
205) 효괴(曉鼓ㅣ): 새벽을 알리는 북소리.

져(小姐)를 뫼셔 강졍(江亭)의 니르러 노복(奴僕)을 씌오지 아니ᄒ고 동산 담을 신고(辛苦)206)히 넘어 드러가니,

이(二) 공ᄌ(公子ㅣ) 집을 써나 이곳의 드런 지 일망(一望)207)이나 가듕소식(家中消息)을 아지 못ᄒ여 듀야(晝夜) 근심ᄒ더니, 믹져(妹姐)를 보고 밧

42면

비 조모(祖母)와 모친(母親)의 긔운을 뭇ᄌᆸ고 김가(-家)의 뎡혼(定婚) 날이 지격ᄉ오일(至隔四五日)208)ᄒ믈 듯고 츠악(嗟愕)ᄒ여 굴오ᄃᆡ,

"져제(姐姐ㅣ) 건복(巾服)이 블가(不可)ᄒᄃᆡ 혹ᄌ(或者) 알 니 잇셔도 녀복(女服)을 닙지 마르시고 강졍(江亭) 노복(奴僕)과 비ᄌ(婢子)의 무리 젼ᄌ(前者) 져〃(姐姐)와 벽난을 보니 드물고 쳔인(賤人)의 안견(眼見)이 음양(陰陽)을 밧고아시ᄆᆡ 의심(疑心)ᄒᆞᆯ 거시 아니로ᄃᆡ, 셰월, 비영 등(等)이 강졍(江亭)의 나오ᄂᆞᆫ 일이 〃시면 반ᄃᆞ시 알기 쉬오리니 깁히 계샤 아모라도 보지 말게 ᄒ쇼셔."

쇼졔(小姐ㅣ) 기리 탄식(歎息) 왈(曰),

"모친(母親)긔 은쥬(殷州)로 가노라 ᄒ여시니 방〃곡〃(坊坊曲曲)이 ᄌ최를 심방(尋訪)ᄒᆞᆯ 거시니, 이곳의셔ᄂᆞᆫ 몸을 범연(凡然)이 곰초지 못ᄒᆞᆯ 거시니 그윽흔 당ᄉ(堂舍)를 갈희여 머믈미 엇더ᄒ뇨?"

이(二) 공ᄌ(公子ㅣ) 즉시(卽時) 벽셔당이란 곳의 쇼져(小姐)를 잇게 ᄒᆞᆯᄉᆡ, 노복(奴僕)

---

206) 신고(辛苦): 어려운 일을 당하여 몹시 애씀.
207) 일망(一望): 한 보름 동안.
208) 지격ᄉ오일(至隔四五日): 지격사오일. 사오일이 남아 있음.

과 비즈(婢子) 등(等)다려 니르기를, '냥(兩) 공즈(公子)의 친위(親友
ㅣ)러니 강정(江亭)이 고요타 ᄒ여 유혹(留學)ᄒ련다.' ᄒ니, 벽난이
냑간(若干) 보빅와 은냥(銀兩)을 가져와시므로 냥찬(糧饌)209)의 갑슬
넉〃이 주니, 강정(江亭) 비복(婢僕)이 곡절(曲折)을 모로고 냥찬(糧
饌)의 갑시 풍죡(豐足)ᄒ여 칠팔일(七八日) 머므는 거시 타인(他人)
의 슈년(數年) 냥직(糧資ㅣ) 되믈 더옥 깃거 딕졉(待接)ᄒ믈 공즈(公
子)와 ᄀᆞᆺ치 ᄒ고 냥(兩) 공직(公子ㅣ) 엄(嚴)히 분부(分付)ᄒ여 벽셔
당의 손이 〃시믈 옥누항의 젼(傳)치 말나 ᄒ고, ᄒ로 두 ᄢᅥ 문(門)을
여러 식반(食盤)을 드린 밧 쥬렴(珠簾)을 ᄒᆞᆫ 번(番) 것는 일이 업고
문(門)을 즈로 여는 일이 업스니 완연(宛然)이 뷘 집 모양(模樣)이오,
원간(元間) 벽셔졍이 깁고 그윽ᄒ여 강졍(江亭)의 ᄯᅡᆫ 집 ᄀᆞᆺ투니 사름
의 즈최 업는디라, 쇼졔(小姐ㅣ) 듀야(晝夜) 벽난을 다리고 죵용(從
容)이 잇셔 김가(-哥)의 욕(辱)을 버셔난

줄 깃거ᄒ나 모친(母親)과 조모(祖母)의 거동(擧動)이 므슨 일을 닐
듯ᄒ던 일을 싱각고 근심이 극(極)ᄒ여 야〃(爺爺)의 슈히 환가(還
家)210)ᄒ시믈 원(願)ᄒ여 냥(兩) 공직(公子ㅣ) 아직 강졍(江亭)의 머
므니 셔로 위회(慰懷)211)ᄒ여 지닉더니,

  슌일지닉(旬日之內)212)의 혜쥰이 항쥐(杭州) 모믹(麰麥)을 싯고 도

209) 냥찬(糧饌): 양찬. 양식과 반찬.
210) 환가(還家): 집으로 돌아옴.
211) 위회(慰懷): 마음을 위로함.
212) 슌일지닉(旬日之內): 순일지내. 10일 이내.

라와시니, 댱공직(長公子ㅣ) 몬져 도라갈ᄉᆡ 남ᄆᆡ(男妹) 분슈(分手)213)ᄒᆞᄂᆞᆫ 졍(情)이 셔로 의〃(依依)214)ᄒᆞ여 흔갓 결울(結鬱)215)ᄒᆞᆫ 졍(情)ᄲᅥᆫ 아니라 가듕형세(家中形勢)를 츠악(嗟愕)ᄒᆞ여 타루(墮淚)216)ᄒᆞ기를 마지아니ᄒᆞ더라.

어시(於時)의 뉴 부인(夫人)이 녀ᄋᆞ(女兒)의 고집(固執)을 통완(痛惋)217)ᄒᆞ고, 졀〃(節節)이218) ᄌᆞ긔(自己) ᄯᅳᆺ과 다르믈 ᄋᆞ돌나 위력(威力)으로 핍박(逼迫)ᄒᆞ여 김가(-家)의 혼ᄉᆞ(婚事)를 뎡(定)ᄒᆞ려 결단(決斷)ᄒᆞ고 봉ᄎᆡ(封采)219)를 바들 긔구(器具)를 출히며,

태부인(太夫人)이 친(親)히 식반(食盤)을 들니고 미화당의 니르니, 쇼져(小姐)와 벽난의 그림ᄌᆞ도 업ᄉᆞ니 대경츠악(大驚嗟愕)ᄒᆞ여 뉴 부인(夫人)

45면

과 경ᄋᆞ를 브르고 두로 어드ᄃᆡ 간 바를 아지 못ᄒᆞ고, 동산 담을 인(因)ᄒᆞ여 운뎨(雲梯)를 셰윗ᄂᆞᆫ디라 태부인(太夫人)이 뉴 시(氏)를 도라보아 놀나온 가슴이 벌덕여 일쳔(一千) 진납이 넘노ᄂᆞᆫ 둣ᄒᆞ고 만심(滿心)이 츠악(嗟愕)ᄒᆞ여 경ᄃᆡ(鏡臺) 우희 노힌 셔간(書簡)을 보지 못ᄒᆞ여 망지소위(罔知所爲)220)러니, 경이 봉셔(封書)를 어더 ᄶᅥ혀 보니 ᄉᆞ의(辭意) 비졀(悲絶)221)ᄒᆞ여,

---

213) 분슈(分手): 분수. 손을 나눈다는 뜻으로 이별을 이름.
214) 의〃(依依): 헤어지기가 서운함.
215) 결울(結鬱): 가슴이 답답하게 막힘.
216) 타루(墮淚): 눈물을 흘림.
217) 통완(痛惋): 괘씸해 하고 한탄함.
218) 졀〃(節節)이: 절절이. 곳곳이.
219) 봉ᄎᆡ(封采): 봉채. 혼인(婚姻) 전에 신랑집에서 신붓집으로 채단(采緞)과 예장(禮狀)을 보내는 일. 또는 그 채단과 예장. 봉치.
220) 망지소위(罔知所爲): 어찌할 줄 알지 못함.

'명〃(明明)호 대절(大節)을 잡으믹 모친(母親)의 념녀(念慮)호시눈 정(情)을 도라보지 못호고 님별(臨別)의 하직(下直)을 고(告)치 못호고 규리약질(閨裏弱質)222)이 벽난 일비(一婢)223)를 다리고 은쥐(殷州) 슈천(數千) 니(里)를 발섭(跋涉)224)호니, 하날이 도아 일명(一命)을 보젼(保全)호면 힝(幸)혀 싱젼(生前) 뵈오려니와 블연(不然)즉 도로(道路)의셔 죽어도 실졀(失節)호 더러온 계집이 되지 못홀지라. 셔亽(書辭)를 일우믹 압히 어둡고 목이 메여 ㄱ초 베프지 못호오니 왕

46면

모(王母)의 심화(心火)를 도〃지 마르시고 가뇌(家內)를 안온(安穩)225)이 호여 빅모(伯母)를 편(便)히 밧들고 변고(變故)를 ᄌ아뇌지 마르쇼셔226).'

호니227) 법다온 말슴과 어진 품되(品度ㅣ) 디샹(紙上)의 버러시니 완젼(婉轉)228)호며 쥬옥(珠玉)이 년낙(連落)229)호눈 필젹(筆跡)이 난봉(鸞鳳)이 쮜노눈 듯, 믁광(墨光)이 안모(眼眸)230)의 어롱지니 뉴 부인(夫人)이 기셔(其書)를 달나 호여 혼번(-番) 보고 통흉돈죡(痛胸頓足)231) 왈(曰),

"쳔니애각(千里涯角)232)의 제 엇지 득달(得達)홀 길히 이시리오?

---

221) 비졀(悲絶): 비절. 몹시 슬픔.
222) 규리약질(閨裏弱質): 규방의 약한 몸.
223) 일비(一婢): 한 명의 여종.
224) 발섭(跋涉): 발섭. 산을 넘고 물을 건너 길을 감.
225) 안온(安穩): 조용하고 편안함.
226) 쇼셔: [교] 원문에는 '시믈'로 되어 있으나 문맥을 고려해 이와 같이 수정함.
227) 호니: [교] 원문에는 '쳥호여'로 되어 있으나 문맥을 고려해 이와 같이 수정함.
228) 완젼(婉轉): 완전. 순탄하고 원활하여 구차하지 않음.
229) 년낙(連落): 연락. 연이어 떨어짐.
230) 안모(眼眸): 눈동자.
231) 통흉돈죡(痛胸頓足): 통흉돈족. 가슴을 매우 치고 발을 구름.

노비(路費)와 냥ㅈ(糧資)도 못 가져가실 거시니 긔ㅅ(饑死)[233]ㅎ미 호흡간(呼吸間)[234]이라, 엇지 ㅊ악(嗟愕)지 아니리오?"

경이 골오딕,

"셔의(齟齬)[235]흔 의ㅅ(意思)로 은쥐(殷州)를 가시나 길희 나면 두립고 어려워 도로 드러오기도 쉽거니와 노복(奴僕)을 헷쳐 어서 뒤흘 ᄯ라 다려오라 ㅎ쇼셔."

냥(兩) 부인(夫人)이 일시(一時)의 노복(奴僕)을 명(命)ㅎ여 은쥐(殷州) 가는 길히 여러 곳을 둘너 만

47면

나거든 다려오라 ㅎ고, 눈믈이 비 오듯 ㅎ여 간장(肝腸)이 일긱(一刻)[236]의 다 타는디라.

조(曹) 부인(夫人)이 태부인(太夫人) 호령(號令)으로 혼슈(婚需)의 슈치(繡致)[237]와 침션(針線)의 골몰(汨沒)ㅎ여 안비(眼鼻)를 막지(莫知)[238]러니, 야간(夜間)의 쇼졔(小姐ㅣ) 업ㅅ믈 듯고 실식(失色)ㅎ나 졀의(節義)를 일치 아니믈 가장 깃거ㅎ며 혹쟈(或者) 강졍(江亭)의 갓는가 의심(疑心)ㅎ나 발셜(發說)치 아니코 쇼져(小姐) 침소(寢所)의 모다 놀나믈 일쿳더라.

뉴 시(氏) 녀ㅇ(女兒)의 거쳐(去處)를 모로는디 김가(-家) 빙폐(聘

232) 쳔니애각(千里涯角): 천리애각. 멀리 떨어진 곳. 애각은 하늘의 끝이 닿은 곳과 땅의 한 귀퉁이라는 뜻으로, 서로 멀리 떨어져 있음을 이르는 말.

233) 긔ㅅ(饑死): 기사. 굶어 죽음.

234) 호흡간(呼吸間): 숨을 한 번 내쉬고 들이마시는 사이. 아주 짧은 시간.

235) 셔의(齟齬): 서어. 익숙하지 아니하여 서름서름함.

236) 일긱(一刻): 일각. 한 시간의 4분의 1. 곧 15분을 뜻하며 아주 짧은 시간을 이르는 말.

237) 슈치(繡致): 수치. 수놓은 물건.

238) 안비(眼鼻)를 막지(莫知): 눈코를 알지 못한다는 뜻으로 눈코 뜰 사이가 없다는 말.

幣)를 밧지 못홀 거시므로 뉴 금오(金吾)긔 급(急)히 통(通)ㅎ여 녀ᄋ
(女兒)를 실산(失散)ㅎ여시니 이 말을 김부(-府)의 젼(傳)ㅎ라 ㅎ고,
간악대독(奸惡大毒)239)이로딕 흥황(興況)240)이 업셔 심담(心膽)이 쎠
러지는 듯ㅎ니 현이 비록 죽기를 져히나 엇지 야반(夜半)의 나갈 줄
이야 싱각ㅎ여시리오. 길일(吉日)이 님(臨)ㅎ거든 ᄌ연(自然) 죽도 못

48면

ㅎ고 김부(-府)의 나아가 부〃(夫婦)를 믹ᄌ면 ᄌ연(自然) 화락(和樂)
ㅎ여 살가 ㅎ다가 바라미 굿쳐져 계괴(計巧ㅣ) 그릇된지라, 녀ᄋ(女
兒)를 위(爲)ㅎ여 금옥패산(金玉貝珊)과 쵹단나릉(蜀緞羅綾)241)을 각
별(恪別)이 션퇴(選擇)ㅎ여 의상(衣裳)을 일우고 보화(寶貨)를 가득
이 뿟하 노코 하가(河家)의 고초(苦楚)ㅎ믈 나모라 버리고, 궁극(窮
極)히 구(求)ㅎ여 니부텬관(吏部天官)의 댱ᄌ(長子ㅣ)오, 국구(國舅)
의 종손(宗孫)이믈 됴히 넉여 쭐을 몬져 뵈고 듕광의 눈의 든 줄 깃
거 태우(大夫)의 님힝당부(臨行當付)도 다 져ᄇ리고 태부인(太夫人)
을 도〃아 조(曹) 부인(夫人) 삼(三) 모ᄌ(母子)를 업시키를 착급(着
急)히 바야며, 현ᄋ의 일싱(一生)이 영화(榮華)롭고져 ㅎ고 긔특(奇
特)흔 지혜(智慧)로 셕(石) 흑ᄉ(學士) 직실(再室) 오 시(氏)가지 셔르
져 업시 흔 후(後) 경ᄋ로 셕싱(石生)의 후딕(厚待)를 밧게 뎡(定)ㅎ
엿다가 현ᄋ를 일야지간(一夜之間)의 실니(失離)242)ㅎ니, 일

---

239) 간악대독(奸惡大毒): 간악하고 매우 독한 사람.
240) 흥황(興況): 흥미로운 마음.
241) 쵹단나릉(蜀緞羅綾): 쵹단나릉. 촉나라에서 난 비단.
242) 실니(失離): 실리. 잃어 헤어짐.

긔(日氣)눈 졈〃(漸漸) 극열(極烈)이오, 뇨슈(潦水)243)눈 지리(支離)
훈딕 빙즈옥질(氷姿玉質)244)이 일싱(一生)을 호화(豪華) 듕(中)의 싱
댱(生長)ᄒ여 괴롭고 슬프믈 아지 못ᄒ다가 벽난 일비(一婢)를 다리
고 은쥐(殷州)를 발셥(跋涉)ᄒ믈 싱각ᄒ니 냥즈(糧資)와 반젼(盤
纏)245)은 엇지ᄒ여 가며 이쩌의 어딕 가 잇눈고 쳔녀만통(千慮萬
痛)246)이 오닉여할(五內如割)247)ᄒ고, 도라 태우(大夫)의 셩픔(性稟)
을 혜아리믹 즈긔(自己) 쯧을 욱여 녀ᄋ(女兒)를 위력(威力)으로 김
가(-家)의 셩혼(成婚)ᄒ려다가 실산(失散)홈 곳 드르면 더옥 졀치분
완(切齒憤惋)ᄒ여 즈가(自家)를 믜워홀지라, 익닯고 분완(憤惋)ᄒ미
심장(心臟)이 초갈(焦渴)248)ᄒ여 침실(寢室)의 도라와 머리를 뽓고
누어 눈믈이 강하(江河)를 보틸 듯 살고져 의식(意思 |) 격거놀,
　태부인(太夫人) 역시(亦是) 눈믈을 금(禁)치 못ᄒ여 왈(曰),
　“이러툿 홀 줄 아더면 제

쯧딕로 김가(-家)의 믈니치고 편(便)히 집의 잇게 홀 거슬, ᄋ희(兒
孩) 나히 어리니 일싱(一生)을 못 싱각ᄒ미라 ᄒ여 욱여 지닉려 ᄒ다
가 일이 〃딕도록 쯧 굿지 못홀 줄 어이 알니오? 제 아뷔 곳으로 가
노라 ᄒ여도 슈쳔(數千) 니(里)를 득달(得達)치 못ᄒ고 도로(道路)의

---

243) 뇨슈(潦水): 요수. 장맛비.
244) 빙즈옥질(氷姿玉質): 빙자옥질. 얼음처럼 맑은 자태와 옥처럼 고운 자질.
245) 반젼(盤纏): 반전. 먼 길을 떠나 오가는 데 드는 비용. 노자(路資).
246) 쳔녀만통(千慮萬痛): 천려만통. 온갖 염려와 고통.
247) 오닉여할(五內如割): 오내여할. 오장이 끊어지는 듯함.
248) 초갈(焦渴): 애타고 마름.

만단고초(萬端苦楚)[249]와 낭패(狼狽)ᄒ미 만흐리니, ᄋ지(阿子ㅣ) 도라오ᄂ 날 현ᄋ를 어듸 가고 업다 ᄒ리오?”

경이 심신(心身)이 경히(驚駭)ᄒ여 위로(慰勞) 왈(曰),

“조뫼(祖母ㅣ)마ᄌ 이러틋 ᄒ시니 ᄌ위(慈闈) 더옥 비회(悲懷)[250]를 진뎡(鎭靜)치 못ᄒ시니 복원(伏願) 조모(祖母)ᄂ 소려(消慮)[251]ᄒ쇼셔. 제 반듯시 도로 드러오리이다.”

태부인(太夫人)이 일됴(一朝)의 흥(興)이 ᄉ라져 역시(亦是) 식음(食飮)의 맛슬 모로고 잠이 업셔 오뉵일(五六日)을 울〃(鬱鬱)[252]히 보ᄂ니,

길긔(吉期)를 속졀업시 혀숑(虛送)ᄒ고 여러 노복(奴僕)이 무류(無聊)[253]히

51면

도라와[254] 쇼져(小姐)와 벽난의 그림ᄌ도 보디 못ᄒᄆ를 고(告)ᄒ니, 뉴 시(氏) 듀야(晝夜) 상도(傷悼)ᄒ여 눈믈이 마를 젹이 업스니 경이 우러 왈(曰),

“모친(母親)이 현ᄋ를 위(爲)ᄒ여 이러틋 ᄒ시니 므ᄉ 유익(有益)ᄒ미 잇ᄂ니잇고? 므ᄋᆷ을 널니 ᄒ샤 져희 ᄌ최를 심방(尋訪)[255]ᄒ여 다시 김가(-家)의 인연(因緣)을 의논(議論)ᄒ미 올치 아니ᄒ리잇가?”

뉴 시(氏) 기리 늣겨 왈(曰),

---

249) 만단고초(萬端苦楚): 온갖 고초.
250) 비회(悲懷): 슬픈 회포.
251) 소려(消慮): 염려를 없앰.
252) 울〃(鬱鬱): 우울한 모양.
253) 무류(無聊): 무료. 부끄럽고 열없음.
254) 와: [교] 원문에는 이 글자가 없으나 문맥을 고려해 삽입함.
255) 심방(尋訪): 방문하여 찾아봄.

"내 팔지(八字ㅣ) 괴이(怪異)ᄒ여 ᄒ 낫 ᄋ들을 두지 못ᄒ고 너희 형뎨(兄弟)를 두어 만금(萬金)의 듕(重)홈과 텬뉸(天倫)의 ᄌ익(慈愛) 타인(他人)의 모녀간(母女間)과 다르미 만커늘, 너를 셕쥰과 셩친(成親)ᄒ여 셕싱(石生)의 무신박졍(無信薄情)[256]이 너를 무죄(無罪)히 박ᄃ(薄待)ᄒ고 ᄌ취(再娶)ᄒ여 즐기니 싱각홀ᄉ록 심신(心身)이 타ᄂ 듯ᄒ거늘, 네 부친(父親)이 ᄌ익지졍(自愛之情)이 박(薄)ᄒ여 너를 잔잉히 녁

<h2 style="text-align:center">52면</h2>

이ᄂ ᄆᄋᆷ이 업고, 현ᄋ를 마ᄌ 셔쵹(西蜀) 슈졸(戍卒)과 결혼(結婚)ᄒ니 그 일싱(一生)을 익돌나 김개(-家ㅣ) 부귀(富貴)ᄒ고 신낭(新郎)이 아름다오니 ᄆᄋᆷ의 맛당ᄒ여 궁극(窮極)히 도모(圖謀)ᄒ여 셩디(聖旨)를 어더 친ᄉ(親事)를 일우고 네 부친(父親)이 도라와 내 탓슬 삼지 못ᄒ여 하가(河家)의 실약(失約)ᄒᄆᆯ 탄(歎)ᄒ나, 녀익(女兒ㅣ) 발셔 김가(-家)의 사름이 된 후(後)ᄂ 홀일업셔 말을 못 ᄒ고 블쾌(不快)히 넉이다가도 일월(日月)이 오ᄅᆷ면 ᄌ연(自然) 녀셔(女壻)의 화락(和樂)을 두굿기고 나의 원녀(遠慮)[257]를 항복(降服)홀가 넉엿더니, ᄋ희(兒孩) 어믜 졍(情)을 모로고 제 목슘이 진(盡)홀지라도 언약(言約)을 직희련다 ᄒ니 은쥐(殷州)로 간다 ᄒ여시나 다ᄒᆡᆼ(多幸)이 무ᄉ득달(無事得達)ᄒ여 네 부친(父親)을 만나, 나의 허믈과 하가(河家)를 비쳑(排斥)ᄒ미 네

<hr>

256) 무신박졍(無信薄情): 무신박정. 신의가 없고 정이 부족함.
257) 원녀(遠慮): 원려. 먼 훗날까지 내다보는 생각.

부친(父親)이 항상(恒常) 통완(痛惋)ᄒ던 비어늘, ᄒ믈며 녀ᄋ(女兒)의 졀(節)을 아ᄉ 김가(-家)의 셩혼(成婚)ᄒ려 ᄒ던 줄 대로(大怒)ᄒ올지라. 녀익(女兒ㅣ) 은쥐(殷州)로 가지 못ᄒ고 도로(道路)의 뉴락(流落)ᄒ여 거쳐(去處)를 모로ᄂ 일이 잇셔도 네 부친(父親)이 날을 원슈(怨讐)로 알 거시니 이 일을 엇지ᄒ잔 말고?”

경이 다만 위로(慰勞) 왈(曰),

“태〃(太太) 이딕도록 과려(過慮)258)ᄒ시고 젼ᄌ(前者)의 도모(圖謀)ᄒ던 일은 다 니ᄌ시니, 희텬 등(等)이 도라와도 무ᄉ(無事)히 두어 편(便)ᄒ미 반셕(盤石) ᄀᄐ리니 엇지려 ᄒ시ᄂ니잇고?”

뉴 시(氏) 경ᄋ의 말을 올히 넉여 조(曹) 부인(夫人)의 삼(三) 모ᄌ(母子)를 업시 ᄒ고 명ᄋ 쇼져(小姐)의 전정(前程)을 맛친 후(後) 양미토긔(揚眉吐氣)259)ᄒ랴 결단(決斷)ᄒ니 만고(萬古)의 희한(稀罕)ᄒ 악인(惡人)이러라.

ᄎ시(此時), 김부(-府)의셔 미리 보닉

엿던 바 패산지믈(貝珊之物)을 도로 도라보닉고 김 통직(冢宰) 부인(夫人)긔 젼어(傳語)ᄒ여 녀ᄋ(女兒)를 실산(失散)ᄒ여 친ᄉ(親事)를 일우지 못ᄒ믈 슬허ᄒ딕,

김부(-府)의셔 뉴 금오(金吾)의 말을 듯고 대경실ᄉ(大驚失色)260)

---

258) 과려(過慮): 지나치게 염려함.
259) 양미토긔(揚眉吐氣): 양미토기. 눈썹을 치켜뜨고 기운을 떨침.
260) 대경실ᄉ(大驚失色): 대경실색. 몹시 놀라 낯빛이 바뀜.

홀 썬 아니라 듕광이 윤(尹) 공ᄌ(公子)의게 즛맛고261) 상쳬(傷處ㅣ)
오히려 쾌소(快蘇)262)치 못ᄒ여시되, 길일(吉日)을 손곱아 등되(等
待)263)ᄒ다가 윤(尹) 쇼져(小姐)의 실산(失散)ᄒ믈 듯고 ᄆ음이 밋칠
듯ᄒ여 능(能)히 진뎡(鎭靜)치 못ᄒᄂ지라, 역시(亦是) 노복(奴僕)을
헷쳐 은쥐(殷州) 길흘 막ᄌ르되, 거쳐(去處)를 모로고 길긔(吉期)264)
를 허숑(虛送)ᄒ니 실셩(失性)ᄒᆯ 듯ᄒ더니,

　윤(尹) 태우(大夫) 부인(夫人)이 보옥쥬패(寶玉珠佩)265)를 환숑(還
送)ᄒ고 후일(後日) 녀ᄋ(女兒)를 ᄎᆞᆺ면 길ᄉ(吉事)를266) 일우ᄌ ᄒ
니, 어린 ᄯᆺ의 일분(一分)이나 바라고 잇셔 쥬야(晝夜)의

55면

윤(尹) 쇼져(小姐)의 션풍월광(仙風月光)267)을 못 니져 병(病)이 되여
시니 부모(父母)와 조부뫼(祖父母ㅣ) 위로(慰勞)ᄒ고 타쳐(他處)의
혼인(婚姻)을 듯보더라.

　광뎐 공직(公子ㅣ) 집의 도라와 조모(祖母)와 모친(母親)긔 비알
(拜謁)ᄒ고 그ᄉ이 존후(尊候)268)를 뭇ᄌ오며 태부인(太夫人)이 현ᄋ
쇼져(小姐)의 실산(失散)ᄒ믈 니르고 김개(-家ㅣ) 위력(威力)으로 친
ᄉ(親事)를 일우려 ᄒ기로 쇼졔(小姐ㅣ) 은쥐(殷州)로 가다 ᄒ며 항
쥐(杭州) 모뫽(麰麥)을 빅의 시러 온가 므르니, 공직(公子ㅣ) 갓던 드

---

261) 즛맛고: 두드려 맞고.
262) 쾌소(快蘇): 병이 깨끗이 나음.
263) 등되(等待): 등대. 미리 준비하고 기다림.
264) 길긔(吉期): 길기. 혼례일.
265) 보옥쥬패(寶玉珠佩): 보옥주패. 보배와 구슬 노리개.
266) ᄉ를: [교] 원문에는 없으나 문맥을 고려해 삽입함.
267) 션풍월광(仙風月光): 선풍월광. 선녀 같은 모습과 달 같은 자태.
268) 존후(尊候): 어른의 건강 상태.

시 일″(一一)히 되답(對答)ᄒ고 쇼져(小姐)의 실산(失散)ᄒᄆᆞᆯ 조뫼
(祖母ㅣ) 구추(苟且)히 ᄭᅮ미시ᄂᆞᆫ 줄 한심(寒心)ᄒ여 고왈(告曰),

"텬ᄌᆞ(天子)도 필부(匹夫)의 ᄯᅳᆺ을 앗지 못ᄒᄂᆞ니, 김개(-家ㅣ) 셰엄
(勢嚴)269)이 댱(壯)ᄒ나 ᄌᆡ상가(宰相家) 규슈(閨秀)를 핍박(逼迫)ᄒ여
위력(威力)으로 친ᄉᆞ(親事)를 일우지 못ᄒ오리니, 제 비록 구혼(求婚)
ᄒᆞᆯ지라도 하가(河家)의 혼셔빙폐(婚書聘幣) 이시믈 닐너 믈니치던

56면

들 져″(姐姐)의 실산(失散)이 업술낫다소이다."

태부인(太夫人) 왈(曰),

"우리도 아이예 혼인(婚姻)을 쩨쳣더니 김개(-家ㅣ) 샤혼셩디(賜婚
聖旨)를 어더 웅임질노 지뉘ᄌ ᄒ니, 샹교(上敎)를 거역(拒逆)ᄒ엿다
가 네 아ᄌᆞ비게 죄(罪) 이실가 두려 마지못ᄒ여 길일(吉日)을 퇵(擇)
ᄒ고 혼인(婚姻)을 지뉘려 ᄒ더니 현이 일야지간(一夜之間)의 간 곳
이 업ᄉᆞ니 길긔(吉期)를 허숑(虛送)ᄒ엿노라."

공ᄌᆡ(公子ㅣ) 여러 말이 브졀업셔 조모(祖母)와 슉모(叔母)를 위로
(慰勞)ᄒ고,

ᄎᆞ셕(此夕)의 모친(母親)긔 쇼졔(小姐ㅣ) 강졍(江亭)의 이시믈 고
(告)ᄒ니 조(曹) 부인(夫人)이 빈미(顰眉)270) 왈(曰),

"현ᄋᆞ의 졀의(節義)ᄂᆞᆫ 아름답거니와 가ᄉᆞ(家事ㅣ) ᄉᆞ인대참(使人
大慙)271)이니 이런 블힝(不幸)이 어듸 이시리오?"

공ᄌᆡ(公子ㅣ) 탄식믁연(歎息默然)이러라.

---

269) 셰엄(勢嚴): 세엄. 위엄 있는 권세.
270) 빈미(顰眉): 눈썹을 찡그림.
271) ᄉᆞ인대참(使人大慙): 사인대참. 사람을 크게 부끄럽게 함.

ᄉ오일(四五日) 후(後) 계텽이 남[272]양(南陽) 젼토(田土)를 화미(貨賣)[273]ᄒ여 은ᄌ(銀子)를 바다 몬져 강졍(江亭)으로 와시니 ᄎ공ᄌ(次公子ㅣ)

57면

마ᄌ 집으로 드러갈ᄉᆡ, 쇼졔(小姐ㅣ) 하루(下淚)[274] 왈(曰),

"현뎨(賢弟) 마ᄌ 쩌나가니 외롭고 위틱(危殆)로이 이[275]셔 이 심ᄉᆞ(心思)를 엇지 견딕리오?"

공ᄌ(公子ㅣ) 위로(慰勞) 왈(曰),

"뎡(鄭) 져〃(姐姐)는 삼ᄉ(三四) 삭(朔)을 산ᄉ(山寺)의도 뉴락(流落)ᄒ여 계시니 이곳은 내 집이니 므어시 위틱(危殆)ᄒ미 이시리잇고? 쇼뎨(小弟) 등(等)이 틈을 타 ᄌ로 단니리이다."

인(因)ᄒ여 젼토(田土) 화미(貨賣)ᄒᆫ 은ᄌ(銀子) 오ᄇᆡᆨ(五百) 냥(兩)의셔 삼십(三十) 냥(兩)을 쩌혀 쇼져(小姐)를 맛져 왈(曰),

"져졔(姐姐ㅣ) 혹(或) 칠팔(七八) 삭(朔) 닉(內)의 드러가지 못ᄒ셔도 은ᄌ(銀子)를 머므ᄂᆞ니 냥ᄌ(糧資)[276]를 삼게 ᄒ쇼셔."

쇼졔(小姐ㅣ) 샤양(辭讓)치 아냐 바다 두고 결연(缺然)[277]ᄒᆫ 회푀(懷抱ㅣ) 무궁(無窮)ᄒ나 마지못ᄒ여 남ᄆᆡ(男妹) 분슈(分手)ᄒ뒤 강졍(江亭)의 비복(婢僕)의 무리 붕원(朋友ㅣ)인 줄 아더라.

공ᄌ(公子ㅣ) 집의 도라와 존당(尊堂)과 두 모친(母親)긔 뵈옵고

---

272) 남: [교] 원문에는 '담'으로 되어 있으나 앞에 '남'으로 나왔으므로 이와 같이 수정함.
273) 화미(貨賣): 화매. 내다 팖.
274) 하루(下淚): 눈물을 흘림.
275) 이: [교] 원문에는 이 글자가 없으나 문맥을 고려해 삽입함.
276) 냥ᄌ(糧資): 양자. 양식과 비용을 아울러 이르는 말.
277) 결연(缺然): 비어 있는 듯한 모양.

전토(田土) 화미(貨賣)ᄒ믈 고(告)ᄒ니, 태부인(太夫人)이

58면

은ᄌ(銀子)를 혜여 밧고 뉴 시(氏), 녀ᄋ(女兒)의 거쳐(居處) 모로믈 슬픈 가온듸나 공ᄌ(公子)의 쇄락(灑落)[278]ᄒ미 날노 싀로오믈 믭고 분(憤)ᄒ여 태부인(太夫人)을 도〃아 못 견듸도록 보치기를 시작(始作)ᄒ니,

냥(兩) 공ᄌ(公子)를 즐타(叱打)[279]ᄒ기는 니르지 말고 긔괴(奇怪)흔 쳔역(賤役)이 말지(末-)[280] 셔동(書童)의셔 더으니 측간(厠間)[281]과 마구(馬廐)[282]를 츼이고[283] 싀초(柴草)[284]를 식이며 강졍(江亭)의 미곡(米穀)을 날나 오라 ᄒ고, 우마졔양(牛馬猪羊)[285]을 보살펴 한헐(閑歇)[286]ᄒ믈 엇지 못ᄒ게 ᄒ며, 됴셕(朝夕) 음식(飮食)은 믹반(麥飯)을 날이 반오(半午)의 일(一) 긔(器)식 주어 먹으라 ᄒ며, 밤이면 삿[287]츨 꼬이고 초리(草履)[288]를 삼겨 쳔역(賤役)의 일분(一分)이나 염고(厭苦)[289]ᄒ미 이시면 틱장(笞杖)을 시작(始作)ᄒ여 싀진(澌盡)[290]ᄒ여 죽기를 죄오니,

조(曹) 부인(夫人)의 심장(心臟)이 ᄉ회는 듯ᄒ기를 면(免)ᄒ리오

---

278) 쇄락(灑落): 시원스러운 모양.
279) 즐타(叱打): 질타. 욕하고 때림.
280) 말지(末-): 말재. 순서에서 맨 끝에 차지하는 위치. 말째.
281) 측간(厠間): 대소변을 보도록 만들어 놓은 곳. 변소.
282) 마구(馬廐): 말을 기르는 곳. 마구간(馬廐間).
283) 츼이고: 치우게 하고.
284) 싀초(柴草): 시초. 땔나무로 쓰는 풀.
285) 우마졔양(牛馬猪羊): 우마저양. 소와 말, 돼지와 양.
286) 한헐(閑歇): 한가하게 쉼.
287) 삿: 새끼.
288) 초리(草履): 짚신.
289) 염고(厭苦): 꺼리고 괴로워함.
290) 싀진(澌盡): 시진. 기운이 빠져 없어짐.

마는 태부인(太夫人)이 온

59면

가지로 보치니 희월누 문(門)을 잠으고 조(曹) 부인(夫人)을 협실(夾室)의 두고 쥬야(晝夜) 조르니, 공ᄌᆞ(公子) 형뎨(兄弟) 작인(作人)이 비상(非常)ᄒ고 직죄(才操ㅣ) 만ᄉ(萬事)의 신긔(神奇)ᄒᄆ로 괴이(怪異)ᄒᆫ 쳔역(賤役)이라도 본(本)듸 닉은 사름 ᄀᆞᆺᄐ여 싀포(猜暴)[291]ᄒᆫ 호령(號令)이 나지 아냐셔 못 밋츨 ᄃᆞ시 ᄒ나, 모친(母親)의 쳔단곡경(千端曲境)[292]을 슬허 형뎨(兄弟) 밤을 당(當)ᄒ면 쳬루비읍(涕淚悲泣)[293]ᄒ기를 마지아니ᄒᆞᄃᆡ 힝(幸)혀도 조모(祖母)와 슉모(叔母)를 원망(怨望)ᄒᄂᆞ 비 업ᄂᆞᆫ디라.

ᄎᆞ공ᄌ(次公子)ᄂᆞ 더옥 두 곳으로 보치이니 보젼(保全)ᄒ기 어려오듸 텬신(天神)이 보호(保護)ᄒ여 냥(兩) 공지(公子ㅣ) 죽ᄂᆞ 환(患)이 업ᄉ니, 뉴 시(氏) 착급(着急)[294]ᄒ여 존고(尊姑)를 도〃아 광텬 등(等)을 무죄(無罪)히 칙벌(責罰)[295]ᄒ여 피육(皮肉)이 후란(朽爛)[296]ᄒ더라.

일〃(一日)은 냥(兩) 공ᄌ(公子)를 명(命)ᄒ여 강외(江外) 십(十) 니(里)의 미곡(米穀)을 져 오라 ᄒ니 냥(兩) 공지(公子ㅣ) 고왈(告曰),

"쇼손(小孫) 등(等)이 년일(連日) 곡식(穀食)

을 날나시니 명일(明日) 져 오리이다.”

흔딕, 위 시(氏) 호령(號令)ᄒ여 밧비 져 오라 ᄒ니 냥(兩) 공지(公子ㅣ) 홀일업셔 미곡(米穀)을 져 오니, 날이 어둡기의 니르믹 긔아(饑餓)를 니긔지 못ᄒ여 허한(虛汗)297)이 구술 구으듯 ᄒ여 잘 것지 못ᄒ더니, 하일(夏日) 대위(大雨ㅣ) 무상(無常)이 급(急)ᄒ니 미곡(米穀)이 다 졋는지라, 조모(祖母)의 호령(號令)을 싱각고 진ᄉ력(盡死力)298)ᄒ여 다름질노 오더니, 곡구(谷口)의 느러진 벽제(辟除)299) 도상(道上)을 칙오니 댱공ᄌ(長公子)는 오히려 긔운이 산악(山岳)을 넘씰 듯ᄒ 고(故)로 급(急)히 오더니 길 건너지 말나 ᄒ믈 듯고 심증(心症)300)이 블 니듯 ᄒ여 미곡(米穀)을 진 치 하리(下吏)를 일비(一臂)로 밀치니 즌길의 헷것ᄀ치 너머지거늘, ᄎ공ᄌ(次公子)를 압셰워 길흘 건너 드리다르니 뇽힝호뵈(龍行虎步ㅣ)301) 신긔(神奇)흔지라.

이젹의 금평후(--侯) 뎡(鄭) 공(公)이 친우(親友)를 보고 날이 져

므러 운산으로 가지 못ᄒ고, 표종형(表從兄)302) 슌 참졍(叅政) 부듕(府中)의셔 일야(一夜)를 지닉고져 가더니, 시ᄌ(侍者)를 짐 진 ᄋ희(兒孩) 밀치고 집으로 드러가믈 보고 제리(諸吏) 대로(大怒)ᄒ여 기

---

297) 허한(虛汗): 몸이 허약하여 나는 땀.
298) 진ᄉ력(盡死力): 진사력. 죽을힘을 다함.
299) 벽제(辟除): 벽제. 지위가 높은 사람이 행차할 때, 구종(驅從) 별배(別陪)가 잡인의 통행을 금하던 일.
300) 심증(心症): 마음에 마땅하지 않아 화를 내는 일.
301) 뇽힝호뵈(龍行虎步ㅣ): 용행호보. 용의 걸음과 호랑이의 걸음이라는 뜻으로 걸음걸이가 매우 빠름을 이름.
302) 표종형(表從兄): 표종형. 외사촌형.

ᄋ(其兒)를 잡아다가 듕치(重治)[303]ᄒᆞᄆᆞᆯ 쳥(請)ᄒᆞ니, 한님(翰林)은 부공(父公) 뒤히 좃ᄎᆞ시나 안광(眼光)이 타별(他別)[304]ᄒᆞᄆᆞ로 일혼(日昏)[305]이나 기ᄋᆡ(其兒ㅣ) 윤(尹) 공ᄌᆞ(公子) 등(等)이믈 아라보고, 금후(-侯)ᄂᆞᆫ 윤(尹) 공ᄌᆞ(公子) 등(等)이믈 모로고 하리(下吏)의 말을 듯고 잡아 슌부(-府)로 ᄃᆡ령(待令)ᄒᆞ라 ᄒᆞ니, 한님(翰林)이 죵시(終始)를 치 보려 믁연(默然)ᄒᆞ여 다만 부공(父公)을 뫼셔 슌부(-府)로 드러왓더니,

이윽ᄒᆞ여 짐 진 ᄋᆞ히(兒孩)를 잡으라 갓던 하리(下吏) ᄉᆞ오(四五) 인(人)이 옷슬 발〃이 다 ᄢᅴ고 쌤이 붓도록 맞고 그져 도라와 고(告)ᄒᆞᄃᆡ,

"짐 진 ᄋᆞ히(兒孩)를 잡으려 ᄒᆞ니 ᄒᆞ나흔 윤

62면

부(尹府)로 몬져 드러가고 쳐음의 하리(下吏)를 밀치던 ᄋᆞ히(兒孩)ᄂᆞᆫ 쇼인(小人) 등(等)을 즛두다려 ᄒᆞ마 죽을 번ᄒᆞ고 계오 도라왓ᄂᆞ이다."

뎡(鄭) 공(公)이 ᄀᆞ장 경아(驚訝)[306] 왈(曰),

"혼 아히(兒孩)를 너희 ᄉᆞ오(四五) 인(人)이 못 니긔여 져딕도록 마줏ᄂᆞ뇨?"

하리(下吏) 브복(俯伏) ᄃᆡ왈(對曰),

"감(敢)히 허언(虛言)을 쥬츌(做出)[307]ᄒᆞᄆᆡ 아니오니 윤부(尹府)로 짐 진 하리(下吏) ᄒᆞ나히 드러갓ᄉᆞ오니 이졔 하리(下吏)를 보닉샤 블

너 하문(下問)308)ᄒ여 보쇼셔.”

슌 참정(叅政)이 윤부(尹府) 격닌(隔隣)309)의 잇서 광텬 등(等) 형뎨(兄弟) 강(江)의 미곡(米穀)을 나르고 싀초(柴草) 지고 ᄃᆞ니믈 아ᄂᆞᆫ지라, 평후(-侯)를 도라보아 웃고 왈(曰),

“이 반ᄃᆞ시 윤가(尹家) 냥(兩) ᄌᆞ(子ㅣ)라. 내 이곳의 올만 지 오라지 아니ᄒ거니와 근간(近間)의 기ᄋᆞ(其兒) 등(等)이 조모(祖母)의 녕(令)으로 쳔역(賤役)310)을 다ᄒ니, 잠간(暫間) 보건ᄃᆡ 문강의

63면

ᄋᆞ들이라. 기ᄋᆞ(其兒) 등(等)이 굿ᄐᆞ여 븟그리지 아니ᄒ고 잇다감 쳥(請)ᄒᆞᆫ즉 ᄌᆡ상(宰相)의 집의 년유쇼ᄋᆞ(年幼小兒ㅣ) 왕ᄂᆡ(往來)ᄒᆞᆯ 일 업세라 ᄒ고 괴이(怪異)ᄒᆞᆫ 쳔역(賤役)을 다ᄒᆞᆯ지언정 맛ᄋᆞ희(-兒孩)ᄂᆞᆫ 영웅쥰걸(英雄俊傑)의 긔상(氣像)이오, 기뎨(其弟)ᄂᆞᆫ 셩현군ᄌᆞ지풍(聖賢君子之風)이라, 윤보311)ᄂᆞᆫ 인친지개(姻親之家ㅣ)312)오 동긔(同氣) ᄀᆞᆺᄐᆞᆫ 지위(知友ㅣ)313)어ᄂᆞᆯ 윤ᄌᆞ(尹子) 등(等)의 잔잉ᄒᆞᆫ 형셰(形勢)를 괄시(恝視)314)ᄒᆞᄂᆞ뇨?”

뎡(鄭) 공(公)이 대경(大驚) 왈(曰),

“문강315)이 일즉 죽고 명강316)이 쳥검(淸儉)ᄒ여 집이 부요(富饒)317)치 못ᄒ거니와 본(本)ᄃᆡ 후빅지개(侯伯之家ㅣ)318)라 긔업(基

---

308) 하문(下問): 윗사람이 아랫사람에게 물음.
309) 격닌(隔隣): 격린. 서로 가까이 이웃함.
310) 쳔역(賤役): 천역. 천한 일.
311) 윤보: 금평후 정연의 자(字).
312) 인친지개(姻親之家ㅣ): 혼인으로 친척이 된 집안.
313) 지위(知友ㅣ): 서로를 잘 알아주는 벗.
314) 괄시(恝視): 업신여겨 하찮게 대함.
315) 문강: 윤현의 자(字).
316) 명강: 윤수의 자(字).

業)319)이 빈한(貧寒)치 아니려든 천만금(千萬金)을 주고 수지 못홀 낭(兩) 조(子)를 천역(賤役)을 식이고 박디(薄待)호믄 의외(意外)라, 형언(兄言)이 도로혀 허언(虛言)인가 호노라.”

슌 공(公) 왈(曰),

“윤보는 의려(疑慮)320)치 말나. 남의 집 일이니 조셔(仔細)히 아든 못호디 일삭(一朔) 젼(前)의 규슈(閨秀)

64면

를 실산(失散)호고 츳조라 단니기를 무궁(無窮)히 호더니 종시(終是)321) 츳지 못호고, 윤(尹) 명강의 모친(母親)과 그 부인(夫人)이 쥬아(晝夜) 상도(傷悼)322)혼다 말이 닌니(隣里)의 조로 들니고, 윤(尹) 문강의 부인(夫人)은 그 고모(姑母)긔 조로 구타(毆打)호믈 닙는다 호니 그 윤부(尹府) 인친개(姻親家ㅣ) 엇지 그리 괴이(怪異)호뇨?”

금평휘(--侯ㅣ) 듯는 말마다 히연(駭然)323)호니 도로혀 웃고 왈(曰),

“쇼뎨(小弟)는 윤개(尹家ㅣ) 이러톳 어조러오믈 아디 못호엿더니 형(兄)이 가장 조셔(仔細)히 아라 계시도다.”

한님(翰林)이 날호여 굴오디,

“앗가 얼프시 짐 진 ᄋ희(兒孩)를 보오니 광텬의 형뎨(兄弟)로디 지상가(宰相家) 공조(公子ㅣ) 그럴 니(理) 업셔 フ장 의아(疑訝)호읍더니, 슉부(叔父)의 말솜을 듯줍건디 히악(駭愕)324)호믈 니긔지 못호

---

317) 부요(富饒): 재물을 풍부하게 가지고 있음.
318) 후빅지개(侯伯之家ㅣ): 후백지가. 높은 벼슬을 한 집안.
319) 긔업(基業): 기업. 대대로 물려 내려오는 재산과 사업.
320) 의려(疑慮): 의심하고 염려함.
321) 종시(終是): 종시. 끝내.
322) 상도(傷悼): 마음이 아프도록 몹시 슬퍼함.
323) 히연(駭然): 해연. 몹시 이상스러워 놀라움.

리로소이다.”

부젼(父前)의 고왈(告曰),

“쇼직(小子ㅣ) 이의 왓스오니 잠간(暫間) 가셔 윤ᄋᆞ(尹兒) 등(等)을 보고 오리이다.”

평휘(-侯ㅣ) 졈두(點頭)[325]

65면

ᄒᆞ니 즉시(卽時) 하리(下吏) 이(二) 인(人)을 다리고 윤부(尹府)의 니르니,

바로 셔헌(書軒)의 니르딕 공직(公子) 형뎨(兄弟) 업고 닉헌(內軒)의셔 지져괴는 소릭 진동(震動)ᄒᆞ는디라. 한님(翰林)이 스스로 몸이 요동(搖動)ᄒᆞ믈 씌돗지 못ᄒᆞ여 셔헌(書軒) 협문(夾門)을 인(因)ᄒᆞ여 합장(閤牆)[326] 뒤히 가 잠간(暫間) 볼식,

ᄎᆞ시(此時) 윤(尹) 공직(公子) 형뎨(兄弟) 뿔을 지고 급(急)히 오다가 길히셔 츼오는 하리(下吏)를 밀치고 문(門)의 들게 되엿더니, 잡으라 온 하리(下吏) 욕(辱)ᄒᆞ믈 보고 ᄎᆞ공직(次公子)를 몬져 드려보닉고 댱공직(長公子ㅣ) 졔리(諸吏)를 난타(亂打)ᄒᆞ여 일시(一時) 분(憤)을 플고 드러오니,

경ᄋᆞ와 뉴 시(氏) 태부인(太夫人)을 도〃아 미곡(米穀)을 더딕 져오기의 비를 마줏다 ᄒᆞ고 부인(夫人)을 눈주어 듕타(重打)ᄒᆞ라 ᄒᆞ니, 태부인(太夫人)이 〃(二) 공직(公子)를 듕(重)히 치려 흔딕 댱공직(長公子ㅣ) 왈(曰),

---

"길히셔 비를 만나 다룸으로 왓숩느니

66면

엇지 더뒤 온 일이 잇스오리잇가? 금일(今日)은 듕장(重杖)을 더으시면 시진(澌盡)ㅎ여 죽을 돗시브니 명일(明日) 다스리쇼셔."

말을 맛고 늬셔헌(內書軒)의 와 누어 응(應)치 아니ㅎ니, 태부인(太夫人)이 대로(大怒)ㅎ여 친(親)히 늬셔헌(內書軒)의 와 냥(兩) 공즈(公子)를 결박(結縛)ㅎ여 시노(侍奴)로 ㅎ여곰 듕장(重杖)을 더을시, 시뇌(侍奴ㅣ) 춧마 듕장(重杖)을 더으지 못ㅎ여 참연블승(慘然不勝)327)ㅎ니,

태부인(太夫人)이 시노(侍奴) 등(等)을 믈니치고 즈긔(自己)는 쳘편(鐵鞭)을 들고 난타(亂打)ㅎ며 뉴 시(氏)는 쳘여의(鐵如意)를 드러 희텬을 두다릴시, 두 부인(夫人)의 힘이 약(弱)ㅎ지 아니ㅎ거늘 경ᄋ는 것틱셔 금척(金尺)을 드러 광텬을 스〃(私私)로이 치는 바의 피 흘너 옷슬 줌으니, 희텬 공즈(公子)는 일언(一言)을 아니ㅎ고 댱공즈(長公子)는 하날을 우러〃 기리 탄식(歎息) 왈(曰),

"아등(我等)의 혈육(血肉)이 과(過)히 상(傷)ㅎ믄

67면

오히려 놀납지 아니뒤 태모(太母)와 슉모(叔母)의 실덕(失德)을 어나 곳의 빗흐리오? 출하리 죽음만 굿지 못ㅎ도다. 내 므슴 죄(罪) 잇느뇨?"

---

327) 참연블승(慘然不勝): 참연불승. 슬픔을 이기지 못함.

태부인(太夫人)이 대로(大怒)ᄒᆞ여 드리ᄃᆞ라 돌을 가져 그 입을 치며 니르ᄃᆡ,

“나와 뉴 시(氏) 므슴 일노 실덕(失德)ᄒᆞᆫ다 ᄒᆞᄂᆞ뇨? 너희는 윤(尹) 시(氏) 골육(骨肉)이 아니오, 조(曹) 시(氏) 간부(姦夫)를 어더 나흔 거시니 시노(侍奴) 등(等)과 엇지 다르리오?”

ᄒᆞᄂᆞᆫ지라.

이ᄯᅢ 뎡(鄭) 한님(翰林)이 ᄎᆞ경(此景)[328]을 목견(目見)ᄒᆞᄆᆡ ᄒᆞᆫ갓 놀납고 ᄎᆞ악(嗟愕)ᄒᆞᆯ ᄲᅮᆫ 아니라 ᄌᆞ긔(自己) 집이 관인후덕(寬仁厚德)[329]을 슝상(崇尚)ᄒᆞ여 하쳔비복(下賤婢僕)[330]이라도 져ᄃᆡ도록 ᄒᆞᆫ 일이 업고 ᄉᆡᆼᄂᆡ(生來)[331]의 보지 못ᄒᆞ던 경ᄉᆡᆨ(景色)이니 경긱(頃刻)[332]의 목슘이 진(盡)ᄒᆞᆯ ᄃᆞᆺᄒᆞᆫ지라, 만일(萬一) 약질(弱質)이면 진(盡)ᄒᆞᆯ지라.

만신(滿身)이 ᄯᅥᆯ니고 스ᄉᆞ로 노발(怒髮)[333]이 지관(指冠)[334]ᄒᆞ고 목ᄌᆡ(目眥ㅣ)[335] 진녈(震裂)[336]ᄒᆞ여 경긱(頃刻)의 드리다

68면

라 뉴 부인(夫人)과 경ᄋᆞ며 태부인(太夫人)을 즈ᇝ고 이(二) 공ᄌᆞ(公子)를 구(救)ᄒᆞ고져 의ᄉᆡ(意思ㅣ) 이시나 ᄌᆞ긔(自己) 외인(外人)이니 남의 집 부녀(婦女)를 손으로 상(傷)히오지 못ᄒᆞᆯ 거시오, 져 부인(夫

328) ᄎᆞ경(此景): 차경. 이 광경.
329) 관인후덕(寬仁厚德): 너그럽고 어질며 덕이 두터움.
330) 하쳔비복(下賤婢僕): 하천비복. 하층의 천한 종.
331) ᄉᆡᆼᄂᆡ(生來): 생래. 세상에 태어난 이래로.
332) 경긱(頃刻): 경각. 눈 깜빡할 사이. 또는 아주 짧은 시간.
333) 노발(怒髮): 분노한 머리털.
334) 지관(指冠): 관을 가리킴.
335) 목ᄌᆡ(目眥ㅣ): 목자. 눈초리.
336) 진녈(震裂): 진열. 성내어 찢어짐.

人) 등(等)을 가마니 두기는 통히(痛駭) 흔지라. 문무지략(文武智略)이 겸전(兼全) 흐여 일셰(一世)의 츄앙(推仰)337)흐는 빈나 나힌즉 이칠(二七)이라, 흔번(-番) 져 부인(夫人) 등(等)을 미이 상(傷)히오려 뜻이 급(急)흐니 즉시(卽時) 도로 나와 닉셔헌(內書軒) 장(牆) 밧긔 큰 소남기 잇셔 닙히 댱(長)흐니 사름이 올나가도 몰나보는디라. 장원(牆垣)의 돌을 섇혀 스미의 너코 급(急)히 소남그로 치다르니 뉘 알니오.

급(急)히 남긔 올나안즈 뉴 부인(夫人) 모녀(母女)와 태부인(太夫人)을 녁〃(歷歷)히 구버보니 그 흉독흉포(凶毒凶暴)338)흔 거동(擧動)이 결단(決斷)흐여 사름을 죽이고 날 둣흐니, 두 손의 돌을 가로 드러 몬져 태부인(太夫人)을 치고 버거 뉴 부인(夫人) 모녀(母女)를 향(向)

69면

흐여 돌흘 더지민 신긔(神奇)흔 지죄(才操ㅣ) 맛기를 엇지 버셔나리오. 돌이 가는 바의 위 태부인(太夫人)과 경우는 니마를 마즈 씨여지고 뉴 시(氏)는 가슴을 맛고 잌고 소릭 진동(震動)흐니,

광텬 공지(公子ㅣ) 결박(結縛)흔 거술 그르지 아냐 몸을 흔번(-番) 움즉이민 민 거술 버셔바린지라, 급(急)히 조모(祖母)와 슉모(叔母)를 붓드러 경악(驚愕)흐믈 니긔지 못흐니 ᄎ공ᄌ(次公子)는 혼〃(昏昏)339)흐여 죽엄ᄀᆞ치 느러져시니 한님(翰林)이 나리미러 보고 ᄎ악(嗟愕)흐여 츄연(惆然)흐믈 니긔지 못흐고 댱공ᄌ(長公子)는 만신(滿

---

337) 츄앙(推仰): 추앙. 높이 받들어 우러러봄.
338) 흉독흉포(凶毒凶暴): 흉포하고 악독함.
339) 혼〃(昏昏): 정신이 가물가물하고 희미함.

身)의 피 흘너 옷술 줌으고 살이 셩흔 뒤 업수나 시녀(侍女)로 조모
(祖母)와 슉모(叔母)를 붓드러 침뎐(寢殿)으로 드리게 호니, 모든 양
낭(孃娘)340)이 붓드러 침소(寢所)로 가고 초공주(次公子)눈 그 유모
(乳母) 경 유랑(乳娘)이 민 거슬 그르고 쥐믈너 닉셔헌(內書軒)의 누
이고 약믈(藥物)노 구호(救護)호더라.

뎡

70면

한님(翰林)이 그 거동(擧動)을 다 보고 공주(公子)를 블너도 나와 보
미 쉽지 아니호고, 주긔(自己) 일을 혹주(或者) 의심(疑心)호리 이실
가 즉시(卽時) 나려 밧그로 나와 하리(下吏)를 다리고 도로 슌부(-府)
로 가뒤, 힝식(行使ㅣ) 능녀(凌厲)341)호고 윤부(尹府) 비복(婢僕)의
무리 다 황〃(遑遑)342)호여 닉당(內堂)의 이시니 한님(翰林)의 왓던
줄 알 니 업순지라.

평휘(-侯ㅣ) 한님(翰林)을 보고 므러 왈(曰),

"윤ᄋᆞ(尹兒) 등(等)을 보고 온다?"

한님(翰林)이 복슈(伏首)343) 뒤왈(對曰),

"윤(尹) 태부인(太夫人)이 냥(兩) ᄋᆞ(兒)를 결댱(決杖)344)혼다 호니
밧긔셔 기다리지 못호고 그져 오과이다."

평휘(-侯ㅣ) 초악잔잉(嗟愕--)345)호여 슌 참졍(叅政)다려 왈(曰),

---

340) 양낭(孃娘): 양랑. 유모.
341) 능녀(凌厲): 능려. 아주 뛰어나게 훌륭함.
342) 황〃(遑遑): 갈팡질팡 어쩔 줄 모르게 급함.
343) 복슈(伏首): 복수. 고개를 숙임.
344) 결댱(決杖): 결장. 죄인에게 곤장을 치는 형벌을 집행함.
345) 초악잔잉(嗟愕--): 차악잔잉. 몹시 놀라고 불쌍히 여김.

"형(兄)은 윤부(尹府) 소식(消息)을 엇지 그리 잘 아르시ᄂᆞ잇가? 비졀(悲絶)ᄒᆞᆫ 바ᄂᆞᆫ 윤 문강의 쳔금귀ᄌᆞ(千金貴子)로 부미(負米)346)를 식이고 민텬(旻天)의 우름347)을 겸(兼)ᄒᆞ여 십(十) 셰(歲)도 못 ᄒᆞᆫ ᄋᆞ히(兒孩) 간익(艱厄)348)을 져리 겻그니 단명(短命)ᄒᆞᆯ 증죄(徵兆ㅣ)349)오, ᄒᆞᆷ믈

71면

며 광텬은 쇼녀(小女)와 뎡혼(定婚)ᄒᆞ여 금셕(金石) ᄀᆞᆺ튼 딩약(盟約)이 〃시니 져 집 변괴(變故ㅣ) ᄌᆞ식(子息)의 일싱(一生)이 블평(不平)ᄒᆞᆯ지라 엇지 ᄎᆞ악(嗟愕)지 아니리오?"

슌 참졍(叅政)이 요두(搖頭)350) 왈(曰),

"ᄉᆞ싱화복(死生禍福)이 하날의 달녓거니와 윤뵈 져 집의 ᄯᅩᆯ을 결혼(結婚)코져 ᄒᆞ기ᄂᆞᆫ 농담호구(龍潭虎口)351)의 너흐미라, ᄎᆞ라리 일싱(一生)을 공규(空閨)352)의 늙혀도 브졀업시 년혼(連婚)353)ᄒᆞᆯ 의ᄉᆞ(意思)를 말나."

평휘(-侯ㅣ) 미우(眉宇)를 삥긔여 말을 아니ᄒᆞ고 명됴(明朝)의 도라가니라.

---

346) 부미(負米): 쌀을 등짐으로 져서 나르는 일.
347) 민텬(旻天)의 우름: 민천의 울음. 하늘을 우러러 울부짖음. 부모에게서 박대를 받으나 오히려 효도를 다하는 자식의 울음. 중국 고대 순(舜)임금이 제위에 오르기 전에 부모에게 효도를 다하지만 오히려 박대를 받아 하늘을 보고 울부짖었다는 데서 유래함. 『서경(書經)』, 「대우모(大禹謨)」에 "순임금이 처음 역산에서 농사지을 때에 밭에 가서 날마다 하늘과 부모에게 울부짖어 죄를 떠맡고 악을 자신에게 돌렸다. 帝初于歷山, 往于田, 日號泣于旻天于父母, 負罪引慝."라는 구절이 있음.
348) 간익(艱厄): 간액. 고난과 액운.
349) 증죄(徵兆ㅣ): 징조. 어떤 일이 생길 기미.
350) 요두(搖頭): 머리를 흔듦.
351) 농담호구(龍潭虎口): 용담호구. 용이 사는 못과 호랑이 소굴.
352) 공규(空閨): 빈 규방.
353) 년혼(連婚): 연혼. 혼인을 맺음.

위 태부인(太夫人)과 뉴 시(氏) 흉완험독(凶頑險毒)354)을 다ᄒᆞ여 냥(兩) 공ᄌᆞ(公子)를 즛두다려 슈히 죽기를 죄오더니 천만긔약(千萬期約)지 아닌 돌의 머리 마ᄌᆞ ᄢᅵ여지고 가슴이 터질 듯 압흐고 부어오르니 반싱반ᄉᆞ(半生半死)ᄒᆞ여 각〃(各各) 침소(寢所)의 도라오믹,

조(曹) 부인(夫人)이 대경(大驚)ᄒᆞ여 태부인(太夫人)을 붓드러 약(藥)을 바

72면

르고 구호(救護)ᄒᆞ믈 지셩(至誠)으로 ᄒᆞ며 댱공ᄌᆞ(長公子ㅣ) 뉴 부인(夫人) 구호(救護)ᄒᆞ믈 태부인(太夫人)과 달니 아니ᄒᆞ여 ᄌᆞ딜(子姪)의 셩효(誠孝)를 다ᄒᆞ니, 뉴 시(氏) 도로혀 괴이(怪異)히 넉이고 존고(尊姑)와 ᄌᆞ긔(自己) 모녀(母女)를 치미 혹ᄌᆞ(或者) 귀신(鬼神)의 됴홰(造化ㅣ)가 두리온 ᄯᅳᆺ이 업지 아냐 ᄒᆞ나 분(憤)ᄒᆞ고 노(怒)홉기를 니긔지 못ᄒᆞ딕, 지향(指向)ᄒᆞ여 아뫼 ᄒᆞ엿다 말을 못 ᄒᆞ고 블승통완(不勝痛惋)355)ᄒᆞ여 태부인(太夫人)은 분명(分明) 귀신(鬼神)이 ᄌᆞ긔(自己) 등(等)을 블인지ᄉᆞ(不仁之事)356)로 벌(罰)ᄒᆞ민가 머리털이 숫그러ᄒᆞ니357) 흉험대악(凶險大惡)358)이로딕 공교(工巧)롭고 요괴(妖怪)롭기ᄂᆞᆫ 뉴 시(氏)만 못ᄒᆞ더라.

ᄎᆞ공ᄌᆞ(次公子ㅣ) 인ᄉᆞ(人事)를 출혀 니러나 모친(母親)과 조모(祖母)의 듕상(重傷)ᄒᆞ시믈 놀나고 ᄎᆞ악(嗟愕)ᄒᆞ여 세 곳으로 단니며 구호(救護)ᄒᆞ니, 정셩(精誠)의 동쵹(洞屬)359)ᄒᆞ미 엇지 조곰이나 긔츌

---

354) 흉완험독(凶頑險毒): 흉악하고 모질며 독함.
355) 블승통완(不勝痛惋): 불승통완. 괘씸함과 한탄함을 이기지 못함.
356) 블인지ᄉᆞ(不仁之事): 불인지사. 어질지 않은 일.
357) 숫그러ᄒᆞ니: 쭈뼛하니.
358) 흉험대악(凶險大惡): 흉악하며 몹시 독함.

(己出)360)과 다르리오마는 뉴 시(氏)는 조(曹) 부인(夫人) 삼(三) 모
즈(母子)

73면

의 남달니 긔특(奇特)흐믈 쩌리고 깃거 아냐 칼 굿튼 무옴이 가지록 더
흐니, 이 쪼 공즈(公子)의 명되(命途ㅣ)361) 긔구(崎嶇)흐민 귀신(鬼神)
이 싀이는 바를 능(能)히 버셔나지 못흐여 냥(兩) 공즈(公子)의 초년(初
年) 익경(厄境)362)이 무궁(無窮)흐니 엇지 가셕(可惜)지 아니리오.

일망(一望)이 지난 후(後), 위·뉴 냥(兩) 부인(夫人)이 ᄎ경(差
境)363)의 잇셔 쥬야(晝夜) 뉴 시(氏), 태부인(太夫人)을 도〃아 조(曹)
부인(夫人) 삼(三) 모즈(母子)를 보칙며 명ᄋ 쇼져(小姐)의 셩혼(成
婚) ᄉ오(四五) 삭(朔)의 뎡부(鄭府)의셔 츌거(黜去)364)ᄒᄂᆫ 일이 업
ᄉ니 부〃(夫婦)의 금슬후박(琴瑟厚薄)365)을 몰나 구가(舅家)의 온젼
(穩全)이 머므ᄂᆫ 줄 분한졀치(憤恨切齒)366)ᄒ여 다려와 흉음지ᄉ(凶
淫之事)를 뎡(鄭) 한님(翰林)으로 ᄒ여곰 의심(疑心) 업시 뵈고져 ᄒ
여, 뎡부(鄭府) 딘 부인(夫人)긔 쇼져(小姐)의 귀령(歸寧)367)을 간졀
(懇切)이 쳥(請)ᄒᄃᆡ 죵시(終是) 허(許)치 아니〃 익둛고 분(憤)ᄒ믈
니긔지 못ᄒ여,

구몽슉을 즈로 블너

---

359) 동쵹(洞屬): 동쵹. 공경하고 삼가며 매우 조심스러움.
360) 긔츌(己出): 기출. 자기가 낳은 자식.
361) 명되(命途ㅣ): 운명과 재수.
362) 익경(厄境): 액경. 모질고 사나운 운수에 시달리는 고비.
363) ᄎ경(差境): 차경. 병의 차도가 있는 형편.
364) 츌거(黜去): 출거. 집에서 내쫓음.
365) 금슬후박(琴瑟厚薄): 부부 사이가 두텁거나 얕음.
366) 분한졀치(憤恨切齒): 분한절치. 이를 갈며 분노하고 한스러워함.
367) 귀령(歸寧): 귀녕. 시집간 딸이 친정에 가서 부모를 뵘.

명(鄭) 한님(翰林)의 〃심(疑心)을 닐위고 윤(尹) 시(氏)의 젼졍(前程)을 맛추 영츌(永黜)368)ᄒᄂᆫ 지경(地境)이 되여 그369) 긔믈(己物)을 삼기를 쵹(囑)ᄒ니 몽슉 왈(曰)370),

"뎡개(鄭家ㅣ) 지금(至今) 윤(尹) 시(氏)를 닛치지 아니ᄒ고 텬흥이 음비지ᄉᆞ(淫鄙之事)371)를 드르면 더러오믈 일ᄏᆞ라 발셜(發說)치 못ᄒ게 ᄒ니 뎡(正)히 아모리 ᄒᆞᆯ 줄 모로ᄂᆞ이다."

뉴 부인(夫人) 왈(曰),

"네 몸을 변화(變化)ᄒᆞ여 간븬(姦夫ㅣ) 쳬ᄒ고 뎡텬흥을 죽이거나 뎡연을 미이 듕상(重傷)케 ᄒ나 각별(恪別)ᄒᆫ 계교(計巧)를 ᄂᆡ여 딜녀(姪女)의 젼졍(前程)을 맛추라."

몽슉이 ᄃᆡ왈(對曰),

"쇼딜(小姪)이 용녁(勇力)과 변화(變化)ᄒᄂᆫ 지죄(才操ㅣ) 이시ᄃᆡ 뎡텬흥을 가븨야이 히(害)치 못ᄒᆞ기ᄂᆞᆫ ᄋᆞ시(兒時)로브터 그 위인(爲人)을 닉이 아ᄂᆞ니, 그 신긔(神奇)ᄒᆞ미 우흐로 텬문(天文)의 지조(才操)와 셩슈(星數)372)의 ᄉᆞᄆᆞᆺ지 못ᄒᆞᆯ 곳이 업ᄉᆞ니 스ᄉᆞ로 길흉(吉凶)과 화복(禍福)을 츄졈(推占)373)

---

368) 영츌(永黜): 영출. 길이 내쫓음.
369) 그: [교] 원문에는 '쇼딜의'로 되어 있으나 문맥을 고려해 이와 같이 수정함.
370) 쵹ᄒ니 몽슉 왈: [교] 원문에는 '튝원ᄒᄃᆡ'로 되어 있으나 문맥을 고려해 이와 같이 수정함.
371) 음비지ᄉᆞ(淫鄙之事): 음비지사. 음란하고 더러운 일.
372) 셩슈(星數): 성수. 이미 정하여져 있어 인간(人間)의 힘으로는 어쩔 수 없는 천운(天運)과 기수(氣數).
373) 츄졈(推占): 추점. 앞으로 닥칠 일을 미루어서 점을 침.

ᄒᆞ여 상법(相法)374)의 붉으며 용밍(勇猛)이 졀뉸(絶倫)375)ᄒᆞ니 쇼딜(小姪)이 혹ᄌᆞ(或者) 일을 그릇ᄒᆞ여 잡히ᄂᆞᆫ 홰(禍ㅣ) 이신즉 능(能)히 ᄉᆞ지 못ᄒᆞᆯ 거시니 이러므로 ᄆᆞ음ᄃᆡ로 못 ᄒᆞᄂᆞ이다.”

뉴 시(氏) 탄식(歎息) 왈(曰),

“져 뎡가(鄭哥) 놈이 그ᄃᆡ도록 갓게376) 삼겻ᄂᆞᆫ고? 통완ᄌᆡ(痛惋哉)377)로다!”

ᄒᆞ더라.

---

374) 상법(相法): 관상을 보는 방법.
375) 졀뉸(絶倫): 절륜. 아주 두드러지게 뛰어남.
376) 갓게: 갖추게.
377) 통완ᄌᆡ(痛惋哉): 통완재. 괘씸하고 한탄스럽구나.

명듀보월빙(明珠寶月聘) 권디구(卷之九)

1면

어시(於時)의 뉴 부인(夫人)이 구몽슉의 말을 듯고 기리 탄식(歎息) 왈(曰),

"져 뎡가(鄭哥) 놈이 그딕도록 갓게 삼겻는고? 통완직(痛惋哉)로다. 명♀를 영츌(永黜)[1]ᄒᆞᄂᆞᆫ 일이 업ᄉᆞ미 반ᄃᆞ시 의심(疑心)치 아니미가 ᄒᆞ노라."

몽슉 왈(曰),

"뎡가(鄭家)ᄂᆞᆫ 관인후문(寬仁侯門)[2]이라, 윤(尹) 시(氏)를 비록 의심(疑心)ᄒᆞᆯ지라도 안즌 돗기 덥지 아냐 츌거(黜去)[3]ᄐᆞᆫ 아닐 ᄃᆞᆺᄒᆞ니 타일(他日)을 보쇼셔."

뉴 시(氏) 쳔만당부(千萬當付)ᄒᆞ여,

"명♀의 음ᄒᆡᆼ지ᄉᆞ(淫行之事)를 지어ᄂᆡ여 뎡(鄭) 한님(翰林)과 구슈(仇讐)[4]ᄀᆞᆺ게 ᄒᆞ라."

몽슉이 응낙(應諾)ᄒᆞ고 도라가더라.

금평후(--侯丨) 윤(尹) 공ᄌᆞ(公子) 등(等)을 일념(一念)의 밋쳐 혜쥬

---

1) 영츌(永黜): 영출. 길이 내쫓음.
2) 관인후문(寬仁侯門): 어진 제후의 집안.
3) 츌거(黜去): 출거. 집안에서 내쫓음.
4) 구슈(仇讐): 구수. 원수.

쇼져(小姐)의 전졍(前程)[5]을 념녀(念慮)ᄒ고, 망우(亡友)를 싱각ᄒ여
츄연(惆然)ᄒ기를 마디아냐 한님(翰林)을 명(命)ᄒ여 됴회(朝會) 길

2면

히 옥누항을 왕ᄂᆡ(往來)ᄒ여 광던 등(等)을 보라 ᄒ니,

한님(翰林)이 뉴 시(氏)와 위 태부인(太夫人)을 듕상(重傷)ᄒ이고
ᄆᆞ음의 일분(一分) 노(怒)를 프러시나 공ᄌᆞ(公子) 형뎨(兄弟)를 댱구
(長久)히 구(救)ᄒᆞᆯ 길 업스니 쥬야(晝夜) 참연(慘然)[6]ᄒ미 밋첫더니,
윤(尹) 쇼져(小姐)ᄂᆞᆫ 이런 일을 아지 못ᄒ고 부명(父命)을 밧드러 잇
다감 옥누항의 나아가 냥(兩) 공ᄌᆞ(公子)를 보ᄆᆡ, 그 의복(衣服)이 남
누(襤褸)ᄒ고 용뫼(容貌ㅣ) 환탈(換奪)[7]ᄒ엿더라.

일〃(一日)은 냥(兩) 공ᄌᆡ(公子ㅣ) 빅화헌의셔 믹듁(麥粥)을 가져
바야흐로 먹을 제, 한님(翰林)이 드러가니 그르슬 믈니지 못ᄒ여 한
님(翰林)의 본 빅 되니 참괴(慙愧)[8]ᄒᆞᆯ 거시로ᄃᆡ 녜필한훤(禮畢寒
暄)[9]의 댱공ᄌᆡ(長公子ㅣ) 그르슬 드러 마시기를 가장 유미(有味)[10]
히 ᄒᆞᄃᆡ, 추공ᄌᆞ(次公子)ᄂᆞᆫ 마지못ᄒ여 먹으ᄃᆡ 아니쬬아 ᄒᄂᆞᆫ 거동
(擧動)이라. 한님(翰林)이 그르슬 아ᄉᆞ ᄒᆞᆫ

3면

번(-番) 마셔 보ᄆᆡ 온갓 괴이(怪異)ᄒᆞᆫ ᄂᆡ음시 코흘 거ᄉᆞ리고 것츨기

---

5) 젼졍(前程): 전정. 앞길.
6) 참연(慘然): 슬퍼하는 모양.
7) 환탈(換奪): 사람이 변해 전혀 딴사람처럼 됨.
8) 참괴(慙愧): 부끄러워함.
9) 녜필한훤(禮畢寒暄): 예필한훤. 날이 찬지 따뜻한지 여부 등의 인사를 하며 예를 마침.
10) 유미(有味): 맛이 있음.

심(甚)ᄒ니 목이 알파 넘기지 못ᄒ고 그 맛시 흉참(凶慘)11)ᄒ디라, 믄득 낫빗츨 곳치고 왈(曰),

"군개(君家ㅣ) 비록 부요(富饒)12)치 못ᄒ나 빈한(貧寒)치 아니커늘 이거슬 엇지 감식(甘食)13)ᄒ여 비위(脾胃)를 상(傷)히오ᄂᆞ뇨?"

댱공ᄌ(長公子ㅣ) 한가(閑暇)히 웃고 답왈(答曰),

"한신(韓信)14)은 긔식어표모(寄食於漂母)ᄒ고 슈욕어과하(受辱於跨下)15)ᄒ며 제갈냥(諸葛亮)16)은 궁경남양(躬耕南陽)17)ᄒ니, ᄌ고(自古) 영웅쥰걸(英雄俊傑)도 곤궁(困窮)ᄒ ᄯᅵ 업지 아니〃 쇼뎨(小弟) 등(等)이 므ᄉᆞᆫ 사람이완ᄃᆡ 부귀호화(富貴豪華)를 도모(圖謀)ᄒ리잇고? 악의악식(惡衣惡食)18)이 금의진찬(錦衣珍饌)19)을 죡(足)히 당(當)ᄒ리니, 쇼뎨(小弟)ᄂᆞᆫ 원간(元間) 이런 음식(飮食)이 구미(口味)의 불합(不合)ᄒᆫ 줄 모르고 먹기를 잘ᄒ니, 시러곰 가듕(家中)의 용되(用度ㅣ)20) ᄯᅳ쳐진 ᄯᅵ면 ᄌ연(自然) ᄒᄂᆞᆫ 비나 미양 엇지 이런 거

---

11) 흉참(凶慘): 흉하고 참혹함.

12) 부요(富饒): 재물을 풍부하게 가지고 있음.

13) 감식(甘食): 달게 먹음.

14) 한신(韓信): 중국 전한의 무장(武將, ?-B.C.196). 회음(淮陰)의 평민 집안에서 태어나 진(秦)나라 말에, 초나라를 세운 항우(項羽) 밑에 들어갔으나 항우가 자신을 미관말직으로 두자, 유방의 휘하에 들어감. 한신은 자신의 재능을 눈여겨본 유방의 부하 소하(蕭何)에게 발탁되어 유방을 도와 조(趙)·위(魏)·연(燕)·제(齊) 나라를 차례로 멸망시키고 항우를 공격하여 큰 공을 세움. 한신은 통일이 된 후 초왕(楚王)에 봉해졌으나 한 고조는 그를 경계하여 회음후(淮陰侯)로 강등시키고, 한신은 결국 후에 여태후에게 살해됨.

15) 긔식어표모(寄食於漂母)ᄒ고 슈욕어과하(受辱於跨下): 기식어표모하고 수욕어과하. 빨래하는 나이 든 여자에게서 밥을 얻어먹고, 건달의 가랑이 아래로 기어가며 모욕을 받음. 모두 한신(韓信)이 출세하기 전에 겪은 고사임. 『한서(漢書)』, <한신전(韓信傳)>.

16) 제갈냥(諸葛亮): 제갈량. 중국 삼국시대 촉한 유비의 책사(181~234). 별호는 와룡(臥龍)이고 자(字)는 공명(孔明)임. 유비를 도와 오(吳)나라와 연합하여 조조(曹操)의 위(魏)나라 군사를 대파하고 파촉(巴蜀)을 얻어 촉한을 세웠음. 유비가 죽은 후에 무향후(武鄕侯)로서 남방의 만족(蠻族)을 정벌하고, 위나라 사마의와 대전 중에 오장원(五丈原)에서 병사함.

17) 궁경남양(躬耕南陽): 남양 땅에서 몸소 밭을 갈며 삶. 제갈량(諸葛亮)의 <출사표(出師表)>에 나오는 말.

18) 악의악식(惡衣惡食): 안 좋은 옷과 음식.

19) 금의진찬(錦衣珍饌): 비단옷에 진귀한 음식.

20) 용되(用度ㅣ): 돈이나 물건 혹은 마음 따위를 쓰는 형편. 또는 그런 정도나 수량.

슬 먹

4면

으리잇고?”

한님(翰林)이 댱공즈(長公子)의 쾌(快)흔 말을 드르믹 도로혀 웃고 다시 문왈(問曰),

“내 드르니 너의 형뎨(兄弟) 강외(江外)의 부미(負米)[21]ᄒ고 싀초(柴草)[22]를 간 〃(間間)이 흔다 ᄒ니 너의 몸이 그 엇지 귀듕(貴重)ᄒ뇨? 스스로 쳔역(賤役)을 감심(甘心)ᄒ여 몸이 샹(傷)키를 싱각지 아니ᄒᄂ뇨?”

댱공지(長公子ㅣ) 즈약(自若)히 웃고 딕왈(對曰),

“쇼뎨(小弟) 등(等)이 십(十) 셰(歲) 동치(童穉)로 ᄋ희(兒孩) 노름의 므슨 노름을 못 ᄒ리잇고? 과연(果然) 강외(江外)의 부미(負米)도 ᄒ고 싀초(柴草)도 ᄒ여 보니, 고인(古人)이 빅니(百里)의 부미(負米)[23]ᄒ며 조어치군(釣魚次君)[24]ᄒ니 아등(我等)이 힘과 졍셩(精誠)을 다ᄒ고져 ᄒ미라, 아모 일이라도 몸의 병(病)이 업스면 긔운이 하날의도 오를 듯ᄒ니이다.”

한님(翰林)이 그 답언(答言)이 여ᄎ(如此)ᄒᄆᆯ 보고 짐즛 듕난(重

---

21) 부미(負米): 쌀을 짐.

22) 싀초(柴草): 시초. 땔나무로 쓰는 풀.

23) 빅니(百里)의 부미(負米): 백리의 부미. 백 리 밖까지 쌀을 지고 감. 공자의 제자 자로가 어버이를 위해서 백 리 바깥에서 쌀을 등에 지고 왔다는 고사를 이름. 『공자가어(孔子家語)』, 「치사(致思)」.

24) 조어치군(釣魚次君): 조어차군. 조어대(釣魚臺)에서 낚시를 하며 임금을 기다림. 강태공(姜太公)이 위수(渭水) 조어대에서 낚시를 하다가 훗날 주나라의 문왕(文王)이 되는 희창을 만난 일을 이름. 강태공은 여상(呂尙)으로 주(周) 왕조의 제후국인 제(齊) 나라의 시조임. 성은 강(姜)이고 이름은 상(尙)임이며 씨는 여(呂)임. 무왕(武王)을 도와 은(殷)나라 주왕(紂王)을 멸망시켜 천하를 평정하였으며, 그 공으로 제(齊)나라에 봉함을 받아 그 시조가 됨.

難)25)혼 곳의 그 딕답(對答)을 보고져 ᄒᆞ여 웃고 왈(曰),

"쇼

5면

문(所聞)이 참담(慘憺)ᄒᆞ여 어스합히(御使閤下ㅣ) 먼니 나가시므로 너희 곡경(曲境)26)이 만단(萬端)이오, 민텬(旻天)의 우름27)과 ᄌᆞ로(子路)의 부미(負米)28)를 겸(兼)ᄒᆞ여 혈육(血肉)이 상(傷)ᄒᆞᄂᆞᆫ 듕쟝(重杖)을 씃츨 ᄉᆞ이 업다 ᄒᆞ여 아름답지 아닌 쇼문(所聞)이 모로리 업ᄉᆞ니, 너희 셩효(誠孝)ᄂᆞᆫ 빗나〃 가변(家變)을 블가ᄉᆞ문어타인(不可使聞於他人)29)이라 그 엇진 일이뇨?"

당공ᄌᆞ(長公子ㅣ) 미쇼(微笑) 왈(曰),

"셰샹(世上)이 위험(危險)ᄒᆞ여 원간(元間) 괴이(怪異)혼 말이 나거니와 형(兄)은 디효(至孝)의 군ᄌᆞ(君子ㅣ)라, 엇지 이런 말을 신쳥(信聽)30)ᄒᆞ여 아등(我等)다려 므르시ᄂᆞ뇨? 십(十) 셰(歲) 동몽(童蒙)의 듁마(竹馬)를 닛글고 긔형괴상(奇形怪狀)31)의 거죄(擧措ㅣ) 잇셔도 죡가32)홀 거시 아니어늘 도로혀 민텬(旻天)의 우름으로뼈 비기니 향ᄌᆞ

---

25) 듕난(重難): 중난. 중대하고도 어려움.

26) 곡경(曲境): 고초.

27) 민텬(旻天)의 우름: 민천의 울음. 하늘을 우러러 울부짖음. 부모에게서 박대를 받으나 오히려 효도를 다하는 자식의 울음. 중국 고대 순(舜)임금이 제위에 오르기 전에 부모에게 효도를 다하지만 오히려 박대를 받아 하늘을 보고 울부짖었다는 데서 유래함. 『서경(書經)』, 「대우모(大禹謨)」에 "순임금이 처음 역산에서 농사지을 때에 밭에 가서 날마다 하늘과 부모에게 울부짖어 죄를 떠맡고 악을 자신에게 돌렸다. 帝初于歷山, 往于田, 日號泣于旻天于父母, 負罪引慝."라는 구절이 있음.

28) ᄌᆞ로(子路)의 부미(負米): 자로의 부미. 자로가 쌀을 짐. 공자의 제자 자로가 어버이를 위해서 백 리 바깥에서 쌀을 등에 지고 왔다는 고사를 이름. 『공자가어(孔子家語)』, 「치사(致思)」.

29) 블가ᄉᆞ문어타인(不可使聞於他人): 불가사문어타인. 다른 사람에게 들리게 할 만하지 않음.

30) 신쳥(信聽): 신청. 믿고 곧이들음.

31) 긔형괴상(奇形怪狀): 기형괴상. 기괴한 모습.

32) 죡가: 시비함. 따짐.

(向者)33)의 형(兄)으로 이러케 아니 아랏더니 フ장 한심(寒心)ㅎ이다.”

츠공진(次公子)) 골오디,

“아등(我等)이 다만 외로온 두 몸과 미져(妹姐) 흔 사룸

6면

이라. 귀듕(貴重)흔 정(情)이 타인(他人) 남미(男妹)와 다르고 형(兄)의 관후(寬厚)ㅎ미 쇼뎨(小弟) 등(等)을 익디(愛待)34)ㅎ여 친동긔(親同氣) フ트니 의앙지졍(依仰之情)35)이 범연(凡然)치 아니ㅎ고 쇼뎨(小弟) 등(等)의 어리고 미거(未擧)36)ㅎ믈 거의 아르실지라, 아등(我等)이 허믈이 〃시면 붕우칙션(朋友責善)37)으로 쥰졀(峻截)38)이 니르는 거시 올커놀 대슌(大舜)39)은 엇던 셩인(聖人)이시완디 아등(我等)을 비기며 민텬(旻天)의 우름이 잇다 ㅎ시고, 고슈(瞽瞍)40)와 상모(象母)41)는 그 엇던 포학지인(暴虐之人)42)이43)완디 오가(吾家)의 그 변괴(變故)) 잇다 ㅎ시느뇨? 아등(我等)이 크게 바라던 비 아니로소이다.”

한님(翰林)이 댱공즈(長公子)의 언변(言辯)과 츠공즈(次公子)의 뎡식단좌(正色端坐)44)ㅎ여 그 어린 나히 디회(至孝)) 여츠(如此)ㅎ믈

---

33) 향즈(向者): 향자. 지난번.
34) 익디(愛待): 애대. 사랑으로 대함.
35) 의앙지졍(依仰之情): 의앙지정. 의지하고 우러러 사모하는 마음.
36) 미거(未擧): 철이 없고 사리에 어두움.
37) 붕우칙션(朋友責善): 붕우책선. 벗 사이에 착하고 좋은 일을 하도록 서로 권함.
38) 쥰졀(峻截): 준절. 매우 위엄이 있고 정중함.
39) 대슌(大舜): 대순. 중국 고대 순임금을 이름.
40) 고슈(瞽瞍): 고수. 순임금의 아버지 이름. 순임금이 어렸을 적에 계실(繼室) 임 씨와 그 아들 상(象)의 참소를 듣고 순을 죽이려 했음.
41) 상모(象母): 중국 순임금의 계모로, 상(象)의 생모 임 씨를 이름.
42) 포학지인(暴虐之人): 몹시 잔인하고 난폭한 사람.
43) 인이: [교] 원문에는 없으나 문맥을 고려해 삽입함.
44) 뎡식단좌(正色端坐): 정색단좌. 낯빛을 바로 하고 단정하게 앉음.

탄복(歎服)ᄒᆞ여 함쇼(含笑) 왈(曰),

"내 듯기를 그릇ᄒᆞᆫ가 ᄒᆞ거니와 쇼문(所聞)이 한심(寒心)ᄒᆞ여 너희 다려 니르미라, 그런 일이 업

7면

ᄉᆞ면 엇지 다힝(多幸)치 아니리오?"

냥(兩) 공ᄌᆞ(公子ㅣ) 정(正)히 한담(閑談)ᄒᆞ더니, 태부인(太夫人) 녕(令)이 잇셔 강(江)의 가 미곡(米穀)을 져 오라 ᄒᆞᄂᆞᆫ디라. 한님(翰林)이 ᄌᆞ긔(自己) 하리(下吏)로 ᄒᆞ여곰 미곡(米穀)을 가져오라 ᄒᆞᄃᆡ, 냥(兩) 공ᄌᆞ(公子ㅣ) 샤양(辭讓)ᄒᆞ여 친(親)히 가려 ᄒᆞ니 이ᄂᆞᆫ 태부인(太夫人)이 한님(翰林)의 하리(下吏) 미곡(米穀)을 가져오믈 드르면 반ᄃᆞ시 대변(大變)을 닐디라. 한님(翰林)이 냥(兩) 공ᄌᆞ(公子)의 참담(慘憺)ᄒᆞᆫ 신세(身世)를 츄연잔잉(惆然--)[45]ᄒᆞᄆᆞᆯ 니긔지 못ᄒᆞ여 문왈(問曰),

"원간(元間) 강외(江外) 미곡(米穀)을 져 올 거시[46] 언마나 ᄒᆞ뇨?"

이(二) 공ᄌᆞ(公子ㅣ) 몽농(朦朧)이 답왈(答曰),

"블과(不過) 오십여(五十餘) 셕(石)이라, 구ᄐᆡ여 아등(我等)이 다 운전(運轉)ᄒᆞᆯ 거시 아니라 노복(奴僕)이 틈이 〃시면 가져오리라."

ᄒᆞ고 가고져 ᄒᆞ거늘, 한님(翰林)이 다리여 겻ᄐᆡ 안치고 하리(下吏)를 명(命)ᄒᆞ여 두어 슈릐를 어디

---

45) 츄연잔잉(惆然--): 추연잔잉. 슬퍼하고 불쌍히 여김.
46) 시: [교] 원문에는 이 글자가 없으나 문맥을 고려해 삽입함.

미곡(米穀)을 가져오라 ᄒ고 종용(從容)이 담화(談話)ᄒᆞᆯ식,

태부인(太夫人)이 뎡싱(鄭生)의 왓ᄂᆞᆫ 줄 모르고 광텬 형뎨(兄弟)로 미곡(米穀)을 가져오라 ᄒ엿더니, 뎡(鄭) 한님(翰林) 와시믈 듯고 ᄀᆞ장 블쾌(不快)히 넉이고 뉴 시(氏) 더옥 놀나 태부인(太夫人)을 쵹(囑)ᄒ여 뎡(鄭) 한님(翰林)을 쳥(請)ᄒ여 명ᄋᆞ의 귀근(歸覲)47)을 쳥(請)ᄒ라 ᄒ니, 태부인(太夫人)이 일종(一從)48) 뉴 부인(夫人) 말디로 ᄒᆞᄂᆞᆫ디라, 한님(翰林)을 드러오라 ᄒ여 셔로 볼식,

한님(翰林)이 흉인(凶人)을 보미 괴로오나 마지못ᄒ여 드러가 태부인(太夫人) 삼고식(三姑媳)을 ᄎᆞ례(次例)로 비알(拜謁)ᄒ고 강인(强忍)49)ᄒ여 말ᄉᆞᆷ을 여러 존후(尊候)를 뭇ᄌᆞ온딗, 태부인(太夫人)이 안식(顏色)을 화(和)히 ᄒ고 소릭를 슌(順)히 ᄒ여 노렴(老炎)50)이 지리(支離)ᄒ니 셔증(暑症)51)의 달호여52) 젼일(前日) 실죡(失足)ᄒᆞᆫ 두골(頭骨)이 상(傷)ᄒ엿던 바를 누루(累累)히 베프니,

한님(翰林)이 심듕(心中)의 긔괴(奇怪)코 우으며 믜오믈 니긔지 못ᄒᆞ나 거ᄌᆞᆺ 놀나오믈 일ᄏᆞ라, '슈히 됴보(調保)53)ᄒᆞ쇼셔.' ᄒ니, 부인(夫人)이 댱공ᄌᆞ(長公子)를 도라보아 웃고 왈(曰),

---

47) 귀근(歸覲): 부모를 뵙기 위하여 객지에서 고향으로 돌아가거나 돌아옴.
48) 일종(一從): 일종. 한결같이.
49) 강인(强忍): 억지로 참음.
50) 노렴(老炎): 노염. 늦더위.
51) 셔증(暑症): 서증. 여름에 날씨가 몹시 더워서 생기는 병.
52) 달호여: 혼나.
53) 됴보(調保): 조보. 조리해 보호함.

"금일(今日)은 져뷔(姐夫 l)54) 와시니 가다둠고 안즈 쳔역(賤役)을 아니호ᄂ냐? 너희 형뎨(兄弟) 죵용(從容)이 셔당(書堂)의셔 독셔(讀書)나 착실(着實)이 ᄒᄂ 거시 아니라 즈고 쌔면 강외(江外)의 미곡(米穀)을 지라 단니고 온갓 긔괴(奇怪)ᄒ 쳔역(賤役)을 다ᄒ니 어나 시졀(時節)의 닙양(立揚)55)ᄒ기를 바라리오?"

냥(兩) 공지(公子 l) 말이 업셔 댱공즈(長公子)ᄂ 도로혀 호치현츌(皓齒顯出)56)케 우을 쓴이오, 뎡싱(鄭生)이 태부인(太夫人)의 능휼(能譎)57)ᄒ미 이 ᄀᆺ틀 보미 더옥 믜오믈 니긔지 못ᄒ여 잠간(暫間) 허리를 굽혀 왈(曰),

"쇼싱(小生)은 외인(外人)이라 존부(尊府) 냥손(兩孫)의 힝디(行止)58)를 시비(是非)ᄒ 빈 아니오나 어ᄉ합히(御使閤下 l) 은쥐(殷州)로 향(向)ᄒ

10면

신 후(後) 져 냥인(兩人)이 인가(人家) 말직(末-) 셔동(書童)과 노복(奴僕)의 소임(所任)을 다ᄒ다 ᄒ오니 져희 비록 즐겨홀지라도 존당(尊堂)과 악뫼(岳母 l) 엄금(嚴禁)59)ᄒ샤미 올흐니, 금일(今日)도 강외(江外)의 미곡(米穀)을 지라 가려 ᄒ거ᄂ 쇼싱(小生)이 블승한심(不勝寒心)ᄒ여 슈릭를 어더 보닉엿ᄉ오니 즉긱(卽刻)의 운젼(運轉)ᄒ오려니와, 악댱(岳丈)이 아니 계시고 어ᄉ합히(御使閤下 l) 나가신

---

54) 져뷔(姐夫 l): 저부. 누이의 남편. 여기에서는 윤광천, 윤희천의 매형 정천흥을 이름.
55) 닙양(立揚): 입양. 출세하여 이름을 세상에 드날림. 입신양명(立身揚名).
56) 호치현츌(皓齒顯出): 호치현출. 흰 이가 훤히 드러남.
57) 능휼(能譎): 능란하게 속임.
58) 힝디(行止): 행지. 행동거지.
59) 엄금(嚴禁): 엄격히 금지함.

스이 그딕도록 가다듬지 못ᄒ오니 쇼싱(小生)이 위(爲)ᄒ여 ᄎ셕(嗟
惜)[60]ᄒ옵ᄂ니 합하(閤下ㅣ) 도라오시거든 본 바를 다 젼(傳)ᄒ여 엄
ᄎᆡᆨ(嚴責)[61]ᄒ시게 ᄒ려 ᄒᄂ이다."

태부인(太夫人)이 뎡싱(鄭生)이 곳이드르믈 ᄀ장 깃거ᄒ나 어ᄉᆞ
(御使ㅣ) 도라오거든 니르렷노라 ᄒᄆᆞᆯ 그윽이 블평(不平)ᄒ여 공ᄌ
(公子)다려 니르딕,

"한님(翰林)이 비록 너의 져뷔(姐夫ㅣ)나 윤(尹)·뎡(鄭) 냥문(兩
門) 셰딕정분(世代情分)[62]과 셔랑(壻郞)의 관인

11면

후덕(寬仁厚德)ᄒ미 여등(汝等)을 디셩(至誠)으로 아름답과져 ᄒ니 엇
지 감사(感謝)치 아니리오? ᄎ후(此後)나 슈신셥힝(修身攝行)[63]ᄒ라."

ᄎ공직(次公子ㅣ) 빅샤슈명(拜謝受命)ᄒ고 댱공ᄌ(長公子)ᄂ 옥면
셩모(玉面星眸)[64]의 우음을 ᄭᅴ여 드를 ᄯᅢᆫ이오, 조(曹) 부인(夫人)은
머리를 숙여 츄연(惆然)ᄒᆯ ᄯᅢᆫ이니,

싱(生)이 블인(不仁)을 오릭 딕(對)ᄒ미 아니쇼아 니러나 하직(下
直)고 가려 ᄒ니, 부인(夫人)이 직삼(再三) 쳥뉴(請留)[65]ᄒ여 쥬찬(酒
饌)을 딕졉(待接)ᄒ고, 인(因)ᄒ여 눈믈을 흘니며 비ᄉ고어(悲辭苦
語)[66]로 손녀(孫女)의 귀령(歸寧)을 쳥(請)ᄒ여 슬하(膝下)의 일시(一
時) ᄯᅥ나지 못ᄒ다가 만금보옥(萬金寶玉)으로 아던 바의 실산지환

(失散之患)67)으로 삼亽(三四) 삭(朔)을 상니(相離)68)ᄒᆞ여 집의 도라오믹 즉시(卽時) 성혼(成婚)ᄒᆞ여 보닉고 못 닛ᄂᆞᆫ 정(情)과 그리온 ᄆᆞ음이 극(極)ᄒᆞ고 음용(音容)69)이 안져(眼底)70)의 삼〃71)ᄒᆞᄆᆞᆯ 닐너 비졀(悲絶)72)ᄒᆞᆫ 말슴이 녕인감동(令人感動)73)ᄒᆞᆯ 빅로ᄃᆡ 뎡(鄭) 한님(翰林)

<h2 style="text-align:center">12면</h2>

의 됴심경안광(照心鏡眼光)74)이 져 부인(夫人)의 악亽(惡事)를 보지 아녀실 젹도 지긔(知機)75)ᄒᆞ던 바의 ᄒᆞ믈며 공亽(公子) 등(等)을 참혹(慘酷)히 두다리믈 목견(目見)ᄒᆞ여시니 쳔빅(千百) 가지로 어진 쳬ᄒᆞᆫ들 곳이드르리오. 다만 딕왈(對曰),

"졍니(情理) 이 ᄀᆞᆺᄐᆞ시나 슬하지인(膝下之人)이 니측(離側)76)지 못ᄒᆞ올지라, 후일(後日) 존명(尊命)77)딕로 ᄒᆞ리이다."

언파(言罷)78)의 빅샤(拜謝)ᄒᆞ고 편〃(翩翩)79)이 거러 나가니,

태부인(太夫人)이 믭고 분(憤)ᄒᆞ나 홀일업고,

ᄎᆞ야(此夜)의 희츈누의 와 뉴 시(氏)로 상의(相議) 왈(曰),

"뎡텬흥이 광텬 등(等)의 쳔역(賤役)을 노뫼(老母ㅣ) 식인 줄 아지

---

67) 실산지환(失散之患): 잃어버린 근심.
68) 상니(相離): 상리. 서로 헤어짐.
69) 음용(音容): 목소리와 얼굴.
70) 안져(眼底): 안저. 눈앞.
71) 삼〃: 잊히지 않고 눈앞에 보이는 듯 또렷함.
72) 비졀(悲絶): 비절. 매우 슬픔.
73) 녕인감동(令人感動): 영인감동. 사람을 감동시킴.
74) 됴심경안광(照心鏡眼光): 조심경안광. 마음을 비추는 눈빛.
75) 지긔(知機): 지기. 기미를 앎.
76) 니측(離側): 이측. 곁을 떠남.
77) 존명(尊命): 어르신의 명령.
78) 언파(言罷): 말을 마침.
79) 편〃(翩翩): 가볍고 날쌤.

못ᄒ고 져희 즐겨 ᄒᄂᆞᆫ 줄을 아라 말이 그러틋 ᄒ고, 미곡(米穀)을 슈리로 운전(運轉)ᄒ여 우리 허믈이 업술가 ᄒ노라."

뉴 시(氏)의 간흉(奸凶)[80]ᄒᆞ미 승어고뫼(勝於姑母ㅣ)[81]오 춍민(聰敏)[82]ᄒᆞ미 승(勝)ᄒᆞᆫ지라, 뎡싱(鄭生)의 말치[83]를 아라듯고 뎡(正)히 통히(痛駭)ᄒᆞᆯ ᄎᆞ(次),

<h3>13면</h3>

존고(尊姑)의 말ᄉᆞᆷ을 듯고 뎡(正)히 우셔 왈(曰),

"존괴(尊姑ㅣ) 엇지 사ᄅᆞᆷ의 언식(言色)[84]을 모로시ᄂᆞ니잇고? 뎡싱(鄭生)이 비록 우리를 ᄉᆞ오납다 당면(當面)ᄒ여 바로 니르지 아니ᄒ나 상공(相公)이 도라온 후(後) 니르럿노라 ᄒᆞ미 우리 흔극(釁隙)[85]을 드러니려 ᄒᆞ미라, 능휼춍명(能譎聰明)[86]ᄒᆞ미 만ᄉᆞ(萬事ㅣ) 신긔(神奇)ᄒ여 광텬과 방블(彷佛)[87]ᄒᆞᆫ 놈이라. 상공(相公)이 환가(還家)ᄒ면 뎡가(鄭哥) 놈의 입으로좃ᄎ 곱지 아닌 말이 날 거시니 쳡(妾)이 바야흐로 익둡고 분(憤)ᄒ여 아모려나 뎡싱(鄭生)가지 업시코져 ᄒᆞᆫ들 밋ᄎ리잇가?"

태부인(太夫人)이 츈몽(春夢)이 의연(依然)[88]ᄒ여 답왈(答曰),

"그딕 말이 사ᄅᆞᆷ의 심쳔(心泉)[89]을 ᄶᅦ[90] 보미라. 노모(老母)ᄂᆞᆫ 이

---

80) 간흉(奸凶): 간사하고 흉악함.
81) 승어고뫼(勝於姑母ㅣ): 시어머니보다 더함.
82) 춍민(聰敏): 총민. 총명하고 민첩함.
83) 말치: 말치. 말의 뜻.
84) 언식(言色): 언색. 말의 기색.
85) 흔극(釁隙): 벌어져 사이가 난 자리. 틈.
86) 능휼춍명(能譎聰明): 능휼총명. 능란하게 속이고 총명함.
87) 방블(彷佛): 방불. 비슷함.
88) 의연(依然): '깸'의 의미로 보이나 미상임.
89) 심쳔(心泉): 마음속.
90) ᄶᅦ: 꿰뚫어.

런 줄 아디 못ᄒ고 뎡개(鄭哥 l) 내게 속은가 ᄒ엿더니 우리 브덕(不
德)을 졔 몬져 아라시니 엇지 통완(痛惋)치 아니리

14면

오?”

경이 왈(曰),

“뎡ᄉᆡᆼ(鄭生)이 조모(祖母)를 어지리 못 넉여도 감(敢)히 ᄒᆡ(害)치
못ᄒ리니 그ᄂᆞᆫ 무셥지 아니되 일월(日月)만 쳔연(遷延)91)ᄒ고 광텬
등(等)을 죽이지 못ᄒ니 이거시 졀박(切迫)ᄒ이다.”

뉴 시(氏) 탄왈(嘆曰),

“이리 니르지 말나. 허믈을 사ᄅᆞᆷ의게 뵐 거시 아니라, 초(初)의 브
졀업시 강외(江外)의 미곡(米穀)을 날니고 싀초(柴草)를 식이니 져희
효셩(孝誠)은 빗나고 우리 브ᄌᆞ(不慈)92)ᄒ믄 득명(得名)93)ᄒ게 되니,
ᄎᆞ후(此後)ᄂᆞᆫ 고요히 가ᄂᆡ(家內)의 쳔역(賤役)과 험악(險惡)ᄒᆞᆫ 장칙
(杖責)94)을 더어 ᄌᆞ진(自盡)95)토록 ᄒᄆᆡ 올ᄒ니라.”

흉고(兇姑)96)ᄂᆞᆫ 뉴녀(-女)의 말인즉 진평(陳平)97), 졔갈냥(諸葛亮)
으로 넉이ᄂᆞᆫ지라, 그리ᄒᆞᆽ ᄒ고 공ᄌᆞ(公子) 등(等)을 믜오미 날노
더ᄒ고 시(時)로 심(甚)ᄒ니, 냥(兩) 이(兒 l) 셕목(石木)이 아니라 보
젼(保全)키 어려오되 각〃(各各) 복녹(福祿)을 댱원(長遠)98)이 타나

---

91) 쳔연(遷延): 천연. 일이나 날짜 따위를 미루고 지체함.
92) 브ᄌᆞ(不慈): 부자. 자애롭지 않음.
93) 득명(得名): 이름을 얻음.
94) 장칙(杖責): 장책. 태형으로 벌함.
95) ᄌᆞ진(自盡): 자진. 스스로 목숨을 마침.
96) 흉고(兇姑): 흉악한 노파. 여기에서는 위 태부인을 이름.
97) 진평(陳平): 중국 한(漢)나라 유방(劉邦)을 도와 그가 천하를 통일할 수 있도록 도운 인물
(?~B.C.168).
98) 댱원(長遠): 장원. 길고 멂.

시니 대단

15면

혼 질양(疾恙)[99]을 닐위지 아니터라.

뎡싱(鄭生)이 윤가(尹家) 미곡(米穀)을 하리(下吏)로 ᄒ여곰 슈리로 운전(運轉)ᄒ여 주고 도라와 광뎐 등(等) 못 니즈미 일심(一心)의 밋쳣더라.

위 시(氏), 슌 태부인(太夫人)긔 간청(懇請)ᄒ여 손녀(孫女)의 십여(十餘) 일(日) 귀령(歸寧)을 쳥(請)ᄒ니, 딘 부인(夫人)이 존고(尊姑)긔 고(告)ᄒ고 평후(-侯)로 의논(議論)ᄒ여 쇼져(小姐)를 보닉고져 ᄒ거늘 한님(翰林)이 고왈(告曰),

“녀즈유힝(女子有行)이 원부모형뎨(遠父母兄弟)[100]오, 윤(尹) 태부인(太夫人)이 진졍(眞情)으로 손녀(孫女)를 보고져 ᄒ미 아니″, 즈졍(慈庭)[101]은 칭탁(稱託)[102]고 보닉지 마르쇼셔.”

윤(尹) 쇼졔(小姐ㅣ) 시좨(侍坐ㅣ)[103]러니, 태부인(太夫人)이 그 무류(無聊)[104]ᄒ믈 위로(慰勞)코져 쇼왈(笑曰),

“너도 한미를 두어시니 남인들 조손간(祖孫間)이 엇지 범연(凡然)[105]ᄒ리오? 녀직(女子ㅣ) 남즈(男子)와 ᄀᆺ지 못ᄒᆫ들 ᄉ졍(私情)좃ᄎ 아조 버히랴?”

---

99) 질양(疾恙): 병.

100) 녀즈유힝(女子有行)이 원부모형뎨(遠父母兄弟): 여자유행이 원부모형제. 여자가 신행을 하면 부모와 형제에게서 멀어짐. 여자가 혼인을 하면 친정 부모와 형제에게서 멀어질 수밖에 없음을 이름. 『시경』, “패풍(邶風)”의 <천수(泉水)>에 나오는 표현.

101) 즈졍(慈庭): 자정. 어머니.

102) 칭탁(稱託): 사정이 어떠하다고 핑계를 댐.

103) 시좨(侍坐ㅣ): 모시고 앉음.

104) 무류(無聊): 무료. 부끄럽고 열없음.

105) 범연(凡然): 평범한 모양.

한님(翰林)이 함쇼(含笑) 대왈(對曰),

"왕모(王母)의 셩ᄌ인덕(盛慈仁德)106)으로 져 흉험(凶險)107)

16면

흔 위 부인(夫人)긔 비길 비 아니라. 져 위 부인(夫人)은 싀호ᄉ갈(豺虎蛇蝎)108)의 모질기를 겸(兼)ᄒ여 맛춤닉 인ᄆ골(人--)109)을 뼈시나 그 듕심(中心)인즉 괴이(怪異)ᄒ니 쇼ᄌ(小子ㅣ) 잇다감 옥누항의 왕닉(往來)ᄒ여 보온즉 놀나미 심(甚)터이다."

평휘(-侯ㅣ) 졍식(正色) 왈(曰),

"너희 힝실(行實)이 〃러툿 경박(輕薄)ᄒ여 남의 부인(夫人)닉 허믈 니르기를 능ᄉ(能事)로 아라 일분(一分) 조심(操心)ᄒᄂ 도리(道理) 업ᄉ니 엇지 한심(寒心)치 아니리오? ᄋ부(阿婦)ᄂ 아직 귀령(歸寧)이 급(急)지 아니 〃 보닉지 말나 홀 ᄯᄅ름이라, 남의 흔단(釁端)110)을 닐너 므엇ᄒ리오?"

한님(翰林)이 황공(惶恐)ᄒ여 말을 긋치고, 쇼졔(小姐ㅣ) 비록 하히지량(河海之量)111)이나 싱(生)의 말이 발셔 조모(祖母)의 악힝(惡行)을 아라시믈 대참(大慙)112)ᄒ여 봉관(鳳冠)113)을 숙이고 옥면(玉面)이 취홍(聚紅)114)ᄒ니 감(敢)히 좌우(左右)를 슬피지 못ᄒᄂ지라,

---

106) 셩ᄌ인덕(盛慈仁德): 성자인덕. 큰 자애와 어진 덕.
107) 흉험(凶險): 마음이 흉악하고 음험함.
108) 싀호ᄉ갈(豺虎蛇蝎): 시호사갈. 승냥이, 호랑이, 뱀, 전갈.
109) 인ᄆ골(人--): 인매골. 사람의 형상이나 탈. 인두겁. 매골은 축이 나서 못쓰게 된 사람의 모습.
110) 흔단(釁端): 단점.
111) 하히지량(河海之量): 하해지량. 하수와 바다처럼 넓은 도량.
112) 대참(大慙): 크게 부끄러움.
113) 봉관(鳳冠): 봉황의 문양이 새겨진 관.
114) 취홍(聚紅): 취홍. 붉은빛이 모임.

존당(尊堂) 구괴(舅姑ㅣ) 싀로이 년익귀듕(憐愛貴重)115)ᄒ여 기정(其
情)을 츄연(惆然)ᄒ고, 딘 부인(夫人)이 즈익(慈愛) 녀ᄋ(女兒)의 지
나더라.

태부인(太夫人)이 한님(翰林)의 말뒤로 ᄉ괴(事故ㅣ) 이셔 못 보닉
믈 회답(回答)ᄒ고, 평휘(-侯ㅣ) 쳐음의 귀령(歸寧)을 허(許)코져 ᄒ
더니 ᄋ즈(兒子)의 말이 올흐믈 씨닷라 보닉지 아니〃라.

ᄎ야(此夜)의 한님(翰林)이 션월졍의 드러가니, 이쩍 윤(尹) 쇼졔
(小姐ㅣ) 본부(本府) ᄎ악(嗟愕)ᄒᆫ 경상(景狀)을 싱각ᄒ여 잠연(潛
然)116)이 누쉬(淚水ㅣ) 화싀(花顋)117)예 니음츳더니, 한님(翰林)의 죡
용(足容)118)을 듯고 즉시(卽時) 눈믈을 거두어 니러 마즈니, 싱(生)이
좌뎡(坐定)ᄒᄆᆡ 믁연(默然)이라가 날호여 문왈(問曰),

"즈(子)의 거동(擧動)이 은위(隱憂ㅣ)119) 만복(滿腹)ᄒ여 우슈울억
(憂愁鬱抑)120)ᄒ니 유하ᄉ괴(有何事故ㅣ)121)오? 내 비록 미셰(微細)
ᄒ나 즈(子)의게 쇼텬(所天)122)이어늘 말을 드르뒤 닝안멸시(冷眼蔑
視)123)ᄒ여 블응(不應)ᄒ믄 하ᄉᆡ(何事ㅣ)며 내 집이 구경지하(具慶之
下)124)의

---

115) 년익귀듕(憐愛貴重): 연애귀중. 불쌍히 여기고 사랑하며 매우 소중히 여김.
116) 잠연(潛然): 조용한 모양.
117) 화싀(花顋): 화시. 꽃처럼 아름다운 뺨.
118) 죡용(足容): 족용. 발걸음.
119) 은위(隱憂ㅣ): 남에게 알리지 못하고 속으로만 지니는 근심.
120) 우슈울억(憂愁鬱抑): 우수울억. 근심하고 우울해 함.
121) 유하ᄉ괴(有何事故ㅣ): 유하사고. 무슨 일이라도 있소.
122) 쇼텬(所天): 소천. 아내가 남편을 이르는 말.
123) 닝안멸시(冷眼蔑視): 냉안멸시. 차가운 눈초리로 하찮게 봄.
124) 구경지하(具慶之下): 부모가 모두 살아 있음. 또는 그런 기쁨 가운데 있음.

별무우환(別無憂患)[125]ᄒ니 근심홀 비 업ᄂᆞᆫ지라, 녀ᄌᆞ(女子ㅣ) 엇지 화긔(和氣)[126]를 일허 무복(無福)ᄒᆞᆫ 거동(擧動)을 남을 뵈ᄂᆞ뇨?"

쇼졔(小姐ㅣ) 뎡금(整襟)[127] 딕왈(對曰),

"쳡(妾)은 명되(命途ㅣ) 긔구(崎嶇)ᄒᆞ여 어려서 가엄(家嚴)[128]을 여희고 뇨아지통(蓼莪之痛)[129]이 밋쳐시니 ᄌᆞ연(自然) 즐거운 사ᄅᆞᆷ과 ᄀᆞᆺ지 못ᄒᆞ여 화긔(和氣) 젹으니, 금일(今日) 시로이 은위(隱憂ㅣ) 만복(滿腹)ᄒᆞ다 곡졀(曲折)을 므르시나 구ᄐᆡ여 근심이 업ᄉᆞ오니 딕(對)홀 말ᄉᆞᆷ이 업ᄂᆞ이다."

ᄉᆡᆼ(生)이 한가(閑暇)히 우어 왈(曰),

"녕존당(令尊堂) 태부인(太夫人)이 ᄀᆞ장 험포지인(險暴之人)[130]이라, 신혼(新婚) 초야(初夜)의 도젹(盜賊)의 흉언패셜(凶言悖說)[131]을 쾌(快)히 씌듯ᄂᆞ니, ᄌᆞ(子)를 희(害)ᄒᆞᄂᆞᆫ 지(者ㅣ) 위 태부인(太夫人)과 윤(尹) 어ᄉᆞ(御使) 부인(夫人)긔 지나지 아니ᄒᆞ리라."

쇼졔(小姐ㅣ) 이에 다ᄃᆞᆯ라ᄂᆞᆫ 참괴(慙愧)[132]ᄒᆞ미 더으니 딕왈(對曰),

"조모(祖母)와 슉뫼(叔母ㅣ) 남다른 셩덕(盛德)[133]이 업ᄉᆞ시나 쳡

---

125) 별무우환(別無憂患): 따로 우환이 없음.

126) 화긔(和氣): 화기. 온화한 기운.

127) 뎡금(整襟): 정금. 옷깃을 가다듬음.

128) 가엄(家嚴): 남에게 자기 아버지를 높여 이르는 말.

129) 뇨아지통(蓼莪之痛): 육아지통. 자식이 부모가 낳아 길러 준 은혜를 생각하며 느끼는 아픔. 『시경』, <육아(蓼莪)>에 "길고 긴 아름다운 쑥이라 여겼더니, 아름다운 쑥이 아니라 저 나쁜 쑥이로다. 슬프고 슬프다 부모여, 나를 낳느라 수고하셨네.…… 아버지는 나를 낳고, 어머니는 나를 기르셨네. 나를 어루만지고 나를 길러 주시며, 나를 자라게 하고 나를 길러 주셨네. 나를 돌아보고 다시 돌아보고, 출입할 때 나를 가슴에 두셨네. 그 은혜를 갚고자 하나, 하늘처럼 끝이 없구나. 蓼蓼者莪, 匪莪伊蒿. 哀哀父母, 生我劬勞.……父兮生我, 母兮鞠我. 拊我畜我, 長我育我. 顧我復我, 出入腹我. 欲報之德, 昊天罔極."라 함.

130) 험포지인(險暴之人): 음험하고 포악한 사람.

131) 흉언패셜(凶言悖說): 흉언패설. 흉악한 말과 사리에 어긋난 말.

132) 참괴(慙愧): 부끄러움.

133) 셩덕(盛德): 성덕. 훌륭한 덕.

(妾)을 히(害)홀 니(理)는 업술지라. 쳡(妾)이 힝실(行實)이 미(微)

19면

ᄒ고 조믈(造物)의 믜이믈 닙어 누명(陋名)을 므릅쓰나 조손숙딜간
(祖孫叔姪間) 의심(疑心)홀 빅 아니〃 군ᄌ(君子)의 말슴이 너모 이
러ᄒ시믈 쳡(妾)이 그윽이 블복(不服)[134]ᄒᄂ이다.”

한님(翰林)이 쇼왈(笑曰),

“혼인(婚姻)을 작희(作戱)[135]ᄒ고 도젹(盜賊)을 블너드린 용심(用
心)[136]이 그 곳 작난(作亂)ᄒ미 괴이(怪異)치 아니코 광텬 등(等)을
죽이랴 ᄒ믈 보아는 아모 극흉지ᄉ(極凶之事)[137]라도 어려워 아닐지
라. 흔갓 ᄌ(子)의 집을 위(爲)ᄒ여 놀날 ᄲᆞᆫ 아니라 아미(阿妹)의 젼
졍(前程)을 념녀(念慮)ᄒ여 엇지 방심(放心)ᄒ리오? 츨하리 태부인
(太夫人)이나 슈히 별셰(別世)ᄒ면 나으렷마는 그 상뫼(相貌ㅣ) 빅
(百) 셰(歲)를 그음ᄒ리니[138] 희텬 등(等)의 익경(厄境)[139]이 ᄲᅡᆺ흘 곳
이 업술가 ᄒ노라.”

쇼졔(小姐ㅣ) 한님(翰林)의 말이 조모(祖母)의 악ᄉ(惡事)를 반ᄃ
시 친견(親見)ᄒ고 져리 니르믈 씨ᄃ라 져두무언(低頭無言)[140]ᄒ여

---

134) 블복(不服): 불복. 복종하지 않음.
135) 작희(作戱): 희지음. 방해함.
136) 용심(用心): 심술.
137) 극흉지ᄉ(極凶之事): 극흉지사. 지극히 흉악한 일.
138) 그음ᄒ리니: 지낼 것이니.
139) 익경(厄境): 액경. 모질고 사나운 운수에 시달리는 고비.
140) 져두무언(低頭無言): 저두무언. 고개를 숙이고 말이 없음.

팔즈아황(八字娥皇)141)의 슈운(愁雲)142)이 녕〃(盈盈)143)ᄒ고 쳔만비한(千萬悲恨)144)이 흉격(胸膈)의 가득ᄒ여 아모리 홀 줄 모로ᄂᆞ 형상(形狀)이라. 한님(翰林)이 쇼이문왈(笑而問曰),

"ᄌᆞ(子)의 죵뎨(從弟) 하(河) 공(公) 집과 뎡혼(定婚)ᄒᆞ 규슈(閨秀)ᄂᆞ 어ᄃᆡ로 가며 엇지 실산(失散)타 ᄒᆞᄂᆞ뇨?"

쇼졔(小姐ㅣ) 모부인(母夫人) 셔ᄉᆞ(書辭)로 인(因)ᄒ여 현이 강졍(江亭)의 이시믈 아랏ᄂᆞ지라 오직 딕왈(對曰),

"져젹의 실산(失散)타 ᄒᆞ 후(後) 긔별(奇別)을 듯지 못ᄒ니 지금(至今) 거쳐(居處)를 모로ᄂᆞ가 ᄒᆞᄂᆞ이다."

ᄉᆞᆼ(生) 왈(曰),

"ᄌᆞ(子)의 집 버르손 규슈(閨秀)마다 미혼(未婚) 젼(前) ᄒᆞ 번(番)식 실산(失散)ᄒᆞᄂᆞ가 시브거니와 쇼문(所聞)이 블미(不美)ᄒ여 뉴 부인(夫人)이 하가(河家)를 빅반(背叛)ᄒ고 기녀(其女)를 김가(-家)의 결(結)코져 ᄒᆞᄆᆡ 규쉬(閨秀ㅣ) 슈졀도쥬(守節逃走)145)ᄒ다 ᄒ니 뉴 부인(夫人)은 츄셰(趨勢)146)ᄒᆞᄂᆞ 녹〃(碌碌)147)ᄒᆞ 녀ᄌᆡ(女子ㅣ)어니와 김가(-哥) 놈의 집은 아모 졔라도 내 손의 패망(敗亡)홀 거시니,

---

141) 팔즈아황(八字娥皇): 팔자아황. 팔자아황. 아름다운 분을 바른 여인의 눈썹. '팔자'는 눈썹을, '아황'은 여자들이 발랐던 누런빛이 나는 분임.
142) 슈운(愁雲): 수운. 근심스러운 기색.
143) 녕〃(盈盈): 영영. 가득함.
144) 쳔만비한(千萬悲恨): 천만비한. 온갖 슬픔과 한.
145) 슈졀도쥬(守節逃走): 수절도주. 정절을 지키기 위해 도망함.
146) 츄셰(趨勢): 추세. 어떤 세력이나 세력 있는 사람을 붙좇아서 따름.
147) 녹〃(碌碌): 녹록. 평범하고 보잘것없음.

내 아직 작위(爵位) 낫고 형세(形勢) 업셔 결우지 아니하여 춤고 잇
느니 김개(-家ㅣ) 망멸(亡滅)[148]호는 날 하가(河家)는 신원(伸寃)[149]
호리니, 내 쥬야졀치(晝夜切齒)호고 김후의 손가락을 내 낭듕(囊
中)[150]의 너코 잇느니 뉴 부인(夫人)이 다욕(多慾)[151]호여 친옹(親
翁)이 되려 호던 일이 만히 속앗느니라."

언필(言畢)의 웃기를 마지아니〃 쇼졔(小姐ㅣ) 구틱여 뭇지 아니
호더라.

야심(夜深)호미 쇼져(小姐)를 쳥(請)호여 쵹(燭)을 믈니고 나위(羅
幃)[152]의 나아가니 공경듕딕(恭敬重待)호여 흡연(洽然)[153]혼 듕졍(重
情)[154]이 교칠(膠漆) 굿더라.

명됴(明朝)의 한님(翰林)은 됴당(朝堂)의 가고 쇼졔(小姐ㅣ) 졍당
(正堂)의셔 존당(尊堂) 구고(舅姑)를 뫼시고 슉미(叔妹)[155]로 화긔(和
氣)를 씌여시니, 풍완호질(豊婉好質)[156]이 찬란무비[157](燦爛無比)[158]
호여 빅만광염(百萬光艶)이 듕〃(衆中)의 특츌(特出)호여 실듕(室中)
의 됴요(照耀)[159]호니 존당(尊堂) 구괴(舅姑ㅣ) 식로이 긔익귀

---

148) 망멸(亡滅): 망해 없어짐.
149) 신원(伸寃): 원통함을 씻음.
150) 낭듕(囊中): 낭중. 주머니 속.
151) 다욕(多慾): 욕심이 많음.
152) 나위(羅幃): 비단 휘장.
153) 흡연(洽然): 매우 흡족한 모양.
154) 듕졍(重情): 중정. 깊은 정.
155) 슉미(叔妹): 숙매. 시누이.
156) 풍완호질(豊婉好質): 매우 예쁜 모습과 훌륭한 자태.
157) 찬란무비: [교] 원문에는 '찬비무'로 되어 있으나 문맥을 고려해 이와 같이 수정함.
158) 찬란무비(燦爛無比): 찬란하여 비할 자가 없음.
159) 됴요(照耀): 조요. 빛남.

듕(奇愛貴重)160)ᄒ고 좌듕(座中)이 흠탄경복(欽歎敬服)161)ᄒ더라.

　한님(翰林)이 샤군찰임(事君察任)162) 뉵칠(六七) 삭(朔)의 긔졀언논(奇節言論)163)이 쥰심굉위(峻深宏偉)164)ᄒ여 흔갓 경악(經幄)165)의 근시(近侍)166)ᄒ여 ᄉ긔(史記)를 초(草)ᄒᄂ 문필흑시(文筆學士ㅣ) 아니라, 이윤(伊尹)167), 녀망(呂望)168)의 튱(忠)과 졔갈(諸葛)의 신긔지모(神奇智謀)169)를 겸(兼)ᄒ여 만ᄉ(萬事ㅣ) ᄀ초 비상(非常)ᄒ니 튱텬지긔(衝天之氣)170) 츌뉴발양(出類發揚)171)ᄒ여 군젼(君前)의도 소견(所見)을 은닉(隱匿)172)지 아니코 텬위(天威)173) 진노(震怒)174)ᄒ신 ᄶ라도 일호(一毫) 구겁(懼怯)175)ᄒ미 업셔 당〃(堂堂)ᄒ 대의(大義)와 늠〃(凜凜)ᄒ 덕화(德化)로 ᄉ군(事君)176)ᄒ여 풍녁(風力)177)과 딕졀(直節)178)이 상셜(霜雪)179)을 능만(凌慢)180)ᄒ니, 샹통

---

160) 긔익귀듕(奇愛貴重): 기애귀중. 기이하게 여기고 사랑하며 매우 소중히 여김.
161) 흠탄경복(欽歎敬服): 흠모하고 감탄하며 공경해 복종함.
162) 샤군찰임(事君察任): 사군찰임. 임금을 섬기고 직임을 살핌.
163) 긔졀언논(奇節言論): 기절언론. 기이한 절개와 말하는 것.
164) 쥰심굉위(峻深宏偉): 준심굉위. 준엄하고 깊으며 넓고 큼.
165) 경악(經幄): 임금이 학문이나 기술을 강론·연마하고 더불어 신하들과 국정을 협의하던 일. 또는 그런 자리. 경연.
166) 근시(近侍): 임금을 가까이에서 모심.
167) 이윤(伊尹): 중국 은(殷)나라의 이름난 재상으로, 탕왕(湯王)을 도와 하(夏)나라의 걸왕(桀王)을 멸망시키고 선정을 베풀었음.
168) 녀망(呂望): 여망. 중국 주(周)나라의 제후국인 제(齊)나라의 시조 여상(呂尙)을 이름. 성(姓)은 강(姜), 씨(氏)는 여(呂), 이름은 상(尙), 자는 자아(子牙)이며, 호는 비웅(飛熊)임. 주 문왕의 선조 태공(太公) 고공단보(古公亶父)가 꿈에서 바라던 인물이 나타났다 하여 태공망(太公望)이라고도 불림. 본래 은나라 주왕(紂王) 밑에 있던 관리였으나 주(周)나라에 투신해 무왕(武王)을 도와 은나라를 멸하는 데 공을 세움.
169) 신긔지모(神奇智謀): 신기지모. 신이함과 지략, 꾀.
170) 튱텬지긔(衝天之氣): 충천지기. 하늘을 찌를 듯이 공중으로 높이 솟아오를 만한 기세.
171) 츌뉴발양(出類發揚): 출류발양. 무리 중에서 빼어나고 마음, 기운, 재주 따위를 떨쳐 일으킴.
172) 은닉(隱匿): 숨김.
173) 텬위(天威): 천위. 임금의 위엄.
174) 진노(震怒): 존엄한 존재가 크게 노함.
175) 구겁(懼怯): 두려워하고 겁을 냄.
176) ᄉ군(事君): 사군. 임금을 섬김.

(上寵)181)이 늉셩(隆盛)ᄒ고 만됴(滿朝)의 공경긔탄(恭敬忌憚)182)ᄒ
미 진신명ᄉ(縉紳名士)183)로 아지 아녀 황각(黃閣)184)의 큰 그르시
며 동냥(棟樑)185)의 직목(材木)으로 아라 나히 년쇼(年少)ᄒ믈 닛고
호(號)를 듁쳥186) 션싱(先生)이라 ᄒ여 덕망(德望)

23면

이 산두(山斗)187)와 상칭(相稱)188)ᄒ니 ᄉ류(士類)의 츄앙(推仰)ᄒᄂ
ᄇ오, ᄉ방(四方)의 진동(震動)ᄒ여 작위(爵位) 졈〃(漸漸) 놉하 간의
태우(諫議大夫) 문연각(文淵閣) 태흑ᄉ(太學士) 표긔댱군(驃騎將軍)
을 ᄒ이시니, 평휘(-侯ㅣ) ᄋᄌ(兒子)의 직덕(才德)189)을 두긋기나 년
쇼(年少) 듕망(重望)190)이 놉흐믈 두리며 셩만(盛滿)ᄒ믈 공구(恐懼)
ᄒ여 미양 공검졀츠(恭儉切磋)191)ᄒ믈 경계(警戒)ᄒ더라.

이러구러 하츄(夏秋)를 다 지니고 초동(初冬) 십월(十月)이라. 딘
부인(夫人)이 잉틱(孕胎) 십일(十一) 삭(朔)의 긋츠로 삭이고 옥(玉)
으로 무은 일(一) 개(個) 녀ᄋ(女兒)를 싱(生)ᄒ니, 뎡(鄭) 공(公)이 오

---

177) 풍력(風力): 사람의 위력.
178) 딕졀(直節): 직절. 강직한 절개.
179) 상셜(霜雪): 상설. 서리와 눈.
180) 능만(凌慢): 깔보고 교만하게 굶.
181) 샹툥(上寵): 상총. 임금의 총애.
182) 공경긔탄(恭敬忌憚): 공경기탄. 공경하며 어렵게 여김.
183) 진신명ᄉ(縉紳名士): 진신명사. 벼슬아치 중 이름난 선비.
184) 황각(黃閣): 행정부의 최고기관을 이르는 말.
185) 동냥(棟樑): 동량. 마룻대와 들보라는 뜻으로, 한 집안이나 한 나라를 떠받치는 중대한 일을
    맡을 만한 인재를 이르는 말.
186) 쳥: [교] 원문에는 이 글자가 없으나 뒤에 지속적으로 이와 같이 나오는 것을 고려해 이 글자
    를 삽입함.
187) 산두(山斗): 태산(泰山)과 북두(北斗).
188) 상칭(相稱): 서로 어울림.
189) 직덕(才德): 재덕. 재주와 덕.
190) 듕망(重望): 중망. 매우 두터운 명성과 인망.
191) 공검졀츠(恭儉切磋): 공검절차. 공손하고 검소하며 학문을 갈고 닦음.

주일녀(五子一女)를 브죡(不足)히 넉이다가 힝희(幸喜)[192]ᄒ여 명(名)을 아쳐라 ᄒ고 ᄉ랑ᄒ미 텬디만믈(天地萬物)의 비(比)치 못ᄒ여 귀듕(貴重)ᄒ미 측냥(測量)치 못ᄒ고 태부인(太夫人)이 과익(過愛)ᄒ믄 손ᄋ(孫兒)를[193] 쳐음 본 둣ᄒ더라.

지셜(再說).

24면

은쥐(殷州) 아듕(衙中)의 윤(尹) 어ᄉ(御使ㅣ) 황명(皇命)을 밧드러 은쥐(殷州)를 다ᄉ리믹, 어진 덕(德)이며 쳥검(淸儉)ᄒ 힝실(行實)과 티숑결옥(治訟決獄)[194]의 명쾌(明快)ᄒ 졍ᄉ(政事ㅣ) 지공무ᄉ(至公無私)[195]ᄒ여 평(平)ᄒ 져울과 붉은 거울 ᄀᆺᄐ여 간활(奸猾)[196]ᄒ 관니(官吏)와 블인(不仁)ᄒ 듀현(州縣)이 감(敢)히 속이지 못ᄒ여 슌무(巡撫)[197]ᄒ연 지 오뉵(五六) 삭(朔)의 인심(人心)이 크게 뎡(定)ᄒ여 도젹(盜賊)이 화(化)ᄒ여 냥민(良民)이 되고 블효직(不孝子ㅣ) 효도(孝道)ᄒ며 간악(奸惡)ᄒ 계집이 온슌(溫順)ᄒ며 형뎨(兄弟) 블목(不睦)[198]ᄒ던 직(者ㅣ) 우공(友恭)[199]ᄒ니, 인믈(人物)이 밧고이며 시졀(時節)이 풍등(豐登)[200]ᄒ여 오곡(五穀)이 셩(盛)ᄒ고 우슌풍됴(雨順風調)[201]ᄒ니 희포[202] 바렷던 젼토(田土)를 긔경(起耕)[203]ᄒ여 비로

---

192) 힝희(幸喜): 행희. 다행으로 여기고 기뻐함.
193) 를: [교] 원문에는 이 글자가 없으나 문맥을 고려해 삽입함.
194) 티숑결옥(治訟決獄): 치송결옥. 송사를 다스리고 옥사를 결정함.
195) 지공무ᄉ(至公無私): 지공무사. 지극히 공정하고 사사로움이 없음.
196) 간활(奸猾): 간사하고 교활함.
197) 슌무(巡撫): 순무. 여러 곳을 두루 돌아다니면서 백성들의 마음을 위로하고 달램.
198) 블목(不睦): 불목. 화목하지 않음.
199) 우공(友恭): 우애 있고 공손함.
200) 풍등(豐登): 농사를 지은 것이 아주 잘됨.
201) 우슌풍됴(雨順風調): 우순풍조. 비가 때맞추어 알맞게 내리고 바람이 고르게 분다는 뜻으로, 농사에 알맞게 기후가 순조로움을 이르는 말.

소 남녜(男女ㅣ) 쇼임(所任)을 출혀 향위(鄕儒ㅣ) 흑교(學校)의 모다 유학(儒學)을 힘쓰며 용댱(勇壯)204)흔 녁스(力士)는 무비(武備)205)를 숭상(崇尙)흐고 도로(道路)의

25면

상고(商賈)206)는 흥니(興利)207)를 시작(始作)흐여 셔로 징정(爭廷)208)흐미 업고 야블폐문(夜不閉門)209)흐니 완(宛)이210) 다른 디방(地方)이 되엿는지라.

어식(御使ㅣ) 하스월(夏四月)의 니가(離家)211)흐여 동십월(冬十月)이 되니 븍(北)으로 가는 기러기를 챵망(悵望)212)흐여 군친(君親)을 영모(永慕)213)흐미 극(極)흐고, 쏘흔 가스(家事)를 넘녀(念慮)흐미 간절(懇切)흐여 즈딜(子姪)을 싱각고 회푀(懷抱ㅣ) 만단(萬端)이나 흐디 녁편(驛便)214)으로 본부(本府) 소식(消息)을 드르니 모친(母親)이 안강(安康)215)흐시고 합문(閤門)216)이 무스(無事)타 흐디 구패(寇婆ㅣ) 모상(母喪)을 당(當)흐여 절강(浙江)으로 가다 흐니, 조(曹) 부인(夫人) 모즈(母子)를 보호(保護)흐리 업스믈 더옥 넘녀(念慮)흐여 임

---

202) 히포: 한 해가 조금 넘는 동안.
203) 긔경(起耕): 기경. 묵힌 땅이나 생땅을 일구어 논밭을 만듦.
204) 용댱(勇壯): 용장. 용맹하고 굳셈.
205) 무비(武備): 군사에 관련된 장비. 또는 그 장비를 준비하는 일.
206) 상고(商賈): 장사꾼.
207) 흥니(興利): 흥리. 재물을 불리어 이익을 늘림.
208) 징정(爭廷): 쟁정. 관청에서 시비를 다툼.
209) 야블폐문(夜不閉門): 야불폐문. 밤에 문을 닫지 않음.
210) 완(宛)이: 뚜렷이.
211) 니가(離家): 이가. 집을 떠남.
212) 챵망(悵望): 창망. 시름겨워 바라봄.
213) 영모(永慕): 길이 사모함.
214) 녁편(驛便): 역편. 역(驛)을 이용한 소식.
215) 안강(安康): 평안하고 건강함.
216) 합문(閤門): 온 집안.

의 국亽(國事)를 션치(善治)ᄒᆡᆫ 십일월(十一月) 긔망(旣望)217)의 하
리츄죵(下吏騶從)218)을 거느려 샹경(上京)홀ᄉᆡ, 은쥐(殷州) 니민(吏
民)이 다 눈믈을 흘녀 니별(離別)을 슬허 젹진(赤子ㅣ)219) 부모(父母)
를 상니(相離)홈 ᄀᆞᆺᄐᆞ여

26면

곳〃이 탁쥬마육(濁酒馬肉)220)을 가져 젼별(餞別)221)ᄒᆞᄂᆞᆫ지라, 안ᄃᆡ
(按臺) 졔민(諸民)을 디극(至極)히 무위(撫慰)222)ᄒᆞ고 쥬육(酒肉)을
흔연(欣然)이 맛보아 그 졍셩(精誠)을 믈니치지 아니ᄒᆞ고,

속ᄒᆡᆼ샹경(速行上京)ᄒᆞ여 궐하(闕下)의 복명(復命)223)ᄒᆞ니 샹(上)이
인견샤쥬(引見賜酒)224)ᄒᆞ시고 은쥐(殷州)를 복고(復古)225)ᄒᆞ여 인심
(人心)을 딘뎡(鎭靜)ᄒᆞ고 졍ᄉᆡ(政事ㅣ) 명졍(明正)226)ᄒᆞᆷ믈 칭찬(稱讚)
ᄒᆞᄉᆞ 벼슬을 도〃아 츄밀ᄉᆞ(樞密使)를 ᄒᆞ이시니 어ᄉᆡ(御使ㅣ) 진삼
(再三) 고샤브득(固辭不得)227)ᄒᆞ고 샤은퇴됴(謝恩退朝)228)ᄒᆞ여 총〃
(恩恩)229)이 집으로 도라오니라.

츠셜(且說). 션시(先時)의 윤부(尹府) 태부인(太夫人)이 뉴 시(氏)
모녀(母女)로 더브러 일야(日夜) 조(曹) 부인(夫人) 삼(三) 모ᄌᆞ(母子)

---

217) 긔망(旣望): 기망. 음력 열엿샛날.
218) 하리츄죵(下吏騶從): 하리추종. 아전들과, 윗사람을 따라다니는 종.
219) 젹진(赤子ㅣ): 적자. 갓난아이.
220) 탁쥬마육(濁酒馬肉): 탁주마육. 탁주에 말고기.
221) 젼별(餞別): 전별. 보내는 쪽에서 예를 차려 작별함.
222) 무위(撫慰): 어루만져 위로함.
223) 복명(復命): 명령을 받고 일을 처리한 사람이 그 결과를 보고함.
224) 인견샤쥬(引見賜酒): 인견사주. 불러 보아 술을 내림.
225) 복고(復古): 예전처럼 회복함.
226) 명졍(明正): 명정. 분명하고 바름.
227) 고샤브득(固辭不得): 고사부득. 굳이 사양했으나 뜻을 얻지 못함.
228) 샤은퇴됴(謝恩退朝): 사은퇴조. 임금의 은혜에 감사하고 조정에서 물러남.
229) 총〃(恩恩): 총총. 매우 바쁜 모양.

를 업시키를 도모(圖謀)ᄒᆞᄃᆡ, 공ᄌᆞ(公子) 곤계(昆季)[230] 사름의 먹고
견듸지 못홀 거시라도 잘 견듸고 일〃(一日) 흔씩 편(便)흔 비 업고
겨을〃 당(當)ᄒᆞᄃᆡ 헌 뵈옷시 븩결(百結)[231]ᄒᆞ여

27면

살흘 가리오지 못ᄒᆞ고, 언 ᄌᆡ강과 찬 조밥의 쓴 소금이 입의 들믹 어
름을 먹은 듯ᄒᆞ고 닝실(冷室)의 블김[232]을 못 ᄒᆞ고 쥬야(晝夜) 기괴
(奇怪)흔 쳔역(賤役)이 안비(眼鼻)를 막기(莫開)[233]ᄒᆞ니 쳔금귀골(千
金貴骨)이 만신(滿身)의 흔 조각 온긔(溫氣) 업셔 깁 ᄀᆞᄐᆞᆫ 가죡이 어
러 터지기를 면(免)치 못ᄒᆞ고, 븍풍(北風)이 놉고 대셜(大雪)이 ᄲᅡᆺ히
ᄂᆞᆫᄃᆡ 믹온 셔리 쳠가(添加)ᄒᆞ여, 디우하쳔(至愚下賤)[234]의 녕한(獰
悍)[235]흔 뉴(類ㅣ)라도 치우믈 견듸지 못ᄒᆞ거늘 흉괴(凶姑ㅣ) 냥(兩)
공ᄌᆞ(公子)를 눈 우희 ᄭᅮᆯ니고 슈죄(數罪)ᄒᆞ여 일(一) 쥬야(晝夜)를 움
죽이지 못ᄒᆞ게 ᄒᆞ니, ᄎᆞ공ᄌᆞ(次公子ㅣ) 젹상(積傷)[236]ᄒᆞ여 피를 토
(吐)ᄒᆞ고 것구러져 엄〃(奄奄)[237]히 인ᄉᆞ(人事)를 모로고 댱공ᄌᆞ(長
公子)는 옥면(玉面)이 쳥옥(青玉) ᄀᆞᄐᆞ여 거의 딘(盡)홀 듯ᄒᆞ니, 조
(曹) 부인(夫人)이 춤지 못ᄒᆞ여 냥(兩) 공ᄌᆞ(公子)를 븟

---

230) 곤계(昆季): 형제.
231) 븩결(百結): 백결. 백 번 꿰맴.
232) 블김: 불김. 불의 기운.
233) 안비(眼鼻)를 막기(莫開): 안비를 막개. 눈과 코를 뜰 수 없음.
234) 디우하쳔(至愚下賤): 지우하천. 지극히 어리석고 낮으며 천함.
235) 녕한(獰悍): 영한. 모질고 사나움.
236) 젹상(積傷): 적상. 오랫동안 마음을 썩임.
237) 엄〃(奄奄): 숨이 곧 끊어지려 하거나 매우 약한 상태에 있음.

들고 실셩오열(失聲嗚咽)238)ᄒ여 위 부인(夫人)긔 익걸(哀乞) 왈(曰),

"져희 죄상(罪狀)은 유죄무죄간(有罪無罪間) 눈 우히 아조 진(盡)케 되여시니 원(願)컨딕 존고(尊姑)ᄂᆞᆫ 쇼쳡(小妾)을 죽이시고 져희 목슘을 빌니쇼셔."

태부인(太夫人)이 팔을 뽐닉며 다라드러 조(曹) 부인(夫人) 삼(三) 모ᄌᆞ(母子)를 즛두ᄃᆞ리려 홀 ᄎᆞ(次), 믄득 어ᄉᆞ(御使)의 드러오ᄂᆞᆫ 션셩(先聲)239)이 니르러 명일(明日) 입경(入京)ᄒ다 ᄒᆞᄂᆞᆫ디라, 태부인(太夫人)이 눈을 뒤룩여 이리 보고 져리 보아 어린 ᄃᆞᆺ 긴 톡240)을 들며 반빅두(半白頭)241)를 그덕이고 반가온 ᄃᆞᆺ 황홀(恍惚)ᄒᆞᆫ ᄃᆞᆺ 명일(明日) ᄋᆞᄌᆞ(兒子) 볼 일은 ᄀᆞ장 탐〃(耽耽)242)ᄒᆞ딕 져의 고식(姑息)의 과악(過惡)이 ᄀᆞ득ᄒᆞ니 브지쇼위(不知所爲)243)어늘, 뉴 시(氏) 노복(奴僕)을 호령(號令)ᄒᆞ여 빅화헌을 졈화(點火)244)ᄒᆞ고 신〃(新新)245)ᄒᆞ고 둣거온 싀옷슬 닉여 냥(兩) 공ᄌᆞ(公子)를 개착(改着)게 ᄒᆞ고, 어ᄉᆞ(御使)

를 마ᄌᆞ라 ᄒᆞ며 태부인(太夫人)을 '당(堂)의 오르쇼셔.' ᄒᆞ여 ᄀᆞ마니 희월누 문(門)을 여러 조(曹) 부인(夫人)을 드러가게 ᄒᆞ라 ᄒᆞᆫ딕,

---

238) 실셩오열(失聲嗚咽): 실성오열. 목이 쉬도록 오열함.
239) 션셩(先聲): 선성. 미리 보내는 기별.
240) 톡: 턱.
241) 반빅두(半白頭): 반백두. 반은 허옇게 센 머리.
242) 탐〃(耽耽): 몹시 즐거워함.
243) 브지쇼위(不知所爲): 부지소위. 어찌할 바를 알지 못함.
244) 졈화(點火): 점화. 등불을 켬.
245) 신〃(新新): 매우 새로움.

태부인(太夫人)이 즉시(即時) 조(曹) 시(氏)를 믈너가라 ᄒ고 희월
누의 나와 이(二) 공ᄌ(公子) 등(等)을 싀웃술 닙게 ᄒ되, ᄎ공ᄌ(次
公子)는 인ᄉ(人事)를 바려 구러져시니 뉴 시(氏) 착급(着急)히 시녀
(侍女)로 붓드러 제 방(房)으로 드리고 댱공ᄌ(長公子)는 정신(精神)
을 출혀 믈너 싀웃술 곳치고 안의 드러와 ᄋ을 구호(救護)ᄒ여 반일
(半日)의야 눈을 쩌 좌우(左右)를 술피고 희츈누의 드러와 누어시믈
괴이(怪異)히 넉이거늘,

뉴 시(氏) 나아 안ᄌ 어ᄉ(御使)의 도라오믈 니르고 어셔 니러나라
ᄒ며 일(一) 긔(器) 미듁(糜粥)246)을 가져 냥(兩) 공ᄌ(公子)를 난화
먹이며 경의 머리를 긁져기고 눈셥을 씽긔여

30면

"현ᄋ의 거체(居處ㅣ) 업ᄉ믈 젼(傳)치 아냐시니 야〃(爺爺)긔 므
어시라고 ᄒ리오?"

일공ᄌ(一公子)는 옷술 가라 닙고 ᄌ긔(自己) 등(等)의 졍ᄉ(情事)
를 계부(季父)긔 고(告)치 아니려 ᄒ나, 경ᄋ의 근심ᄒ믈 심니(心裏)
의 실쇼(失笑)ᄒ여 긔괴(奇怪)히 넉이고 ᄎ공ᄌ(次公子)는 대인(大人)
의 도라오시믈 황홀(恍惚)이 반갑기는 니르지 말고 양모(養母)의 실
덕(失德)이 무궁(無窮)ᄒ니 야애(爺爺ㅣ) 도라오샤 블평(不平)ᄒ ᄉ
단(事端)이 〃실가 근심이 만단(萬端)이라. 번연(飜然)247)이 니러나
알픈 거술 강인(强忍)ᄒ고 어득ᄒ 정신(精神)을 뎡(定)ᄒ여 듁음(粥
飮)을 나오고 밧긔 나와 개복(改服)ᄒᆯᄉᆡ 일공ᄌ(一公子ㅣ) 왈(曰),

---

246) 미듁(糜粥): 미죽. 묽은 죽.
247) 번연(飜然): 갑작스러운 모양.

"계뷔(季父ㅣ) 도라오신 후(後) 강졍(江亭) 미져(妹姐)를 다려오디 아직은 계부(季父)긔 고(告)치 말나."

츳공지(次公子ㅣ) 졍싴(正色) 왈(曰),

"대인(大人)이 팔구(八九) 삭(朔) 니가(離家)의 도라오시미 존당(尊堂)의 봉비(奉拜)[248] 후시고 우리

31면

형뎨(兄弟) 남민(男妹)를 반기고져 후실 비어늘, 미져(妹姐)를 강졍(江亭)의 금초아 가듕(家中)의 블펑(不平)흔 ᄉ단(事端)을 닐위미 됴흐리잇가? 형댱(兄丈)은 쇼뎨(小弟)로 무ᄉ(無事)코져 후거든 우리 쳔역고초(賤役苦楚)[249] 것그믈 대인(大人)긔 ᄉ싴(辭色)지 마르쇼셔."

일공지(一公子ㅣ) 믄득 탄왈(嘆曰),

"낸들 엇지 그ᄉ이 고경(苦境)[250]이야 계부(季父)긔 고(告)ᄒ리오마ᄂ 져〃(姐姐)를 아직 강졍(江亭)의 두고져 ᄒ미 조모(祖母)와 슉뫼(叔母ㅣ) 미양 졀박(切迫)[251]ᄒ믈 경계(警戒)ᄒ샤 홀노 두면 실(實)노 의혹(疑惑)홀가 ᄒ미러니 네 말이 올ᄒ니 엇지 막으리오? 다만 미제(妹姐ㅣ) 강졍(江亭)의 머므던 바를 므어시라 고(告)코져 ᄒᄂ뇨?"

공지(公子ㅣ) 왈(曰),

"조모(祖母)와 ᄌ위(慈闈) 바야흐로 미져(妹姐) 실산지ᄉ(失散之事)를 대인(大人)긔 젼(傳)홀 말ᄉᆷ이 업셔 졀박(切迫)히 넉이시니, 여ᄎ여ᄎ(如此如此) 홀진디 구트여 아등(我等)의 죄(罪) 되지 아니코

태모(太母)와

32면

주졍(慈庭)이 깃거ᄒ시리이다.”

일공지(一公子ㅣ) 올히 넉여 형뎨(兄弟) 혼가지로 존당(尊堂)의 드
러가 고(告)ᄒ되,

“작일(昨日) 벽난이 왓더니잇가?”

태부인(太夫人)과 뉴 시(氏) 황홀(恍惚)ᄒ여 답왈(答曰),

“벽난은 현ᄋ를 좃ᄎ 가시니 엇지 와시믈 뭇ᄂ뇨?”

냥(兩) 공지(公子ㅣ) 흡긔 되왈(對曰),

“쇼손(小孫) 등(等)이 작일(昨日) 문밧(門-)긔셔 벽난을 만나 남복
(男服)을 ᄒ여시민 면목(面目)이 닉으나 챵졸(倉卒)252)의 씩듯지 못
ᄒ니, 제 몬져 니르되 ‘이졔ᄂ 노애(老爺ㅣ) 도라오시니 쇼져(小姐)
를 뫼셔 오럇노라.’ ᄒ옵거ᄂ 져〃(姐姐)의 계신 곳을 므르니 은쥐
(殷州) 반(半)이나 나려가 노듕(路中)의셔 져졔(姐姐ㅣ) 득질(得疾)ᄒ
여 듀인(主人)을 잡아253) 오늌(五六) 삭(朔)이나 머므다가 대인(大人)
도라오시ᄂ 션셩(先聲)을 듯고 미져(妹姐)ᄂ 바로 샹경(上京)ᄒ여 강
졍(江亭)의 와 계시다 ᄒ거ᄂ, 반ᄃ시 조모(祖母)와

33면

주위(慈闈)긔 고(告)ᄒ여시므로 아옵고 작일(昨日) 셩뇌(盛怒ㅣ)254)

---

252) 챵졸(倉卒): 창졸. 미처 어찌할 사이 없이 매우 급작스러움.
253) 듀인(主人)을 잡아: 주인을 잡아. 잠시 머물러 잘 수 있는 집을 정하여.
254) 셩뇌(盛怒ㅣ): 성노. 몹시 내는 성.

진쳡(震疊)255)ᄒ시니 감(敢)히 고(告)치 못ᄒ과이다.”

태부인(太夫人) 고식(姑媳)이 쳥미(聽未)256)의 깃브미 등텬(登天)257)ᄒᆯ 듯 좌블안졉(座不安接)258)ᄒ고 평싱(平生) 쳐음으로 냥(兩) 공ᄌ(公子)를 ᄃᆡ(對)ᄒ여 웃는 얼골노 집슈년망(執手連忙)259) 왈(曰),

“우리는 작일(昨日) 벽난을 보지 못ᄒ여시니 모로미 너희 이제 가녀ᄋ(女兒)를 다려오라.”

ᄎ공지(次公子ㅣ) 왈(曰),

“져〃(姐姐) 실산(失散)은260) 대인(大人)이 아지 못ᄒ여 계시니 도라오신 후(後) 김개(-家ㅣ) 혼인(婚姻)을 핍박(逼迫)ᄒ여 샤혼(賜婚)ᄒ신 됴디(詔旨)를 미더 셩화(成火)261)ᄒ니, 브득이(不得已) 퇴일(擇日)ᄒ여 보ᄂᆡ고 빙치(聘采)262) 젼(前) 져〃(姐姐)를 실산(失散)ᄒ다 퍼지오고 금초므로뻐 고(告)ᄒ고, 쇼ᄌ(小子) 등(等)도 남양(南陽), 항쥐(杭州) 보ᄂᆡ엿던 말 마르시고 항쥐(杭州) 모

34면

믹(麰麥)은 혜쥰이 거두어 오고 남양(南陽) 전토(田土)는 계튱이 파라 오다 ᄒ쇼셔.”

냥(兩) 부인(夫人)이 만심흔희(滿心欣喜)263) 왈(曰),

---

255) 진쳡(震疊): 진첩. 존귀한 사람이 몹시 성을 내어 그치지 아니함.
256) 쳥미(聽未): 청미. 다 듣지 않음.
257) 등텬(登天): 등천. 하늘에 오름.
258) 좌블안졉(座不安接): 좌불안접. 자리에 편안히 앉아 있지 못함.
259) 집슈년망(執手連忙): 집수연망. 바삐 손을 잡음.
260) 은: [교] 원문에는 이 뒤에 ‘대인은’이 있으나 부연으로 보아 삭제함.
261) 셩화(成火): 성화. 몹시 귀찮게 굶.
262) 빙치(聘采): 빙채. 빙물(聘物)과 채단(采緞). 빙물은 결혼할 때 신랑이 신부의 친정에 주던 재물이고, 채단은 신랑집에서 신붓집으로 미리 보내는 푸른색과 붉은색의 비단임.
263) 만심흔희(滿心欣喜): 온 마음으로 기뻐함.

"너희 말이 올컷마는 현이 실상(實狀)을 스스로 고(告)홀가 ᄒ노라."

ᄎ공ᄌ(次公子ㅣ) 왈(曰),

"이제 가 져〃(姐姐)긔 소유(所由)를 고(告)ᄒ여 집의 곰초엿던 줄노 ᄒ게 ᄒ리이다."

냥(兩) 부인(夫人)이 깃브고 즐거오미 극(極)ᄒ여 어ᄉᆞ(御使ㅣ) 도라와도 무한(無恨)이라, 공ᄌ(公子) 등(等)의 현효(賢孝)를 긔특(奇特)이 넉이나 원ᄂᆡ(元來) 그 남다른 효슌(孝順)264)과 만ᄉᆞ(萬事ㅣ) 과인(過人)ᄒ믈 질오(疾惡)265)ᄒ여 업시코져 ᄒ니 기심(其心)이 니검(利劍)266)이라. 냥(兩) 공ᄌ(公子)를 ᄌᆡ쵹ᄒ여 쇼져(小姐)를 다려오라 ᄒ니,

희텬은 ᄉᆞ지골졀(四肢骨節)이 다 녹ᄂᆞᆫ 듯ᄒ나 강인(强忍)ᄒ여 형뎨(兄弟) 혼가지로 강졍(江亭)의 나와 믹져(妹姐)를 보고 야애(爺爺ㅣ) 명일(明日) 드러오

35면

실 거시니 ᄌᆞ긔(自己) 등(等)이 조모(祖母)와 모친(母親)긔 여ᄎᆞ여ᄎᆞ(如此如此) 고(告)ᄒ여시니 져〃(姐姐)ᄂᆞᆫ 말ᄉᆞᆷ을 ᄀᆞᆺ게 ᄒ고 야〃(爺爺)긔ᄂᆞᆫ 집의 잇던 줄노 고(告)ᄒ여 가ᄂᆡ(家內) 화평(和平)ᄒ믈 쳥(請)ᄒ니, 쇼졔(小姐ㅣ) 냥뎨(兩弟)의 디현디효(至賢至孝)267)를 감동(感動)ᄒ여 기리 탄왈(嘆曰)

"조모(祖母)와 ᄌᆞ위(慈闈) 김가(-家) 부귀(富貴)를 흠모(欽慕)ᄒ샤 날을 핍박(逼迫)ᄒ시던 일을 싱각ᄒ면 혼 일인들 대인(大人)긔 은ᄂᆡ

---

264) 효슌(孝順): 효순. 효성스럽고 순함.
265) 질오(疾惡): 미워하고 싫어함.
266) 니검(利劍): 이검. 날카로운 칼.
267) 디현디효(至賢至孝): 지현지효. 지극한 어짊과 지극한 효성.

(隱匿)ᄒ리오마는 현뎨(賢弟) 등(等)의 말이 올코 지회(至孝ㅣ) 감격
(感激)ᄒ디라 내 엇지 효도(孝道)를 닐위지 못ᄒ고 부모(父母)의 화
긔(和氣)를 일흐시게 ᄒ리오? 다만 강졍(江亭) 비복(婢僕)이 나의 녀
진(女子ㅣ) 줄 알면 ᄒ츄동(夏秋冬) 세 졀(節)을 이곳의셔 지닉믈 옥
누항의 알월진디 엇질고?"

　공지(公子ㅣ) 쇼왈(笑曰),

　"이는 엄(嚴)히 당부(當付)ᄒ즉 므ᄉ 일 고(告)ᄒ리잇고?"

　쇼제(小姐ㅣ) ᄎ공즈(次公子) 주던 은즈(銀子) 삼십(三十) 냥(兩)

36면

이 그져 잇ᄂ지라, 강졍(江亭) 비복(婢僕)을 난화 주고 즈개(自家ㅣ)
이곳의 잇던 줄 고(告)치 말나 ᄒ니 비복(婢僕)이 비로소 쇼젠(小姐
ㅣ) 줄 알고 놀나며 금(金)을 바다 감격(感激)ᄒ믈 니긔지 못ᄒ여 ᄎ
ᄉ(此事)를 블츌구외(不出口外)[268]ᄒ려 ᄒ더라.

　쇼제(小姐ㅣ) 즉시(卽時) 벽난으로 더브러 도라올ᄉ, 이(二) 공지
(公子ㅣ) 쇼져(小姐)의 치교(彩轎)[269]를 호힝(護行)[270]ᄒ여 부듕(府
中)의 니르니 날이 거의 어둡고져 ᄒ고 태부인(太夫人)과 조·뉴 냥
(兩) 부인(夫人)이 마조 나와 쇼져(小姐)를 닛그러 당(堂)의 오르믹,
쇼져(小姐) 노쥐(奴主ㅣ) 남의(男衣)를 곳치지 못ᄒ엿더라. 냥(兩) 부
인(夫人)이 쇼져(小姐)의 졀을 기다리지 못ᄒ여 각〃(各各) 좌우(左
右)로 븟들고 우ᄂ지라, 냥(兩) 공지(公子ㅣ) 위로(慰勞)ᄒ며 쇼제(小
姐ㅣ) 쥬루(珠淚)[271]를 먹음어 왈(曰),

---

268) 블츌구외(不出口外): 불출구외. 입 밖에 내지 않음.
269) 치교(彩轎): 채교. 문채 나는 가마.
270) 호힝(護行): 호행. 보호하며 따라감.

"은쥐(殷州) 칠쳔(七千) 니(里)를 삼쳔(三千) 니(里)를 힝(行)ᄒᆞ여 위질(危疾)[272]을 어더 거의 죽게 되니 야〃(爺爺)긔

37면

도 가지 못ᄒᆞ고 경ᄉᆞ(京師)도 아으라ᄒᆞ여 이뉵쳥츈(二六靑春)의 원혼(冤魂)이 구원(九原)[273]의 도라갈진ᄃᆡ 층쳡(層疊)[274]ᄒᆞᆫ 셜음이 운소(雲霄)의 빗겨 부모(父母)긔 블효(不孝)ᄂᆞᆫ 니르도 말고 긴 명(命)을 즈레 ᄭᅳᆾ쳐 김가(-哥)로 ᄒᆞ여곰 혼빅(魂魄)이라도 원귀(冤鬼) 될너니, 요힝(僥倖) 사름이 잇셔 목숨을 술와ᄂᆡ고 싱블(生佛)의 대은(大恩)으로 지셩구호(至誠救護)ᄒᆞ여 ᄎᆞ경(差境)[275]을 어드니, 대인(大人)이 도라오신다 ᄒᆞ믈 듯ᄌᆞᆸ고 작일(昨日) 강졍(江亭)으로 오ᄃᆡ 집으로 못 오기ᄂᆞᆫ 야애(爺爺ㅣ) 밋쳐 도라오지 못ᄒᆞ여 계시니 모친(母親)이 ᄯᅩ 므슨 작변(作變)으로 쇼녀(小女)의 졀(節)을 난(亂)ᄒᆞ실가 두려ᄒᆞ미러니, 냥뎨(兩弟) 벽난의 말을 듯고 ᄎᆞ즈와시니 대인(大人)이 명일(明日) 환가(還家)ᄒᆞ신다 ᄒᆞ오ᄆᆡ 방심(放心)ᄒᆞ여 드러왓ᄉᆞᆸᄂᆞ니 모친(母親)은 이제나 블의비법(不義非法)[276]을 마르시고

38면

회과슈덕(悔過修德)[277]ᄒᆞ시믈 ᄇᆞ라ᄂᆞ이다."

---

271) 쥬루(珠淚): 주루. 구슬 같은 눈물.
272) 위질(危疾): 위독한 병.
273) 구원(九原): 사람이 죽은 뒤에 그 혼이 가서 산다고 하는 세상. 저승.
274) 층쳡(層疊): 층첩. 여러 층으로 겹겹이 쌓임.
275) ᄎᆞ경(差境): 차경. 병의 차도가 있는 형편.
276) 블의비법(不義非法): 불의비법. 의롭지 않고 법도에 맞지 않은 행위.
277) 회과슈덕(悔過修德): 회과수덕. 잘못을 뉘우치고 덕을 닦음.

벽난이 가의 셔〃 노쥬(奴主ㅣ) 무궁(無窮)훈 고경(苦境)을 니언(利言)278)이 베퍼 도듕(途中)의셔 쇼제(小姐ㅣ) 병(病)이 만분위악(萬分危惡)279)던 바와 일승냥미(一升糧米)280)도 업셔 초〃(草草)281)히 걸식왕뇌(乞食往來)282)호던 말을 보는 듯시 고(告)호여 일호(一毫) 허언(虛言)을 쏨임굿지 아니〃, 냥(兩) 부인(夫人)이 잔잉코 슬프미 골절(骨節)이 녹는 듯 쇼져(小姐)를 붓들고 우러 왈(曰),

"녀익(女兒ㅣ) 엇지 그딕도록 어미를 속이고 갈 줄 알니오? 우리 집의 무ᄾ(無事)히 잇셔도 너를 싱각호미 셩질(成疾)283)홀 듯호거늘 너는 도로(道路)의 극열(極熱)284)과 엄한(嚴寒)285)을 다 겻그니 오죽 호리오마는 그려도 얼골이 슈패(瘦敗)286)치 아녀시니 텬우신됴(天佑神助)호미로다. 구튀여 너의 졀(節)을 작희(作戲)호미 아니라 샹명(上命)을 위월(違越)287)치 못호미러니, 네 죽기로 슈졀(守節)호고 네 부친(父親)이

39면

도라오시니 네 원(願)딕로 홀 거시니 괴이(怪異)훈 념녀(念慮)를 두지 말나."

쇼제(小姐ㅣ) 조모(祖母)와 모친(母親)의 힝악(行惡)을 각골(刻

---

278) 니언(利言): 이언. 상황에 따라 자기에게 유리하게 지어내거나 실속 없이 번드르르하게 하는 말.
279) 만분위악(萬分危惡): 매우 위독함.
280) 일승냥미(一升糧米): 일승양미. 한 되의 쌀.
281) 초〃(草草): 갖출 것을 다 갖추지 못하여 초라함.
282) 걸식왕뇌(乞食往來): 걸식왕래. 밥을 빌어먹으며 오고 감.
283) 셩질(成疾): 성질. 병이 생김.
284) 극열(極熱): 지극한 더위.
285) 엄한(嚴寒): 독한 추위.
286) 슈패(瘦敗): 수패. 야위고 상함.
287) 위월(違越): 어김.

骨)288)이 익둘와ㅎ고 구모지여(久慕之餘)289)의 친안(親顔)290)을 득
승(得承)291)ㅎ니 반가온 듕(中) 블평(不平)흔 말을 못 ㅎ고, 조(曹)
부인(夫人)이 면식(面色)이 환탈(換奪)292)ㅎ여 듕병(重病) 지닌 사름
ㅈㅌ믈 보고 놀나 뭇ㅈ오딕,

"빅뫼(伯母ㅣ) 엇지 이딕도록 슈패(瘦敗)ㅎ여 계시니잇고?"

부인(夫人)이 탄왈(嘆曰),

"일명(一命)이 완악(頑惡)293)ㅎ미 셕목(石木) ㅈㅌ니 엇지 질양(疾
恙)294)인들 이시리오마는 스스로 쇠패(衰敗)295)ㅎ미라."

쇼제(小姐ㅣ) 조모(祖母)의 악ㅅ(惡事)로 져ㄱ치 쇠(衰)ㅎ시믈 씨
닷라 ㅊ악경희(嗟愕驚駭)ㅎ믈 마지아니터라.

ㅊ야(此夜)의 뉴 시(氏) 현오를 다리고 침소(寢所)의셔 오릭 일코
못 ㅊㅈ 슬허ㅎ던 정(情)을 니르며 어ㅅ(御使ㅣ) 도라오나 녀오(女
兒)의 거쳐(居處)를 니를 말

40면

이 업셔 익쓰던 바를 닐너 일졀(一切) 집의 잇던 줄노 고(告)ㅎ라 ㅎ
니 쇼제(小姐ㅣ) 기리 읍탄(泣歎) 왈(曰),

"ㅈ위(慈闈) 실덕(失德)은 터럭을 쌘혀도 혜지 못홀지라, 흔갓 쇼
녀(小女)의 졀(節)을 작희(作戲)ㅎ믄 니르지 말고 조모(祖母)의 패덕

(悖德)296)을 도〃아 빅모(伯母)를 못 견듸도록 ᄒ시고 광뎨(-弟) 등(等)을 참혹(慘酷)히 보치시미 강정(江亭) 비복(婢僕) 젼셜(傳說)297)의도 히연(駭然)ᄒ지라. 쇼녜(小女ㅣ) 작일(昨日) 잠간(暫間) 와 드러도 조모(祖母)와 모친(母親) 과악(過惡)이 형상(形象)키 어려오니 냥뎨(兩弟) 그 엇지 귀듕(貴重)ᄒ 몸이니잇고? 무죄298)(無罪)히 혈육(血肉)이 상(傷)ᄒᄂ 듕장(重杖)을 더으시며 망측(罔測)299)ᄒ 쳔역(賤役)을 식이시며 보젼(保全)치 못ᄒ도록 히(害)ᄒ시니 이런 망극(罔極)ᄒ 대변(大變)이 잇ᄂ니잇가? 쇼녜(小女ㅣ) 모젼(母前)의셔 ᄒ번(-番) 죽어 타일(他日) 망극(罔極)ᄒ 죄과(罪過)300)의 ᄱᆡᄃᆞ지시믈 보지 말고져 ᄒᄂ이

41면

다. 셰샹(世上)의 모녀(母女) ᄉᆞ이ᄀᆞ치 친(親)ᄒ고 동복져ᄆᆡ간(同腹姐妹間)ᄀᆞ치 허믈 업ᄉ니 이시리오마ᄂ 모친(母親)과 셕져(石姐)301)ᄂ ᄆᆡᄉᆞ(每事)의 다 쇼녀(小女)를 은휘(隱諱)302)ᄒ시고 말ᄉᆞᆷ이 발(發)ᄒᄆᆡ 이졔야 고(告)ᄒᄂ니, 김듕광으로 변복(變服)ᄒ여 쇼녀(小女)의 곳의 드려보ᄂᆡ시기를 참아 못 ᄒᆞᆯ 일을 안연(晏然)303)이 ᄒ시니 ᄋᆞ히(兒孩) 비록 하가(河家) 뎡약(定約)이 업ᄉᆞᆯ지라도 외간남ᄌᆞ(外間男子)를 쳥(請)ᄒ여 규슈(閨秀)를 뵈고 셩친(成親)ᄒᄂ 녜(禮) 어듸 잇ᄂ니

---

296) 패덕(悖德): 도덕이나 의리 또는 올바른 도리에 어긋남. 또는 그런 행동.
297) 젼셜(傳說): 전설. 전하는 말.
298) 무죄: [교] 원문에는 '브듸'로 되어 있으나 문맥을 고려해 박순호본(4:52)을 따름.
299) 망측(罔測): 정상적인 상태에서 어그러져 어이가 없거나 차마 보기가 어려움.
300) 죄과(罪過): 죄가 될 만한 허물.
301) 셕져(石姐): 석저. 석생에게 시집간 언니.
302) 은휘(隱諱): 감춤.
303) 안연(晏然): 평안한 모양.

잇고? 맛춤 벽난 ᄀᆞ튼 영오(穎悟)ᄒᆞᆫ 비지(婢子ㅣ) 잇셔 ᄉᆞ긔(事機)304) 를 ᄉᆞᆺ치ᄆᆡ 쇼녜(小女ㅣ) 김가(-哥) 보지 아니코 난을 ᄃᆡ신(代身)ᄒᆞ엿 거니와 졀〃(節節)이 싱각ᄒᆞ면 골경신ᄒᆡ(骨驚神駭)305)ᄒᆞ니 모친(母 親) ᄒᆡᆼᄉᆞ(行使ㅣ) 엇지 이 ᄀᆞ튼시니잇고?"

쇼졔(小姐ㅣ) 희텬을 녀복(女服) 닙혀 김가(-哥) 뵈믈 고(告)치 아 니믄 모친(母親)이 공ᄌᆞ(公子)를 더옥 믜워ᄒᆞᆯ가 념(念)ᄒᆞ여 벽난을 뵈엿노라

42면

ᄒᆞ미라.

뉴 시(氏) 비록 ᄯᆞᆯ의 말이나 그 악ᄉᆞ(惡事)를 니르ᄆᆡ 당(當)ᄒᆞ여는 참괴(慙愧)ᄒᆞ여 모녀(母女)의 ᄯᅳᆺ이 다르믈 익둘와ᄒᆞ나 일코 슬허ᄒᆞ 던 바로뼈 ᄭᅮ짓지 못ᄒᆞ고 출하리 뉘웃는 ᄃᆞ시 ᄒᆞ여 그 ᄆᆞ음을 눅이 고져 ᄒᆞ여 녀ᄋᆞ(女兒)의 등을 어로만져 울며 왈(曰),

"너 ᄀᆞ튼 어진 ᄯᆞᆯ이 아니면 어믜 과악(過惡)을 뉘 니르리오? 강졍 (江亭) 비복(婢僕)의 젼셜(傳說)은 허언(虛言)이어니와 존고(尊姑) 심 ᄒᆡ(心火ㅣ) 괴이(怪異)ᄒᆞ여 광ᄋᆞ(-兒) 등(等)을 혹(或) 틱타(笞打)306) 할 젹이 〃시나 내 찬됴(贊助)307)ᄒᆞ미 아니로ᄃᆡ 존괴(尊姑ㅣ) 범ᄉᆞ (凡事)의 날노뼈 취듕(取重)308)ᄒᆞ시므로 남이 내 ᄉᆞ오나와 그런가 넉 이니 너도 오히려 아지 못ᄒᆞ거든 뉘 알니? 다만 김듕광 드리기는 여 형(汝兄), 여모(汝母)의 허믈이니 ᄎᆞ후(此後) 개심슈덕(改心修德)309)

---

304) ᄉᆞ긔(事機): 사기. 일의 기미.
305) 골경신ᄒᆡ(骨驚神駭): 골경신해. 뼈가 저리고 넋이 놀람.
306) 틱타(笞打): 태타. 때림.
307) 찬됴(贊助): 찬조. 어떤 일의 뜻에 찬동하여 도와줌.
308) 취듕(取重): 취중. 중요하게 여김.

ᄒᆞ여 너의 념녀(念慮)를 깃치지310) 아니리라.”

쇼졔(小姐ㅣ) 쳑연탄식(惕然歎息)ᄒᆞ

43면

여 말이 업더라.

명일(明日) 뉴 시311)(氏) 쥬찬(酒饌)을 ᄀᆞ초고 가듕(家中)을 싀로이 쇄소(刷掃)312)ᄒᆞ여 어ᄉᆞ(御使)를 기다리며 독악(毒惡)313)ᄒᆞᆫ 소ᄅᆡ와 간험(奸險)314)ᄒᆞᆫ 낫빗출 곳쳐 이(二) 공ᄌᆞ(公子)를 진찬(珍饌)으로 됴반(早飯)을 먹이고 희텬이 참혹(慘酷)히 슈쳑(瘦瘠)ᄒᆞᆷ믈 민망(憫惘)ᄒᆞ여 속으로 무러 먹고져 ᄒᆞ나 밧그로 ᄌᆞ모(慈母)의 도(道)를 다ᄒᆞ니, 조(曹) 부인(夫人)은 일마다 ᄂᆡ외(內外) 다르믈 한심(寒心)ᄒᆞ여 타일(他日)을 념녀(念慮)ᄒᆞ여 근심이 극(極)ᄒᆞᄃᆡ 모로ᄂᆞᆫ 듯 오직 태부인(太夫人) ᄒᆞ라 ᄒᆞᄂᆞᆫ ᄃᆡ로 슌슈(順受)315)ᄒᆞ고 뉴 시(氏)의 간악(奸惡)을 귀먹고 눈 어두운 듯 쳔연(天然)316)이 모로ᄂᆞᆫ 듯 기량(器量)317)이 여ᄒᆡ(如海)ᄒᆞ여 가바야이 구셕과 가318)흘 여어볼 빅 아니라, 뉴 시(氏) 조(曹) 부인(夫人) 만ᄉᆡ(萬事ㅣ) 져의 ᄇᆞ라지 못ᄒᆞᆯ 줄을 더옥 믜이 넉이더라.

어ᄉᆡ(御使ㅣ) 임의 승픔(陞品)319)ᄒᆞ여 도라오믹 냥(兩) 공ᄌᆡ(公子

---

309) 개심슈덕(改心修德): 개심수덕. 마음을 고치고 덕을 닦음.
310) 지: [교] 원문에는 이 글자가 없으나 문맥을 고려해 삽입함.
311) 뉴 시: [교] 원문에는 ‘시뉴’로 되어 있으나 글자의 선후가 바뀐 것으로 보아 이와 같이 수정함.
312) 쇄소(刷掃): 쓸고 닦아 깨끗이 함.
313) 독악(毒惡): 독하고 악함.
314) 간험(奸險): 간악하고 음험함.
315) 슌슈(順受): 순수. 순순히 받음.
316) 쳔연(天然): 천연. 생긴 그대로 조금도 꾸밈이 없음.
317) 기량(器量): 사람의 재능과 도량.
318) 가: 경계에 가까운 바깥쪽 부분.
319) 승픔(陞品): 승품. 벼슬이 오름.

1) 밧문(-門)의 마주 비현(拜見)홀

44면

식, 팔구(八九) 삭(朔) 닉(內)의 가듕(家中)이 대단훈 스괴(事故ㅣ) 업
스믈 듯고, 신댱(身長)은 닉도(乃倒)[320]히 즈라시나 츠공지(次公子
ㅣ) 풍광(風光)이 슈쳑(瘦瘠)ᄒ여 옥부[321]빙골(玉膚氷骨)[322]만 남아
시니 츄밀(樞密)이 대경(大驚)ᄒ여 밧비 집슈(執手) 문왈(問曰),

"광ᄋ(-兒)는 얼골이 초췌(憔悴)ᄒ여시나 희ᄋ(-兒)는 더옥 몰나보
게 쳑골(瘠骨)[323]ᄒ여시니 이 엇진 일이뇨?"

냥(兩) 공지(公子ㅣ) 반가오미 모양(模樣)ᄒ여 비(比)홀 디 업고 싁
훤코 샹쾌(爽快)ᄒ미 일만(一萬) 댱(丈) 굴형의 쌘졋다가 운무(雲霧)
를 쓰리치고 청텬(晴天)의 비등(飛騰)[324]ᄒ는 듯 빅옥면모(白玉面
貌)[325]의 웃는 빗츨 동(動)ᄒ여 십여(十餘) 일(日) 신음(呻吟)ᄒ기로
풍한(風寒)[326]의 쵹상(觸傷)[327]ᄒ여 슈패(瘦敗)ᄒ오나 관겨(關係)치
아니믈 고(告)ᄒ니,

츄밀(樞密)이 더옥 놀나 밧비 안흐로 드러오며 모친(母親) 긔운을
몬져 뭇줍고 거름이 년망(連忙)ᄒ여 경희뎐의 봉비(奉拜)ᄒ고 슈슉
(嫂叔)과 부뷔(夫婦ㅣ) 상녜필(相禮畢)[328]의 경ᄋ

---

320) 닉도(乃倒): 내도. 차이가 큼.
321) 부: [교] 원문에는 '보'로 되어 있으나 문맥을 고려해 이와 같이 수정함.
322) 옥부빙골(玉膚氷骨): 옥부빙골. 옥 같은 피부와 얼음 같은 뼈대.
323) 쳑골(瘠骨): 몸이 바짝 마르고 뼈가 앙상하게 드러남. 훼척골립(毀瘠骨立).
324) 비등(飛騰): 날아오름.
325) 빅옥면모(白玉面貌): 백옥면모. 백옥과 같은 얼굴.
326) 풍한(風寒): 바람과 추위를 아울러 이르는 말.
327) 쵹상(觸傷): 촉상. 찬 기운이 몸에 닿아서 병이 일어남.
328) 상녜필(相禮畢): 상예필. 서로 인사를 마침.

형뎨(兄弟) 비례(拜禮)ᄒ니, 공(公)이 면〃(面面)이 반가오믈 ᄯ여 ᄌ위(慈闈)의 누월(累月) 존후(尊候)를 뭇ᄌ고 투목(偸目)329)으로 조(曹) 부인(夫人)을 잠간(暫間) 보오ᄆᆡ 경아(驚訝)ᄒ믈 니긔지 못ᄒ여 뭇ᄌ오ᄃᆡ,

"팔구(八九) 삭(朔) ᄂᆡ(內)의 가듕(家中)이 무ᄉᆞ(無事)ᄒ믈 듯고 왓ᄉᆞ더니 엇지 존슈(尊嫂)와 희뎐이 더옥 몰나보게 환탈(換奪)ᄒ엿ᄂᆞ니잇고?"

인(因)ᄒ여 뎡부(鄭府) 딜녀(姪女)의 평부(平否)를 밧비 뭇ᄌ고 '그ᄉᆞ이 귀령(歸寧)이나 ᄒ엿더니잇가.' 뭇ᄌ오니, 태부인(太夫人)이 조(曹) 시(氏) 모지(母子ㅣ) ᄌᆞ로 유질(有疾)ᄒ여 쳑골(瘠骨)ᄒ여시믈 닐너 근간(近間) 잠간(暫間) 나아시믈 니언(利言)이 젼(傳)ᄒ고, 명ᄋᆞᄂᆞᆫ 귀근(歸覲)ᄒ믈 쳔(千) 번(番)이나 쳥(請)ᄒᄃᆡ 뎡부(鄭府)의셔 보ᄂᆡ지 아니믈 한(恨)ᄒ고 김개(-家ㅣ) 샹명(上命)으로 현ᄋᆞ의 혼인(婚姻)을 핍박(逼迫)ᄒ니 브득이(不得已) 현ᄋᆞ를 일타 챵셜(彰洩)330)ᄒ고 곰초앗던 말이며, 광·희 냥ᄋᆡ(兩兒ㅣ) 어ᄉᆡ(御使ㅣ) 나간 후(後)ᄂᆞᆫ 흔 ᄌᆞ(字) 글을

보지 아니코 샹(常)업ᄉᆞᆫ331) 노름과 노복(奴僕)을 ᄯᅩ라단니며 괴이(怪異)ᄒᆫ 쳔역(賤役)을 ᄌᆞ미ᄂᆡ여 헤지르던 말을 못 밋쳐 ᄒᆞᆯ ᄃᆞ시 ᄉᆞ이ᄉ

---

329) 투목(偸目): 곁눈질.
330) 챵셜(彰洩): 창설. 드러내어 밝힘.
331) 샹(常)업ᄉᆞᆫ: 보통의 이치에서 벗어나 막되고 상스러운.

이 션우음치고 긴 턱을 흔더거리며 읽므럿던 니를 펴고 フ장 어진 체호는 거동(擧動)이 블인뎡시(不忍正視)332)라.

공(公)이 쳥필(聽畢)의 번연(翻然)333)이 깃거 아냐 골오딕,

"뎐우(-兒) 등(等)이 나히 어리니 상(常)업기야 괴이(怪異)호리잇고마는 다만 쳔역(賤役)이란 말이 フ장 괴이(怪異)호이다. 김휘 당시(當時)의 권문(權門)이나 혼인(婚姻)은 냥가(兩家)의 됴흔 일이라 엇지 가댱(家長)이 나간 수이 겁박(劫迫)334)홀 니(理) 이시리오? 쇼직(小子ㅣ) 김후를 만나거든 흔 추례(次例) 명빅(明白)히 므러 공연(空然)이 내 집이 원(願)치 아닛는 혼인(婚姻)을 핍박(逼迫)호여시면 아모리 셰권(勢權)이 듕(重)호나 쾌(快)히 분(憤)을 프러 일장대욕(一場大辱)335)을 홀 거시니, 기간(其間)의 필유수고(必有事故)336)호미로소이다."

위 시(氏)

47면

빅수(百事)의 다 뉴 시(氏)를 벗기려 호는지라 희〃(嘻嘻)337)히 쇼왈(笑曰),

"노뫼(老母ㅣ) 그릇호여 처음 믹패(媒婆ㅣ) 쳥쵹(請囑)338)홀 젹 몽농(朦朧)히 허혼(許婚)호고 현부(賢婦)다려 므르니 하가(河家) 빙폐(聘幣)를 임의 바다시니 타쳐(他處)를 향의(向意)339)치 못호리라 호

---

332) 블인뎡시(不忍正視): 불인정시. 차마 바로 보기 어려움.
333) 번연(翻然): 갑작스러운 모양.
334) 겁박(劫迫): 으르고 협박함.
335) 일장대욕(一場大辱): 한바탕 크게 욕함.
336) 필유수고(必有事故): 필유사고. 반드시 일이 있음.
337) 희〃(嘻嘻): 즐겁게 웃는 모양.
338) 쳥쵹(請囑): 청촉. 청을 들어주기를 부탁함.

고 쩨치거늘, 김가(-家)는 우리 칭탁(稱託)340) 호는 줄노 아라 샤혼성
디(賜婚聖旨)로 핍박(逼迫) 호니 졀박(切迫) 호믈 니긔지 못호여 현익
를 실산(失散) 호다 호엿노라."

공(公)이 히연(駭然) 딕왈(對曰),

"쇼직(小子ㅣ) 팔구(八九) 삭(朔)을 니가(離家) 호엿다가 도라오〃
미 상모(相慕) 호던 하졍(下情)341)을 펴올 거시오, 이런 어즈러온 말
슴은 날호여 호〈이다."

셜파(說罷)의 냥안(兩眼)을 기우려 뉴 시(氏)를 보는 눈이 マ장 됴
치 아니〃, 추공직(次公子ㅣ) 그윽이 졀민(切憫)342) 호여 양모(養母)
의 악〈(惡事)를 아르실가 우려(憂慮) 호미 즈긔(自己) 신상(身上)의
대죄(大罪)를 지으니 굿트여 블안(不安) 호

48면

믈 니긔지 못호니 텬셩대효(天性大孝)의 동쵹(洞屬)343) 호미 이 굿더라.

뉴 시(氏)는 공직(公子)의 현효(賢孝) 호믈 더옥 분(憤) 호여 츄밀(樞
密)이 오기 젼(前) 셔릇지344) 못호믈 한(恨) 호고, 이졔는 졸연(猝然)
이345) 햐슈(下手)346)키 어려오니 졀〃(節節)이 쇼원(所願)과 굿지 못
호믈 대분졀치(大憤切齒)347) 호여 심장(心臟)이 초갈(焦渴)348) 호니 간

---

339) 향의(向意): 마음을 기울임. 또는 그 마음.
340) 칭탁(稱託): 사정이 어떠하다고 핑계를 댐.
341) 하정(下情): 하정. 어른에게 대하여, 자기 심정이나 뜻을 겸손하게 이르는 말.
342) 절민(切憫): 절민. 몹시 민망함.
343) 동쵹(洞屬): 동촉. 공경하고 삼가며 매우 조심스러움.
344) 셔릇지: 없애지.
345) 졸연(猝然)이: 졸연히. 갑자기.
346) 햐슈(下手): 하수. 손을 씀.
347) 대분절치(大憤切齒): 대분절치. 이를 갈며 크게 분노함.
348) 초갈(焦渴): 애태우고 목이 탄다는 뜻으로 절박한 심정을 이르는 말.

인(奸人)의 악심(惡心)이 〃 궂더라.

믄득 뎡(鄭) 태우(大夫), 셕(石) 흑ᄉᆡ(學士ㅣ) 와시믈 고(告)ᄒᆞ니, 공(公)이 크게 반겨 바로 닉실(內室)노 쳥(請)ᄒᆞᆯᄉᆡ 경ᄋᆞ 형뎨(兄弟)ᄂᆞᆫ 피(避)ᄒᆞ고 조·뉴 이(二) 부인(夫人)이 흔가지로 볼ᄉᆡ,

냥인(兩人)이 드러와 모든 ᄃᆡ 빈례(拜禮)ᄒᆞ고 츄밀(樞密)을 향(向)ᄒᆞ여 션치국ᄉᆞ(善治國事)349)와 무ᄉᆞ힝도(無事行途)의 작픔(爵品)이 슝고(崇高)ᄒᆞ시믈 치하(致賀)ᄒᆞᆯᄉᆡ, 뎡싱(鄭生)의 츌뉴(出類)350)ᄒᆞᆫ 긔상(氣像)과 셕싱(石生)의 쥰슈(俊秀)ᄒᆞᆫ 풍치(風彩) ᄉᆡ로이 아름다오니 공(公)이 집슈흔연(執手欣然)351)ᄒᆞ여 별닉(別來)352)를 니르고 슈작(酬酌)ᄒᆞᄆᆡ 셕싱(石生)은 공(公)이 츌

49면

샤(出使)353)ᄒᆞᆫ 후(後) ᄒᆞᆫ 번(番) 왓다가 냥(兩) 공ᄌᆞ(公子)의 참혹(慘酷)ᄒᆞᆫ 쥬제354) 살흘 가리오지 못ᄒᆞ고 싀초(柴草)를 가득이 지고 오ᄂᆞᆫ 양(樣)을 보고, 위·뉴 냥(兩) 부인(夫人)의 악심(惡心)을 붉히 지긔(知機)ᄒᆞ고 참잔(慘-)355)ᄒᆞᄆᆞᆯ 니긔지 못ᄒᆞ여 그 악댱(岳丈)을 보거든 브ᄃᆡ 니르려 별넛던지라, 도라 냥(兩) 공ᄌᆞ(公子)를 보고 미〃(微微)히 쇼왈(笑曰),

"금일(今日)은 하일(何日)이완ᄃᆡ 광텬의 형뎨(兄弟) 화복치의(華服彩衣)356)로 셰초(細綃)357)를 도〃아 고루치각(高樓彩閣)358)의 한가

---

349) 션치국ᄉᆞ(善治國事): 선치국사. 나랏일을 잘 다스림.
350) 츌뉴(出類): 출류. 무리 중에서 빼어남.
351) 집슈흔연(執手欣然): 집수흔연. 손을 잡고 기뻐함.
352) 별닉(別來): 별래. 헤어진 뒤.
353) 츌샤(出使): 출사. 벼슬아치가 지방에 출장 가던 일.
354) 쥬제: 변변하지 못한 몰골이나 몸치장.
355) 참잔(慘-): 참혹하고 불쌍함.

(閑暇)히 안줏ᄂᆞ뇨? 악댱(岳丈)이 발셔 오시더면 너희 존듕(尊重)ᄒᆞ 낫다."

뎡(鄭) 태위(大夫ㅣ) 옥면화협(玉面花頰)359)의 의〃(猗猗)360)ᄒᆞᆫ 우음을 씌여 굴오ᄃᆡ,

"ᄌᆞ안361)은 엇지 남의 졀박(切迫)히 넉이ᄂᆞᆫ 말을 ᄒᆞᄂᆞ뇨? 내 잇다감 이곳의 왕ᄂᆡ(往來)ᄒᆞ여 ᄂᆡ당(內堂)의 현알(見謁)ᄒᆞᄆᆡ 존당(尊堂)이 광텬 등(等)을 졔어(制御)치 못ᄒᆞ여

50면

괴이(怪異)ᄒᆞᆫ 천역(賤役)을 다ᄒᆞᄃᆡ 금(禁)치 못ᄒᆞ시고 민망(憫惘)ᄒᆞ여라362) ᄒᆞ시니, 내 쇼견(所見)의도 하 긔괴(奇怪)ᄒᆞ여 〃러 번(番) 니르니, '한신(韓信)은 긔식어표모(寄食於漂母)ᄒᆞ고 제갈(諸葛)은 남양(南陽)의 밧츨 가니 ᄌᆞ고(自古) 영웅쥰걸(英雄俊傑)도 일시(一時) 곤궁(困窮)은 면(免)치 못ᄒᆞᆫ 비라.' ᄒᆞ여 고ᄉᆞ(故事)를 인증(引證)363)ᄒᆞ고 극열(極熱)의 것츤 믹듁(麥粥)364)을 감식(甘食)365)ᄒᆞ고 극한(極寒)의 언 직강366)을 즐겨 먹으니 텬픔셩질(天稟性質)367)이 그런 후(後)ᄂᆞᆫ 홀일업더라."

356) 화복치의(華服彩衣): 화복채의. 화려하고 무늬 있는 옷.
357) 세초(細綃): 세초. 가는 생사(生絲). 가는 생사로 만든 허리띠. 세초대(細綃帶).
358) 고루치각(高樓彩閣): 고루채각. 크고 화려한 집.
359) 옥면화협(玉面花頰): 옥 같은 얼굴과 꽃 같은 뺨.
360) 의〃(猗猗): 아름답고 성(盛)함.
361) ᄌᆞ안: 석생의 자(字).
362) 라: [교] 원문에는 이 뒤에 'ᄒᆞ여라'가 더 있으나 부연으로 보아 삭제함.
363) 인증(引證): 이끌어 증명함.
364) 믹듁(麥粥): 맥죽. 보리죽.
365) 감식(甘食): 달게 먹음.
366) 직강: 술을 거르고 남은 찌끼.
367) 텬픔셩질(天稟性質): 천품성질. 타고난 성품.

셕(石) 혹시(學士ㅣ) 쇼왈(笑曰),

"챵빅368)은 광텬 등(等)의 싀초(柴草) 지고 단니는 양(樣)을 아니 보앗느냐? 비록 영웅쥰걸(英雄俊傑)이 되려 브러 짐즛 그리ᄒᆞᆯ지라도 과연(果然) 듕난(重難)369)ᄒᆞ여 뵈더라."

뎡(鄭) 태위(大夫ㅣ) 미쇼(微笑) 왈(曰),

"싀초(柴草) 지고 단닐 젹은 보지 아녀시나 극열취우(極熱驟雨)370) 듕(中) 강외(江外)의 미곡(米穀) 지고

51면

오다가 길 치운다 ᄒᆞ고 하리(下吏)를 밀치고 닷거늘, 우리는 광텬인 줄 아지 못ᄒᆞ고 가엄(家嚴)이 잡으라 보ᄂᆡ시니 하리(下吏) ᄉᆞ오(四五) 인(人)을 난타(亂打)ᄒᆞ고 옷슬 발〃이 ᄯᅳ젓거늘 보앗노라."

츠시(此時), 뉴 시(氏) 뎡·셕 냥인(兩人)의 입을 쥬여지르지371) 못ᄒᆞ고 츄밀(樞密)의 노긔(怒氣)를 혜아리미 대담대악(大膽大惡)372) 이나 놀나온 숨이 벌덕이기를 면(免)치 못ᄒᆞ고, 광텬은 오히려 놀나지 아니ᄃᆡ 희텬은 양모(養母)의 과악(過惡)이 드러날 바를 싱각ᄒᆞ니 황〃츠악(遑遑嗟愕)373)ᄒᆞ여 아모리 ᄒᆞᆯ 줄 모로는디라.

공(公)이 냥(兩) 셔(壻)의 말을 드르미 분발(憤髮)374)이 상지(上指)375)ᄒᆞ고 목지(目眦ㅣ)376) 진녈(盡裂)377)ᄒᆞ기를 니긔지 못ᄒᆞ여 반

---

368) 챵빅: 정천흥의 자(字).
369) 듕난(重難): 중난. 매우 어려움.
370) 극열취우(極熱驟雨): 극열취우. 매우 더운 날의 소나기.
371) 쥬여지르지: 쥐어지르지.
372) 대담대악(大膽大惡): 매우 담대한 악인.
373) 황〃츠악(遑遑嗟愕): 황황차악. 경황이 없이 몹시 놀람.
374) 분발(憤髮): 분노한 머리털.
375) 상지(上指): 위를 가리킴.
376) 목지(目眦ㅣ): 목자. 눈초리.

두시 즈긔(自己) 나간 스이 긔괴(奇怪)혼 일이 만턴 바를 싱각ᄒᆞ니, 냥(兩) ᄋᆞ(兒) 잔잉혼 ᄆᆞ움이 즈긔(自己) 몸이

52면

알픈지라, 냥인(兩人)ᄃᆞ려 문왈(問曰),

"즈안과 챵빅이 냥(兩) 의(兒ㅣ) 그리코 ᄃᆞ니ᄂᆞᆫ 양(樣)을 몃 번(番)이나 보앗ᄂᆞ뇨?"

셕싱(石生)이 ᄃᆡ왈(對曰),

"쇼싱(小生)은 악댱(岳丈) 가신 후(後) 혼 번(番) 왓더니 그 의복(衣服)이 살흘 가리오지 못ᄒᆞ고 싀초(柴草)를 가장 만히 졋더이다."

뎡(鄭) 태위(大夫ㅣ) 쇼이ᄃᆡ왈(笑而對曰),

"쇼싱(小生)은 됴회(朝會) 길히 존부(尊府)를 지나민 즈로 왕ᄂᆡ(往來)ᄒᆞ오니 그런 거동(擧動) 보미 엇지 슈(數)를 혜아리 〃 잇가?"

츄밀(樞密)이 면싴(面色)이 즈연(自然) 프르락븕으락ᄒᆞ여 분노(忿怒)를 니긔지 못ᄒᆞᄂᆞᆫ 거동(擧動)이라, 츠377)공지(次公子ㅣ) 혜오ᄃᆡ,

'내 몸을 맛츄도 츠마 부모(父母)의 블화(不和)ᄒᆞ시ᄂᆞᆫ 거동(擧動)을 보지 못ᄒᆞ리라. 우리 고상379)을 녁경(歷經)380)ᄒᆞ미 혼갓 양모(養母)의 과실(過失)샌 아니라 존당(尊堂)의 과실(過失)도 업지 아니디 대인(大人)의 노(怒)ᄒᆞ시믄 일편

---

377) 진녈(盡裂): 진열. 다 찢어짐.
378) 츠: [교] 원문에는 '내'로 되어 있으나 문맥을 고려해 박순호본(4:57)을 따름.
379) 고상: 어렵고 고된 일을 겪음. 또는 그런 일이나 생활. 고생(苦生).
380) 녁경(歷經): 역경. 두루 겪음.

도이 양ᄌ위(養慈闈)긔 이시니 내 엇지 ᄌ위(慈闈)긔 블평(不平)ᄒ시
믈 닐위리오.'

  의ᄉ(意思ㅣ) 이의 밋ᄎᄆ 착급(着急)ᄒ여 뎡·셕 냥인(兩人) 보ᄂ
ᄃ 광긔(狂氣)를 ᄂ여 쳔역(賤役)을 실(實)히오고져381) ᄒ여, 쳐음은
고요히 안ᄌ더니 그 형(兄)을 ᄌ삼(再三) 눈 주고 홀연(忽然) 넓더
나382) 닙은 옷슬 발블이 ᄠ져 ᄇ리고 긔〃괴〃(奇奇怪怪)ᄒ 잡셜(雜
說)을 ᄲ어리며383) 블을 벗고 셜샹(雪上)으로 다름질을 ᄒ여 밧그로
나가니, 일공ᄌ(一公子ㅣ) 그 ᄯ을 지긔(知機)ᄒ나 ᄌ긔(自己)좃ᄎ
양광(佯狂)ᄒ미 우은지라, 좌(座)를 동(動)치 아니코 늠연뎡좌(凜然正
坐)384)ᄒ여 알플 볼 ᄲᆫ이오, 희텬의 거동(擧動)을 치 보고져 ᄒ더니,

  ᄎ공ᄌ(次公子ㅣ) 옷슬 다 버셔 후리치고 노복(奴僕) 등(等)의 헌
옷슬 어더 몸의 걸치고 돌흘 지고 드러오더니, 츄밀(樞密)이 ᄎ(此)

광경(光景)을 목도(目睹)ᄒ미 냥안(兩眼)이 두렷ᄒ고 ᄎ악한심(嗟愕
寒心)385)ᄒ믈 니긔지 못ᄒ여 오릭 말을 못 ᄒ고, 뎡·셕 냥인(兩人)
은 그 양광(佯狂)이믈 아라 ᄌ긔(自己) 등(等)이 브졀업시 경셜(輕說)
ᄒ믈 뉘웃쳐 역시(亦是) 말을 아니ᄒ더니, 공(公)이 태부인(太夫人)
긔 뭇ᄌ오ᄃ,

---

381) 실(實)히오고져: 사실로 알게 해.
382) 넓더나: 벌떡 일어나.
383) ᄲ어리며: 씨부렁거리며.
384) 늠연뎡좌(凜然正坐): 늠연정좌. 늠름히 바로 앉음.
385) ᄎ악한심(嗟愕寒心): 차악한심. 몹시 놀라 기가 막힘.

“ᄎᄋ(此兒)의 거동(擧動)이 히참(駭慚)386)ᄒ오니 그 엇진 일이니잇고?”

태부인(太夫人)이 희텬의 거동(擧動)이 극(極)히 놀나오ᄃᆡ 말홀 핑계 긔특(奇特)ᄒᆞᆫ지라 믄득 눈믈을 흘니고 기리 탄왈(嘆曰),

“광ᄋ(-兒) 등(等)의 상셩(喪性)387)ᄒᆞᆫ 말을 니르려 ᄒᆞ면 가슴이 답〃ᄒᆞᆫ다라. 네 간 후(後) 슈월(數月)이 못 ᄒᆞ여 광·희 냥(兩) 익(兒ㅣ) 무고(無故)히 광증(狂症)을 어더 만신(滿身)의 분즙(糞汁)388)을 뭇치고 쓸의 뒤구을며 패언잡셜(悖言雜說)389)을 무궁(無窮)히 ᄒᆞ거늘, 노모(老母)와 제 어미 붓들고 왼가지390)로 다

55면

리고 쑤지ᄌᆞᄃᆡ 듯지 아니ᄒᆞ고, 인(因)ᄒᆞ여 실셩발광(失性發狂)391)이 망측지경(罔測之境)392)의 밋ᄎ니 뎡·셕 냥(兩) 셔랑(壻郎)을 쳥(請)ᄒᆞ여 의치(醫治)나 ᄒᆞ고져 ᄒᆞᄃᆡ 취실(娶室)393)치 못ᄒᆞᆫ ᄋᆞ히(兒孩)들이 비록 녀ᄌᆞ(女子)와 다르나 발광지셜(發狂之說)394)이 블가(不可)ᄒᆞ여 ᄎᆞ셩(差成)395)키를 바라더니, 광ᄋ(-兒)ᄂᆞᆫ 십여(十餘) 일(日) 젼(前)브터 미이 나아 여젼(如前)ᄒᆞᄃᆡ 희ᄋ(-兒)ᄂᆞᆫ 지금(至今) 낫지 못ᄒᆞ여시니 희익(-兒ㅣ) 그 ᄉᆞ이를 춤지 못ᄒᆞ니 져 병(病)을 엇지하ᄅᆞᆫ

---

386) 히참(駭慚): 해참. 매우 괴상하고 야릇하여 남부끄러움.
387) 상셩(喪性): 상성. 본래의 성질을 잃어버리고 전혀 다른 사람처럼 됨.
388) 분즙(糞汁): 똥물.
389) 패언잡셜(悖言雜說): 패언잡설. 사리에 어긋난 말과 잡스러운 말.
390) 왼가지: 온갖 종류.
391) 실셩발광(失性發狂): 실성발광. 정신이 나가 미침.
392) 망측지경(罔測之境): 정상적인 상태에서 어그러져 어이가 없거나 차마 보기가 어려운 지경.
393) 취실(娶室): 취실. 아내를 얻음.
394) 발광지셜(發狂之說): 발광지설. 미쳤다는 소문.
395) ᄎᆞ셩(差成): 차성. 병이 다 나음.

말고?"

뉴 시(氏) 눈믈을 금(禁)치 못ᄒ여 념녀(念慮)ᄒ고 슬허ᄒ미 현어외모(顯於外貌)396)ᄒ딕, 조(曹) 부인(夫人)이 단연위좌(端然危坐)397)ᄒ여 말을 아니ᄒᄂᆫ디라, 공(公)이 조(曹) 부인(夫人)긔 뭇ᄌᆞ오딕.

"이(二) 의(兒ㅣ) 어딕를 알타가 이리ᄒ니잇가?"

부인(夫人)이 머리를 숙여 즉시(卽時) 딕(對)치 못ᄒ더니 날호여 딕왈(對曰),

"첩(妾)이

56면

정신(精神)이 혼모(昏耗)398)ᄒ여 앗춤 일을 져녁의 씨둣지 못ᄒ니 더옥 누월(累月) 젼(前) 일을 엇지 싱각ᄒ리잇가?"

말ᄉᆞᆷ이 몽농(朦朧)ᄒ여 곡졀(曲折)을 희셕(解釋)399)지 아니〃 공(公)이 의아(疑訝)ᄒ여 왈(曰),

"존슈(尊嫂)의 총명(聰明)이 미셰지ᄉᆞ(微細之事)라도 닛지 아니시던 바로 엇지 광ᄋᆞ(-兒) 등(等)의 실셩(失性)ᄒ던 일을 니즈시니잇고?"

조(曹) 부인(夫人)이 답(答)지 못ᄒ여셔 태부인(太夫人) 왈(曰),

"조(曹) 현뷔(賢婦ㅣ) 병(病)이 괴(怪)ᄒ여 정신(精神)이 어리고 식음(食飮)이 거ᄉᆞ려 하츄동(夏秋冬) 삼졀(三節)400)을 신음(呻吟)ᄒ다가 온가지로 구호(救護)ᄒ여 잠간(暫間) 나핫ᄂᆞ니라."

공(公)은 경악(驚愕)ᄒ기를 마지아니코 조(曹) 부인(夫人)은 어히업

---

396) 현어외모(顯於外貌): 외모에 나타남.
397) 단연위좌(端然危坐): 단정히 앉음.
398) 혼모(昏耗): 늙어서 정신이 흐릿하고 기력이 쇠약함.
399) 희셕(解釋): 해석. 풀어 밝힘.
400) 삼졀(三節): 삼절. 세 계절.

셔 입이 이시나 업슴만 굿지 못ᄒᆞ믈 도로혀 우이 넉이고 말을 아니 ″,

공(公)이 친(親)히 나려가 희ᄋᆞ(-兒)를 압세워 당(堂)의

57면

오르려 ᄒᆞ니, 공ᄌᆡ(公子ㅣ) 손을 쓰리치고 나는 ᄃᆞ시 밧그로 나가더니 ᄯᅩ 남글 만히 지고 드러오ᄂᆞᆫ디라. 공(公)은 본(本)딕 잔념녀(-念慮)와 호의(狐疑)401)를 두지 아니ᄒᆞ고 사름을 샤곡(邪曲)402)히 최오지403) 못ᄒᆞ니, 태부인(太夫人)의 허언(虛言)을 ᄭᅮ미며 희ᄋᆡ(-兒ㅣ) 양모(養母)를 위(爲)ᄒᆞ여 양광(佯狂)404)ᄒᆞ믈 몽니(夢裏)405)의도 싱각지 못ᄒᆞ고, 뎡ᆞ셕 냥인(兩人)이 져런 거동(擧動)을 보고 히참(駭慚)ᄒᆞ여 양광(佯狂)인406) 줄 아ᄂᆞᆫ지라, 공(公)의 춍명(聰明)이 홀노 ᄎᆞᄉᆞ(此事)를 ᄭᅢᄃᆞᆺ지 못ᄒᆞ미 냥(兩) 공ᄌᆞ(公子)의 익회(厄會)407) 듕(重)ᄒᆞ미러라.

뎡ᆞ셕 냥인(兩人)이 하딕(下直)고 도라갈ᄉᆡ, 공(公) 왈(曰),

"갓 도라와 희ᄋᆞ(-兒)의 병(病)으로 심신(心身)이 ᄎᆞ악(嗟愕)ᄒᆞ여 담화(談話)를 못 ᄒᆞᄂᆞ니 명일(明日) 됴회(朝會) 길히 다시 오기를 ᄇᆞ라노라."

냥인(兩人)이 응딕(應對)ᄒᆞ고 밧긔 나와 셔로 우어 왈(曰),

"아등(我等)의 말이 유익(有益)든

---

401) 호의(狐疑): 여우의 의심이라는 뜻으로 자잘한 생각을 말함.
402) 샤곡(邪曲): 사곡. 요사스럽고 교활함.
403) 최오지: 치우지. 어떠한 상태라고 인정하거나 사실인 듯 받아들이지.
404) 양광(佯狂): 거짓으로 미친 척함.
405) 몽니(夢裏): 몽리. 꿈속.
406) 양광인: [교] 원문에는 '젼ᄒᆞ민'으로 되어 있으나 문맥을 고려해 이와 같이 수정함.
407) 익회(厄會): 액회. 재앙이 닥치는 불행한 고비.

아니코 희텬의 병(病)을 어더 주니 그런 뉘웃븐 일이 업도다.”

석싱(石生) 왈(曰),

“츄밀공(樞密公)이 그 곡졀(曲折)을 ᄉᆞᄆᆞᆺ지408) 못ᄒᆞ미 블명(不明)
ᄒᆞᆫ디라, 내 일댱(一場)을 ᄒᆡ비(賅備)409)히 토셜(吐說)코져 ᄒᆞᄃᆡ 희텬
이 죽으려 셔둘디라, 고(故)로 못 ᄒᆞ노라.”

뎡(鄭) 태위(大夫ㅣ) 왈(曰),

“광텬 등(等)의 디셩대회(至誠大孝ㅣ) 난가(亂家)410)를 뎡(正)히
ᄒᆞ고 포한(暴悍)411)ᄒᆞᆫ 부인(夫人)을 회심(回心)케 ᄒᆞ리니, 아등(我等)
이 함구블언(緘口不言)412)ᄒᆞ여 모ᄌᆞ조손간(母子祖孫間)을 시비(是非)
치 말 거시라.”

셕(石) 혹ᄉᆡ(學士ㅣ) 분연(憤然) 왈(曰),

“형언(兄言)이 가(可)커니와 인심(人心)의 통ᄒᆡ(痛駭)키를 춤지 못
ᄒᆞ리니 내 각별(恪別)이 간인(奸人)의 졍틴(情態)를 술펴 잔잉ᄒᆞᆫ 희
텬 등(等)을 ᄉᆞ디(死地)의 드지 말고져 ᄒᆞ노라.”

뎡(鄭) 태위(大夫ㅣ) 과도(過度)ᄒᆞᄆᆞᆯ 니르고 각〃(各各) 부듕(府中)
으로 도라가니라.

츄밀(樞密)이 희텬을 ᄯᅡ라 그 허리

---

408) ᄉᆞᄆᆞᆺ지: 사무치지.
409) ᄒᆡ비(賅備): 해비. 고루 잘 갖추어져 있음.
410) 난가(亂家): 어지러운 집안.
411) 포한(暴悍): 포악하고 사나움.
412) 함구블언(緘口不言): 함구불언. 입을 다물고 말을 하지 않음.

를 미여 태부인(太夫人) 방(房)의 와 압히 안치고 눈믈을 흘녀 왈(曰),

"실셩발광(失性發狂)이란 거시 상시(常時) 허박(虛薄)[413]흔 셩졍(性情)이 간〃(間間)이 니미망냥(魑魅魍魎)[414]을 들녀 광담허셜(狂談虛說)[415]을 뿌어리고 단니거니와 내 아히(兒孩)는 나히 어리나 금옥(金玉)의 견고(堅固)흠과 듕산(重山)의 무거오미 잇셔 노셩군즈(老成君子)를 압두(壓頭)흐너니 이 엇진 거죄(擧措ㅣ)뇨?"

공직(公子ㅣ) 드른 체 아니코 잡담(雜談)을 슈(數)업시 흐며 넓더나 다르려[416] 흔들 츄밀(樞密)이 그 허리를 미여시므로 니러셔지 못흐고 무움을 명(定)치 못흐여 브딕잇고 혹(或) 웃고, 혹(或) 우러 거동(擧動)이 츠악(嗟愕)흐니 공(公)이 광텬다려 왈(曰),

"네 역시(亦是) 이러터라 흐니 엇지흐여 진뎡(鎭靜)흐며 발광(發狂)홀 적은 엇더흐여 이러흐더뇨?"

공직(公子ㅣ) 심니(心裏)의 가쇼(可笑)로오믈 니긔지 못흐

딕 오직 딕왈(對曰),

"형뎨(兄弟) 흔가지로 발광(發狂)흐여 단니더니 유즈(猶子)[417]는 십여(十餘) 일(日) 젼(前)브터 스스로 진뎡(鎭靜)흐여 단니던 일이 우

---

413) 허박(虛薄): 힘이나 기운이 없고 약함.
414) 니미망냥(魑魅魍魎): 이매망량. 온갖 도깨비.
415) 광담허셜(狂談虛說): 광담허설. 미친 말과 헛소리.
416) 다르려: 뛰어나가려.
417) 유즈(猶子): 유자. 자식과 같다는 뜻으로, '조카'를 달리 이르는 말.

은지라, 아은 지금(至今) 낫지 못호니 엇지 절민(切憫)[418]치 아니리
잇고? 져런 씨는 무옴이 쥬(主)혼 거시 업셔 우마(牛馬)의 먹는 거시
라도 념고(厭苦)[419]호믈 모로고, 아모 천역(賤役)이라도 심(甚)히 즐
겁고 드러 안즈시려 호면 녈홰(熱火ㅣ) 니러나 그 옷슬 뜻지 아니면
심증(心症)을 니긔지 못호여 다 뜨져 살이 드러나야 싀훤호더이다.”

공(公)이 쳑연즈상(慽然自傷)[420]호여 댱탄(長歎) 왈(曰),

“션형(先兄)이 아니 계시나 여등(汝等) 형데(兄弟) 특츌(特出)호니
문호(門戶)를 흥긔(興起)홀가 바라더니 엇지 여츠(如此) 괴질(怪疾)
을 어들 줄 쯧호여시리오?”

뎡언간(停言間)[421]의 친붕제우(親朋諸友)의 모드믈 보(報)호니 공
(公)이 광련으로 아

61면

을 붓드러시라 호고 외헌(外軒)으로 나가니, 조(曹) 부인(夫人)이 뎡
식(正色)고 공즈(公子)를 칙왈(責曰),

“인직(人子ㅣ) 화긔이셩(和氣怡聲)[422]으로 열친(悅親)[423]이 맛당
호거늘, 슉〃(叔叔)이 누월상니(累月相離)[424]의 환가(還家)호시민 네
호졍(下情)[425]을 펴지 아니코 블의(不意) 양광실셩(佯狂失性)[426]호여
슉〃(叔叔)을 경동(驚動)[427]호미 그 엇진 일이뇨? 나는 사름이 혼갈

---

418) 절민(切憫): 절민. 몹시 근심함.
419) 념고(厭苦): 염고. 싫어하거나 괴로워함.
420) 쳑연즈상(慽然自傷): 척연자상. 처연한 빛으로 절로 슬퍼함.
421) 뎡언간(停言間): 정언간. 말이 잠시 멈춘 사이.
422) 화긔이셩(和氣怡聲): 화기이성. 온화한 기운과 편안한 목소리.
423) 열친(悅親): 어버이를 기쁘게 함.
424) 누월상니(累月相離): 누월상리. 몇 달을 서로 떨어짐.
425) 호졍(下情): 하정. 어른에게 대하여, 자기 심정이나 뜻을 겸손하게 이르는 말.
426) 양광실셩(佯狂失性): 양광실성. 거짓으로 미치고 정신이 없는 척함.

곳틋믈 구(求)ᄒ고 져러틋 괴이(怪異)ᄒᆷ을 실(實)노 한심(寒心)ᄒ여
ᄉ〃(事事)의 ᄌ식(子息) 두믈 남다르믈 ᄎ셕(嗟惜)428)ᄒᄂ니, 밍모
(孟母)429)ᄂᆞᆫ 엇던 사름이완되 삼쳔지교(三遷之敎)430)ᄒ시고 여모(汝
母)ᄂᆞᆫ ᄌ식(子息)의 뎡대(正大)치 못ᄒᆷ이 양광실셩(佯狂失性)ᄒ기의
밋쳣ᄂ뇨?"

일공직(一公子ㅣ) 니어 왈(曰),

"평일(平日) 나의 뎡대(正大)치 못ᄒᆷ믈 니르더니, 금ᄌ(今者) 네 거
동(擧動)을 화상(畫像)을 그려 우엄 죽ᄒ니 엇지 ᄯᆺ 잡기를 이러틋
그릇ᄒ엿ᄂ뇨? 효셩(孝誠)이란

62면

거시 힘을 다ᄒ고 정셩(精誠)을 극진(極盡)히 홀 ᄲᆫ이라, 실셩(失性)
ᄒ여든 긔특(奇特)ᄒ리오? 다만 나의 〃혹(疑惑)ᄒᄂ 바ᄂᆞᆫ 내 젼후
(前後)의 너ᄌ치 밋친 일이 업거늘 조뫼(祖母ㅣ) 우리 형뎨(兄弟) 흠
긔 실셩(失性)ᄒ엿다 ᄒ시니, 아지 못게라 발광(發狂)을 언제 ᄒ엿던
고? 그윽이 괴이(怪異)ᄒ나 계뷔(季父ㅣ) 곡졀(曲折)을 므르시니 태
모(太母) 말ᄉᆷ과 ᄀᆺ치 ᄒ려 짐즛 밋쳣든 쳬ᄒ엿거니와 엇지 우읍지
아니리오?"

태부인(太夫人) 호령(號令)이 빅ᄉ(百事)의 밍호(猛虎) ᄀᆺᄐ나 조

---

427) 경동(驚動): 놀라서 움직임.
428) ᄎ셕(嗟惜): 차석. 애달프고 아까움.
429) 밍모(孟母): 맹모. 맹자의 어머니.
430) 삼쳔지교(三遷之敎): 삼천지교. 세 번 이사하며 자식을 가르침. 맹자의 어머니가 맹자를 가르
    치기 위해 세 번 이사한 것을 이름. 맹자 어머니가 처음에 공동묘지 근방에 살았는데 맹자가
    장사 지내는 흉내를 내자, 시장 근처로 이사를 갔더니 맹자가 물건 파는 흉내를 내므로, 서당
    근처로 이사를 가자 맹자가 예절을 배우니 맹자 어머니가 비로소 이곳이 자식을 거주하게 할
    만한 곳이라고 했다는 고사. 유향(劉向), 『열녀전(列女傳)』, <추맹가모(鄒孟軻母)>.

(曹) 부인(夫人) 모즈(母子)의 말을 드르미 참괴(慙愧)ᄒ미 업지 아니
코, 뉴 시(氏)ᄂᆞᆫ 희뎐의 양광(佯狂)으로 츄밀(樞密)이 노긔(怒氣)를
발(發)치 아닐 줄만 다힝(多幸)ᄒ나 그ᄉ이 조(曹) 시(氏) 삼(三) 모즈
(母子)를 업시치 못ᄒᆞᆷ믈 이들온 눈믈이 진〃(津津)431)ᄒ여 왈(曰),

　“광ᄋ(-兒) 등(等)을 미

63면

곡(米穀)을 날니며 천역(賤役)을 식이미 젼(全)혀 내 탓시 아니엇마
ᄂᆞᆫ 상공(相公)은 본(本)ᄃᆡ 날을 믜워ᄒ미 일마다 내 죄(罪)를 삼을
거시니 출하리 죽어 셜우믈 니즈리라.”

　셜파(說罷)의 옥장도(玉粧刀)432)를 어로만져 거동(擧動)이 괴이(怪
異)ᄒ니, 희뎐이 빅옥용화(白玉容華)433)의 누쉬(淚水ㅣ) 삼〃(滲
滲)434)ᄒ여 뉴 시(氏) 슬하(膝下)의 고두비읍(叩頭悲泣)435) 왈(曰),

　“ᄋ히(兒孩) 블초무상(不肖無狀)436)ᄒ오나 결단(決斷)ᄒ여 ᄋ히(兒
孩) 연고(緣故)로 대인(大人) 블평(不平)ᄒ시믈 닐위지 아니ᄒ오리니
원(願)컨ᄃᆡ 즈졍(慈庭)은 이런 놀나온 말ᄉᆞᆷ을 마르쇼셔.”

　현ᄋ 쇼졔(小姐ㅣ) 울며 모친(母親)을 붓드러 왈(曰),

　“패덕(悖德)437)과 비법(非法)을 힝(行)ᄒ실 제 야애(爺爺ㅣ) 도라
오실 줄 니져 계시더니잇가? 희뎨(-弟) 양광(佯狂)ᄒ니 야애(爺爺ㅣ)
진짓 실셩(失性)으로 아르시ᄂᆞᆫ지라, 모친(母親) 허믈을 죡(足)히 가

---

431) 진〃(津津): 많은 모양.
432) 옥장도(玉粧刀): 자루와 칼집을 옥으로 만들거나 꾸민 작은 칼.
433) 빅옥용화(白玉容華): 백옥용화. 백옥처럼 빛나는 얼굴.
434) 삼〃(滲滲): 눈물이 흘러내리는 모양.
435) 고두비읍(叩頭悲泣): 머리를 두드리며 슬피 욺.
436) 블초무상(不肖無狀): 불초무상. 어리석고 사리에 어두움.
437) 패덕(悖德): 도덕이나 의리 또는 올바른 도리에 어긋남. 또는 그런 행동.

리올 거

64면

시니 ᄎ후(此後)나 개심슈덕(改心修德)[438] ᄒ샤 희텬의 대효(大孝)를
감동(感動) ᄒ샤 뉸샹(倫常)[439]의 대변(大變)을 닐위지 마르쇼셔.”

 뉴 시(氏) 간악질독(奸惡疾毒)[440]이나 말을 듸(對)치 못ᄒ여 ᄒ갓
눈믈이 하슈(河水) ᄀᄐᆯ ᄯᆞᆫ이오, 태부인(太夫人)이[441] 뉴 시(氏)를 위
로(慰勞) 왈(曰),

 “희ᄋ(-兒ㅣ) 양광(佯狂)이 아닌들 노뫼(老母ㅣ) 우연(偶然)이 져희
를 쳔역(賤役) 싀이미 므슨 놀나오미 이시리오? 오의(吾兒ㅣ) 현부
(賢婦)의 죄(罪)를 삼을 거시 아니〃 현부(賢婦)ᄂᆞᆫ 안심(安心)ᄒ라.”

 뉴 시(氏) 함한쳑비(含恨慽悲)[442]ᄒ여 침소(寢所)로 도라가거늘,
희텬이 ᄯᆞᆯ와 슬하(膝下)의 시좌(侍坐)ᄒ니 온화(溫和)ᄒ 낫빗과 효슌
(孝順)ᄒ 거동(擧動)이 셕목간장(石木肝腸)이라도 어엿브믈 니기지
못ᄒᆯ 거시로듸, 뉴 시(氏)ᄂᆞᆫ 못 죽이믈 절박(切迫)히 한(恨)ᄒ여 현ᄋ
ᄂᆞᆫ 조모(祖母)긔 잇고 좌우(左右)의 경ᄋ만 잇ᄂᆞᆫ 고(故)로 독(毒)ᄒ
눈을 브릅ᄯᅳ고 공ᄌᆞ(公子)의 가

65면

슴의 제 머리를 브듸이져 왈(曰),

---

438) 개심슈덕(改心修德): 개심수덕. 마음을 고치고 덕을 닦음.
439) 뉸샹(倫常): 윤상. 인륜의 떳떳하고 변하지 아니하는 도리.
440) 간악질독(奸惡疾毒): 간악하고 매우 독함.
441) 인이: [교] 원문에는 없으나 문맥을 고려해 삽입함.
442) 함한쳑비(含恨慽悲): 함한척비. 한을 머금고 슬퍼함.

"간악(奸惡)흔 거시 양광(佯狂)은 어이 하뇨? 어리고 졈즉흔443) 윤(尹) 공(公)은 네 말이면 다 착히 넉이누니 요괴(妖怪)로온 말노 날을 함히(陷害)444)흐여 죽이라. 셕쥰과 명텬홍이 네 쳥(請)을 드러 흉언(凶言)을 무슈(無數)히 꾸미니 너 보는 딕셔 출하리 결(決)흐여 네 모즈(母子)의 무움을 싀훤케 흐리니 셜니 니르라. 내 네게 므슨 원슈(怨讐ㅣ) 잇누뇨?"

공즈(公子)의 가슴이 울히도록 브딕이즈며 조르니, 공직(公子ㅣ) 황〃망극(遑遑罔極)445)흐여 체읍익걸(涕泣哀乞)흐며, '이런 거조(擧措)를 마르쇼셔.' 흐딕, 그 흉독지심(凶毒之心)446)을 능(能)히 제어(制御)치 못흐여 운발(雲髮)을 쥐여쓰드며 몸을 므러 쎼쳐 곳〃이 피 소스나니, 이런 경계(境界)는 고금(古今)의 드므나 공즈(公子)는 일분(一分) 원심(怨心)이 업셔 셩회(誠孝ㅣ) 브죡(不足)

66면

흐여 감동(感動)치 못흐민가 슬허훌 쁜이라.

츄밀(樞密)이 외당(外堂)의 손을 딕졉(待接)흐여 도라보닉고 드러와 공즈(公子)를 브르니, 이쎄는 진뎡(鎭靜)흐는 체흐여 식옷슬 닙고 부젼(父前)의 뵈니 공(公)이 겻틱 안치고 쳔만(千萬) 가지로 경계(警戒)흐니 공직(公子ㅣ) 그런 쎄는 아모란 줄 몰나 헤지르던447) 줄노 고(告)흐니,

공(公)이 크게 우려(憂慮)흐여 즉시(卽時) 의즈(醫者)를 브르고 약

---

443) 졈즉흔: 멋쩍은. 좀 미안하고 부끄러운 느낌이 있는.
444) 함히(陷害): 함해. 남을 재해에 빠지게 함.
445) 황〃망극(遑遑罔極): 경황없는 것이 끝이 없음.
446) 흉독지심(凶毒之心): 흉악하고 독한 마음.
447) 헤지르던: 허둥지둥 내달리던.

뉴(藥類)를 의논(議論)ᄒ여 ᄋ즈(兒子)의 병(病)을 곳치려 ᄒ미 ᄀ장 분〃(紛紛)ᄒ지라. 의ᄌ(醫者ㅣ) 슈플ᄀᆺ치 모다 진믹(診脈)ᄒ니 믹되(脈度ㅣ)448) 안온(安穩)449)ᄒ여 광증(狂症)이 업ᄉ되, 츄밀(樞密)이 광병(狂病)이라 ᄒ여 의치(醫治)를 착실(着實)히 ᄒ니 의슐(醫術)이 고명(高明)ᄒ 뉴(類)ᄂ 분명(分明) 광증(狂症)이 업ᄉ믈 아되 감(敢)히 양광(佯狂)이라 못 ᄒ고 오직 보긔(補氣)450)ᄒ 약(藥)을 쓰고 진심(鎮心)451)ᄒ 지료(材料)를 너치 못ᄒ더라.

공(公)이 환

67면

가(還家) 후(後) 여러 날이로되 ᄋ즈(兒子)의 병(病)을 근심ᄒ여 됴참(朝叅)452) 밧근 ᄋ즈(兒子)를 붓들고 안즈시니, 공ᄌ(公子ㅣ) 간〃(間間)이 나은 씨 이셔 녜ᄉ(例事)로올 젹은 경근지녜(敬謹之禮)453)를 잡아 전일(前日)과 다르미 업다가도 광증(狂症)을 거즛 발(發)ᄒ여 긔괴(奇怪)ᄒ 천역(賤役)을 시작(始作)ᄒ면 우읍기를 니긔지 못ᄒ지라.

뎡·셕 이(二) 인(人)이 ᄌ로 왕ᄂᆡ(往來)ᄒ여 공(公)긔 ᄇᆡ현(拜見)ᄒ며 공ᄌ(公子)의 병(病)을 므를ᄉᆡ,

일〃(一日)은 뎡(鄭) 태위(大夫ㅣ) 츄밀(樞密)긔 고왈(告曰),

"쇼싱(小生)이 광증(狂症)의 긔특(奇特)ᄒ 약(藥)을 어더 와시니 시험(試驗)ᄒ여 희련의게 뼈 보샤이다."

---

448) 믹되(脈度ㅣ): 맥도. 맥박이 뛰는 정도.
449) 안온(安穩): 조용하고 편안함.
450) 보긔(補氣): 보기. 약을 먹어서 허약한 원기를 도움.
451) 진심(鎮心): 심장을 진정시킴.
452) 됴참(朝叅): 조참. 조회에 참여함.
453) 경근지녜(敬謹之禮): 경근지례. 공경하고 삼가는 예.

츄밀(樞密) 왈(曰),

"요ᄉᆞ이 여러 의직(醫者ㅣ) 약(藥)을 쓰니 잠간(暫間) 나은 듯ᄒᆞ거니와 챵빅이 므슨 약(藥)을 가져왓ᄂᆞ뇨?"

태위(大夫ㅣ) 쇼왈(笑曰),

"딘광환(鎭狂丸)454)이란 약(藥)이 블과(不過) 세 환(丸)이나 쇼싱(小生)이 극구(極求)455)ᄒᆞ여 작일(昨日) 계오 어더 왓ᄂᆞ이다."

인(因)ᄒᆞ여 ᄉᆞ미

68면

로죳ᄎᆞ 약(藥)을 닉여 공(公)의 알패 노코 희뎐을 보아지라 ᄒᆞ나 공직(公子ㅣ) 안히 잇셔 나오지 아니〃, 뎡(鄭) 태위(大夫ㅣ) 고왈(告曰),

"합해(閤下) 드러가셔 희뎐을 닉여보닉시면 이 약(藥)을 삼다(蔘茶)456)의 화(化)ᄒᆞ여 흄긔 먹이리이다."

공(公)이 응낙(應諾)고 드러가 공ᄌᆞ(公子)를 닉여보닉니 태위(大夫ㅣ) 옷슬 잡아 안치고 왈(曰),

"너의 광증(狂症)이 우리 언경(言輕)457)ᄒᆞᆫ 탓시라 천만(千萬) 뉘웃ᄂᆞ니, 비록 녕존당(令尊堂)을 위(爲)ᄒᆞᆫ 일이나 녕엄(令嚴)이 갓 도라오샤 널노뼈 근심ᄒᆞ시니 셩효(誠孝)란 거시 부모(父母)긔 간격(間隔)ᄒᆞᆯ 빅 아니라. 녕존당(令尊堂) 위(爲)ᄒᆞᆫ ᄆᆞ음으로뼈 녕대인(令大人) 념녀(念慮)ᄒᆞ시믈 싱각ᄒᆞ라. 모로미 그만ᄒᆞ여 딘졍(鎭靜)ᄒᆞ미 가(可)ᄒᆞ니라."

---

454) 딘광환(鎭狂丸): 진광환. 미친 증세를 제어하는 환약.
455) 극구(極求): 지극히 구함.
456) 삼다(蔘茶): 인삼차.
457) 언경(言輕): 말이 경솔함.

공지(公子ㅣ) 져두무언(低頭無言)[458]이러니 일공지(一公子ㅣ) 왈(曰),

"형(兄)이 양광(佯狂)으로 의심(疑心)ᄒᆞ믄 엇지오?"

태위(大夫ㅣ) 쇼왈(笑曰),

69면

"비록 양광(佯狂)이라도 긔운을 붓들고져 ᄒᆞ미라, 진광환(鎭狂丸)이 아니오 보신탕(補身湯)이라."

ᄎᆞ공지(次公子ㅣ) 약(藥)을 마시고 말을 아니ᄒᆞ더니,

공(公)이 즉시(卽時) 나와 이런 쩌ᄂᆞᆫ 딘뎡(鎭靜)ᄒᆞ여시믈 깃거ᄒᆞ니 뎡(鄭) 태위(大夫ㅣ) 심니(心裏)의 실쇼(失笑)ᄒᆞ나,

"딘광환(鎭狂丸)을 먹어시니 오란 광증(狂症)이 아니오, 일시(一時) 밋쳐시니 슈히 딘뎡(鎭靜)ᄒᆞ리이다."

공(公)이 ᄀᆞ장 깃거 태우(大夫)로 더브러 담화(談話)ᄒᆞ다가 날이 져믈ᄆᆡ 태위(大夫ㅣ) 도라가니라.

이러구러 ᄒᆡ 밧괴여 명년(明年) 신졍(新正)을 만나니 ᄎᆞ공지(次公子ㅣ) 쾌(快)히 거근(去根)[459]ᄒᆞ디라 공(公)의 깃브믄 비길 곳 업더라.

환가(還家)ᄒᆞ연 지 월여(月餘)로ᄃᆡ ᄋᆞ즈(兒子)의 병(病)으로 빅ᄉᆞ(百事)를 믈외(物外)[460]의 더져시니,

쵹지(蜀地)로셔 하가(河家) 노지(奴子ㅣ) 니르러 셔간(書簡)을 올니〃, 공(公)이 반겨 써혀 보니 하(河) 공(公)이 거

---

458) 져두무언(低頭無言): 저두무언. 고개를 숙이고 말이 없음.

459) 거근(去根): 병이나 근심의 근원을 없앰.

460) 믈외(物外): 물외. 세속 밖.

년(去年) 츄구월(秋九月)의 빵(雙) 개(個) 긔린(騏驎)461)을 어드니 젹막(寂寞)흔 심수(心思)를 위로(慰勞)흐나 쵹쳐(觸處)462) 비회(悲懷) 무궁(無窮)흐믈 베플고, 으직(兒子ㅣ) 댱셩(長成)흐여 미진(未盡)흐미 업스니 임의 뎡혼납빙(定婚納聘)463)흔 길수(吉事)라, 신쇽(迅速)히 퇴일(擇日)흐여 쇼져(小姐)를 다리고 나려와 셩녜(成禮)흐믈 간졀(懇切)이 쳥(請)흐엿느니라.

공(公)이 견필(見畢)464)의 츄연(惆然)흐여 됴 부인(夫人) 슌산싱남(順産生男)흐믈 긔특(奇特)흐여 하(河) 공(公)의 셔간(書簡)을 들고 드러와 태부인(太夫人)긔 뵈옵고 친수(親事)를 슈히 일우려 흐니, 태부인(太夫人) 고식(姑媳)이 쇼져(小姐)의 졀의(節義)를 다시 작희(作戲)홀 의식(意思ㅣ) 업셔 흔갓 앙〃(怏怏)465)이 공(公)을 한(恨)홀 쓴이라.

공(公)이 즉시(卽時) 길월냥신(吉月良辰)을 퇴(擇)흐여 혼긔(婚期) 듕춘회간(仲春晦間)466)이니 가장 급박(急迫)흔지라, 쳔금약질(千金弱質)을 다리고 험노(險路)의 급(急)히

힝(行)흐기 어려오딕 공(公)이 기모(其母)의 심디(心地)467)를 넘녀(念

---

461) 긔린(騏驎): 기린. 전설 속의 동물. 모양은 사슴을 닮았고, 머리에 뿔이 있고 전신에 비늘 모양의 껍질이 있으며 꼬리는 소꼬리를 닮음. 옛사람들이 어질거나 상서로운 짐승을 가리킬 때 칭함. 비유하여 영리한 아이를 가리킬 때 쓰임.
462) 쵹쳐(觸處): 촉처. 눈길 닿는 데마다.
463) 뎡혼납빙(定婚納聘): 정혼납빙. 혼인을 약속하고 빙물을 받음.
464) 견필(見畢): 다 봄.
465) 앙〃(怏怏): 매우 마음에 차지 아니하거나 야속하게 생각함.
466) 듕춘회간(仲春晦間): 중춘회간. 음력 2월의 그믐께.

慮)ㅎ여468) 녀ᄋ(女兒)의 친ᄉ(親事)를 타쳐(他處)의 향의(向意)홀가 블승통한(不勝痛恨)469)ㅎ니, 급(急)히 셩혼(成婚)ㅎ여 잡의ᄉ(雜意思)를 못 닉게 ㅎ려 하(河) 공(公)의 셔간(書簡)을 본 후(後) 오뉵일(五六日)을 치힝(治行)ㅎ여 졍월(正月) 샹원(上元) 후(後) 샹(上)긔 삼ᄉ(三四) 삭(朔) 말믜를 어더 녀ᄋ(女兒)를 다리고 쵹디(蜀地)로 향(向)홀시,

현아 쇼졔(小姐 ㅣ) 강졍(江亭)의셔 도라온 지 계오 일삭(一朔)이 남거늘, 누쳔(累千) 니(里) 원별(遠別)의 심ᄉ(心思 ㅣ) 버히는 듯 쳘옥간장(鐵玉肝腸)이라도 춤지 못홀지라, 옥뉘(玉淚 ㅣ) 화ᄉ(花顋)470)의 구슬 구으듯 ㅎ니,

뉴 시(氏) 간독(奸毒)471)이 남다르나 냥(兩) 녀(女) ᄉ랑은 병(病)되여 더옥 희텬을 업시코 져 ᄌ산보화(財産寶貨)를 이(二) 녀(女)를 주려 ㅎ거늘 댱녀(長女)ᄂ 셕싱(石生)이 박디(薄待) 태심(太甚)ㅎ고 ᄎ녀(次女)ᄂ 쵹디(蜀地) 슈졸(戍卒)의 쳐(妻)를 삼게 ㅎ

72면

니 엿흔 혬의 하ᄌ(河子)의 비상(非常)ㅎ믄 아지 못ㅎ고 일마다 쇼원(所願)이 못 되믈 ᄀ골분원(刻骨忿怨)472)ㅎ여 식음(食飲)을 믈니치고 셩질(成疾)ㅎ기의 밋ᄎ니,

희텬이 쥬야(晝夜) 위로(慰勞)ㅎ고 쇼졔(小姐 ㅣ) ᄌ긔(自己) 슬픈

---

467) 심디(心地): 심지. 마음의 본바탕.
468) ㅎ여: [교] 원문에는 이 글자들이 없으나 문맥을 고려해 삽입함.
469) 블승통한(不勝痛恨): 불승통한. 몹시 한스러움을 이기지 못함.
470) 화ᄉ(花顋): 화시. 꽃처럼 아름다운 뺨.
471) 간독(奸毒): 간악하고 독함.
472) ᄀ골분원(刻骨忿怨): 각골분원. 뼈에 사무치도록 분노하고 원망함.

심회(心懷)를 강인(强忍)[473]ᄒ여 모친(母親)을 위로(慰勞)ᄒ며 ᄎ후(此後) 회과슈덕(悔過修德)[474]ᄒ시믈 간걸(懇乞)[475]ᄒ니, 뉴 시(氏) 눈믈이 하슈(河水) ᄀᆞᆺ튀여 왈(曰),

"녀ᄋᆞ(女兒)ᄂᆞ 어믜 졍(情)을 아지 못ᄒ여도 나ᄂᆞ 너희 두 낫 골육(骨肉)을 어더 쳔금보옥(千金寶玉)으로 아라 귀듕(貴重)ᄒ되, 여형(汝兄)은 셕가(石家)[476] 기인(棄人)이오, 너ᄂᆞ 화가여ᄉᆡᆼ(禍家餘生)[477]의 슈졸(戍卒)과 결혼(結婚)ᄒ니, 일ᄉᆡᆼ(一生)이 무광(無光)ᄒ고 고초(苦楚)ᄒᆞᆷ믄 니르도 말고 누쳔(累千) 니(里) 관산(關山)의 애각(涯角)[478]이 즈음치고[479] 히쉬(海水ㅣ) 망〃(茫茫)ᄒ니 ᄒᆞᆫ 번(番) 나려가미 ᄉᆡᆼ니ᄉᆞ별(生離死別)이라, 피ᄎᆞ(彼此) ᄉᆡᆼ존(生存)을 셔로 통(通)ᄒᆞᆯ 길히 업ᄉᆞ니 이 슬픔과

73면

이 졍(情)을 엇지 ᄎᆞᆷ으라 ᄒᆞᄂᆞ뇨?"

현아 쇼제(小姐ㅣ) 참연오열(慘然嗚咽)[480]ᄒ여 답(答)지 못ᄒ여셔,

시ᄋᆞ(侍兒ㅣ) 구ᄉᆡᆼ(-生)의 와시믈 고(告)ᄒ니 뉴 시(氏) 드러오라 ᄒ여 볼ᄉᆡ, 쇼제(小姐ㅣ) 피(避)코져 ᄒ니 뉴 시(氏) 나상(羅裳)[481]을 다리여 겻티 안쳐 왈(曰),

---

473) 강인(强忍): 억지로 참음.
474) 회과슈덕(悔過修德): 회과수덕. 잘못을 뉘우치고 덕을 닦음.
475) 간걸(懇乞): 간절히 빎.
476) 셕가(石家): 석가. 석씨 집안.
477) 화가여ᄉᆡᆼ(禍家餘生): 화가여생. 재앙을 당한 집안에서 살아남은 인생.
478) 애각(涯角): 하늘의 끝이 닿은 곳과 땅의 한 귀퉁이라는 뜻으로, 서로 멀리 떨어져 있음을 이르는 말.
479) 즈음치고: 가로막히고.
480) 참연오열(慘然嗚咽): 슬픈 빛으로 오열함.
481) 나상(羅裳): 비단 치마.

"몽슉은 날노 더브러 모즈(母子) 곳튼 슉딜(叔姪)이니 네 엇지 닉외(內外)ᄒ리오? 딜익(姪兒ㅣ) 미양 셔로 보고져 ᄒ되 네 고집(固執)히 ᄉ양(辭讓)ᄒ니 브르지 아니터니, 금일(今日)은 이에 이시니 구틱여 피(避)치 말나."

쇼제(小姐ㅣ) 나죽이 고왈(告曰),

"구 거〃(哥哥)를 젼일(前日) 본 빅 업ᄉ니 이졔 보나 일가지의(一家之義) ᄉᆡ로이 친〃(親親)ᄒᆞᆯ 빅 아니로소이다."

언필(言畢)의 몸을 니러 피(避)코져 ᄒ니 몽슉이 지게를 여ᄂᆞᆫ지라. 쇼제(小姐ㅣ) 크게 블열(不悅)ᄒ여 브득이(不得已) 먼니셔 녜(禮)ᄒ니, 구ᄉᆡᆼ(-生)이 눈을 드러

74면

흔번(-番) 보믹 오치광염(五彩光艷)482)이 일실(一室)의 됴요(照耀)483)ᄒ여 홍일(紅日)이 오운(五雲)484)을 멍에ᄒ여 텬궁(天宮)의 오ᄅᆞᄂᆞᆫ 듯ᄒ거늘, 황홀여취(恍惚如醉)ᄒ여 년망(連忙)이 답빅(答拜)ᄒ고 우음을 ᄯᅴ여 부인(夫人)긔 고왈(告曰),

"쇼딜(小姪)이 즈로 슉모(叔母)긔 빅현(拜見)ᄒ여 셕미(石妹)ᄂᆞᆫ 종〃(種種) 상견(相見)ᄒᄂᆞᆫ 빅오나 ᄎᆞ미(此妹)ᄂᆞᆫ 금일(今日) 초면(初面)이라 져러툿 슉셩긔이(夙成奇異)485)ᄒᆞᆯᄆᆞᆯ 아라시리잇고?"

뉴 시(氏) 탄왈(嘆曰),

"ᄋᆞ희(兒孩) 남의 아릭 아니라, 졍니(情理) 브딕 곳튼 빅우(配偶)를

---

482) 오치광염(五彩光艷): 오채광염. 오색의 어여쁜 빛.
483) 됴요(照耀): 조요. 빛남.
484) 오운(五雲): 오색구름.
485) 슉셩긔이(夙成奇異): 숙성기이. 나이에 비하여 지각이나 발육이 빠르고 기이함.

빵(雙)ㅎ고져 ㅎ더니 가군(家君)의 고집(固執)이 괴(怪)ㅎ여 하원광 곳 아니면 사름이 업손 줄노 아라 쵹디(蜀地)로 나려가 셩친(成親)ㅎ려 명일(明日) 발힝(發行)ㅎ는디라, 모녀(母女)의 년〃(戀戀)ㅎ 졍(情)을 엇지 니르리오?”

구싱(-生)이 눈을 두려시 쓰고 왈(曰),

“슉뷔(叔父ㅣ) 쳐싴(處事ㅣ) 얼현

75면

치 아니려니와, 죵미(從妹)486) 져ᄌ치 특이(特異)ㅎ므로뼈 쵹슈(蜀戍)487) 하원광을 위셔(爲壻)488)ㅎ시믄 망계(妄計)489)라. 하개(河家ㅣ) 맛ᄎᆷᄂᆡ 셩듀(聖主)의 호싱지덕(好生之德)490)으로 슈형(首形)491)을 보젼(保全)ㅎ나 참화여싱(慘禍餘生)492)이오, 하원경은 대역(大逆)으로 쟝하(杖下)의 맛ᄎ미 오히려 뉼(律)이 낫고 법(法)이 셔지 못ㅎᆷ믈 이제도 됴졍(朝廷) 의논(議論)이 분〃(紛紛)493)ㅎ여 하진을 죽이즈 ㅎ느니 만커놀 ᄎ마 엇지 결혼(結婚)ㅎ시리잇가?”

뉴 시(氏) 츄밀(樞密)을 원망(怨望)ㅎ며 슬허ㅎ기를 마지아니ㅎ더라.

---

486) 죵미(從妹): 종매. 사촌 여동생.
487) 쵹슈(蜀戍): 촉수. 촉나라에서 수자리 사는 사람.
488) 위셔(爲壻): 위서. 사위로 삼음.
489) 망계(妄計): 망령된 생각.
490) 호싱지덕(好生之德): 호생지덕. 사형에 처할 죄인을 특사하여 살려 주는 제왕의 덕.
491) 슈형(首形): 수형. 머리와 몸.
492) 참화여싱(慘禍餘生): 참화여생. 참혹한 재앙을 당하고 살아남은 인생.
493) 분〃(紛紛): 어지러운 모양.

주요 인물

계충: 상서 윤현의 유제(乳弟).

구몽숙: 이부시랑 구순의 아들. 유 부인의 조카. 상서 진광에게 수
　　　　학함. 정연이 먹여 기름. 정천흥의 친구. 유 부인의 사주
　　　　로 윤명아를 음란한 여자로 모함하나 남편 정천흥이 믿지
　　　　않음.구파: 윤현과 윤수의 서모. 승상 구준의 서매(庶妹).

김중광: 김후의 아들. 여장하고 윤현아를 보려 했으나 실패하고
　　　　윤희천에게 두드려 맞음.

김탁: 임금의 장인. 김 귀비의 아버지. 초왕과 결탁해 하진 부자를
　　　모함함.

김후: 김탁의 첫째아들. 이부천관.

박관: 정천흥이 과거장에서 대신 글을 써 준 인물. 박건과 형제지간.

박건: 정천흥이 과거장에서 대신 글을 써 준 인물. 박관과 형제지간.

석준: 개국공신 석수신의 손자. 추밀사 석화의 셋째아들. 윤경아의
　　　남편.

순 태부인: 정연의 어머니.

양난염: 양필광의 딸. 정천흥의 둘째아내.

양필광: 동평장사. 참정 양문광의 아우. 양난염의 아버지. 정천흥
　　　　의 장인.

양문광: 참정. 양필광의 형.

여숙: 정천흥이 과거장에서 대신 글을 써 준 인물.

오 씨: 처사 오윤의 딸. 석준의 둘째아내.

위방: 위 부인의 서질(庶姪). 위 부인의 사주로 윤명아를 탈취하려
     하나 실패함.

위 부인: 윤수의 친어머니. 유 씨의 시어머니.

유 공: 집금오. 유 부인의 오빠.

유 부인: 이부상서 유환의 딸. 윤수의 아내. 시어머니 위 부인, 딸
       윤경아와 함께 윤명아, 윤광천, 윤희천 형제를 죽이려 함.

윤경아: 윤수와 유 씨의 첫째딸. 석준의 아내.

윤광천: 윤현의 쌍둥이 아들 중 첫째. 어머니는 조 부인. 자는 사원.

윤수: 윤 노공의 후실 위 부인 소생. 자는 명강. 윤현의 이복동생.
     아들이 없어 윤현의 아들 윤희천을 양자로 들임. 아내는 유
     부인. 딸은 윤경아, 윤현아. 태중태우. 추밀사.

윤현: 윤 노공의 전실 황 부인 소생. 명천 선생. 자는 문강. 아내는
     조 부인. 윤광천과 윤희천의 아버지. 윤수의 형. 금국에 사
     신으로 갔다가 자결함. 홍문관 태학사 이부상서 금자광록태
     우. 죽은 후에 충무공으로 추증됨.

윤현아: 윤수와 유 씨의 둘째딸.

윤희천: 윤현의 쌍둥이 아들 중 둘째. 어머니는 조 부인. 윤수의
       계후로 들어가 양조모 위 부인과 양모 유 부인의 박대를
       받음. 자는 사빈.

정세흥: 정연과 진 부인의 셋째아들.

정아주: 정연과 진 부인의 막내딸.

정연: 윤현과 하진의 친구. 자는 윤보. 대사도. 금평후.

정인흥: 정연과 진 부인의 둘째아들.

정천흥: 정연과 진 부인의 첫째아들. 자는 창백. 윤명아의 남편.
　　　　문무에 장원급제해 한림학사 호위장군이 됨. 간의태우 문
　　　　연각 태학사 표기장군. 별호는 죽청 선생.

조 부인: 개국공신 조빈의 딸. 윤현의 아내. 윤광천과 윤희천의 어
　　　　머니.

조 씨: 하진의 아내.

진 상서: 정천흥의 외숙부. 구몽숙을 가르침.

진 씨: 정연의 아내.

초왕: 임금의 종제(從弟). 김탁과 결탁해 하진 부자를 모함함.

하원경: 하진과 조 씨 사이의 큰아들. 자는 자건. 아내는 이부시랑
　　　　임경의 딸. 초왕, 김탁의 모함을 받아 반역죄로 옥에 갇혀
　　　　있다가 독살당함.

하원광: 하진과 조 씨 사이의 넷째아들. 윤현아의 정혼자.

하원보: 하진과 조 씨 사이의 둘째아들. 자는 자상. 초왕, 김탁의
　　　　모함을 받아 반역죄로 옥에 갇혀 있다가 독살당함.

하원상: 하진과 조 씨 사이의 셋째아들. 자는 자종. 초왕, 김탁의
　　　　모함을 받아 반역죄로 매를 맞다가 죽음.

하진: 윤현과 정연의 친구. 자는 퇴지. 어사태우. 병부상서 문연각
　　　　태학사.

혜원: 여승. 사족 출신. 양주 선비 강운의 딸. 벽화산 취월암에 있
　　　　으면서 길을 헤매던 윤명아를 구해 취월암에서 살게 함.

혜준: 윤부의 서동.

화 씨: 양필광의 아내. 양난염의 어머니. 정천흥의 장모.

화정: 정천흥이 과거장에서 대신 글을 써 준 인물.

화천: 윤현의 벗. 도사. 항주 사람. 어릴 때 윤현과 항주에서 이웃
　　해 살며 친구가 됨. 천태산 아래 진청 도사에게서 배움. 자
　　는 연지.

..

역자 해제

1. 머리말

<명주보월빙>은 18~19세기에 창작되었을 것으로 추정되는 고전 대하소설이다. 작가는 알려져 있지 않으나 다른 대하소설과 마찬가지로 사대부가 여성의 창작으로 추정된다. 후편인 <윤하정삼문취록>과 연작 관계에 있는 소설로,[1] 100권 100책(권78 결)의 장편 거질이다. <윤하정삼문취록>의 105권 105책(권15, 권33, 권39 결)과 합하면 205권 205책에 달한다. 고전소설 중 가장 긴 작품이 한국학중앙연구원에 소장된 180권 180책의 <완월회맹연>인데, 연작까지 아울러서 보면 <명주보월빙> 연작이 가장 길다고 하겠다.

이 작품은 중국 송나라를 배경으로 윤씨, 하씨, 정씨 세 집안 인물들의 이야기를 중심으로 서사가 전개된다. 이 가운데 특히 윤씨 집안이 주축이 되는바, 입양한 종통(宗統)과 그를 제거해 종통의 자리를 빼앗으려는 세력의 갈등이 중심축을 이루고 있다. 여기에 남편의 다른 아내를 죽여 자신의 지위를 확고히 하려는 여성인물이 다수 등장한다. 또한 주인공을 시기하는 남성인물의 행위가 더해져 서사가

---

[1] 이들 작품과 한국학중앙연구원에 30권 30책의 완질로 소장된 <엄씨효문청행록>의 관계에 대해서는 연구자에 따라 이견이 있으나, 필자는 <엄씨효문청행록>은 <윤하정삼문취록>의 파생작으로 보는 입장이다. 연작은 전편의 인물, 배경 등이 후편에도 이어질 때 부르는 이름이라 할 수 있는데, <엄씨효문청행록>은 그와 달리 <윤하정삼문취록>에 단편적으로 등장하는 엄씨 집안을 따로 떼어 본격적인 서사물로 구성한 작품이기 때문이다.

다채롭게 전개된다. 결국 유교 이념의 승리로 귀결되지만 그에 이르기까지 전개되는 서사는 독자들에게 긴장감과 흥미를 부여하기에 충분하다.

2. 제명(題名)

'명주보월빙(明珠寶月聘)'이라는 제목은 '명주와 보월패(寶月佩)의 빙물(聘物)'이라는 뜻이다. 명주는 야명주(夜明珠)로서 어두운 데서도 빛이 나는 구슬이고, 보월패는 허리나 가슴에 차던 달 모양의 패옥(佩玉)이다. 모두 여성들이 쓰던 물건들로, 이것들을 남성 가문에서 빙물, 즉 혼인을 약속한 여성 가문에게 주는 예물로 삼았다는 말이다.

명주와 보월패는 원래 윤씨, 하씨, 정씨 집안의 1대 인물들인 윤현, 하진, 정연이 남강에 뱃놀이를 갔다가 적룡에게서 받은 물건들로, 윤현은 명주 네 낱을, 하진과 정연은 '빙물'이라고 써진 보월패를 받는다. 이전에 윤현은 꿈에 선관이 나타나 나중에 명주를 얻게 될 것이니 그것들을 빙물로 삼으라고 들은 바가 있으므로 꿈과 현실이 부합한 것을 기이하게 여긴다. 이 보물들을 받은 세 사람은 이것이 상서로운 물건들이므로 나중에 아들들의 빙물로 삼겠다 한다. 실제로 이 보물들은 후에 세 집안 아들들의 빙물로 사용된다.

<명주보월빙>의 제목에는 이처럼 세 집안 사람들의 혼인 관계를 드러내며 작품의 내용을 포괄하는 소재가 들어가 있다. 대하소설 중에는 <이씨세대록>이나 <유씨삼대록>[2]처럼 역사기록인지 혼동될 정도로 단순한 제명이 있는가 하면 완월루에서 만나 잔치하며 맹세

---

[2] 각기 '이씨 집안 여러 세대의 기록', '유씨 집안 세 세대의 기록'이라는 뜻이다.

를 한다는 뜻의 <완월회맹연>, 두 팔찌를 가진 사람이 기이하게 만난다는 뜻의 <쌍천기봉>, 옥원앙을 지닌 사람들이 기이하게 두 번 만난다는 뜻의 <옥원재합기연> 등 주로 혼인 관계를 암시하며 작품의 내용을 짐작하게 하는 제명도 있는데 <명주보월빙>은 이중 후자에 속한다.

3. 이본

<명주보월빙>의 이본은 현재 4종이 전한다. 이 저서에서 저본으로 이용한 장서각본 100권 100책을 비롯하여 박순호본 36권 36책, 정병설본 1권 1책 낙질본, 장서각본2[3] 2권 1책 낙질본[4]이 그것이다.

본격적인 이본 연구는 뒤로 미루고 이 자리에서는 각 이본에 대해 간략히 소개하려 한다. 장서각본은 유려한 궁체로 필사되어 있는데 다만 그 필사자와 필사연대는 알 수 없다. 권78이 빠진 이본인바, 해당 권은 박순호본의 권28에 해당되어 누락된 내용을 보충할 수 있다.[5]

박순호 교수 소장본은 1912년부터 1914년부터 필사된 것으로 이중 권1부터 권14까지는 68세의 조창룡이라는 인물이 군산에서 필사했다. 현전하는 이본 가운데 유일한 완본이라는 점에서 의미가 있다. 장서각본과 비교했을 때 박순호본에는 누락된 부분이 상당하지만, 역으로 장서각본에도 누락된 부분이 적지 않고 어휘 단위에서 박순호본에 정확한 부분이 꽤 있어 둘 중 어느 본이 선본(善本)이라고 단정짓기는 어렵다.

---

3) 해제자가 임의로 명명한 것이다.
4) 이 이본은 기존 연구에서는 소개되지 않았고, 본 해제에서 처음으로 소개하는 이본이다.
5) 특별한 언급이 없는 한, 이본과 관련된 내용은 다음의 글을 참조했다. 유인선, 「<명주보월빙> 연작 연구-운명관과 초월계의 성격을 중심으로-」, 서울대학교 박사학위논문, 2021.

정병설 교수 소장본은 유인선 교수가 처음 소개하였는데 권43만 있는 낙질본이다.

장서각본2는 이 자리에서 처음 소개하는 이본이므로 상대적으로 자세하게 소개하려 한다. 2권 1책으로서, 표제는 "明珠寶月錄"이고 권수제는 "명쥬보월빙"이며 전체 213면이다. 권1은 108면까지 있고 권2는 105면이다. 표지에 "辛亥至月下澣"이라 써져 있어 신해년 11월 하순에 필사 내지 장정을 했음을 알 수 있다. 이때 신해년은 1911년 또는 1851년으로 추정된다. 말미에는 후기가 있다.[6] 이를 보면 필사자가 저본으로 사용한 이본도 낙질본임을 추측할 수 있고, 이러한 형식의 〈명주보월빙〉 낙질본들이 적지 않게 있었을 가능성을 유추할 수 있다.

어휘나 문장을 보면 장서각본이나 박순호본과는 다른 저본을 사용했음을 알 수 있다. 장서각본에는 없는 부분이 꽤 있고,[7] 장서각본에 비해 표현이 풍부하다. 독특한 면은 필사자가 낙장(落張)이나 낙줄(落-) 사실을 표기했다는 점이다.[8] 장서각본2의 필사자가 참고한 저본에 원래 빠져 있었는지, 아니면 필사자가 의도적으로 누락시

---

6) "明珠宝月錄 終 추칙 셜화 보음 죽흐긔로 등셔흐여시나 흉괴망질노 낙졈 낙즈 만흐니 보시느니 눌너 겨지흐쇼셔 여러 권 칙이라 씆시 업스니 만 번 익답고 이 씆슬 어듸셔 어더볼고 소이로다"

7) 두 가지 예를 들면 다음과 같다.
   "즉시 나오니 차일 졀도스의"(장 2:36); "즉시 나오니 이향이 코흘 거스리고 경운이 희월누룰 둘너 산○의 빗치 애 〃 흐니 즈연 아라보이는디라 신익 그이흔 줄 아릭 더옥 깃거흐더라 추일 졀도스의"(장2 2:6)
   "혈누를 나리올 쑨이러니 슈일 후의 상귀"(장 2:42); "누어 혈뉘 거츤 즈리을 젹실 쑨이니 구파 논 셔루 믈 모르는 스람갓치 부인을 위로흐며 쌍으롤 어라만져 셰숭의 일졈 골육이 업시 쳔년 조과흐나니도 잇시니 부인은 십육 년 동쥬의 ㅇ소겨룰 두시고 이런 옥동이 쌍으로 나니 윤문을 흥흘디라 무어실 겨듸도록 과샹흐시느뇨 부인니 쌍으롤 볼스록 그 부친의 아지 못흐믈 각골익상흐더라 수일 후 샹셔의 상구"(장2 2:13)

8) "졔신니 간흐야 낙즁 차셕칭춘흐여"(장2 2:20) 이 부분은 장서각본 기준으로 3면 정도가 빠져 있다.
   "부졀없다 흐고 낙쥴 부인니 슈틱흐야 경ㅇ"(장2 2:30) 장서각본 기준으로 3면 정도가 빠져 있어 낙쥴이 아니라 낙장이라 해도 무방하다.

켰는지는 분명하지 없다. 장서각본에는 없으나 장서각본2와 박순호본에는 있는 부분도 있다. 김후 등이 임금에게 하진 등을 참소하는 부분이 장서각본(권3)에는 없으나 박순호본(1:95-96)과 장서각본2(2:69-71)에는 있는 것이다.[9]

참고로 장서각본과 장서각본2, 박순호본의 분권 양상을 보면 다음과 같다.

장서각본	장서각본2	박순호본
권1, 69면 끝	권1, 81면	권1, 41면
권2, 32면	권1, 108면 끝	권1, 60면
권2, 74면 끝	권2, 38면	권1, 80면
권3, 46면	권2, 73면	권1, 103면 끝
권3, 70면 끝	권2, 102면	권2, 15-16면[10]
권4, 4면	권2, 106면 끝	권2, 18면

각 이본의 분권 부분이 모두 동일하지 않다. 또 각권의 분량 면에서 박순호본이 가장 많고, 장서각본2, 장서각본 순으로 적어짐을 알 수 있다.

이상으로 네 종의 이본을 간략히 살펴보았다. 이본의 본격적인 비교는 여기에서 구체적으로 제시하지 않은 정병설본까지 포함해 어휘나 문장, 단락, 단위담 단위 등을 기준으로 할 필요가 있다.

---

9) 각 이본의 비교는 향후에 본격적으로 할 필요가 있다.
10) "ᄒᆞ회을 분셕ᄒᆞ라"는 어구가 있어 분권의 표지는 장서각본과 다르지만, 내용적으로는 분권 부분이 동일함을 알 수 있다.

4. 서사 구성과 모티프

<명주보월빙>은 윤하정 세 집안의 이야기가 번갈아가며 서술되어 있는데, 각 집안별로 2대[11] 혹은 3대까지의 인물들의 이야기가 서사의 축을 이루고 있다. 즉 윤씨 집안은 1대인 윤현, 윤수와 2대인 윤희천, 윤광천, 윤명아의 이야기가, 정씨 집안은 1대인 순 부인과 2대인 정연, 3대인 정천흥, 정혜주의 이야기[12]가, 하씨 집안은 1대인 하진과 2대인 하원광의 이야기가 주축이 되어 있다.

세 집안 중에서도 윤씨 집안이 가장 비중[13]이 크고 그 다음으로 정씨 집안이며, 가장 비중이 낮은 집안은 하씨 집안이다. 각 집안에서 가장 비중이 큰 인물은 윤씨 집안에서는 윤희천이고 정씨 집안에서는 정천흥이며 하씨 집안에서는 하원광이다. 모두 실질적으로 2대에 해당하는 인물들이다. 이중에서도 <명주보월빙>의 양대 주인공은 윤희천과 정천흥이며, 두 사람 중에서도 윤희천이 더 큰 비중을 지니고 있다. 윤희천의 효성이 작품에 핍진하고 지속적으로 등장해 그 양조모 위 부인과 양모 유 부인을 감화하고 있는데, 이것이 작품을 관통하고 있는 가장 중요한 축이기 때문이다.

<명주보월빙>은 윤씨 집안의 이야기를 중심으로 사이사이에 하씨와 정씨 집안의 이야기가 서술되는 구조로 되어 있다. 즉 윤씨 집안-정씨 집안-윤씨 집안-하씨 집안의 방식이다. 물론 정씨 집안에서도 반동인물인 문양 공주를 중심으로 갈등이 적지 않게 일어나고 있어

---

11) 여기에서 1대라 칭하는 인물들은 서사에 본격적으로 등장하는 인물을 의미한다. 따라서 이름만 존재하는 윤씨 집안의 윤 공은 1대라 하기 어렵다. 다만 비중은 미미하지만 집안의 어른 역할을 하는 정씨 집안의 순 부인은 형식적으로 1대에서 제외하기 어려운 면이 있다.

12) 이 해제에서 1대를 순 부인으로 설정하기는 하였으나 2대인 정연이 윤씨나 하씨 집안의 1대인 윤현, 윤수, 하진과 벗으로 등장한다는 점에서 실질적인 1대는 정연이라 해도 무방하다고 본다.

13) 비중은 분량의 측면과 서사에서 차지하는 중요도를 모두 감안한 것이다.

정씨 집안을 축으로 다른 집안이 교차 서술되는 부분이 있기는 하다.14) 그러나 대부분의 서사는 윤씨 집안을 중심으로 교차 서술되고 있다.

이러한 서사 구성은 작가가 애초에 세 집안의 비중에 차이가 나도록 설정했다는 점에서 예상할 수 있는 방식이다. 만일 세 집안의 비중이 대등하게 설정되어 있다면 세 집안의 서사가 어느 한쪽에 치우침이 없이 번갈아 서술되었을 것이다. 비중에 차이가 난 것은 또한 윤씨 집안의 갈등을 핵심적으로 설정했다는 점에서도 기인한다. <명주보월빙>은 종통과 비종통의 대결이 핵심인바 그것이 윤씨 집안에서 벌어지고 있다.

이러한 서사 구성 방식은 다른 대하소설과 변별되는 지점이다. 예를 들어, <쌍천기봉>에서는 이씨 집안의 이야기가 중심이 되어 있고 역사적 사건이 서사의 축으로 설정되어 있다. 역사적 배경을 후면에 두고 이씨 집안 인물들의 부부 갈등, 부자 갈등 등 다양한 이야기가 구성되어 있는 방식이다. 그 후편인 <이씨세대록>은 <쌍천기봉>과 달리 부부 갈등이 중심이 되어 인물별로 병렬적으로 구성되어 있다. 다만 이 경우에도 이씨 집안의 이야기가 중심이 되어 있는 점은 전편과 같다.

앞의 두 편은 연작 관계로 되어 있지만 서사 구성 방식은 다른데, <명주보월빙>은 또 이 두 편과 다르다. 이는 <쌍천기봉> 연작과 달리 <명주보월빙>은 여러 가문이 중심적인 가문으로 설정되어 있다는 점이, 서로 차이가 나게 하는 가장 큰 요인으로 보인다. 또한 갈등의 종류가 <명주보월빙>은 종통 갈등을 축으로 하여 서사가 전개

---

14) 예를 들어 권53부터 권56까지는 정씨 집안-하씨 집안-정씨 집안-윤씨 집안의 순으로 교차되어 있다.

되는 점도 차이가 나게 하는 요인이다. 역사적 배경을 배경에 두고 남녀 간의 애정과 그들의 갈등을 중시한 <쌍천기봉>이나 집안 내에서의 부부 갈등을 중심으로 한 <이씨세대록>과는 차이가 있는 것이다. 이처럼 같은 대하소설이라 해도 서사 구성 방식은 작품별로 차이가 있다.

<명주보월빙>의 모티프는 작품의 분량에 걸맞게 매우 다양하게 등장한다. 이중 가장 먼저 나오며 중요하게 설정된 것은 신물(信物) 모티프다. 대하소설에서 신물 모티프는 남녀가 각각 결혼의 징표로 간직한 물건을 두고 벌어지는 이야기이다. 이 작품의 제명에 보이는 '명주(明珠)'와 '보월(寶月)'이 바로 신물에 해당한다. 윤현, 윤수 형제와 그 벗들인 정연, 하진이 남강에 뱃놀이를 갔다가 용에게서 명주 네 낱과 보월을 얻어 각기 자식이 생기면 신물로 삼자고 하는데, 자식들이 장성한 후에 그 신물은 믿음의 징표로서의 기능을 한다. 온갖 고초를 겪으면서도 신물을 끝내 지켜 결혼 상대에게 주는 것이다.

요약 모티프도 서사에서 중요한 기능을 한다. 원하는 얼굴로 바뀌게 하는 개용단, 정신을 흐리게 하는 미혼단이나 도봉잠 등은 반동인물들이 주로 사용하는 요약으로서, 상대를 모함하거나 자신의 뜻을 성취하려 할 때 사용한다. 예를 들어 유 부인이 양자인 윤희천을 모함하려 할 때, 자기 남편인 윤수에게 미혼단을 먹여 윤수의 정신을 흐리게 해 윤희천에 대한 윤수의 사랑이 없어지게 한다.

앵혈(鶯血) 모티프 역시 다른 대하소설에서와 마찬가지로 <명주보월빙>에서도 중요하게 등장한다. 앵혈은 도마뱀에게 주사(朱砂)를 먹인 후 말려 빻아 물에 탄 것인데, 여자의 팔에 찍으면 남자와 성관계를 맺은 후에야 없어진다. 윤현 형제와 친구들이 모여서 윤현의 딸 명아는 정연의 아들 천흥과, 윤수의 딸 현아는 하진의 넷째아들원광과 정혼시키기로 하고, 명아의 팔에는 시아버지가 될 정연이, 현아의 팔에는 또한 그 시아버지가 될 하진이 앵혈에 붓을 찍어 쓰는 장면이 등장한다.(권1) 이외에 위 부인이 명아의 앵혈이 없어진 걸 보고 기뻐하지 않으나 겉으로는 기쁜 척하는 장면도 있다.(권10) 앵혈은 순결과 동일시되는데, 앵혈 모티프는 여성에게 순결을 강요하던 봉건 시대의 이데올로기가 서사화한 것이다.

이외에 미인도 모티프[15] 등 다양한 모티프가 있는데 그중에서 초월 모티프도 서사에서 중요한 기능을 한다. 주인공들이 어려움에 처할 때 등장하는 화 도사는 초월적 인물이고, 그에 맞서 반동인물을 돕는 신묘랑도 초월적 인물이다. 유 부인 죄를 뉘우치게 되는 결정적 요인은 천경(天鏡)을 통해 자신의 악행과 광천 형제의 효행을 보면서부터이다. 이때의 천경은 초월적 물건이다.

5. 갈등

<명주보월빙>에서 갈등은 세 집안에서 서로 다르게 설정되어 있다. 즉 윤씨 집안에서는 종통(宗統)과 비종통(非宗統)의 갈등이, 정씨 집안에서는 처처 갈등이, 하씨 집안에서는 부부 갈등과 외적 갈등이 대표적으로 드러나 있다. 비중은 위에서 언급했듯이 윤씨, 정씨, 하씨 순이다.

윤씨 집안에서 종통 계열에 있는 사람은 윤현을 비롯하여 그 아내 조 부인, 윤현과 조 부인의 자식인 윤광천, 윤희천, 윤명아와 그 배

---

15) 미인도 모티프는 호방형 남성주동인물이 미인도를 보고 미인도에 그려진 여인을 사모하는데 그 여인은 실제로 존재하는 여인으로서 후에 그 남성인물의 배우자가 된다는 모티프이다. 예를 들어 윤광천이 미인도를 보고 그림 속의 여인을 흠모하자, 그의 벗 정천흥이 주선해 미인도 속 주인공인 진성염을 윤광천과 혼인하게 하는 것을 들 수 있다.(권16)

우자들이다. 이 가운데 윤희천이 비종통 계열인 윤수의 양자로 입양된다. 비종통 계열에 있는 사람은 윤현의 동생인 윤수를 비롯하여 그 어머니인 위 부인과 아내인 유 부인, 딸인 윤경아, 윤현아다. 이 중에서 반동인물로서 종통 계열의 인물들을 죽이려는 사람은 위 부인, 유 부인과 윤경아다.

위·유 부인이 종통 계열을 해치려는 장면들은 처절하다시피 하다. 윤광천과 윤희천에게 하인들이나 하는 천역(賤役)을 시키고, 그들을 때리는 일은 다반사다. 조 부인과 그 자식들에게 밥을 제대로 주지 않는 일이 허다하고 그들을 독약으로 죽이려 하기도 한다. 윤광천의 아내인 정혜주와 윤희천의 아내인 하영주 역시 위·유 부인의 표적이 되어 죽을 고비를 여러 번 넘는다.

이러한 갈등은 주도적 반동인물인 유 부인이 천경(天鏡)을 통해 윤광천 형제의 효성을 보고 뉘우칠 때까지 작품의 주요 갈등으로 전면화해 있다.(권73) 거울은 대개 자신의 모습을 비추는 도구이지만, 여기에서는 다른 이들의 행위를 보여주는 용도로 쓰이고 있다. 자신의 잘못을 반추하는 기능을 하고 있는 것이다. 유 부인이 윤광천 형제의 효성에 의해 잘못을 뉘우친다는 설정은 유교 이념 중의 하나인 효의 이데올로기적 기능을 드러낸다. 효는 자신을 죽이려는 악인도 감화시킬 정도의 힘을 지니고 있음을 보여 준다. 이를 통해 대하소설의 주된 독자로 추정되는 사대부가 여성은 자신이 어려서부터 교육받은 유교 윤리의 힘을 확인하게 된다.

종통 갈등은 조선 후기에 내면화하려 한 종법제(宗法制)의 일면을 보여 주는 것이다. 원래 중국 주나라에서 쓰이던 종법제는 임병 양란을 전후해 조선에서 강화되었다. 집안의 종통을 중시하는 이 제도는 혈연보다는 명분을 강조한다. 집안에 아들이 없어 친척의 자식을 양자로 들인 후에 친자가 생기더라도 종통은 이미 들인 양자에게 돌아간다. 조선 후기에는 이러한 일로 소송이 벌어지기까지 했는데, <명주보월빙>에서 종통 갈등은 이러한 사회적 모습을 일정하게 반영하고 있다. 다만 <명주보월빙>은 양자를 들인 후에 친자가 생겨 갈등을 빚는 <완월회맹연>과는 달리 비종통 계열이 양자를 비롯해 종통 계열의 씨를 말리려 한다는 점에서 특이하다.

정씨 집안에서는 호방형 인물인 정천흥이 주인공인데 그 아내들 중 한 명인 문양 공주가 다른 아내들을 죽이려 하는 처처[16] 갈등이 드러나 있다. 문양 공주는 정천흥을 우연히 보고 반해 사혼(賜婚)으로 정천흥과 혼인하는 인물이다. 정천흥은 문양 공주의 그러한 행위가 음란한 것으로 보고 겉으로는 친한 척하나 속으로는 경멸한다. 이에 문양 공주는 정천흥에게서 애정을 독점하기 위해 정천흥의 다른 아내들인 윤명아 등을 다양한 방법으로 죽이려 한다. 문양 공주가 정씨 집안에 사혼으로 들어온 권17부터 윤명아 등 네 동렬과 그 자식들의 정성에 회과하는 권89까지 문양 공주의 서사는 지속된다.

문양 공주의 반동 행위는 기실 정천흥의 박대로부터 기인한 바 크다. 그리고 정천흥이 문양 공주를 박대하게 된 근저에는 당대 여성에게만 강요되던 정절 이데올로기가 깔려 있다. 여성이 남성에게 반하지 않을 이유가 없지만 정천흥과 소설 속 인물들은 문양 공주의 그러한 '반함'을 발칙한 것으로 상정하고 있다. 문양 공주는 이러한 이유 때문에 시가에 들어갈 때부터 남편인 정천흥에게서 박대를 받고 이 때문에 소외감을 가지게 된 것이다.

---

16) 조선 시대에 다처는 태종 13년(1413)에 중혼 금지령이 내려지면서 공식적으로 금지되고 대신 첩을 두는 것은 허용되었으나 소설에서는 다처의 모습이 공공연하게 보인다. <구운몽>이 그 대표적 예다.

문양 공주의 반동 행위는 또한 당대 가부장제의 질곡을 상징적으로 보여 주는 표지이다. 정천흥에게는 문양 공주 외에 네 명의 처가 더 있다. 원천적으로 애정을 독점할 수 없는 구조다. 이 때문에 문양 공주는 다른 네 명의 처를 다 죽이면 자신이 정천흥을 독점할 수 있다고 '착각'한다. 게다가 정천흥은 문양 공주 외의 아내들에게는 잘해 준다. 여러 아내[17]를 둘 수 있는 가부장제에서 가장의 애정이 고르지 않을 때 일어나는 현실이 문양 공주의 반동 행위를 통해 잘 드러나 있다.

윤명아의 격고등문으로 위·유 부인과 문양 공주의 반동 행위가 낱낱이 밝혀지기는 하지만(권60), 근본적으로 문양 공주의 회과에는 윤명아 등 동렬의 우애가 큰 영향을 끼쳤음을 서술자는 제시하고 있다. 윤명아의 격고등문이 법적인 해결이라면 윤명아 등의 우애를 통한 회과는 이념적 해결이다. 윤광천 형제가 유교 이념인 효도를 통해 유 부인을 감화했다면, 윤명아 등 동렬은 우애를 통해 상대를 감화함으로써 유교 이념의 우위를 보여 주고 있다.

하씨 집안은 외적 갈등도 있지만 하원광과 윤현아의 부부 갈등을 대표적인 갈등으로 꼽을 수 있다. 먼저 외적 갈등을 보면, 김탁과 초왕이, 직언을 서슴지 않아 임금 앞에서 자신들을 비난한 하진과 그 아들들을 모함해 하진 부자가 역적으로 몰려 아들 삼 형제가 죽고 화진은 귀양을 가게 되는 내용이다. 작품 초반부에 나오는 갈등으로, 이후 죽은 삼 형제는 하진 집안에 환생하여 세 아들의 역할을 대신한다.

하원광과 윤현아의 부부 갈등은 하원광이 구몽숙의 계교에 속아

---

17) 여러 아내는 첩을 포함한다. 고전소설에서는 현실의 첩을 처로 치환하여 처처 갈등의 구조로 보여 주는 예가 흔하다.

아내 윤현아를 간부(奸婦)로 오해하는 데서 비롯한다. 후에 하원광이 비로소 윤현아의 현숙함을 알게 되어 오해가 풀린다(권10-권48). 하원광은 하씨 집안 사 형제 중에 죽지 않고 살아남은 유일한 자식이다. 하씨 집안에서 주인공의 역할을 하는바, 다만 정천흥이 아내 윤명아의 부정(不貞)을 의심하지 않는 것과는 달리 하원광은 윤현아를 의심함으로써 갈등이 야기된다. 윤씨나 정씨 집안의 갈등에 비해 상대적으로 비중이 작게 설정되어 있다.

<명주보월빙>에서는 위에서 살핀 바와 같이 집안별로 대표적인 갈등을 각각 다르게 설정해 놓음으로써 당대 상층 사대부 가문에서 벌어질 수 있는 다양한 양상을 알 수 있도록 하였다. 종통과 비종통 사이, 아내들 사이, 부부 사이의 갈등은 충분히 극화할 수 있는 소재다. <명주보월빙>에서는 그것을 유교 이념의 승리라는 교조적인 주제의식을 보여 주면서 흥미롭게 서술하고 있다.

6. 맺음말

<명주보월빙>이 산생된 것으로 추정되는 18~19세기는 한편으로는 기존의 성리학적 유교 이념을 완강히 지키면서 그 우위를 칭송하는 반면에, 다른 한편에서는 실학 등이 등장하여 봉건 사회를 지양하고 새로운 시대로 나아가려 한 과도기적 시기였다. 박지원의 소설들이 후자의 모습을 반영하고 있다면, <명주보월빙>은 전자의 모습을 보여 주고 있다.

<명주보월빙>이 성리학적 이념의 우위를 표면적으로 보여 주고 있지만, 그 이면을 보면 상황은 그리 녹록지 않다. 종통과 비종통의 다툼을 통해 종법제가 정착되는 시기의 단면을 드러내면서도 그 제

도가 당대인들에게 가한 고통스러운 모습이 잘 드러나 있다. 또한 아내에게는 여러 남편이 허락되지 않는 반면에, 남편에게만 여러 아내가 허락된 제도하에서 남편에게 소외받았을 때 느끼는 아내의 심정이 여실히 드러나 있다. 아내에게 순결이 강요되던 시기에 남편이 아내의 순결을 의심하는 순간 아내가 맞이하는 운명 역시 고스란히 이 작품에 반영되어 있다. 서술자는 의도하지 않았겠지만, 가부장제의 질곡이 이처럼 이 작품에 잘 드러나 있다.

　서술자는 각 집안의 이야기를 윤씨 집안 위주로 서술하면서도 다른 집안의 상황을 적절히 배치함으로써 서사의 짜임새를 잘 구축하고 있다. 서술자는 갈등 위주의 서사를 전개함으로써 내용적으로 독자에게 흥미를 부여하고 있다면, 각 이야기를 이처럼 촘촘하고 짜임새 있게 배치함으로써 독자들에게 또 다른 재미를 부여하고 있다.

장시광 ──────────────────────────────

서울대 강사, 아주대 강의교수 등을 거쳐 현재 경상국립대학교 국어국문학과 교수로 재직 중이다. 논문으로 「대하소설의 여성반동인물 연구」(박사학위논문), 「여성영웅소설에 나타난 여화위남의 의미」, 「대하소설 갈등담의 구조 시론」, 「운명과 초월의 서사」 등이 있고, 저서로 『한국 고전소설과 여성인물』이 있으며, 번역서로 『조선시대 동성혼 이야기 방한림전』, 『여성영웅소설 홍계월전』, 『심청전: 눈먼 아비 홀로 두고 어딜 간단 말이냐』, 『팔찌의 인연: 쌍천기봉 1-9』, 『이씨 집안 이야기: 이씨세대록 1-13』 등이 있다.

명주와 보월의 인연
명주보월빙 3

초판인쇄   2025년 12월 12일
초판발행   2025년 12월 12일

지 은 이   장시광
펴 낸 이   채종준
펴 낸 곳   한국학술정보㈜
주   소   경기도 파주시 회동길 230(문발동)
전   화   031) 908-3181(대표)
팩   스   031) 908-3189
투고문의   ksibook1@kstudy.com
등   록   제일산-115호(2000. 6. 19)

ISBN   979-11-7457-341-4   04810
        979-11-7457-233-2   04810 (set)

이담북스는 한국학술정보(주)의 학술/학습도서 출판 브랜드입니다.
이 시대 꼭 필요한 것만 담아 독자와 함께 공유한다는 의미를 나타냈습니다.
다양한 분야 전문가의 지식과 경험을 고스란히 전해 배움의 즐거움을 선물하는 책을 만들고자 합니다.